KB128176

ALOFT　　가족

\\ **일러두기** 본문의 각주는 모두 옮긴이의 것임.

이창래

장편소설

가족

ALOFT

정영문 옮김

힘내라, 얘야, 힘내.

I

지상 800미터, 이 위에서는 모든 것이 완벽해 보인다.

나는 멋들어진 세스나[•] 스카이호크 경비행기를 조종하여 다시 태양 쪽으로 선회한다. 평소에 날씨가 좋을 때만 시도하는 공중제비를 돌고 이제 마무리 단계에 접어든다. 아래쪽은 롱아일랜드의 동쪽 끝으로, 울퉁불퉁한 두 지류가 대서양으로 유입되는 지역 위를 지금 막 지나고 있다. 땅에 서 있을 때면 하나도 특별할 것 없는 도시가 여기서는 아주 장엄하게 보인다. 늦여름의 햇빛이 아스팔트 도로 위로 부드럽고 검은 광채를 뿌리고, 아늑하게 줄지어 있는 단순한 사각형 집들의 수영장, 주차한 차들의 창문과 범퍼에 반사된 오렌지 빛이 경

• Cessna: 미국의 경비행기 제조 회사이자 그 상품 시리즈의 이름.

비행기의 방향과 속도에 맞물려 내게 되비친다. 더 새롭고 더 커다란 건물들과, 반짝이는 금속들이 박혀 있는 쇼핑몰의 평평한 지붕은 수수께끼 혹은 신비스런 기호 같다.

이 위에서는 모든 나무들이, 마치 식물을 다스리는 어떤 까다로운 신이 격자 형태로 장식하듯 이상적으로 배열한 것처럼 보인다. 심지어 고철 처리소의 철제 울타리를 따라 자생적으로 우거진 나무숲도 그렇다. 이 껑충하고 우뚝 솟은 미끈한 나무들은 낡은 휠 캡이나 세탁기들을 쌓아 놓은 얼룩덜룩한 고철 더미와는 잘 어울리지 않아 보이지만, 한편으로 이제 막 예순을 앞둔 나 같은 보통 남자에게는 (말하기조차 좀 그렇지만) 남자다움을 단호하게 과시하고 싶은 갈망을 보여주는 삶의 표지 같기도 하다. 남쪽 야구장에서는 지역의 리틀 야구 경기가 후반부에 접어들고 있다. 엷은 푸른빛 셔츠를 입은 선수들이 일직선으로 서 있고, 그들의 부모들은 예배를 보는 것처럼 꼼짝 않고 관중석에 앉아 있다. 유일하게 움직이는 것은 센터필드 깊숙한 곳으로 원반을 쫓아 뛰어가는, 금빛 털의 개 한 마리뿐이다.

힘내라, 얘야, 힘내.

나는 비행기 도니(Donnie) — 도니는 비행기에 붙인 이름이다 — 를 495번 간선도로와 거대하고 끔찍한 롱아일랜드 고속도로 쪽으로 향하게 하며, 일요일 교통량이 늘어나 차가 막히는 햄프턴 지역을 본다. 비행기 조종석에서는 차량들의 긴 줄이 질서정연한 행렬처럼 보인다. 나는 무모할 정도로 빠른 속도로 가고 있는 것 같은데, 다른 움직이는 것들에 비하면 확실히 그렇다. 그러한 속도의 불일치에 기운이 나야 함에도 웬일인지 계속해서 불안하기만 하다. 나는 북서쪽으로 약간 방향을 틀어 그곳에 드문드문 남아 있는 농장과 관목 수풀 위를 날아가, 이내 거대하고 탁 트인 도시로 접어든다. 조종석 유리창 아래로 흐릿하게 보이는 도시에서는 나와 같은 사람들이 집 앞을 쓸거나, 쓰레기통을 내놓거나, 어려서부터 했던 것처럼 차의 지붕에서 바닥까지 세차를 하고 검댕이 묻은 바퀴를 솔로 닦는 등 자잘한 일들을 처리하며 주말을 보낼 것이다.

그리고 이곳 하늘에서는 나머지 잡다한 것들, 수려한 풍경을 더럽히는 바다에 떠 있는 물건들처럼 거리에 아무 생각 없이 버려진 종이컵들, 지저분한 수많은 담배꽁초, 보도를 뒤덮고 있는 이끼와 잡초 따위를 볼 수 없다는 것을 알고 있다. 나뒹구는 색 바랜 신문의 광고 전단도, 보도에 널브러진 채 죽어 악취를 풍기는 주머니쥐와 그것이 무슨 이유에서인지 노란 이빨을 드러내며 굳은 미소를 짓고 있는 것도 볼 수 없다.

지금으로서는 그 모든 것이 내게는 그냥 괜찮은 것 이상이다.

괜찮냐고?

괜찮다.

이 비행기를 구입한 것은 일을 하거나 여행을 가거나, 순수한 비행 자체가 주는 멋진 전율을 맛보기 위해서가 아니었다. 물론 비행은 약간 무섭기는 하지만 삶에 긍정적인 효과를 주기도 하며, 실제로 그랬다. 하지만 나는 단지 집에서 벗어나고자 하는, 그리 진지하게 따져 보지 않은 이유 때문에 비행기를 구입하게 되었다.

몇 년 전 오랜 여자 친구(최근에 헤어진) 리타 레예스가 내 생일 선물로 아이슬립에서 비행 수업을 받게 해 주며 말한 바로는 그랬다.

물론 실제로 그녀가 그 말을 한 것은 소풍 가듯 비행기를 한 번 타는 것을 의미했고, 다른 뭔가로 이어지는 것을 의도한 것은 아니다.

당시는 조경 사업을 그만둔 지 1년 가까이 접어들 때였는데, 내가 틀에 박힌 생활에, 집 안을 어슬렁거리며 과자를 먹어 대는 것으로 시간을 보내자 그녀는 걱정을 많이 했다. 간호사인 그녀는 환자들 집을 방문해 그들을 돌봐 주는 일을 했는데, 그녀가 일을 하러 가면(이제 그녀는 응급실에서 일한다), 나는 여느 때처럼 TV 앞에 앉아 신문을 대충 훑어보거나 여자들이 보는 아침 토크 쇼를 구경했다. 그러다 이내 지루해져 근처에 있는 월트 휘트먼 쇼핑몰로 가곤 했다(그 시인은 길 바로 건너편에 있는, 지금은 사람들이 '통역 센터'라 부르는, 관광객들에게 개방된 수수한 집에서 태어났다). 그곳에서 나는 마음 맞는 편안한 사람들을 만나고 싶었지만 결국에는 미친 듯이 가게 안을 헤집고 다니는 사람들이나 점점이 놓여 있는 화분 옆에 앉아 있는 유령 같은 노인들과 마주치게 되었다. 그럴 때면 착잡한 기분이 들면서, 나 자신이 위축되는 것처럼 느껴졌다.

리타가 집에 돌아왔을 때에도, 식탁 위에는 아침을 먹고 난 식기들이 그대로 있었다. 나는 뒤뜰에서 도수 낮은 맥주를 세 병째 마시고 있거나, 너덜너덜해진 《베데커의 이탈리아(Baedeker's Italy)》•를 몇 번째인지 모르게 뒤적인 후 침실에서 낮잠을 자곤 했다. 그녀는 인내심을 갖고 내게 도움을 주려 노력했지만 그것은 어려운 일이었다. 하루 종일 그녀가 하는 일이 사람들을 보살피는 일이었기 때문이다.

• 고전이 된 이탈리아 안내서.

가끔 우리는 서로에게 소리를 지르기도 했다. 그녀가 별 생각 없이 여행 안내서를 집어던지면 나는 그녀의 어머니에 대해 신중하지 못한 야비한 말을 했고, 그러면 그녀는 침실로 들어가 버렸다. 그러면 나는 차고로 가서 한참 동안 공회전을 하다가 그곳을 나왔다. 그런 다음 제리코에 있는 허름한 중국 식당에 가서 완자 수프와 달착지근한 마이타이•를 저녁으로 먹은 뒤 리타에게 전화를 걸어 그녀가 늘 먹는 전채 요리와 검정콩을 넣은 새우 요리가 먹고 싶은지 물었다. 그렇다고 하면 그것을 사와 사랑스럽지만 비열한 태도로 그녀에게 내놓곤 했다.

이 모든 것이 너무 규칙적인 일상으로 굳어지자, 마침내 리타는 설사 그것이 아무 쓸모도 없고 천박한 것이라 해도 내가 시간을 보낼 수 있는 뭔가를 하는 것이 좋을 것 같다고 했다. 그 순간 나는 지붕을 열 수 있는 스포츠카나 모터보트, 또는 이웃들의 관심을 끌 만큼 광택 처리한 고급 오토바이에 드디어 몸을 실을 때가 되었다고 생각했다. 하지만 그것이 뭔지 확실히 알지 못하면서도 나는 다른 뭔가를 원했다. 리타가 준 플라어티 톱 건 비행 학교(Flaherty's Top Gun Flight School)에서 수업을 들을 수 있는 상품권을 보기 전까지는 말이다.

그날 나는 초조했고, 무척 겁이 났다고 해야 할 것이다. 그것은 이상한 일이었다. 그전에 여러 종류의 비행기를 타 봤는데, 그중 어떤 것들은 이 비행기와 마찬가지로 엔진이 하나짜리고, 잘 관리된 것

• Mai tai: 럼주를 기본으로 한 칵테일.

도 아니었기 때문이다. 나는 아침 식사로 나온 토스트와 커피를 제대로 먹지 못했고, 계속 오줌을 누려고 했지만 소용이 없었다. 그사이 나는 사람이 자신의 생일에 죽는 것은 어떨지를, 그리고 그것이 얼마나 애처롭고 드문 일일지를, 또한 실제로 그런 일이 일어나면 얼마나 슬플지를 생각했다. 특히 그 사람이 유명 인사가 아닐 경우는 더 그랬다. 그 모든 것을 이해했던 리타는 아침 내내 "그리고 그의 나이는 정확히 쉰다섯이었다…."라는 말을 속삭이며 나를 기리는 척했다.

그러나 그녀 역시 걱정하고 있었다. 내가 비행장을 향해 떠날 때 그녀는 키스를 하지도, 내 눈을 들여다보지도 않았다. 그녀는 요리 잡지에서 눈을 떼지 않은 채 대수롭지 않게, 하지만 조심스럽게 "안녕."이라고 낮게 말했다. 내가 자동차 열쇠를 잔돈을 넣어 두는 사발에 넣은 다음 조종사가 쓰는 선글라스를 쓰고 그녀에게 다가가, 옷여밈 사이로 손을 넣어 부드러운 갈색 가슴을 만지며 우리가 오래도록(거의 20년 동안) 서로에게 헌신적이었으며 서로를 사랑했다는 말을 했다면, 꽤 달콤했을 수도 있었을 것이다. 하지만 나는 "안녕."이라고 작은 목소리로 말하고, 점심때는 집에 와서 그녀가 이틀 전에 만든 오소부코•에 오르조•• 파스타를 더 넣어 데워 먹거나 신선한 민트를 곁들인 쿠스쿠스•••를 먹을 거라는 말을 했을 뿐이다. 물론 리타는 여느 때처럼 "그래요."라고 대답했지만 귀담아듣지 않아도 그 말이 우려 섞인 풀죽은 말이라는 걸 누구나 눈치챌 수 있었을 것이다.

• Ossobuco: 송아지 정강이 살을 화이트 와인에 찐 요리.
•• Orzo: 유기농 보리.
••• Couscous: 고기를 넣고 찐 경단으로 북아프리카 요리의 일종.

그럼에도 그것은 내가 오랫동안 제일 좋아한 말이었다.

그래서 나는 재차 눈을 치켜뜨며 차를 몰았다. 좋은 여자가 준비한 뜨거운 식사를 할 수 있다는 것 이상으로 기분 좋은 일은 거의 없으니까. 하지만 맥아더 비행장에서 개인 소유의 비행기들이 서 있는 곳에 들어서다가 세스나기와 파이퍼•기의 약해 보이는 날개 지지대와 좁은 동체를 보는 순간 약간 겁이 나, 이제는 다 자란 테레사와 잭이 생각나서 그 즉시 전화를 걸었다. 나는 둘 모두에게 같은 말을, 즉 그들이 이룬 것과 그들의 인성에 대해 내가 아주 자랑스러워하고 있으며, 그들이 갓난아기와 아이였을 때로 다시 돌아갈 수 있었으면 좋겠다는 말을 한 다음, 내가 늙게 되더라도 그들에게 짐이 되지 않을 것이며, 리타의 생일과 휴일에는 그녀에게 꼭 전화하라는 말을 덧붙일 생각이었다.

하지만 테레사의 영문과 사무실에서는 그녀의 목소리 대신 어디에서나 똑같이 들리는 음성 사서함 목소리가 들려왔고, 나는 겨우 한동안 소식을 못 들었다는 말과 함께 무슨 일이 있는 건 아닌지 물을 뿐이었다. 그 다음엔 잭의 음성 사서함 목소리를 들었는데, 이번에는 그의 목소리로 되어 있었다. 하지만 그 목소리는 너무 사무적이고 아득하게 들려 나는 퉁명스럽고 호전적인 목소리로 그에게 메시지를 남겼다.

아이들에게 전화하는 것조차 제대로 되지 않고, 아직 비행 수업이 시작하려면 시간이 남았기 때문에 나는 집에 있을 게 분명한 아

• Piper: 미국의 경비행기 제조 회사 파이퍼 에어크래프트의 상품 시리즈 이름.

버지에게 전화를 했다.

"도대체 누구야?"

"저예요, 아버지. 어떻게 지내세요?"

"오, 너로구나. 내가 어떻게 지낼 것 같으냐?"

"잘 지내시겠죠."

"그렇게 생각하고 싶은 거겠지. 어쨌든 이리로 와서 나를 데리고 나가라. 나는 이미 짐을 쌌고 갈 준비가 되어 있어."

"좋아요, 아버지. 간호사들이 잘 대해 줘요?"

"나를 개똥 취급하지. 하지만 그러라고 돈을 주고 있지. 평생 동안 지랄같이 일한 결과가 이렇게 가운을 입고 매일같이 비행기 기내식 같은 식사를 하고 손바닥에 문신한 남자 간호사들이 내 엉덩이를 닦아 주게 하기 위해서였어."

"그런 일을 하는 데 다른 사람의 손길은 필요 없잖아요."

"너는 최근 들어 이곳에 오지 않았잖아, 제롬. 너는 몰라. 이곳이 세상의 모든 지루함과 소외가 만들어지는 곳이라는 사실을 말이야. 또한 이곳은 그것들을 정화하는 곳이기도 하지. 이곳은 마치 괴물들이 사는 곳 같아. 여자 병동에서 사람들이 논나에게 하고 있는 짓은 말로 할 수도 없어."

논나는 그의 아내이자 내 어머니의 이름으로, 그즈음 5년째 황동으로 만든 납골 단지 속에 있었다. 아버지는 어느 모로 보나 정신이 멀쩡했지만 그 무렵 나이가 들어 몸이 약해진 상태였고, 나는 아버지를 배신한다는 죄책감을 느끼면서도 변호사를 통해 그를 아이비에이커스 양로원에 넣고 말았다. 그곳에서 그는 한 달에 5,500달러라는 돈으로 남은 날들을 세상사에 대해 아무 걱정 없이, 완벽하게 보호받으며 편안하게 지내게 될 터였다. 우리는 그렇게 하는 것이 간단한 해결책인 동시에 그것 자체가 문제라는 것을 알았지만, 달리 어떻게 할 수 있는 방법이 없었으므로, 모른 체할 수밖에 없었다.

"오늘 비행 수업을 받아요, 아버지."

"오, 그래?"

"저한테 해 줄 말 없어요?"

그가 "나는 비행기를 몰아 본 적이 없어!"라고 소리쳤지만 내 말 때문에 소리친 것은 아니었다.

"나는 기구도 타 본 적이 없어. 한꺼번에 두 여자와 사랑을 나눈 적도 없고."

"그런 일이라면 주선해 볼 수도 있는데요."

"아, 그럴 것까진 없다. 더 이상 내 몸을 혹사시키고 싶지 않으니까. 그냥 한 가지 부탁만 들어다오."

"뭐든 말해 보세요, 아버지."

"내려올 일이 있으면 이곳으로 와라. 건물 제일 안쪽, 주차장이 내려다보이는 곳이야. 창문으로 낡은 가방을 흔드마."

"그건 잊어버리세요."

"넌 내 아들이 아냐."

"그렇지 않아요, 아버지. 뵈러 갈게요."

"그러든가 말든가."

우리는 아버지와 아들이 늘 나누는 작별 인사를 했다. 그의 여생과 그가 처해 있는 상황에 비춰 보면 우리 사이의 유대는 멀기만 했다.

우리는 그 관계의 당사자로서 서로에 대한 의무를 태만하게 하지는 않았지만 의무를 넘어서는 무언가를 한 적도 없었다. 인사를 나눈 후 나는 현기증이나 불안이 아니라 위험하게 닻을 올린 것 같은 의기소침한 기분을 느끼며 격납고 사무실로 걸어 들어갔다. 스스로가 마치 뒤쪽에 수많은 영원들이 소용돌이치고 있는, 우주의 거대한 심연 속으로 기어 들어가는 우주인처럼 느껴졌다. 내 생명을 유지해 주는 가느다란 줄은 너무 느슨했다. 그리고 문득, 어디에 있건 모두와 순식간에 연결되는 이 새로운 천 년이 시작된 지금, 사람들은 실제로 소통을 하기보다는 서로에게 메시지를 남길 뿐이라는 생각이 들었다. 이 이상한 임기응변식의 메시지 전달을 통해 우리는 서로에게 미안하다는 얘기를 하고, 우리 자신에 관한 얘기들을 하는 것이다. 그러다가 마침내 누군가와 연결되면, 사람들은 서로에게 서툴 수밖에 없거나, 서로에게 너무 많은 기대를 하거나, 또는 실망하게 되어 아예 연락하지 않은 것이 더 나았을 수도 있다고 생각하는 것이다.

그럼에도 나는 비행기가 이륙해 높은 곳에 이르게 되었을 때는 그 모든 생각들을 잊어 버렸다. 그렇게까지 감동적인 것은 아니었지만, 강사가 낙하산을 펴고 낙하했으면 하는 생각이 들었다. 그에게 문제가 있는 것은 아니었다. 그는 친절했고, 플라어티 가문이라는 조종사 집안 출신의 젊은 청년이었다. 단지 나는 온몸에 엔진의 떨림과 함께 날개 끝부분이 떨리면서 올라가는 느낌을 받으며 어느 정도 거리를 두고 세상을 내려다보게 되자, 계속해서 이곳에야말로 내가 찾던 작은 방이, 세상 속에 있지만 완전히 그 바깥에 있는, 나만을 위한 상자 형태의 의자가 있다는 생각이 들었던 것이다.

착륙하여 격납고로 가는 동안 나는 그 젊은 비행사에게 어떤 종류의 비행기를 사는 게 좋을지, 그리고 어디서 살 수 있는지를 물었다. 커다란 황갈색 선글라스(내 것과 같은)를 낀 그는 아스팔트 위에 세워져 있는, 초록색 줄무늬가 그려진 3인승 세스나기를 가리키며 매물이라고 했다. 그 비행기 주인은 마지막 비행을 하던 중 뇌졸중 발작이 일어났지만 위기를 넘기고 무사히 착륙했다고 했다. 젊은 비행사는 잡음이 심한 헤드세트를 통해 자꾸 끊기는 목소리로 그것이 자신의 비행기보다 더 낡긴 했지만 믿을 만하며 상태도 괜찮다고 말했다. 물건이 나온 지 꽤 오래되어 괜찮은 가격에 살 수 있을 거라고도 덧붙였다. 대륙을 횡단하기에 적당한 비행기는 아니었지만 여가 삼아 가까운 거리를 날기에는 부족함이 없었고, 나한테는 매우 잘 맞아 보였다. 격납고 사무실에서 나는 그 주인의 전화번호를 받았다. 그는 우리 집에서 멀지 않은 곳에 살고 있었고, 그래서 집에 오는 도중에 전화를 걸어 그의 친절한 아내에게 내 소개를 했으며, 곧장 그 집으로 가 그녀의 남편 핼과 얘기를 나누기로 했다.

그들의 집은 내 집을 비롯해 롱아일랜드에 있는 많은 집처럼 삼목으로 지붕을 얹은 매력적인 집이었다. 1960년대에 유행하던 스타일이다. 당시 그 지역은 대부분이 감자밭과 오리 농장이었으며, 넓게 펼쳐진 땅에는 키 작은 나무들이 심어져 있었고, 덤불숲이 무성했다. 그 땅은 1980년대에 개발이 시작되면서 이제 새 건물들로 가득 차게 되었다. 그리고 최근에 마지막 붐이 일면서 여전히 고속도로(이제 8차선이 된) 양쪽으로 건설 장비들이 보였다. 남은 땅은 사무실과 고급 콘도, 주상 복합 건물, 그리고 아들 잭의 가족처럼 젊은 가족들이 사는 저택들로 바뀌었다. 내 아들이 사는 저택에는 천장이 둥근 커다란 방들과 멀티미디어 시설이 있는 방들이 있고, 와인과 시가 저장실까지 있다. 나는 이 모든 것들에 반대하지는 않는다. 이른바 민주적인 삶이라는 것 속에서 사람들은 원하는 대로 즐기고 일할 필요가 있다. 그리고 나는 잭이 온도가 완벽하게 조절되는 환경에서 사는 것에 대해 무척 자랑스러워하고 있다(우리가 더 이상 얘기를 자주 하진 않지만). 그럼에도 불구하고 한편으로는 이 갑작스런 번영이 잭과 유니스, 그들의 아이들, 그리고 돈에 대해 심각하게 걱정하지 않아도 될 만큼 돈이 많음에도 불구하고 어디에 있건 항상 돈에 대해 생각하는 다른 모든 사람들을 망치고 있다는 느낌 또한 든다.

나 역시 이제 그 일부를 이루고 있는 미국 사람의 수명은 지난 몇 년 사이 꽤 증가했다. 평균 수명에 비춰 볼 때 향후 20년 정도는 원하지 않을 경우 즉석 누들 수프를 먹거나, 진짜 배관공 대신 잭의 피고용인 중 한 명을 부르거나, 복합 상영관에서 경로 우대 혜택을 받기 위해 매표소 창구에 운전면허증을 내밀거나 할 필요는 없을 것이다. 그리고 여유 자금이 많지도 않고, 주식 시장에 투자할 배짱도 없지만(비록 재무부 채권에 투자해 돈을 모으는 데에는 확실한 천재였지만, 최근 들어 그것은 씻을 수 없는 죄가 되었다), 아주 치명적이고 장기적인 불구가 되지 않는 한 괜찮을 것이다. 오, 당신은 개인 비행기를 소유한 나를 넋두리나 일삼는 사람으로 생각할 수도 있다. 물론 그것은 옳다. 세스나기는 대형 벤츠만큼이나 비쌀뿐더러 유지하는 데도 돈이 많이 든다. 하지만 내 변호를 하자면 나는 아직도 잭이 태어나기 전에 산 평범한 집에 살고 있으며, 알렉산더(Alexander's)와 워드

(Ward's)에서 산 옷만 입어 왔고(지금은 코스트코(Costco)와 타깃(Target)에서 사고 있다), 어쩔 수 없는 경우가 아닌 이상 메뉴가 연하장 서체로 적혀 있는 아무 식당에서나 식사를 해 왔다. 그리고 이 비행기가 내 일생일대의 실수라 한들, 글쎄, 적어도 나는 너무 늦기 전에 한 가지는 깨달았다. 근래 들어 내 심장이 두근거렸던 건 히스토리 채널에서 방영되는 19세기의 한 탐험가에 대한 비극적인 전기를 볼 때, 그리고 음식을 포일에 싸서 배달해 주는 그다지 늙지 않은 멍청이가 초인종을 누를 때뿐이었다는 것.

핼이란 남자의 집에 도착하자, 그의 친절한 아내 샤리가 나를 맞아 주었다. 그녀는 나를 살짝 껴안았고, 나 역시 그녀를 안아 인사했다. 마치 내가 그의 오랜 전쟁 동료이며 그녀와 내가 오랫동안 연애한 사이처럼 느껴졌다. 물론 그녀의 건장하고 멋진 몸매와 예쁜 입술을 생각한다면 연애를 마다할 이유가 없다. 그녀는 나를 크고 검은 호두나무 판자를 댄 거실로 안내했는데, 그곳에는 야구 모자를 쓰고 빳빳한 셔츠를 입은 남자가 다리 위에 격자무늬 담요를 덮은 채 불편해 보이는 안락의자에 앉아 있었다. 실내는 온도를 17도로 설정해 놓은 듯 약간 추웠다. 케이블 TV가 틀어져 있었지만 그는 TV보다는 여닫이 유리문을 통해 바깥을 내다보고 있는 것 같았다. 밖으로 새가 먹을 감을 수 있게 만든 플라스틱 그릇의 가장자리에 광택 나는 홍관조 세 마리가 서 있는 것이 보였다. 반짝이는 노란 부리와 검은 가면을 쓴 것 같은 얼굴을 한 새들은 지나치게 크다는 것을 빼고는 놀라울 정도로 사실적이었다. 하지만 나는 그런 새들을 그토록 가까이서 본 적이 없던 터라 자연계에 있는 대부분의 것들은 우리가 생각하는 것보다 클 뿐 아니라, 실제보다 더 밝고 더 힘이 넘치며 더 실제적이라고 생각했다. 우리가 가까이 갔을 때 그는 졸고 있었다. 우리는 잠시 그를 내려다보며 서 있었다. 샤리가 반쯤 미끄러져 내려온 담요를 들어 올리며 그를 깨웠다.

"핼, 여보."

그녀가 말했다.

"배틀 씨가 왔어요. 비행기 얘기를 하려요."

"음, 음."

그가 목청을 돋우더니 손을 내밀었다. 우리는 악수를 했다.

"그럼 둘이서 얘기를 나누도록 해요."

우리에게 아이스티를 만들어 주겠다고 자리를 뜨면서 그녀가 말했다.

핼이 "거기 앉아요, 젊은이."라고 말하면서 아직 괜찮은 팔로 가죽 소파를 가리켰다.

핼이 과연 나보다 나이가 많은지는 알 수 없었지만, 실제와 상관없이 별로 많아 보이지는 않았다. 다만 건강이 좋지 않아 실제 나이보다 더 들어 보이는 것 같았다. 물론 그의 태도에 나는 신경 쓰지 않았다. 그는 아직 괜찮은 쪽 입으로 말했는데 휘파람을 부는 것 같았고, 침을 튀기는 듯한 그의 목소리는 소년의 음성 같았다. 그는 나에게 무슨 일을 하는지 물었고, 나는 조경업을 했다고 말했다. 그는 뇌졸중에 걸리기 전까지 개인 운전사로 일했으며, 검은 세단을 몰며 회사 간부나 VIP들을 태우고 다녔다고 했다. 그는 희끗희끗한 콧수염과 턱수염을 깔끔하게 기른 잘생긴 사내였다. 어쩌면 지금 핼이 흑인이었다는 말을 덧붙이지 말아야 하는지도 모르겠다. 하지만 그 사실은 나를 놀라게 했는데, 우선 샤리가 토마토처럼 붉은 반바지와 스텐실을 찍은 티셔츠를 입은, 롱아일랜드의 전형적인 백인 여자였기 때문이다. 게다가 이 지역에는 유색 인종들이 많지 않았다. 그것만큼은 분명했다. 또한 취미로 비행기를 타는 유색 인종은 더더욱 드물었다. 그 사실은 3년간 관리가 제대로 되지 않고 있는 비행장을 드나들며 직접 확인한 바였다. 물론 지나치게 많은 교육을 받아 학식이 넘쳐나는 내 딸 테레사(스탠퍼드 대학교 박사 학위 소지자)는 전에도 그랬던 것처럼 내가 이 모든 사실을 언급해야 한다고 말할 것이다. 그것은 내가 이 나라 대부분의 사람들처럼 어쩔 수 없이 인종과 차이에 대해 강박적이며 규범적인 것을 특권화하고, 그렇지 않은 것을 물신화하기 때문이다. 그리고 그녀의 용어를 완전히 이해할 수는 없지만, 나는 설령 내게 그러한 죄가 있다 하더라도 그 이유는 내가 그녀와 잭을 염려하기 때문이라고 생각하고 싶다. 그리고 두 사람 역시 순수한 혈통은 아니라는 사실 또한 언급해야 할 것이다. 그들은 내가 처음이자 마지막으로 결혼한, 데이지 한이라는 한국계 여자와의 사이에서 태어난 '혼혈'이다.

"이름이 뭐라고 했소?"

"제리요. 제리 배틀."

"그래, 제리 배틀, 비행기를 사고 싶은 거요?"

"그런 것 같아요."

내가 말했다.

"비행의 자유만 한 건 없죠."

"맞는 말이오. 하지만 내 말을 좀 들어 봐요, 친구. 솔직하게 말하죠. 생각이 확실치 않은 많은 사람들이 이곳에 왔었소. 지금 당신하고 얘기를 나누는 건 좋소. 하지만 지금 당장 당신이 잘못 생각했었다고 말한다 해도 나는 괜찮소."

"잘못 생각한 것 같지는 않은데요."

"확실하오?"

내 눈을 똑바로 쳐다보며 그가 말했다. 사실은 의심스런 생각이 들기 시작했음에도 나는 고개를 끄덕였다.

"때로 사람들은 마지막 순간에 자신이 중고 비행기는 사고 싶어하지 않는다는 것을 깨닫기 때문이오. 내가 무슨 말을 하는지 알겠소, 제리?"

그가 나를 이상한 눈으로 쳐다보는 순간 문득 그가 무슨 말을 하려는지 알 것 같았다. 동시에 올드웨스트베리에 저택을 갖고 있던 한 고객이 떠올랐다. 그곳은 아름다웠지만 병에 걸린 나무들이 많았다. 그래서 우리는 그곳에 있는 나무들을 모두 바꾸고 안뜰과 수영장을 재정비하고 정원을 다시 꾸몄다. 그렇게 하고 나자 그곳은 새로운 곳이 되었다. 그런데 그 고객의 남편이 캘리포니아에 새로 일자리를 얻으면서 그들은 그 집을 수백만 달러에 내놓게 되었다. 그러나 집을 보러 오는 사람들은 많았는데 구체적인 얘기를 꺼내는 사람은 없었다. 가격을 절반으로 낮춰도 아무 소용이 없었다. 결국 부동산업자가 그 집의 '특성을 없애는 것'을 제안했는데, 그것은 가족사진을 비롯한 모든 것을 떼어 내는 것을 의미했다. 그 이유는 그 집의 소유주가 흑인이기 때문이었다. 그들은 아주 불쾌해했지만 달리 방도가 없었고,

마침내 남편은 그렇게 하겠다고 했다. 집을 원래 가격으로 내놓는다는 조건하에서였다. 그리고 결국 그들은 원래 가격보다 더 비싼 가격에 집을 팔 수 있었다. 그 집을 산 사람은 처음 그 집을 본 사람이었다.

나는 헬을 똑바로 쳐다보며 괜찮은 비행기라면 중고도 상관없다고 했다.

"좋아요. 그런데 비행기 조종은 얼마나 했소?"

"꽤 됐죠."

내가 말했다. 그에게 왜 거짓말을 할 필요를 느꼈는지는 모르겠다. 보통 때라면 내가 첫 수업을 받고 방금 착륙한 상태라는 것을 알고 나를 정신 나간 사람이라 생각한다 해도 개의치 않았을 것이다. 그가 몸이 성치 않은 상태로 앉아 있는 모습을 보고, 완전한 초보자가 자신의 비행기를 조종할 거라는 생각에 그가 긴장할 수도 있을 거라는 생각이 들어서였는지도 모르겠다.

"비행기를 소유하게 되어 자부심을 가질 수 있으면 좋겠어요."

이 말이 우리 두 사람 모두에게 좋은 일처럼 들리기를 기대하며 내가 말했다.

"내 관심을 다음 단계로 나아가게 하려고요. 전에도 그랬던 것처럼요."

헬이 고개를 끄덕였지만 반쪽이 마비된 얼굴 표정만으로는 그가 동의하는지 아니면 내 속마음을 읽고 있는지 알 수가 없었다.

"10년 전에 비행기를 샀소. 내 아들 도니가 살해된 직후였지요. 도니는 버클리 의과대학에 입학한 상태였소. 6년 과정으로 말이오.

그걸 아오?"

"내 고객 중 한 사람의 아이가 그 대학교에 다녔던 것 같아요. 학습능력적성시험(SAT)에서 만점을 받았죠."

"도니 역시 그랬소."

"설마요."

"사람들은 그 말을 하면 믿질 않아요. 하지만 그런 것을 꾸며 낼 리 있겠소. 자신이 완벽한 척할 수는 없지."

"그건 그래요."

"그럴 수는 없는 일이오."

딱딱한 목제 의자에서 몸을 움직이며 그가 말했다. 그는 (집에서 내가 그런 것처럼) 전화기와 컵, 그리고 잡지를 꽂을 수 있는 곳이 있는, 파스텔 색상의 편안한 가죽 소파에 앉아 TV나 보는 사람처럼 보이기도 했다. 다음 식사가 나오거나 배설을 할 때까지 내내 그러고만 있는 사람처럼 보일 수도 있었다. 하지만 그는 벤치의 딱딱함을 선호하고, 책상 위에는 바늘처럼 뾰족한 연필을 열 자루가 넘게 항상 준비해 놓고 있으며, 깨끗하게 닦은 신발과 클래식 음악을 좋아하는 사람이었다.

"도니가 죽기 전까지 나는 당신과 마찬가지 입장이었소."

나를 쳐다보며 그가 말했다.

"마음 내킬 때면 어디로 휴가를 가건 비행기를 빌려 구경했소."

"그래요."

"계속해서 그런 식으로 지냈을 수도 있소. 그대로 행복했소. 하지만 그때 도니가 음주 운전자가 모는 차에 부딪쳤소. 그 망할 놈의 자식은 이제 출옥한 지 몇 년 지났소. 매년 사고가 난 날이면 나는 멜빌에 있는 아들의 무덤으로 가서 아들의 사진을 든 채 앉아 있곤 하오. 샤리는 내가 그렇게 하는 것을 좋아하지 않지만 나로서는 어쩔 수가 없소. 나는 도니를 잊을 수가 없소. 아무도 그렇게 하지 못할 거요."

그때 샤리가 아이스티가 든 커다란 플라스틱 잔을 담은 쟁반을 갖고 왔는데, 잔에는 빨대가 꽂혀 있었다. 그녀는 핼이 무슨 얘기를 하고 있는지 알고 있다는 듯 쟁반을 내려놓고 아무 말 없이 밖으로 나가, 유리문을 닫고는 시든 꽃을 따기 시작했다. 현관에서 샤리와 끈끈하게 포옹할 때 나의 방문이 어디로 나아갈지 알아챘어야 했다. 근래에는 우연히 만나게 된 낯선 사람들 모두가 자신의 인생에서 남은 소중한 것들을 모두 풀어내려 하는 것 같았다. 그중에는 자신의 전쟁담을 쏟아 내는 사람도 있었는데, 가장 가까운 사람들조차 서로 별로 얘기를 하지 않는다는 사실에 비춰 보면 잘 이해가 되지 않았다. 하지만 나는 지금 이곳에 있었고, 비행기를 사는 데 여전히 관심이 있었고, 어쩌면 핼이 자신의 얘기를 할 수 있는 마지막 기회일 수도 있었다. 그리고 그 이야기는 이 세상의 점잖은 사람이라면, 특히나 제리 배틀의 경우에는 듣기를 거부할 수 없는 것이었다.

핼은 빨대를 이용해 길게 차를 한 모금 빨아들였는데, 한 번에 거의 전부 비웠다.

"사태가 정리되면서 아이를 위해 돈을 모아 두었다는 것을 깨달았소. 등록금과 나머지 비용을 위해서였지. 아이에게 필요한 모든 것을 감당할 만한 액수는 아니었지만 그럭저럭 살아가는 데 필요한 액수는 되었소. 그래서 학교를 마쳤을 때 빚을 지지 않을 수도 있었소."

"잘된 일이었군요."

"그랬소. 하지만 어느 날 갑자기 나는 현금이 엄청나게 쌓여 있다는 걸 알게 되었소."

헬은 긴장되게 숨 쉬며 어색한 웃음을 지었다.

"당신이라면 그 돈으로 무얼 하겠소?"

"모르겠는데요, 헬."

"샤리는 우리가 그 돈을 자선단체에 기부해야 한다고 말했소. 의과대학에 기부하거나 도니의 이름으로 장학금을 줘야 한다고 말이오. 장학금은 나로서도 괜찮았소, 제리. 다행스런 일이지만 우리는 은퇴한 후에도 생활비 걱정은 크지 않았으니까. 가족과 관련해 우리는 항상 준비되어 있었소. 하지만 도니는 착하고 똑똑하며 재능 있는 아이였소. 무엇보다 괜찮은 아이였소. 그래서 나는 우리가 그를 추모해야 할 필요는 없다고 생각했소, 최소한 일반적인 방식으로는 말이오. 그 아이는 나와 함께 비행한 적이 한 번도 없는데, 그 아이의 어머니가 임대한 비행기를 믿지 않았기 때문이오. 하지만 도니는 늘 비행하고 싶어 했고, 나는 이 돈으로 비행기를 사는 것을 도니가 괜찮게 생각할 거라고 느꼈소."

"도니는 틀림없이 그랬을 겁니다."

"그렇게 말해 줘 고맙소, 제리."

그가 말했다.

"상공에서 뇌졸중이 찾아왔을 때에도 그 생각을 했소. 사실 나는 몸이 마비되어 잠시 아무 생각도 할 수가 없었소. 다행히도 뇌졸중이 찾아왔을 때 나는 2,850미터 상공에 있었소. 넓은 원을 그리며 나선 형으로 하강했던 게 분명하오. 조종간을 놓은 채 몇 분이나 그렇게 있었는지는 알 수 없소. 다시 밖을 내다보았을 때는 겨우 90미터 상공이었고, 고속도로 위를 날고 있었소. 미니밴 뒷좌석에서 아이들이 장난치는 모습도 볼 수 있었소. 가장 먼저 든 생각은 이것이 내 아들 도니의 비행기이며 좀 더 조심해야 한다는 것이었소. 나는 가까스로 비행기가 추락하는 것을 피할 수 있었소. 나는 그것이 마지막으로 내가 해야 하는, 진정한 어떤 것이라는 것을 알고 있었소."

"한쪽 팔과 한쪽 다리만 사용해 착륙할 수 있었다니, 놀랍군요."

"확실히 알 수는 없소."

얼굴을 문지르며 핼이 말했다.

"하지만 아직도 나는 몸 전체를 사용할 수 있다고 확신하고 있소. 의사들은 있기 힘든 일이라고, 심지어는 불가능하다고 말했지만 나는 그들이 잘못 생각하고 있다는 걸 알고 있소. 몸이나 마음과 관련해서는 기적이라는 게 있지 않소, 제리. 가령 도니의 경우만 해도 그래요. 그는 현장에서 죽지 않았소. 병원 중환자실에서 닷새 동안 혼수상태에 있었지. 5일째 되는 날 그는 침대에서 똑바로 앉아, 자신이 이미 죽었다고 말했소. 샤리는 그곳에 없었소. 커피를 사러 카페테리아에 내려갔을 때였지. 그가 의식을 찾았다는 사실에 나는 깜짝 놀랐지만 '무슨 말이냐, 얘야, 네가 하는 말을 들어 봐. 너는 살아 있어.'라고 말했소. 그러자 도니는 '아니에요, 아빠, 그런 것처럼 보일 뿐이에요. 저는 이미 그 도로에서 죽었어요. 아빠도 그 사실을 알고 있잖아요.'라고 말했소. 나는 도니의 말에 맞장구를 치기로 했소. 도니의 마음을 상하게 하고 싶지 않았기 때문이었지. 또한 그 애에게 얘기하는 것이 너무 행복했기 때문이었소. 나는 죽은 것이 어떤 느낌인지를 물었소. 그랬더니 그 애가 뭐라고 했는지 아시오, 제리?"

그것을 알고 싶지 않았던 나는 고개를 저었다. 죽음은 내가 그다지 흥미롭게 생각하는 주제가 아니었는데, 그것은 그때도 그랬지만 지금도, 앞으로도 마찬가지일 것이다.

"아이는 괜찮으며, 밝고 춥게 느껴진다고 했소. 슈퍼마켓에서처럼 말이오. 그런데 주위에는 아무도 없다고 했소."

"혼자였군요?"

"맞소. 혼자 있는 것 같다는 얘기였소. 하지만 아이는 그것이 괜찮으며, 실제로 좋다고 했소. 그런 다음 지친 듯 등을 대고 누웠소. 샤리가 돌아온 순간, 아이는 다시 혼수상태에 빠졌소. 그러고는 두 번 다시 깨어나지 못했소."

밖에서 들어온 샤리가 핼의 얼굴이 잔뜩 일그러져 있는 것을 보았다. 그 순간 나는 그녀가 마음을 진정시키려고 무진 애쓰는 것을 볼 수 있었는데, 그 바람에 핼에게 다가가 어깨를 붙잡는 실수를 저지르고 말았다. 그와 샤리는 상심해 있었다. 내가 미처 깨닫기도 전에 우리는 서로를 부둥켜안았다. 핼은 기관지가 손상된 듯 숨을 헐떡였으며, 샤리는 내 목에 얼굴을 파묻고 있었다. 그녀의 소리 죽인 흐느낌에 이어 키스를 하는 듯한 입을 벌리는 섬세한 움직임이 느껴졌지만 그것은 울고 있는 그녀의 눈에 지나지 않았다. 핼은 그의 성한 팔로 얼굴을 덮고 있었다. 내가 어깨에 얼굴을 얹은 샤리와 함께 서 있는 동안 핼이 "괜찮다면 잠깐 나를 혼자 있게 해 주겠소?"라고 말했다.

그래서 나는 샤리를 따라 부엌으로 들어갔다. 그들이 보여 준 모습에 마음이 아프지 않은 것은 아니었지만 이제 곧 샤리가 해 줄 얘기에 괜스레 겁이 났다. 그녀는 자신들의 힘들었던 시절과 천사처럼 귀여운 아이인 도니, 그리고 중년의 끝자락에 오면서 열정이 시든 것에 대한 이야기를 들려 줄 것이었다. 그 이야기들을 정다운 이웃처럼 들으며 함께 고통을 나눌 수도 있었지만 나는 왠지 사양하고 싶었다. 하지만 그러기에는 이미 늦은 상태였다. 아니, 어쩌면 단지 우리가 부엌에 있었기 때문이었는지도 모르겠다. 샤리는 가정주부 같은 태도를 보이며 아이스티 한 잔과 오트밀 쿠키 한 접시를 권했고, 우리는 곧 쓰레기 수거일과 최근에 오른 재산세에 대해 얘기를 나누었다. 재산세가 갑자기 인상되어 은퇴한 사람들과 고정 수입만으로 살아가는 사람들이 고통을 겪고 있다는 이야기였다. 핼은 재정 상태를 과장한 것이 분명했다. 실제로 그들은 비행기를 팔아야 했다. 심지어 샤리는 집을 팔고 콘도로 이사를 가야 할지도 모른다고 했다. 물론 그녀는 이 이야기를 우는소리로 하거나 분노를 드러내며 하는 대신 그저 있는 그대로의 사실만을 말했다. 한순간 그녀가 오래전에 죽은 아내 데이지처럼 여겨졌다. 그녀는 이성을 잃을 때가 아니면, 밖에서 일을 하는데 갑자기 비가 내리기 시작한 것처럼 모든 것을 대수롭지 않게 받아들였다.

잠시 후 나는 샤리에게, 만약 괜찮다면 그들이 제시한 액수를 수표로 해서 우편으로 보내겠다고 말했다.

"가격을 조금도 깎지 않고요?"

"그래야 하나요?"

"모르겠어요."

그녀가 말했다.

"모든 게 너무 쉬워 보여서요. 반년 동안 그 비행기를 팔려고 무척 애를 썼거든요."

"그 이야기는 핼에게서 들었어요. 왜 힘이 들었는지."

"오, 그건 당치 않은 소리예요."

그녀가 말했다.

"이유가 있었다면 그건 그들이 와서 저런 상태에 있는 그를 보았기 때문이에요. 그 비행기가 불운을 가져다준다고 생각한 거죠."

"그런가요?"

그녀는 잠시 아무 말이 없다가 나를 쳐다보지도 않고 "아뇨."라고 말했다.

"좋아요."

실제로는 비행장에서 그토록 무모한 생각을 한 후 처음으로 약간 불안했고 무섭기까지 했지만 나는 그렇게 말했다.

"그렇다면 해결된 거죠, 그렇죠?"

"그래요, 제리."

내 손을 잡으로며 그녀가 말했다.

우리는 거래가 성사되었다는 얘기를 하러 핼에게 갔지만 그는 의자에 앉은 채 깊이 잠들어 있었다. 그의 뺨에는 침이 흘러내리고 있었다. 샤리가 반바지 주머니에서 손수건을 꺼내 능숙한 손놀림으로 닦아 주는데도 그는 꼼짝하지 않았다. 우리는 발뒤꿈치를 들고 조용히 나왔다. 샤리는 내가 찾아와 모든 것을 받아 주고 자신들을 도와준 것에 대해 고마워했지만, 나는 그렇게 한 것이 오히려 내게 영광이며 그들에게 도움을 준 것 같지는 않다는 얘기를 했다. 그럼에도 현관 입구 계단을 내려오면서 내가 생각할 수 있었던 것은 나야말로 낯선 사람들과 관광객들, 그리고 눈이 찢어진 외국인들은 기꺼이 도우면서도 정작 사랑하는 사람들과 가족들에게는 소홀한 사람, 그러면서도 그들로부터 구원과 행복한 고통을 원하는 사람이라는 사실뿐이었다.

샤리와 나는 다시 한 번 서로를 껴안았다. 순간 그녀가 내 입에 짧게 건조한 입맞춤을 해 나를 놀라게 했다. 내 입에 입을 맞춘 것이었다.

"미안해요."

뒤로 물러나며 그녀가 말했다.

"그럴 의도가 아니었는데…."

"이봐요."

나는 두 손을 들고 말했다.

"아무렇지 않죠. 그렇죠?"

샤리가 고개를 끄덕였다. 하지만 나는 그녀가 무슨 일이 있었던 것처럼 느끼고 있다는 걸 알 수 있었다. 그녀는 스스로에게 겁을 먹고 그대로 계단 위에 서서 팔로 자신의 몸을 껴안았다. 보통 때 같았으면 어떤 식으로든 구차한 변명을 한 후 그곳을 떠나 내 차로 갔을 테지만 그녀가 그런 식으로 서 있는 것을 보니 떠날 수가 없었다. 그래서 그녀의 몸에 팔을 두른 채 눈을 감고 최대한 부드럽게 키스를 했다. 그 과정에서 나는 그녀가 나의 리타인 척하지도 않았으며, 그에 대해 미안해하지도 않았다. 실제로 나는 다른 남자의 아내인, 무척이나 점잖고 예쁜 여자와 키스한다는 생각을 즐기기까지 했다. 또한 샤리 역시 나와 마찬가지로 그것을 좋아했으리라고 생각했다. 우리가 서로를 놓아주었을 때 그녀는 창백하지만 거의 행복하기까지 한 미소를 지은 후 집 안으로 사라졌다. 나는 잠시 서 있다가 차 안으로 들어가 진입로를 후진해 나왔는데, 그때 샤리가 다시 밖으로 나와 비행기 열쇠 두 벌을 건네주었다.

"하지만 아직 돈도 지불하지 않았는데요."

"지불할 거라는 거 알아요."

그녀가 말했다.

"그냥 비행기를 안전하게 잘 돌볼 거라는 약속만 해 줘요."

나는 그렇게 하겠다고 했다. 잠시 어색한 순간이 지나갔고, 나는 그녀에게 비행기를 다시 타고 싶으면 언제든 전화하라고 했다.

"그럴 것 같지는 않네요."

그녀가 말했다.

"어쨌든 고마워요. 그리고 핼이 항상 하는 말을 잊지 말아요."

"그게 무슨 말이죠?"

내가 물었다.

"혼자서 비행할 수 없다면 비행할 필요가 없다는 얘기요."

나는 그것을 좋은 충고라고 믿으며, 마음에 새기려고 노력했다.

그렇게 해서 나는 이곳 창공에서 맑고 밝은 하늘을 굽어보며 내가 하는 상상에 대해 곰곰이 생각해 보고 있다. 가끔 그러듯 나는 다시 한 번 선회해 고층 건물들이 솟아 있는 도시를 지나 서쪽을 향해 나무가 우거진 뉴저지 북부의 낮은 언덕 위를 날아갈 수도 있을 것이다. 그리고 원한다면 테터보로에 잠시 내려 택시를 타고 리틀페리에 있는 멕시코 식당으로 가서 칠리 베르데•와 얼음 넣은 구아바 주스를 때 이른 저녁으로 먹은 다음, 다시 이륙해 엘리자베스의 석유 산업 단지(이곳에서 보았을 때 별로 아름답지 않은)를 지나 남쪽을 향해 항구 쪽으로 가 세계 무역 센터 빌딩이 있던 곳을 내려다본 후 파이어 아일랜드의 좁은 활주로를 따라 날다 다시 기수를 돌려 집으로 갈 수도 있다. 그렇게 하는 것은 거대한 도시를 굽어보며 날아가는 멋진 관광일 수 있고, 물론 누군가와 함께 그렇게 할 수도 있지만, 그렇게 하는 일은 드물 뿐더러 다시 그럴 일도 없을 것 같다. 사실 지금으로서는 생각하고 싶지 않은 몇 가지 이유 때문에, 나는 평소 혼자 비행하는 편이다. 어쨌든 내겐 그렇게 하는 것이 옳게 여겨졌고, 실제로 처음부터 그렇게 했다.

그럼에도 나는 가끔 리타를 다시 이곳으로 데려올 수 있다면 좋을 거라는 생각을 한다. 날이 아주 맑을 때면 메인이나 낸터킷으로 날아갔던 것처럼 함께 비행할 수도 있을 것이다. 그곳 항구 식당에서 커다란 바닷가재나 찐 대합조개를 먹고 나서 수공예품이나 골동품 가게를 구경하며 사탕이나 땅콩을 넣은 과자 한 봉지를 산 다음 다시 비행할 수도 있을 것이다. 헤드세트를 낀 채 우리는 서로의 이름을 부르거나 우리가 지나쳐 가는 프로비던스와 뉴헤이븐, 그리고 오리엔트포인트와 같은 타운들을 향해 고갯짓을 할 뿐 별로 얘기도 하

• Verde: 파슬리 소스 등이 들어간 일종의 채소 수프.

지 않을 것이다. 나는 최대한 부드럽게 착륙한 뒤(그녀는 착륙하는 순간만 무서워했다) 차를 몰고 집으로 가 함께 샤워를 하고 사랑을 나눈 뒤 어둠이 깃들 때까지 아직 젖을 떼지 않은 강아지처럼 낮잠을 잘 수도 있을 것이다. 그런 다음 잠에서 깨어나 이튿날 한 주일이 다시 시작되기 전에 몇 시간 동안 집 정리를 할 수도 있을 것이다.

이제 나는 여느 때처럼 내 집 위를 날고 있다. 도니를 산 직후 폭 넓은 X자 형태로 약간 어두운 지붕널을 이은 내 집은, 이제 놓치려야 놓칠 수가 없다. 나는 리타를 위해 그렇게 했는데, 실제로 그녀는 항상 공중에서 우리 집을 가리켜 달라고 했다. 하지만 그렇게 해도 별 소용이 없었다. 그녀가 한 번도 집을 알아본 적이 없으니 말이다. 내 집을 보면 나는 항상 마음이 따뜻해지는데 그것은 내 집을 알아보았다는 일차적인 감정 때문이 아니라 비행기나 기구를 타고 하늘을 나는 사람 중에 그런 일을 하는 사람이 있을까 하는 생각 때문이다. 그런 수수께끼 같은 사람이라면 교외에 있는 숲 속 깊은 곳에서 소리를 지르기도 할 것이다.

내가 그렇게 하는 것은 약간 모순적일 수도 있다. 그 이유는 갈수록 내가 누구에게도 신비스런 존재가 아니기 때문인 듯싶다. 몇 차례의 사건을 겪으면서 더욱 분명해진 그 사실은 흔히 말하는 내 삶의 문제의 일부이기도 하다. 그 문제는 주로 테레사 때문이기도 하지만, 잭(침묵하고 있는)과 한때 사랑했던 리타 때문이기도 하다. 또 그들은 내 문제에 대해 나름대로 생각을 갖고 있는데, 분노가 더해진 생각이긴 하지만 대부분 맞는 말이다. 나의 분명한 문제를 헤아리지 못하는 유일한 사람은 몸이 아픈 아버지밖에 없는 것 같다. 그는 계속해서 나의 모든 동기와 행동을 잘못 읽고 있으며, 그 결과 시간이 갈수록 반감과 의심을 드러내고 있다. 아직 정신이 완전히 나간 것은 아니지만 그럼에도 계속해서 나빠지는 그의 상태를 보면 서글픈 생각이 든다. 그와 나는 시적이지 않은 신비 속에 오랫동안 빠져 있는 것 같다. 물론 그것은 우리 부자에게만 특별한 것은 아닐 것이다. 그럼에도 불구하고 우리의 관계는 특별했다.

이제 비행기를 활주로의 선에 맞추면서 나는 멀리 내 집 지붕에 있는 X자를 간신히 볼 수 있다. 희미하게 보이는 그것은 수위를 표시하는 눈금처럼 보인다. 나는 그 고요한 표식을 침묵으로, 희미하게 사라지는 나의 존재로 해석하고 싶은 유혹을 느낀다. 어쩌면 이것은 사실일지도 모른다. 나는 사라지고 있다. 하지만 비밀 한 가지를 말한다면, 나는 지난 수년 전부터 사라지고 있었다.

2

나는 일생의 대부분을 '배틀 브러더스 벽돌과 회반죽(Battle Brothers Brick & Mortar)'이라는 가족 소유의 회사에서 일했는데 그 회사는 내 할아버지가 대공황 때 창업한 것으로, 아버지와 삼촌들은 그곳을 조경 회사로 바꿨으며, 그 후 내가 물려받아 관리해 왔다. 잭은 그곳을 주택 개조를 전문적으로 하는 — 보고서와 전화 교환원과 인터넷 웹사이트 등으로 넘치는 — '배틀 브러더스 엑스칼리버'라는 새로운 이름을 가진 회사로 확장하는 계획을 갖고 있다.

우리 가족의 이름은 본래 바타글리아(Battaglia)였지만 아버지와 삼촌들은 일찍이 그들의 이름을 배틀(Battle)로 바꾸기로 했는데, 그것은 이민자들과 다른 사람들이 흔히 그렇게 한다는 이유에서였다. 다시 말하면 친숙하게 들리고, 사용하기 쉽게 하고 새롭고 낙관적인 시작을 알리고자 해서였는데, 그것은 근거가 있건 없건 모두에게 주어진 권리였다.

간단하고 기억하기 쉬우며, 인종적으로는 불분명하고, 모호한 방식이지만 애국적인 것임에 분명한 배틀이라는 이름 역시 기업 이름으로는 괜찮았다. 고객들 — 잭은 의뢰인들이라고 부른다 — 은 우리가 전사들처럼 각오가 남다르며, 일을 끝내기 위해서는 어떤 장애도 헤쳐 나가며, 제대로 일할 것이라는(이 마지막 문장은 실제로 가장 최근에 발간된 회사 팸플릿에서도 볼 수 있다) 인상을 갖는다. 아버지는 회사 이름이 자신에게서 처음 나왔다고 주장하는데, 나는 그 점을 의심하지 않는다. 실제로 그는 형제들 중 가장 똑똑한 사업가였으며, 내 어린 시절 내내 셰익스피어에서 히틀러에 이르기까지 많은 사람들이 쏟아 놓은 말들의 강력한 힘에 대해 줄기차게 얘기했다. 물론 요즘 들어서는 주로 폭스 뉴스 채널에서 방송되는 얘기를 주된 화젯거리로 삼고 있긴 하지만…. 회사 이름을 그렇게 지은 것은 마케팅 전략 때문만은 아니다. 물론 이름이 주는 효과 때문에 그 이름을 만든 것은 사실이다. 나보다는 내 아버지 세대에서 더욱 더 그랬고, 그리고 앞으로는 나보다 잭의 세대에서 더 그렇겠지만 이것은 세계사와 관계된 것이고, 나는 뭔가의 기준이나 노동 윤리의 타락에 대해 왈가왈부하지는 않을 것이다. 내 아버지와 삼촌들은 그들의 시대에 일을 했고, 나 또한 그랬으며, 잭은 새 천 년이 시작되는 때에 일할 것이다. 누가 가장 어려운 시기를 보낼지는 아무도 말할 수 없을 것이다.

잭은 계속해서 성장하지 않을 경우 어느 시점에서 사업이 시들어 죽게 된다는 일반적인 생각으로부터 자유롭지 못한데, 그래서 잭이 뭐든 밀어붙이려 하고 있다는 생각이 들기도 한다. 지난 4년 동안 실제로 그가 많은 돈을 벌어들이고 있는 것처럼 보여 다행이긴 하다. 그는 매일같이 트럭들을 내보내고, 매일 아침 스페인계 남자들이 서성거리는 파밍빌에 가서 추가로 일손을 구하기도 한다. 또 경기가 주춤한 지금, 커다란 저택을 지은 것을 후회하고 있는지도 모르지만 그다지 개의치 않는 것처럼 보인다. 우리는 이번 주말에 그의 새 집에서 모두 만날 것이다. 테레사가 최근에 남자 친구 폴과 약혼을 하고(그들은 오리건에서 날아올 것이다) 내 아버지가 여든다섯 살 생일을 맞은 것을 축하하기 위한 자리이다. 아버지는 자신의 생일을 잊었지만, 언제든 축하를 받을 때면 늘 그렇듯 무척 좋아할 것이다. 어쨌거나 잭과 유니스는 고상하고도 웅장한 방식으로 생일 축하연을 열 것이다.

나는 때로 잭이 염려된다. 그가 돈을 벌기 위해 너무 열심히 일하는 게 아닌가 하는 생각이 드는 것이다. 때로 그와 점심 식사를 하느라 같이 앉아 있으면 그의 허리춤에서 나온 무선호출기와 휴대전화, 전자 노트패드, 그리고 녹음기 같은 디지털 기기들이 테이블에 오르는 것을 보게 된다. 최소한 내 아버지와 삼촌들에게는 그들을 안내하면서도 어려운 시기를 겪게 한 순수함과 무지라는 쌍둥이 천사가 있었다. 나는 그들이 이룬 것들을 물려받았을 뿐이며, 그 무엇도 망치지 않기 위해 내가 할 수 있는 일들을 했다. 물론 리타는 종종 내가 하는 일과 관련해 내게는 아무런 선택의 여지가 없었으므로 조금도 부러워할 위치에 있지 않다는 지적을 하곤 했다. 나는 내가 전혀 관심 갖지 못한 뭔가를 지켰어야 했을 뿐이었던 것이다. 이것은 대체로 사실이다. 나는 벽돌과 회반죽을 별로 좋아하지 않았다. 젊었을 때 나는 전투기 조종사가 되고 싶었다. 그래서 공군사관학교에 대한 정보를 얻고자 편지를 보내는 한편, 시각을 예리하게 유지하는 훈련을 했고, 잠을 너무 많이 자지 않으려 했다(나는 잠자는 동안 살이 쪄 체중 제한을 초과할 것이 두려웠다). 하지만 때가 되었을 때 나는 응시 날짜가 다가왔다가 지나가는 것을 보았을 뿐, 일반 대학에 응시했다. 내가 관심이 없거나 두려웠기 때문만은 아니었다. 그것은 실제적인 것에 대한, 어쩌면 나와 관련된 실제적인 것에 대한 불신 때문이었다고 해야 할 것이다. 아마도 정신 요법 의사나 자신의 잠재 능력을 최고로 발휘하는 사람이라면, 나를 자신이 하는 일과 자신의 존재를 마음속으로 잘 그려 내지 못하는 사람으로 생각할 수도 있을 것이다. 우리는 비행기를 조종하거나 아름다운 여자와 사랑을 나눌 때, 또는 해변의 멋진 집에 살 경우에도 그런 것이 필요하다. 물론 나는 어떤 상황에서 적절한 영상을 떠올리고 약간의 환상적이며 꿈 같은 영상 또한 떠올릴 수도 있음에도 나 자신과 관련한 영상을 떠올릴 때면 항상 따라다니는 부정적인 느낌을 떨쳐 버릴 수가 없다.

내 아버지 역시 나의 그런 점에 대해 얘기를 했으며 가족과 회사 내의 모든 사람들도 그것을 알고 있었다(그건 지금도 그렇다). 물론 처음이자 마지막으로 간 베트남에서 돌아왔다면 마찬가지로 회의적인 태도를 한껏 갖게 되었을 내 동생 보비만큼은 예외였을 것이다. 어쨌든 나는 (탱크로 불리는) 행크 배틀의 아들이며, 그와 나 사이의 가장 큰 차이점은 나는 그가 가진 오만을 부릴 줄 몰랐을 뿐만 아니라 필요한 보호 장치도 개발하지 못했다는 것이다. 이 점에 대해서는 할 얘기가 더 있지만 지금으로서는 그것에 대해 불평하고 싶지 않다. 다만 선택이란, 그것을 자신들에게 유리하게 이용할 줄 아는 사람에게만 주어지는 행운이라고 덧붙이고 싶다. 나는 배틀 브러더스로 인해 괜찮은 삶을 살았으며, 괜찮은 동네에서 아이들을 키우며 그들이 자기 개발을 할 수 있는 모든 기회를 제공해 왔는데 그 점에 있어서는 성공적이었다고 믿고 있다. 나는 비록 열정적이지는 않았지만 항상 열심히 일했다. 또한 내게 주어진 것을 한 번도 당연한 것으로 받아들이지 않았으며, 뭔가가 또는 누군가가 나보다 아래에 있다고 생각한 적도 없다. 그리고 아무것도 포기하지 않았다. 최소한 이 점에서는 아무것도 후회하지 않는다.

그리고 나는 분에 넘치는 복을 누렸다. 일을 하면서도 전 세계를 두 번도 넘게 여행할 수 있었다. 나는 북극과 남극을 포함해(거의 그렇게 말할 수 있다) 아프리카와 중동의 '악당'으로 일컬어지는 몇몇 나라에 이르기까지 수많은 곳을 갔으며, 심지어는 입국이 쉽게 허락되지 않는 쿠바와 북한(DMZ 내의 회담장에 방문했던 것까지 포함한다면)에도 갔었다. 물론 이것은 아이들이 대학에 들어간 이후의 일이며, 대부분의 경우 리타와 함께였다. 하지만 그녀의 휴가 날짜가 맞지 않아 혼자 간 적도 있었다. 한편으로 신기하게도 나는 사람들이 많이 찾는 캐나다와 멕시코에는 가 본 적이 없는데 캐나다 쪽 나이아가라 폭포도, 멕시코의 유명한 휴양지인 칸쿤에도 간 적이 없다. 그렇다고 해서 아쉬움이 남는 것은 아니며, 앞으로도 마찬가지일 것이다. 대신 관광객들을 비행기에 태워 두 나라의 국경 너머에 있는 유명한 곳에 보내 준 적은 있다. 나는 지금 2년째 〈선데이 타임스〉에 전면 광고를 신는 대형 여행사의 지사(나는 그곳을 퍼레이드 여행사로 부를 것이다)에서 파트타임으로 일하고 있다.

4년 전 배틀 브러더스의 지분을 팔았을 때 나는 내가 갈 만한 곳이 얼마 남아 있지 않다는 사실을 미처 깨닫지도 못하고 있었다. 그때 테레사는 나의 폭넓은 경력을 들어 가며 여행을 좋아하는 '승객'으로 나를 표현하면서 여행사 일을 제안했는데, 그 제안에 따라 여행사 일을 시작해야겠다고 결심했다. 그리고 그것은 그녀의 비꼬는 듯한 말투에도 불구하고 나의 천직임이 드러났다. 퍼레이드 여행사의 붉은색 유니폼을 입기 오래전부터 세상의 유명한 도시에 있는 볼 만한 모든 것들에 대해 말할 수 있었던 나는 수준 높은 여관과 호텔, 그리고 관광 및 유람선 회사들을 알고 있었으며 어떤 패키지 상품들이 가격에 비해 괜찮거나, 혹은 싸기만 할 뿐 사실은 형편없는 것인지도 알고 있었다.

그렇지만 나는 사우나 시설이 딸린, 절벽 쪽으로 난 멋진 방이나 벨보이들이 청동색 단추가 달린 제복을 입고 있으며, 방이 여덟 가지 하얀 색조로 장식된, 디자이너가 설계한 호텔에 있는 두 개짜리 방을 무턱대고 추천하는 사람은 아니다. 나는 특별한 것에 대해 회의적이다. 그래서 휴가 때면 항상 분명 내 집보다 못하지는 않지만 그보다 약간 나을 뿐인, 최소한의 아침 식사가 나오는(로비에 커피와 차가운 덴마크 빵뿐인) 곳에서 머물렀다. 그리고 차를 타거나 걸어서 하는 문화체험 여행을 할 때면 차림은 구식이지만 유머 감각이 있고, 사투리가 심하며, 꽤 큰 낭만적인 포부를 갖고 있는 유쾌한 성격의 가이드로부터 안내를 받았다. 나는 항상 단체 여행을 통해 유명한 곳을 방문하고 사람들에게 공손히 일본어로 감사하다고, 그리고 독일어로 다시 보자고 얘기하는 것이 좋았다. 내게 있어 여행의 매력은 별로 알려지지 않은 명소나 외진 곳에 있는 오두막을 찾아내는 것보다는, 이제 갓 알게 되었지만 관계가 오래가지 못할 거라는 것을 알고 있는 낯선 사람들과 함께 — 그들과는 이 세상의 영광에 대해 얘기를 나눌 수도 있었다 — 타오르미나•나 마추픽추와 같은 이름난 폐허의 햇살이 비치는 돌 더미 속에서 눈을 가늘게 뜨고 서 있는 것에 있었다.

대학 시절, 내가 하는 거의 모든 일에 대해 화가 나는 것처럼 보이던 똑똑한 딸은 내가 여행을 좋아한다는 사실을 탐욕적이고 지배적인 식민주의자의 '계획'으로 일컬으며, 나를 '마지막으로 살아남은 백인'이라 부른 적도 있었다. 추수감사절이나 크리스마스에 그녀는 최근에 내가 어딜 다녀왔는지 대수롭지 않게 묻고는 했다. 내가 카리브 해나, 태국의 해안에서 조금 떨어져 있는 어떤 섬을 얘기하면 그녀는 내가 스노클링을 한 것이 산호초에 나쁜 영향을 준 게 틀림없다고 따지고 들었다. 그러면 나는 이미 죽은 불가사리 외에는 아무것도 만지지 않았다고 맹세했다(나는 그것을 집에 가져와 액자 속에 넣어 두었다). 하지만 그것 역시 그녀에게는 내가 토착적인 문화와 생태계를 집단적으로 채굴하고 있다는 증거가 될 뿐이었다. 나는 해변의 거리를 따라 나 있는, 조개껍데기와 해면과 박제된 새들을 파는 가게들의 숫자에 비춰 보면 원주민들도 그러한 것들을 채집하는 데 아주 만족해하는 것처럼 보인다고 대답했다. 그런 다음이면 우리는 늘 그랬듯

• Taormina: 이탈리아 시칠리아 주의 유명한 겨울 휴양지.

논쟁을 벌였다. 테레사는 관광 산업이 그 근본부터 잘못되었다고 말했고, 나는 원주민들이 계속해서 코코넛 열매에서 실을 뽑아 옷을 만들어 입도록 관광객들이 그냥 집에 있어야 하는지 따졌다. 다시 테레사 배틀은 원주민들이 자본과 생산을 지배할 필요가 있다고 했고, 다시 나는 모두가 그 상황에 대해 만족한다면 누가 상관하겠냐고 했다. 결국에는 사람들이 아무 생각 없이 살아가는, 공정치 못한 이 세상에서 과연 누가 행복해할 수 있겠는지에 대해 누군가가(누구이겠는가?) 따지고 들었다.

한때 눈에 넣어도 아프지 않을 만큼 예뻤고, 어깨와 목에 긴팔원숭이처럼 매달리곤 했던 딸은 이제 터무니없이 자유로운 동시에 마찬가지로 터무니없이 비싼 뉴햄프셔 대학에서 집에 돌아와 새벽 3시까지 너무 많이 마신 에스프레소와 담배, 그리고 간신히 외운 랭보의 시(다른 활동은 너무 게임처럼 여겨져 떠올릴 수도 없다) 때문에 충혈된 눈으로 나를 쏘아보고 있다. 나는 그녀가 펄쩍 뛸 거라는 걸 알면서도 "나는 행복해."라고 말하고 싶은 충동을 느끼지만 그렇게 말하지는 않는다. 그리고 그렇게 말하고 싶은 생각도 없다. 때문에 나는 여느 때처럼 누군가에게 아무도 거들떠보지 않아 비참한 모양을 하고 있는 삶은 양배추를 건네 달라고 부탁한다.

지금 나는 헌팅턴에 있는 퍼레이드 여행사의 내 책상에 앉아 테레사와, 제법 유명한 것으로 알려진(하지만 그리 성공하지는 못한) 그녀의 약혼자인 아시아계 미국인 작가 폴 편을 위한 패키지 여행 상품의 가격을 비교하고 있다. 내가 아시아계 미국인이라고 하는 것은 사람들이 늘 그렇게 부르기 때문이기도 하지만 — 나는 오랫동안 '동양인'이라고 불러왔는데 그 말은 사적이거나 그렇지 않은 많은 경우 그들에게 상처가 되었다 — 나 자신을 다문화적인 존재로 새롭게 보기 시작해야 했기 때문이기도 하다. 오래전 죽은 아내 데이지는 아시아인이었으며 아이들 역시, 나는 비록 그런 식으로 생각해 본 적은 없지만 혼혈이다. 그 모든 문제가 정확히 어떤 것인지 아직 완전히 이해하지 못하고 있다는 점은 인정하지만 그 말들이 테레사와 폴에게는 적절치 않다는 것을 깨달았다.

그들은 이번 가을 또는 겨울에 이곳 롱아일랜드에서 결혼할 계획이며(폴의 부모님은 둘 다 의사로 로슬린의 고속도로 근처에 살고 있다) 열대 지방의 휴양지에서 일주일쯤 신혼여행을 할 수 있는 적당한 가격의 여행 상품을 알아봐 달라고 내게 부탁을 했다. 나는 그들이 문화유산과 고유한 멋을 즐길 수 있는 독특하고 세련된 이국적인 휴가를 원할 거라 생각했는데 테레사는 자신들이 크루즈 여행과 같은 독특한 것을 생각하고 있다고 말했다. 제3세계의 발전한 도시들로 수없이 배낭여행을 다녀온 그들은 이제 재미있는 뭔가를 원하고 있다. 아마도 나는 익스타파•에 있는 해변의 오두막을 예약해 줄 수도 있을 것이다. 그곳에서 그들은 하루 종일 침대에서 뒹굴거나 모래 위에 누워 독하면서도 달콤한 음료를 서빙받으며 원할 경우 카누를 타거나 패러세일링을 할 수도 있을 것이다. 거기에는 강요에 의한, 생태계 체험을 위한 하이킹 같은 것은 전혀 없을 것이다. 테레사는(폴 역시) 머리를 흑인처럼 땋을 수도 있을 것이고, 저녁 식사로 '호화로운

• Ixtapa: 멕시코의 휴양지.

국제적 뷔페'를 먹은 후 물 위에 떠 있는 디스코텍에서 춤을 추며 테킬라를 마시거나, 심지어는 젖은 티셔츠 차림이나 알몸인 채 배로 수면을 치는 다이빙 대회에 참가할 수도 있을 것이다.

이곳 퍼레이드 여행사에서는 그런 것들 대부분을 주선해 줄 수 있다. 사람들은 대학생뿐만 아니라 테레사와 폴 같은 30대나 그보다 더 나이 든 사람들 역시 그런 것을 좋아한다는 사실을 알고는 놀라기도 한다. 갈수록 휴가 여행은 누구든 그런 것들을 즐길 수 있다는 요즘의 문화적인 정서를 많이 반영하고 있는 듯싶다. 실제로 사람들은 사무실에서, 또는 도로를 운전해 가거나 TV에서 스포츠나 음악 채널을 보면서도 그런 것들을 접할 수 있다. 이것은 젊은 세대들의 자유로움을 반영한 것처럼 보이지만 내게는 약간 지나친 것으로 보이며, 나로서는 그것들을 사양하고 싶다.

정말이지 나는 사양하고 싶다.

하나뿐인 딸은 그렇게 하고 싶어 하는 것 같지만, 그럼에도 나는 그녀를 그런 여행에 보내고 싶지는 않다. 물론 그녀의 신혼여행이지만 나는 그녀가 터무니없는 생각으로 여행을 망치지 않게 할 생각이다. 배운 것이 많고 똑똑해도 그녀는 이따금 불행한 결정을 내렸으며, 사랑에 대해서도 아직 배울 것이 많다. 폴은 내가 잘 모르긴 하지만 그녀와 많이 다른 것 같지는 않다. 다행히도 나는 무스티크•에 있는 농장 스타일의 멋진 호텔을 찾아내 직접 매니저에게 연락해 최고로 괜찮은 방을 달라고 했다. 그들은 샴페인과 열대 과일이 든 바구

• Mustique: 카리브 해에 있는 휴양지.

니를 안기며 환영하고 특별히 두 사람에게 마사지를 해 줄 것이다. 물론 테레사와 폴은 처음에는 그곳에서 복종과 수탈과 죽음의 기운을 느낄 테지만, 실컷 즐기느라 아무것도 기억하지 못하는 환희에 빠져 그 기분으로 몇 년을(운이 좋다면 더 오래도록) 지낼 수 있기를 바란다. 이것은 내가 그들에게 비밀리에 주는 결혼 선물이 될 것이다. 내가 여행사에 있어 할인이 되긴 하지만 그럼에도 불구하고 그들의 재정 능력으로는 최종 가격의 삼분의 일도 대지 못할 것이다.

이곳 퍼레이드 여행사에서 나와 함께 책상을 쓰고 있는 동료인 켈리 스턴스는 내가 자상하고 관대한 아버지이며, 그런 아버지를 둔 딸은 운이 좋은 것이라고 말할 것이다. 우리는 일주일에 사흘 반씩 일하는데 금요일마다 한 시간씩 겹친다. 그런데 이번 여름 들어(종종 그러긴 했지만) 켈리는 또다시 지각을 했다. 그녀가 자신의 책임을 가볍게 생각할 사람이 아니기 때문에 나로선 그런 그녀가 걱정이 된다.

켈리는 뼈대가 굵은 금발의 매력적인 여자로 얼굴이 소녀 같아 40대 중반임에도 불구하고 훨씬 젊어 보인다. 그녀가 나이 들었음을 보여 주는 것은 손뿐인데 이상하게도 늙어 보이는 그 손은 한때 내 어머니 손이 그랬던 것처럼 살갗이 창백하고 얇다. 사우스캐롤라이나 출신으로 목소리가 굵지만 말을 쾌활하게 해 이 사무실에는 어울리지 않는 것처럼 보인다. 그녀는 무엇이든 할 수 있다는(그리고 하겠다는) 태도를 갖고 있는데, 그 점은 그녀의 고객이 그녀의 일정을 모두 정확하게 알고 있다는 사실에서도 알 수 있다. 3시가 되면 '스턴스 양'을 찾는 전화가 쇄도한다. 내 나름대로는 최선을 다해 그 전화들을 받지만 대부분의 경우 사람들은 비행기 시각을 바꾸거나 차를 예약하는 것 같은 단순한 일로도 그녀와의 통화를 고집한다. 나는 직장에 나가는 이곳 롱아일랜드에 있는 다른 모든 사람들과 마찬가지인 것 같다. 그 얘기는 내가 어느 정도까지는 유용하지만 그 후로는 시간만 낭비하고 있다는 의미이다. 나는 이 점을 완전히 이해한다. 어떤 회사에 전화를 하거나 미니애폴리스나 채터누가에 있는 사무실로 가고 있다는 사실을 깨달을 때마나 나는 좀 더 차분하고 단순한 곳에 와 있는 듯한 믿음이 생긴다. 그 모든 것이 과장되었다는 것을 알고 있음에도 나는 전화 저쪽에 있는 그녀의 목소리에 빠져들며 우리가 마을 광장에서 손을 잡고 소풍을 즐기며 지나가는 누구에게나 그들이 곧 친구가 될 것처럼 인사하는 광경을 머릿속으로 그려 본다.

내가, 말하기 곤란한 리타에 관한 얘기를 비롯해 거의 모든 것에 대해 켈리에게 얘기할 수 있는 이유도 얼마간은 여기에 있다. 실제로 켈리는 친절하고 관대한 성격을 타고난 것 같다. 그리고 거기에는 또 다른 이유도 있다. 그녀는 이제 막 서품을 받은 사제처럼 뭐든 용서를 잘한다. 내가 몇 번 잘못을 저질렀음에도 그녀는 나를 용서해 주었는데 다른 여자들이었다면 그냥 넘어가지 않았을 것이다. 그녀는 영원히 나를 용서해 줄 것처럼 보인다. 하지만 그렇다고 해서 그녀가 만만한 상대라는 의미는 절대 아니다. 지금으로서는 리타가 나를 떠나기로 결심하고, 실제로 그렇게 했다가 다시 돌아온 후 다시 떠난 얼마 동안 우리가 가까운 사이였던 적도 있다는 것을 말해 두고 싶다. 켈리는 그사이 힘들어했다. 그리고 그녀는 결국 나를 어떻게 하는 대신 내 곁에서 계속 머물며 좀 더 지속적인 사이가 되기로 했다.

켈리를 찾는 또 다른 전화가 오지만 고객은 아니다. 목소리가 로버트 미첨처럼 들리기도 하지만 수줍은 기색이 역력하다. 목소리가 전혀 매력적으로 들리지 않는, 건장한 체구의 사내가 또다시 전화를 해 온 것이다. 나는 그에게 더 이상 인내심을 보이는 게 어렵다. 내가 아는 바로 그의 이름은 '짐보'다(그는 자신을 그렇게 부른다). 켈리가 몇 번 늦었을 때 그의 전화를 받았는데 처음에는 기분이 좋았다. 어쩌면 그가 그녀의 새 남자 친구라고 생각해서였는지도 모르겠다. 하지만 더 이상은 그렇게 생각되지 않고, 설사 그것이 사실이라 해도 상관없다. 켈리는 그가 그녀를 태우러 왔을 때 우리를 소개시켜 준 적이 있었지만 짐보는 악수를 청하는 대신, 차 안에서 살짝 고개만 까닥했다. 생각할수록 켈리가 그와 관계있다는 사실이 마음에 들지 않는다. 목소리가 약간 건달처럼 들리는 그는 여자를 두려워하면서도 혐오하는 남자처럼 보였다.

"3시 반이오."

그가 불평한다.

"이제는 도착했을걸요."

"아직 안 왔는데요."

"전화는 안 왔나요?"

"안 왔어요."

내가 말한다.

"이봐요, 아직도 그녀의 전화번호를 몰라요?"

"이봐요, 그건 당신이 상관할 바 아니오, 안 그래요?"

"누가 상관한대요?"

"그럼 제발이지, 그만 입 좀 다물어요."

"안 그러면요?"

"두고 보면 알게 될 거요."

짐보는 잔뜩 불량한 음색으로 말한다.

"그렇다면 여기 와 직접 보여 주지 그래요."

그는 잠시 아무 말이 없고, 나는 그의 손에 난 털이 곤두서는 것을 느낄 수 있다.

"당신은 망할 자식이야, 그거 알아?"

그는 힘을 줘 낮게 말한 다음 전화를 끊는다.

나 또한 전화를 끊으며 수화기를 세게 내려놓는다. 앞으로 무슨 일이 있을지 알 수 없다. 하지만 어떻게 돼도 상관없다. 요즘 들어 인근 3개 주에 걸쳐 사는 목 굵은 모든 남자들이 어깨에 힘을 주는 것 같다. 하지만 나는 벽돌과 회반죽 업체를 운영하고 조경 사업을 해오면서 온갖 허풍 떠는 사람들을 많이 경험했다. 그중에는 공무원들도 있었는데, 그들 대부분은 자신이 어디 소속인지도 밝히지 않았다.

나는 사무실 안에 있는 다른 사람들이 컴퓨터 모니터에서 거의 눈을 떼지 않고 있는 것을 본다. 하지만 새로 들어온, 가장 젊은 마일즈 킨타나가 양손 엄지손가락 두 개를 들어 보이며 "그 친구, 지옥에나 가라고 해요, 제롬!"이라고 소리친다. 그는 자신이 '가장 위대한 세대(Greatest Generation)'의 구성원이라고 생각할 정도로 젊다. 그는 〈라이언 일병 구하기〉를 최소한 스물네 번은 봤으며 사지가 잘리고 목이 달아나는 전투 장면 모두를 묘사할 수 있다. 그리고 내가 그 영화의 무대가 된 전쟁 기간에 태어났다고 얘기했음에도 불구하고, 그는 계속해서 나를 영웅임에도 불구하고 그 사실을 밝히기를 꺼리는 사람으로 본다. 그는 머리가 센 모든 미국 남자들이 옷장 속에 있는 시가 박스에 상이군인에게 수여되는 훈장과 스미스 앤드 웨슨 45구경 권총을 숨겨 놓고 있다고 생각하는 것 같다. 물론 나는 그가 나이 든 백인인 나를 놀리는 것이라고 확신한다. 어쨌든 나와 같은 사내와 도미니카 출신의 열아홉 살 된 아이가 서로 그렇게 잘 지낼 수 있다면 나로서는 아무래도 괜찮다.

마일즈는 회사에서 지정한 스페인어 담당자로(매니저인 척은 마일즈가 입사한 날 자랑스럽게 앞쪽 창문에 '스페인어 가능'이라는 말을 써 붙였다), 그를 고용한 것은 인근 지역의, 점차 그 수가 불어나고 있는 스페인계 고객을 더 많이 유치하기 위한 노력의 일환이었다. 재미있는 것은 마일즈가 유능한 여행사 직원임에도 불구하고 실제로는 스페인어를 그다지 많이 하지 않는다는 것이다. 사무실에서 또는 전화로 고객과 얘기할 때 그는 스페인어만큼이나 영어를 많이 사용한다. 사실 그가 통역하는 것을 보면 그가 하는 말을 이해하기 위해 스페인어를 알 필요도 없다. 그는 말하는 것만큼이나 몸짓을 많이 사용한다. 그럼에도 그는 계속해서 콜롬비아인과 엘살바도르인과 페루인, 그리고 책상 앞에서 자기 차례를 기다리는 모든 이를 상대한다. 어떻게 보면 때로 사람들을 안심시키는 것은 복잡한 언어보다는 그보다 더 폭넓고 깊은 소통 형태들인 것 같다. 이 생각은 더 이상 누구도 이해할 수 없다는 나 자신의 날카로운 감정과도 일치한다. 최소한 순수하게 언어적인 소통이 이루어지는 한에서는 그렇다. 그리고 이 삶에서 우리에게 남은 유일하게 진정한 것은 기쁨 비슷한 것으로 바뀔 수도 있는 즐거움과 슬픈 경이로움을 함께 나누는 상황뿐인 것 같다.

내 전화기가 다시 울리고 나는 짐보가 어떻게 나오든 그와 상대할 마음의 준비를 한다. 하지만 전화를 걸어온 것은 켈리다. 그녀는 자신의 밤색 소형차 안에서 전화를 하고 있는데 나는 그 차가 길 건너편에 이중 주차를 하고 있는 모습을 볼 수 있다. 나는 손을 흔든다.

"그러지 말아요, 제리."

안쓰럽게 코를 훌쩍이며 그녀가 말한다. 나는 그녀가 나뭇잎만 한 작은 티슈로 코를 문지르는 것을 볼 수 있다. 그녀는 커다란 선글라스를 쓰고 있고, 마치 비가 오기라도 하듯, 아니면 지금이 1964년이라도 되는 듯 무늬 있는 스카프를 머리에 두르고 있다.

"거기 있는 누군가에게 보이고 싶지 않아요."

"괜찮아? 목소리가 아주 안 좋은데."

"감기 걸린 건 아니에요. 그걸 두고 얘기한 건지는 모르겠지만."

"내가 그리로 나갈까?"

"제발 그러지 말아요, 제리. 지금 꼴이 말이 아니니까요."

"당신이 걱정돼, 켈리."

"그래요, 제리?"

"물론이지."

그녀의 목소리는 놀라울 정도로 긴장되어 있고, 차갑게 들리기까지 한다. 나는 재촉한다. 하지만 그 자리에서 연설을 듣고 싶어서는 아니고(하지만 그렇게 될 것이 분명하다), 켈리 스턴스가 이런 식으로 얘기하는 일이 거의 없기 때문이다. 나는 전화에 대고 말한다.

"끼어들고 싶지는 않아. 내가 상관할 일은 아니니까. 하지만 그 작자가 다시 전화해서 당신을 찾았어. 당신이 말하지 않아도 그와 만

나는 게 즐거운 일이 아니라는 건 알 수 있어."

"맞아요, 제리. 짐보한테 한동안 만나지 말자고 했어요. 그런데 그는 아직 그 사실을 받아들이지 않고 있어요. 하지만 꼭 그 때문만은 아니에요."

"그럼 뭐가 문제야?"

나는 아주 짧았지만 그렇게 오래되지 않은 우리의 만남을 떠올리며 최대한 침착하게 말한다.

"뭐가 잘못됐어?"

"모든 게 엉망이에요."

켈리가 대답한다. 그녀의 성숙한 목소리는 여전히 매력적이다. 그녀의 말이 가슴에 꽂히면서 나는 다시 한 번, 내가 사람들이 하는 행동보다는 말에 더 많은 영향을 받는 사람이라는 사실을 깨닫는다. 딸의 말에 의하면, 나는 사람들이 하는 말을 과장되게 받아들이는 경향이 있으며, 어떤 말의 상징성과 음색에 쉽게 영향을 받는다고 한다. 그냥 보았을 때 이것은 좋은 것도 나쁜 것도 아니다. 어쨌든 지금 켈리는 평소의 아름다운 그녀답지 않다.

"바위 밑에 기어 들어가 죽고 싶을 뿐이에요."

"무슨 일 있었어?"

"아무 일도 없었어요."

그녀가 말한다.

"이게 내 인생이에요."

"절대 그렇지 않아, 켈리."

"그래요."

그녀가 말을 잇는다.

"당신만큼은 충고 따위 하지 않기를 바라요."

"그렇지 않아. 당신은 판에 박힌 생활을 하고 있어. 단지 그 때문이야. 난 당신의 훨씬 좋지 않은 모습도 봤어. 하지만 그때도 당신은 좋은 하루를 보내고 있는 그 누구보다 백배는 더 나았어."

"당신은 나의 일면만 본 게 틀림없어요."

그녀의 반박에 나는 아무 대답도 할 수 없다. 그녀는 아무렇게나 이중 주차를 하는 중인데, 차 뒤쪽이 길 중앙으로 너무 나와 거의 중앙선 가까이 걸쳐 있다. 그 때문에 양방향으로 차들이 조금씩 밀리고 있다. 하지만 경적 소리도 들리지 않는 듯 그녀는 내게 말한다.

"당신을 탓하는 건 아녜요, 제리. 당신은 아주 점잖은 사람이에요. 나를 세 번도 넘게 차 버렸지만요."

"내 변호를 하는 건 아니지만, 마지막에는 당신이 나를 찬 것 같은데."

"그렇게 만든 건 당신이라는 걸 당신도 잘 알고 있잖아요. 그건 어느 정도 위엄을 유지하고자 한 나의 마지막 노력이었어요. 물론 그때는 아직 내게 위엄 같은 게 조금은 남아 있다고 생각했었죠."

"당신은 여전히 위엄이 넘쳐흘러."

그녀가 병원에서 처방해 준 오렌지색 병마개를 따는 것을 보며 내가 말한다. 가늘고 작은 병으로, 비타민이 들어 있을 리는 없다. 그녀는 알약 몇 개를 꺼내 입 안에 털어 넣은 다음, 빨대로 음료수를 길게 들이마신다. 이런 말을 하는 것은 멍청한 짓이지만 켈리에게서 유일하게 걱정되는 것은 그녀가 청량음료와 패스트푸드를 너무 좋아한다는 점이다. 그녀의 몸에 들어가는 것 가운데 자연적인 것은 아무것도 없다. 그녀는 옥수수 토르티야까지도 직접 만드는 리타와는 정반대다. 그것은 또한 켈리 스턴스와 내가 영원히 함께할 수 없었던 이유 중 하나이다. 물론 나는 처음부터 이해했지만 그 얘기를 꺼낸 적은 없다. 하지만 그런 이유가 있었다는 것은 사실이다.

"지금 먹고 있는 건 뭐지, 켈리?"

"짐보가 준 거예요."

병을 흔들며 그녀가 말한다.

"옥시콘틴•이라는 건데, 고통을 덜어 준대요."

"그렇겠지. 그런데 지금 내가 그리로 나가 함께 있는 건 어때? 척에게는 당신이 병가를 냈다고 할게. 그리고 지금은 나도 별로 할 일이 없어. 내 집에 함께 가서 하고 싶은 얘기나 실컷 하지. 안뜰에서 이른 저녁을 들 수도 있을 거야."

"나는 지금 한계에 와 있어요, 제리. 내 바깥 한계에 말예요. 당신에겐 절대 그런 일이 없을 거예요. 자신을 잘 추스르니까요."

"그게 사실이 아니라는 건 당신도 알잖아."

"나는 문제투성이예요. 당신은 당신의 삶 전체를 자신에게 잘 맞추고 있잖아요. 그리고 갈수록 더 나아지고 있고요. 당신은 잘생겼고, 조금 있으면 육십이 되지만 이제 갓 오십을 넘은 것처럼 보여요. 머리도 안 빠졌죠. 가까운 곳에 가족도 있고, 돈도 충분하고, 시간을 보낼 퍼레이드 여행사가 있죠. 게다가 만나는 어떤 여자든 나처럼 여

• Oxycontin: 강력한 마약성 진통제.

자 친구로 만들 수도 있고요."

"켈리…."

"비난하는 건 아녜요. 나도 꽤 괜찮은 여자지만 그렇게 특별하거나 독특하지는 않아요. 대체로 나는 사람들 눈에 띄지 않아요. 그건 사실이고, 당신도 그걸 알고 있어요. 나를 영원히 곁에 두고 싶어 하는 사람은 짐보밖에 없어요."

"그건 말도 안 되는 소리야."

"그렇지 않아요. 그는 나와 사랑을 나눠요. 그렇게 잘하는 편은 아니지만 어쨌거나 노력은 해요. 그는 아주 똑똑하지도, 재미있지도, 특별하지도 않아요. 하지만 그는 나를 원해요. 나를 필요로 하고요. 단지 그것뿐이에요. 왜 어떤 여자들이 감옥에 있는 남자와 결혼하게 되는지 생각해 본 적 있어요? 왜 그런 것 같아요? 나는 이제야 알겠어요. 오늘 나는 마흔다섯이 되었는데…."

"오늘?"

책상 위에 있는 달력을 보지만, 오늘도 다른 날도 아무런 표시가 되어 있지 않다.

"그래요. 하지만 그렇다고 당신을 나무라는 건 아니에요. 마흔다섯인데 한 번도 결혼한 적이 없어요. 이러다간 아이도 못 가질 거예요. 내가 죽은 부모님의 유일한 아이인데도 말예요. 나는 연금도 못 받을 거예요. 내 집 가구는 다 빌린 거예요. 나는 머리 염색도 직접 해요. 지금까지 살면서 정말로 끔찍하거나 잘못된 짓은 전혀 하지 않았어요. 그런데 봐요, 내가 얼마나 별 볼일 없는 사람이 되었는지. 당신은 건강을 유지하며 지겨워지지 않는 것에 대해서만 걱정하면 돼요. 비난하는 건 아녜요. 당신이 잘 지내서 기뻐요. 당신은 리타를 보고 싶어 하죠. 그녀는 언젠가는 돌아올 거예요. 틀림없어요. 어제 그녀와 얘기를 나눴는데, 당신이 어떻게 지내고 있는지 묻더군요."

가슴이 두근거리고, 잠시 나는 아무 생각도 나지 않는다.

"리타와 얘기를 했다고?"

"당신이 그런대로 잘 지내긴 하지만 외로워한다고 했어요. 그건 사실이잖아요."

"그녀는 어땠어?"

켈리는 알고 있을 것이다. 그녀와 리타는 한 달에 한 번쯤 만나면서 친하게 지내고 있다. 그들은 나에 관한 얘기를 제외하고는 모든 것을 얘기할 것이다. 언젠가 한번은 스탠드바의 구석자리에서 그들이 나누는 얘기를 엿들은 적이 있다. 그때 나는 그 짓을 위해 웨이트리스에게 20달러를 팁으로 주기도 했는데, 썩 잘한 일은 아니었다. 그녀가 얘기한 것이라곤 두 사람이 페니스 크기에 대해 농담을 했다는 것뿐이었다.

"당신과 비슷해요, 제리. 다만 당신만큼 외로워하지는 않더군요. 그녀는 아직도 리처드를 만나고 있어요. 물론 이따금이긴 하지만."

"그래."

리처드의 본명은 리치 코니글리오로, 코니글리오(coniglio)는 이탈리아어로 토끼를 의미한다. 실제로 그는 토끼처럼 키가 작고 야윈 사내로, 머리칼은 가늘어 보푸라기 같고, 의치일 수도 있는 이가 튀어나와 있다. 왠지 그는 영원히 살 것처럼 보인다. 나는 그를 중학교 때부터 알아왔다. 그는 항상 나를 따라다니곤 했는데, 내가 그를 매일같이 때리지 '않는' 아이들 중 하나였기 때문이다. 하지만 그는 똑똑했고, 이제 이곳에서 자선 사업 비슷한 것도 벌이는, 꽤 유명 인사가 되었다. 그가 리타를 만나게 된 것도 병원에서 연 자선 행사에서였다. 그곳에서 그녀는 자원봉사자로 일했다. 코니글리오는 나하고 나이가 똑같지만, 켈리는 내가 젊어 보인다고 얘기했음에도 불구하고, 나보다 최소한 다섯 살은 더 젊어 보인다. 그는 뉴욕의 잘나가는 법률 회사의 동업자로, 페라리를 수집하고, 머튼타운의 맨션에서 혼자 살고 있다. 주말이면 그는 동쪽 사우샘프턴에 있는 자신의 '오두막'으로 리타를 데리고 간다. 실제로 나는 그가 베이글 빈(Bagel Bin)에서 승마 바지를 입고 부츠에 말똥을 묻힌 상태로, 일요일자 〈타임스〉를 팔에 끼고 사람들 틈에 있는 것을 본 적이 있다.

"그와는 잘 지내고 있겠지."

내가 말했다.

"자책하지 말아요, 로미오. 리처드도 괜찮은 사람이지만 당신과 리타가 어떻게 될지는 우리 모두 알고 있어요. 당신 목소리에서도, 당신 주변 어디에서도 그걸 들을 수 있어요. 당신과 리타, 두 사람의 춤은 이미 시작되었어요."

"나도 그러길 바라."

"그냥 바라기만 해서는 안 되죠, 제리 배틀. 좀 더 노력해야죠. 그런데 내가 왜 지금 이런 얘기를 하고 있는지 놀랍군요."

"헌팅턴빌리지에서 당신이 가장 마음 따뜻한 사람이기 때문이야."

감동받은 나머지 내가 말한다. 하지만 이내 나는 우리의 화제가 다시 어떻게든 나에 관한 얘기로 나아가리라는 것을 깨닫는다. 언제

나 그런 식이었다. 그래서 나는 화제를 돌린다.

"당신 생일이라는 얘기를 했어야지. 지금 퇴근해서 오늘 밤 당신과 함께 시간을 보내야겠어. 척에게는 당신이 병가를 냈다고 말할게. 시내로 나가지. 스미스 앤드 볼렌스키(Smith & Wollensky)에 예약할게. 거기서 흑맥주를 마시는 거야."

"그러지 말아요!"

그녀는 소리를 지르고, 그 소리에 내 귀가 다 얼얼하다.

"꼼짝도 하지 말아요. 저녁 먹으러 시내에 가고 싶지도 않고, 당신이 여기로 나오는 것도 원하지 않아요. 나는 그냥 내가 멀리 가 버릴 거라는 얘기를 하러 들른 것뿐이에요."

"그게 무슨 말이야? 어디로 간다는 거야?"

"아직은 모르겠어요."

마치 울음이라도 터뜨릴 것처럼 그녀는 감정에 북받친 목소리로 말한다.

"하지만 어디로 간다 해도 당신에게는 말하지 않을 거예요. 아니, 누구에게도 말하지 않을 거예요. 만약 오늘 이후로 나한테 소식을 듣게 된다 하더라도 어딘가 멀리 있는 곳에서일 거예요."

"나는 '만약'이라는 말을 좋아하지 않아, 켈리."

"빌어먹을, 제리!"

그녀는 내 이름보다는 욕을 더 강조하며 말한다. 하지만 그녀는 이내 스스로를 추스른다.

"이봐요. 당신한테 소리 지르고 싶지는 않아요. 그냥 척에게 휴가를 간다고 얘기해 줘요. 그가 마음에 안 들어 하면 회사를 그만두었다고 얘기해 줘요. 그리고 나에 대해서는 염려하지 말아요. 괜찮아질 테니까요. 그냥 혼자서 여행 가고 싶어요. 그걸 생각하니까 무척 행복해요. 걱정 말아요."

하지만 나는 무척 걱정이 된다. 그리고 순간적으로 등골이 오싹해진다. 특히 그녀가 무척 행복할 거라는 대목이 마음에 걸린다. 문득 그녀가 으깨진 알약과 비닐 쓰레기봉투와 날카로운 면도날이 널브러져 있는 가운데 손에 손거울을 쥔 채 모텔 방에 누워 있는 모습이 떠오른다.

"지금 나갈게."

단호한 목소리로 내가 말한다.

"당신이 나를 원하든 원치 않든."

하지만 내가 수화기를 놓고 자리에서 일어난 순간, 켈리가 손을 흔드는 것이 보인다. 꼭 나를 향해 흔드는 것 같지는 않다. 마치 그녀가 전 세계를 도는 퀸메리호의 꼭대기 갑판에 서 있는 것 같다. 그녀의 금발 머리칼이 스카프 밖으로 휘날린다(왜 모든 출발에는 이처럼 매력적인 어떤 것이 있는지 알 수 없다). 내가 밖으로 나가기도 전에 그녀는 속도를 낸다. 먼지 낀 그녀의 작은 차는 털털거리며 동네의 대로를 가로질러 달리고, 하마터면 빨간 불 신호에 사고가 날 뻔한다. 다른 차들이 항의의 경적을 울려 댄다. 잠시 가속 페달을 밟으면서 기름 타는 냄새가 나고 하얀 연기가 자욱하더니 그녀는 사라져 버린다. 나는 계속해서 그녀의 집으로 전화하지만 녹음된 메시지밖에는 들을 수 없다. 그런데 그 메시지를 들을 때마다 나는 할 말을 잃는다.

"안녕하세요, 여러분. 켈리입니다. 지금은 집에 없습니다. 하지만 뭔가 좋은 얘기를 해 주세요."

오늘 저녁에도 이따금 전화를 해 보았지만 소용이 없었다. 내가 할 수 있는 것이라곤 늦은 밤 언제라도 그녀가 나를 필요로 할 경우 곁에 있어 줄 수 있다는 생각뿐이었다. 이제 거의 자정이 다 되었다. 그녀가 부르기만 하면 달려가 침대 옆에서 잠을 이루지 못해 피곤한 상태로 자리를 지켜 준다는 것은 듣기에는 무척 좋은 얘기이다. 물론 내가 더 나은 사람이라면(그리고 이제 친구가 된 옛날 애인이 아니라면) 그녀의 친구들과 심지어는 짐보에게까지 연락하며 그녀를 찾아 대로를 뒤지고 벌써 그녀의 아파트에도 갔을 것이다. 하지만 나는 그렇게 하는 대신 별 하나 떠 있지 않은 롱아일랜드의 하늘 아래 있는 테라스에 앉아 차게 만든 싸구려 피노 그리지오•를 홀짝이며 가끔가다 무선 전화기를 바라보며 조금 걱정하고 있을 뿐이다. 물론 나는 켈리가 걱정되고, 그녀가 자해하지나 않을까 두렵기도 하다. 하지만 나는 여느 때처럼 이곳에 앉아 무슨 소식이 오기를, 이제는 뭘 해야 할지 하늘이 알려 주기를 기다리고 있다.

리타가 항상 나를 어려워한 것도 그것이다. 그리고 테레사도 나의 그러한 점을 두고 나를 공공연하게 '초자연적으로 게으른 사람'이라고 일컬었다. 잭은 이 점에 대해서는 달리 얘기하지 않았는데, 어쩌면 결국 그 역시 나와 크게 다르지 않다는 점을 깨달아서인지도 몰랐다. 그리고 그것은 우리의 선조들 또한 마찬가지였다. 맞는 생각

• Pinot Grigio: 이탈리아산 와인.

인지는 모르겠지만, 켈리 스턴스라면 나의 이러한 자질을 두고 나를 '정말 바보'라고 생각할 것이다. 실제로 우리가 마지막으로 잠자리를 하고 났을 때 그녀는 나를 그렇게 불렀다. 물론 그것은 내가 잠자리에서 신통치 않았기 때문은 아니었다(내가 전문가가 아니라는 것을 알고 있는 나는 항상 사랑이라는 육체적인 노동에서 적어도 절실한 마음으로 집중하려고 노력했다). 오히려 그것은 그녀와 다시 한 번 영원히 헤어지리라는 분명한 의도를 갖고 있었음에도 환상적인 카리브 해 크루즈 여행에 그녀를 데리고 간 것 때문이었다.

그녀 생각에는, 내가 그 여행을 떠나기 전 그녀를 버렸어야 했다. 어떤 기준으로 비추어 봐도 그것이 예의에 맞는 것이었다. 하지만 나는 마지막으로 그녀와 함께 자고 싶었다. 그것은 보상이나 위안의 차원이 아니었다. 나는 진정으로 그녀를 생각했고, 행복하게 해주고 싶었다. 그리고 나로서는 태평스런 유람 여행을 가는 것 외에는 달리 방법을 찾을 수가 없었다. 당연한 일이지만 켈리와 나머지 사람들은(놀랍게도 세상사의 대부분에서 내 편을 들어 주는 마일즈를 제외하고는 사무실 사람들 모두) 나의 그러한 행동을 이기적이고 잔인한 것으로 생각했다. 그리고 그 점은 낭만적이며 사치스런 크루즈 여행이 관계의 종말을 알리는 서막처럼 보일 때 우리 관계가 어떤 전기를 맞았다는 사실로 인해 더 좋지 않았다. 켈리는 뭔가 특별한 것을 기대하며 퍼레이드 여행사 친구가 가방 속에 집어넣어 준 얇은 속옷과, 내가 배의 선장에게 부탁해 선상에서의 깜짝 결혼을 올릴 것에 대비한, 결혼식에서 신부들이 입을 것 같은 수놓은 가운까지 챙겨왔다. 하지만 내가 옷가방을 열었을 때 여행용 코트밖에 없다는 것을 알면서 그녀는 자신의 기대가 틀렸다는 것을 알아차리게 되었다. 한순간 그녀는 개기 일식을 본 것처럼 얼어붙었다. 내가 뭐가 잘못되었냐고 묻자, 그녀는 내 말을 무시하고 달콤한 미소를 지으며 밝은 목소리로 "그 무엇이 잘못되더라도 우리는 영원한 친구죠?"라고 말했다.

켈리는 내가 알았던 모든 남부 출신 여자들처럼(모두 합쳐 셋이었다. 다른 둘은 조지아 주 디케이터 출신의 쌍둥이 코언 자매였는데 이름이 테리와 트레이시로 내가 젊은 시절 몇 번 여름을 보낸 캐츠킬 캠프장에서 인명구조원으로 일했다) 낙관적인 성격을 타고났다. 그녀는 나와 같은 사내들과도 잘 지내다가 결국에는 남자에게 — 남자 쪽에서 일부러 그런 것은 아니지만 — 이용당하기도 했다. 코언 자매는 내가 기억하기로 수영을 엄청 잘했을 뿐만 아니라 총과 활도 잘 쏘았다. 모습이 똑같은 그들은 키가 크고 풍만한, 전형적인 아리안 계통으로 캠프장에 온 젊은 유대인계 미국인들은 떨리는 가슴으로 남몰래 그들을 바라보았다. 마지막 여름 캠프에서 나는 테리와 데이트를 했고(그 점은 확실하다), 친구 론은 그 여동생을 만났다. 캠프 중반 무렵 우리는 유대인에게 처녀성을 잃는 것은 이상적인 것일 수도 있다고 그들을 설득했다. 유대인은 상대로부터 아무것도 기대하지 않고 서로를 구속하지도 않는다는 논리에서였다. 그다지 일리 있는 얘기는 아니었지만 그들은 동의했다. 그래서 어느 날 밤 우리는 침낭과 초, 콘돔, 그리고 750밀리짜리 컴퍼트• 한 병을 챙긴 뒤 카누를 저어 케노나 호수 한

• Southern Comfort: 1874년에 탄생한, 미국의 대표적인 전통 리큐어로, 버번위스키에 향신료, 과일, 꿀 등을 넣어 만든 달콤하면서도 독한 술.

가운데 있는 발 모양의 작은 섬으로 갔다. 넷은 함께 술을 마셨고, 그 후 테리와 나는 섬 반대쪽으로 가서 물 바로 옆에 있는 넓고 평평한 바위에 자리를 깔았다. 우리는 계속해서 트레이시와 론이 얘기하며 웃는 소리를 들을 수 있었다. 그러다가 아주 조용해졌고, 우리는 키스도 하지 않은 채 옷을 벗고 사랑을 '만들기' 시작했다. 내가 '만든다'라는 표현을 쓰는 이유는 그녀를 사랑했다거나 더 속된 표현을 쓰는 것이 불편해서라기보다는 당시에도, 그리고 지금도 함께 있는 사람이 누구이건 또는 그것이 처음이건 마지막이건 항상 최소한 말 그대로 사랑을 만들어 가고 있다고, 쌓아 올리고 있다고 믿을 수 있는 분명한 순간이 있기 때문이다. 그것이 연금술에 의한 것이건, 화학 아니면 의지에 의한 것이건 간에. 테리 코언의 경우에는 사랑을 함께 만든다고 생각하는 것이 어렵지는 않았는데, 그것은 그 단단한 바위 위에서 내 아래에 있던 그녀가 열성적이었고, 겁이 없었으며, 확고부동했기 때문이다. 그 순간 나는 마치 우리가 지구의 중심을 향해 곧장 가고 있는 듯한 감정을 느꼈다(물론 나는 이것이 처녀에 대한 많은 젊은이들의 이기적이고 어리석은 생각 중 하나로, 감상적이며 우스꽝스런 것임을 알고 있다). 그 후 어느 정도 행복한 마음으로, 정력적이었지만 절정에 이르지는 못했던 섹스로 인해 몸이 얼얼한 상태로 우리는 말없이 처음 장소로 갔다. 그때까지 우리는 트레이시와 론에 대해서는 생각지 않고 있었다. 최소한 나는 그랬다. 그런데 그 순간 우리는 촛불을 밝힌 채 몸을 섞고 있는 그들과 마주쳤다. 트레이시의 가느다란 뒤꿈치가 론의 등에 부딪치고 있었다. 테리가 나를 딴 데로 데리고 가거나 몸을 숨기자고 하지 않은 것은 그들이 쌍둥이였기 때문인지도 모르겠다. 우리는 그들이 강도를 더했다가 잠시 숨을 고르고는 다시 강도를 더하는 것을 지켜보았고, 마침내 그들은 오르가슴을 느꼈다(놀랍게도 론보다 트레이시가 먼저 절정에 이르렀다). 그때 테리가 내 손을 잡더니 바위 위의 그 지점으로 다시 나를 데리고 가 내 위에 걸터앉아 재빨리 우리 둘 모두를 절정에 이르게 했다.

그것이 훌륭한 스포츠에 대한 정의이다.

나는 오랫동안 화를 잘 내고, 지나치게 민감하며, 화산처럼 잘 폭발하는 사람에게 익숙해 왔다. 내 어머니가 그런 사람이었는데, 그녀는 성 프란체스코에게 창피를 줘 거짓 고백을 하게 할 수도 있는 여자였다. 죽음을 맞이한 마지막 순간에도 그녀는 앞에 늘어선 우리를 나무라며 자신의 벨기에산 레이스 침대보 위로 몸을 숙이기 전에 손을 씻게 했다. 내가 어렸을 때 어머니와 아버지는 사업을 하는 방식과, 야간 학교를 갓 졸업한 젊은 경리들과 아버지가 주기적으로 바람피우는 것을 두고 심한 말싸움을 벌이기도 했다. 그들의 싸움이 격해질 때면 어머니는 생선을 다듬는 녹슨 칼을 휘두르며 둘을 잡기만 하면 둘 모두의 내장을 꺼내겠다고 욕했다. 그러면 아버지는(조심성 없이 사르트르와 카뮈, 그리고 〈리더스 다이제스트〉를 인용하던) 그 당시 막 선언된 신의 죽음을 놓고 그녀를 조롱했다. 행크 배틀은 항상 소란스런 싸움을 좋아했다. 그리고 만약 내가 그를 더 많이 닮은 게 사실이라면, 나는 결국 나를 견디지 못하고 침대에 불을 지르고 말았을 여자를 만났을 것이다.

그런 까닭에 내가 켈리 스턴스와 같은 여자에게, 그런 다음 리타와 같은 여자에게 끌린 것은 전혀 이상한 일이 아니었다. 리타는 마지막 순간까지 아무 말도 하지 않더니 우리가 복합 상영관에서 〈쥐라기 공원 2〉를 본 후 집으로 차를 타고 가는 도중 낮은 목소리로 하퍼지에 있는, 옛날에 살던 스튜디오식 아파트를 다시 임대했으며 주말까지는 떠날 것이라고 담담하게 말했다. 나는 아무 말도 하지 않았는데, 그것이 전혀 놀라운 일이 아니었기 때문이다. 그리고 그녀에게 따지고 들 것이 없었기 때문에 아무런 저항도 하지 않았다. 그 이전의 몇 해가 우리가 무엇을 기대해도 좋을지에 대한 충분한 증거를 제공했다. 집으로 차를 몰고 가는 동안 나는 마치 가슴뼈까지 깊이 물린 것 같았고, 심장이 빠르게 고동쳤으며, 하반신이 마비된 것 같았다. 당시 리타는 여전히 쓰라린 감정이었음에도 화를 내기보다는 슬픔에 잠겨 있었다. 이튿날 아침 그녀는, 우리가 21년을 함께 살아온 것을 기념하며 내가 준 다이아몬드와 루비로 만든 반지를 돌려준 후 그동안 내가 사 준 값비싼 수프 냄비와 튀김 냄비, 그리고 케이크를 굽는 팬을 모두 쌌다(그녀가 자신만을 위해 요리한 적이 한 번도 없었음에도 그렇게 했다). 그녀는 이것이 내게 어떤 고통을 안겨 줄지 나보다 먼저 이해하고 있었다.

부엌으로 들어가는 순간, 벽시계(세계 1차 대전에 사용된 솝위드 캐멀(Sopwith Camel)이라는 비행기의 앞부분처럼 생긴)의 시계침이 딸깍 소리를 내며 12에서 멈춘다. 자정이다. 켈리에게서는 여전히 소식이 없고, 그래서 다시 그녀의 아파트와 휴대전화에 전화를 하지만 소용이 없다. 이제 나는 경찰에 전화를 해 그녀가 연루된 사고나 보고가 있었는지 확인해야겠다는 생각을 한다. 그때 내 손에 있던 전화가 울리고, 그녀라는 것을 알 수 있다. 나는 무슨 생각에서인지 벨이 몇 번 더 울린 후에야 전화기의 통화 버튼을 누른다.

"켈리…."

"제리?"

"켈리, 당신이야?"

"아뇨, 제리. 나예요. 리타예요."

나는 아무 말도 할 수 없다. 물론 나는 그녀가 말하기 전에도 리타인지 알고 있었다. 나는 다른 손에 들고 있는 끈적거리는 빈 병의 감촉 외에는 아무런 감각도 없다.

"이봐요. 나는 직장에 있어요. 방금 교대해서 제대로 얘기하기는 어려워요. 켈리는 여기 있어요. 한 시간 전쯤에 왔어요. 비상구에 차를 부딪쳤죠."

"다쳤어?"

"그 때문이 아니에요."

리타가 심각한 목소리로 말한다.

"자신이 곤란한 상황에 처해 있다는 것을 알고 이곳으로 차를 몰고 온 게 틀림없어요. 하지만 제대로 그렇게 하지도 못했죠. 약을 너무 많이 먹었어요."

"옥시 뭔가 하는 거야?"

"맞아요. 어떻게 알았죠?"

"그걸 먹고 있다고 말했어."

그 말이 얼마나 좋지 않게 들리는지 깨달으며 내가 말한다.

"하지만 괜찮지, 그렇지?"

"괜찮아질 거예요."

리타가 침울한 목소리로 말한다.

"자살할 만큼 충분한 양은 아니었지만 크게 다칠 뻔했어요. 지금은 멍한 상태에 있어요. 나더러 당신한테 전화해 달라고 하더군요. 그래서 전화하는 거예요."

"알아."

"당신이 그녀를 돌볼 수도 있을 거라고 했어요."

"전에도 그랬고, 지금도 그래."

지난 몇 년 사이 우리에게 익숙해졌고 마침내는 싫증이 나 버린 불안하고 어색한 침묵이 길게 이어졌다. 물론 지금으로서는 앞으로도 내가 그런 것들을 마다할지 알 수 없다. 그럼에도 그런 침묵은 앞으로도 계속될 것이다.

리타가 간호사처럼 말한다.

"그녀는 괜찮아질 거예요. 하지만 지금은 쉴 필요가 있어요. 본관 병동으로 옮겨 갈 거예요. 당신이 내일 아침 늦게 그곳으로 가 보도록 해요."

"만사 제쳐 놓고 그렇게 하지."

내가 말한다. 나는 밤 근무가 아침 7시에 끝이 나고, 30분간 교대 시간이 있고 나서 리타가 리치의 편안하고 웅장한 침대로 돌아갈 거라는 것을 알고 있다.

"잠을 자게 해 줘요."

지시와 요청의 중간쯤 되는 어조로 그녀가 말한다.

"이봐요. 그만 전화를 끊어야겠어요. 그녀를 잘 대해 줘요."

"항상 그래."

"알았어요, 제리. 알았어요. 이만 끊을게요. 안녕."

"리타…."

하지만 그녀는 내가 뭐라 말하기도 전에 전화를 끊어 버린다. 나는 발신 번호를 누르지만 병원의 교환원이 나오고, 응급실 간호사실에 연결되었을 때에는 또 다른 간호사가 전화를 받아 리타가 자리에 없다고 말한다. 메도브룩 공원 도로에서 미니밴에 타고 있던 10대들이 사고가 크게 나 그들을 구하러 응급 구조 요원들과 함께 갔다고 말한다.

리타와 갑작스런 전화 통화를 한 후 차츰 켈리가 정말 자해하려고 했을 수도 있다는 생각이 들면서 도저히 잠을 이룰 수가 없다. 나는 자꾸 오줌이 마려워 두 시간마다 일어나 냉장고를 기웃거리며 밤늦은 시간에 방영하는 케이블 TV의 별로 흥미도 없는 프로그램을 본다. 그러다가 밖으로 나가 진입로에 세워 놓은 낡은 컨버터블에 앉아 희미한 달빛 속에서 백미러로 이제 막 늙기 시작한 나 자신을 비스듬히 바라본다. 우여곡절도 많았고 회한도 많았던 과거가 떠올랐지만, 자신을 비하하는 순간이 찾아오지는 않으리라는 것을 알고 있기에 크게 걱정은 하지 않는다. 나는 영화와 책에서 종종 그러는 것처럼 이상한 환상이나 악몽으로 누군가를 고통스럽게 하지는 않을 것이다. 그 정도로 이상하지도 똑똑하지도 않은 나는 결코 그런 짓을 할 만한 사람이 못 된다. 나는 그냥 내가 볼 수 있는 것을 말할 것이다. 즉 그것은 밤에 지붕을 연 차 안에 홀로 앉아, 초조하게 핸들 위에 손을 올려놓은 채 혼자서 조용히 콧노래를 부르며 해가 떠올라 다시 움직이기를 기다리는 한 남자의 모습이다.

아침이 밝았고 나는 이미 이곳, 군(郡) 병원 주차장에 있다. 라가디아의 장기 주차장에, 그것도 추수감사절이 낀 주의 이 시간에 이렇게 많은 차들이 있다는 게 놀랍다. 서둘러 입원하기 위해 할 수 있는 모든 것(흡연, 마약, 자동차 질주)을 하는 사람들을 보며 그들이(직업이 무엇이건 상관없이) 병원을 사랑한다고 생각할 수도 있을 것 같다. 때로 내가 교대 근무를 마친 리타를 태우기 위해 올 때면 사고로 독극물을 마시거나 물에 빠져 죽을 뻔하거나 칼에 찔리거나 총에 맞거나 화상을 입거나 하는 식의 온갖 방법으로 위험에 처한 사람들이 응급실에 줄을 서 있곤 했다. 그것을 보면 우리가 롱아일랜드의 바빌론• 보다는 베이루트••에 더 가까이 살고 있는 것처럼 여겨졌다.

이제 불과 아침 7시밖에 되지 않았다. 나는 리타에게 어떻게 얘기할지, 아니 그보다 어떻게 그녀가 내게 얘기하게 할지를 생각하고 있다. 나는 이미 성인 병동에 있는 켈리 스턴스를 방문한 상태이다. 나는 간호사들에게 내가 이복 오빠이며 소식을 듣자마자 로어노크에서 밤새 운전하고 왔다고 했다. 그런 다음 슈퍼마켓에서 산(다른 곳은 문을 열지 않았다) 카네이션 화환과 놀라울 정도로 길고, 꽤나 사랑을 담은 메모를 머리맡에 있는 서랍에 남겨 놓았다. 그 메모를 통해 나는 그녀를 실망시켰다면 미안하며 다시는 그러지 않겠다고 말했다. 마침 그녀가 잠들어 있어 그런 메모를 남길 수 있는 것이 다행이었다. 몸을 움직일 수 없게 묶여 있는 그녀를 보자 이상한 느낌이 들

• Babylon: 롱아일랜드 남쪽의 바닷가 마을. 고대 도시의 이름이기도 함.
•• Beirut: 레바논의 수도.

었는데, 사실 당연한 조치인 것 같다. 그녀가 깨어난 후 정신 나간 짓을 할 수도 있다는 걱정이 든다. 그래도 간호사가 우리만 남겨 놓고 나갔을 때 나는 켈리의 한 손을 풀어 필요한 경우 조금이나마 움직일 수 있도록, 최소한 어디 가려운 곳이라도 긁을 수 있게 해 주었다. 리타에 대해 말하자면, 응급실 입구를 통해 병원을 나간 그녀가 다시 돌아와, 내가 하는 일 없이 있는 이곳을 지나갈 것이다. 검은색 줄이 그려져 있고, 가짜 크롬 휠이 있는 그녀의 바나나색 1982년식 머스탱은 내 뒤, 멀리 벽 쪽에 서 있다. 그녀는 중고차를 샀는데 이미 덜거덕거리고 녹슨 상태에 있던 그 차는 이상하게도 이후로는 더 이상 나빠 보이지 않는다. 그녀는 그 차를 푸에르토리코인의 자동차라고 부르기를 좋아했다. 나는 리치 코니글리오가 그녀가 머튼타운에 있는 자신의 영지로 그 차를 몰고 오는 것을 허락했다는 데 놀랐다. 어쩌면 그가 그 차를 좋아했을 수도, 아니면 달리 선택의 여지가 없었을 수도 있었다. 그녀가 나와 함께 살기 시작했을 때 나는 새 차를 한 대 사 주겠다고 했다. 그녀가 원하는 무엇이든 좋다고 했다. 당시 내 마음은 (당시로서는) 나와는 어울리지 않게 관대했던 것이다. 나는 불가피한 경우가 아니면 웬만해서는 그런 짓을 하지 않았다. 실제로 이웃들도 잘 모르던 나는 그들이 나에 대해 어떻게 생각하는지에 대해서는 전혀 개의치 않았다. 하지만 함께 살게 된 처음 몇 달 동안 그녀가 진입로에 들어설 때마다 마음이 편치 않았다는 점은 인정해야 할 것이다. 어쨌든 지난 6개월 동안 나는 내가 오후에 부엌 창문 밖으로 내다보는 가운데 리타가 그런 식으로 다시 돌아오기를, 하얀 신발을 신고 차에서 내려 걸어오기를 기다렸다. 그리고 그녀가 자신의 열쇠를 사용하기를 기다렸다.

리타를 만난 건 25년 전쯤, 배 위에서였다. 어느 금요일, 여름 동안 해협에서 두 시간 동안 운항하며 해질 무렵 술도 제공하는 유람선에서였다. 몇 년 전(실제로는 15년에서 20년 전일 것이다) 뉴욕 주 코맥 출신의 한 여자가 배에서 떨어져 익사한 것으로 추정되면서(사체는 발견되지 않았다) 그 회사는 소송에 휘말렸고 곧 문을 닫아야 했다. 내가 그 배를 탄 것은 두 번밖에 되지 않는데, 그 두 번째에 리타를 만났다. 지나치게 큰 선실에는 60명 남짓한 독신 남녀들이 들어차 있었는데 한 사람당 20달러(여자는 10달러)를 내고 술과 구운 치즈, 샐러드 그리고 DJ가 틀어 주는 펑크와 디스코, 그리고 몇몇 옛날 노래(때는 1977년이었고, 당시에는 옛날 노래들이 지금보다 더 옛날 노래처럼 여겨졌다. 어쩌면 그것들이 레코드판으로 재생되어 말 그대로 옛날 것처럼 들렸기 때문인지도 모르겠다)를 즐겼다. 그때는 데이지가 죽고 나서 일을 많이 하던 때다. 아이들은 주로 어머니가 돌봤으며 그 후에는 몇몇 이웃 여자들이 시간 날 때마다 찾아와 돕기도 했다. 그리고 결국에는 연이어 다른 보모들을 구했지만 그들 중 어느 누구도 오래 일하지는 못했다.

어느 날 밤, 나는 110번가에 있는, 당시로서는 무척 새로운 복합 상영관이었던 곳에서 고등학교 때 같은 반이었던 릭 스타이니츠를 우연히 만나게 되었다. 우리 둘은 〈미지와의 조우〉를 보고 나온 상태였다. 릭이 내 이름을 불렀고, 나는 그가 누구인지 한눈에 알 수 있었다. 그는 여자 친구(다리가 길고 얼굴이 예쁜 갈색 머리 여자였다)와 함께 있었는데 나와 함께 시간을 보내면서 잡담을 하거나 그 이상의 다른 뭔가를 하고 싶어 하는 것처럼 보였다. 그는 족부 치료 전문의로, 사무실이 헌팅턴에 있었다. 고등학교 시절 우리는 친구로 지낸 적이 없었으며 사실 서로를 거의 알지 못했다. 내가 기억하는 한, 우리는 둘 다 수줍음을 많이 타는 외로운 학생들이었고, 친구들 사이에서 인기는 없었지만 그렇다고 따돌림을 받거나 하지는 않았다. 물론 릭은 내가 그를 그런 식으로 기억하는 것에 대해 전혀 동의하지 않을 것이었다. 여기서 궁극적인 진실은 중요하지 않다. 우리의 우정은 술이나 골프 또는 서로 어울리는 즐거움에 의해 생겨난 것이라기보다는 새로운 관계를 원하는 공동의 필요에 의한 중년의 우정이었다고 말하는 것으로 충분할 것이다. 당시 릭은 두 번째 이혼을 한 상태였는데 판에 박은 생활을 하고 있는 것처럼 보였다. 내가 홀아비가 된 지 1년이 넘었음에도 혼자라는 얘기를 듣자 그는 마치 어떤 도전적인 과제를 안은 것처럼 흥미를 보였다. 여자 친구가 화장실에 갔을 때 그는 노스포트에서 출발하는 유람선 여행을 함께하자고 했다.

유람선에서 릭은 특별한 존재로 보이지는 않았다. 그는 짝을 찾지 못해 여러 명을 상대해 보지만 결국에는 흥미를 잃는(물론 그것으로도 괜찮은) 숱한 남녀들 중 하나였다. 사람들은 항상 처음 30분 동안 술을 잔뜩 마신 후 먼저 춤을 추기 시작했다. 다들 서로 악수를 하고 소리를 지르는 것에 대해서는 개의치 않는 것처럼 보였는데 다른 때 같으면 그것은 무례하고 창피스런 행동일 수도 있었지만 그곳에서는 자연스런 것이었다. 갑판 아래에는 엄하고 간소한 개인 전용실이 두 곳 있었다. 릭은 그곳에서 20달러를 주면 엷은 자주색 실크 옷을 입고 탈색한 머리를 뒤로 묶은, 여행 중에 좀 더 조용한 시간이면 잭 케루악•의 소설을 몰래 보는, 몸이 마른 술주정뱅이인 렘인지 켐인지 하는, 선장의 보조와 즐길 수도 있다고 했다. 하지만 나는 개인 전용실을 찾는 것이 아주 이례적인 경우라고 생각했다. 대부분의 사람들은 노골적이고 가능성으로 가득한, 그럼에도 실제로는 아주 정숙하며 그에 따라 의식을 치르는 것처럼 보이기도 하는 사람들 사이에서 자기 자신을 과시하는 일을 더 좋아했다. 가령 내가 리타를 만난 날 밤, 릭 박사는 앞쪽 갑판에 간단한 진료실을 차려 놓고 여자들의 발꿈치를 '검진하며' 원하는 이 모두에게 추가로 마사지 치료를 제공했는데 거의 모든 여자가 그것을 원했다.

리타는 발 진찰을 받기 위해 줄을 선 여자들 중 하나는 아니었으며 자신을 잘 드러내지도 않았다. 파티를 즐기는 여자도 아니었다. 솔직히 그녀는 나를 포함한 모두에게 처음부터 눈에 띄었다. 그곳에서 그녀만이 유일하게 백인이 아니었기 때문에. 대부분의 장소에서 사람들이 자신과 같은 부류와, 혹은 최소한 그들이 생각하기에 자신과 같은 부류의 사람들과 어울리는 경향이 있다는 사실은 놀라운 얘깃거리가 아니다. 그리고 롱아일랜드에서도 가장 중심에 있던 우리 또한 다르지 않았다. 배에 있던 사람들은 아일랜드계와 이탈리아계 혹은 폴란드계이거나, 100년 전쯤에 해안으로 떠밀려 온 다른 나라 사람들의 후손이었다. 그러나 사람들은 누군가가 나타나 일부러 그런 것은 아니지만 그 장소에 어떤 여과 장치 같은 것을 만들어 친숙한 효과를 바꾸기 전에는 그런 것을 의식하지 못한다. 그녀와 그녀의

• Jack Kerouac: 1922~1969. 미국의 소설가.

친구가 배와 부두를 연결하는 다리를 걸어올 때 내 뒤에 있던 어떤 멍청이가 "이런, 누군가 하녀를 초대했군."이라고 말했지만 좀 더 나이 든 한 여자가 얼굴을 찌푸린 것 외에는 어느 누구도 신경 쓰지 않았다. 그렇게 말한 사내는 리타에게서 눈을 떼지 않았다. 리타가 푸에르토리코인인지 아니면 다른 나라 출신인지는 알 수 없었지만 그녀는 누가 보아도 아주 예뻤다. 그녀는 빳빳하게 다린 크림색 맞춤 상의와, 그것과 잘 어울리는, 무릎 위로 많이 올라온 치마를 입고 있었다. 그녀의 다리는 남편이나 남자 친구라면 언제든 일부러 그것을 감상하고자 하는 마음으로 손으로 꽉 쥐고 싶은 마음이 들만큼 단단했고 미끈했다. 리타에게 처음 말을 건 사람은 나였는데 딱히 그럴만한 이유가 있었던 것은 아니었다. 다만 배가 출발할 때 내가 그녀 옆에 서 있었기 때문이었다. 우리는 항해를 시작하는 사람들이 그러듯 부두에 있는 사람들을 향해 손을 흔들었다. 그녀에 대해 한마디 내뱉은 사내는 하얀 폴리에스테르 양복을 입은 채 우리 바로 뒤의 바에 서 있었는데, 내가 나와 리타 그리고 그녀의 친구 수지를 위해 딸기맛 칵테일을 주문한 뒤 몸을 돌리다가 그와 부딪치며 그의 옷에 여자 입술처럼 보이는 커다란 분홍색 자국을 남기는 바람에, 그는 그날 저녁 내내 바보가 될 수밖에 없었다. 때문에 내가 그에게 술을 사고 세탁 비용을 지불해야 했지만, 그 정도야, 뭐.

내가 다시 돌아왔을 때 리타는 내 셔츠 칼라에 붉은 술 방울 자국이 두 개 나 있는 것을 발견하더니 핸드백에서 물티슈를 꺼내 정성스럽게 그것을 지워 주었다. 그러면서 그녀는 매우 가까이 몸을 기울였는데 나는 그것이 아주 마음에 들었다. 그 모습을 본 릭이 내게 눈웃음을 쳤고, 그 때문에 나는 뒤로 물러나야 했다 — 최소한 비유적으로는 그랬다. 순간 문득 나는 우리를, 그리고 특히 자신이 방금 만난 보통의 백인 멍청이를 돌보고 있는, 살갗이 검은 이 사랑스런 여자를 살피고 있는 나 자신을 의식하게 되었다. 물론 그것은 완전히 멍청하고 시간 낭비일 뿐인 생각이었지만, 그럼에도 불구하고 나는 그런 생각에 잠겼다. 그러면서도 나는 향수를 뿌린 그녀의 머리칼에서 나는 풋사과향의 마지막 입자 하나까지 들이마시려고 애썼다.

그때 릭이 우리에게 춤을 추자고 했고, 우리 넷은 배의 두꺼운 부분에 설치한, 딱딱한 나무를 댄 곳에서 춤을 추기 시작했다. 릭과 수지는 서로 허벅지가 맞닿은 상태에서 다소 요란한 춤을 췄고, 리타와 나는 1970년대 초반 스타일로 몸을 많이 움직이지 않는 춤을 췄다. 릭이 수지를 데려와 우리와 나란히 선 후 서로 어깨에 팔을 두른 채 남녀가 번갈아 가며 발을 차는 춤을 췄다. 하지만 그 순간 릭의 손이, 그 다음에는 손톱이 내 목을 쥐는 것이 느껴졌다. 그를 보았을 때 그의 얼굴은 콘크리트 색이었다. 수지가 비명을 질러, 우리는 서로의 어깨에 두르고 있던 팔을 놓았다. 나는 릭이 쓰러지기 전에 그의 모습을 보았다. 리타는 곧바로 응급 환자를 받은 간호사처럼 변하더니 수지를 향해 선장에게 얘기해 배를 항구로 돌리게 하라고 말했다. 심장 발작이었다. 릭의 눈은 열려 있었지만 초점이 없는 것처럼 보였다. 그런데 그때 릭의 눈이 잠깐 밝아졌다. 그는 진심인 듯 "나는 괜찮아, 괜찮아."라고 말했다. 나는 그가 괜찮아질 것이라고 생각했다. 우리 모두가 바라는 것이었다. 하지만 그의 눈은 다시 희미해졌고 더 이상 아무 말도 하지 않았다.

리타가 계속 심폐 소생술을 시도했지만 20분 후 우리가 부두에 도착했을 때 릭은 이미 숨을 거둔 후였다. 그녀는 정말이지 영웅적인 모습을 보여 주었다. 그럼에도 그 힘든 일을 겪는 내내 놀라울 정도로 침착했다. 그리고 그가 숨을 거둔 순간에는 그의 손을 쥐고 있었다. 기다리고 있던 응급 의료진이 릭을 데리고 갔고, 우리 셋은 구급차를 따라 병원으로 갔다. 잠시 후 응급실에 있던 의사가 나오더니 그가 죽었다고 알려 주었다. 수지가 울기 시작했다. 실제로 릭을 알고 있던 사람은 나뿐이었지만 간호사가 어디로(전 처 또는 형제 또는 부모에게) 연락해야 할지 물었을 때 나는 그들이 누구인지 그리고 그들이 어디에 살고 있는지조차 모른다는 것을 깨달았다. 그것은 진정 유감스러운 부분이었다. 할 수 없이 경찰이 그의 신상 기록을 확인한 후 가족이나 친지에게 연락하도록 하는 수밖에 없었다.

수지가 갈수록 안절부절못하자 리타는 그녀를 집에 보냈다. 다행히 수지는 병원 가까이 살고 있었고, 택시도 쉽게 잡을 수 있었다. 그러면서 자신은 나와 함께 릭의 가족이 나타나기를 기다리겠다고 했다. 그녀에게 나는 괜찮으며 그녀로서는 할 만큼 했다고 했지만 그녀는 고집을 굽히지 않았고, 그래서 최소한 그녀를 집에 데려다 주게 해 준다면 그렇게 하자고 했다. 릭의 여동생과 가장 최근에 이혼한 전 처가 나타났고, 그들은 곧 여느 사람들처럼 충격을 받았다. 그리고 그들이 조금 진정되었을 때 리타와 나는 슬픔에 잠긴 그들을 껴안고 나서 우리의 전화번호를 남긴 후 최대한 우아하게 그 자리를 떴다. 그럼에도 우리 또한 충격을 받은 것은 사실이었다. 내가 그녀를 아파트에 데려다 주었을 때, 그녀는 내 얼굴에서 뭔가 잘못된 것을 본 듯 커피를 한 잔 만들어 주겠다고 했다.

우리는 그녀의 작지만 아주 깨끗한 아파트에 들어가 한 시간쯤 얘기를 나누었다. 그녀는 밤에 간호 학교에 다니며 이제 막 간호사 보조 일을 시작한 상태였는데, 가끔은 아이들 돌보는 일을 해 추가로 돈을 벌기도 했다. 내가 아이들이 학교에서 돌아온 후 그들을 돌볼 마땅한 사람을 찾는 데 어려움을 겪고 있다고 했을 때 우리 둘은 어느 정도 마음이 환해진 상태였다. 맹세컨대, 그녀에게 그 일을 한번 해 보지 않겠냐고 했을 때 우리 사이에 사랑이 싹트리라고는 전혀 생각지 못했다. 직장에서 일찍 퇴근해 집에 간 후 그녀가 갈 시간이 되면 마치 아이스크림을 떨어뜨린 듯한 기분이 들기 시작한 것은 그 뒤 이삼 주가 지나서였다. 내가 그래선 안 되었다는 이유가 어디 있는가? 집에 도착하면 그녀가 아이들에게 음식을 먹이고 있었는데 아이들이 음식을 모두 먹기는 데이지가 죽은 후 처음 있는 일이었다. 그녀는 자신이 할 일이 아님에도 불구하고 따로 음식을 많이 만들었고, 맥주를 한 병 따 건네주기도 했는데 그러면 나는 그것을 들고 욕실에 들어가 샤워를 하며 마셨다. 그런 다음 나는 로빈슨 크루소처럼 하고 나와 스페인식 고기 요리와 빛깔이 검은 쌀 또는 그녀가 만든 뭔가를(그 후 그녀가 개발한 요리를) 먹었다. 그녀가 부엌을 청소하고 나면 우리는 자리에 앉아 아이들이 잠자리에 들 때까지 시트콤 한두 편을 보곤 했다. 매우 좋았고, 그것은 데이지가 살아 있을 때 우리가 누렸던 몇 번 되지 않는 좋은 때만큼이나 좋았다. 아니, 어쩌면 그때보다 훨씬 더 좋았다. 그 순간들은 갑자기 터져 나오는 울음이나 미친 짓에 의해 훼손되지 않는, 조용한 즐거움이 있는 순간들이었다.

요즘 들어 나는 시간과 사건 그리고 상황에 대해 아주 무심해진 느낌이다. 실제로 너무 그런 나머지 배도 잘 고프지 않다. 하지만 지금 여기 리타가 하얀 신발을 신은 채 응급실 문을 나오고 있다. 그녀의 검은 머리는 이전보다 더 곧으며, 약간 더 짧아졌고, 본래 머리에 비해 풍성함이 줄어들었다. 왠지 변호사 코니글리오의 상류층 스타일의 영향 때문인 것처럼 보이기도 하지만 실제로는 전혀 그렇게 생각지 않는다. 하지만 그 무엇도 문제되지 않는다. 그녀는 이제 아름다움이 사라지기 시작할 나이에 이른 것이다. 내가 손짓하기도 전에 그녀가 나를 본다. 그녀는 잠시 걸음을 멈춘다. 마침내 그녀는 앞쪽으로 오지만 너무 가까이는 오지 않고 앞쪽 범퍼 가까이에 그대로 서 있다.

"태워 줄 필요는 없어요."

"알아."

"켈리는 만나 봤어요?"

그녀가 말한다.

"잠들어 있어서 꽃만 놓아두고 왔어. 이따가 다시 들르려고."

"그런데 지금은 어디로 가려고요?"

"당신을 따라가고 싶어. 같이 아침을 먹는 건 어때?"

"나는 이제 아침 안 먹어요. 점심도 마찬가지고요."

"그게 무슨 말이야?"

"다이어트 중이에요."

"그런 짓을 한단 말이야? 농담하고 있군. 당신은 그럴 필요 없어."

"아니요. 그럴 필요가 있어요. 그리고 간섭하지 말아요. 여자에게 무슨 일이 일어나는지 당신은 몰라요, 제리. 우리 여자들이 어떻게 늙는지 말예요. 당신은 모든 것을 너무 당연한 것처럼 받아들여요."

"당신은 멋져. 아주 훌륭하기까지 해. 솔직히."

리타는 그냥 나를 노려보기만 한다. 나는 내가 한 마지막 말이 그녀의 머릿속에서 어떻게 울리고 있는지를 안다. 분명, 나는 솔직하며, 항상 그녀와 함께하고 있다. 하지만 대체로 문제되는 것은 말보다 실천인데, 그것은 특히 사랑이라는 문제의 경우, 더 그렇다. 그리고 오래된 관계의 경우, 더욱더 그렇다.

"원한다면 같이 앉아 있어 줄 수는 있어요. 다만 내 다이어트에 대해 잔소리는 하지 말아요."

"알았어. 타."

"당신을 따라갈게요."

열쇠를 흔들며 그녀가 말한다.

"그리고 나를 그 집 근처로 데려갈 생각은 하지 말아요."

제리코 턴파이크에 있는 식당에서 우리는 대로가 내다보이는 창가 자리에 앉는다. 길은 멀리까지 아침 출근 시간으로 북적거린다. 우리와는 상관없는 것이다. 그럼에도 그 모습을 보고 있자니 우리가 앉아 있는 작은 사각형 공간이 아늑하고 조용하게 느껴진다. 멋진 것 이상으로 좋아 보이는 리타의 살갗은 한여름의 코코아 열매 같다. 그녀는 얼음을 넣은 물과 또 다른 잔 하나만 주문한다. 스스로에 대한 연민에 나는 여느 때 먹던 멕시코식 오믈렛 대신 자몽 반 개와 토스트 그리고 커피를 주문한다. 그녀는 가방에서 바닐라 맛 다이어트 음료 캔을 꺼내 잔에 붓는다. 그것을 보자 양로원에서 내 아버지에게 주는 영양 보충제가 생각난다. 그는 그것을 보고 크게 소리 질렀지만 결국에는 마셨다. 그가 그렇게 하는 이유는 아무도 내 어머니가 만들어 주었던 음식을 다시는 만들어 주지 않으리라는 것에 대해 불평할 수 있기 때문이다. 앞서 말한 것처럼 리타는 훌륭한 요리사이다. 그녀는 아침과 점심으로 다이어트 음료를 마신 다음 리치와 함께 괜찮은(하지만 지루할 게 틀림없는) 저녁 식사를 하겠지만 그에게는 우리가 보낸 세월을 더없이 멋진 것으로 만들었던, 단지에 조리한 가리비와 후추를 친 돼지고기 안심, 그리고 벌꿀을 넣은 갈비살 요리는 해 주지 않고 있다는 생각을 하자 왠지 기분이 좋다.

아니, 어쩌면 그렇게 하고 있는지도 모른다. 속에는 아무것도 입지 않은 채로, 사이즈가 아주 작은 섹시한 제복을 입은 채로 그를 위해서만 요리를 해 멋진 도자기 그릇에 담아 내놓는지도 모른다.

"켈리 얘기로는 아직도 리치를 만나고 있다고 하던데."

주문한 음식을 보고 시간이 많지 않을 수도, 아니면 앞으로는 기회가 오지 않을 수도 있다는 생각을 하며 내가 말한다.

"잘돼?"

"그건 당신이 상관할 일이 아니잖아요. 특히 그를 아는 마당에서는."

"그냥 오래전에 알고 지냈을 뿐이야. 그가 당신과 나에 대해서는 묻지 않던가? 우리의 과거에 대해서 말이야."

"한 번도 그런 적 없어요."

"사기꾼 같은 놈이라고. 그는 잘난 척할 거리도 없는 꼬맹이 주제에 늘 엄청난 수다쟁이였어. 모두가 그를 못 살게 군 이유도 거기에 있지. 당신도 알다시피 그에게 잘 대해 준 사람은 나밖에 없었어."

리타는 그를 변호하지도, 그 점에 대해 다른 뭔가를 말하지도 않는다. 그녀는 가족의 안부를 묻는다.

"아이들은 어때요?"

"잘 지내고 있어."

잠시 나는 그녀가 우리의 아이들에 대해, 얼굴에 콧물이 묻은 채로 점퍼를 입고 있는 어린아이들에 대해 얘기하고 있다는 환상을 즐기며 말한다.

"테레사는 약혼했어, 작가하고. 폴은 만난 적 없지?"

"딱 한 번 만난 적 있어요, 그것도 잠깐."

"결혼식에는 올 거지?"

"모르겠어요."

"당신이 안 오면 테레사가 마음 아파할 거야. 리치를 데려와도 돼. 나는 괜찮아. 하지만 당신이 정말 오지 않으리라고는 생각하지 않아."

"리치는 안 데려갈 거예요."

다이어트 음료를 한 모금 마시며 그녀가 말했다.

"책은 어때요? 새 집은요?"

"믿을 수 없을 정도로 넓어. 우리 집보다… 아니, 내 집보다 다섯 배는 커. 부엌에는 냉장 기능이 있는 서랍도 있고, 파스타 요리할 때 쓰는 수도꼭지가 가스레인지 바로 위에 있지. 유니스한테는 완벽한 곳이야. 그녀는 마카로니를 삶는 것밖에 못 하니까."

"요리할 시간도 없잖아요. 데코레이션 사업으로 너무 바쁘니까."

"가구와 양탄자를 사기에 너무 바쁘다는 얘기겠지. 그들은 미술품을 사들이기 시작했어. 포스터 복제품이 아닌 진짜 말이야. 지난주에는 시내에서 열리는 크리스티 경매장에도 갔지. 뭔가 대단한 것을 가져온 것 같아."

"배틀 브러더스 가문의 모두가 잘하고 있는 것처럼 들리는군요."

"잭은 회사를 미친 듯이 확장하고 있지. 그가 그런 대단한 사업가가 될 줄은 전혀 몰랐어. 제일 수줍음을 많이 타는 아이였는데 말이야."

"그는 당신 아버지를 닮았어요."

리타가 말했다.

"비밀스런 무솔리니처럼요."

"오, 맙소사."

"잭은 행크만큼 자신감에 차 있지 않아요. 하지만 훨씬 정이 많죠."

"그는 사람들이 생각하는 것에 대해 지나치게 신경을 많이 써."

"특히 당신 생각에 대해 그렇죠."

영원히 그렇게 생각하게 될지도 모른다는 두려움에 한 번도 그것을 인정한 적은 없지만 그것은 어쩌면 사실일 수도 있다(한편 테레사는 정반대 문제가 있었는데, 나는 그것에 대해서는 한 번도 신경 쓴 적이 없다. 물론 그녀는 때로 골칫거리가 되기는 한다). 부모로서 내가 한 가지 배운 것이 있다면, 그것은 자식들의 실패와 결함에 대해서는, 그들의 나이가 어떻게 되건, 절대 있는 그대로 얘기하지 말라는 것이다. 그리고 이제 나는 리타가 내 아이들을 얼마나 잘 아는지를 기억하게 되었다. 그녀는 데이지가 죽은 후 모든 것이 엉망이 되었을 때, 그리고 내가 관목과 화단에 까는 짚 등에 신경 써야 하는 사업 외에는 아이들뿐만 아니라 그 밖의 거의 모든 것에 무관심하게 되었을 때, 그들의 청소년기 내내 그들을 돌보았다.

"아이들은 당신을 사랑해."

이런 식으로 아이들 얘기를 꺼내는 것이 얼마나 비열하고 공정치 못한 일인지 알면서도 나는 그렇게 말한다.

"죽을 때까지 당신을 사랑할 거야."

물론 리타 역시 그 순간 나의 모든 책략을 꿰뚫어 보지만 내가 말한 것은 엄연한 사실이다. 그래서 그녀는 시선을 내려 거품 모양의 빙과 유리잔을 들여다보며 화를 참는 것 외에는 달리 도리가 없다. 만약 배짱이 있다면 나는 그녀에 대해 어떻게 느끼는지를 떠올리며 몇 마디 하거나 어떤 시인의 시 구절 몇 마디를 암송하며 그녀가 "별을 향한 나방의 욕망/ 이튿날을 위한 밤의/ 멀리 있는 뭔가를 향한 헌신/ 우리의 슬픔의 영역으로부터의"를 어떻게 받아들이는지 궁금해했을 것이다.

하지만 리타는 시인이었던 적이 없던 내가 시도하는 것을 기다리지 않고 아침으로 먹는 음료를 마저 들이켠다. 그녀는 입을 훔친 다음 1달러를 팁으로 남긴다.

"가겠어요."

자리에서 일어나며 그녀가 말한다.

"잘 가요."

"잠깐만 기다려."

"아뇨."

"아직 아침 식사도 안 끝냈어."

"당신은 빨리 먹잖아요. 아마 내가 차에 타기도 전에 끝낼 거예요."

"조금만이라도 나를 기분 좋게 해 줄 수는 없어?"

리타가 사나운 눈으로 다시 자리에 앉으며 낮은 목소리로 말한다.

"당신은 정말이지, 뻔뻔스러워요."

"내가 그런가?"

"그래요."

몸을 앞으로 기울이며 그녀가 말한다.

"당신이 하고 있는 짓이 얼마나 뻔뻔스러운지 신경조차 쓰지 않으니까요. 당신은 자신이 무슨 말을 하는지, 혹은 그것이 무엇을 의미할 수 있는지 전혀 몰라요."

"잭과 테레사가 당신에 대해 생각하는 것도? 그것이 무엇을 의미하는지까지 숨길 필요는 없어. 그건 당신이 그냥 자리에서 일어나 그들의 삶으로부터 멀어질 수 없다는 것을 의미해. 당신은 거의 그들의 계모와도 같아."

"오, 제발 그만둬요."

다시 자기 물건을 챙기며 그녀가 말한다.

"그게 얼마나 바보처럼 들리는지 알아요? 거의 계모와 같다고요? 어쨌든 그들은 걱정 안 해요. 다시 만날 거라는 걸 아니까요. 문제는 당신이에요, 제리. 항상 그랬던 것처럼요. 이 모든 쇼의 중심에서 꼼짝도 않고 있는 건 당신이에요. 당신은 영원히 스타예요."

"모든 걱정을 해야 하는 게 그 사내라면 그렇게 하지."

"맞아요."

마지못해 쓴웃음을 지으며 그녀가 말한다.

"그냥 하고 싶은 말을 해요. 당신이 켈리에 대해 그렇게 걱정하는 게 아니라는 건 나도 알아요."

"그녀가 괜찮을 거라는 얘기는 당신이 했어. 최소한 그녀에게는 그녀를 돌볼 괜찮은 사람이 있어."

그녀의 화를 돋운 것을 후회하면서도 나는 그렇게 말한다.

"내가 그다지 확실치 않은 건 당신이야."

"나라고요? 지금 농담하고 있군요."

"어떻게 그 친구가 당신에게 맞을 수 있지? 어떻게 그를 견디지? 그는 자신이 얼마나 우스꽝스럽게 보이는지도 알지 못해. 리처드 경. 사람들이 그를 골프 파이핑 록(Piping Rock)이나 크리크 클럽(Creek Club)에 받아 줄 거라고 생각하는 거야?"

리타가 말한다.

"사실 그는 두 클럽의 회원이에요. 물론 내가 보기에는 대단한 게 아니지만요. 그래서 또 뭘 얘기하고 싶은 거예요?"

"좋아. 그렇다면, 그곳에서 그는 혼자서 뭘 하고 있는 거지? 그리고 그의 아내는 왜 그를 떠난 거야? 그는 오랫동안 그녀 몰래 바람을 피운 게 분명해. 그런 다음 그녀와 아이들을 내쫓기 위해 법적 조치를 취한 거야."

"그 사람 몰래 바람을 피우고 달아나 딴 사내와 결혼한 건 그녀예요. 그녀는 그곳을 원하지 않았어요. 그리고 그의 아이들과 손자들은 여름이면 대부분 그와 함께 지내요. 게다가 그는 정원 일과 독서를 좋아해요. 그는 태극권도 해요. 또 아시아 요리를 아주 훌륭하게 해요. 태국 음식과 일본 음식을요."

"나는 항상 당신을 베니하나•에 데려갔어."

"그래요, 그랬죠."

나는 내친김에 말한다.

"그가 마치 이상적인 남자처럼 들리는군."

"물론 그렇지 않아요!"

그런 얘기를 하는 것에 싫증이 난 듯 리타가 말한다.

"하지만 그는 적어도 뭔가에 흥미를 갖고 있어요. 여전히 호기심이 있죠. 그는 지루하다고 불평하는 법이 없어요. 항상 뭔가를 찾지만 멍청하거나 절망적인 방식으로 그렇게 하지는 않아요."

"나한테는 약간 병적으로 들리는데?"

"그건 전혀 놀라울 게 못 돼요."

"그렇다면 왜 그와 결혼하지 않는 거지?"

"생각하고 있는 중이에요."

약간 활기찬 목소리로 그녀가 말한다.

"그가 청혼했어?"

리타는 고개를 끄덕인다.

"며칠 전 밤에요."

"맙소사. 만난 지 6개월밖에 안 되었잖아."

"우리는 젊은 사람들이 아니에요."

"당신한테 반지를 줬어?"

• Benihana: 일본 요리 전문 체인점의 이름.

그녀는 잠시 머뭇거리다가 가방에서 보석함을 꺼내 연다. 풍선껌 머신에서 나오는 플라스틱 공 크기의 아주 큰 보석이다. 솔직히 놀랍다. 지니고 있다 보면 부적이 될 수도 있겠다. 반박할 것이 아무것도 없는 나는 기가 죽는다. 다른 남자의 눈부신 선물 앞에서 그래야 하는 것처럼 나는 생물학적으로 위축되고, 나 자신이 쓸모없는 인간으로 느껴진다.

"물론 리처드는 내가 천천히 시간을 갖고 잘 생각해 보기를 바라죠."

그 순간 내가 생각한 것은 리처드가 바보라는 점이다.

"너무 공정하고 옳기만 하군."

"하지만 이 문제로 오래 시간을 끌고 싶지는 않아요. 절대로요. 그렇게는 하지 않을 거예요."

"내 말 좀 들어 봐."

흥분을 가라앉히며 내가 말한다.

"당신은 결정을 빨리 내리는 사람이 아냐. 그건 당신과는 어울리지 않아. 당신은 그럴 필요가 전혀 없어, 특히 지금은. 그건 도움이 안 돼."

"당신은 내가 지난 21년 동안 한 것을 다시 해야 한다고 생각하는 거예요? 그게 내게 좋다고 생각하는 거예요?"

이런 얘기가 나올 때면 나는 항상 우리가 법적으로 합친다고 해봐야 지금보다 나아질 것이 없다고 대답했다. 그러면 리타는 자신이 우리 관계와 내 가족을 위해 그 모든 것을 바친 지금, 뭔가를 가져야 한다고 말했다. 그러면 나는 그녀가 일방적으로 떠나려는 결심을 하는 것이 문제라고 했고, 그러면 그녀는 돈이나 재산이 문제가 아니라 그녀와 나 자신에 대한 나의 존중이 문제라고 했다. 이것은 가장 말하기 힘든 부분이었는데, 그동안 내가 그녀를 여왕처럼 대했다고 생각했기 때문이었다. 나는 티파니(Tiffany)나 해리 윈스턴(Harry Wonston)에서 쇼핑을 하지는 않았을 수도 있지만 항상 포턴오프(Forturnoff's)에서 아주 괜찮은 보석을 그녀에게 사 주었으며, 멋진 리조트에도 여러 번 데려갔었다. 그리고 그녀가 그냥 집에 머물며 정원을 돌보고 요리를 하고 독서하기만을 바랐다면(그녀는 그 모든 것을 리치와 함께하고 있는 게 분명했다) 간호사로 일하게 내버려 두지도 않았을 것이었다. 방금 말한 것들은 내가 보기에는, 정서적으로 가까이할 수 있는 백만장자나 직업 마사지사가 아닌 경우라면(내가 다니는 병원 의사 사무실에 놓인 잡지에 따르면, 그 두 가지가 여자들이 가장 바라는 남자 유형이었다), 최소한 나와 같은 사내 또는 평범한 누군가와 함께하기에는 나쁘지 않아 보였다. 하지만 나는 또다시 잘못하고 있는 것 같다. 내가 들인 노력에도 불구하고 결국 나는 이곳에 앉아 그녀가 믿을 만한 뭔가를 말하려고, 아니면 그녀를 잠시나마 더 있게 하려고 절망적으로 애쓰고 있다.

"당신은 리치와 결혼해서는 안 돼."

나는 가까스로 그 말을 내뱉는다.

"그럴 수는 없어. 그럴 수는 없어."

리타는 내가 그 이유를 말하기를 기다린다. 그녀는 내가 왜 그런 말을 하는지 알고 싶어 하고, 내가 따지고 들기를 바란다. 하지만 곧 그녀는 이제 갓 늙기 시작한 옛날 애인의 입에서 아둔한 간청 외에는 아무 얘기도 나올 수 없다는 것을 깨닫는다. 그리고 그 애인은 톱니 모양이 있는 자몽 스푼만 힘없이 흔들고 있다. '그럴 수는 없어.' 그녀는 나를 나무라고 욕하고 싶어 하는 것처럼 보이지만 꼼짝도 않고 있다. 그녀가 화를 내지 않아 다행이다.

"당신은 나를 너무 지치게 만들어요."

약간 뒤쪽으로 몸을 기대며 그녀가 말한다.

"나를 그냥 혼자 내버려 둬요."

"노력하고 있어."

"더 노력해야 해요. 그렇지 않으면 당신을 볼 수가 없어요. 아니, 보지 않을 거예요."

그건 '영원히' 보지 않겠다는 의미다.

"리치와 결혼하지는 마."

나 자신이 여름에 상영하는 옛날 영화에 나오는 한심한 젊은 낙오자처럼 여겨지면서 내게도 우습게 들리지만 나는 그렇게 말한다.

"나와 결혼해 줘."

리타는 낄낄거리더니 큰 소리로 웃는다. 너무 신 나게 웃는 바람에 카운터에 있던, 엘비스 프레슬리처럼 머리를 한 사내가 무슨 농담을 하는지 보기 위해 몸을 반쯤 돌리며 미소를 짓는다.

"진심이야, 리타. 나와 결혼해 줘."

리타는 웃음을 멈춘다. 그러고는 나를 노려보더니 핸드백을 집어 들고 밖으로 나간다. 내가 따라 나가며 그녀를 부르지만 그녀는 내 말을 무시하고 재빨리 차에 탄다. 그녀는 차문을 잠그는 법이 없다. 그리고 창문은 항상 내려져 있다. 내가 바로 옆에 서 있는 동안 그녀는 낡은 자동차의 시동을 걸려고 애를 쓴다. 차에서 요란한 소리가 난다. 그녀가 시동을 걸려고 애쓰는 것을 지나가는 사람이 본다면 나를 강간범이거나 스토커거나 눈이 세 개 달린, 우주에서 온 도마뱀쯤으로 생각할 것이다. 그녀가 액셀러레이터를 무리하게 밟고 있다는 것을 알지만 나는 아무 말도 하지 않는다. 웨이트리스가 따라 나와 계산서를 흔들어도 나는 개의치 않는다. 이 순간은 점차 모든 것이 고갈되어 가고 있는 것처럼 보이는 나의 삶에서도 아직 고갈되지 않은 뭔가가 있는 순간이다. 내가 리타에게 멈추라고 하는 와중에도 웨이트리스는 계속해서 "이봐요, 아저씨."라고 말하며 내 팔을 두드린다. 결국 리타는 차에서 내려 그다지 크지 않은 손으로 내 가슴을 세게 때린다.

"당신한테 얘기하고 있잖아요, 제리!"

리타는 가방에서 10달러를 꺼내 웨이트리스에게 주고, 웨이트리스는 내 정강이를 한 대 찰 것처럼 나를 쏘아본다. 급기야 리타가 소리친다.

"도대체 뭐가 문제예요?"

"진심이야."

그녀가 손으로 때린 곳의 살갗이 화끈거리는 것을 느끼며 내가 말한다.

"정말 그래."

"상관없어요."

다시 운전석에 오르며 그녀가 말한다. 그녀는 창문을 올리려 하지만 사분의 삼밖에 올라가지 않는다.

"우리가 결혼하지 않은 것이 지금도 문제라고 생각하고 있죠, 그렇죠?"

"그렇지는 않아."

바보처럼 내가 말한다.

"그게 문제의 전부가 아니라는 건 알아."

"그럼, 당신 생각에는 뭐가 문제예요?"

"문제는 나야."

나는 어쩌면 약간 지나치게 애절하게 말한다.

"문제는 나야. 모든 문제는 내게 있어."

물론 그것은 정확한 얘기다. 하지만 그 사실이 뭔가를 제대로 볼 수 있게 하거나 새로운 길을 열어 주는 것은 아니다. 그럼에도 그 말은 그 순간의 흥분을 가라앉혀 준다. 그리고 그것은 상황에 대처하는, 늘어만 가는 나의 기술처럼 보인다.

마치 계속해서 숨을 멈추고 있던 것처럼 리타가 한숨을 내쉬듯 말한다.

"좋아요, 그렇다면…."

"이제 그 집에서 나올 수 있어?"

리타는 고개를 젓는다. 그녀는 무릎 사이를 내려다보더니 선글라스를 낀 후 다시 시동을 건다. 이번에는 시동이 걸리는 것처럼 보인다. 하지만 곧 완전히 시동이 꺼질 게 틀림없다고 나는 생각한다. 그런데 어찌 된 노릇인지, 차는 시동이 걸리면서 연기를 내뿜는다. 그녀가 후진 기어를 넣으며 발을 조심하라고 한다.

"아직은 아무 짓도 하지 마."

내가 말한다.

"최소한 주말이 지날 때까지는. 테레사가 비행기로 날아올 거야. 그리고 우리는 잭의 집에서 오랜만에 함께 모일 거야. 그때 오는 게 어때? 모두들 당신을 보면 좋아할 거야."

"미안해요, 제리."

"토요일 오후에 데리러 갈게."

"그러지 말아요."

후진하며 그녀가 말한다.

"전화할게!"

그녀는 '그러지 말아요.'라고 입 모양을 만들며, 마치 600미터 상공에서 비행기 창밖으로 고개를 내밀기라도 한 것처럼 살짝 손짓한다. 그런 다음 그녀는 액셀러레이터를 밟아 제리코 턴파이크의 차량 행렬 속으로 사라져 버린다.

3

잭이 지은 집은 헤이마켓 에스테이트(Haymarket Estates)라 불리는, 정문이 있는 개발 단지 내에 있다. 그곳은 새 브랜드의 사치스런 지역으로, 내가 사는 곳에서 고속도로 진입로를 몇 군데 지나, 한때 관목으로 뒤덮여 있던 곳에 자리해 있다. 실제로 고속도로에서 보면 장벽 너머로 솟아오른 지붕을 볼 수 있다. 지붕은 수도원 비슷하게 삼나무 지붕널과 슬레이트 타일로 이루어져 있는데, 광택 나는 구리로 된 낙수 홈통과 석재를 댄 굴뚝과 손으로 제작한 반짝이는 상인방(上引枋)이 달려 있다. 유일하게 볼썽사나운 것은 구원을 요청하듯 남쪽 하늘을 향해 있는 작은 위성방송 수신 장치뿐이다. 몇 년 전 먼지가 이는 그 땅을 터무니없이 많은 돈을 주고 0.47에이커를 사면서 잭은 지금보다 두 배는 더 나갈 거라고 말했는데, 경기가 좋지 않았음에도 불구하고 그 말은 사실이었다. 최근 몇 달 사이에 팔려 나간 남아 있던 땅뙈기를 보면 더욱 그랬다. 부동산 가치가 치솟자 잭과 유니스는 그들이 본래 원했던 것보다 더 큰 집을 가질 계획을 세웠다. 그들은 그 집이 부지의 대부분을 차지하는 바람에 넓은 놀이터나 괜찮은 크기의 수영장을 만들 수 없게 될 거라는 사실에 대해서는 개의치 않았다. 그 비례는 내 집과는 정반대다. 목장 위에 지은 집 같은 수수한 내 집은 부지(1에이커가 조금 넘는) 한가운데 자리해 있어 나는 많은 나무와 관목을 심고 잔디를 가꿈으로써 나의 좋은 이웃들이 넘볼 수 없게 했다.

반면 잭의 집 측면은 이웃집 측면 벽에서 내 걸음으로 열 걸음 정도밖에 떨어져 있지 않다. 그것은 집들이 줄지어 늘어서 있는, 교외의 오래된 동네에서라면 조금도 이상할 게 없어 보이겠지만, 그 집들의 규모를 생각하면 런던의 오래된 골목처럼 좁게 느껴진다. 하지만 그 자신도 얘기한 것처럼 잭은 고속도로의 소음과, 여름이면 어김없이 압축기의 시끄러운 소리가 들리는 개발 단지의 바깥쪽에 있고 싶어 했다. 잭의 집은 그 집과 똑같은 면적의 지하실과 차고 세 개를 빼고도 약 182평방미터가 되는데, 그것은 개발 단지에서는 전형적인 크기지만 그가 자란 집보다는 세 배 이상 크다. 유니스가 그 집을 직접 장식했는데, 그것은 계속해서 그녀의 하루 일과가 되었다. 형형색색의 해 모양 장식을 세공한 초록색 대리석 바닥이 깔린 2층 반 높이의 둥근 입구를 걸어 들어가면 이중으로 깐, 비누 느낌이 나는 부드러운 돌로 이루어진 층계가 2층으로 나 있다. 1층에는 와이드스크린 TV와, 주파수와 디지털 장치의 이상을 알리는 것 외에는 사운드를 모니터링하는 것 말고 아무 역할도 하지 않는 것처럼 보이는 기기를 포함한 온갖 종류의 오디오 컴포넌트가 있는 미디어 룸이 있다. 여러 가지 리모컨을 한데 모은 장치가 있지만 잭은 얼마 전 그것을 전등과 난방장치, 공기 정화기, 가습기, 그리고 보안 장치 모두를 통제하는 콘솔 박스 크기의 터치스크린 장비로 바꾸었다. 그리고 프랑스 시골의 오래된 저택에나 있을 법한, 아무도 사용하지 않는 거실과 유리처럼 매끈한 호두나무 패널을 댄 멋진 '도서관'이 있다. 또 그 도서관에는 주문 제작한 캐비닛들과 클럽에서나 볼 수 있는 가죽 의자와 소파, 그리고 페르시아산 골동품 양탄자가 있다. 잭은 그곳에 특수 환기 장치까지 설치했는데, 골프를 친 후 친구들과 포커를 치러 왔을 때 시가를 피울 수 있도록 하기 위한 것이다. 우스운 것은 서가의 대부분이 유니스가 매달 받아 보는 가사 관련 잡지와 디자인 잡지, 그리고 엄청나게 커다란 미술책과 디자인 책들로 채워져 있다는 사실이다. 유니스의 말대로라면 곧 진짜 책들이 '배달될' 것이다. 그녀는 이달의 책 클럽 몇 군데에 가입한 상태인데, 그곳에서는 1페니만 내도 두꺼운 책 열두 권을 준다. 그리고 모든 방에 TV가 있다. 하지만 이곳에 있는 것은 보통 크기이고, 마치 죽어 가는 문자의 세계에 대한 경의를 표하듯 캐비닛 문 뒤에 숨어 있다.

스테인리스 스틸과 화강암으로 이루어진 부엌은 두 사람이 쓰기엔 엄청나게 큰데, 냉장고에서부터 식기세척기 그리고 쓰레기 압축기까지 모든 것이 갖춰진 큰 집이라는 것을 감안해도 그렇다. 유니스와 잭은 사람들을 불러 즐거운 시간을 갖는 것을 좋아하는데 한번 그랬다 하면 결혼식 피로연처럼 한다. 그것은 불판과 수프 냄비의 크기만 봐도 알 수 있다. 수프 냄비는 만화에서 원주민들이 운 나쁜 탐험가를 넣어 수프로 만드는 것과 비슷한 크기이다. 부엌 옆에는 두 개의 방으로 이루어진 평범한 공간이 있는데, 보모이자 요리사이자 가정부인 로사리오가 묵는 곳이다. 그녀는 일주일에 여섯 밤을 머물다가 일요일 아침이 되어서야 자기 집으로 가서, 하루 밤낮을 퀸스 어딘가에 살고 있는 남편과 두 아이와 어머니와 함께 보낸다. 유니스는 말 그대로 '집 밖에서는' 일을 하지 않는다. 그럼에도 내가 아는 한 로사리오가 집 안의 무거운 것을 드는 일은 모두 하고 있으며, 그 밖의 가벼운 일도 한다. 그렇다고 해서 유니스를 탓하지는 않는다. 데코레이션 책을 보고 요가를 하면서도 잔칫날이 아닌 경우에는 빵 한 조각 굽지 않고 하루하루를 보내는 것은 그녀의 전권이며 특권이다(잔칫날이면 그녀는 온갖 조리 기구를 준비해 놓고 로사리오가 칼로 썰어 조리대에 가지런하게 늘어놓은 재료들을 갖고 요리를 한다). 그럼에도 나는 가끔 그녀가 아이들의 뇌를 확장해 줄 것은 분명하지만 재미라곤 눈곱만큼도 없을, 수없이 많은 '성장을 도와주는' 운동과 활동 스케줄을 짜기보다는 그냥 서로 껴안고 장난치는 것과 같은 좀 더 쉬운 놀이를 하며 시간을 보냈으면 하는 생각을 한다. 잠자리에 들 시간이 되면 그녀와 잭은 아이들에게 도서관에서 추천하는 책들만 읽어 준 다음 42평방미터에 달하는 침실로 돌아간다. 그곳에는 샤워와 사우나를 할 수 있는 곳과 맨해튼에서라면 꽤 괜찮은 스튜디오로 사용할 수도 있을 크기의 라운지가 딸린, 돌을 깐 욕실이 있다. 그 라운지에서 잭은 회사 웹사이트와 이메일을 체크하고 유니스는 아직 보지 못한 영화를 찾으며 600개에 가까운 채널을 돌린다(언젠가 한번 1층에 있는 미디어 룸에서 모든 채널을 하나씩 돌려본 적이 있는데, 그 각각을 충분히 오랫동안 보았다. 처음 시작했던 채널로 다시 돌아가는 데는 약 30분이 걸렸다. 나는 그것이 마치 상대적으로 얘기해도 그다지 나쁘지 않은 한 편의 TV 쇼 자체를 보는 것과 비슷하다는 것을 깨달았다).

운전을 해서 정문을 지나(염소수염을 기른 무뚝뚝한 수위가 집에 전화를 해 집주인이 나를 기다리고 있는지 확인했는데, 벌써 서른 번 가까이 이 집을 방문했음에도 늘 그렇게 했다) 그다지 작지 않은 다른 맨션들을 지나 개발 단지의 하나뿐인 긴 커브 길에 들어서면서 나는 다시 한 번 내 아들이 보통 이상으로 잘하고 있다는 생각을 한다. 또한 저택을 둘러싸고 있는 이 성채들이(비단 집뿐만 아니라 독일제 세단과 고급 SUV, 컨트리클럽 회원권, 최고급 호텔에서 묵는 휴가 같은 것들이) 모든 사람에게, 특히 무엇에나 잘 감동하지만 자신에 대한 확신이 없으며, 때로 지나치게 즐기려는 경향이 있는 잭이 감당하기엔 무리일 수도 있겠다고 걱정하는 것 그 자체가 행운이라는 생각을 한다. 나는 그가 왜 이런 식인지에 대해 생각하고 싶지는 않다. 그건 그가 아홉 살 때 데이지에게 일어난 일과 관련이 있는 것처럼 보이기 때문이다. 물론 그 때문만은 아닐 것이다. 테레사(한 살 아래인)의 경우, 똑같이 불행한 일을 겪었음에도 완전히 다르기 때문이다. 그럼에도 그녀가 그렇게 된 것은 비참과 슬픔에 대한 그녀의 특별한 심리적 반응의 결과인지도 모른다. 그래서 그녀는 연구실처럼 중립적이며 쾌적한 상황에서 자랐을 경우와는 다르게 되었는지도 모르겠다.

나는 삶의 위대함이 우리 모두에게 어떤 힘을 행사해 그것이 좋은 것이건 싫은 것이건 우리를 이렇게 만들었다고 생각한다. 그리고 물질 속의 어떤 분화가 있었는지에 대해 궁금해한다. 가령 자신의 어머니가 죽지 않았다면 잭은 어떤 집에서 살고 있을까? 유니스와는 성격이 전혀 다른 여자와 결혼했을까? 그리고 배틀 브러더스라는 사업체를 물려받았을까? 당연한 일이지만 나는 데이지가 아직 살아 있다면, 그래서 내가 여전히 그녀와 함께 살거나 이혼을 해 리타와 결혼한 뒤 그녀의 아이들을 갖게 되었다면 나는 어떻게 되었을까에 대해서도 생각한다. 결혼한 지 처음 6개월과 결혼 초기의 몇몇 날들을 (아이들의 출산, 추수감사절에 데이지가 칠면조를 완전히 태워 버려 결국 그린에 있는 식당에서 식사한 일, 그리고 크리스마스 불빛과 샴페인 병으로 어지러운 59번가에서 아이들을 어깨에 태우고 다녔던 두세 번의 기념일) 제외하곤 즐거움이나 기쁨은 아주 드물었다. 데이지는 늘 절망적이었고 우울한 기분에 풀이 죽어 있었으며, 나는 모든 것을 너무 깊이 파고 들어갔는지도 모르겠다. 당시 나는 계속 짜증이 났고, 심하게 스트레스를 받고 있었다. 경제는 좋지 않았고, 아버지는 아직 배틀 브러더스에서 완전히 은퇴하지 않은 상태였으며, 방치되어 지내는 아이들은 늘 우는소리만 하는 것처럼 보였다. 그 모든 것에도 불구하고 나는 바보였다. 또한 바보들이 종종 그런 것처럼 심각할 정도로 불행했다. 물론 이것은 그 무엇에 대해서도 변명거리가 되지 못한다. 특히 내가 가족이 함께하는 일을 멀리하고 저녁때 서재에 홀로 앉아 쟁반에 작은 와인 병을 늘어놓은 상태에서, 내가 가고 싶은 장소들에 대한 여행 안내 책자를 훑어보며 마치 여행 예약을 하기라도 한 것처럼 그곳의 명소와 식당들을 체크하며 시간을 보낸 일은 변명의 여지가 없다.

가끔 잭이 서재에 들어와 데이지가 집에 없다고 말하기도 했다. 하지만 그런 일이 있고 나서 몇 번이 지나자 나는 그녀가 어디 갔는지 더 이상 묻지 않고 잭을 잠자리에 데려다 주었다. 당시 데이지는 노골적으로 나를 범해 줘요, 라고 말하는 듯한 옷을 입고 담배와 와인 냄새를 풀풀 풍기며 새벽 두세 시에 집으로 돌아오곤 했다. 그리고 우리가 말다툼을 했다면, 그것은 그녀가 들어올 때 너무 큰 소음을 낸다는 것에 대해서뿐이었다. 잭이 방에서 울며 달려 나와 그만 소리를 지르라고 했는데, 가끔은 심한 상처를 받았는지 바지에 오줌을 싸기도 했다. 따라서 잭이 결국에는 이 웅장한 집을 사람들에게 보일 수 있게 되었고(테레사는 매해 가을 학기 때 그녀와 폴이 편하게 접을 수 있는 가구들을 갖고 박사 학위 소지자에게 어울릴 것 같은 아무 집에나 들어가 사는 것에 만족해한다), 항상 저녁 만찬과 파티에 우리를 불러 '과하게 솔직한 느낌이 나는' 흑백 사진을 찍는 것은 이해가 된다. 잭과 유니스는 우리 가족을 '배틀 가문의 전리품'이라는 제목으로 패션 잡지에 실릴 존재로 만들려고 애쓰는 것처럼 보이기도 한다.

어쩌면 우리는 그러한 성격의 사진에 딱 들어맞을 수도 있을 것이다. 우리 가족은 세대적으로도 멋진 배합을 이루고 있을 뿐만 아니라, 머리가 센 가장과 멋을 아는 젊은 부모, 그리고 복숭아 같은 뺨을 하고 있는 아기들까지 인종적으로도 아주 복잡하기 때문이다. 한국인(데이지)과 이탈리아인(우리 배틀 가문) 그리고 영국계 독일인(유니스)의 혼합은 나와 잭의 아이들에게서 확연히 드러나고 있는데 다들 잘생겼으며 심지어는 그 이상이기까지 하다. 한 집단으로서의 우리가 도대체 어떤 존재인지에 대해서는 말하기 어렵다. 물론 요즘 들어서는 갈수록 그 질문이 아둔한 것은 아니라고 할지라도 더욱 의심스런 것이 되었는데, 최소한 인종에 대한 의식이 나와는 분명 다른 테레사와 폴 같은 사람들에게는 더더욱 그렇다. 그들에게 중요한 것은 누가 그 질문을 하는가인 듯싶다. 만약 그러한 질문을 하는 것이 나와 같은 보통의 백인이면 어색함과 수치스러움이 앞설 것이다. 이 경우 그들은 내가 맹목적으로 역사적 '유형학'과 '원형'을 믿으며 나와는 다른 사람을 보면 곧 타자라고 이름 붙일 것이라고 생각할 것이다. 그런데 그것은 끔찍한 것이면서도 그렇지 않은 것이기도 하다. 유니스와 폴은 타자라는 단어의 힘을 지나치게 두려워하는 동시에 존중한다. 그들은 사람과 텍스트 사이에서의 차이점을 집요하게 이끌어 내 왔다. 내가 성장할 당시, 이 문제는 그렇게 쉽게 문법적으로 설명하거나 비판할 수 없는 것으로, 훨씬 더 무거운 것이었을 수도 있다.

반면 잭은 그러한 문제들에 대해서는 전적으로 무관심한 것처럼 보인다. 그는 항상 그래 왔다. 하지만 단언할 수는 없는 것이 우리가 그 주제에 대해 얘기를 나눠 본 적이 없기 때문이다. 그는 사람들이 말하는 머리 좋은 아이는 아니었는데, 비단 학교 성적(얼마나 똑똑한지를 측정하는 방법으로 사용된)만 놓고 보아도 그랬다. 하지만 그 무엇도 문제되었던 것 같진 않다. 이제 잭은 그냥 잘하는 것 이상으로 잘했으며 무척 행복해하고 있고, 너무 크거나 작은 문제로 씨름하지 않는 것처럼 보인다. 어쩌면 그는 자신의 정체성이나 성격과 관련해 어색하고 가슴 아픈 경험을 한 것에 대한 고통스런 기억과 강렬한 느낌을 갖고 있는지도 모르겠지만 그것이 문제되지는 않는 것 같다. 나는 종종 그 이유가 잭이 아주 잘생긴 백인 얼굴을 하고 있고, 키가 크고 다리가 길기 때문이라고 생각하기도 했다. 그렇다 하더라도 그는 항상 뭐든 쉽게 넘어간 것 같다. 그의 모델처럼 잘생긴 용모와 사람 좋은 태도에 의해 어려운 질문들은 이내 사라졌고, 그 때문에 그의 집에는 인기 있는 사람들이 많이 몰려왔다. 적어도 내 눈에는 그렇게 비쳤다. 내가 기억하기로, 그는 고전적인 미국의 금발머리 소녀 외에 다른 여자들과 데이트를 즐긴 적이 한 번도 없다. 그리고 유니스 린저 로베슨은 그가 만난 여자들 중에서 가장 인상적이고 가장 예리한 여자이기도 하다. 지금 나는 웅장한 점판암이 깔려 있는, 집 밖의 앞쪽 층계참에서 손에 무선 전화기를 들고 있는 그녀를 본다. 그녀는 손을 흔들고, 나는 진입로의 반원을 이루고 있는 곳으로 들어선다. 진입로는 이미 차들로 가득 차 있다. 파티가 가족끼리만 하는 것이라고 생각한 나로서는 놀라운 광경이다. 하지만 다시 생각해 보니 헤이마켓 에스테이트에 사는 배틀 가문이 무슨 일이든 작게 하지는 않는다는 생각을 미처 못 했던 것 같다.

"어디 갔었어요, 제리?"

전화기의 말하는 부분을 가리며 그녀가 명랑하게 말한다.

"잭은 얼음과 주스를 더 사러 갔어요."

유니스가 내게 키스하고 나를 안으로 들여보내며 로사리오의 10대 딸 니디아에게 손짓한다. 니디아는 납작한 접시와 와인 잔을 나르고 있다. 이런 상황에서 유니스는 소리 지르거나 목소리를 높이지 않지만 초등학교 3학년 선생처럼 상대를 내려다보며, 참을성 있게 때론 차가운 느낌이 들게 지시하듯 말한다. 대리석으로 이루어진 원형 홀 안에서 빳빳하게 다린 하얀 셔츠와 검정색 치마를 입은 니디아가 내게 샴페인을 한 잔 건네준다. 나는 그녀가 무척 여성스럽다는 것을, 특히 중요한 어떤 지점에 있어 더 그렇다는 것을 깨닫는다. 나는 그녀를 잠시 세워 둔 채, 첫 잔을 비우고 한 잔을 더 비운다. 지난 4년 동안 나는 니디아를 1년에 한 번쯤 봤는데 그때마다 그녀가 성숙해 가는 모습이 흐뭇했다. 그녀는 미소를 지으며(아주 순진한 미소라고는 할 수 없다) 물러간다. 나는 홀의 '낡은' 벽지가 벗겨지고 새롭게 칠해져 있으며, 창문에는 한 장으로 된 부드러운 실크 천이 새롭게 드리워져 있는 것을 본다. 그것은 최근 경매장에서 도착한 추상화 네 점을 살리기 위해 새롭게 꾸민 것처럼 보인다. 그 그림들은 미술사 개론을 들었을 뿐인 내가 보아도 진짜 칸딘스키 그림처럼 보인다(그리고 나는 그것이 진짜가 아니기를 무척 바란다).

아주 큰 방인 미디어 룸에서는 잭의 아이들 타일러(여자아이)와 피어스(사내아이)가 갓난아기들과 어린아이들과 함께 와이드스크린으로 브리트니 스피어스의 콘서트 DVD를 보고 있다. 내가 입 맞추기 위해 무릎을 꿇자 그들은 약간 투덜대는 소리를 내며 미소를 짓는다. 지금 상황을 생각하면 이것이야말로 진정한 사랑이다. 나는 그 점에 대해 고마워하며 달리 의문을 제기하지 않는다. 그리고 이곳에서는 부엌을 통해 뒤쪽 테라스에서 젊은이 몇몇이 어울리고 있는 모습이 보인다. 잭과 유니스의 친구들과 테레사의 오랜 친구들로서 그 중 몇은 누구인지 알 수 있고, 우리가 언제 만났는지까지도 기억할 수 있지만 이름만큼은 당시에도 기억을 못 했고, 지금 와서는 더더욱 생각나지 않는다. 테레사는 그녀가 친구들을 집에 데려왔을 때 내가 그들과 얘기를 나눈 후 마치 치매라도 걸린 것처럼 그들의 이름을 기억하지 못할 때마다 화를 내곤 했다. 물론 내가 그럴 수밖에 없는 것이 그들에게 집중한 적이 없어서라는 것을 그녀도 알고 있었다. 불행히도 그녀는 그런 아버지를 둔 것이 자기뿐이라고 생각했는데, 실제로 그것은 세상의 어느 집에서나 있는 일이다. 그녀가 그런 것을 더 이상 문제 삼지 않게 되었는지, 아니면 앞으로 그러지 않을 수 있을지는 확실치 않다. 지금 이래라저래라 지시하고 있는 것이 내 손자들(로사리오와 유치원 교사, 그리고 유니스와 잭, 심지어는 나한테서까지 끊임없이 잔소리를 듣는), 그리고 그들의 놀이 친구들이라는 사실이 우습다. 다른 사람에게 쉽게 비위를 맞추려 들지 않는 사람은 내 아버지뿐이다. 그가 가족들에게 단호하고 때로는 퉁명스런 태도를 보이는 이유는 그 자신이 그것이 교육적으로 좋다고 생각해서라기보다는 가장 나이 든 소년이자 가장으로서의 자기 입지를 과시하기 위한 것일 테다.

그런데 그의 모습이 어디에도 보이지 않는다. 그래서 나는 웅장한 붉은 삼나무로 만들어진 테라스로 나간다. 그곳에서는 테레사와 폴이 뷔페 테이블 옆에 서서 다정하게 얘기를 나누고 있다. 폴이 나를 먼저 보고는 크게 손짓한다. 테레사는 계속해서 친구들과 얘기하다가 나를 슬쩍 보고는 고개를 까닥한다. 폴이 내 쪽으로 온다. 앞서 말한 것처럼 폴은 이곳에서 멀지 않은 곳에서 자랐지만 서부 해안에서 여러 해를 보낸 후로는 더 이상 이곳의 많은 사람들처럼 공공연히 다른 사람에게 뭔가를 강요하거나 쉽게 짜증을 내지 않았다. 그는 서부의 카우보이처럼 부드럽게 말하는데 아시아인의 얼굴을 한 그가 그렇게 말하는 것은 솔직히 이상하게 들린다. 그는 곧고 검은, 왠지 추레해 보이는 머리를 아주 길게 기르고 있는데 오늘은 뒤로 묶고 있다. 그래서 좀 더 단정해 보이기는 하지만 반면에 약간 오싹한 느낌이 든다. 키가 작고, 가끔가다 말처럼 고개를 흔드는 그를 뒤에서 보면 영락없는 여자처럼 보인다. 내가 볼 때 요즘 들어서는 남자들의 긴 머리가 이성애자임을 드러내는 증표로 여겨진다. 놀랍게도 테레사는 폴의 그러한 점을 항상 좋아했다. 그가 인도인들처럼 옷을 입고 구슬 장식을 즐겨함에도 불구하고 나는 그를 무척 좋아한다. 그는 바탕이 점잖고 사랑스러우며, 어디서든 자신만이 중요하다는 듯한, 예술가들이 흔히 보이는 허세를 부리지 않는다.

그의 부모인 편 박사들은 오늘 이곳에 없다. 이번 파티는 얼마 전에 계획된 것이고, 그들은 오래전 나를 통해 이탈리아의 명소들을 다니는 18일간의 여행을 예약했기 때문이다. 그들은 상냥하고 항상 미소 짓는 부부인데 최소한 겉으로는 그렇다. 하지만 지난 몇 년 동안 내가 만난 얼마 되지 않은 다른 아시아인들이 그렇듯 그들 또한 자신이 원하는 것과 관련해서는 그냥 넘어가지 않는다. 여행 계획을 세우기 위해 그들이 사무실에 왔을 때 나는 그들이 내가 그들에게 가장 비싼 패키지 상품을 팔려 하고 있다고 생각하는 듯한 느낌을 지울 수가 없었다. 그들은 집요할 정도로, 내가 보통 연금 생활자와 가톨릭 학교 교사들에게나 추천하는 할인 여행 상품에서부터 시작하려고 했다. 나는 폴에게서 그들이 가 본 적 없는 이탈리아에 처음으로 가고 싶어 한다는 얘기를 듣고 직접 전화를 해 사무실로 오게 했다. 어쩌면 내가 그들에게 잘해 주고 싶은 마음이 지나쳐 오히려 의심스럽게 보였는지도 모르겠다. 그들은 여행사 직원인 내가 당연히 고객을 부추길 거라 생각한 것 같다. 편 부인 박사는 '수수료를 따로 내지 않아도 되는' 여행 상품에 어떤 것이 있는지를 몇 차례나 물었다. 거기에 굴하지 않고 나는 여행 상품 전부를 보여 주며 내가 보기에 가격과 일정을 따져 볼 때 가장 괜찮은 상품들을 얘기했다. 그러자 그들은 주로 음식과 와인을 맛보는 것에 초점을 맞춘, 미술품과 유적지를 구경하는 '과거의 풍미'라고 불리는 중간 정도 가격의 여행 상품으로 결정했다. 내가 여행사에서 챙기는 수수료를 제해 줄 뿐만 아니라 업계 종사자들에게 주는 가격 인하 혜택까지 주겠다고 하자 그들은 행복한 표정을 지으면서도 그럴 필요는 전혀 없다며 거절했다. 그런 다음 편 박사는 아내에게 뭐라고 한국말로 얘기했고, 그의 아내는 그거면 되지 않겠냐는 식으로 남편에게 말했다. 곧 그들은 내가 살짝 얘기했을 뿐인 초호화 패키지 상품으로 하겠다고 고집을 피웠다. 다만 일반 여행객들이 지불하는 가격으로 한다는 조건하에서였다. 그 후 우리는 사무실 옆에 있는 그리스 식당에서 샌드위치를 점심으로 먹었다. 그곳에서 그들은 폴이 다른 두 아들(아이비리그 졸업생들로, 변호사 개업을 한)과는 아주 다르게 제대로 된 전망을 갖고 있지 않는 것 같다며, 테레사의 아버지 되는 내가 무척 상심해하더라도 놀라지 않을 거라는 얘기를 했다. 나는 그렇지 않으며, 폴은 곧 잘해 나갈 것이고, 꼭 경제적으로는 아니더라도 폴의 재능이 제대로 인정받을 거라고 말했다. 둘은 웃음을 터뜨렸는데, 나는 그것을 그들이 아들에 대해 두 손을 드는 나름의 방식으로 받아들였다. 편 박사가 결론을 내리듯 "아, 그 아이는 결코 유명해지지 않을 겁니다."라고 말했다.

하지만 겉보기에 폴은 어느 정도 유명하다. 최소한 소수로 이루어진 문단 내부에서는 그런 것 같다. 만약 그것이 사실이라면 그것은 좋은 일이다. 하지만 그것은 또한 내가 열차나 비행기 또는 대기실에서 만난 어느 누구도 그의 책을 읽은 것은 차치하고 그의 이름도 들어 보지 못했다는 것을 의미한다. 나는 그의 책들을(장편소설 세 권과 시집 한 권) 모두 읽었으며, 그가 괜찮게 들리는 한두 문장을 감정을 실어 서로 연결하기는 하지만 결코 핵심을 언급하는 일이 없는 작가라는 것을 자신 있게 말할 수 있다. 물론 그가 하고자 하는 얘기의 핵심을 내가 파악했다는 뜻은 아니다. 그럼에도 내가 그 핵심을 놓치고 있다는 사실 자체가 어느 정도 그것에 빠져들었다는 것을 의미한다는 느낌이 들었다. 만약 누군가가 캐물으면 나는 그가 자기 자신으로 살아가는 것의 문제 — 즉, 아시아계 미국인으로 생각 깊은 남자의 무척이나 복잡하고 갈등이 심한 상태 — 에 관해 쓰고 있다고 말할 것이다. 그러한 상태는 약간 다른 문화나 사회에서라면 흐름을 선도하는 것일 수도 있지만 미국에서는 그다지 바람직한 것이 아니다. 그 한 예로 나는 뉴욕에 있는 대형 출판사가 그가 최근에 쓴 원고를 내지 않기로 결정하고 그와 결별했다는 것을 알고 있다. 그 원고는 또 다른 대형 출판사로 갔지만 그곳에서도 받아 주지 않아 결국 폴과 테레사가 사는 오리건 주 플로렌스 근처에 있는 세븐 텐터클 출판사라는 작은 곳에서 나올 예정이다.

"안녕하세요, 제리"

여느 때처럼 사랑스런 아이같이 나를 세게 포옹하며 폴이 말한다.

"별다른 일은 없어요?"

"별로. 축하하네."

"고마워요."

나를 살피며 그가 말한다.

"이 파티에 온 거 괜찮아요?"

"농담하나? 무척 기분이 좋네. 테레사가 자네를 만난 건 행운이야."

"그건 제리 생각이죠. 제대로 된 직장을 갖고 있는 건 그녀예요."

"물론 그렇긴 하지."

내가 말한다.

"하지만 모두가 지원을 아끼지 말아야 하는 건 자넬세. 자네는 예술가니까."

"예전엔 출판 가능한 사람으로 알려졌던 예술가죠."

"그만하게. 이번에 새 책이 나오면 시내에 있는 편집자들이 수표를 들고 와 사정할 걸세. 코스트코의 책 코너에, 마이클 크라이튼과 존 그리샴 바로 옆에 수북이 쌓여 있게 될 걸세."

"그럼요."

그가 말한다.

"하지만 1달러 스토어에도, 싸구려 매니큐어와 스페인산 고양이 먹이 사이에 아직 팔리지 않은 제 책들이 쌓여 있을 거예요."

"그 얘긴 틀렸네."

하지만 그 말을 한 후 나는 아주 잠깐 말을 멈춘다. 실제로 지난해에 나는 그의 두 번째 장편소설《극단적인 변화》를 월트 휘트먼 몰의 그러한 장소에서 봤다. 결국 나는 열일곱 권 전부를 사서 배틀 브러더스의 직원들에게 크리스마스 선물로 주었는데, 그중 한 명만이, 오래된 십장인 부츠만 이메일로 평을 보내왔다('내게는 읽기가 만만치 않군요. 하지만 영어는 내가 가장 잘한 과목이 아니었죠. 그리고 책 아래쪽에 있는 작은 문구가 마음에 들지 않았어요. 어쨌든 고마워요'). 나는 그 '작은 문구'가 연구 보고서에 나오는 것과 같은 주석이며, 이것은 전위적인 인물이 나오는 소설이라고 답변해 주었다. 그때 문득 부츠가 고등학교를, 심지어는 중학교도 마치지 않았을 수도 있다는 생각이 들었지만 그럼에도 한번 시도는 해 보라고 얘기했다. 물론 폴에게 이런 얘기는 하지 않을 것이다. 이 얘기를 들으면 그는 무척 우울해하고 자신이 하는 일에 대해 그가 얘기한 것처럼 '중간 정도의 인지도'에서 '전혀 인지도가 없는' 작가로 스스로를 생각하게 될 것이다. 이전에 몇 번 대화하는 도중에 그는 자비 출판과 학생을 가르치는 일 또는 편집 일, 그리고 심지어는 할리우드에서 시나리오를 쓰는 일 등을 하는 것에 대해 다소 신랄하게 농담했다. 어쩌면 그는 내 딸이 계속해서 전망을 잃고 있는 사내와 결혼하려 하고 있다는 사실에 대해 미리 경고하려 했는지도 모른다. 하지만 그것은 입지가 줄어들고 있는, 중년에 이른 거의 모든 사람에게도 해당되는 문제이다. 다시 말해 우리 모두는 어느 정도 심각한 방식으로(성과 일자리, 그리고 가족 문제와 관련해) 지쳐가고 있으며, 이전에는 괜찮게 여겼던 정력과 자신에 대한 정의가 이제는 불안과 두려움의 근원이 되고 있다.

"이보게."

테레사 쪽을 쳐다보며 내가 말한다. 그녀 역시 친구들과 얘기하며 내 쪽을 쳐다보고 있다.

"자네 약혼녀를 소개시켜 줄 때가 된 것 같은데."

"물론이죠."

폴이 말한다. 우리가 사람들에게 다가가자 테레사가 앞으로 나와 나를 가볍게 끌어안는다.

"안녕, 제리."

내 뺨에 입을 맞추며 그녀가 말한다. 테레사는 어머니가 죽은 후로 나를 종종 제리라고 불렀다. 당시 나는 그렇게 부르지 말라고 하지 않았는데, 그녀가 정신적 외상을 입지나 않을까 두려워서였다. 그래서 그녀가 하고 싶은 대로 내버려 두었고, 우리 둘 다 그것에 익숙해졌다. 지금 당장은 그녀가 나를 보는 것을 불행해하지 않는 게 분명해 보여 행복하다. 그리고 그것은 환영할 만한 일이다. 전에도 그랬던 것처럼, 우리가 마지막으로 만난 후로 그녀는 내가 말한 뭔가에 대해 화를 삭이며 더할 나위 없는 순간에 변덕을 부리고 화를 쏟아낼 수도 있었다. 여름의 햇볕에 살갗이 따스해진 그녀는 아주 멋져 보이며, 전체적으로 모습이 더 완전해진 것 같다.

"앨리스 우하고 제이디 스리니바산을 기억하죠?"

"물론이지."

그들의 매끈하며 작은 손을 잡고 악수하며 내가 말한다. 그들은 나를 배틀 씨라고 부르는데, 그 말을 듣자 다행히도 그들에 대한 기억이 떠오른다. 지금 그들의 모습보다 덜 매력적이고 자신감 없는 존재들로서가 아니라 호리호리하고 낯설어하며 수줍어하던 존재들로 기억난다. 어려서부터 그들 셋은 우리 집에서 밤늦게 연 파티에서 가끔 '찰리의 천사'라는 놀이를 하곤 했다. 그럴 때면 그들은 잭의 워키토키를 설치해 나는 부엌에 있게 하고 자신들은 거실에 있었다. 내가 "안녕, 천사들."이라고 말하면 그들은 무척 즐거워하며 말도 안 되는 이야기를 지어내 거기에 따라 연기하며 서투르게 화장을 하고, 단정치 못한 옷을 입은 채 요염을 떨곤 했다. 하지만 중학교 때 그들이 밴드 연습이나 연극 수업에서 몰래 빠져나온 후 내가 차를 태워 주려고 갈 때마다 그들은 마치 레이더망에 걸리지 않으려는 것처럼 살금살금 차가 있는 곳으로 걸어왔다. 그동안 다른 소녀들은 팀 유니폼을 입은 채 달아오른 얼굴을 하고 큰 소리로 노래를 부르며 갈색과 붉은색과 금발의 머리를 나부끼며 뛰어다녔다. 나는 그들을 잭이 항상 초대받던 파티에 데려다 준 적은 없었다. 대부분의 경우 뉴욕으로 가는 열차를 탈 수 있는 곳이나 헌팅턴빌리지에 있는 예술 영화 전용관에 내려 주었다. 물론 나는 아무 말도 하지 않고 내 딸과 그녀의 친구들이 사물과 자신들에 대해 무슨 생각을 할지 궁금해했다. 그리고 선택권이 주어진다면 그들이 지금 그대로 있을지, 아니면 에드거 앨런 포나 입을 것 같은 검정색 소매 없는 망토는 버리고 필드하키 스커트를 입고, 레이밴(Ray-Ban) 선글라스를 끼고, 물고기처럼 수영할 수 있고(또한 곧 술을 마시게 될), 본능적으로 백핸드를 능숙하게 치는 잭의 친구들의 관심을 끌려고 할지 궁금해했다. 결국 테레사와 앨리스 그리고 제이디는 갈수록 잡지와 광고판에서 많이 보게 되는 전형적인 젊은 여자애라는 것이 밝혀졌는데, 그것은 환영할 만한 발전이었다(그토록 다양한 면모를 지니고 있는 아버지인 내게는 그랬다). 나는 숨김없이 말하건대, 우리 문화의 발전의 다른 징후들에 대해 불편해하거나 하지는 않는다. 그 한 예로 어디서나 젊은이들이 공공연하게 마치 자신들이 마약에 찌든 창녀나 도망자나 깡패나 아니면 범법자인 것처럼 옷을 입는 것에 대해서도 그렇다. 마치 사회 전체가 어떤 점에서 직무 유기와 범죄를 필수적인 기능처럼 수용해 온 것 같다. 테레사는 그 점과 관련해 수십 년간 정부가 제 할 일을 다하지 않고, 기업이 타락해 도둑질한 결과로 이러한 노골적인 허무주의가 길거리까지 표출되었다고 지적했다. 내 아버지처럼 보일 수도 있는 위험을 무릅쓰고 나는 그녀가 작금의 상황을 이런 식으로 파악하는 것에 동의할 수는 없다고 얘기해야 할 테지만, 최근 들어 나는 젊은이들이 불가피하게 허무주의적으로 되어 가고 있다는 그녀의 생각을 수용하기 시작했다. 내가 모르는 사이에 내 발 바로 밑에 있는 지반이 이동하고 있으며, 그것은 나와, 혹은 나와는 상관없이 보이지 않게 더욱 멀리 이동할 것이다. 그럼에도 나는 요전 날 크루즈 여행 예약을 망치고 난 후 마일즈에게 "문제야."라고 말했다. 어쩌면 나 또한 마찬가지로 나아가고 있는지도 모른다.

"기억나요?"

테레사가 말한다.

"우리 셋이 욕실 화장대 위쪽을 컬링 아이언으로 녹이는 바람에 불이 나서 아빠가 집에 왔을 때 소방차들이 여러 대 진입로에 서 있던 것 말예요."

"기억이 안 나는데. 내가 화를 냈니?"

"심장 마비에 걸릴 것 같아 보였어요."

앨리스 우가 말한다.

"지금에야 말하는 거지만 모두 제 잘못이었어요. 이 친구들처럼 컬을 무척 하고 싶었거든요."

"네 머리를 거의 구웠지."

제이디가 말한다.

"너는 요즘 유행하는 제리-컬(Jeri-Curl) 헤어 스타일로 할 필요가 있어."

할 수 있는 한 최선을 다해 내가 말한다. 여자아이들은 깔깔거리고, 폴은 비음이 들리는 이상한 소리를 내며 크게 웃는다.

"그거 아세요, 배틀 씨, 저는 당신이 무척 무서웠어요."

제이디가 말한다. 그녀는 얼굴이 아주 가무잡잡하고 갈색 눈은 아주 크며 코에는 은으로 된 피어싱을 하고 있다. 잠시 후에 나는 그녀가 불과 서른한 살 나이에 어떤 소프트웨어 회사의 고문으로 있다는 얘기를 듣는다. 그곳에서는 피어싱과 문신을 하는 것이 상관없거나, 어쩌면 프렌치 커프스 단추가 한때 그랬던 것처럼 권장되고 있는지도 모른다.

"테레사는 알 거예요. 나는 항상 당신이 집에 오는지 묻곤 했어요. 우리가 오는 걸 좋아하지 않는다고 생각했거든요."

"그건 사실이 아냐."

내가 말한다.

"항상 너희들이 함께 어울리는 것에 기분이 좋았어."

테레사가 있는 그대로 말한다.

"제리는 사람들이 좋은 시간을 보내고 있는데 자신은 그렇지 않은 게 마음에 들지 않았던 거야."

"그건 이해할 만한 일이야, 그렇지 않아?"

앨리스가 한술 거든다.

"맞았어."

내가 말한다.

"그럼."

테레사가 말한다.

"근데 부모로서도 그렇단 말이야?"

그 말에 순간적으로 분위기가 가라앉는다. 내가 깊이 상처받은 것은 말할 것도 없다. 원칙적으로도 실질적으로도 그녀의 말이 맞기 때문이다. 나는 다른 사람들이 놀고 있는데 그 옆에 제대로 앉아 있어 본 적이 없다. 그리고 그것은 내가 다섯 살 때도, 열다섯 살 때도, 오십이 되어서도 그랬다. 나는 이것이 부러움이나 이기심보다는 사람들과 어울리고 싶고 연결되고 싶어 하는 내 욕망의 문제였다고 믿고 싶다. 나는 언제나 나를 잘 받아 줌으로써 내 성격을 버려 놓은 어머니(신의 은총이 그녀와 함께하기를) 또는 짧은 인생을 무고하게 소진한 내 멋진 동생 보비를 탓하고 싶다. 그리고 내가 필요로 하는 거의 모든 것을 주었지만 내가 원한 것은 사실 아무것도 주지 않은 아버지를 탓하고 싶다. 하지만 이것은 우리 모두와 관계된 이야기이다. 그렇지 않은가? 아니면 특별히 미국의 내 세대 혹은 단지 나와 관련된 것일 뿐인가? 아마도 그것은 누구도 다시 들을 필요가 없는 이야기일 것이다.

"하지만 솔직히 말해서…." 딸이 내 팔에 팔짱을 끼며 말한다.

"최소한 잭과 나는 사부의 가르침을 받았어요. 폴은 알 거예요. 내가 설거지를 하고 있는데 그가 낱말 맞히기를 할 경우, 내가 얼마나 못되게 구는지를요."

"한 번은 내게 주방용 세제를 뿌린 적도 있죠."

그가 말한다.

“바로 내 잠옷에다 대고요.”

제이디가 고개를 끄덕인다.

“하지만 테레사는 처음부터 그랬어요. 우리가 바비 인형을 갖고 놀 때면 앨리스와 나는 항상 우리 인형들에게 캠핑카 안에서 청소를 하게 하고 침대를 정리하게 해야 했죠. 그사이 테레사의 바비 인형은 바깥에서 캠프파이어를 지피며 핫도그와 마시멜로를 구웠고요.”

“내 바비 인형은 수석 요리사였어. 너희들 건 하녀였고. 모든 것에는 분명한 질서가 있어야 했어.”

“그 이야기는 아주 섹시하게 들리는데요.”

카나페 쟁반을 든 로사리오를 대동하고 온 유니스가 말한다. 유니스는 그것이 세브루가 캐비아와 바닷가재 살 그리고 골파를 넣은 신선한 크림을 얹은 ‘폴렌타 블리니스(Polenta blinis)’라고 설명한다. 전에 한번 다른 파티에서도 본 것처럼, 유니스는 한두 가지 카나페를 만들고 나머지는 로사리오가 만들게 했을 것이다. 모두들 한 조각씩 집어 든다. 로사리오는 쟁반 모서리로 나를 살짝 건드리며 두세 개 더 집으라고 몸짓한다. 나는 그렇게 한다.

“믿을 수 없어요. 진짜 이것들을 만든 거예요?”

앨리스의 질문에 유니스는 겸손하게, 하지만 분명하게 미소를 짓는다. 로사리오는 테라스를 지나 다른 사람들에게 가서 카나페를 권한다.

“별로 어렵지 않았어요. 중요한 건 좋은 재료를 써야 한다는 거죠.”

“당근 스틱과 양파 링만 있었어도 행복했을 거예요.”

테레사가 말한다.

"하지만 이 모든 것을 해 줘 기뻐요."

"오, 별로 특별한 것도 아니에요."

그것은 사실이다. 그녀와 잭이 결혼한 이후 나는 머스코비 오리 요리와 던저니스 게 요리, 그리고 벨론 굴 요리를 맛본 일이 별로 없다. 리타의 요리 솜씨는 훌륭했지만, 그녀는 항상 쉽게 구할 수 있는 재료들을 사용했다. 그녀는 1파운드에 3달러 이상 나가는 재료를 사용하는 것을 아주 싫어했다. 반면 유니스는 귀하고 비싼 것만 찾는다. 그녀에게는 최상의 고기와 빵과 치즈, 화려한 색상의 이국적인 생선과 과일, 소수만이 맛볼 수 있는 와인, 케냐와 네팔과 버몬트의 비밀스런 언덕에서 수확한 커피가 꼭 필요하다. 그녀가 얘기하는 것처럼 그 모든 것은 재료와 관계가 있다. 실제로 그녀가 내놓는 음식은 종종 놀라울 정도로 맛이 있다. 하지만 그 음식들을 먹을 때마다 평범하고 자연스러운 것이 근본적으로 얼마나 좋은지를 떠올리게 된다. 누군가가 약간의 허브와 양념과 불을 갖고 마술을 부리듯 놀라운 음식을 만들어 내는 것을 보는 것은 더없이 즐거운 일이다. 리타가 냄비에 쪄 만든 돼지고기 요리야말로 결정적인 증거이다. 유니스는 요리를 노련하게 배열함으로써 거의 모든 사람의 경탄을 자아낸다. 하지만 요리에는 무엇보다 사랑이 담겨 있어야 하는데, 그것은 가장 감미로운 바닷가재 꼬리나 소량의 철갑상어조차도 쉽게 제공할 수 없는 것이다.

"나는 아직도 제리가 가르쳐 준 대로 요리해요."

테레사가 말한다.

"포장을 벗긴 돼지고기에 소금과 후추를 듬뿍 친 다음 191도에서 물기가 안 보일 때까지 굽죠."

"놀랍게도 모든 고기와 생선에 다 적용돼요."

폴이 말한다.

"가금류도 마찬가지고요."

"하지만 내 요리 솜씨는 그렇게 나쁘지 않았어."

내가 말한다. 누구보다 유니스가 들으라고 하는 말이다. 앨리스와 제이디는 때로 부엌에서 테레사와 함께 내가 요리하는 모습을 본 적이 있었는데, 나는 리타가 나타나기 전 서투르게 찬장을 뒤지며 요리 재료들을 찾곤 했다. 당시의 나는 종일 근무를 하는 보모를 감당할 수가 없었다. 배틀 브러더스는 빠르게 위축되고 있었고, 6시에 까다롭고 배고픈 아이들이 있는 집에 도착하는 나는 아직 상하지 않은 뭔가를 찾아 냉장고를 뒤져야 했다.

"네 어머니가 죽기 전까지는 내가 요리할 필요가 없었다는 사실을 깨달아야 해. 그러다가 매일 밤 뭔가를 만들어야 했지."

"최소한 내가 그 일을 맡기 전까지는요."

테레사가 말한다.

"너는 실력이 아주 좋았어."

"왜 잭한테는 요리를 시키지 않았어요? 나이가 더 많잖아요."

유니스가 묻는다.

"모르겠어. 잭은 요리는 잘 못하는 것처럼 보였거든."

"제리는 그를 여자처럼 만들지 않을까 두려워했어요."

테레사가 말한다. 아주 시의적절한 말이다. 그리고 이제 나머지 얘기가 나올 차례다. 그녀는 나를 바라보며 눈웃음을 치는 것 같다. 거의 눈에 띄지 않는 눈웃음이지만 나를 꼼짝 못하게 하는 웃음이다. 그런데 그녀가 하는 말이 반드시 옳지는 않다. 나는 어느 정도 분명히 그 점을 말할 수 있다. 나는 당시 내가 무엇을 하고 있었는지에 대해 전혀 깨닫지 못한 것은 아니었다. 사실을 말하자면, 나로서는 잭이 매일 밤 죽은 어머니를 생각하지 않기를 바랐던 것이다. 최소한 의식화된 행동을 통해 그러지 않기를 바랐다. 그리고 내 생각에는 그가 앞치마를 두르고 햄버거를 구울 경우, 그렇게 될 것이 틀림없었다. 자신의 어머니가 죽은 후로 그는 1년 가까이 한마디도 하지 않았다. 마치 입은 없고 눈만 있는 아이 같았다. 거의 모든 점에서 둘 가운데 테레사가 좀 더 강한 것처럼 보였고, 그래서 잭에게는 집 뒤쪽 울타리를 고치거나 낙엽을 쓸거나 쓰레기통을 비우거나 하는 또 다른 힘든 일을 시켰던 것이다. 그는 그 점에 대해 한 번도 불평한 적이 없었고, 그래서 나는 기운을 돋우는 그러한 육체적인 활동이 결국에는 그가 다시 정상을 회복하는 데 도움이 되었다고 생각했는데, 어쩌면 그 점에 있어 잘못 생각했는지도 모르겠다.

테레사의 대학 친구 몇 명이(두꺼운 안경을 쓴 친구와 싸지만 유행을 앞서가는 듯한 옷을 입은 친구, 염소수염을 기른 친구) 오고, 얘기가 대중문화에 대한 것으로 옮겨갔다. 나로서는 이해하기에 너무 엉뚱하고 모호한 것들이다. 그래서 나는 테라스를 어슬렁거리며 잠시 집주인의 친구임에 분명한 부부들과 어울린다. 점잖고 유복해 보이는 젊은 부모들로 독한 술을 마시고 있다. 그들은 셔츠 위로 세운 칼라와 벨기에 출신의 게으른 운전사에 대해 지루한 얘기를 늘어놓더니 계속해서 해변의 집과 재규어 컨버터블 그리고 보모를 쓰는 가격에 대해 우는소리를 한다. 결국 그들의 말은 괜찮은 생활에 필요한 이 모든 것이 어째서 그토록 비싼가 하는 것이다(하지만 그것들이 비싸지 않다면 그들은 그런 것들에 대해 그토록 열광하지도, 은근히 자부심을 갖지도 않을 것이다). 갈색으로 멋지게 살을 태운, 팔이 가느다란 키트라는 여자가 나를 자리에 앉히며 자신이 노스포크 부지에서 하고 있는 거대한 조경 프로젝트에 대해 꼬치꼬치 얘기한다. 그곳에서는 대대적인 땅파기와 땅을 고르는 일이 진행되고 있다. 풋볼 경기장 길이의 벽과 56평방미터에 이르는, 석회암을 깐 앞뜰과 청회색 사암을 깐 테라스와 수영장도 만들어지고 있다. 그리고 수백 그루의 다 자란 관목과 나무들을 심고 있는데(다행히도 배틀 브러더스 엑스칼리버가 그 일을 하고 있다), 그 일에만 거의 30만 달러가 든다. 경기 후퇴는 그녀와는 상관없는 일이다. 키트는 불평하거나 특별히 자문을 구하려는 게 아니라 그냥 자신의 얘기를 하고 있는 것이다. 그녀는 마치 엄청난 시험을 견디고도 살아남아 자신이 옳았으며 완전했다는 것을 증언하도록 선택된 구약성서 속의 어떤 인물처럼 여겨진다.

키트가 나를 자신의 벤츠 SUV에 태워 동쪽 사우스홀드에 있는 자신의 집으로 데려가 진행 중인 작업을 보여 주겠다는 순간, 가게에서 돌아온 잭이 내 어깨를 두드린다. 키트는 자리에서 벌떡 일어나 그의 팔에 안겨, 만족하고 감사하는 고객치고는 좀 심하게 그를 꽉 껴안는다. 물론 요즘 사람들이 좋은 도급자와 계약하기 위해 돈 이상의 것을 준다는 얘기가 여전히 종종 들리긴 하지만 그러한 행동은 아무것도 아닐 것이다. 내가 일하던 시절, 고객에게 단가를 얘기하고

자 그의 집을 찾을 때는 잘 차려입고 나타나 그가 원하는 만큼 오랫동안 잡담을 해야 했다. 그럴 때면 종종 안주인의 부엌 테이블에 오랫동안 앉아 그녀의 옷 사이에 난 틈을 보지 않으려고 애쓰며 그녀가 결코 집에 오지 않는 남편이나 병든 어머니 또는 버르장머리 없는 아이들에 대해 실컷 쏟아 내는 얘기를 들어줘야 했다. 하지만 그러고도 열에 아홉은 일을 맡지 못했다. 잭은 그녀의 뺨에 살짝 입을 맞춘 다음, 안에서 배틀가(家) 남자들을 부른다며 실례하겠다고 한다. 하지만 키트는 그를 놓아주기 싫은 듯 그의 손을 살짝 쥔다.

나는 잭을 집 안으로 들어가게 한다. 그는 키가 186센티미터로 나보다 조금 더 크고, 체형은 약간 다르다. 그는 나보다는 몸이 좀 더 굽었다. 상체가 길고 두꺼운 그는 걸음걸이가 데이지를 닮았는데, 무릎을 바깥쪽으로 내밀면서 약간 구부정하게 걷는다. 그 점에 있어서는 우리가 한때 키우던 애완용 이구아나와 약간 비슷해서 그 유사점을 놓고 나는 그를 놀리기도 했다. 결국 그는 하키 선수 같은 몸을 갖게 되었는데, 그 운동은 한 번도 한 적이 없었다. 대신 풋볼과 라크로스를 즐겼고, 그 두 가지는 아주 잘했다. 이미 얘기한 것처럼 그는 아주 잘생겨서 직업 모델을 해도 될 정도이다. 그래서 나는 어느 정도 자부심을 갖고 그가 나의 가장 훌륭한 모습들을 물려받았다고 말할 수도 있을 것이다. 특히 강한 턱과 자연스럽게 물결치는 숱 많은 머리타래와 몇몇 사람들에게서만 보이는 반짝이는 눈, 그리고 작은 반점이(우리의 경우 헤이즐 색상이다) 있는 홍채가 그렇다. 그 홍채를 두고 어떤 사람들은 바보처럼 그것 때문에 시력이 좋지 않은 게 아닌가 하는 생각을 하기도 한다. 하지만 그런 용모가 도움이 되긴 한다.

잭 역시 잘 알고 있듯이, 그러한 모습은 거의 부당하다고 말할 수 있을 정도로 여자들에게 인기 있다. 그냥 누군가를 만나 눈을 마주치며 잠시 있기만 하면 되는 것이다. 그것은 내가 그의 어머니를, 그리고 리타를 처음 만났을 때도 그랬다. 마치 셔터 속도를 느리게 해 사진을 찍을 때처럼 한참 바라보며 대상이 확실하게 인화되기를 기다리기만 하면 되는 것이다. 내가 이런 생각을 갖게 된 것은 잭과 테레사에 대해 갈수록 경탄하게 되면서이다. 물론 내가 높이 산 것은 그들의 사람 됨됨이보다는(물론 그들은 좋은 사람들이다) 육체적인 특징이다. 물론 당신은 내가 그러는 것이 궁극적으로는 내가 그들에게 물려준 것, 즉 그들이 나의 유산이라는 것, 그리고 결국에는 그 모든 것이 나와 관련된 것이라는 점 때문이라고 생각할 수도 있을 것이다. 하지만 사실은 그 반대이다. 어쩌면 그것은 오늘 이곳에서 완전한 성인이 된 그 둘을 보고 있어서인지도 모르겠다. 하지만 문득 내가 그들에게 준 게 있다 해도 그것은 실제 아주 조금밖에 되지 않으며, 날이 갈수록 그것이 줄어들고 있다는 생각이 든다. 그리고 그것은 내가 그들을 어떤 식으로 생각하는 것보다 더 많이 그들이 나를 어떤 식으로 생각하게 되면서 이미 현실이 되었다. 물론 그것은 그대로 좋다.

부엌에서 니디아가 여성용 화장실 쪽을 가리키며 아버지가 왔다고 말한다. 나는 내 아버지가 온 줄 몰랐다. 물론 그는 진작 왔어야 했다. 로사리오가 옆에 서 있는 상태에서 유니스가 닫힌 문 사이로 그에게 얘기하고 있다. 우리를 본 그녀는 뒤로 물러나며 그가 아프기라도 한 듯 신음하고 있지만 누구도 안에 들어오게 하지 않으려 한다고 말한다. 바로 그때 아버지가 "아무도 필요 없어. 거기 있는 사람들 모두 저리 가!"라고 소리친다. 그는 마치 우리를 그가 알고 싶지 않은, 지하철 플랫폼에 있는 군중이라도 되는 듯 '사람들'이라고 말한다.

잭이 손잡이를 돌리며 말한다.

"그만해요, 아빠. 이제 문을 열어요."

잭과 테레사는 자신들의 할아버지를 아빠라고 부른다.

"모든 게 엉망이야!"

그가 대답한다. 그 말에 내가 시도해 본다.

"그냥 다치지는 않았는지 알고 싶은 거예요, 아버지. 다쳤어요?"

"너냐, 제롬?"

"네."

"도대체 어디 있었던 거냐?"

"바깥 테라스요."

"그래, 그렇다면 다들 물러가라고 해. 나는 제롬의 도움만 원해. 내 아들이 필요해."

"어쨌든 내가 들어가게 문을 열어 줘야 할 거 아네요."

"그럴 순 없어."

이제 힘이 빠진 목소리로 그가 말한다.

"그럴 수는 없어."

잭이 두꺼운 스위스 군용 칼을 꺼내더니(어려서부터 항상 지니고 다니라고 가르친 것은 나다) 내가 플라스틱 이쑤시개를 자물쇠에 찔러 넣을 수 있도록 해 준다.

"좋아, 다들 가도록 해."

내가 큰 소리로 말한다.

"여기서부터는 내가 알아서 할게."

잭이 두 손을 벌리며 난감하다는 표정을 짓지만 나는 그만하면 됐다며 그와 유니스, 로사리오, 그리고 무슨 일인지 보기 위해 복도에 모여든 아이들 — 다들 우리 식구는 아니다 — 까지 딴 데로 가게 한다. 모두가 다시 파티장으로 가자 나는 아버지에게 안에 들어가겠다고 말한다. 그는 투덜대고, 나는 문을 연다.

아버지는 바지가 발목까지 내려간 채로 바닥에 앉아 있었다. 그는 다시 문을 잠그라고 하고 나는 그렇게 한다. 그런데 그때 마치 죽음 자체처럼, 아니면 그보다 더 나쁜 어떤 것처럼 악취가 심하게 난다.

"그 망할 놈의 염소 치즈 토스트를 먹었더니 설사가 났어."

그렇게 말하고 나서 아버지는 좀 더 수줍은 태도로 "휴지가 없어."라고 말한다. 캐비닛 문이 살짝 열려 있고, 두루마리 화장지 두 개가 바닥에 나뒹굴고 있다. 그는 변기 가장자리와 세면기를 더럽히고 그 자신도 엉망으로 만들어 놓은 상태이다. 그의 코에서는 피가 흐르고 있다. 그를 앉히려 일으키자 더 심하게 신음한다. 나는 그의 다리가, 아니면 엉덩이에 문제가 있는 것은 아닌가 싶어 걱정된다. 그는 나를 밀친다.

"제기랄, 제롬, 먼저 몸을 씻을 수 있게 도와줘."

변이 그의 팬티와 바지에 온통 묻어 있는데, 등 아래쪽과 옆구리까지 묻어 있다. 불쑥 잭과 테레사가 갓난아기였을 때, 조심스레 그들에게 기저귀를 입히고, 더러운 기저귀의 양쪽 끝을 잡고 똥을 변기 속에 넣고 물을 내리던 때가 생각난다. 하지만 지금 이 일은 전혀 다르다. 이것은 마치 중학교 때 과학 선생이 지구와 목성의 모형을 꺼냈을 때와 비슷하다. 누가 그 두 가지의 실질적인 차이를 상상할 수 있었겠는가? 최근 들어 아버지가 변을 보는 데 문제가 있다는 것을 알고 있다. 아이비에이커스의 간호사는 사고와 '불필요하게 창피를 당하는 일'을 막을 수 있도록 계속해서 어른용 기저귀 바지를 입고 있을 것을 권했다. 나는 그가 무슨 말을 할지 알기 때문에 그 얘기를 그에게 꺼내지 않았는데, 조만간 그 얘기를 해야 할 것 같다.

그의 더러워진 옷을 벗기고 나서 보니 다행히 서랍에 수건이 있는 것이 보인다. 하지만 그의 몸을 제대로 씻기기 위해 비누를 사용하기가 쉽지 않다. 순간 그것을 이해한 듯 아버지가 세면대 밑의 분무식 욕실 세척제를 가리킨다. 그것을 사용하면 살갗이 따갑고 몸에 좋지 않을 게 틀림없다고 얘기하자 그는 짜증을 내며 "내가 유전자 손상 같은 일에 신경 쓸 것 같아? 빨리 해!"라고 말한다.

마치 그가 지하실에서 꺼낸, 곰팡이가 핀 비닐 소파라도 되는 것처럼 그의 몸에 세척제를 뿌리는 것은 아주 이상한 일이다. 그런데 거품은 그의 몸에 잘 달라붙어 있지 않고, 그의 억센 올리브색 살갗이 분홍색으로 바뀌기 시작한다. 하지만 그는 움찔하지도 않고, 한마디도 하지 않는다. 그는 병든 말이나 나귀처럼 타일 깔린 바닥에 커다란 머리를 숙인 채 누워 있다. 어쨌든 그는 나를 쳐다보고 있지 않는데 그건 우리 둘 모두에게 자비로운 일이다. 세척제에서는 믿을 수 없을 정도로 코를 자극하는 화학약품 냄새가 난다. 나는 최대한 빨리, 그리고 완전하게 그의 몸을 씻긴다. 그를 앉히자 엉덩이 바로 아래, 허벅지 위쪽에 커다란 포돗빛 멍이 나 있는 것이 보인다. 변기에서 살짝 떨어지면서 그의 손목과 팔꿈치가 얼얼해진 것 같다. 하지만 그는 일어날 수 있다고 말한다. 내가 그의 겨드랑이에 어깨를 대고, 우리는 일어난다. 그의 사지가 그 어느 때보다 무겁게 느껴진다. 양로원에서 보낸 지난 몇 년 사이 대부분의 시간을 앉아서 보낸 탓에 가지에서 따지 않은 과일처럼 이 쓸모없는 수확을 얻었다. 나는 그것이 그의 몸보다는 계속해서 쓸데없는 관념과 생각으로 가득 차게 된 그의 마음 때문이라고 생각한다. 그의 옷은 더 이상 입을 수 없게 되었고, 그래서 내 옷이 크기가 가장 비슷할 거라고 생각한 나는 내 바지를 벗어 그에게 준다. 그가 2층으로 가 샤워를 할 수 있게 하려는 것이다.

내가 여성용 화장실 문을 열자 그가 말한다.

"너는 어떻게 할 거냐? 팬티 차림으로 돌아다닐 거냐?"

"잭의 운동복을 입으면 돼요."

"마치 사정이 나아지지 않으면 계속해서 운동복만 입을 것처럼 들리는구나."

"그게 무슨 말이에요?"

"무슨 말일 것 같으냐? 우리 중 일부는 지금도 계속해서 매일같이 그 회사에 전화를 해. 아주 오래전에 은퇴했지만 말이야."

"그런데요?"

"샐 얘기로는 현금 흐름에 문제가 있다더구나. 지난 2주 동안에는 가까스로 직원 월급을 주었다고 하더군."

샐은 배틀 브러더스의 경리로, 내가 아이였을 때부터 있었다.

"잭은 내게 아무 말도 하지 않았는데요."

"그와 회사 얘기를 하기라도 하느냐?"

나는 대답하지 않는다. 그러자 아버지는 보란 듯이 콧방귀를 뀐다. 물론 나는 아직도 회사에 대해 신경을 쓰고 있다. 하지만 아버지가 하는 방식으로는 아니다. 잭에게 부담이 되지 않도록 항상 그의 어깨 너머에서 살필 뿐이다. 실제로 나는 처음부터 배틀 브러더스에 대해서는 아무 말도 하지 않으려고 노력했다. 물론 잭에게 부담을 안겨 주지 않으려는 이유에서이기도 했지만 결국에는 그 스스로 사업을 운영해 나가기를 바라서이기도 했다. 하지만 그러한 방침은 가족의 삶과 관계에 있어 문제가 있으며, 잘못된 것일 수도 있다는 생각이 든다. 좋은 의도를 갖고 뭘 하든 혹은 하지 않든 결국에는 이런저런 생각 끝에 가족에 대한 생각으로 돌아가는 것이다. 잭이 계속해서 배틀 브러더스를 운영하고 있는 이유 중 하나는 내가 그에게 압력을 거의 가하지 않기 때문인 게 확실하다. 그는 아마도 왜 내가 신경을 쓰지 않는지 의아해할 것이다. 어쨌든 그 결과로 최근 몇 년 사이에 그는 가족 모두가 관심을 갖고 있는 이 업체를 확장시키려고 두 배나 애쓰고 있었다.

아버지가 말한 것에 — 비록 정신 상태가 좋지 않지만 그의 말은 사실처럼 보인다 — 무척 신경이 쓰인다. 지금껏 나는 돈이 엄청 들어갈 게 분명한 잭의 집만 보고 그가 사치스럽게 살고 있다고 생각해 왔던 것이다. 물론 나는 키트가 의뢰한 것과 같은 대규모 프로젝트가 가끔 들어오긴 해도 배틀 브러더스의 인력과 장비를 통상적으로 움직이게 하는, 좀 더 작은 규모의 고만고만한 프로젝트는 그리 많지 않다는 것을 알고 있다. 때문에 잭은 배틀 브러더스를 확장하는 것이 당연하다고 생각하고 있는 게 분명하다. 그는 나와 달리 항상 알 수 없고, 시도해 보지 못한 것을 탐험하는 데 별 두려움이 없었다. 가령 예닐곱 살 때에도 그는 내가 너무 멀리 집어던진 야구공을 찾으려고 배수관을 서슴없이 기어들어가기도 했다. 하지만 경기가 좋지 않은 시기에는 사업 규모를 줄이고, 한 걸음 물러서야 할 필요가 있다는 것을 그가 이해하고 있는지는 분명치 않다. 내가 그에게 물려준 뭔가가 있다면 그것은 사업에서든 인생에서든 재빨리 손상을 줄일 줄 아는 것이기를 바란다.

내 도움을 받아 아버지는 부엌을 지나 뒤쪽 층계를 올라간다. 그곳에는 만약의 경우에 대비하여 유니스와 잭과 로사리오가 서 있다. 손자 넷 중 가장 예리한 여자아이 타일러가 특별히 누구에게랄 것도 없이 내가 왜 '팬티'만 입고 있는지, 그리고 왜 좋지 않은 냄새가 나는지 묻는다.

"네 할아버지 제롬이 사고를 당했단다."

아버지가 눈웃음을 치며 말한다.

"하지만 소문내면 안 돼."

타일러는 코웃음을 치며 벌써 10대가 된 것처럼 조롱하듯 나를 바라본다. 유니스에게 아이들이 밤낮없이 무엇을 보고 있는지에 대해 얘기해야 할 것 같은 생각이 든다.

"우리가 위층으로 올라갈 수 있도록 도와줘."

이 말에 잭은 아버지의 다른 쪽을 부축하고, 우리 셋은 발을 맞추려고 애쓰며 힘들게 위층으로 올라간다. 마침내 아버지를 샤워하게 한 후 잭이 고어텍스 러닝 바지를 내준다. 우리는 잭과 유니스가 쓰는 침실에 딸린 거실에 앉아 있다. 이중으로 된 욕실 문(잭의 화장실 쪽)이 활짝 열려 있어 샤워하는 아버지를 지켜볼 수 있다. 투명한 유리 뒤로 비누칠을 하고 있는 그의 모습은 전형적인 노인네로 보인다. 털이 난 그의 다리는 축 처져 있다. 우리가 도와주겠다고 하자, 그는 "내가 죽기 전에 그럴 기회가 많이 있을 거야."라고 소리친다. 그 말은 지금은 도와줄 필요가 없지만 그의 남은 날 동안 그럴 기회가 많을 거라는 의미다. 여러 면에서 그건 사실이지만 나로서는 지금 이 순간에 대해 깊이 생각할 수밖에 없다. 내가 아는 것이라곤 오늘의 이 일화가 단지 추위가 매섭게 여겨지는 겨울의 처음 며칠처럼 — 항상 지나고 나서 보면 그 며칠의 날씨가 기분 좋게 여겨지지만 — 시작의 시작에 지나지 않는다는 것뿐이다.

우리가 앉아 있는 동안 잭이 침실에 딸린 작은 부엌에 있는, 조리대 밑의 냉장고에서 맥주 두 개를 갖고 왔다. 그 부엌에는 캐비닛과 전자레인지, 전자스토브, 그리고 심지어는 소형 식기세척기까지 있는데 그것들을 보고 있으니 그곳이 스튜디오식 아파트 또는 대학 졸업생의 집처럼 여겨진다. 물론 이곳에 있는 것들이 훨씬 낫긴 하겠지만. 기본적으로 잭과 유니스가 아래층으로 내려가 집의 반대쪽 끝에 있는 부엌까지 가지 않고도 간단히 간식과 커피를 만들어 먹을 수 있게 해 놓은 것인데 일리가 없지는 않아 보인다. 하지만 이것이 과거에는 열차 사업과 정크 본드 그리고 최근 들어서는 인터넷 관련 사업에 투자해 떼돈을 번 사람들이 대대로 전해 온 삶의 양식 중 일부라는 생각을 하면 우습다.

"테레사와 폴에게 이런 파티를 열어 준 것 잘한 일이야."

내가 말한다.

"그녀는 무척 행복해 보여, 그렇지 않아?"

"지금껏 살면서 거의 처음으로 행복해하는 것 같아요."

잭이 말한다.

"그래 보여."

그가 한 말의 진실을 인정하며 내가 대답한다. 하지만 그 말이 숨기고 있는 또 다른 의미를 생각하자 나도 모르게 움찔해진다.

"너는 어떠냐?"

"더할 나위 없이 좋아요."

"집이 아주 멋져 보이는구나."

"멋지죠. 모든 게 잘 돌아가고요."

"사업이 약간 주춤해졌을 것 같은데."

잭은 맥주를 오래 마신다.

"약간요."

"내가 관여하기를 바란다면 언제든 말해. 나는 괜찮으니까. 남아도는 건 시간뿐이니까."

"좋아요."

"원한다면 일꾼들과 함께 일할 수도 있어. 아니면 샐이 경리 보는 걸 도와줄 수도 있고."

잭이 몸을 똑바로 하며 앉는다.

"샐이 아빠 도움을 필요로 하는 것 같아요?"

"그래도 좋지 않겠니? 사실 그는 아버지 나이야. 주판으로 셈하면서 실수할 수도 있어. 그는 아직도 그걸 사용하고 있을걸."

"그래요."

잭이 말한다.

"하지만 내가 모든 것을 다시 한 번 점검하죠. 그리고 모든 것이 괜찮아요."

"그냥 얘기하는 거야, 그뿐이야."

"그렇겠죠."

"그래."

"좋아요, 아버지. 그럼 된 거예요. 정말로요. 모든 게 다 괜찮아요."

더 이상 반박할 말이 없는데, 대체로 이것은 잭이 배틀 가문의 한 사람으로 나와 크게 다르지 않을 뿐더러, 그에 따라 사람을 떨쳐 버리는 다양한 기술을 물려받았기 때문이다. 그런 기술 가운데 제일 가는 것은 얘기가 무척 어색해져, 잠재적으로 위험해질 수도 있는 상황에서 더 이상 얘기가 나오지 않게 끊어 버릴 줄 아는 것이다. 우리와 얘기를 하다가도 갑자기 할 말을 잃으면서 얼마나 입장이 난처해지곤 했는지 리타와 켈리에게, 그리고 데이지가 이곳에 있다면 그녀에게 물어볼 수도 있을 것이다. 테레사 역시 그 점에 있어서는 별반 다르지 않다. 다만 그녀는 주기적으로 (그리고 일부러) 그 어떤 분석과 비판과 순수 이성도 맥을 못 추게 하고 상대로 하여금 완전히 할 말을 잃게 만들기도 한다는 점에 있어선 약간 다를 수도 있을 것이다.

샤워하던 아버지가 욕을 하는 소리에 우리 둘은 벌떡 일어난다. 하지만 그가 손잡이를 잘못된 방향으로 돌려 뜨거운 물이 나온 것뿐이다. 살이 약간 덴 것 같지만 괜찮아 보인다. 잭은 조심스럽게 아버지가 어깨와 가슴 위쪽에 있는 분홍색 거품을 닦아 내는 것을 도와

준다. 아버지는 피곤하다며 낮잠을 자고 싶어 한다. 잭이 그에게 티셔츠를 주고, 우리는 그를 침실로 데리고 가 침대에 눕힌다. 이것이 나이 든다는 것인가? 사소하지만 위험한 또 다른 순간을 넘기며 어떻게 해서든 살아남는 것이?

아래층 부엌에는 사람들로 가득 차 있다. 테라스에 있던 모두가 들어온 것 같다. 나와 잭을 본 유니스가 스푼으로 자신의 샴페인 잔을 살며시 두드리자 잡담을 하며 웅성거리던 사람들이 조용해진다. 로사리오와 니디아가 재빨리 다시 술잔을 채운다.

"테레사와 폴을 다시 집에 초대하게 되어 너무 기쁩니다. 그리고 이번에는 특별히 그들의 약혼식을 축하하기 위해 이렇게 멋진 파티를 열게 되어 기쁩니다."

유니스가 테레사와 폴에게 웃음을 짓는다. 그들은 즐거워하는 것처럼 보이지만, 학구적인 사람들과 다른 먹물들이 가끔 약간 우스꽝스런 상황에서 그러는 것처럼 다소 불편해하는 기색도 보인다.

"그들의 약혼 발표를 축하하면서, 동시에 내년에 결혼식을 올리고 싶을 때는 언제든 다시 이곳에서 식을 올려 그들의 손님들이 축하할 수 있도록 이 집을 제공하리라는 것을 알리는 바입니다. 결혼한, 나이 든 우리 모두가 알다시피 결혼식을 올린 후 신혼여행을 하는 시간이야말로 가장 달콤한 때입니다. 슬픈 일이지만, 사실이죠! 그러니 마음껏 그 시간을 즐기기 바랍니다! 건배!"

"건배!"라는 말이 오가고 모두 잔을 비우는 사이 나는 테레사와 폴이 축하하기보다는 뭔가 회의를 벌이고 있는 사람처럼 하고 있는 것을 본다. 폴은 테레사가 뭐라고 고집스럽게 얘기하는 것에 대해 고개를 흔들고 있다. 아마도 그것은 내 딸과 자주 만나고 친하게 지내는 사람이라면 반드시 배워야 하는 그 무엇처럼 생각된다. 테레사가 모든 사람의 관심을 집중시키려 하자, 그녀가 얘기하고 싶어 하는 것을 알아챈 유니스가 다시 한 번 잔을 두드린다. 테레사가 고개를 끄덕인다.

"폴과 나는 항상 호화로운 파티를 열어 주는 데 대해 올케에게 감사를 표하고자 합니다."

테레사는 낮은 목소리로, 거의 우울하게 들릴 정도로 얘기한다.

"시간을 내주고, 인내심을 보여 준 로사리오와 니디아에게도 감사를 드립니다. 그리고 물론 잭에게도 감사를 표하는 바입니다."

내 옆에 앉아 있는 잭이 뚱한 얼굴로 맥주병을 치켜든다.

"폴과 나는 여러분 모두에게 우리가 내년에 결혼식을 올리지 않을 거라는 얘기를 드리려고 합니다. 하지만 걱정하지는 마세요. 우리는 이번 가을에, 어쩌면 10월에 결혼식을 올리려 합니다."

"그건 너무 빨라요!"

유니스가 소리친다. 우리 가문과 관련된 모든 것에 대해 그러듯 그녀는 그들의 결혼식을 어떻게 연출할지 마음속으로 계산하고 있었던 게 분명하다(순간적으로 나는 유니스가 보스턴 출신의 크게 성공한, 예민한 부모의 외동딸이라는 사실을 떠올린다. 어쩌면 그 사실은 그녀가 질투가 심하고, 모든 것을 자신이 다 알아서 해야 직성이 풀리는 성격이라는 점을 설명해 주는 것 같다).

테레사가 말을 잇는다.

"비행기에서 우리는 기다릴 필요가 없다는 결정을 했죠. 결혼식은 거창하지 않게 아주 조촐하게 치르고 싶어요. 지금 당장 유니스의 관대한 제안을 받아들일 수 있다면, 그녀가 몇 달 내에 우리 모두를 다시 초대해 조촐한 식을 올릴 수 있기를 바랍니다."

"물론 받아들일 수 있죠."

무뚝뚝하게 들리지 않도록 최선을 다하며 유니스가 말한다.

"우리는 무척 기쁠 거예요."

이제 앨리스와 제이디 그리고 테레사의 나머지 친구들이 그녀와 폴을 번갈아 안으며 축하한다고 한다. 내가 잭에게 테레사가 임신했을 수도 있다고 말하자, 그는 대수롭지 않게 "누가 알겠어요?"라고 말한다. 보통 때라면 아무렇지 않았을 테지만 오늘따라 그 말에는 예상치 못한 날카로움이 실려 있는 것 같다. 나는 그를 한번 쏘아보지만 그는 이미 저만치 자리를 옮겨 사람들이 사용한 유리잔과 접시를 치우는 니디아를 돕고 있다. 잭은 항상 그렇게 사려 깊고 너그러웠다. 하지만 사실을 말하자면 그는 그의 클럽 친구들이나 직원들 그리고 심지어는 쇼핑몰의 낯선 사람에게 드러내는 감정과 똑같은 감정을 나나 테레사에게 보인 적이 한 번도 없었다. 그리고 나는 우리의 관계를 그다지 이상적인 것으로 받아들이는 편은 아니지만(아버지와 아들 사이지만 서로 남자라는 이유로 거리를 두는 것과, 서로에 대해 잔뜩 기대한 후 그 기대가 깨어져 분개하는 일이 되풀이되는 것, 그리고 그가 어렸을 때 어머니가 갑자기 죽은 후 세상의 모든 어머니를 남몰래 탓하는 것까지 그 이유는 많다) 그가 여동생에게 야박하게 표현한다는 사실이 새삼 가슴에 사무친다. 그는 마치 그녀가 비행기의 가운데 자리, 그의 옆에 비좁게 앉아 있는 누군가에 지나지 않는 것처럼 가혹하고 형식적으로 그녀를 대한다. 승객들은 어쩔 수 없는 상황에서 이따금 팔꿈치로 서로를 밀며 불편해하고 있다는 점을 무례하지 않게 서로에게 알리는 것이다. 물론 나는 그들의 어머니가 죽고 난 후 더욱더 서로 의지하기를 항상 바랐다. 그리고 어쩌면 너무 빨리 그렇게 되리라고 생각했는지도 모른다. 하지만 실제로는 그 반대의 일이 있어났다. 아주 어릴 때조차 둘은 항상 저녁을 먹기 전이나 먹은 후면 각자 자신의 방으로 달려가 문을 닫고 지냈다.

실컷 얘기를 나눈 후 기력이 빠지자 사람들은 떠나기 시작한다. 나는 집 안을 지나가다가 서가가 비어 있는 도서관에 혼자 앉아 화이트 와인 잔을 돌리고 있는 폴을 본다. 나는 이미 테레사를 안고 키스한 상태이다. 그녀는 나를 무척 세게 안으며 나중에, 어쩌면 내일 우리가 얘기를 나눌 수 있을 거라고 귓속말을 했다. 내가 무슨 얘기냐고 묻기도 전에 그녀는 양해를 구하더니 재빨리 제이디와 앨리스와 함께 신부들이 보는 잡지를 사야 한다며 세븐일레븐으로 차를 몰고 갔다. 하지만 그녀 역시 왜 잡지를 사고 싶어 하는지는 분명치 않아 보였다. 그럼에도 그녀는 결혼식의 문화적 배경과 의식에 관심이 있다고 했다. 그래, 그래, 그럴 테지. 그녀는 잠시 놀다가 저녁 식사 후에 돌아올 거라고 했다. 문득 그녀가 별 생각 없는 평범한 소녀처럼 행동하는 것을 보니 무척 기뻤다.

"의자에 앉아요, 제리. 조금 드릴까요?"

폴이 말한다.

그는 유니스의 '하우스' 샤도네 한 잔을 따라준다. 그것은 말 그대로 하우스 와인인데, 노스포크에 있는 와인 농장에서 그녀가 1년에 열 번 정도 주문을 받아 손으로 만든 라벨을 병에다 붙였기 때문이다. 우리는 잔을 부딪치고 한 모금 들이켠 후 아무 말 없이 앉아 있는데, 그것은 우리에게는 이례적인 일이다. 폴은 내게서 항상 이야기를 끌어낼 수 있는 얼마 되지 않은 사람 중 하나이다. 물론 사교적이고 성격 좋은 사람처럼 그러는 것은 아니다. 정확히 그 이유는 모르겠지만, 어쩌면 그가 나와는 전혀 다르다는 사실과 관계있는 것 같다. 우리가 서로 다른 선조와 시간과 전통에서 나왔고, 정치와 세상에 대해 거의 정반대되는 입장을 갖고 있으며, 그에 따라 내가 평생에 걸쳐 누려 왔지만 갈수록 더 필요한 즉각적인 의견 일치와 편안함에 대한 무언의 압박감이나 그로 인한 무감각을 느끼지 않아서인지도 모르겠다. 어쩌면 나는 인종을 많이 의식하는 사람일 수도 (또는 인종차별주의자일 수도) 있을 것이다. 그럼에도 나는 그가 다르다는 사실을, 그가 키가 작고 피부가 황색이며 똑똑하다는 (무엇보다 그가 하는 말이) 사실을, 그리고 내가 원하든 원치 않든, 왠지 그가 나를 다르게 만든다는 사실을 좋아한다.

"우리 사이에 무슨 일이 일어나고 있는지 궁금하지 않으세요?"

폴이 말한다.

"별로."

내가 말한다.

"자네들은 언제든 하고 싶을 때 결혼하면 돼. 경비는 내가 댈게. 테레사에게 그 얘기를 할 작정이었지만. 하지만 자네에게 그 얘기를 하는 것도 좋을 것 같아. 결혼 비용으로 2만5,000달러를 줄 작정이네. 오래전에 그 돈을 준비해 두었지."

"우리는 어쩌면 그냥 판사 앞에 가서 결혼할지도 몰라요."

"상관없네. 그 돈은 자네들 것이야. 그러니 마음대로 쓰게."

"고마워요. 하지만 그 돈을 필요 없어요."

"이보게. 그 돈으로 진짜 집을 구한 후 할부금으로 낼 수도 있을 걸세. 자네들에게 충분히 큰 집 말이야."

"앞으로도 방이 큰 집은 필요 없을 거예요."

"방이 작으면 생각 이상으로 공간이 부족해지네."

내가 말한다.

"그렇겠죠."

자신 없는 투로 그가 말한다. 나는 이 두 사람이 별로 할 줄 아는 게 없다는 사실을 떠올린다. 기껏해야 카푸치노를 만들기 위해 우유를 준비하는 것 정도를 알 것이다.

"그냥 두 사람이 이삼 년 후면 어디에 있게 될지를 염두에 두라는 말을 하는 거네. 그때 가서 무엇이 필요할지를. 나는 항상 자네들을 도울 걸세. 잭은 아주 잘하고 있고, 그래서 자네와 테레사에겐 자금을 비롯해 필요한 무엇이든 줄 수 있을 것 같단 말이지. 아이들을 키우는 데도 돈이 많이 들어."

내가 뭔가 어색한 것을 말하기라도 한 것처럼 폴의 얼굴에 웃는 듯한 표정이 떠오른다. 일종의 미소 같기도 하다. 물론 미소가 반드시 멋질 필요는 없을 것이다. 그러다 갑자기 그가 두 손으로 머리를 감싼다. 그러면서 와인이 조금 넘쳐흐르는 잔을 여전히 쥔 채 기쁜 듯이 조금 몸을 떤다. 음유시인과 새로운 시대의 남자와 감수성에 비춰 볼 때 나는 어느 정도 이것을 기대했었다. 나는 손을 뻗어 그의 등을 토닥이며 내가 얼마나 손자를 보고 싶어 하는지, 손자가 생기면 얼마나 행복할지를 말한다. 하지만 지금 당장은 그들이 이 나라의 반대쪽에 살지 않기를 바랄 뿐이다.

"그 사실을 금방 알 수 있었어요?"

이제 눈이 붉어진 폴이 나를 바라보며 말한다.

"아니. 하지만 갑작스런 결혼 발표를 보고 눈치챘지."

그는 웃음을 터뜨리고, 우리는 잔을 부딪친다.

"원한다면 결혼식을 올릴 때까지 함께 지내도 좋네. 오리건으로 바로 돌아가야 하는 게 아니라면."

"아뇨, 그러지는 않을 거예요."

다소 불편해하며 폴이 말한다.

"사실 한동안 이곳에서 지냈으면 싶었죠. 테레사는 가을 학기를 신청하지 않았어요. 이곳 동부를 그리워하고 있죠."

"그 말을 들으니 기쁘네."

"유니스는 우리가 이곳에 머물기를 원하지만, 테레사는 당신 집에 있는 것을 더 좋아할 거예요."

"정말인가?"

"그럼요. 당신만 괜찮다면요."

"자네들을 환영한다고 말하지 않았던가?"

"그냥 확실히 해 두고 싶어서요."

"마치 다시 여름휴가를 보내는 것처럼 멋질 걸세."

테레사가 콜드 크리크 1번지에서 나와 함께 지내는 쪽을 택할 수도 있다는 생각에 순간적으로 마음이 훈훈해지며 내가 말한다.

"이보게. 우리 셋이 옛날처럼 차로 어디든 여행을 갈 수도 있을 걸세."

"좋아요."

폴이 말한다.

"그런데 우리 셋이 당신 비행기에 다 탈 수는 없을까요?"

"약간 비좁을 걸세. 그리고 다음 세대들을 위험에 처하게 하는 것을 내가 견딜 수 있을지 모르겠네."

"차로 여행하는 것이 가장 위험한 방법이라고 생각했는걸요."

"개인 비행기가 아마 그 다음으로 위험할걸."

"내가 믿는 사람이 있다면, 그건 제리 바로 당신이에요."

"오, 그래?"

이제 우리의 이야기가 어쩔 수 없이 훈훈하면서도 모호한 것이 되려 하는 것에 어느 정도 마음의 준비를 하며 내가 말한다. 실제로 나는 우리의 이야기가 이런 식으로 나아가기를 반쯤 기대했었다. 그리고 지금은 무의식적이든 그렇지 않든 그것을 부추기고 있는지도 모르겠다.

"물론이죠. 기계와 관련해서는 당신이야말로 전적으로 믿을 수 있는 사람이에요. 당신은 기본적으로 엔지니어인 것 같아요. 기계에 관한 한 전문 기술을 갖고 있을 뿐만 아니라, 믿음 또한 있어요."

"조금 전에는 똥을 치웠지, 폴. 어쨌든 고맙네."

우리는 잔을 부딪친다. 문득 폴이 약간 또는 많이 술에 취했을 수도 있다는 생각이 든다. 하지만 알 수 없다. 보통 때 그는 한 잔 이상 마시지 않는다. 그는 그 이유가 자신의 형제들 대부분이 술을 마시지 않아 자신 또한 그렇게 한다고 했다. 그들은 술을 몇 모금 마신 후면 무척 빨개지는데 마치 열대지방에서 테니스를 세 세트 정도 한 것처럼 보인다. 그리고 거의 땀까지 흘리려고 한다.

"글쎄요. 꼭 하늘을 날 필요는 없어요."

폴이 밝은 표정으로 말한다.

"워싱턴으로 차를 몰고 가는 건 어때요? 제리 배틀이 시켜 주는 항공우주국 관광은 어때요?"

그가 얘기하는 도중에 다시 한 번 그와 함께 있는 모습을 항상 즐기는 여러 가지 이유 중 한 가지가 문득 떠오른다. 폴은 나와 같은 사내의 기운을 세심하게 북돋울 줄 안다. 나라는 존재를 인정함으로써 내가 만족감으로 공중에 붕 뜨는 듯한 기분이 들게 할 줄 아는 것이다. 그것은 자신이 완전히 이해되고 있다고 생각될 때 느끼는 감정이다.

"잠시라도 자네들을 내 가까이 있게 하는 건 멋진 일이 될 거야. 그냥 그 생각만 해도 자네들이 아주 먼 곳에 살지 않았으면 하는 생각이 드네. 다시 이곳으로 오는 건 어떤가? 이곳에도 괜찮은 대학들이 많이 있어. 스토니브룩 대학은 차로 금방이야."

"테레사는 카스카디아 주립대학에서 이제 막 과정을 시작했어요. 하지만 그녀에게 기회만 있다면 동부로 다시 돌아오는 것에 대해 이의는 없어요. 내가 어디에 사는지는 전혀 문제되지 않으니까요. 나는 거의 어디에서나 모호한 이야기를 쓸 수 있죠."

"이보게, 그런 식으로 말하지 말게, 폴."

내가 말한다.

"나도 문학을 하는 게 신나는 일이 아니라는 건 알아. 하지만 그렇다고 그런 식으로 스스로를 비하하면 안 돼."

"내가 그렇게 얘기해 놀랐군요."

"하지만 자네는 고뇌에 찌들어 비참하게 살아가는 모습이 어울리는 작가는 아니야. 내가 보기에는 그래. 자네는 햇빛과 농담을 좋아하고, 사람들도 진심으로 좋아하지. 자네를 아는 모든 이가 그 사실을 알고 있어. 충고하려는 건 아니지만, 자네의 낙관적인 본성이 자네에게 도움이 되게 할 수도 있을 것 같아."

"바보 같은 쉬운 책을 쓰라는 얘긴가요?"

"그걸 나한테 묻지는 말게. 그런데 가만히 생각해 보니 코스트코에는 그런 책들로 가득해. 사람들은 그것들을 마치 스물네 개짜리 머핀 팩처럼 집어 들지. 자네야 돈을 위해 책을 내는 게 아니라는 건 알지만 대부분의 출판사들은 그럴걸."

"맞아요. 유일한 예외가 있다면 그건 내가 새로 계약한 출판사죠. 그 출판사의 여사장은 허영 때문에 그렇게 하죠. 그녀가 교류하는 문단 사람들에게 자신은 국제적인 작가를 키우고 있다는 점을 알리려고요."

"또 시작이군."

"미안해요, 제리."

의자에 좀 더 깊이 몸을 파묻으며 폴이 말한다. 그의 얼굴과 목에는 바닷가재처럼 붉은 반점이 몇 개 생겨나 있다. 유전적으로 술을 잘 못하는 그의 간에 무리가 가기 시작했음을 보여 주는 것이다. 그렇게 술 마신 것을 두고 슬그머니 나무랄 수도 있을 것이다. 하지만 그게 무슨 대수인가? 부드러운 와인 한 병을 놓고 (이제 곧) 사위가 될 사람과 함께 앉아 서로 공유한 부담스런 과거(아들의 경우처럼)에 대한 얘기는 피하면서 앞으로 어떤 알 수 없는 기쁨이 찾아올지 기대에 잠기는 것은 즐거운 일 중의 하나인 것이다.

이런 기분으로 자격도 없는 내가 말한다.

"이보게, 테레사는 아주 멋져 보여, 정말이지 그래."

폴은 크게 술 한 모금을 들이켠다. 약이라 생각하고 먹는 듯싶다. 그러더니 "그렇죠?"라고 말한다.

"그녀의 어머니도 임신했을 때 그랬지. 내 생각에 여자가 가장 아름다울 때는 임신했을 때 같네. 마치 이제 막 뜨거운 물에 샤워를 마치고 나온 것 같아 보이지. 나한테는 다행스런 일이었지만, 데이지의 경우엔 한참 지나서야 임신한 걸 알 수 있었지. 테레사는 얼마나 된 건가? 그렇게 많이 되지는 않았지?"

"그녀는 몸이 좋지 않아요, 제리."

폴이 말한다.

"이런 말을 하는 건 싫지만요, 테레사는 아직 알리고 싶어 하지 않아요. 하지만 당신에게는 말해야 한다고 그녀에게 얘기했죠."

"잠깐만, 아기한테 무슨 이상이 있는 건 아니지."

"아기는 괜찮아요."

폴은 미소를 지으려 한다. 아니면 그렇지 않은 것인가? 잘 모르겠다. 그가 입을 연다.

"문제는 테레사예요."

"오, 그래? 뭔지 말해 보게."

"병이 있어요."

나는 아무 말도 하지 않는다. 아니, 아무 말도 하고 싶지 않다. 하지만 나는 직장 동료처럼 묻는다.

"도대체 그게 무슨 얘긴가?"

그러나 폴은 아무 대꾸 없이 와인 잔을 들여다본다.

"암이에요, 제리."

"맙소사, 폴. 농담하는 건가? 무슨 암인가?"

"딱히 그런 건 아니에요. 그리고 그녀는 지금 당장은 내게 말하려 하지 않고 있어요."

"그녀가 무엇을 원하는지는 상관없어. 지금 당장 말해 보게."

폴은 또다시 한 모금을 들이켠다. 그러고는 가까스로 내뱉는다.

"비(非)호지킨 림프종이에요."

"그게 대체 뭔가?"

"하지만 치료하면 되는 거지, 그렇지?"

그러나 그는 고개를 젓는다.

"오리건과 워싱턴에 있는 모든 의사를 찾아가 봤죠. 내일 예일대 의과대학에 있는 사람을 보기로 되어 있어요. 하지만 별로 달라질 게 없을 것 같아요. 수술할 수 있는 게 아니거든요. 화학요법과 방사능 치료를 하게 되면 아기에게 해가 되죠."

"그래서 자네 둘은 도대체 어떻게 할 작정인가? 이건 도대체 무슨 얘긴가?"

"그녀는 아기에게 해가 되는 일은 조금도 하지 않으려 하고 있어요, 제리."

그가 말한다.

"우리는 이 문제를 놓고 여러 번 다퉜죠. 하지만 그녀의 마음을 바꿀 수가 없었어요. 그녀는 아기가 태어날 때까지 기다리려 하고 있어요. 출산 예정일은 12월이에요."

"아기는 다시 가지면 되잖아!"

내가 말한다.

"그녀는 이제 겨우 서른이야! 아직 나한테 하지 않은 얘기가 또 있는가? 원한다면 자네들은 아이를 여섯도 가질 수 있어."

"화학요법 치료를 하면 불임이 될 수도 있어요. 하지만 그건 확실한 건 아니에요. 하지만 어쨌든 그녀는 이 아이를 낳기로 결심했어요. 내일 그녀와 얘기를 해 보세요. 제발요. 나는 더 이상 못하겠어요. 지금으로서는 그녀에게 힘이 되어 주는 수밖에 없는 것 같아요, 제리. 다른 방법은 없으니까요."

"제기랄. 폴, 이건 다 정신 나간 짓이야. 자네들 둘 다 정신 나갔어!"

"내가 그걸 모른다고 생각하세요?"

"집어치우게!"

갑자기 우리는 자리에서 일어나 서로에게 소리를 지르고 있다. 나는 와인 잔을 너무 세게 쥐어 아래쪽이 떨어져 나간 것을 그제야 알아차린다. 유리가 내 손바닥에 박히면서 피가 흐른다. 나는 잔의 둥근 부분과 그 아래쪽에 있는 것을 의자 쿠션에 내던진다. 폴이 화장지를 가져와 손에 감아 준다. 손을 누르자 데이지가 너무도 사랑스러우면서도 깨질 듯이 연약해 보이던 때 느꼈던 해묵은 감정이 날카롭게 되살아난다. 분명 뭔가를 부수고, 망치고 싶었던 감정이다. 뭔가 내가 항상 필요로 하게 될 것을.

4

데이지가 죽은 날도 오늘과 비슷했다. 6월 초였고 하늘 꼭대기에 박혀 있는 것 같은 태양은 뛰노는 이웃집 아이들 모두를 즐거움으로 헐떡거리게 만들면서도 다른 모두를, 어머니 아버지와 더 나이든 사람들과 10대들과 애완동물들을 겁먹게 하는 빛과 열기를 뿌리고 있었다. 데이지는 열기를 좋아했다. 그리고 수영할 줄 몰랐음에도 집 뒤뜰에 있는 수영장에서 많은 시간을 보냈다. 그녀는 격자무늬 원피스 수영복을 입은 채 물에 뜨는 긴 의자에 누워 살을 태우거나 오래된 둥근 튜브에 팔을 올리고 개헤엄을 치고는 했다. 두세 번 그녀에게 수영하는 법을 가르쳐 주려고 애썼지만 결국에는 목과 어깨를 긁혔으며 한번은 물에 빠져 죽을 뻔한 적도 있었다. 내게 매달린 그녀를 떼어 놓으면 그녀는 다시 내게로 와서 매달렸다. 그녀는 얼굴이나 머리가 젖기라도 하면 소리를 질렀다. 그녀는 그다지 깔끔을 떨거나 까다로운 성격이 아니었지만 무슨 이유에서인지 물속에 들어가거나 몸이 흠뻑 젖는 것은 싫어했다. 그녀는 항상 머리가 젖지 않게 캡을 쓴 채 샤워했고, 이틀에 한 번은 싱크대에서 샴푸를 했다. 때문에 나는 2주에 한 번은 젓가락을 사용해 두껍고 검은 머리칼을 건져내야 했다.

그리고 맹세컨대, 수영장이 위험할 수도 있다고 생각해 본 적은 한 번도 없었다. 적어도 그녀에게는 위험하지 않다고 생각한 것이다. 물론 나는 수영장의 깊은 곳에 빠진, 내 아이나 코딱지가 묻은 더러운 그들의 친구 중 하나를 꺼내기 위해 뛰어든 적은 있었다. 하지만 데이지는 항상 조심했고, 뭐든 쉽게 하지 않는 편이었는데 사람이 달라지면서 우리 집 주치의에게 검사받기 시작한 후에도 그랬다. 그녀는 항상 물이 수프처럼 뜨겁기라도 한 듯 조심스럽게 들어갔고, 수영장 계단에서부터 튜브에 매달려 턱만 수면 위로 내놓고 헤엄쳤다.

그녀는 머리끝이 연필 끝처럼 뾰족하게 된 채, 이봐요, 여보, 나는 인어예요, 하고 말하곤 했다.

그러면 나는 일요일자 신문을 보다가, 또는 여름의 열기로 몽롱한 상태에서, 인어보다 더 섹시한데, 하고 말했다.

대체로 그처럼 좋았다. 테레사와 잭이 아침 식사를 한 후 저녁 식사를 할 때까지 많은 시간을 뒤뜰에 있는 수영장에 보낸 기억이 난다. 그들은 콘크리트 벽 안에서 뛰어다니며 잔디밭에 있는 호스로 서로에게 물을 뿌렸고, 친구들과 비타민이 들어간 펀치 음료나, 때로는 오줌 넣은 물총을 쏘며 놀았다(내가 대충 지은 방갈로 안에서 그들이 낄낄대며 물총을 채우느라 손이 오줌으로 범벅이 되어 있는 것을 본 적도 있다).

주말이면 나 또한 뒤뜰에서 많은 시간을 보내며 물속에서 아이들과 깔깔거리며 놀거나 괴물놀이나 광대놀이를 했다. 그리고 마지막에는 배를 수면에 부딪치는 식으로 다이빙을 한두 번 하는 것으로 놀이를 끝내기도 했다. 그런 다음 몸을 말리고 허리에 수건을 두른 채 단풍나무 아래 의자에 앉아 맥주를 한 병 놓고 선잠이 들었다가 아이 중 하나가 다치거나 어디서 떨어지거나 수영장 물을 너무 많이 마셔 토할 때면 잠에서 깨곤 했다. 여름의 열기와 빛과 왁자지껄함 속에서 일어난 그 모든 일들은 멋진 기억으로 남아 있다. 물론 이것은 데이지의 기분 여하에 달려 있었다. 그러나 당시만 해도 그녀는 무척 안정되어 있었다. 한마디로 그녀는 내가 사랑에 빠진 여느 여자와 다르지 않았다.

당시 그녀는 테라스에 있는 테이블을 온갖 종류의 음식으로 채우곤 했다. 소프레사타•와 슈거 햄, 포트와인, 치즈와 여러 가지 비스킷과 당근과 셀러리 스틱과 피미엔토••, 올리브 등이 테이블에 올라왔다. 그리고 그녀는 부엌 창문으로 빼낸 전기 코드에 전기 프라이팬을 연결해 치킨 날개와 버터플라이 새우와 프렌치프라이를 테이블 위에서 튀겨 신선하고 뜨겁게 먹을 수 있게 해 주었다. 친지들이나 다른 사람들이 오면 그녀는 반드시 집에서 만든 에그롤과, 당시 우리로서는 아직 그것이 초밥이라는 것을 몰랐던, 여러 가지 색상의 해초와 밥으로 만든 음식을 내놓았는데, 사람들은 그녀가 그것을 만

• Soppressata: 이탈리아식 소시지의 한 종류.
•• pimiento: 스페인산 피망의 일종.

들었다는 것을 믿지 못했다. 그리고 그녀는 매콤한 갈비와 차가운 국수 같은 동양 음식을 내놓기도 했다. 그녀는 항상 그 음식 이름을 얘기해 주었지만 우리는 그것을 결코 외우지 못했다. 그럼에도 모두 그것들을 좋아했고, 항상 제일 먼저 바닥나는 것도 그 음식들이었다. 그녀는 이 음식들을 담은 접시에 자른 오렌지나 케일 시럽 또는 물새 모양으로 조각한 — 반짝이는 붉은 날개가 달린 — 사과를 얹어 장식했는데 그것들을 보고 있으면 가든파티라도 하는 것처럼 보였다.

당시 막 배틀 브러더스에서 아버지와 삼촌들 다음으로 중요한 자리에 있게 된 나는 일을 많이 했다. 데이지는 그 동네의 여느 젊은 어머니들과 다를 바 없었다. 그녀는 집과 아이들을 돌봤고, 요리를 하거나 각종 청구서들을 처리했으며, 내가 할 수도 있지만 남자라는 이유로 하지 않았던 다른 일들을 했다. 하지만 데이지는 그런 것에 대해서는 개의치 않았다. 게다가 그것이 우리 사이에 문제가 된 적은 없었다. 가만히 따져 보면 그녀는 가족 문제에 관한 한 구식 여자였는데, 그것은 그녀가 조국을 떠난 지 오래되지 않아서이기도 했지만 성격상(누군가가 약간 정신이 나가고, 결국에는 전혀 다른 사람이 되기 전 그 사람의 성격에 대해 말할 수 있다면 말이다) 그 무엇보다 정리 정돈을 좋아했고, 그래서 손이 서툰 제리 배틀의 도움을 바라지 않았기 때문이기도 했다.

실제로 그녀에게 문제가 있음을 보여 준 첫 번째 조짐은 대부분의 다른 집이라면 아무 때나 볼 수 있는 수북이 쌓인 구겨진 빨랫감, 싱크대 안에 포개져 있는 식기들, 바닥에 널려 있는 장난감 등 치우거나 정리하지 않고 아무렇게나 방치된 물건들에서 나타났다. 하지만 데이지의 문제들이 막상 드러나기 시작할 때엔 마음속 깊이 움푹 파인 어딘가에서 조용한 재앙이 일어나고 있는 듯했다. 한번은 오늘과 같은 어느 날 아이들이 뛰어다니며 놀고 있고, 손님들이 여느 때처럼 뒤뜰에 모여 있고, 테라스 테이블에 맛있는 매운 음식들이 놓여 있을 때 데이지가 잠깐 이성을 잃은 일이 있었다. 정확히 무슨 일이 있었는지는 알 수 없지만 아이 중 하나가 그녀가 바닥 깊은 프라이팬으로 요리하고 있는 다른 테이블에 부딪쳤던 것 같다. 뜨거운 기름이 프라이팬 가장자리로 넘치며 테이블에 흘러 샌들을 신고 있던 그녀의 발에 쏟아졌다. 나는 그녀가 살짝 뛰며 뒤로 물러나는 것을 보았는데 나중에 가서야 그녀가 소리를 내거나 비명을 지르거나 하지 않았다는 것을 알았다. 그녀는 어떤 소리도 내지 않았다. 그녀가 화상을 입었는지 보기 위해 달려갔지만 내가 닿기도 전에 그녀는 전혀 이해할 수 없는 행동을 했다. 그녀는 손잡이를 잡더니 프라이팬을 거꾸로 뒤집어 테이블을 때렸다. 기름과 치킨 날개가 옆으로 튀었지만 다행히 누군가에게 튀지는 않았다. 나는 재빨리 달려가 전기 코드를 뽑고, 그녀가 괜찮은지 물었다. 그녀는 구역질이 난다는 표정을 지으며 어쩌다 사고가 났을 뿐이라며 미안하다고 했다. 그 무렵 손님들은 아래쪽에 내려가 있었고, 무슨 일이 있었는지 본 사람은 아무도 없는 것 같았다. 하지만 나는 화가 났고(만약 그랬다면 그것은 혼란스러웠고, 약간은 겁이 나기도 했기 때문이었을 것이다) 좀 더 조심하지 않았다며 그녀에게 소리를 질렀다. 그녀는 울기 시작했고, 그로 인해 그날 오후는 사실상 끝났으며 손님들 대부분은 자리를 떴는데 그중 몇몇 이웃들은 그 후로 두 번 다시 전화하지 않았다.

물론 마음 깊은 곳에서는 프라이팬과 관련된 그 일은 전혀 놀라울 게 없었다. 시내에 있는 김벨이라는 상점 1층에서 남자용 향수 스프레이 샘플을(피에르 가르뎅 제품으로 나는 그날 남자 성기 모양의 커다란 병을 하나 샀는데, 그것은 욕실 찬장 아래쪽에 아직도 있을 것이다) 나눠 주고 있던 그녀를 처음 만난 순간부터 나는 그녀가 항상 담장과 나무에 올라가 꽃을 먹고 갑자기 키스를 하거나 사타구니를 붙잡는 바람에 사내아이들을 겁에 질리게 해 동네 사람들 모두의 기억에서 떠나지 않는 미친 소녀처럼 변덕스런 여자라는 것을 알고 있었다. 김벨 상점에서 데이지는 내가 그래도 좋다고 말하기도 전에 내게 향수를 뿌린 후 다시 뿌렸다. 만약 그녀가 놀라울 정도로 밝은 눈을 갖고 있지 않고, 예쁘지 않으며, 완벽하게 작은 손으로 내 코트 칼라를 여며 주지 않았다면 정말 화가 났을지도 모른다. 그녀는 영어 발음이 좋지 않았지만 사람들 사이에서 별 말 없이 머뭇거리는, 이 나라에 온 많은 소심한 사람들과는 달랐다. 데이지는 무척 알아듣기 힘든 영어로도 자신이 하고 싶은 말을 모두 했다. 그럴 때면 그녀가 무슨 말을 하는지 잘 알 수 없었음에도 매력적이고 심지어는 섹시하게까지 보였다. 마치 둘이서 얘기할 때면 우리가 타잔과 제인처럼 얘기하는 것 같았는데, 그것은 가장 기본적인 로맨스를 약속해 주는 어떤 것처럼 여겨졌다.

나는 정말로 정신 나간 것이 어떤 것인지 몰랐다. 나는 내 아버지와 어머니 그리고 동생 보비 또한 약간 정상이 아니며 전문적인 도움이 필요하다고 생각했다. 나는 문학에서 묘사되는 정신 장애가 어떤 것인지 알지 못했다. 어쩌면 그것은 완전히 미친 것을 의미할 것이다. 정말 심각한 문제가 처음 일어난 것은 프라이팬 사건이 있고 나서 한 달쯤 후였다. 데이지가 블루밍데일 백화점에서 거실용 가죽 세트와 발목까지 오는 친칠라 코트를 7,000달러나 주고 산 것이다. 그 때문에 우리는 심하게 다퉜다. 나로서는 그 일을 믿을 수 없어 화가 났다. 데이지는 억하심정이 있는 사람처럼 나를 경멸하며 자신이 아는 '상류층 사람들'이 어떻게 사는지를 얘기했고, 내가 소작인이나 농장 일꾼처럼 '흙투성이 속에서' 일한다며 나를 비웃었다. 그녀는 눈빛이 사나웠고, 증오심에 사로잡혀 실제로 침을 뱉고 있었다. 단언하건대, 만약 그녀가 칼을 휘두르기라도 했다면 나는 오래전에 이미 무덤에 묻혔을 것이다.

나는 그전 며칠 동안 그녀가 자신과 아이들을 위해 새 옷을 몇 벌 사고, 스테이크와 바닷가재를 내놓고, 우리가 쓰는 침실을 금색 잎사귀 장식이 있는 페르시안 심홍색으로 다시 칠한 것이 진정으로 우려스런 피날레를 향한 장엄한 전 단계를 예고했다는 것을 알지 못했다. 실제로 그녀가 그렇게 했을 때 나는 무척 기분이 좋았다. 데이지가 오랜만에 처음으로 행복해하고 심지어는 황홀해하는 것처럼 보였기 때문이다. 그녀는 아이들과 즐겁게 지냈고, 우리는 다시 밤마다 사랑을 나눴다. 하지만 그녀가 밤에 잠들지 못하고, 혼자 술을 마시고 새벽 2시에 잠옷 차림으로 동네를 배회하는 것을 보며 약간 걱정이 되었다. 그럼에도 나는 벌써부터 골프를 치고, 한가한 시간 대부분을 밖에서 보내는, 내가 아는 많은 젊은 가족들보다 우리가 훨씬 낫다고 생각했다. 만약 데이지가 블루밍데일에서 기습적으로 우리의 재산을 그렇게 축내지 않았다면 달라진 것은 별로 없었을 것이다. 아마 나는 그녀가 우리의 은행 예금을 조금씩 고갈시켰다면 신경 쓰지 않았을 것이다. 그런 일은 흔히 있는 일이었다. 하지만 때는 1975년이었고, 경제는 바닥을 치고 있었으며, 잭과 테레사는 각각 일곱 살과 여섯 살이었고, 나는 배틀 브러더스에서 1년에 2만 달러를 벌고 있었다. 물론 그것은 내가 회사에 기여하는 것보다 훨씬 많은 돈이었다. 하지만 뭔가를 위해 7,000달러를 쓰는 것은 치명적이었고, 그래서 상점 매니저에게 반품해 달라고 사정해야 했다(배송비를 포함해 10퍼센트의 반품 수수료를 물어야 했다). 그런 다음 그녀의 카드를 자르고 수표책을 빼앗았으며, 일주일마다 식료품과 가스비 그리고 그 밖의 잡다한 것들에 드는 최소한의 돈을 현금으로 주었다.

누구든 상상할 수 있겠지만 데이지는 그러한 조처에 불만이었다. 내가 그렇게 한 것은 아버지의 제안이자 지시에 따른 것이었다. 내가 직접 그에게 그 사건에 대해 얘기한 것은 아니었다. 그는 어머니가 비키 이모에게 자신의 며느리가 무슨 짓을 했는지 이야기하는 것을 엿들었던 것이다. 그 이튿날 아버지는 우리가 회사에서 함께 쓰는 지저분한 사무실에 들어와 내 책상에 엉덩이를 걸치더니 도대체 내가 어떻게 하고 있는지를 물었다. 그가 무슨 얘기를 하는지 전혀 몰랐던 나는 당시 흔히 그러듯 입을 반쯤 비튼 채 그를 올려다보며 무심코 혀로 위쪽 어금니를 훑고 있었다.

"데이지 얘기를 하는 거야."

마치 그녀와 결혼한 것이 자신인 양, 그리고 문제가 있는 것도 자신인 것처럼 그가 소리를 질렀다. 이쯤에서 아버지가 늘 데이지를 귀여워했다는 사실을 얘기해야 할 것 같다. 그녀를 처음 만난 순간부터 그랬다. 그는 그녀가 얼마나 멋진지, 그리고 얼마나 섹시한지 끊임없이 얘기했다. 그들이 만날 때마다 그는 그녀를 안고 키스한 후 춤을 추듯 그녀를 돌렸다. 데이지는 그 모든 것을 환영했으며 마치 〈로마의 휴일〉에 나오는 오드리 헵번이라도 되는 것처럼 굴었다. 아버지는 항상 그렇게 유쾌한 태도로 살아왔으며, 성격이 얼마나 유쾌한지를 보고 사람들을 평가했다.

"그녀가 백화점에 가 돈을 펑펑 써서 너를 거의 파산지경으로 몰아넣었다는 얘기를 들었다."

"거의 파산지경이 아니라 완전히 파산지경이에요."

그리고 이어 말했다.

"자그마치 7,000달러예요."

"맙소사."

"하지만 원상으로 복구했어요. 반품하려고요."

"맙소사, 제롬. 그런 일은 또 일어날 거야! 아직도 아내를 어떻게 다뤄야 하는지 모르는 거야?"

"지난 8년 동안 뭔가를 배우긴 한 것 같아요."

"시끄러워. 내 말을 들어 봐. 내 말 듣고 있는 거냐, 제롬? 내 얘기는 이렇다. 가끔가다 한 번 씩 그녀를 확 눌러야 해, 완전히 납작해지도록 말이야. 그렇게 하지 않으면 데이지처럼 아름다운 여자는 허무맹랑한 생각을 하게 돼. 그리고 그런 생각은 해가 갈수록 더 커지지. 만약 그녀가 네 어머니처럼 보통 세단이라면 조금도 염려할 필요가 없어. 그냥 부품을 교환하기만 하면 되니까. 내가 무슨 말 하는지 알겠니? 하지만 멋진 차의 경우, 연료를 차단하는 뭔가를 해야 해."

"무슨 얘기를 하는지 전혀 모르겠는데요, 아버지."

"내 말은 약간 잔인해질 필요가 있다는 거야. 물론 항상은 아니지만 가끔가다가 말이야. 바로 지금이 좋은 때야. 요즘 들어 여자들이 여성 해방운동 운운하며 브래지어를 불태우곤 해서 모두를 혼란스럽게 하고 있어. 그녀를 심하게 대해. 돈도 관심도 주지 말고, 바가지를 긁게도 하지 말고 따지고 들지도 못하게 해. 일주일간 집에서 못 나가게 해. 그런 다음 그녀가 정말 우울해하면 다이아몬드 귀고리나 진주 목걸이 같은 걸 선물하고 밖에 나가 저녁 식사로 바닷가재를 먹어. 어떻게 해서든 그녀가 딴생각을 하지 못하게 해. 그러면 모든 게 정상으로 돌아갈 거야."

"그런데 엄마가 그런 여자가 아닌데도, 어떻게 그 모든 게 효과가 있다는 걸 알죠?"

"나를 믿어, 제롬. 나는 많은 경험을 했어. 그리고 그 모든 게 소용없을 땐 데리콘 박사한테 전화해."

그가 내 책상에서 내려가 더 이상 그 얘기를 하지 못하게, 아마도 나는 그렇게 하겠다고 했을 것이다. 하지만 그날 밤 집에 왔을 때 데이지는 집 안 전체를 완전히 새롭게 꾸미는 일에 착수해 있었다. 그녀는 부엌 테이블 위에 쌓아 놓은 200개 가까이 되는 천조각을 정리하고 있었다. 또한 네다섯 개의 식당 의자와 페르시아산 양탄자, 도자기와 은 세공품, 그리고 리놀륨과 도기 바닥 타일을 들여놓은 상태였다. 게다가 그녀는 페인트 샘플로 식당과 거실을 칠하기 시작했는데 바닥에는 뚜껑이 열린 페인트 깡통이 놓여 있었고, 그 가장자리에는 붓이 페인트를 뚝뚝 흘리며 놓여 있었다. 저녁으로 그녀는 먹다 남은 파스타를 가스레인지에 데우고 있었다. 거실에서는 아이들이 식전 간식으로 햄이 들어간 팝콘을 먹으며 앞니에 난 틈을 통해 서로에게 닥터 페퍼를 먹이고 있었다. 도대체 어떻게 된 일이냐고 묻자, 데이지는 일하다 말고 그냥 나를 올려다보더니 거실 커튼으로 반짝이는 실크와 그다지 반짝이지 않는 실크 중 어떤 것으로 해야 할지 결정을 못하겠다며 내 생각은 어떤지 물었다.

그녀는 다소 고통스러운 듯 보였지만 마치 그녀의 일부가 그 비참한 광경을 보고 들을 수 있으며, 그녀의 또 다른 일부가 뭔가를 접수한 듯, 혹은 이기고 있다는 것을 이해한다는 듯 미소를 지었다. 순간 나는 내가 원하는 식으로 소리 지를 수가 없었고, 그래서 여느 때처럼 "아무렴 어때, 여보."라고 투덜댄 후 침실로 가 먼지 낀 작업복을 벗고 샤워기 물을 최대한 뜨겁게 틀었다. 마음을 가다듬고, 시간이 흐른다는 것을 잊고, 잠시나마 스스로를 자유롭게 하는 데는 살이 데일 것 같은 뜨거운 물로 샤워하는 것만 한 게 없었기 때문이다. 그리고 문득 뜨거운 물방울이 사타구니 사이로 흘러내리는 것을 느끼며 내 그곳이 약간 살쪘다는 것을 느끼기까지 했고, 그래서 그곳을 두어 번 시험 삼아 잡아당겨 보기도 했다. 하지만 여전히 화가 나 있었던 것 같다. 그때 데이지가 샤워실 문을 열고 페인트 묻은 옷을 입은 채 안으로 들어왔다.

"제리."

그녀가 자욱한 김 사이로 울며 말했다.

"제리, 미안해요."

내가 대답하지 않자 그녀는 다시 한 번 그 말을 했다. 그런 다음

R자를 제대로 발음하지 못하는, 구르는 듯한 발음으로 내 이름을 다시 말했다. 쏟아져 내리는 물 밑에서 나는 그녀를 안고, 그대로 있었다.

"너무 뜨거워요!"

그녀가 소리 지르며 뒤로 물러나려고 해서, 나는 그녀를 놓아주었다. 하지만 그녀는 다시 나를 꽉 껴안았다. 그녀는 점점 더 나를 껴안았고, 마침내는 물 온도에 적응했다. 그녀는 내게 키스한 후 다시 한 번 키스했다. 나 또한 키스를 했는데 시너나 페인트 같은, 금속 물질이 들어간 뭔가의 맛이 난다고 생각했다. 하지만 우리가 숨을 쉬기 위해 입을 뗐을 때 나는 그녀의 뺨과 입에 분홍색 얼룩이 물에 씻긴 뒤 희미하게 남아 있는 것을 보았다. 그녀는 뜨거운 물을 참으려고 혀를 깨물었던 것이다.

나는 샤워기 꼭지를 딴 쪽으로 돌렸다. 그녀가 젖은 옷을 벗으며 "사랑을 나눠요."라고 말했고, 우리는 샤워실의 붙박이 의자 위에서 섹스를 하기 시작했다. 그것은 잭이 태어나기 전 우리가 처음 그 집을 산 이후로 한 번도 한 적이 없는 경험이었다. 데이지가 임신 5개월째였을 때가 기억난다. 그때 그녀는 내가 예상치 못한 방식으로 너무도 매력적이었다(우리 아이 둘은 태어났을 때 간신히 2.7킬로그램이 넘을 정도로 작았다). 부른 배는 매끄럽고 윤기가 났고, 배꼽은 튀어나와 있었으며, 젖병의 빠는 부분처럼 길고 진한 캐러멜색의 젖꼭지는 크기도 색상도 변해 있었다. 데이지는 육감적이지 않았는데, 나는 그 점을 좋아했다. 그녀의 상체는 가늘고 길었고, 다리는 아시아인들처럼 짧았으며(털이라곤 완벽하게 없었다), 가슴은 그렇게 크거나 둥글지 않았지만 부드러운 모래언덕과 같은 모양을 하고 있었다. 이렇게 말하고 나니 나 자신이 병적인 사람처럼 보일 수도 있다는 생각이 들면서 테레사가 '사이공 신드롬'이라고 부르는 뭔가에(나는 몸이 뜨거워요, 미군 아저씨!) 대해 미안함을 느껴야 하는 멍청한 백인처럼 여겨진다. 나는 또다시 무언가를 물신화하고 있는지도 모르겠다. 하지만 미안한 생각은 들지 않는다. 그녀는 내가 익숙했던 여자들과는 판이했고, 그 때문에 매력적으로 생각되었기 때문이다. 그녀는 엉덩이가 펑퍼짐한 이탈리아 여자나 다리가 긴 아일랜드 여자 또는 엉덩이가 큰 폴란드 여자와도 완전히 달랐다. 데이지와 비교하면 그들은 아주 끔찍한 기계장치처럼 보였다.

물론 나는 그것이 공정치 못한 생각이라는 걸 안다.

하지만 그날 저녁, 결혼한 지 8년 만에 샤워를 같이했지만 데이지에게 큰 매력을 느끼지는 못했다. 무엇보다도 나는 그녀가 이상한 기분과 행동에서 벗어나기를 바라고 있었던 것이다. 나는 거칠면서도 훌륭한 섹스가 마음을 어지럽히는 것들을 떨쳐 버리게 해 주고, 서로에게 상처 입힐 수도 있는 말을 막아 줄 거라고 생각했다(아니면 그 후에 그렇게 생각했는지도 모르겠다). 어쩌면 어린 테레사가 샤워실 문을 열고 우리를 지켜보며 서 있지 않았다면 그것은 도움이 되었을 수도 있을 것이다. 우리 사이가 그다지 좋지 않은 상태에서 내가 그녀의 어머니와 개들이 하는 것처럼 뒤에서 섹스하는 것을 테레사가 얼마나 오랫동안 지켜보았는지는 알 수 없었다(나는 항상 테레사로 하여금 내가 말하거나 하는 모든 것을 계속해서 받아들이지 못하게 한 것이 바로 이 장면이라는 생각을 했다. 물론 그녀는 그 이야기를 한 번도 꺼낸 적이 없으며 자신이 환원주의자나 프로이트주의자라는 점을 인정하지 않겠지만, 그럼에도 불구하고 나는 그 일에 대해 무척 미안해하고 있으며, 그녀의 기억 속 어딘가에는 야수나 강간범으로 출연한 나를 찍은, 입자가 거친 색 바랜 폴라로이드 사진이 담겨 있을 거라는 생각을 하면 참기가 어렵다). 주위를 둘러보다가 테레사가 엄지손가락을 빨며 서 있는 것을 본 데이지는 나를 떠밀었다. 그런데 너무 세게 떠미는 바람에 나는 미끄러지며 등 뒤로 넘어졌다. 어쩌면 테레사를 실제로 뒤로 물러나게 한, 피멍 든 나의 모습이 나에 관한 그녀의 두 번째 원초적인 기억이 되었는지도 모른다. 나는 몸을 가리며 뭘 원하는지 물었다. 그녀가 대답하지 않자 데이지는 말을 하라고 그녀에게 소리쳤다.

그제야 테레사가 말했다.

"마카로니가 불에 탔어요. 잭이 불을 끄지 못하고 있어요."

"애를 돌봐!"

그렇게 소리친 나는 수건으로 몸을 감싼 채 긴 침실 홀과 또 다른 홀을 지나 아래층에 있는 부엌으로 달려갔다. 그곳에서 잭은 불길이 치솟는 프라이팬에 물을 끼얹고 있었는데, 증기와 연기가 천장에 고여 있었다. 나는 재빨리 잭을 잡아끌어 식당으로 데리고 갔다. 하지만 그는 저항하며 불을 끄겠다면서 다시 부엌으로 가려고 했다. 뭐든 열심히 하는 그는 칭찬할 만한 아이였다. 그래서 한동안(고등학교 때까지도) 나는 실제로 그가 대부분의 남자아이들이 그만한 나이 또래에 되고 싶어 하는 것처럼 경찰이나 소방관이 될 수도 있을 거라는 생각을 했다. 나는 그가 제복을 입고, 그 옷에 달린 많은 단추들을 잠그고, '자신의 일을 한다는 신념으로' 거리낌 없이 위험 속으로 뛰어드는 모습을 쉽게 상상할 수 있었다. 지금도 이따금 그가 사업가가 되고, 호기심이 많은 사내가 되었다는 게 놀랍기만 하다. 나는 그것이 기본적으로 우리와 같은 노동 계층을 이끄는 것이긴 하지만 최고 경영자라는 직책이 정말 그에게 어울리기나 하는지 궁금하다.

"아빠, 쇠가 타고 있어요."

그가 가스레인지 위쪽의 철제 후드를 가리키며 말했다. 칠을 한 그것의 표면은 검게 그을려 있었다.

"꼼짝 말고 여기 그대로 있어."

그의 어깨를 두드리며 내가 말했다.

"알았지?"

"알았어요."

나는 부엌으로 달려가 무릎을 꿇고 앉아 가스레인지 밑에 있는 서랍의 맨 아래 칸을 열었다. 데이지는 그곳에 단지 뚜껑들을 보관했다. 나는 커다란 프라이팬을 덮을 만큼 큰 뚜껑을 찾아 프라이팬에 덮었지만 둘레가 2센티미터 정도 모자랐고, 불길은 잠시 깜빡이더니 화가 난 듯 다시 타올랐다. 데이지가 항상 버터와 기름을 많이 사용했던 것이다. 그래서 목욕 수건을 벗어 접은 후 공기가 들어가지 못하도록 하려고 했지만 불길은 내가 충분히 세게 누르지 못한 곳으로 새어나와 내 팔과 가슴 털을 태웠다. 순간적으로 나는 빠르게 위축되고 있는 내 끔찍한 성기를 보았다. 그때 잭이 달려와 수건 가장자리를 누르며 나를 도우려 했다. 그러나 나는 그를 들어 거실로 데려가 사실상 그를 아직 반품하지 않은 소파 하나 위에 내던지며 "그대로 있어!"라고 소리치고 나서 목숨이 아깝거든 가죽을 더럽히지 않는

게 좋을 거라고 경고했다. 그런데 그때는 이미 수건에도 불이 옮겨 붙은 상태였고, 본능적으로 나는 잭이 이미 시도한 것을 했다. 손으로, 그 다음에는 커피잔으로 물을 끼얹는 것이다. 하지만 아무 소용없었다. 그래서 결국 프라이팬을 손으로 잡고 테라스로 나 있는 여닫이문을 열고 밖으로 나갔다. 테라스는 삼나무로 되어 있었는데, 어떻게 해야 좋을지 모르던 나는 프라이팬을 뒤뜰 잔디 위로 내던지려고 했다. 불빛이 우리 집 뒤쪽에 사는 이웃의 주의를 끌었다. 립셔 부부는 그들 집 안뜰에서 작은 저녁 파티를 벌이고 있었다. 그 집 남편과는 한두 번, 아내와는 서너 번 얘기를 나눈 적이 있었다. 두세 번 그들을 바비큐 파티에 초대하기도 했지만 그들이 실제로 온 적은 한 번도 없었다. 그들은 맨해튼식 파티를 열고 있었다. 즉 촛불을 켜 놓고, 프랑스 와인을 들며, 브로드웨이의 연극과 이스라엘 또는 자신들이 가장 좋아하는 카리브 해의 섬 등에 대한 재치 있는 얘기를 무뚝뚝한 태도로 나누고 있었다(우리 집 테라스에서는 그들이 하는 얘기를 모두 들을 수 있었다). 그들은 상대에게 깊은 인상을 심어 주기 위해 상대의 말을 수시로 가로막곤 했다. 물론 목소리만으로는 전혀 그렇지 않다는 인상을 주면서. 나의 모습이 그들의 관심을 끈 게 분명했다. 테이블에 있던 누군가가 "저걸 봐!"라고 말했다. 한 손에 프라이팬을 쥐고 있던 나는 다른 손을 흔들었다. 립셔 부부와 손님들 역시 살짝 손을 흔들었다. 그런데 어떤 이유에서인지 문득 프라이팬을 내던지는 것은 이웃에게 보여서는 안 되는 일로 여겨졌다. 그래서 불길이 이는 그것을 그냥 쥐고 있었다. 그때 데이지가 손에 수건을 들고 아이들과 함께 나왔다. 우리 모두는 불길이 사그라지기를 기다렸다. 그렇게 되는 데에는 한참이 걸렸다. 마침내 불길이 꺼졌을 때, 배리 립셔가 "여봐요, 배틀, 이제 쇼를 끝낼 건가요? 아직 우리는 식사를 하고 있어요, 원한다면 함께 하도록 해요."라고 말했다.

그 말에 데이지는 내 손목에 수건을 감은 다음 몸을 돌려 립셔와 그들의 손님들에게 여우처럼 사랑스런 태도로 손을 들어 인사했다. 내가 제대로 기억한다면 테레사 역시 그렇게 했다. 그 후 잭과 나는 바보처럼 미소를 지으며 여자들을 집 안으로 들어가게 했다.

하지만 사실을 말하자면, 그처럼 제대로 끝난 것은 아니었던 것 같다. 그럼에도 젊은 배틀 가족은 연대감을 보이며 의기양양하게 불에 그을린 캐비닛과 불에 탄 파스타에서 나는 토스트 냄새를 맡으며 깔깔거렸다.

"이걸 깨끗이 청소해."

나는 데이지에게 차가운 목소리로 말했다.

"내일 얘기하지."

이튿날 나는 아버지가 말한 대로 했다. 데이지를 일주일간 집 밖에 나가지 못하게 한 것이다(그녀에게 차 열쇠와 신용카드, 그리고 현금 20달러를 주지 않았다). 그리고 그녀에게 페인트 샘플과 천조각을 돌려보내고 집을 정리하고 아이들에게 제대로 된 식사를 만들어 주고, 필수품 외의 다른 것을 살 때는 반드시 나와 상의하라고, 그렇게 하지 않을 경우 다시는 얘기하지 않겠다고 그녀와 약속했다. 당시 나는 실제 그런 얘기를 했고, 누군가에게, 심지어는 사랑하는 사람에게도 위협을 가했으며, 그것도 정기적으로 했다. 나는 배틀 브러더스에서 자연스럽게 그런 습관을 익혔다. 나는 하루 종일 사람들에게 소리 질렀고, 하도급자에게 잔소리를 했으며 때로는 사정을 봐 달라고 하소연하거나 우는소리를 하거나 사람을 귀찮게 하는 고객에게까지도 심한 말을 했다. 하지만 내가 의지했던 것은 습관 자체라기보다는 그것의 효과였다. 나는 그 효과에 의존함으로써 온갖 사람들을 움직이게 하고 깜짝 놀라게 했으며 입을 다물게 했던 것이다. 사람들은 그 점에서 내가 아버지와 비슷하다고 했다. 실제로 내 얼굴에는, 상대가 말하거나 하는 모든 행동이 역겹다는 듯 끔찍한 표정이 떠올랐는데 그것은 경멸할 만한 것으로 인류에게 저지르는 범죄였다. 그러면서 나는 내가 원하는 것을 얘기했는데, 그날 데이지에게도 똑같이 했다. 내가 면도하는 동안 그녀는 나를 제대로 쳐다보지도 못하고 욕조 가장자리에 앉아 있었다. 그녀의 곧은 머리는 우리가 한때 갖고 있던 구슬 달린 커튼처럼 그녀의 얼굴을 가리고 있었다. 그녀는 도기로 만들어진 욕조를 손바닥으로 짚고 있었다. 나는 다시 한 번 얘기한 후 출근해서는 하루 종일 전화하지 않았다. 내가 집에 돌아왔을 때(집이 불타고 있을지도 모른다는 끔찍한 생각에 조금 일찍 퇴근했다) 집은 완벽하게 깨끗하고 조용했으며 아이들은 거실에서 놀이를 하거나(잭) 독서를 하고(테레사) 있었고, 오븐에서는 참치 냄비 요리가 끓고 있었고, 부엌 테이블에는 네 사람을 위한 상이 차려져 있었다. 딱 한 가지가 빠져 있었는데, 그것은 바로 데이지였다. 그녀가 어디 있는지 아이들에게 물었지만 그들은 알지 못했다. 나는 뒤뜰과 거리를 내다보았다. 그런 다음 옷을 갈아입기 위해 침실로 갔다. 침실은 깨끗이 정리된 채 비어 있었다. 욕실로 들어갔을 때 그곳에는 관 모양의 파란 가장자리 장식이 달린 분홍색 옷을 입은 데이지가 마치 차가운 도자기로

벗은 듯 여덟 시간 전에 그랬던 것과 똑같이 욕조 가장자리에 앉아 있었다.

"집을 정리했어요."

목이 쉰 듯한 메마른 목소리로 그녀가 말했다.

"그래."

마치 내가 기대했던 것이 그것이라는 듯 나는 일꾼들에게 얘기하듯 말했다. 뭔가를 해결하고자 하거나 최소한으로만 얘기하고자 할 때는 그렇게 하는 것이 항상 최선이었다. 비를 내리게 했는가? 좋아. 하늘과 땅을 움직였는가? 좋아. 그리고 이것은 내가 아버지에게 받은 교육의 일부였다. 그는 많은 말을 해야 하는 순간에(쉽게 감상적으로 되어 말이 많아지고, 칭찬하거나 용서하는 데 너그러워질 때, 또는 누군가에게 부드럽게 대해 그가 보상으로 아무것도 요구하지 않을 때) 아주 조금 얘기하는 것이 얼마나 효과적인지를 몸소 보여 준 사람이었다.

나는 그 점을 잘 알고 있다. 정말이지 그랬다.

그래서 데이지가 계속해서 "딴 것도요. 모두 치웠어요. 당신이 원하는 대로 했어요, 제리."라고 말했을 때 나는 살짝 고개를 까닥하며 "그래."라고만 대답했다. 나의 그런 퉁명스런 태도는 데이지가 동양인이자 아시아인으로 수수께끼 같은 삶을 살면서 감당해야 했던 어떤 것이었을 수도 있었다. 어쩌면 그녀는 실제로도 그랬을 것이다. 그리고 그것은 부분적으로는 그녀가 결국 매 순간 허튼소리를 하며 간청하는, 보통의 미국인인 나와 같은 사람을 만나 인생을 끝내게 된 이유일 수도 있다.

데이지는 아무 말도 하지 않았고, 나 역시 그랬다. 문득 순간적으로 함께 목욕하고 싶은 생각이 들었지만 그렇게 하지 않았다. 그 순간 들리는 소리라곤 변기에서 물이 흐르는 소리뿐이었다. 물이 새고 있었던 것이다. 항상 나는 그것을 고치려 했지만 심지어는 오늘에 이르기까지도 고치지 못했다. 그때 데이지가 자리에서 일어나 나를 스치듯 지나갔다. 나는 그녀가 침실을 걸어 나가 복도를 지나 부엌으로 내려가는 소리를 들었다. 나는 샤워를 한 다음 옷을 갈아입었다. 내가 부엌 테이블에 앉았을 때 아이들은 이미 저녁을 먹고 있었다. 그들은 여느 때와 마찬가지로 케이크 가게에 침입한 불량배처럼 게걸스럽게 음식을 먹었다. 데이지가 내 접시에 음식을 덜어 주었다. 어린아이였던 잭과 테레사는 항상 배고파했다. 물론 그것은 부모가 보았을 때 아주 사랑스런 모습이었다. 그들이 제대로 된 식사를 하지 않은 때라곤 데이지가 죽은 후, 집에 사람들이 모였을 때뿐이었다. 둘은 우울한 모습으로, 차가운 새우 한 접시와 콜라를 다리 사이에 얹은 채 소파에 앉아 있었다.

내 저녁을 내놓은 데이지는 자기 또한 자리에 앉았지만 식사를 하지는 않았다. 우리 모두에게 다시 음식을 내놓은 그녀는 우리가 비운 접시를 가져가 설거지를 하기 시작했다. 아이들은 시끄럽게 잡담을 했지만 데이지와 나는 서로에게 한마디도 하지 않았다. 이튿날 아침 식사 때도 마찬가지였고, 그 주와 그 다음 주에도 마찬가지였다. 결국 나는 그 모든 것에 진력이 났고, 아버지가 어떻게 되었는지 물었을 때 화가 날 정도로 비참하지만 우리 사이에 침묵만 흐른다는 점을 제외하면 그가 추천한 방법이 괜찮았다고 대답했다. 그는 좀 더 오래 그 방법을 써 보라면서 나와 그녀 모두가 '그녀를 항상 기쁘게 해 줘야 한다는' 생각을 떨쳐 버려야 한다고 말했다. 그러면서 자신과 논나가 토요일에 들러 우리 둘 사이의 문제에 끼어들겠다고 했다. 나는 내가 데이지를 로버트 모지스로 데리고 가 풀이 자라는 모래언덕에 앉아 서로 화해할 수 있도록 그냥 집에 와서 아이들과 놀아 달라고 했다. 나는 우리의 삶이 다시 정상적으로 되기를 바란다고 말할 수도 있을 것이었다. 하지만 실제로 그들이 방문하게 되면 논나가 아이들을 놀이터나 구경거리가 있는 곳에 데리고 나갔다가 온 후 모두들 저녁 식사로 미트볼과 소시지, 그리고 파스타와 구운 고기를 실컷 먹게 되고, 아버지는 회사의 상태에 대해, 그리고 우리가 한 시간 이상 함께 시간을 보낼 때면 항상 그러듯이 보비를 키운 일에 대해 얘기를 늘어놓을 것이 빤했다.

부모님이 도착했을 때 데이지는 침실에서 옷을 입고 있는 중이었다. 그녀의 마음 상태와 우리 사이의 관계와는 상관없이 그녀는 항상 그들을, 특히 내 아버지를 맞을 준비를 갖추곤 했다. 그녀는 가장 최근에 산 옷을 입고 저녁 외출을 하는 사람처럼 제대로 화장을 하고 보석으로 장식을 했던 것이다. 그리고 때로는 목에 작은 실크 스카프를 둘러 매력적인 술집 여종업원처럼 보이게 하기도 했다. 아버지는 물론 그 모든 것을 좋게 받아들였다. 그는 그녀가 영어를 말하는 데 멍청한 실수를 저지르고, 그의 농담에 항상 웃음을 터뜨리며, 남자의 잔인함과 종교의 잘못, 여성운동과 결합한 환경운동과 양성애주의, 그리고 서로 다른 인종 간의 잡혼(나와 데이지가 사랑스런 아이들을 낳았음에도 불구하고)에 대한 그의 이야기와 이론과 견해를 참을성 있게 들어 주는 것을 좋아했다. 정말이지, 나는 데이지가 항상 그의 비위를 맞춰 주었다는 얘기를 해야 할 것이다. 그리고 그 이유는 알 수 없지만 그녀에게서 웃음과 관심을 이끌어 낼 수 있었던 건 아버지뿐이었다. 그녀가 두어 번 만났을 뿐이지만 어쩌면 사랑했을 수도 있는, 전쟁 중 실종된(그것은 불멸에 이르는 최고의 방법이었다) 보비를 제외하면 확실히 그랬다.

데이지는 하얀 물방울무늬에 열정적으로 보이는, 새로 산 분홍색 실크 미니 드레스를 입고 앞서 얘기한 것처럼, 그 드레스와 어울리는 스카프를 목에 두르고, 아주 검은 머리에 하얀 밴드를 끼고 나타났다. 설령 그녀에게 짜증이 났다 해도 그녀가 식사하기에 충분히 훌륭한 모습으로 나타났다는 사실은 부인할 수 없었다. 그녀는 벌써 우리가 저녁으로 먹을 만한 모든 것을 냉장고에서 꺼내고 있던 어머니에게 키스를 했다. 그리고 어머니는 다행스럽게도 무척이나 믿을 만한 여자였다. 인정하고 싶지는 않지만 나는 그녀가 그다지 머리가 좋지는 않다고 생각했었다. 그녀는 가사를 돌보고, 모두를 먹이고, 아버지가 가끔 그녀에게 바보처럼 굴고 몇 번 바람을 피우고, 실속 없이 명예만 지키려고 했음에도 불구하고 그의 인생이 순조롭고 편안하게 이루어지도록 하는 것 외에는 거의 아무것도 하지 않았던 것이다. 그녀는 신문을 거의 읽지 않았을 뿐 아니라 책이라곤 보지 않았고 영화나 TV에도 관심이 없었다. 그녀의 주된 활동이라곤 옷을 사는 것이었는데, 옷도 고급 제품은 절대 사지 않았다. 그녀는 대담한 밝은 색 싸구려 옷과 특허를 받은 하얀 가죽 가방과 신발과 알이 커다란 선글라스 등을 샀다. 이따금 특별한 일이 있는 것도 아니면서 아버지는 커다란 다이아몬드가 박힌 반지나 진주 목걸이를 어머니에게 선물하기도 했는데 그것들은 자신이 최근 들어 바람피운 것을 들켜 손상된 점수를 회복시키기 위한 것처럼 보였다. 최근 들어 나는 그녀가 지적으로보다는 정서적으로 결함이 있었던 것으로 생각하고 있다. 그리고 그것은 그녀의 머리가 나빴다기보다는 자신의 사람을 최대한 복잡하지 않게 유지하려 했기 때문인 것처럼 보인다. 자신이 그를 결코 떠날 수 없으며, 진정으로 다시 인생을 시작할 수 없다는 것을 알고 있던 그녀는 더 많은 생각을 할수록 비참하게 되고 회한만 갖게 될 거라는 것을 모르지 않았던 것이다.

데이지가 아버지를 위해 몸을 한 바퀴 돌며 물었다.

"어떻게 생각해요, 아빠?"

"멋져, 내 인형, 멋져."

아버지는 그들이 함께 있을 때면 항상 인형이라는 단어를 사용했다. 그리고 내게 그녀에 대해 얘기할 때면 네 나이 든 부인 또는 네 아내라고 했다.

"메이시 백화점에서 샀어요."

사람은 쳐다보지도 않고 그녀가 말했다.

"세일 가격으로 사진 않았어요. 기다릴 수가 없었거든요."

"네가 입은 것을 보니 두 배는 비싸 보이는구나."

"당신은 멋진 분이에요, 아빠."

"하지만 지금은 아무 말도 못하겠구나."

여자를 어떻게 다루는지 알고 있다는 미소를 지으며 그가 말했다.

"산타야나가 언젠가 말한 것처럼 '우리가 느끼는 아름다움은 결코 묘사할 수 없는 어떤 것이지. 그것이 무엇인지, 또는 무엇을 의미하는지는 결코 말할 수 없지.'"

"너무해요, 아빠!"

"이건 간이야, 비프스테이크야?"

얼어붙은 갈색 고기 조각을 내보이며 논나가 말했다.

아무도 대답하지 않았다. 아무도 그것이 뭔지 몰랐던 것이다.

자신의 질문에 아무도 대답하지 않는 것에 익숙한 논나가 혼잣말로 말했다.

"비프스테이크이길 바라."

"그 옷은 정말 멋져 보이는군."

테이블에 와인은 아니라도 최소한 빵은 조금 내놓아야 한다고. 뭔가는 말해야 한다고 느낀 내가 데이지에게 말했다. 그리고 나는 그 이상의 얘기도 할 준비가 되어 있었다. 어쩌면 당장 백화점에 가서 그 예쁜 옷과 어울리는 뭔가를, 어쩌면 귀고리를 사 주겠다고 얘기하려 했는지도 모르겠다. 그런데 그때 아버지가 호주머니에서 진한 파란색의 긴 벨벳 보석 상자를 꺼내 데이지에게 건네주었다.

"저한테 주시는 거예요?"

"물론이지. 열어 봐."

그녀가 뚜껑을 열었다. 담수 빛깔의 진주 목걸이였는데 진주는 작았지만 섬세했고 눈부시게 반짝였다. 그것은 항상 작업을 깔끔하게 마감하고 세부적인 것 또한 놓치지 않아 사람들을 깜짝 놀라게 만드는 아버지의 기준으로도 놀랄 만큼 취향이 돋보이는 것이었다.

"봐요, 제리, 아빠가 뭘 준비했는지!"

데이지가 말했다.

"내 고객 중 하나가 일본에서 이것들을 수입하는데 나한테 괜찮은 가격으로 줬지. 미키모토•만큼 좋은 것이지."

"제 생일도 아닌데요."

손에 들고 있는 진주의 광채에 제대로 말을 하지 못하고 있던 데이지가 말했다.

"너무 멋져요. 너무 예뻐요."

"지난 이삼 주 동안 힘든 시간을 보낸 데 대한 보상이라고 생각하거라. 저기 있는 논나에게 물어 봐. 배틀가의 남자들을 견디는 건 결코 쉬운 일이 아니지. 우리는 자부심에 차 있지만 완고해. 또 우리는 우리의 여자들에게서 세상 전부를 요구하지. 세상 자체를. 그건 네 남편 제롬도 다르지 않을 거야. 우리 모두 그가 부루퉁해지곤 한다는 건 알아. 하지만 그건 그가 항상 지나치게 심각하기 때문이야. 진짜 즐거움이 뭔지 아는 보비와는 다르지. 보비는 너와 비슷해. 그러니 이 친구와의 사이에서는 인내심을 배우는 게 좋아."

아버지는 내 머리를 만졌고, 나는 그대로 가만히 있었다. 순간적으로 그가 하는 말을 믿을 수 없었고, 그래서 꼼짝할 수가 없었던 것이다. 당시의 나라는 사람은 그랬다. 아버지는 아버지였고, 나는 그가 아니었다. 그의 말을 가로막은 것은 데이지였다. 어쩌면 그가 말을 중단한 것은 그녀가 그를 껴안고 이마와 뺨에 키스를 하고, 기쁨과 감사의 마음에 몸을 떨어 가며 조금 수선을 피웠기 때문인지도 모른다. 논나는 이미 더 이상 그 광경에 관심을 보이지 않고 여느 때

• Mikimoto: 일본의 명품 진주 브랜드.

처럼 집에 있는 것만으로 어떻게 음식을 만들지를 다시 생각하고 있었다. 아이들이 밖에서 달려 들어오자, 아버지는 여느 때처럼 온갖 사탕을 한 움큼 쥐여 주었다. 아버지는 어딜 가든 항상 그런 작은 퍼레이드를 벌였다. 아내와 아이들은 노인네와 함께 즐거워했다. 나는 즐거워하는 그들 사이에서 잠시 머물다가 논나에게 필요한 게 없냐고 물어보았다.

"괜찮은 것 같구나, 얘야."

다른 저의 없이 그녀가 말했다. 그녀는 얼음처럼 딱딱한 고기에서 칼로 얼음을 벗겨내고 있었다. 칼날 가장자리에는 맥줏빛의 작은 얼음 조각이 달라붙어 있었다.

"필요한 건 다 있는 것 같구나."

그날 이후 몇 주 동안, 모든 것이 엉망이었다. 정말 그랬는데, 다만 내가 생각했던 방식으로는 아니었다. 나는 적의를 드러내고, 부정적인 태도를 취하며, 아침에 일어나서부터 밤에 자기 전까지 지옥에나 가 버리라는 표정을 지으며 상대를 외면하는 것이 내 쪽일 거라고 생각했다. 나는 아버지가 묘기를 부리고(나는 그에 대해 나름대로 준비하고 있었어야 했다) 데이지가 기뻐 날뛴 것에 대해 최소한 며칠 동안은 화를 내며 데이지를 수세에 몰아야 한다고 생각했다. 충분히 오랫동안 그렇게 함으로써 그녀를 계속 가택 연금 상태에 두지 않고서도 문제를 해결할 방법을 알아내야 한다고 생각했던 것이다. 그런데 더한 분노를 표출한 것은 도리어 데이지였다. 그녀는 내게 한마디도 하지 않으려 했다. 게다가 다른 이를 대하는 태도에 있어 그녀가 더욱 생기 있고 밝은 것처럼 보이면서 그녀의 침묵은 더욱 더 불쾌한 것이 되었다.

그녀에게 이상한 종류의 르네상스가 도래했던 것인가? 테레사의 표현을 빌리자면, 전환기가 찾아왔던 것인가? 그 점에 대해서는 정말 모르겠다. 분명한 건 데이지의 삶이 금방이라도 폭발할 것 같았고, 그에 따라 우리의 삶 또한 폭발했다. 그때까지만 해도 나는 어렸을 때 갖고 있던 광기에 대한 기본적인 관념을 그대로 유지하고 있었다. 미친 사람 하면 나는 누구보다 클라라라는 이름의, 머리가 헝클어진 아일랜드 소녀에 대한 영상이 떠올랐다. 그녀는 속옷도 입지 않고 가톨릭 학교의 주름치마를 입은 채 나무 위에 올라가 화난 목소리로 내게 에밀리 디킨슨의 시를 읽어 주었다(나는 당신과 함께할 수 없어요/ 그것은 삶이 될 거예요/ 모래톱 뒤/ 저곳에서 삶은 끝이 났어요). 그 순간 나는 두려움과 흥분으로 가랑이가 근질거렸다.

하지만 데이지의 경우에는 문제가 뭔지 나를 포함한 다른 누구도 알아채지 못했다. 데리콘 박사 역시 마찬가지였다. 우리는 그녀의 문제가 어느 정도로 심각한지, 그리고 그것이 얼마나 복잡한지 몰랐다. 처음 그녀가 쇼핑을 하며 기분을 낸 것은 결국 가게에서 사탕 몇 개를 훔친 것처럼 대수롭지 않아 보였다. 그것은 이웃의 칵테일파티에서 누군가 쓸데없이 꾸물대며 앉아 있는 것을 볼 때처럼 결국 웃으며 넘기게 되고, 그 후에는 약간 연민을 갖고 훈훈한 마음으로 기억하게 되는 어떤 일처럼 여겨졌다.

무엇보다도 그녀는 거의 잠을 이루지 못했다. 그 주말 아버지가 찾아와, 왔노라 보았노라 이겼노라라는 표현이 어울리는 뭔가를 한

다음 내게 얘기를 하지 않게 된 이후로 데이지의 신진대사는 엉망이 되었다. 우리는 늘, 내가 뉴스를 보고, 그녀가 목욕을 하거나 한 후 11시쯤 잠자리에 들었다. 하지만 그녀는 새벽 5시에, 그 다음에는 4시, 3시, 2시에 일어나기 시작했고, 결국에는 잠자리에 들 준비조차 하지 않기에 이르렀다. 그녀는 잠옷으로 갈아입는 것은 물론, 이를 닦거나 목욕을 하지도 않았다. 한밤중에 두어 번 나는 물 튀기는 소리에 잠에서 깼다. 그리고 커튼 사이로 데이지가 희미한 모습으로 팔 밑에 튜브를 끼운 채 수영장을 헤엄쳐 다니는 것을 보았다. 그녀는 알몸으로 계속해서 수영을 했는데, 나는 밖으로 나가 친구가 되어 줘야 한다는 생각을 했다. 하지만 당시 나는 잠을 다시 이루지 않으면 안 되었고(요즘 들어서는 그렇지 않다. 나는 자리에 누운 채 아침 신문이 집 현관에 날아오는 희미한 소리를 기다린다), 그래서 자리에서 일어나는 대신 다시 베개에 머리를 파묻고 항상 혼자 헤엄을 치는 게 분명한 멋진 검정색 백조들이 등장하는 꿈을 꾸었다.

이삼 주가 지났지만 나는 데이지가 아예 잠자리에 들지 않는다는 것조차 눈치채지 못했다. 물론 그녀는 아이들이 TV를 보는 동안 두세 시간 정도 잠을 잤을 수도 있었지만 확실하지는 않다. 우리는 더 이상 섹스를 하지 않았는데 그녀가 나와 얘기하지 않기로 했기 때문만은 아니었다. 어쨌든 순수한 대화라는 것은 우리에게 한 번도 중요한 적이 없었는데, 그것은 대부분의 대화가 농담과 추근대는 것으로 이루어졌던 처음부터 그랬다. 그녀의 영어가 대충 알아들을 수 있을 정도인 만큼, 다음에도 깊이 있는 얘기를 하거나 뉘앙스를 담고 있는 얘기를 나눌 정도는 아니었다. 그럼에도 불구하고 그것이 내게 문제된 적은 없었다. 실제로 내가 그녀에 대해 굶주려했을 당시에는 나는 할 수 있는 한 아주 오랫동안 그녀를 안고 있고 싶은 욕망을 뼈저리게 느끼곤 했다. 그녀가 나에 대해 어떤 힘을 갖고 있었다면 그것은 다름 아닌 성적인 힘이었다. 그런데 그 힘은, 대부분의 다른 것이 똑같을 경우 모든 여자들이 남자들에게 쉽게 행사할 수 있는 힘이다. 이런 얘기를 해서 미안하지만, 데이지는 언제든 나를 흥분시킬 줄 알았다. 그녀는 어떤 순간에도 나를 발기하게 해, 내가 뭔가 따뜻하고 부드러운 것을 향해 그 즉시 다가가지 않을 경우 이내 정신을 잃을 정도로 내 몸의 마지막 세포 하나까지도 흥분하게 만들 줄 알았던 것이다. 그녀는 나름의 방식으로 주도했는데 마치 배우들이 무대에 등장할 때와 비슷했다. 배우 내면의 뭔가가 커지면서, 혼란스런 비참함과 사랑으로 인해 절망적인 상태에 빠져 있는 그에게 관객 모두가 갑자기 집중하게 되는 것이다.

그리고 실제로 그녀가 이상한 행동을 보이는 일이 일어났는데, 대부분 내가 자고 있는 사이에 그랬다. 그녀가 몇 번이나 그랬는지는 알 수 없다. 어느 날 밤 초인종 소리가 났고, 깊은 잠에서 깨어나 겨우 몸을 이끌고 현관으로 간 나는 아내가 커다란 파란색 폴리에스테르 방수포로 몸을 감은 채 서 있는 것을 보았다. 그녀의 뒤쪽에는 인근 경찰서의 우람해 보이는 젊은 경찰관 하나가 서서 긴 손전등을 흔들고 있었다.

"이 집 가장인가요?"

갑자기 손전등을 비춰 눈이 멀게 하여, 잠이 완전히 달아나도록 하면서 그가 물었다.

"그것 좀 끄면 안 돼요?"

"죄송합니다."

손전등을 끄고 허리춤에 집어넣으며 그가 말했다.

"이 집 가장인가요?"

"이 집 주인을 말하는 것이라면 맞소."

"이분은 당신 아내인가요?"

나는 데이지를 바라보았다. 그녀는 이 모든 것이 그녀의 화려하지 않은 사람의 또 다른 힘든 일에 지나지 않는다는 듯 입을 다문 채 우울한 표정을 짓고 있었다.

"그렇소. 내 아내요."

"초등학교 운동장에 있었죠. 누군가가 신고했습니다."

"뭐라고요? 그곳에 있는 게 불법인가요?"

"일정 시간까지는 학교 운동장 출입을 금지할 거예요. 하지만 그게 문제의 전부는 아니었죠."

"오, 그래요?"

순간 데이지가 말했다.

"그만해요, 제리. 잘 가요, 경찰관 아저씨. 집에 태워다 줘서 고마워요."

"그녀는 발뒤꿈치를 들고 그의 뺨에 입을 맞춘 다음 집 안으로 한 걸음 뗐다.

"오, 이곳이 당신 집이군요."

그녀는 방수포를 벗어 경찰관에게 건네주었다. 그녀는 운동화만 신고 있었는데 고무에 파란 연필 모양의 줄무늬가 있는 하얀색 케즈

사 제품이었다. 젊은 경찰관은 그녀에게 고맙다고 말하고 나서 마치 데이트를 끝내기라도 하듯 잘 자라고 했다. 그리고 데이지는 안으로 사라졌다.

데이지의 뒷모습을 보며 경찰관이 말했다.

"다음번에는 벌금을 물릴 수밖에 없다는 얘기를 아내에게 꼭 해주셨으면 좋겠습니다."

"다음번 같은 건 없을 거요."

"그냥 하는 얘기로…."

"잘 가요."

그렇게 말하며 나는 문을 세게 닫았다.

나는 데이지가 부엌에서 참치와 계란, 그리고 샐러드를 넣어 샌드위치를 만들고 있는 것을 발견했다. 그녀는 마요네즈와 겨자 그리고 단맛이 나는 피클 병을 조리대에 올려놓은 채 단지에 계란을 삶고 토스터로 빵을 굽고 있었다. 도마 위에는 셀러리와 당근 그리고 양파가 놓여 있었다. 그녀는 손에 독일제 파란색 칼을 들고 있었는데 아버지가 크리스마스 때 준 것이었다. 하지만 이상한 것은 그녀가 이 모든 일을 대수롭지 않게 했다는 것이었다. 마치 경찰관이 다녀간 후 새벽 3시에 운동화만 신은 채 알몸으로 야채를 자르고 있는 것이 우리에게 흔한 여름밤의 꿈이라도 되는 것처럼, 이곳에서 유행하는 어떤 것이라도 되는 것처럼 그렇게 했던 것이다.

"도대체 뭘 하고 있는 거야?"

"배가 고파요. 당신도 먹겠어요?"

"아니, 안 먹겠어."

"잠자는 데 문제가 있어요?"

"어떻게 생각해, 데이지?"

당근과 셀러리를 써는 데 열중하고 있던 그녀는 대답하지 않았다. 그녀는 조심스럽게, 하지만 재빨리 움직이며 완벽한 조각을 만들어 냈다. 그녀는 계속해서 빨라지고 있는 신경세포의 자극 전달부의 주파수에 맞춰 도마 위에서 칼질하고 있는 게 분명했다. 그녀를 방해하고 싶지 않았던 나는 그녀가 일을 끝내기를 기다렸다. 하지만 졸린 상태에서 화가 나서인지, 아니면 눈을 뜨고 있기 어려울 정도로 밝은 부엌의 형광등 불빛 때문인지, 아니면 유연한 몸을 가진 이민자인 아내가 눈이 큰 경찰관과 경찰차 안에서 함께 시간을 보냈다는 생각 때문에서였는지는 알 수 없었지만, 나는 "이건 다 미친 짓이야!"라고 소리쳤다.

그러자 그녀가 심각한 얼굴로 주위를 둘러보며 말했다.

"다시 가서 자요, 제리."

"그만해."

그리곤 이어 말했다.

"내일 데리콘 박사를 만나 보도록 해. 내가 함께 가지."

"가서 자요, 제리."

"그에게 이 일을 얘기해. 이번에는 정말이야. 그에게 더 이상 소리 지르지 마. 위협도 하지 말고. 그의 사무실에 있는 접수계원하고 소란도 피우지 말고."

"그는 완전히 바보예요."

마치 어떤 여배우가 그 문장을 TV 영화나 연속극에서 말하는 걸

듣기라도 한 것처럼 그녀는 완벽하지만 쉽게 영어처럼 들리지는 않는 발음으로 말했다. 데이지는 기분 내킬 때면 누군가의 흉내를 아주 잘 냈다.

"그들 모두는 완전히, 그리고 순전히 바보예요."

"당신이 그를 시암•으로 생각한다 해도 신경 안 써. 우리가 데리콘 박사를 알게 된 건 오래됐고, 당신은 그에게 존경심을 보여야 해. 당신이 어떤지 그는 모두 봐 왔고, 따라서 당신을 도와줄 거야. 그와 약속했어. 당신이 그를 개똥처럼 취급해도 그는 포기하지 않을 거야."

"그에게서도, 아니, 그 누구에게서도 도움을 원치 않아요!"

그녀가 혼란스러워하며 소리쳤다. 물론 나는 그녀가 무슨 말을 하고자 하는지 알고 있었다.

"그만해, 이제, 데이지! 정말이야. 이젠 진절머리가 나!"

"나도요!"

그녀가 거의 비명에 가깝게 소리를 쳤다. 한순간 나는 아이들을 생각했다. 그들의 어머니가 상심해 지르는 소리에 잠에서 깼다가 그 모습을 보고 내가 그녀를 때리거나 목을 조르는 것과 같은 끔찍한 짓을 하고 있다고 생각할 수도 있을 것이기 때문이다. 물론 나는 한 번도 그런 짓을 한 적이 없었다. 하지만 사실을 말하자면, 당시 나는 가끔 그런 것들을 마음속으로 생각하곤 했었다. 나는 너무도 쉽게 그녀의 작은 몸을 집어 들어 고양이처럼 침대 위에 던지는 모습을 상상했는데, 그렇게 해도 그녀가 괜찮을 것 같았기 때문이다. 그리고

• Siam: 태국의 옛 이름.

그러한 추한, 쾌감이 따르는 충동은 어찌 된 노릇인지 그 순간 만족감을 안겨 주었고, 모든 것을 제대로 되게 만들어 주는 것 같았다. 마치 아내를 상습적으로 구타하는 사람처럼 말해 놓고 보니 실제로 나는 나 자신을 변호할 수가 없다. 다만 데이지는 우리가 싸움을 벌였을 때 결코 완전히 수동적이거나 무기력한 태도를 보이지만은 않았다는 점을 얘기해야 할 것이다. 그녀는 자신의 내부에 자리한, 해소되지 않는 고통을 내게도 느끼게 해 주기 위해서라면 그 어떤 말도, 어떤 행동도 할 준비가 되어 있었다.

"조용히 해."

내가 말했다.

"아이들이 깰 거야."

"상관없어요!"

그녀가 소리쳤다. 그러고 나서는 그 일이 일어났다. 그녀는 눈부신 알몸으로, 눈이 풀린 상태에서 칼을 비롯해 모든 것을 내게 집어던졌다. 나는 몸이 얼어붙었는데 두려움 때문은 아니었다(물론 두려움도 컸다). 나는 절제력을 발휘했다. 그 순간 일어나고 있는 일이 안겨 주는 공포는 지나치게 현실적인 것이었다. 실제로 그 때문에 나는 나머지 다른 것은 전혀 개의치 않고, 떠나야 해, 떠나야 해, 하고 말하기에 이르렀다(어쩌면 이것이 내가 마침내 비행에 관심을 갖게 된 동기의 씨앗이 되었는지도 모르겠다). 그리고 (그 나머지 일의) 중요한 세부 사항이라면 데이지가 던진 칼이 간발의 차이로 내 목을 비껴 냉장고 문의 비닐 표면 아래로 족히 5센티미터는 되게 박혔으며, 그 순간 정신이 번쩍 든 우리는 얼굴이 서로 거의 닿을 것처럼 가까이서 그녀가 조금도 움찔하지 않는 것을 보았으며, 표적을 맞혔으면 좋았으리라는 똑같은 놀라운 소망을 상대에게서 느꼈다는 점이다.

내가 살고 싶지 않았던 것은 아니다.

나는 살고 싶었지만, 단지 그런 식으로 살고 싶지는 않았다.

자신의 광기에 갑자기 겁을 먹은 데이지는 의식이 혼미해지면서 눈을 크게 뜬 채 리놀륨 바닥 위에 그대로 쓰러졌다.

그래서 아침 해가 밝자마자 데리콘 박사가 닳아빠진 검정색 왕진 가방을 챙겨 들고 나타났고, 아이들이 잠에서 깨기도 전에 그는 데이지에게 신경안정제인 발륨 한 병을 주며 '마음이 콩닥콩닥 뛸' 때마다 그것을 복용하라는 처방을 내려 주었다. 나는 어떤 다른 노련한 전문가가 그런 표현을 쓰는지, 어떤 정신과 의사나 심리학자가 그녀의 특정한 상태나 행동을 그런 식으로 진단하고 그에 따라 처방하는지 알 수 없다. 나는 '해야 마땅한 것'조차 생각할 수 없었지만 어쨌든 브레이크를 세게 밟아 열차를 세우는 데 필요한 모든 것을 해야만 했다. 물론 놀라운 일도 아니다. 그 방법 역시 게으른 현대적인 사람에게나 어울리는 것일 뿐이었지만 좀 더 믿을 만한 것이긴 했다. 프랭크 데리콘은 어머니와 아버지의 주치의였다. 나와 보비, 그리고 수십 명에 이르는 내 사촌과 조카들을, 그리고 그 후에는 잭과 테레사가 그의 손을 통해 세상에 나왔다. 진료 과목을 넘나들었던 그는 좋은 의술이란 경험을 통해 얻은 지식을 상식에 맞게 잘 적용하는 것이라고 믿었다는 점에서 과거의 위대한 의과대학이 낳은 일반 의사였다. 이러한 고집스런 생각은 그로 하여금 그때까지 30년 동안, 그리고 그 후로 20년 동안 의사로서 지낼 수 있게 해 주었다. 그리고 나는 데이지가 결국에는 건강을 회복하고 장수한, 그의 얼마 안 되는 환자 중 하나일 뿐이라고 믿고 있다. 나는 프랭크 데리콘을 조금도 탓하지는 않지만 — 어떤 시나리오 속에서도, 혹은 어떤 시간과 공간의 연속성이나 내가 마주하게 되는 또 다른 우주 속에서도 나는 그럴 입장이 못 된다 — 그럼에도 당연히, 그가 그런 식의 처방을 내리지 않았으면 어떻게 되었을까 하는 생각을 가끔 하게 된다. 그래서 그 훌륭한 의사가 은퇴를 기념하는 파티에서 내게 한 말, 즉 데이지가 당시 조증 상태에서 다시 우울증 상태가 되었을 때 신경안정제를 먹게 한 것이 최선이 아니었을 수도 있었다고 한 말을 무시할 수가 없다. 과연 누가, 미쳤지만 행복한 우리의 데이지가, 어느 날 아침 갑자기 침대에서 일어나 감지 않아 엉킨 머리를 빗으로 빗는 것 외에는 아무것도 할 수 없었던 그녀가, 바닥보다도 더 낮은 우울한 상태에 이를 수 있으리라 상상이나 했겠는가? 내가 출근하고, 아이들이 야외 학습을 간 사이 그녀가 뒤쪽 테라스에서 발륨을 한 알 한 알 먹고, 맥주 한 병을 다 마신 후, 8월의 질식할 것 같은 여름 오후에 공중을 부양하는 꿈에 빠져, 여느 때처럼 옷을 입지 않고 튜브도 없이 수영장 안으로 들어가, 어쩌면 1미터나 2미터를 헤엄치며 바닷새처럼 하늘을 난 후 바닥으로 곤두박질치리라는 것을 누가 알았겠는가?

5

최근에 내 눈길을 사로잡은 뉴스가 있다. 혼자서 기구를 타고 세계를 돌려고 하는, 내 나이 또래의 사내, 해럴드 클라크슨 아이크스 경에 관한 얘기다. 놀라울 건 없지만 그는 억만장자이며, 약간 정신 나가고 변덕이 심한 영국의 기업가로 기사 작위를 받기도 했다. 그는 지구를 도는 세 번째 시도를 하고 있었다. 물론 높은 고도를 나는 은빛 기구에 그 혼자 있는 것은 아니다. 몇 대의 랩톱 컴퓨터와 위성연결 장치, 그리고 디지털 카메라가 연결되어 있어 전 세계 사람들이 인터넷을 통해 그를 볼 수 있다. 사람들은 그의 비행경로와 몇 시간 후의 날씨를 추적할 수 있으며, 그가 장비들을 갖고 일하거나 소형 전자레인지로 뜨거운 코코아를 만들거나 무척 용감하긴 하지만 추위에 떨고 있는 모습을 찍은 사진을 열람할 수도 있다. 심지어는 해럴드 경에게 이메일을 보낼 수도 있는데 그의 웹사이트에 따르면 비행 중은 아닐지라도, 임무가 완료된 후에라도 그가 답장을 해 줄 거라고 약속했다고 한다.

나는 그에게 이메일을 보낼 생각은 하지 않았다. 그가 할 일이 많은데다, 어쩌면 수신함에 이메일이 수천 통은 쌓였으리라는 생각이 들었기 때문이다. 하지만 어젯밤 잭과 유니스를 위한 파티가 끝난 후, 그 문제에 대해 테레사와 얘기도 나누지 못한 채(그녀는 폴에게 전화해 자신이 제이디, 앨리스와 함께 시내에서 늦게까지 있을 거라고 알려 왔다) 차를 몰고 집으로 가는 도중 라디오에서 해럴드 경이 인도양 상공 어딘가에서 대형 폭풍 속으로 들어갔다는 얘기를 들었다. 잠자리에서 두세 시간을 뒤척이다가 나는 서재로 가 컴퓨터를 켰다. 웹사이트에는 새로운 정보는 없었지만 그의 위치가 마지막으로 확인된 것은 여섯 시간 전이며, 그가 있던 위치로 비춰 볼 때 폭풍의 눈 속에 들어갔을 가능성이 크며, 그의 위성항법장치(GPS) 신호가 꺼졌다는 얘기는 나와 있었다. 그 상황에 대해 내가 어떻게 느끼고 있는지는 정확히 알 수 없었지만, 그럼에도 나는 다음과 같은 메시지를 쓰고 있는 나 자신을 발견했다.

> 해럴드 경! 우리는 당신과 함께 소용돌이 속으로 들어갑니다! 높은 고도를 유지하기 바랍니다! 성공을 빕니다!
>
> 미국의 한 친구가

그의 주위로 바람이 거세게 몰아치고 있으리라는 상상을 한 나는 우리 모두의 온정과 마음이 진정으로 창공 높은 곳에, 최첨단의 바구니 속에 있는 그와 함께하기를 바라는 염원에서 의도적으로 감탄부호를 사용했다. 그리고 약간 엉뚱한 생각에 그런 순간에 처한 탐험가들과 그들의 팬들에게 다른 어떤 생각이 떠오를까 궁금해하며, 켈리 스턴스나 마일즈 킨타나가 내게 안부를 전하는 쪽지를 보낼 때처럼, 내가 그의 언어로 말하려는 서투른 시도를 그가 좋게 생각하기를 바랐다. 어쨌든 날씨에 상관없이, 내가 대부분의 상황에서 사람들에게 충고하는 말투로 "머리를 숙이고 있어요, 대장."이라고 말하는 것보다는 좋을 게 틀림없었다.

해럴드 경에 대한 나의 관심은 다소 예외적인 것이었는데, 나는 지금껏 살면서 한 번도 누군가의, 또는 뭔가의 팬이었던 적이 없었다. 결혼 전, 혼자 살며 아직 배틀 브러더스의 일에 관여하기 전에도 그랬다. 어쩌면 운동을 좋아하지만 인습적인 데가 있는 나와 같은 사내라면 시간을 내서라도 내가 사는 곳 소속의 팀을 응원하며 가상의 드라마를 약간 즐기고, 그에 따라 이승의 불가피한 가혹함과 평범함을 얼마든지 받아들일 거라고 생각할 수도 있을 것이다. 그런 공개적인 활동은 즐거움의 한 형태임에도 과도하게 지적인 사람이나(테레사나 폴 같은) 오랫동안 안전하고 안락한 삶에 너무 젖은 사람들(어쩌면 당신 같은 사람들)은 더 이상 그것을 인정하지도, 인정하려 들지도 않는다.

물론 나는 회사 직원들과 두어 번 스타디움에 가서 자이언트의 미식축구 경기를 본 적은 있다. 하지만 침을 튀기며 응원하는 동료들처럼 목이 벌게지도록 응원하지 못했고, 다만 중요한 장면을 놓치지 않기 위해 살짝 엉덩이를 들거나 뒤꿈치를 들고 일어나거나, 수천 명의 다른 관중들과 함께 야유를 보내거나 하며 맥주를 들이켜곤 했을 뿐이다. 경기가 끝난 후엔 뱃속이 불편한 것을 느끼며 출구로 나왔는데 마치 그사이 아무 일도 없었던 것처럼 느껴지곤 했다. 나는 바느질로 백넘버를 고정시킨 스로백• 유니폼을 입은 건장한 선수가 필드에서 몸을 날려 터치다운으로 점수를 따는 순간, 발을 굴리며 허파가 터져라 소리 지를 때 찾아오는 순수한 자유를 한 번도 느낀 적이 없었다.

나는 새로운 것이라곤 아무것도 올라오지 않는 인터넷 페이지를 넘기며 15분을 더 기다렸는데, 그것은 잡동사니로 가득한 이웃의 다락방처럼 여겨졌다. 그런 다음 이메일을 체크했지만 당연히 아무런 답신이 없었다. 그런데 오늘 아침 잠에서 깨면서 가장 먼저 생각한 것은 테레사가 아니라 해럴드 경이었다. 나는 그가 폭풍에서 빠져나와 아직도 하늘을 날아가고 있는지, 아니면 추락해서 바다의 바닥에 가라앉아 있는지 궁금했다. 그 다음엔 심한 죄책감이 들었는데, 그것은 내게 익숙한 감정이었다. 나는 그것을 단지, 리타라면 나의 게으른 정서 반응으로 치부할 그 어떤 것으로 생각하려고 애썼다. 그럼에도 내가 그토록 아무 생각도 없을 수 있다는 생각을 도저히 참을 수 없어, 이제는 전화해도 좋을 것 같은 시간이 되었을 때, 즉 아침 8시를 조금 넘겼을 때 잭의 집에 전화를 했다.

테레사가 전화를 받았는데, 그녀의 목소리에 나는 움찔했다.

• Throwback: 미식축구나 야구, 하키 등에서 시합 때 특별한 날을 기념하려고 입는 자기 팀의 오래전 유니폼.

"무슨 일이에요, 제리?"

그녀의 목소리는 신선했고, 활기찼다.

"일어났구나. 어젯밤 외출했었지?"

"그래요. 앨리스와 제이디와 함께 트라이베카에 있는 식당에서 저녁을 먹은 다음 클럽에서 춤을 췄죠. 아주 즐겁게 보냈어요. 새벽 3시에 집으로 돌아왔어요."

"그래도 되는 거야?"

"왜 안 되죠? 기분이 아주 좋은데요."

"그만해, 테레사."

나는 최대한 침착하게 말했다.

"폴과 얘기를 나눴다."

"오, 그래요. 얘기 들었어요."

"들었다고?"

"안 그래도 말할 작정이었는데, 그가 먼저 얘기를 꺼내서 기뻐요."

"네가 임신했고, 실제로 심각하게 아프다는 얘기 말이냐?"

"이봐요, 제리."

그 즉시 그녀가 예의 가라앉은 목소리로 말했다.

"너무 심각하게 받아들이지 말아요."

"지금 농담하는 거냐? 그 두 가지는 아주 큰일이야. 도대체 너희들에게 무슨 일이 있는지 내게 언제쯤 얘기할 작정이었냐?"

"누구에게보다 먼저 얘기하려고 했어요."

"고맙구나, 얘야."

그녀는 잠시 아무 말이 없었다.

"물론 임신한 사실에 대해 얘기할 작정이었어요. 그런데 그때 또 다른 게 있다는 걸 알게 되었어요. 문제가 복잡해진 거예요. 그래서 우리는 기다려야 한다고 생각했죠."

"뭘 기다려야 했다는 거냐? 너를 죽게 만들 '다른 것'에 대해 알게 될 때까지 말이냐?"

"화나게 해서 미안해요."

"내가 무슨 화가 났다는 거냐?"

화낼 이유가 천 가지는 될 거라는, 그럼에도 불구하고 그 어떤 것도 도움이 되지 않을 거라는 생각을 하며 내가 말했다. 그리고 문득 내가 훨씬 젊은 나 자신과 얘기를 나누고 있다는 느낌이 들었다. 그녀는 내가 항상 나를 돌보는 사람으로 생각한 그녀의 오빠보다 나와 훨씬 더 비슷한 게 틀림없었다.

나는 숨을 들이쉬고 나서 말했다.

"잭은 아직 모르지?"

"오늘 얘기할 작정이에요. 폴과 함께 의사를 만나 보고 온 다음에요."

"의사는 누구야?"

"뉴헤이븐의 예일 대에 있는, 대학원 친구의 아내예요. 걱정 말아요. 그녀는 전문가니까요."

"이봐, 이런 말을 해서 미안하지만, 도대체 어떻게 할 작정인지 내게 말해 줄 수는 없니?"

"할 수 있는 걸 할 거예요."

"하지만 전문가에게 아무것도 못하게 할 거면 전문가가 무슨 소용이 있다는 거냐?"

"저를 믿어야 해요, 알았죠?"

차분하지만 진지한 어조로 그녀가 말했다.

"알았죠, 아빠?"

딸을 생각하자 잠시 가슴이 미어지고 목이 막혀 아무 대답도 할 수 없었다.

"폴은 벌써 밖에 나가 있어요. 곧 나갈 거예요."

"와서 나를 데려가거라. 나도 함께 가마. 대기실에서 폴과 함께 기다리겠다."

"그러지 마세요."

대화가 끝났다고 생각할 때 내가 그러듯, 그녀는 단호하게 말했다.

"약속할게요. 돌아와서 하나도 빠짐없이 얘기해 줄게요."

"언제쯤?"

"저녁때쯤에요. 아닐 수도 있고요. 전화할게요. 폴과 시내에서 쇼핑을 할 작정이에요. 그리고 지금부터는 아빠와 함께 머물 거예요, 괜찮죠?"

"무슨 말을 하는 거냐? 물론 괜찮고말고. 방을 준비해 두마."

"고마워요. 이제 가야 해요."

"그럼 이따가 얘기하자, 테레사. 진짜 얘기하는 거야. 정말이야."

"알아요. 나중에 봐요. 안녕."

하지만 전화를 끊고 난 후 나는 그들이 별다른 소식 없이 돌아와 '또 다른 소식'을 계속 기다리며 있을 때 내가 그녀와 폴에게 무슨 말을 하게 될지 궁금해지기 시작했다. 물론 그렇게 마냥 기다리는 것은 순전히 미친 짓이며, 나나 내 가족 중의 누구도 참지 못할 일이었다. 뿐만 아니라 테레사와 같이, 전적으로 현대적이며 진보적이고, 포스트모던하고 후기식민주의적인 여자라면 — 그녀는 젊은 시절 여성의 참정권과 노동운동, 그리고 환경운동과 차별철폐 운동을 위해 최소한 여섯 번은 미국의 수도에서 가두행진을 벌였다 — 그녀의 입장에 처한, 지나친 교육을 받은 다른 자유주의적 성향의 전문 업종 종사자들이라면 하게 될 모든 것을 할 것이다. 다시 말해 손을 비틀고, 자기 연민의 고통에 몸부림치며, 지나친 교육을 받은 다른 자유주의적인 성향의 수많은 전문가들과 상의한 후 '마침내' 자신의 손실을 줄이기 위해 '어려운 결정을 하게' 될 것이다. 물론 그러한 결정은 사람들 대부분이 (적어도 이곳 서구 세계의 중심부에 있는 사람들이) 아주 비슷한 마음을 갖고 있다는 생각을 강조하며 — 하지만 우리가 그러한 결정에 이르는 데에는 무척 다양한 과정이 있다고 믿으며, 실제로 그것들을 필요로 한다 — 30초 만에 이르게 되는 것이다.

나는 인터넷으로 그 병에 대한 온갖 종류의 탐색을 하며 몇 시간을 보냈는데, 호지킨과 비호지킨 림프종에 대한 놀라울 정도로 많은 양의 자료와 핫 링크, 그리고 병원과 제약회사가 후원하는 사이트들이 있었다. 그리고 이내 이 사이트들에서 임신과 관련된 문제에 대해서도 찾을 수 있다는 사실을 깨달았다. 하지만 구글과 야후 사이트를 뒤졌음에도 '결과'는 놀라울 정도로 부족했다. 테레사의 입장에 있는 여자에게 추천하는 개략적인 정보밖에는 없었던 것이다. 그리고 그 정보들은 기본적으로(이것은 놀라울 것도 없다) 아기가 태어나자마자 (또는 만약 산모의 상태가 심각해 조기 분만을 하거나) 또는 임신이 '종식'

되자마자 암에 대한 치료를 하라는 것이었다. 그리고 두 가지 경우 모두 산모와 아기 모두를 위한 최선의 '결과'를 보장하려고 애써야 하지만 태아보다는 산모의 건강을 우선시하는 편이 낫다고 되어 있었다. 물론 이 얘기가 실제로 표현되어 있는 것은 아니었다. 하지만 분명한 것은 진단 시기가 이른 경우에는 바로 수술해 치료를 끝낸 후 임신에 대한 희망을 가질 수 있었고, 늦은 경우에는 할 수 있는 한 최선을 다해야 한다는 것이다. 하지만 어디에도 조기 진단과 그에 뒤이은 조처에 대한 언급은 없었는데 마치 그 시나리오가 의료 전문가보다는 철학적인 생각을 할 수 있는 다른 집단의 이해 범위에 속하는 것처럼 보였다.

그래서 문제는, 그렇다면 우리의 테레사 배틀은 어떻게 기본적으로 믿음을 가진 (혹은 너무나도 완고한) 사람이 걷는 길을 택할 결심을 하게 될 것인가 하는 점이다. 나는 모르겠다. 어쩌면 나는 테레사에게 그녀의 어머니가 죽은 후에도 제도화된 종교의 준비된 안락을 소개시켜 준 적이 없는지도 모르겠다. 아니면 그녀의 지적인 교육이 상당 정도 의미의 불가능성에 기초하고 있는지도, 또는 데이지가 죽은 후 우리 세 사람이 최소한의 유전적인 질료와, 배가 부르면 태평스럽고 게으른 영혼이 될 수밖에 없다는(우리는 음식을 탐욕스럽게 먹는다) 확실한 근거가 있는 믿음을 공유하는, 무척 독립적이면서도 서로 연관 없는 존재들의 느슨한 연합체인지도 모르겠다. 그럼에도 어쩌면 테레사가 여기서 비약해 자신보다는 태아의 목숨을 더 소중히 여기며(둘 모두 괜찮으리라는 보장이 없음에도 불구하고) 지금껏 그녀가 살면서 혹은 앞으로 살아가게 되면서 했거나 아니면 하게 될 어떤 행동도 전혀 순수해 보이지 않게 만들, 너무도 비이성적인 어떤 일을 저지르게 된다 해도 나는 전혀 놀라지 않을 것이다.

하지만 그 점 또한 알 수 없다. 이것은 은총과 인류애를 고양시키는 내용으로 가득한 무척 심각한 소설에 종종 등장하는 생각이지만 우리의 굶주린 현실의 삶 속에서는 별로 만족스럽지 못한 것이다. 어쩌면 이것은 역으로 내가 열기구를 타고 가고 있는, 위험에 처한 억만장자에게 지나친 관심과 연민을 갖고 있는 이유를 설명해 주는지도 모른다. 그의 공개적인 시도는 독창적이고, 쉽게 확인할 수 있는 것으로, 우리가 아주 힘든 시련을 겪고 있을 때처럼 궁극적으로는 스스로에게 가하는 고문인 것이다. 그리고 어쩌면 해럴드 경과 테레사, 그리고 난파당한 사람일 수도 있는 나머지 우리는 실제로는 할 수 있는 것이 달리 없기 때문에 결국에는 여러 가지 가능성에 대해 무심한 채 무척 단순한 결정을 내리고 만다.

아침 식사로 아무것도 들어가지 않은 유기농 요구르트와 메이플 시럽을 넣은 그래놀라•와 바나나와 블랙커피를 먹은 후(내가 이 얘기를 하는 이유는, 그것이 리타가 항상, 심지어는 우리가 파리에 갔을 때 바게트와 카페오레가 너무 맛있었음에도, 하루도 빠짐없이 먹던 아침 식사이기 때문이다. 어쩌면 그녀는 아직도 리치 후작의 철과 유리로 이루어진 식당에서 그것들을 먹고 있는지 모르겠다) 나는 해럴드 경에 관한 새로운 소식이 있나 보려고 했다. 신문에는 아무것도 없었다. 그 다음엔 30분 동안이나 내 인터넷 서비스 — 내가 아는 서른다섯 미만의 모든, 시대에 뒤떨

• Granola: 견과류 등이 들어간 시리얼의 일종.

어지거나 멍청한 사람들만 이용하는, 그럼에도 인기 있는 것이었다 — 에 접속하여 로그인을 하려고 노력하다가 결국 포기하고 코맥 근처에 있는 배틀 브러더스 '사무실'로 가 그곳에 있는 컴퓨터를 이용했다. 가끔 인터넷이 연결되지 않을 때면 나는 그렇게 한다. 물론 잭은 내가 집에 가지고 있는 것보다 열 배, 또는 백 배 이상 빠른 특별 전용선을 연결해 놓았다. 그의 컴퓨터는 항상 켜져 있는데, 나는 그걸 이해할 수 없다. 퍼레이드 여행사에 있는 컴퓨터들은 여행 예약을 위한 단말기일 뿐이다. 물론 나는 그것이 곧 바뀔 거라는 얘기를 듣고 있다. 나는 내가 근무하는 날이 아니면 회사에 가는 것을 좋아하지 않는다. 그렇게 할 경우 종종 어쩔 수 없이 도울 일이 생겨 결국에는 일을 하기 때문이다. 그런데 나는 아직도 잭이 전기적인 신호가 끝없이 흐르게 해 직원들을 행복하게 해 주는 것이 회사의 사기를 진작시키는 데 중요하고도 필요한 조처라고 믿는 게 아니라면 배틀 브러더스에서 속도가 빠른 전용선이 왜 필요한지 알 수 없다. 아침 7시에 트럭이 연락을 받고 나가기 전이면 사무실 뒤쪽에 있는 컴퓨터 주위에 여러 사내들이 모여 추잡한 10대들이나 몸이 달아오른 가정주부들을 보여 주는 웹사이트를 확인하고 나서 이 세계의 부인과 의학의 경이로움에 대해 시시한 농담을 늘어놓는 것을 볼 수 있다. 물론 나 역시 이러한 사이트들을 찾아본 적이 있는데, 그것은 내가 매일 받는 이메일의 90퍼센트 이상이 상상할 수 있거나 상상할 수 없는(컴퓨터에서 들리는 사내의 목소리는 실제로 "당신은 포르노에 연결되었습니다!"라고 말해야 할 것이다) 온갖 종류의 성적 행위와 취향과 신념을 위한 사이트에 연결되는 광고들이기 때문이다. 나머지 이메일은 쉽게 부자가 되는 방법과 2차 저당 광고 등에 관한 것이고, 알고 지내는 누군가로부터 이메일을 받는 경우는 그저 어쩌다가일 뿐이다. 그리고 이 이메일들 역시 대체로 개인적인 메시지이기보다는 농담이나 유머러스한 뉴스이거나 유명인의 나체 사진을 손질한 것이기 십상이다.

내가 정문을 지날 때는 이미 9시가 넘은 시간이어서 마당에는 트럭과 장비를 실은 트레일러가 눈에 띄지 않는다. 내게는 바보 같은 자만심의 상징으로 보일 뿐인 잭의 SUV 또한 보이지 않는다. 나는 직원들을 감독하는 그의 모습을 상상하지만 그가 그런 일을 하는 경우는 드물다. 그는 계산을 하거나 납품업자와 농담을 하거나 그가 거래하는 은행 직원과 대출이 가능한지에 대해 — 갈수록 그 가능성이 줄어들고 있다 — 얘기를 나누고 있을 것이다. 부지 전체가 포장되어 있고, 주변에는 울타리가 있으며, 특별히 볼 만한 게 없음에도 불구하고 — 눈에 거슬리는, 전형적인 산업지대는 아니지만 — 그곳은 꽤 괜찮아 보인다. 전쟁이 끝났을 때 아버지와 그의 형제들이 헐값에 사들인 3에이커의 부지는 이제 우리가 이곳에 보관하고 있는 차량 오일과 연료, 그리고 비료와 잔디밭에 뿌리는 화학약품으로 인해 생겨나는 심각한 환경 문제만 없다면 최소한 100만 달러 가치는 될 것이다.

길 저쪽에는 1950년대에 지어진 작은 집들이 옹기종기 묘여 있다. 어느 여름 나는 그 집 중 한 곳에 사는, 로즈라는 이름의 여자아이와 데이트를 한 적이 있었다. 그녀는 어머니와 이모, 그리고 술주정뱅이인 계부와 살았는데, 계부가 딱 한 번 그녀의 몸에 손을 댄 적이 있다고 했다. 그녀가 그의 귀 끝을 물어뜯는 바람에 놀란 그가 아기처럼 울었다고 했다. 내가 그녀 얘기를 하는 것은 그때 이후로 항상 그녀를 배틀 브러더스와 연결지었기 — 희미한 방식으로이긴 하지만 — 때문이다. 실제로 나는 이곳에 올 때마다 베이컨 굽는 냄새와 상한 듯한 맥주 냄새가 항상 났던, 비좁고 먼지가 이는 캐힐의 그녀가 살던 집과, 우리의 차고 안쪽에서 음흉한 미소를 지으며 내 팬티를 내리고 짧은 손가락으로 너무 거칠게 애무해 때론 내가 그만하라고 소리쳐야 했던 로즈에 대한 생각을 하지 않은 경우가 없었다. 우리는 잘 지냈지만 우스운 점은 로즈가 나를 부잣집 아이로 봤다는 것이다. 물론 낡아빠진 메리 제인즈 신발에 난 구멍 사이로 커다란 발가락이 나와 있던 그녀에 비하면 그것은 사실이었다. 서로 목을 어루만지며 애무하고 나서 우리는 그녀의 집까지 걸어가 현관 입구의 계단에 앉아 있곤 했다. 그리고 그녀는 적어도 한 번 이상 내가 운이 좋다고 말했다. 당시에도 나는 그녀가 옳을 수도 있다는 것을 알고 있었고, 그 때문에 자부심을 느끼면서도 아버지와 우리 가문에 대해 원한을 느꼈다. 우리가 그녀보다 나아야 할 게 아무것도 없다고 생각했기 때문이다. 그리고 그런 감정은 열심히 일해도 겨우 먹고살까 말까 한 집안에서 태어났고, 대체로 돈에 큰 관심은 없었지만 그럼에도 돈에 대해 그렇게 순진하지만은 않았던 데이지와 리타(그리고 켈리)에게서도 느낀 것이었다. 그리고 어쩌면 그들 모두 내게 빠져든 데에는 부분적으로는 나의 미래가 보장되어 있었기 때문일 수도 있다. 하지만 그 미래는 내 세대와 다음 세대의 많은 사람들에겐 행복하고 운 좋은 저주이겠지만 지금의 풍요로운 시대에도 불구하고 잭이나 그의 아이들에게까지도 그럴지는 확실치 않다. 때로 나는 잭과 유니스가 무의식중에 이 사실을 알고 있을 거라는 생각을 한다. 어쩌면 그 때문에 그들은 마치 자신들이 미국의 교외에 사는 보통 부자들이 아니라 엄청난 부호라는 생각을 갖고, 아직 할 수 있을 때 자신들이 누릴 수 있는 모든 것을 얻기 위해 과도한 지출을 하는 경향이 있는지도 모른다.

배틀 브러더스의 건물에 대해 얘기하자면, 잭은 내가 조기 은퇴를 한 이후 많은 것들을 바꿨다. 그는 손으로 직접 칠한 낡은 '배틀 브러더스' 간판을 높이가 90센티미터 정도 되는 묵직한 스테인리스 스틸 글자로 바꿔 건물에 박아 놓았다. 잭은 이곳을 '회사'라고 일컫기 좋아하는데, 내게는 늘 그냥 가게일 뿐이다. 자동차 여덟 대를 주차할 수 있는 2층 차고의 길가 쪽에 지어진 새 사무실들은 몇 달 전 공사가 끝났다. 추가로 지은, 형태가 자유로워 보이는 그 우스꽝스런 건물은(세계적으로 유명한 건축가의 스타일을 약간 모방한 것이다) 색을 칠해 외장한 세 가지 다른 현관과 핼러윈에 등장하는 호박처럼 이상하게 안쪽으로 구멍이 난 창문이 있다. 그것은 뭔가를 제대로 아는 사람에게는 충분히 흥미로울 게 틀림없다. 유니스는 그 건물 안팎을 사진으로 찍어 화려한 디자인 잡지에 싣기도 했다. 하지만 내게는 이상야릇한, 거대한 로봇 개의 배설물 같은 정체를 알 수 없는 금속 덩어리로 보일 뿐이다. 노르웨이산 자작나무 패널을 댄 새 접견실은 모두 유니스가 꾸몄다. 5센티미터 두께의 긴 유리로 만들어진 커피 테이블은 텅스텐 줄로 천장에 매달려 있으며, 벽을 따라 흑연 색깔의 비단에 싸인 긴 의자가 놓여 있다. 그리고 벽에는 현대적인 회화작품들을 매달 바꿔 가며 걸어 놓는데, 지금은 이 지역에 사는 또 다른 아방가르드 화가의 작품을 선보이고 있다(인상파의 바다 풍경이나 해변의 산책로 그림은 볼 수 없다). 잘 모르는 사람이라면 자신이 소호에 있는, 유행을 앞서가는 아시아식 퓨전 레스토랑의 라운지에 있다고 생각할 수도 있을 것이다. 그것은 체구가 작지만 요염해 보이는 혼혈의 접수계원(젊은 리타 같지만 서부 인디언이나 태국계 혼혈처럼 보이는)이 일본풍의 탁자 뒤에서 항상 가느다란 마이크를 입 가까이 댄 채 헤드폰으로 음악을 듣고 있기 때문이다. 그녀는 '여왕벌'과 '소중한'과 같은, 금속으로 만든 글자가 수놓인, 몸에 달라붙는 검정 티셔츠를 즐겨 입는다. 그녀는 손님들에게 예상치 못한 환대를 하며, 에스프레소나 카푸치노 또는 취향에 따라 주스나 미네랄워터 또는 녹차나 허브차를 내놓곤 한다. 유니스가 단추만 누르면 자동으로 작동하는 이탈리아제 커피제조기를 사다놨던 것이다.

"안녕하세요, 배틀 씨."

내가 이곳에 온 게 충격적인 일이라도 되는 듯 그녀는 조금 지나치게 밝게 말한다. 오늘 그녀의 셔츠에는 '달콤한 것'이라는 글이 적혀 있다.

"아드님은 외출했어요. 오후나 돼야 들어올 거예요."

"그냥 컴퓨터를 쓰려고 왔소."

"그래요."

그 말을 하고 그녀는 자리에서 일어나 '공용' 컴퓨터가 있는 뒤쪽으로 나를 데리고 간다. 유니스는 그곳의, 커피를 마실 수 있는 공간도 직접 디자인했는데 '동양의 고요'라는 최근 들어 유행하는 주제를 살렸다. 게다가 그곳을 새로 꾸미면서 유니스가 안락한 바우하우스풍의 터치라고 말한 것이 추가되어 있다. 다시 말해 이곳은 효율성과 고도의 창조적인 기능을 고무하기 위해 표면과 선들을 깔끔하게 처리한 것이다. 그녀는 자신의 디자인 콘셉트를 망치지 않으려고 종이와 자질구레한 물건들에 대한 회사 규정을 붙여 놓기까지 했다. 하지만 그녀는 그렇게까지 걱정할 필요가 없는데, 아직 이 공간을 채울 만큼 직원이 많지 않기 때문이다. 기껏해야 접수창구에 있는 '달콤한 것'과, 보통 잭의 개인 사무실 밖에 앉아 있지만 오늘은 병가를 낸 40대로 보이는 잭의 조수 셰럴, 그리고 거의 초창기부터 배틀 브러더스와 함께해 왔으며, 차고의 낡은 부분에 있는 자신의 사무실에서 나오려 하지 않는, 경리 일을 보는 샐 몬델로가 있을 뿐이다. 이 새 건물의 위층에는 배틀 브러더스가 곧 꾸미게 될 쇼룸이 있다. 그곳에는 디자이너가 설계한 것처럼 보이는 부엌과 화장실, 그리고 일하는데 진짜 필요한 도구들과 대형 스크린, TV 등이 비치된 미디어 룸이 있다. 골동품 양탄자와 조상이 물려준 캐비닛, 그리고 액자 속의 유화와 거울 등이 있는 그곳은 잭의 집만큼이나 사치스럽다. 기본적인 계획은, 비어 있는 책상이 말해 주듯, 사무직 직원과 디자인 전문가의 숫자를 곧 늘린다는 것이다. 그리고 그와 함께 회사의 주된 업무를 점진적으로 주택 리노베이션에 맞춰 간다는 것이다. 하지만 아직까지 일을 수주하거나 커미션을 받지 않은 걸 보면 다소 지나치게 점진적이 아닌가 싶다. 지금 당장은 잭과 셰럴, 그리고 접수계원과 샐이 들어오는 일들을 처리하기 충분하며, 잭이 너무 앞서 나가 손톱의 매니큐어나 벗기며 앉아 있을 여자들 두세 명을 고용하지 않은 것만 해도 다행으로 여겨진다.

나는 그녀의 이름이 기억나지 않고, 그래서 잡담을 나누기가 왠지 꺼려진다. 하지만 짝 달라붙는 셔츠와 그보다 더 짝 달라붙는, 팬티 라인이 보이지 않는 미니스커트를 입고, 고양이처럼 살금살금 걷는 그녀를 보니 내 안의 활기찬 자동장치가 뭔가를 말하게 만든다.

하지만 마땅한 말이 떠오르지 않아, 나는 이내 포기한다.

"정말 미안한데, 이름을 다시 한 번 말해 주겠소?"

"마야예요."

"맞아요. 히야, 마야."

그녀가 깔깔거린다.

"히야라고 불러 줘요, 배틀 씨."

"제리라고 불러요."

"좋아요, 제리."

컴퓨터 앞에 앉으며 마야가 말한다. 그녀가 마우스를 움직이자 스크린세이버(함께 뛰어오르고 있는 배틀 브러더스 전 직원을 찍은 사진이다)가 순간적으로 사라지면서 마지막으로 어디선가 본 이미지가 떠오른다. 광택 나는 모터보트의 갑판에서 남자가 여자의 뒤에서 하고 있는, 창백한 얼굴의 백인 커플을 찍은, 노출 심한 사진이다. 그들은 쇼핑몰에서 흔히 만나는 평범한 어부들처럼 보인다. 두 사람은 돛새치를 막 잡은 어부들처럼 자랑스럽고도 기쁨에 찬 표정으로 카메라를 똑바로 바라보고 있다.

"이런."

그녀는 그 이미지를 지우기 위해 모니터 구석에 있는 휴지통을 재빨리 클릭한다. 하지만 두 사람이 성교하고 있는 또 다른 사진이 나타난다. 이번에는(여자는 팔꿈치를 기대고 누워 있다) 마치 '봐요, 손이 보이지 않죠.'라고 말하기라도 하는 듯 손을 흔들고 있다.

"미안하오."

나는 잘못을 저지른 사람처럼, 그녀의 숙부라도 되는 것처럼 말한다.

"잭에게 말해서 이 친구들한테 얘기하도록 하겠소. 이곳에서 이런 걸 보면 안 되지."

"나는 상관없어요."

마야가 말한다.

"이 나라는 자유로운 나라잖아요. 어쨌든 나는 주식 현황을 알려주는 주식 시장의 멍청한 차트를 보느니 차라리 포르노를 보겠어요."

"정말이오?"

"그래서 안 된다는 법이 어디 있죠? 강요에 의한 것이 아니라면 포르노에 대해 법석 떨 필요는 없는 것 같아요. 나는 다 큰 여자예요. 여기서 이런 것을 본다는 이유로 대부분의 사내들이 나를 어떻게 할 수 있다고 생각지는 않아요."

"대부분이 그렇다고요? 그럼 누구는 그러려고 들기라도 한다는 거요? 내가 그들에게 따끔하게 얘기하겠소."

"사실은 딱 한 명이 그래요. 하지만 괜찮아요. 그는 해를 끼칠 사람이 아니니까요."

"말해도 좋소. 그게 누구요?"

마야가 그 방의 차고 쪽 끝에 있는 문을 가리킨다.

"늙은 샐이?"

"그가 내 책상에 음란한 글을 적은 쪽지를 남겨 놓곤 해요. 그는 내가 자기가 그런 줄 모른다고 생각하지만 그가 쓴 게 틀림없어요. 그의 필체를 알거든요."

"그게 정말이오?"

"잠시만요."

그녀가 자기 책상으로 가더니 노란색 포스트잇 메모지를 한 줌 가져온다. '당신을 위해 세게 몸을 비벼 주겠어. 깨끗이 핥아 줄게. 내 성기를 좋아하게 될 거야.'라는 말이 보인다. 왼손잡이인 샐이 쓴 게 분명한, 뭉툭한 납심 연필로 쓴, 두껍고 땅딸막하고 엉뚱한 방향으로 굽은 글이다.

"보이죠? 그는 가끔 임시직 여자들에게도 남겨 놓곤 해요."

나는 그녀와 나 자신, 그리고 잭과 거의 존경할 만한 배틀 브러더스 회사에 대해 미안한 마음을 느끼며 고개를 끄덕인다. 나는 샐에게 동정심까지 느끼지만, 목소리는 아이 같으면서도 아직도 담낭과 고환이 줄어들지 않은 그가 대단하게 여겨지기도 한다. 그는 어둡고 축축한 사무실에 있는 넓고 낮은 세면대 아래다가 공공연히 포르노 잡지를 허리 높이까지 쌓아 놓고 있어서, 나는 항상 그를 막돼먹은 친구로 생각했다. 그의 사무실은 아버지가 수위의 옷장을 개조해 만들어 준 것인데, 당시 아버지는 배틀 브러더스에 장부를 정리하는 정식 직원은 필요 없다고 생각했었다. 내가 고등학교 다닐 때 한 번은 그가 책상 위에서 비서(로즈라는 이름의)와 함께 누워 있는 것을 본 적이 있다. 그녀는 그의 얼굴 위에 쪼그린 채 앉아 있었고, 그래서 마치 그녀가 보풀 많은 베개 위에 앉아 있기라도 한 것처럼 그의 텁수룩한 머리가 그녀의 스커트 밖으로 빠져나와 있었다. 샐은 이제 일흔다섯이 되었을 것이다. 그가 아버지의 베이비시터였던 조젯과 오랫동안 비밀리에 연애는 했지만 결혼한 적은 없는 것 같다. 결국 그들의 관계는 조젯이 1965년 자동차 사고로 죽으면서 끝났다. 아버지가 회사를 내게 물려준 후 모두들 샐이 그만둘 거라고 생각했다. 당시 나는 사업에 대해 제대로 알지 못했을 뿐만 아니라 크게 신경도 쓰지 않고 있었다. 그런데 첫날 당시 주임이었던 샐이 내 사무실에 오더니 근무가 끝난 후에 '회의'를 요청했다. 나는 그가 회사 지분 일부를 요구할 것으로 생각했다. 그전에 아버지와의 얘기를 통해 나는 그에게 12.5퍼센트를 줄 준비가 되어 있었다. 하지만 그 이상은 0.5퍼센트도 안 되었다. 하지만 그가 요구한 것은 일주일에 50달러를 인상해 달라는 것이었다. 내가 45달러를 제안하자 그는 더 이상 한마디도 않고 그 제안을 받아들였다.

"샐은 누구에게 해를 끼치거나 하는 사람이 아니오."

내가 말한다.

"하지만 어쨌거나 그와 얘기해 보겠소."

"무슨 얘기를 하려고요, 제리?"

"안녕, 샐."

마침 살바토레 몬델로가 들어선다. 그는 여느 때처럼 사무직 직원처럼 보이는 싸구려 옷을 입고 있다. 반팔 셔츠와 너무 짧고 뭉뚝한 넥타이, 그리고 헐렁한 바지와 해진 구두 차림이다. 잘생기고 몸이 호리호리한 그는 우아하게 나이 먹어 가는, 북부 이탈리아의 전형적인 노인네처럼 보인다. 그의 살갗은 밝은 올리브색으로 광택이 난다. 그뿐 아니라, 아직도 올이 굵고 풍성하며, 검은 머리카락이 많은 그의 머리는 은으로 실을 뽑은 것처럼 보인다. 만약 그가 조금만 다른 남자였다면 프랑스의 코트다쥐르 해안에서 미국의 팜비치에 이르는 많은 호텔에서 국제적인 플레이보이로 오랫동안 즐길 수도 있었을 것이다. 돈 많은 정부들은 사향 냄새와 던힐 100s 냄새를 풍기는 그를 찾아와 스카프 모양의 실크 넥타이로 눈을 가린 다음, 자신의 부주의하고 바보 같은 남편이 오래전 포기한 것, 즉 혀와 끈적끈적한 분홍색 손가락으로 음부를 애무해 달라고 졸랐을 수도 있을 것이다.

하지만 행운인지 불행인지는 알 수 없지만 샐은 조금도 다른 남자가 아니다. 그는 그런대로 똑똑하고, 우리들 대부분처럼 자신이 가진 불알 두 쪽으로 많은 것을 이뤘다. 하지만 명예나 돈을 향한 야망 때문에 그런 것은 아니었다. 그는 그런 사내였다. 그는 기본적으로 집세를 내고 금요일과 토요일 밤마다 새로운 여자를 만나기 위해 열심히 일하는, 이 지역 출신의 늙은 사내에 지나지 않았다. 8년에서 10년 전까지만 해도 그는 그런 식으로 살아왔다. 하지만 말처럼 큰 것으로 소문난 그의 성기(이 이야기는 배틀 브러더스가 생긴 지 얼마 되지 않아 한 기계공이 화장실에서 자위행위를 하고 있는 그를 보고 그의 행동이 '마치 장난감 야구 방망이를 닦고 있는 것 같았다'고 한 데서 비롯되었다)가 마침내 말을 듣지 않으면서 그는 젖가슴을 드러내고 춤추는 여자가 있는 술집을 찾고 음란한 웹사이트에서 채팅을 하고, 1년에 두 번 카리브 해에서 유람선 여행을 하며 밤에 싱글인 여자와 과부들에게 댄

스 파트너가 되어 주며 공짜로 즐기곤 하였다. 물론 경이로운 새 발기촉진제가 나오면서 샐은 다시 한 번 깃발을 흔들 수 있을는지도 모른다.

"어떻게 된 거요, 제리? 여행사에서 당신을 해고라도 한 거요?"

"아직은 아니에요. 그냥 인사차 왔어요."

"안녕, 마야."

"안녕, 샐."

그녀는 어떤 억하심정도 드러내지 않고 대답한다. 그렇다고 다정한 기색도 아니다.

"나는 일해야겠어요."

"그렇게 해, 내 사랑."

샐이 말한다. 그녀가 접수창구로 돌아가자 그는 "내가 육십이라는 나이로 다시 돌아갈 수 있다면."이라고 말한다.

"그래요? 그럼 뭘 할 건데요?"

이제 곧 그 나이에 이르게 된다는 사실을 거의 매일같이 생각하고 있다는 걸 떠올리며 내가 말한다.

"농담하는 거요? 저 멋진 여자애하고 하루 종일 그걸 할 거요. 자연 다큐멘터리에 나오는, 흥분한 그 원숭이들처럼 말이오. 그것들을 뭐라고 하더라, 그래 보노보 원숭이 맞죠? 그 원숭이들은 하루 종일 그 짓을 하죠. 게다가 그것들은 아무도 안 볼 때면 동성애를 즐기기까지 하죠."

"설마요?"

"바로 어젯밤 그걸 봤소. 엉덩이가 붉은 암컷 원숭이들은 서로

쪼그리고 앉아 상대를 주무르죠. 수컷들은 엇갈린 자세로 서로를 애무하고요. 이 원숭이들은 성교를 하기보다 사악하게 싸우는 여느 원숭이들과는 다르죠. 내 생각에 우리는 싸움이나 하는 원숭이하고 더 비슷한 것 같아요."

"그렇다면 당신은 보노보라는 거군요, 샐리?"

"맞소, 당신은 어떻소?"

"그 어느 쪽도 아닌 것 같은데요."

나는 그 말을 하며, 나무 높은 곳에 앉아 과일 씨를 모으고, 자신이 몇 개나 먹어 치웠는지를 무심히 확인하고 있는, 약간 더 진화했을 뿐인 제3의 원숭이가 있는 게 틀림없다는 생각을 한다.

"리타는 당신을 어떻게 대해 주고 있소?"

"아직 모르나요?"

"오, 맙소사, 제리, 그녀에게 무슨 일이 일어났다는 얘기는 하지 말아요."

"아뇨, 그런 게 아니에요. 그녀는 나를 떠났어요. 거의 1년 전에요."

"오, 그건 더 안 좋은 일이오. 그 말은 그녀가 다른 누군가와 함께하고 있다는 의미잖소?"

"그래요."

"내가 아는 사내요?"

"리치 코니글리오라는 친구죠. 여기서 멀지 않은 곳에 사는, 털이 무성한 작은 사내죠."

"그 벼락출세한 친구 말이죠? 지금은 뭘 하고 있소?"

"잘나가는 변호사죠. 하느님보다 더 돈이 많아요. 머튼타운에 살고 있죠."

"그 똑똑한 친구가 잘되리라는 건 우리 모두 알고 있었죠. 그런데 결국엔 당신 여자까지 낚아채 갔군요?"

"알아요. 좋은 일은 아니죠."

"그런데 그 여자가 리타 같은 여자라니. 맙소사. 나는 항상 푸에르토리코 여자를 좋아했죠. 그들은 검지 않은 흑인 여자 같죠. 무슨 말인지 알겠소? 하지만 당신이 리타를 만나기 시작했을 때 나는 몹시 질투심이 일었소. 그녀는 다정한 여자인 동시에 훌륭한 요리사죠. 커다란 초콜릿 같은 눈에, 살갗도 부드럽고, 멋진 형태의 둥근…."

"이봐요, 샐리. 아직도 그건 무척 신선해요, 됐죠?"

"미안해요, 제리. 나는 단지 당신이 그녀를 사귄 것이 얼마나 멋진 일이었는지를 얘기하는 것뿐이오. 대체 당신이 뭘 망친 거요, 아니면 그녀가 당신에게 싫증이 난 거요?"

"둘 다인 것 같아요."

"그녀를 자유롭게 놓아두지 않은 것 아니오? 요즘 여자들은 자유를 원하죠."

"그 말이 맞을 수도 있어요."

나는 그렇게 말하며 최근 몇 년 사이 우리가 더 친해지지 못한 이유가 뭔지 궁금해한다. 나는 항상 그를 좋아했고, 심지어는 때로 나한테도 있었으면 싶은 형처럼 생각하기도 했었다. 샐은 사람들로 하여금 그의 말에 동의하게 만들 줄 안다. 하지만 그것은 그가 우악스런 사람이기 때문이라기보다는 사람들이 그가 하는 시시콜콜하고 지저분한 이야기들을 끝까지 듣고 싶지 않아 하기 때문이다. 여기서 나는 리타가 자신의 음부를 핥아 주기를 기대하지 않았다는 얘기를 하고자 한다. 물론 내가 그렇게 해 주었을 때 그녀는 분명 그것을 좋아했다. 그럼에도 그녀는 남자의 얼굴이 최소한 비밀스럽고 유혹적이며 신비스런 부위로 남아 있어야 하는 여자의 음부에 너무 가까이 다가가서는 안 된다는 생각을 했다.

그것이 사실인지 아닌지는 알 수 없지만, 적어도 그녀는 내게 그렇게 얘기했다.

샐이 말을 잇는다.

“저기 마야 같은 젊은 여자들은 구태의연한 삽입은 더 이상 좋아하지 않는 것 같소. 그들 모두는 그럴 수만 있다면 차라리 레즈비언이 되려고 하죠. 내 말을 못 믿겠거든 인터넷을 봐요.”

“알았어요. 그런데 한 가지 부탁이 있는데, 샐리, 여기 사무실에서는 딴 얘기는 하지 말아 줘요.”

“뭐라고요?”

나를 쳐다보며 그가 말한다.

“누가 불평했소?”

“아뇨. 누구도 어떤 말도 하지 않았어요. 하지만 요즘 성추행과 관련된 얘기를 듣고 있죠? 잭은 작업 환경 때문에 누군가가 회사를 고소하는 일이 없기를 바라죠. 그걸 뭐라고 하죠? 그래요, ‘위협적인’ 작업 환경 때문에 말예요.”

“이봐요. 노골적인 티셔츠를 입고 있는 건 내가 아니에요.”

“그냥 얘기하는 거예요, 샐. 회사에 아무 문제가 없게요.”

“좋소, 제리.”

그가 말한다.

"하지만 당신이 걱정해야 하는 건 내가 아니라 잭이오."

"뭐라고요? 그가 바람이라도 피우고 있나요?"

"그건 모르겠소."

샐이 말한다.

"그가 배틀 브러더스를 말아먹고 있는 것 같소."

"무슨 얘기를 하는 건가요? 다 처리할 수 없을 정도로 많은 일감이 들어오는 것 같은데요. 트럭은 항상 밖에 나가 있는 것처럼 보이고요."

"그건 그렇소. 지난 5년간 그랬던 것처럼 사업은 잘되고 있죠. 하지만 그건 오래된 일이에요. 흙먼지를 날리는 일 말이에요. 그 일로는 아주 많지는 않지만 그런대로 이윤을 남기고는 있죠. 그건 당신도 알고 있을 거요."

"물론이죠."

"문제는 새로운 일이오. 저기 있는 것들을 봐요."

그러면서 그는 커다란 평판 컴퓨터 모니터들과 대형 인쇄가 가능한 기계가 놓여 있는 단풍나무 책상 여섯 개를 가리킨다.

"저건 잭의 디자인 장비죠. 그와 유니스는 그 장비와 소프트웨어에 엄청난 돈을, 거의 7만 달러를 썼어요. 저것들만 있으면 아마 전투기도 설계할 수 있을 거요. 하지만 우리는 저 단말기들 가운데 한 대만 이용하고 있어요. 그것도 어쩌다가요. 물론 첨단 기술에 의한 공사나 리노베이션 일도 있겠지만 아직까진 수주를 못 받고 있어요. 사람들은 우리를 조경업자와 석공으로 알고 있지, 부엌과 욕실 디자이너로 알고 있지는 않아요. 인근 세 개 주에서 계약을 따낼 수 있을 거라는 잭의 생각은 흥미롭지만, 그는 코네티컷 주의 치즈딕에 차를 몰고 가 측량하는 일로 시간을 다 보내고 있죠. 그가 일거리를 두세 건 따낸 것 같은데 아주 싼 값에 그렇게 했을 거요. 입찰가격을 보면 각 건마다 2만5000에서 5만 달러를 잃는다 해도 그리 놀랄 일은 아니오. 그리고 이 새 사무실과 쇼룸에 얼마나 들었는지 아시오? 자그마치 50만 달러도 넘게 들었소."

"맙소사, 나는 전혀 몰랐어요."

"하지만 가장 큰 문제는 그게 아니에요, 제리. 이런 말은 하긴 싫지만 잭이 돈을 빌리고 있는 게 분명해요. 그는 그 사실을 내게 숨기려 하는 것 같은데, 우연히 이곳 부지와 회사를 담보로 한 거액의 빚에 딸린 이자를 갚고 있다는 서류를 보게 되었죠."

"얼마나 되는 돈인가요?"

"다 합해서 150만 달러에 이르죠."

"하고 싶은 다른 얘기는 없나요?"

"그게 전부요. 물론 이게 내가 알게 된 전부라곤 할 수 없지만요. 그가 뭘 하고 있는지 도무지 모르겠소, 제리. 하지만 당신이 그와 얘기를 해 보는 게 좋을 거요."

"그래요. 그렇게 하죠."

"제리?"

"왜요?"

"나와 저기 있는 여자에 대해서 해 줄 말은 없소?"

"별로요. 나라면 그냥 생각만으로 만족할 거예요. 괜찮죠, 샐리?"

샘은 짓궂은 미소를 지으며 이곳의 비싸고 번드르르한 신세계와 기름때 묻은 낡은 세계 사이의 칸막이 역할을 하고 있는 불투명한 유리문을 통해 자신의 사무실로 간다. 나는 인터넷의 주소란에 해럴드 경의 사이트를 입력한다. 그리곤 잠시 망설이다가 엔터키를 누른다.

좋은 소식이 있다! 그는 내가 마지막으로 본 직후 폭풍에서 빠져나와 다시 높은 고도로 날아가고 있었다. 다만 경로를 약간 수정했는데, 원래 스케줄에서 불과 몇 시간 지체되었을 뿐이다. '날아요, 해럴드, 날아요!' '달려요!' 그리고 '누구도 훌륭한 사람을 절망하게 할 수는 없다'와 같은 메시지가 수백 건이나 쇄도하고 있다. 나 또한 2센트를 기부하고(그것은 주로 우리 구경꾼의 마음을 편하게 만들어 주기 위한 것이다) 싶지만 여전히 그에게 문제들이 도사리고 있다는, 쉽게 사라지지 않는 두려움을 누를 수가 없다. 진정으로 우울한 건, 문제되는 것이 해럴드 경 자신의 한계나 그의 멋진 첨단 장치들이 아니라 바람과 날씨와 구름과 같은 악의라곤 없는 것들이 한 사람의 궁극적인 성공과 실패를 결정지을 거라는 점이다. 바로 그 때문에 나는 하늘이 완전히 구름 한 점 없을 때, 최소한 다음날 하루까지는 날씨에 의한 어떤 위협도 없을 때 도니를 타고 하늘을 난다. 나는 멋진 오후의 비행을 망치는 어떤 장애물이나 방해물도 원치 않는다. 물론 이것은 내가 한 번도 이곳에서 멀리까지 가 본 적이 없다는 것을 의미한다. 나는 대부분의 남자들이 작은 비행장을 경유해 일주일씩 걸려 플로리다에서 캘리포니아까지 날아가듯 장거리 비행을 한 적이 없으며, 해가 진 후 하늘이 물처럼 파란빛을 띨 때 비행한 적이 없다. 게다가 비가 조금만 내려도 비행하지 않았다. 나는 내가 일기 예보에 없었던 안개를 만나면 어떻게 할지가 궁금해진다. 그리고 과연 내가 계기판에만 의지해 얼마나 잘 조종할 수 있을지, 그리고 안개를 뚫고 다시 햇빛 속으로 나올 수 있을지 궁금하기도 하다.

그리고 나는 잭의 사치스런 사무실에 들어와, 행운과 번영을 약속하는 것처럼 보이는 그의 넓은 가죽 의자에 앉아 상실감을 느낀다(그가 잃었거나 잃고 있을 돈 때문은 아니다). 그것은 그에게 어떤 말을 해야 좋을지 모르기 때문이다. 좀 더 구체적으로 말해 나는 그에게 깊은 상처가 되거나 모욕을 주거나, 또는 그로 하여금 이미 그러고 있는 것 이상으로 내게 말을 더 적게 하도록 만들지 않을 어떤 얘기를 해야 할지 알 수 없다. 내가 지적한 것처럼 잭에게 가장 큰 문제가 겉치레에 너무 신경을 많이 쓰는 것이라면, 지금 당장 그에 못지않게 큰 또 다른 문제는 내가 그의 동굴 같은 집에 들어가거나, 그의 일터 중 한 곳을 방문하거나, 이곳에 들를 때마다 그런 생각을 한다는 것을 그가 정확히 알고 있다는 사실이다. 그리고 어쩌면 시간이 지날수록 한 가족에게 가장 큰 피해를 끼치는 것은 이처럼 이미 예상된 난기류, 즉 아무도 인정하지 않고 있는 지식일 것이다. 어느 지점에서 우리는 그것을 해결하려고 시도는 할 수 있지만 그것을 비껴 날아갈 수는 없다.

6

이따금 아버지는 우울한 얼굴로, 내가 처음 아이비에이커스에 찾아갔을 때처럼 "데이지와 결혼해야 했던 건 보비였어."라고 말한다. 그리고 그것은 오늘 초저녁에 내가 그곳에 갔을 때도 예외가 아니다.

그는 지금 입을 벌린 채 꾸벅꾸벅 졸고 있다. 그리고 아프기라도 한 것처럼 눈을 찡그린다.

그를 깨워서는 안 된다.

솔직히, 나는 아버지가 그 말을 할 때마다 속이 뒤집히곤 했다. 그가 잘못 생각하고 있다는 것을 알고 있기 때문이다. 보비는 1968년 가을, 기초 훈련을 받으러 가기 전에 데이지를 두 번 정도 만났다. 그 해 여름 그는 푸에르토리코의 야구팀에서 뛰고 있었는데 그곳의 열기와 벌레와 음식에 질린 나머지 그 운동에 과연 자신이 재능이 있는지 제대로 따져 보지도 않고 바보처럼 해병대에 입대했다. 보비와 데이지는 이내 친해졌고, 보비는 아버지가 자신을 위해 사들인 반짝이는 에메랄드빛의 초록색 임팔라 1967년식 컨버터블에 그녀를 태우고 드라이브를 갔다. 나는 그들이 각자 세 가지 맛이 들어간 아이스크림콘을 들고 온 것을 기억한다. 팬들턴 부대에 잠시 머문 후 그는 베트남으로 날아가 어딘지 알 수 없는 곳에서 주둔하며 근무했다. 그로부터 여섯 달 후 어느 날 밤, 치열한 전투가 있은 뒤 그는 해병대 소대에서 이탈했고, 그 후로는 감감무소식이었다. 부대원들이 며칠 동안 그의 시신을 찾았으나 철모와 피 묻은 군화밖에는 찾지 못했다. 하지만 베트콩의 맹렬한 역습에 사단 전체가 서둘러 후퇴해야 했다. 그리고 당연한 일이지만, 곧 그 일대에 융단폭격이 이루어지면서 살았거나 죽었거나 할 것 없이 모든 것을 없애 버렸다. 전쟁이 끝나고 남은 사체를 교환하는 일이 이루어지는 동안 전투 중 실종자의 긴 명단이 베트남 정부에 제출되었어도 아버지 역시 뉴욕의 화이트스톤 출신의 로버트 헨리 배틀은 죽은 게 틀림없다는 사실을 알고 있었다. 그는 그 엄연한 현실에 맞서지도 않았고, 다른 사람들처럼 가족의 생사를 확인하기 위해 베트남에 가지도 않았으며, 정부에 더 많은 노력을 기울일 것을 촉구하며 시위를 벌이지도 않았다.

나는 아버지가 자신을 위해서는 그 상황에 가장 잘 대처했다고 생각한다. 그는 비록 보비의 시신을 회수하지 못했지만 그럼에도 보비가 계속 살아 있다는 생각을 버리지 않았다. 그것은 나무랄 수 없는 일이었고, 그의 머릿속에서는 그 생각이 계속 이어졌다. 아버지의 머리가 어떻게 되어 아직도 보비가 어딘가에 살아 있다고 생각한 것은 아니었다. 하지만 그는 보비가 나이 들어 어른이 되어 결혼을 하고 아이를 갖고 가족이 하는 사업을 이어받는 상상을 했다. 보비가 존재하지 않는다는 사실이 그러한 생각을 하는 데 장애가 되기는 않았다. 어쩌면 그렇게 함으로써 그는 보비에 대한 상실감을 줄일 수 있었는지도 모른다. 물론 어머니 역시 오랫동안 슬픔에서 헤어나지 못했다. 아버지와 함께 우리 집에 와서 부엌에 있는 주방기구를 닦거나 지하실에서 내 셔츠를 다리거나 테라스를 빗자루로 쓸 때면 그녀는 별로 얘기를 하지 않았다. 그리고 자신의 집에서 그녀는 누구도, 심지어는 아버지조차 보비의 방에는 못 들어가게 했다. 그러다가 마침내 폭풍우가 심하게 몰아친 후 지붕창으로 물이 새어 들어와 그냥 지나칠 수 없는 냄새가 나고서야 아버지와 나는 그 방에 들어가게 되었다. 방은 온갖 종류의 균류와 곰팡이투성이였다. 벽에는 초록색과 회색 얼룩이 묻어 있었으며, 창문은 희끄무레했고, 그의 낡은 운동화에서는 하얀 곰팡이가 자라고 있었다. 방에 곰팡이 냄새가 너무 심하게 나서 아버지는 업자를 불러 방 전체를 부순 후 다시 짓게 했다.

보비의 물건 중에 성한 것은 거의 없었다. 옷도 펜던트도 책도 마찬가지였다. 어머니가 간직할 수 있었던 유일한 물건은 꽤 많은 야구 트로피들뿐이었다. 그녀는 그것들을 표백제에 담갔다가 꺼내 거실의 벽난로 선반 위에 진열해 놓았다. 그것들은 내가 아버지를 아이비에이커스로 옮기기 전까지 그곳에 그대로 있었다. 그리고 이제 그것들은 효율성을 강조한 아버지 방의 전자레인지 위에 놓여 있는데 홈런 치는 자세를 하고 있다. 그리고 이것들은 아버지가 옛날에 살던 집에서 가지고 와 보관하고 있는 유일한 것들이다. 그런데 그것을 보면 약간 훈훈하면서도 왠지 슬픈 느낌이 든다. 아버지는 가끔 그 트로피들이 누구 것인지 헷갈려하다가, 그중 하나를 들어 내가 3루수 수비를 기가 막히게 봤다며 나를 칭찬하거나 자신이 오른쪽 센터필드에서 얼마나 잘했는지를 얘기하곤 하는 것이다. 그는 자신이 던진 직구는 윌리 메이스 같은 뛰어난 야구 선수도 꼼짝 못하게 만들었을 거라고 말한다.

그런데 보비는 그다지 기억할 만한 야구 선수는 아니었다. 나는 그가 체격과 기술이 좋았고, 잘만 풀렸다면 훌륭한 선수가 될 수도 있었을 거라는 얘기만 하고자 한다. 그는 모이 잭과 비슷했지만 훨씬 유연했다. 그는 오늘날 프로 선수들이 그런 것처럼 체구가 크고 건장하며 유연했는데 당시에 그런 체격은 드물었다. 특히 우리가 살던 동네의 백인 아이들 중에는 그런 아이가 거의 없었다. 푸에르토리코에서 야구 선수로 활약하며 그는 징병을 연기할 수도 있었지만, 그의 운세를 완전히 바꿔 놓았을 수도 있는 마이너리그 입단 계약과 대학 전액 장학금을 포기하고 그는 해병대에 입대했다. 당시 나는 이미 해안경비대 예비군으로 있었다. 그 무렵 몇 해 동안 나는 2주에 한 번씩 주말마다 배에서 지냈는데, 배가 출항하는 일은 거의 없었다. 그리고 그 일은 내게는 나무랄 데 없는 일이었다.

그리고 앞서 말한 것처럼 — 비록 내가 그 얘기를 누구에게도 하지 않았지만 — 나는 보비가 완전히 바보라고 생각했다. 그리고 몇 가지 중요한 점에서(그가 간 곳은 베트남이 아니었다. 베트남이 아직 베트남이 아니었기 때문이다. 최소한 미국에 있는 우리에게는 그랬다), 놀랍게도 그가 하려는 일이 얼마나 정신 나간 것인지를 아무도 생각지 못하는 것 같아 보였다. 어머니조차 군에 입대하는 것을 하룻밤 자고 오는 야영 정도로 생각했고, 아버지는 보비가 동남아시아에서 일이 년 보내며 실컷 구경한 후 돌아와 세인트존스나 콜럼버스 클리퍼스에 입단하면 그만이라고 생각했다. 동네에 사는 모든 사람들처럼 보비 역시 애국심을 갖고 있었지만 그로 하여금 그런 짓을 하게 만든 것은 조국에 대한 사랑이나 의무감 또는 터무니없이 위대하고 낭만적인 그 어떤 것도 아니었다. 어떤 분야에 있어서는 탁월했지만(그가 잘하는 것은 야구 말고도 연기와 노래 그리고 그림이 있었다. 당시 모든 여자아이들이 그가 그린 그림을 보고 감탄한 기억이 난다. 그는 여자아이들의 눈이나 입술을 강조해 더없이 사랑스럽게 보이도록 스케치했던 것이다) 다른 분야에서 보비는 중간에 하다 마는 습관이 있었다. 그는 재능은 있었지만 뭔가에 완전히 빠지지는 못했던 것이다. 말하자면 궁극적으로는 아무래도 좋다는 식이었다. 그러한 태도는 허무주의처럼 어두운 것이 아니라, 오히려 오랜 세월에 걸쳐 몸에 배게 된 어쩔 수 없는 무관심에 가까운 것이었다. 어쩌면 그것은 그가 무엇을 하든 쉽게 잘할 수 있어서였는지도 모른다. 그는 어떤 악기든 쉽게 익혔고, 새로운 운동도 금방 잘했으며, 뭐든 힘들이지 않고도 잘함으로써 예쁜 여자아이들이 그를 좋아하게 만들었다. 게다가 그는 자신의 그러한 점을 의식하지 못했는데, 그 때문에 대부분의 사람들이 그를 옹호하고 사랑했다. 그래서 사람들은 조기 입대를 한 것 역시 그가 쉽게 헤쳐 나가게 될 또 다른 상황일 뿐이라고 생각했을 수도 있다. 하지만 나는 결국 그의 목숨을 앗아가게 한 것은 한계를 없애려고 했던 그의 기질이라고 생각했다.

그가 만약 그러한 선택을 하지 않았다면 아무런 위협도 없는 삶을 살고 있는 우리들 대다수가 그것을 의식하든 그렇지 못하든, 놀라울 정도로 규칙적인 일을 하고 있을 것이다.

만약 보비가 아직도 살아 있다면 결국에는 배틀 브러더스를 운영하고 있을 것이 거의 확실하다. 우리가 비록 일곱 살 차이가 나긴 하지만(어머니는 우리를 낳는 사이에 두 번 유산을 했다) 나는 보비가 충분히 나이 들 때까지 몇 년 동안만 회사 일을 하다가 그만두고 내 일을 하게 되었을 것이다. 어쩌면 비행과 관련된 일을 했을 수도 있다. 나는 항상 P-47 선더볼트(파밍데일의 리퍼블릭 사에서 오래전 제조한)나 〈도고리의 다리〉•에 나오는 것과 같은 F-86을 모는 베테랑 조종사가 되는 꿈을 꿨다. 하지만 그렇다고 해서 공군사관학교에 지원한 적도 없었고, 따라서 진짜 전투기 조종사가 되어 결국에는 대형 민항 제트기의 기장이 되는 일도 일어나지 않았다. 어쩌면 나는 비행기 격납고 라운지에서 소식을 듣는, 직접 사다리를 타고 비행기에 올라가고자 하는 사내들처럼 되었을 수도 있었다. 그들은 단순히 비행을 너무 좋아한 나머지 경비행기 혹은 우편물 수송기를 몰거나, 그도 아니면 사우스쇼어 해변 위에서 '로잘리, 나와 결혼해 줘' 같은 말이나, 혹은 '앱솔루트' 보드카 광고가 적힌 깃발을 달고 하늘을 날 기회가 주어지기를 기다리는 사내들이다. 아니면 꼭 그렇지는 않더라도 내가 직접 마이 웨이 투어라는 이름의 작은 여행사를 차려 제리 배틀이 좋아하는 곳들을 8일에서 15일 일정으로(가령 '최고의 세렌게티' 또

• 한국 전쟁을 배경으로 한 영화.

는 '푸른 다뉴브 강' 등의 이름으로) 여행하는 관광 상품을 내놓았을 수도 있었을 것이다. 돈을 버는 최선의 방법은 자신이 좋아하는 것을 하며 일하는 시간을 보내는 것이고, 그렇게 보내지 못하는 시간은 역겨운 노동일 뿐이라는 것을 모두 알고 있다. 하지만 자신이 하는 일을 즐기며 살아갈 수 있는 사람은 매력적이거나 운이 좋거나 그도 아니면 재능 있는 사람들(가령 보비 같은 사람들)뿐이다. 그 나머지 사람들에게 문제되는 것은 끈기와, 끊임없이 이루어지는 사소하지만 실질적인 실패와, 개인의 운명의 위대함에 대한 전혀 근거 없는 믿음 — 그 믿음은 민주주의가 가능성이라는 미명으로 우리에게 걸어 놓은 주문이다 — 에 대한 무감각뿐이다.

그럼에도 불구하고, 그리고 아버지는 결코 동의하지 않겠지만 보비가 배틀 브러더스를 망하게 했을 수도 있다. 이런 이야기를 할 수 있는 건 그가 항상 지나치게 관대했기 때문이다. 그는 틀림없이 너무 낮은 가격에 일감을 수주하고, 직원들도 지나치게 봐주고, 고객과 판매상, 그리고 우리의 마진을 깎으려는 모두를 상대하는 데 있어서도 대충대충 넘어갔을 것이다. 나는 타고난 사업가도 아닐뿐더러, 사업에 대한 걱정 때문에 밤잠을 설친 적이 한 번도 없지만 배틀 브러더스는 아버지 인생의 전부였으며, 따지고 보면 내 인생의 많은 부분이기도 했다. 좌절과 분노와 태만으로부터 자유롭지 못했던 내가 그나마 일을 효율적으로 할 수 있었던 것은 돈과 관련된 심한 압박감을 느꼈기 때문이라고 생각한다. 나는 그 압박감을 한껏 누르고 있다가 엉뚱한 시간과 장소에서 걸려든 불쌍한 누군가에게 터뜨리곤 했다.

나는 사람들에게 소리를 지르기도 했는데, 주로 기분이 좋지 않을 때면 그랬다. 그럴 때마다 나를 아는 몇몇 사내들은 '그다지 즐겁지 않은 제리(Jerry Not So Merry)', 또는 '신 딸기 제리(Jerry Sour Berry)'로 부르곤 했다(내가 알지 못하는 다른 별명들은 훨씬 더 고약하고 야비한 게 틀림없을 것이다). 해마다 열리는 조경업자협회 파티에서도(작년에는 브룩빌 컨트리클럽에서 열렸는데 매력적인 잭 배틀이 사회를 봤다) 나는 사람들과 쉽게 어울리지 못하고, 항상 구석자리에서 최근에 알게 된 계약자들과 앉아 아무도 모르는 척하며 있었다. 파보네스와 리히터, 키난과 이아누치 등의 조경 회사 직원들은 서로 떠벌리며 농담을 주고받고, 아르바이트하는 여자들과 시시덕거리다가, 마침내는 술에 취해 주먹다짐을 벌이기도 한다. 나는 살이 지나치게 타고, 손가락이 뭉툭한 이 사내들이 끔찍한 발진이나 혈액에 의해 전염되는 병이라도 걸렸으면 싶지만 실제로 그들은 우리 배틀 가문 사람들과 전혀 다르지 않다.

보비라면 그런 자리에 잘 어울렸을 것이다. 그는 늘, 사업상 만나는 사람이 아닐지라도, 거칠게 보이는 사내들도 잘 참아 냈다. 그가 어떻게 해서 사람들과 잘 어울리게 되었는지는 알 수 없다. 아버지도 나도 그런 편이 못 되었던 것이다. 하지만 가만히 생각해 보면 그는 어디서나 환영을 받았다. 그를 애도하는 모임을 가졌을 때에는 사람들이 엄청나게 많이 몰려왔고, 결국에는 파티로 이어지기까지 했다. 그 파티는 우리가 연 것이 아니었다. 그때 어머니는 살면서 처음으로 사람들을 위해 음식을 준비하고 싶은 마음이 없었는지 곧장 침실로 올라가 잠옷으로 갈아입은 뒤 잠들기 위해 약을 몇 알 먹었다.

아버지는 공사를 끝낸 지하실로 내려가 큰 소리로 라디오를 틀었다. 그곳 지하실에는 진주만 공습 때 침몰한 전함 애리조나호를 175분의 1 크기로 축소한 모형이 있었는데 그가 칠까지 해 가며 그것을 만드는 데는 족히 3년이 걸렸다. 장례식과 추도식을 경멸했던 데이지는 롱아일랜드에서 아이들과 함께 있었다. 그때 부엌을 뛰어다니던 나는 거리에서 음악이 들려오는 것을 들었다.

밖으로 나간 나는 많은 사람들이 모여 있는 것에, 그리고 축제라도 여는 듯한 분위기에 놀랐다. 추도식보다는 축하 모임 같았던 것이다. 마치 어떤 반인반신이 올림푸스 신전에서 신들과 나란히 하게 된 것을 축하하는 자리 같았다. 다들 테이블과 의자를 차려 놓고 자기 가족들의 저녁 식사일 게 분명한 라자냐와 소시지와 통조림 대합조개와 콩 샐러드를 내놓고 있었다. 남자들을 위해서는 맥주가, 여자들을 위해서는 레드 와인이 나왔고, 아이들은 집 앞 길 끝에서 깡통을 차며 놀았는데, 심지어는 경찰관 두어 명까지 와서 만약의 사태에 대비하고 있었다. 반짝이는 불빛들의 기다란 행렬과 캔디 머신과 서로 끌어안고 애무하고 있는 커플이 없다는 것을 제외하면 기본적으로 토요일 밤에 도심에서 벌어지는 축제와 비슷했다. 그럼에도 남은 람브루스코 와인을 너무 많이 마셨는지 이웃인 라도스키아스의 차고문에 대고 토하는 아이를 본 기억이 난다.

모두 나를 다정하게 안았다. 나는 그들이 그토록 다정한 줄은 몰랐었다. 하지만 솔직히 말해 그들이 그렇게 한 것은 위로나 동정 때문이라기보다는 내게서 희미하게 남아 있는 보비의 흔적(그 역시 반짝이는 눈과 곱슬곱슬한 검은 머리카락을 갖고 있었다)을 감지했기 때문인 듯했다. 하지만 불쾌하거나 슬프지는 않았다. 나는 그날 저녁 149번가에서, 그다지 불행하지 않은 어린 시절을 보내며 자란 그 어느 때보다 편안하게 느꼈다는 점을 말해야 할 것이다. 다른 사람들 사이에 끼어 있어 자신이 혼자라는 생각을 하지 않을 수 있다는 것은 아주 이상한 축복이 될 수도 있는 것이다(어쩌면 그 때문에 내가 여행을 좋아하는지도 모르겠다. 외국의 낯선 부두나 광장 또는 뒷골목을 걸을 때면 개방성과 기능성, 그리고 미국의 거리나 식당에서는 거의 가능하지 않은, 낯선 사람들과의 인간적인 친밀감을 맛볼 수 있기 때문이다). 게다가 나는 보비 배틀의 후광까지 업고 있었다. 사내들은 나와 건배를 하며 보비가 노래할 때의 감미로운 목소리와 그의 놀라운 타구 속도에 대해 감상적인 얘기들을 나누었고, 여자들은 무척 흥분해 있는 것처럼 보였다. 그들은 탱고를 추며 나를 끌어들이고는 계속해서 옆 파트너에게 넘겨주었다. 그 후 모두가 집으로 돌아갔을 때 퍼트리샤 머피라는 이름의 여자가 내게 오더니 중학교 때 보비와 한동안 사귄 적이 있다면서 자신의 차가 있는 곳까지 데려다 줄 수 있는지를 물었다.

나는 그녀가 누군지 기억할 수 있었다. 아니면 단지 그렇게 생각했는지도 모르겠다. 그녀는 누구도(10대 초반의 소심한 아이들은 말할 것도 없고) 제대로 다룰 수 없을 정도로, 육체적으로 성숙한 열네 살짜리 소녀 중 하나였다. 그 당시 그녀의 엉덩이와 허벅지는 다 자란 여자의 그것처럼 보였는데 그녀는 고등학교에 다니는 그 어떤 상급생 여학생들보다 더 크고 풍만한 가슴을 갖고 있었다. 그녀는 분명 예뻤던 것으로 기억되지만 못생겼다 해도 크게 문제되지 않았을 것이다. 그녀는 그녀 입장에 있는 다른 많은 여자아이들처럼 인기 관리를 위해서였는지 다른 이유에서였는지는 모르지만 결국엔 같은 나이의 남학생들에게 자신의 몸을 허락했다.

물론 보비는 그런 남학생들 중 하나는 아니었다. 보비와 그녀가 학교 연극반에서 함께 있던 기억이 난다. 그들은 '셰익스피어 메들리'라는 제목의 희곡을 선보였는데, 그것은 보비가 쓴 서너 편을 짜깁기한 것이었다. 그리고 결국에는 심각한 얘기를 나눈 후 눈물을 흘리는 것으로 끝났을 것이다. 보비를 추도하던 그날 밤 퍼트리샤는 이상한 기분 상태에 있었는데, 그녀를 전혀 몰랐던 내게도 그렇게 보였다. 그녀는 혼자 웃으며, 더 이상 아무도 열지 않는, 일요일 밤에 가족들이 모여 함께 저녁 식사를 하곤 했던 자리에서 섹시한 사촌 웬디 바타글리아가 곧장 그런 것처럼 내 갈빗대와 팔을 살며시 찔렀다. 우리가 우리 집 바로 앞에 세워져 있던 그녀의 차 가까이 갔을 때 그녀는 술을 너무 많이 마셔 운전할 수 없다며 잠시 함께 있을 수 있는지를 물었다. 나는 그래도 나쁠 건 없다고 생각했다. 그 무렵 나는 저녁 내내 수많은 사람들이 내 등을 두드리고, 나와 악수를 한 나머지 무척 고양되어 있었다. 그리고 가족들이 단잠을 자고 있을 걸로 생각했는데, 실제로 그랬다. 집에 들어왔을 때 나는 어머니가 곤하게 코를 고는 소리를 들을 수 있었다.

그래서 부엌으로 들어가 퍼트리샤에게 줄 커피 물을 올렸다. 한데 내가 고개를 돌렸을 때에는 어느새 그녀는 그사이 10년 동안 더 커지거나 풍만해지지는 않았어도 여전히 엄청나게 큰 가슴을 내 몸에 바짝 대고 있었다. 그녀는 우주 시대에 걸맞은 화려한 모습이었는데, 그 모습은 우리가 뉴턴 이후의 이 혼란스런 세계에 사는 이유가 뭔지를 말해 주고 있는 것 같았다. 그녀는 보비의 방을 보여줄 수 있는지 물었다. 나는 그녀의 요청에 대해 아무 생각도 하지 않았다. 그리고 그녀가 내 몸에 밀착해 있다는 것에 대해서도 별다른 생각을 하지 않았다. 우리는 비좁은 계단을 따라 2층으로 올라가 왼쪽 두 번째 방으로 갔다. 그 방의 문에는 낡은 폴로 경기장 포스터가 압정에 박혀 있었다.

아직 곰팡이가 끼기 전인 보비 배틀의 침실에는 잘생긴 소년들의 사진과 펜던트와 스타들의 포스터와 책과 모형 로켓 등이 있었다. 나는 그녀가 옷장 속에 머리를 집어넣거나 침대에 앉거나 아니면 아직도 말랑말랑한 3루수 야구 글러브를 자신의 손에 맞는지 한번 끼어 볼 거라고 생각했는데 그녀는 어색한 거리에서 나와 떨어져 서 있더니 비극의 여주인공처럼, 하지만 애교 있는 목소리로 "넌 재미있어하고 있구나, 맙소사."라고 속삭였다. 무슨 말인지 알아들을 수 없었던 나는 "누가? 내가?"라고 대답했다. 그리고 미처 알아차리기도 전에 그녀는 무릎을 꿇으며 내 위로 넘어지더니, 재빨리 내 혁대를 풀었다. 그리고 그녀가 자신의 메마른 작은 입 속에 내 성기를 넣는 순간 마침내 나는 그날 저녁 처음으로 베트남 어딘가에서 실종된 동생을 생각했다. 그의 영혼은 그가 원하든 원치 않든, 결함 있는 연극 속에서 영원히 떠도는 인물처럼 죽음의 전장에서 방황하고 있을 것이었다. 그리고 그 순간 나는 정말이지 처음으로 형제를 잃은 고통을 느꼈는데, 그것은 공허함보다는 이빨이 아플 때 내는 신음에 더 가까운 것이었다. 그것은 깊은 곳에서 찾아오는 것으로 신비롭기까지 했다. 물론 나는 데이지에 대해서도 생각했다. 그녀가 이 사실을 알게 되면 무슨 변명을 해야 할지를 생각하며 실제로 그럴듯한 변명을 떠올리고 있는 순간, 아버지가 들어와 이상한 자세로 뒤엉켜 있는 나와 퍼트리샤 머피를 보았다. 그는 화가 났거나, 아니면 최소한 역겨움을 느꼈음이 분명했다. 하지만 그는 그녀를 한번 쳐다본 후 나를 보고는 마치 일하는 데 하루 정도 차질이 빚어진 뒤 벌써 오후 3시 반이 되기라도 한 것처럼 "서둘러라, 제롬."이라고 말했다.

아버지는 그날 밤 일에 대해 한 번도 얘기한 적이 없는데, 그것은 까마득하게 잊혔던 점잖지 못한 얘기들이 그의 기억 속을 헤집고 다니는 최근 몇 달 사이에도 그랬다. 그는 그런 얘기들이라면 두고두고 얘기할 것이다. 그는 자신이 코스타 델 솔에서 골프를 치고 있을 때 미래의 스페인 왕이 14번 티에서 냉수 탱크 속에다 오줌 누는 것을 본 사실과, 캔자스시티에서 창녀와 잠을 잔 후 임질에 걸려 석 달 동안 어머니의 몸에 손도 대지 못한 일과, 노스힐스에서 일할 때 그 집 여주인이 부엌에서 알몸으로, 그로서는 알 수 없는 이유로 샐러드 오일을 젖꼭지에 바르는 것을 본 일 등을 두고두고 얘기했다. 또한 그의 사촌과 직원과 TV에 나오는 사람들, 그리고 특히 그가 정기 구독하는 극우파와 좌파 단체의 회보에서 읽은 정치가들 등 모두에 대해 낯 뜨거운 얘기를 한다. 권력 다툼, 그가 생각할 때 모두에게 영향을 미치는 뭔가를 감추기 위한 음모 — 그것은 마음과 정신과 영혼의 완전한 부패다 — 역시 그의 얘기에서 빠지지 않는 것들이다. 놀라운 일은 아니지만 보비만이 그의 얘기의 주제가 되지 않는다. 나로서는 그 점이 마음에 들고, 아니, 심지어는 고맙기까지 하다. 만약 아버지가 그의 얘기까지 들추게 된다면, 그 후에도 그에게 어떤 빛이나 진실성이 남아 있게 될지 모를 일이다.

보비와 달리 아버지는 죽는 것에 대해 그다지 초연하지 않다. 물론 그는 내게 비행기 도니를 몰고 이곳에 수직으로 추락하라고 말하거나, 간호 보조사에게 뇌물을 주고 항히스타민제의 일종인 소미넥스 두어 병을 몰래 들여오게 하라거나, 또는 옆방에 사는 노파 친구의 헤어아이언을 자신의 욕조 물속에 집어넣으라거나 하는 얘기를 하지만, 실제로는 그의 세대(이 점에 있어서는 내 세대 또한 마찬가지일 것이다)의 혈기 넘치는 여느 남자들처럼 죽는 것을 싫어하며, 설령 계속해서 육체적으로 비참한 상태에 놓여 있게 되고, 정신적으로도 거의 식물이나 다름없는 상태로 지내며, 더 나아가 그것이 배틀 가문의 전 재산을 축내는 것을 의미하게 된다 하더라도 영원히 생명에 매달리려 할 것이다. 아버지와 관련해 기억해야 할 것은, 그에게 더 이상 자신의 위엄을 유지하고자 하는 초자아가 없어졌고 가끔 지저분한 사고를 치긴 해도 실제로 그에게 잘못된 점은 없다는 것이다. 혈압은 나보다 더 안정적이고, 콜레스테롤 수치도 앉으며 아직도 식사를 짐수레를 끄는 말처럼 하고 있다(그리고 배변도 정상적으로 하고 있다며 나를 안심시킨다), 그가 계단을 오르내리거나 소파와 침대에서 일어나다 넘어져 엉덩이뼈에 금이 가지만 않는다면 그는 충분히 내 장례식에도 참석할 수 있을 것이다. 마음속으로 나는 그의 하나 남은 자식이 마침내 죽게 되었을 때 어떤 왜곡된 성취감을 느끼며 아버지로서 무슨 말을 할지 궁금하기도 하다.

아시아 공항의 스피커로 들리는 듯한 낮은 목소리에 아버지가 잠에서 깬다. 쟁반에 담아 침대로 음식을 갖다주지 않은 사람들은 식당에 와서 식사하라는 소리다. 아버지는 자신의 옷을 가리키고, 나는 그가 옷 입는 것을 도와준다. 그사이 그는 거룻배 같은 발을 슬리퍼에 넣고 있다. 그는 여느 때처럼 면도를 하지 않았으며, 기름기가 흐르는 그의 은발에서는 따뜻한 밀랍 냄새가 난다. 우리의 키가 똑같음에도 불구하고 내가 올 때마다 독수리처럼 어깨가 더 굽어지는 그는 이제 나보다 더 작아 보인다.

"내 모습이 어떠냐?"

아버지가 내게 말한다. 그것은 그가 항상 절실한 마음으로 묻는 것이다.

"뭔가 계획 있는 남자 같아요."

"알다시피 어떤 여자를 만날 거거든."

"지난번에 그 얘기를 했죠. 그런데 누구라고요?"

"비라는 이름의 아름다운 여자지. 하지만 딴 건 묻지 마. 나도 그녀에 대해 아는 게 별로 없으니까. 내가 아는 거라곤 아주 섹시한 여자라는 것뿐이야."

"잘됐네요, 아버지."

"그런 식으로 비꼬지 마, 제롬. 최소한 네 부친은 이곳에서도 제 몫을 다 하고 있어. 그것만이 이곳을 참을 수 있는 곳으로 만들어 주니까. 그리고 내가 누구인지를 깨닫게 해 주지. 다음번에 올 때는 아스트로 글라이드•를 한 병 갖고 오너라. 작지 않은 걸로. 그리고 펌프가 있는 걸로."

• Astro glide: 성교 시 사용하는 윤활제의 일종.

"알았어요."

"그 물건은 정말 놀라워. 맛도 더 좋은 게 나와야 하는데."

"알았다니까요, 아버지."

"네 차례가 되면 너도 알게 될 거다. 아마 온몸에 바르고 싶어 질걸."

"그럴 거예요."

나는 그때를 기다리고 싶지 않을 수도 있을 거라는 생각을 하며 말한다.

"저녁 식사를 하러 가면서 셔츠는 안 입을 거예요?"

"비는 도도한 여자가 아냐."

"좋아요. 바지를 입는 건 어때요?"

"관둬, 가자. 무척 배가 고프구나."

우리는 복도를 따라 걸어간다. 아버지는 내 팔을 꽉 붙들고 있는데, 그가 비틀거리는 모습이 충격적으로 다가온다. 어쩌면 그는 아직까지 잠이 덜 깼는지도, 아니면 연기를 하고 있는지도 모른다. 하지만 그가 내 팔꿈치 관절을 꽉 쥐고 있는 것을 느끼자 솔직히 겁이 나기도 한다. 또한 그는 걸음을 뗄 때마다 몸을 떨며, 이곳 아이비에이커스에서는 흔히 들을 수 있는, 심장병 환자가 입으로 숨을 몰아쉬는 듯한 소리를 낸다. 이곳에는 심장병 환자들이 수두룩하다. 그들 모두 한때는 담배를 많이 피우고 위스키를 마시고 스테이크를 먹었을 테지만 이제는 꼼짝없이 자리에 낮아, 쉽게 숟가락으로 먹을 수 있는 단조로운 음식을 하루에 세 끼 먹고 지낸다.

식당은 실제로 무척 멋진 곳이다. 물론 부두를 그린 파스텔 색조의 그림 액자와 하얀 참나무 테이블과 의자, 그리고 스피커에서 나오는 가벼운 FM 음악(실제로 한 번은 그레이트풀 데드•의 노래가 나왔는데, 그 순간 나와 직원은 순간적이긴 했지만 몸이 얼어붙었다)을 좋아하는 사람에게만 그렇다는 얘기이다. 장식은 휴양지의 호텔처럼 되어 있는데 그것은 우연처럼 보이지 않는다. 이곳 분위기는 활동적으로 일하고, 휴가를 즐기며 여유로운 삶을 보내던 시절을 환기시키고자 한 것 같다. 그때야말로 이곳에 있는 사람들 대부분이 가장 좋은 시절로 기억할 때일 것이다. 이들은 감미로운 젊은 시절보다는 이삼십 년 전 은퇴한 직후 머리가 어지러울 정도로 정신없이 보낸 처음 몇 년을 가장 소중히 생각할 것이다. 그때는 아직 배우자들이 살아 있었고, 여전히 활기에 넘쳐, 산지미냐노••의 뒷골목들을 걸어 다니며 유람선의 디스코텍에서 밤새 춤을 출 수도 있었고, (약간만) 고갱처럼 살기 위해 마키저스 제도•••로 가는 도중에 도시 세 군데를 들러 실컷 즐기는 일도 마다하지 않았을 것이다(이것이 리타와 내가 사랑을 잃은 후 자신을 탓하는 대신, 지금 하고 있어야 하는 일이다. 내가 언젠가 완전히 잊힌 존재가 되었을 때 그러한 추억을 갖지 못할 수도 있다는 걸 생각하면 나를 더욱더 우울하게 만드는 것이 바로 그 점이다).

이곳 식당에 있는 사람들 중 족히 사분의 일은 휠체어 신세를 지고 있으며, 그중 절반은 간호 보조사가 숟가락을 입에 가져다주어야 할 것처럼 보인다. 아버지는 좀 더 신체 기능이 나은(정신 상태가 더 나

• Grateful Dead: 미국의 5인조 록그룹으로, 그룹 이름이 '고마운 사망'이라는 뜻임.
•• San Gimignano: 이탈리아 토스카나 주의 휴양 도시.
••• Marquesas Islands: 프랑스령 폴리네시아에 있는 섬.

은지는 알 수 없지만) 사람들이 앉아 있는, 입구에서 멀찍이 떨어진 식당 뒤쪽으로 나를 데리고 간다.

아버지의 애정의 대상으로 보이는 — 과연 정말 그런지는 모르겠지만 — 비는 벌써 초록색 콩과 구운 칠면조, 그리고 으깬 감자로 이루어진 저녁을 먹고 있다. 우리가 자리에 앉자 그녀가 아버지에게 "안녕, 행크?"라고 말하는데 기분 나쁠 정도로 내 어머니가 말하는 것처럼 들린다. 아버지는 별로 열정을 내비치지 않으며 안녕이라고 말한 후 그녀에게 나를 다시 소개시켰는데, 이런 일은 아마도 대여섯 번째는 될 것이다. 비는 단기 기억에 약간 문제가 있지만, 나는 별 상관이 없다. 어쨌든 별로 할 말도 없고, 시간이 지나면서 가까워지는 것도 괜찮은 일이기 때문이다. 그녀는 저녁 식사를 하거나 저녁때 영화를 볼 때면 항상 곱게 차려입고 화장을 한다. 그런데 특이하게도 그녀는 선원 차림 옷을 입곤 하는데 하얀 양말을 비롯해 옷의 구석구석에 닻이 그려져 있다. 꿰매 붙이거나 박음질을 하거나 혹은 그려진 닻들은 반복되는 형태로 이루어져 있어 서양의 불길한 표의문자처럼 보이기도 한다(나는 그 이미지에 대해 테레사에게 얘기한 후 그녀의 얘기를 들어 볼 수도 있을 것이다). 그 선원 차림의 옷은 아버지를 이곳에 '놓아둔' 데 대한 나 자신의 죄의식과, 나 또한 이곳으로 끌려와 그와 함께 지낼 수도 있을 거라는 불안을(지금은 그런 일이 단지 생각 속에서나 일어나지만 나중에는 실제로 그렇게 될 것이다) 환기시켜 준다. 그가 지금껏 고집 세고, 화를 잘 내며, 사람들을 자기 식대로 부리려고 하는 황소 같은 사람에다가 또한 그가 대단한 바보일 수도 있지만, 나는 여전히 그를 사랑할 수는 없다 해도 — 사랑한다는 말은 못할지라도 사랑하고 있기는 할 것이다 — 무척 존경한다.

비가 그에게서 무엇을 보는지는 분명치 않다. 하지만 이곳에 있는 사람들이 처한 입장을 생각하면 남자가 약간의 활기가 남아 있어 조금만 정력을 보여 줘도 여자들은 황홀해할 것이다. 아버지가 넌지시 내비치는 것처럼 이곳에는 사람들이 상상하는 것 이상으로 많은 행위들이 이루어지고 있다. 그리고 그것은 우리가 생각하는 것처럼 오락실에서 애무를 나누는 것 정도에 국한되지 않는다. 그런데 오늘 저녁에 비는(아직 4시 45분밖에 되지 않았으므로 오후라고 할 수도 있다) 제대로 차려입은 것 같아 보이지 않는다. 그녀는 목욕 가운을 입고 슬리퍼를 신고 있으며, 내 기억에 따뜻한 느낌을 주는 어깨까지 내려왔던 완전한 금발 머리는(내가 마지막으로 방문했을 때 그렇게 길었던가?) 뿌리 쪽으로 2.5센티미터 정도가 하얗게 셌으며 빗질도 하지 않은 상태다. 화장하지 않은 그녀는 딴사람 같아 보이며 축 처진 눈도 무척 졸려 보인다. 뺨은 투명해 보이기까지 하고 희미한 자줏빛 입술은 메말라 갈라져 있다. 어쩌면 나는 구식 사내이고, 그래서 여자가 화장을 하고 나면 본래 모습이 어떤지 짐작하지 못할 수도 있다. 어쨌든 그녀가 지금처럼 똑바로 앉아 뭔가를 먹고 있지 않을 때 보게 된다면 누구나 불쌍한 비가 곧 죽게 될 거라고 생각할 것이다. 이것은 전혀 과장된 얘기가 아니다.

"제리, 행크의 동생이에요, 아들이에요?"

처음 물었을 때처럼 비가 묻는다.

"내 아들이야, 내 사랑."

아버지가 그녀에게 말한다.

"나를 이곳에 집어넣은 아들이지."

"그렇다면 당신에게 고맙다고 해야겠군요."

그녀가 말한다.

"나한테 섹시한 동반자를 보내준 것에 대해 말이에요."

"그런 단어는 쓰지 마."

아버지가 말한다.

"섹시하다는 말?"

"동반자라는 말."

"왜?"

"진하게 들려."

"그래서? 당신은 진해. 나한테 진하게 대하지."

"그래. 하지만 내 아들이 그런 걸 아는 건 원치 않아."

비는 내게 미소를 짓는다. 자기로 만든 그녀의 틀니는 완벽한데, 앞니에 초록색 콩조각이 매달려 있다.

웨이터처럼 서 있던 간호 보조사가 다가와 저녁 메뉴를 말한다. 칠면조 대신 생선을 먹을 수 있다는 점만 제외하면 비가 먹고 있는 것과 똑같다. 아버지가 무슨 생선이냐고 묻자, 그는 흰살 생선이라고 말한다. 자신은 알지 못하며, 상관하지 않는다는 의미다. 아버지는 우리 둘 다 그걸로 하겠다 하고, 나도 좋다고 한다. 그는 항상 사람들에게 식사를 대접했는데, 점심 도시락을 실은 트럭이 회사에 들를 때면 회사 직원들에게 점심을 샀다. 회사에 있을 때면 그는 늘 그렇게 했다. 그리고 사람들 위에 군림하려는 기질을 보여 주는 그러한 행동을 자랑스러워했다. 여기서도 아마 그럴 수만 있다면 모두에게 저녁을 사려고 들 것이다. 음식이 나오기를 기다리는 동안 나는 식당을 둘러본다. 다른 테이블에 앉은 제대로 갖춰 입은 두 남자와 한 여자는 테이블에 앉아 칠면조를 주문한다. 아이비에이커스에 거주하는 대부분의 사람들이 모인 것 같다. 팸플릿에 따르면, 아이비에이커스는 '혼자서 움직일 수 있는 사람에서부터 좀 더 많은 도움을 필요로 하는 사람에 이르기까지' 모든 사람을 돌볼 수 있다고 되어 있다. 물론 여기서 후자는 몸 상태가 급격히 안 좋아지고 있는 사람을 의미한다. 그런데 놀라운 것은 내가 생각했던 것만큼 대화들이 많지 않다는 점이다. 이곳에서는 듣기 편한 스피커 음악에 맞춰 나지막하게 웅얼거리는 소리만 들릴 뿐이다. 나는 이 노인네들이 지금까지 살아오는 동안 쌓아 놓은 이야기 창고의 문을 제대로 닫아 놓지 못할 거라고 생각했었다. 그들은 많은 것들을 보고 경험했으므로 많은 생각들이 있을 게 틀림없다. 그럼에도 불구하고 그들은 아이비에이커스에 있는 동료들보다는 낯선 사람들에게 얘기하는 것을 더 좋아하는 것처럼 보인다. 그들은 다시 한 번 일상적인 삶의 흐름의 일부가 되고자 하는 것이다. 바깥에 사는 사람들에게는 귀찮거나 성가신 일로 여겨질 수도 있는 상황과 사람들에 대한 이야기들이, 이곳 사람들에게는 마치 길에서 10달러 지폐를 우연히 발견한 것처럼 흥미로운 일이 된다. 그래서 나는 이곳에 찾아와 아버지와 식사를 할 때면 항상 같은 테이블에 앉은 사람들이 자신을 돌보지 않는 가족이나 요통에 대한 이야기를 할 때 귀를 기울이며, 그들이 가솔린의 갤런당 가격이나 센터포트에 있는 침실 세 개짜리 집의 가격에 대해 충격을 받았다는 말을 하면 이해한다는 듯 고개를 끄덕인다. 또 그들이 낙태와 총기

소지 권리에 대한 견해를 밝힐 때면 나 또한 인내심을 갖고 듣는다. 비는 항상 이혼한 나이 먹은 딸에 대해 얘기한다. 그녀에게는 마약 중독자인 아들 하나와 벌써 레즈비언이 된('열셋이라는 나이에!') 딸이 하나 있다. 그녀는 비에게서 매달 정신과 상담을 받는 데 필요한 돈을 요구하는데, 비는 그녀가 그 돈을 새로 산 인피니티 세단의 할부금을 내는 데 쓰고 있다는 것을 알고 있다.

우리 맞은편에는 쌍둥이 형제인 대니얼과 데니스가 앉아 있는데, 그들은 기어 파크에서 가족과 같이 빵집을 운영했었다. 그들은 점잖은 사람들이지만 그중 한 명이 귀가 어두워 얘기할 때면 무척 큰 소리로 말하고, 그 과정에서 침도 튄다. 그들은 중동 사태에 대해 논쟁 벌이기를 좋아한다. 그들 중 한 명은 보수적인 미국의 유대인 전통을 따르는 시온주의자이며, 다른 한 사람은 반유대적인 성향을 갖고 있는데, 그래서 늘 워싱턴과 할리우드와 월스트리트에서의 유대인들의 음모에 찬 영향력에 대한 얘기를 꺼내곤 한다. 그들은 가끔 서로에게 화를 내기도 하는데 — 그들 중 하나가 부풀어 오른 빵처럼 커다란 손으로 테이블을 내리치며 얼굴이 벌게져 나가기도 한다 — 아버지 얘기에 따르면, 방문객이 없을 때면 그들은 거의 얘기를 하지 않는다고 한다. 그들은 평생에 걸쳐 몸에 밴 습관 때문에 새벽 3시면 함께 일어나 선라이즈 룸에서 커피가 나올 때까지 카드를 하며 시간을 죽인다고 한다.

물론 그런 이들 말고 결코 눈에 띄지 않는 사람들도 있는데, 그들은 '과도기'라고 불리는 별관 건물에 있다(그곳은 비공식적으로 '시체 안치소'로 알려져 있으며, 비싸고 현대적으로 보이려고 하는 다소 불행한 시도의 일환으로 광택이 나는 육중한 스테인리스 스틸 여닫이문 뒤에 있기 때문이다). 그곳은 아직 목숨이 붙어 있는 사람들이 기계에 의존해 간신히 생명을 유지하고 있는 곳이다. 최근 들어 행정 업무를 담당하는 직원이 몇 번 그곳의 특별한 시설을 구경시켜 주고 그곳 직원을 만나게 해 주겠다고 했지만 아직까지는 그렇게 하지 않았다. 어쩌면 다가올 현실을 부정해서가 아니라, 앞으로 일어날 모든 우울하고 복잡한 가능성에 대해 지나치게 많은 생각을 하기보다는 아버지의 상태의 변화에 따라 내가 받게 될 충격과 혼란과 놀라움을 그대로 받고자 하는 마음에서인지도 모르겠다. 어쩌면 그 또한 현실을 부정하는 또 하나의 교활한 형태인지 모르겠지만 나로서는 그럴 수밖에 없다.

우리의 저녁 식사가 나오는데, 음식을 보면 아버지가 잘못 주문했다고 소리를 질러도 과장이 아니다. 접시에 담긴 생선은 희끄무레하고 푸르스름한, 전혀 하얗지 않은 직사각형의 고깃덩어리에 가까웠으며 갈색의 즙이 흘러내리고, 위에는 작은 레몬 조각 하나가 놓여 있다. 또한 데친 생선 기름이 초록색 콩과 으깬 감자와 화려하게 장식한 당근 꽃과 파슬리 속에 스며들고 있다. 나는 음식을 쳐다보는 것도 쉽지 않은데 아버지는 곧바로 음식을 들기 시작한다. 테이블에 앉은 어느 누구도 음식이 그렇게 나온 것을 알아차리지 못하는 것 같다. 아니면 알아차리긴 하지만 신경 쓰지 않는지도 모르겠다. 이쯤에서 아이비에이커스는 돈 많은 사람들이 이용하는 양로원이라는 점을 얘기해야 할 것이다. 내가 본 가격이 절반밖에 되지 않는 다른 양로원에서는 어떤 음식이 나올지 무척 궁금하다. 괜찮은 소 허리 고기의 윗부분 살을 석쇠에 미디엄 레어로 구워 리타가 그런 것처럼 허브를 넣은 버터와 드라이한 레드 와인을 내놓는 데는 얼마나 많은 돈이 들까? 나는 항상 아이비에이커스가 광택 나는 팸플릿과 광고와 조경에 너무 많은 돈을 쓴다고 생각한다. 한때 조경업을 했던 내가 보기에도 조경만큼은 최고 수준이다. 통로에는 조약돌이 깔려 있고, 영국식 정원에는 다년생 나무들이 심어져 있으며, 이곳을 찾아오는 손자들이 놀 수 있도록 만든 운동장 또한 멋지게 꾸며져 있다(하지만 아이들은 밖에 나가는 대신 오락실에 앉아 이곳 거주자들이 시청하는 TV를 볼 뿐이다). 실제로 나는 그들의 가족이 '바깥 공기를 쐬자'며 고집을 부리지 않는 한, 밖에 나가는 노인들을 본 적이 없다. 다른 모든 경우와 마찬가지로 이곳의 돈 역시 거주자들보다는 방문객을 위한 일에 많이 쓰이고 있다. 그것은 애완동물을 위한 음식이 주인을 기쁘게 해주는 것과 비슷하다. 한마디로, 방문객들에게 자신의 부모들이 이미 더 나은 곳에 와 있다는 생각을 하게 만드는 것이다.

나는 리타에게 아직 몸이 건강하고 독립적인 사람들을 위한, 모든 서비스가 제공되는 주거 공간을 갖는 것에 대해 농담을 하곤 했다. 그곳은 바쁜 가족과 다 자란 아이들이 집을 떠나는 바람에 홀로 사는 부부와 싱글인 전문직 종사자들이 살 수 있는 호텔 스타일의 주거 공간으로, 주차 대행 서비스와 약간 변형된 미국식 식단(주중에는 점심을 제공하지 않는다) 그리고 주말이면 클럽 메드 식의 활동을 누릴 수 있는 곳이다. 이런 공간이 이미 개발되고 있는지는 모르겠지만, 그 생각은 터무니없는 것이 아니다. 평생을 그럭저럭 살아온 많은 사람들 역시 이제는 중산층의 괜찮은 생활수준을 유지하기 위해서는 많은 서비스가 필요한 것이다. 실제로 사람들은 세탁소에서 옷을 가져가 드라이클리닝을 한 후 배달하게 하며, 생수를 배달받고, 잔디밭과 수영장 관리를 전문 업체에 맡기고, 음식 전문 업체에 일주일치 음식을 주문해 매주 금요일 밤마다 깨끗한 스티로폼 냉동 박스에 얼린 채로 배달하게 하고 있다. 유일한 차이가 있다면 사람들이 아직도 자신들의 집에 살고 있다는 것이다. 하지만 집주인이라면 누구나 그렇게 말하겠지만, 계속해서 집을 깨끗이 유지하는 것은(자신이 직접 하건 돈을 주고 누구에겐가 맡기건 상관없이) 사람을 지치게 하는 힘든 일이다. 요즘 들어 모두가 좋아하는 것이 된, 편안함과 편리함이라는 궁극적인 사치를 누리기 위해서라면 많은 미국인들이 어느 정도는 사생활과 독립성을 포기할 것이다(휴가 때면 그들은 기꺼이 그렇게 한다). 나는 그러한 공간을 약간 시골처럼 보이는 곳에 갖고 싶다. 그곳에는 '그냥 입을 옷만 가져오세요.'라는 광고가 내걸려 있을 것이다.

하지만 내가 과연 그런 곳에 들어가 살게 될지는 모르겠다. 그리고 이것은 리타가 다시 내게 돌아와 그런 곳에서 같이 살자고 할지라도 알 수 없는 일이다. 또한 그녀는 그런 곳에서 살고 싶어 하지 않을 것이다. 나는 일반 사람들처럼 나이가 들어 기력이 쇠해 죽기를 바란다. 즉, 식당에서 손에 롤빵을 든 채 혹은 침대에서 곧바로 죽고 싶지, 현대 의학에 의존해 시간을 질질 끌며 죽어 가고 싶지는 않은 것이다. 그 점에 있어 아버지를 생각하면 미안하다. 그는 아이비에이커스에 있는 것이 기본적으로 참을 수 없다며, 늘 불평한다. 그가 자살에 대해 얘기할 때마다 나는 한숨을 쉬거나 더는 못 참겠다는 듯 너털웃음을 터뜨리지만 마음속으로는 '그렇게 해요.'라고 속삭이는

데, 편한 마음이나 악의에서 그러는 것은 아니고, 내가 그의 입장이라면 그것을 은총과 자비로 받아들일 수 있기 때문이다. 하지만 나는 그가 20년 또는 30년 후에, 죽을 결심을 하고 욕조 물 위에 헤어드라이어를 매달아 놓은 후에도 쉽게 자살을 결행하지 못할 거라는 사실을 알고 있다.

나는 아직도 딱딱하게 굳은 생선을 뒤적이고 있다. 다른 사람들은 거의 식사를 마친 상태다. 아버지는 여전히 식욕이 왕성한데 그전에도 그랬다. 그가 배불리 식사하는 모습을 보니 기쁘기까지 하다. 그에게는 음식 한 입 한 입이 호흡과 같으며, 식사할 때면 자신의 소멸에 대항해 화가 난 듯 작은 전쟁을 치르는 것 같다. 앞자리의 대니얼과 데니스는 벌써 복숭아 크럼블•을 먹고 있는데, 마치 흙을 얹은 수프처럼 보인다. 옆 테이블에 있는 다른 여자인 사라 메이는 손가락으로 미끄러운 복숭아를 건지려고 애쓰고 있다. 대니얼이 자신의 어린 여동생에게 하는 것처럼 포크로 찔러 그녀에게 건네준다. 비는 목을 긁고 있다. 나는 순간적으로 복숭아와 파인애플에 목소리를 쉬게 만드는 화학 물질이 있는 것은 아닐까 하는 생각을 한다. 내가 물을 한 잔 갖다 달라고 청할까를 물어도 그녀는 대답하지 않는다. 그녀는 멍한 시선으로 아무 생각 없이 계속해서 목을 긁고 있다. 그 모습을 보며 나는 문득 오래전 그녀가 뉴저지의 해변에서 집에 왔을 때 그녀의 아버지가 그녀를 차에 태우고 가다가 농장에서 복숭아 한 통을

• Crumble: 과일에 밀가루, 버터, 설탕 등을 섞은 반죽을 씌운 뒤 오븐에 구워, 보통 뜨겁게 상에 내는 디저트의 일종.

사, 뉴욕으로 가는 도중에 그것들을 모두 먹는 상상을 해 본다. 사실 이것은 내 기억과 이어져 있다. 언젠가 우리가 함께 어딘가를 가고 있을 때 아버지는 차를 세우고 어머니에게 절임을 만들게 하겠다며 복숭아를 샀다. 하지만 우리가 집에 도착했을 때 복숭아들 대부분은 물컹해지고, 벌레도 있어 어머니는 집 주변에 사는 너구리들이 먹을 수 있게 밖에 내놓았다. 비 역시 그와 비슷한 기억을 떠올리고 있는 게 분명하다. 그녀는 이제 미소를 지으며 소녀 같은 모습으로 아버지에게 손을 내민다. 아버지는 반사적으로, 하지만 다정하게 그녀의 손을 잡는다. 나는 그가 다음번에도 이곳이 우울한 곳이라며 불평하면 이 얘기를 해 줄 거라는 생각을 한다. 그런데 그때 비가 자리에서 일어나더니 갑자기 저녁 식사로 먹은 것을 테이블 위에 토하기 시작한다.

아버지가 뒤로 물러나며 소리친다.

"도대체 뭘 하는 거야, 비?"

다른 사람들은 거의 꼼짝도 못하고 있다. 나는 서둘러 직원을 찾는다. 하지만 다행스럽게도 식탁 위에서 토사물 냄새가 나지는 않는다. 그런데 그 순간 비가 바닥으로 쓰러진다. 그녀는 온몸을 떨고 있으며, 눈은 뒤집혀 있다. 나는 그제야 그녀가 계속해서 숨 막혀 하고 있었다는 것을 깨닫는다. 아버지는 이미 그녀 옆에 무릎을 꿇고 앉아 내게 뭔가 해 보라고 한다. 내가 그녀를 일으켜 세워 두어 번 목에 걸린 것을 토하게 해 보지만 소용없다. 직원들 몇이 내려와 나를 거의 밀치다시피 한 후, 똑같이 해 본다. 하지만 비는 상태가 나아질 기미를 보이지 않고, 이제 얼굴은 자주색이 되어 있다. 의료진과 직원 그리고 호기심 많은 이곳 거주자들이 소리를 지르며 모여 든다. 하지만 내가 차마 볼 수 없는 것은 아버지다. 그는 울고 있는데, 어머니나 데이지, 심지어는 보비가 죽었을 때도 그렇게 운 적이 없었다. 거의 수술복처럼 보이는, 얼룩이 묻은 겉옷과 물방울무늬 있는 파자마를 입은 그가 몸을 떨며 숨을 헐떡거린다. 나는 우리 사이에 벌어지고 있는 틈을 좁히기 위해 그의 어깨에 손을 올리거나 팔꿈치로 슬쩍 미는 것과 같은 기본적인 어떤 행동을 취하고 싶지만 그럴 수가 없다. 그것은 여느 때처럼 친밀감이 부족하게 여겨져서라기보다는 지금껏 살면서 처음으로 그가 무섭게 느껴지기 때문이다.

7

오늘 아침 일찍 잭이 전화를 해 CNN을 보라고 했다. 이유를 묻자, 그는 “그 영국인이 나왔어요.”라고 대답했다. 나는 고맙다고 말하며 전화를 끊고, 잠시 리모트 컨트롤을 찾느라 한바탕 수선을 떤 후 남태평양 어딘가에서 거친 물결 위로 날고 있는 헬리콥터를 찍은, 선명하지 않은 화면을 보았다. 화면 아래쪽에는 ‘세계 일주 기구 추락 추정’이라는 자막이 떠 있었다. 리포터는 해럴드 클라크슨 아이크스 경의 컨트롤 팀이 그와 열두 시간 전에 마지막으로 연락했다고 했다. 그러면서 또다시 악천후가 발생해 그를 삼켜 버렸다고 했다. 해럴드 경은 두어 시간 전쯤에는 비록 경로를 많이 이탈한 상태였지만 폭풍으로부터 벗어났으리라고 기대되었다. 그의 기구는 무사했고, 통신 역시 정상적으로 기능하고 있었다. 하지만 사람들은 그 뒤로는 아무 연락도 되지 않고 있었던 터라 그가 뉴질랜드 동쪽 500킬로미터 지점에서 추락한 것으로 생각하고 있었다. 수색과 구조 작업이 필사적으로 이루어지고 있었지만 물에 뜨는 첨단 고무보트나 은색 기구의 흔적은 그 어디에도 없었다.

한 시간 남짓 뉴스 채널 두어 곳을 지켜보았지만 별다른 변화가 없어, 나는 임팔라로 드라이브를 하기로 마음먹었다. 실제로 나는 가만히 앉아 해럴드 경이 죽었다는 슬픈 소식을 기다리기보다는 차라리 맥아더로 가서 좋은 날씨 속에 그를 위해 뭔가 하고 있다는 느낌을 받고 싶었다. 비행장에 도착한 나는 도니의 덮개를 벗긴 후 비행기 안으로 들어가 전기장치를 살펴보고, 보조익과 방향타가 제대로 작동하는지 보았다. 그러다 문득 나 자신이 불쌍한 탐험가를 찾아 나서겠다며(설령 해럴드 경이 해협 한가운데에서 추락했다 할지라도 내가 실제로 그렇게 할지는 분명치 않았다. 바람 빠진 기구가 누군가가 버린 콘돔처럼 물 위에 떠 있는 걸 보면 겁먹을 게 틀림없었다. 또한 나는 어디서든 교통 체증을 참지 못했는데, 그건 상공에서도 마찬가지였다) 몽롱한 상태에서 출발을 준비하고 있는 최고의 조종사인 척하고 있는 어리석은 아이 같다는 기분이 들었다. 어쨌든 점검 결과 모든 것이 안전하며 심지어는 상징적이기까지 한 것처럼 보였다. 나는 헤드세트를 벗으며 나와 해럴드 경 사이의 중요한 차이는 그의 재산이 내 것보다 0이 몇 개는 더 많다는 것 외에 그가 진정으로 모험을 즐기는 사람인 반면 나는 리타가 언젠가 비꼬듯 말한 것처럼 소심한 성격이라는 사실을 깨달았다. 나는 비행을 준비할 때면 항상 날씨가 아무리 좋아도 비행장을 여러 번 점검했다. 어쨌든 나는 하늘로 날아오르는 대신 도니의 시동을 끄고 5,360cc의 배기량을 자랑하는 내 '자동차'를 몰고 한가로이 부근을 돌아다녔다. 엔진 소리는 내가 실제로 뭔가 하고 있는 느낌이 들게 했는데, 불행히도 이기심으로 대기를 오염시키고 있다는 느낌 또한 들었다.

어느 지점에서 나는 아이비에이커스에서 가까운 곳을 지나갔고, 그로 인해 그곳에 들러 아버지의 상태가 어떤지 봐야 한다는 생각을 했지만(그런 의무감을 느꼈다) 비에게 그 일이 있고 나서 그가 좋지 않은 상태에 있을 거라는 것을 알고 있었다. 그곳에 들르게 되면 비는 비록 목숨을 건지기는 했지만 경과는 그리 좋지 않았다는 얘기를 해야 할 것이다. 실제로 아무 망설임 없이 그녀의 상태가 아주 좋지 않다는 얘기를 할 수도 있을 것이다. 나와 직원이, 그리고 면허를 갖고 있는 의료진이 그녀의 목에 걸린 것을 빼내려 했지만 소용이 없어, 결국 그녀는 병원으로 실려 갔다. 응급실 의사들이 마침내 그녀의 기도에서 이물질을 제거한 후(어떻게 하다가 다이아몬드 모양의 칠면조 흉골이 가슴살 구이에 들어가게 된 것이다) 다시 가슴을 눌러 인공호흡을 실시하고 그녀에게 산소마스크를 씌웠다. 그녀는 그날 밤을 못 넘길 것 같았다. 그리고 일주일이 지난 지금 그녀는 마침내 혼자서 숨 쉴 수는 있게 되었지만 더 이상 말하거나 생각하거나 하지 못하고 있으며, 감각 또한 살아 있다는 어떤 징후도 보이지 않고 있다. 그리고 앞으로도 감각이 되살아날 것 같아 보이지는 않는다.

비에게 — 그리고 우리 가운데 많은 사람들에게 — 남은 것은 가까운 미래뿐이다.

약간 충격적이었던 것은 그 모든 일에 대해 아버지가 괜찮아 보였다는 점이다. 그는 마치 그 일을 까마득히 잊은 듯했다. 나는 그를 태우고 비가 있는 병원으로 갔고, 우리는 한참을 그녀 옆에 있었다. 하지만 이튿날 내가 다시 병원으로 데려다 주겠다며 전화했을 때 그는 가고 싶지 않다는 말을 했다. 나는 괜찮다며, 언제든 데려가 줄 수 있다고 말했다.

"그럴 필요 없다."

마치 골초처럼 탁한 목소리로 그가 말했다.

"더 이상 그녀를 보고 싶지 않아."

"진심이 아니죠?"

내가 말했다.

"아니야, 진심이야."

"그냥 이 모든 일에 지쳤을 뿐이에요. 뭔가로 인해 우울해하고 있는 것 같은데요."

"그럴 수도 있지. 어쨌거나 기분이 좋지 않아."

"그곳에 있는 사람들에게 아버지를 살펴보라고 할게요."

"됐어."

"내일 얘기하죠. 내일이면 틀림없이 기분이 달라질 거예요."

"더 이상 그녀를 보고 싶지 않아, 제롬. 농담하는 게 아냐. 우리 사이는 끝났어."

그의 마지막 말에 무슨 얘기를 해야 할지 몰랐다. 그는 마치 자신과 불쌍한 비가 사랑싸움을 하기라도 한 것처럼 말했다.

"좋아요. 그럼 며칠 후에 갈게요."

"아냐. 그녀는 내게 어울리는 여자가 아냐."

"그녀는 지금 온전치 않아요, 아버지. 그 사실을 알고 있잖아요?"

"온전치 않다고? 그녀를 봤어, 제롬, 팔과 다리가 파이프처럼 뻣뻣한 그녀를? 그녀는 지금 그런 상태에 있어."

"곧 물리 치료를 받을 거예요. 병원에서 퇴원하면 그곳에 있는 과도기실로 옮겨 갈 수도 있어요."

"이봐, 그럼 어떻게 되는지 알아? 간호조무사가 그녀의 발톱과 손톱을 깎아 주고, 스펀지로 목욕을 시켜 주겠지. 하지만 제대로 하지 않을 게 빤해. 그러면 그녀의 몸에서 냄새가 나기 시작할 거야. 사람들은 그녀를 상대하는 일에 지금보다 훨씬 더 분통을 터뜨리겠지. 그래서 갈수록 그녀를 막 대하고, 마침내 늙은 비는 그 모든 것에 진력이 나 마지막 남은 위엄을 보이며 먹을 것도 마실 것도 입에 대려 하지 않겠지."

"그런 식으로 생각하지 말아요, 아버지."

"생각을 하고 있는 게 아냐!"

전화기에 그의 목소리가 울릴 정도로 그가 큰 소리로 말했다.

"아니, 생각할 필요조차 없어. 내게도 눈은 있으니까. 그리고 나는 이곳 늙은이들에게 무슨 일이 일어나고 있는지 봤어. 그 일들 중 어느 것도 그다지 보기 좋지 않다는 것 또한 알고 있지. 그러니 내가 용감한 얼굴을 하고, 최선을 다하리라고 기대하지는 마. 그 모든 일이 허튼짓에 지나지 않아. 그리고 나는 괜찮은 사람인 척할 수 있는 사람이 못 돼, 제롬. 너도 그건 알지. 지금껏 그렇게 살아오지 않았고, 앞으로도 그렇게는 살지 않을 거야. 그러니 내 말 들어. 비는 사라졌어, 영원히 사라졌단 말이야. 제발 부탁인데, 그녀 얘기는 더 이상 꺼내지 마. 그녀가 병원에서 이곳으로 다시 돌아온다 해도 그녀와 얘기를 하거나, 찾아가 손을 잡거나, 그 밖의 뭔가를 하지는 않을 거야. 그녀는 끝났어, 알았어? 죽어 땅에 묻혔단 말이야. 나와는 끝난 거야, 끝장났단 말이야."

"그럼 이제 뭘 할 건가요?"

"그게 무슨 말이냐, 뭘 할 거라니? 나는 아주 바쁜 몸이야. 여기 앉아 코털을 기를 거야. 옥수수도 씹어 삼킬 거야. 그리고 운이 좋으면 욕조에서 넘어져 엉덩이뼈를 부러뜨리는 일도 없겠지. 그런데 테레사가 임신했을 수도 있다는 얘기를 들었는데, 그 얘기는 뭐냐?"

"누가 그 얘기를 했죠?"

"잭이 매주 나를 찾아오는 건 알지?"

"그건 몰랐는데요."

"그 아이는 감정이 완전히 메마르지 않았어."

"테레사가 그 얘기를 한 거예요?"

"파티에서 그녀가 그렇게 보였다는 거야. 그리고 둘이 곧 결혼하는 거 맞지?"

"그럴 거예요."

"그렇다면 내가 모르는 게 또 뭐가 있지?"

"별로요."

내가 말했다. 그런데 그 순간 하마터면 그에게 충고를 부탁할 뻔했다는 사실이 스스로도 놀랍게 여겨졌다. 그는 충고보다는 자신이라면 어떻게 할지 견해를 밝히고, 그렇게 하지 않는 건 완전히 멍청한 짓이라는 얘기를 할 게 틀림없었다. 그는 나와 마찬가지로 단호한 입장을 보이며, 아기를 지우고 가능한 한 빨리 치료를 시작하지 않을 경우 그녀와 폴이 짐을 싸 떠나야 할 거라고, 그리고 그렇게 되면 아무 도움도 받지 못하게 될 거라고 말할 것이었다. 어쨌든 나는 자신의 딸이 죽을 게 확실한데 남은 시간만 재고 있을 사람은 아니었다.

나는 서둘러 말했다.

"아직 얼마 되지 않았어요. 아이를 낳으려면 한참 더 있어야 해요."

"그래. 그런데 아기가 사내아이라면 헨리라는 이름을 지어 주기로 했다. 아니면 행크라는 이름으로 하든가. 테레사에게 그 얘기를 하거라. 그 아기가 배틀 가문의 남자 같지 않아도 괜찮아. 그런데 맙소사, 어쩌다가 우리 집안이 이토록 동양계 천지가 되어 버렸지? 그러고 보니 가장 먼저 시작한 건 너 같구나. 하지만 잭의 아이들은, 그의 나치 아내를 보면, 키 작은 동양인처럼 보이지는 않겠지?"

여느 때처럼 나는 그 말에 아무 대꾸도 하지 않았다. 그 얘기에는 핵심이 없었다. 물론 나 또한 여러 차례 그 점에 대해 생각해 본 적이 있지만, 그 사실 자체에 대해 곰곰이 생각했을 뿐 그것을 두고 어떤 판단을 한 것은 아니었다. 그리고 내가 그 사실을 받아들일 수 있는지, 아니면 받아들일 수 없는지도 분명치 않았다.

"나중에 들를게요."

"날 위해 뭘 하려고 들 생각은 하지 마."

"그만해요, 아버지. 제발 좀 그만해요, 알았죠?"

"그래, 그래. 알았어."

"아버지가 괜찮아질 거라고 얘기해 줘요."

"그런 얘기는 너 자신에게나 하거라."

그는 소리를 지르더니 내가 무슨 말을 하기도 전에 전화를 끊어 버렸다 — 늘 그런 식이었는데, 나로서는 상관없는 일이다.

하지만 왠지 신경이 쓰이고, 걱정이 되었다. 나는 아버지의 감정이 금방 바뀌는 것이 스스로를 방어하기 위한 전략이라고 여겼다. 또 어쩌면 그가 비와 오랜 관계를 갖지 않았기 때문일 수도 있었다. 어쨌든 솔직히 아버지가 옳다는 것을 알고 있었다. 늘 그러는 것처럼 그는 놀라울 정도로 이미 문제의 핵심에 파고든 게 분명했다. 비는 — 사지가 나무처럼 움직일 수 없게 되고, 파란색 동공의 초점이 흐려지고, 간호사가 그녀를 침대에서 옮길 때면 약하면서도 날카로운 숨소리를 내는 것 외에는 어떤 소리도 내지 못하는 — 아버지와 우리 모두가(감각을 잃는 사고를 당할 경우) 곧 이르게 되는 '아무도 아닌 사람'에 지나지 않았던 것이다.

당연한 일이지만, 어떤 기준에 비춰 봐서도 비는 그에게서(그리고 아이비에이커스에서 나도는 소문에 따르면, 하와이의 마우이 섬으로 한 달간 일정으로 이제 막 휴가를 떠난 그녀의 딸과 손자들에게서) 더 나은 대접을 받을 자격이 있다. 또한 그녀의 감각이 얼마나 살아 있는지, 그리고 그녀가 무엇을 받아들일 수 있는지는 아무도 알지 못한다. 하지만 그럼에도 나는 아버지가 그녀를 잊고 앞으로 나아가고 있는 것(그것이 실제로 그가 하고 있는 일이라면) 역시 탓할 수는 없다. 다만 내가 걱정하는 것은 그녀가 쓰러졌을 때 그랬던 것처럼, 지금 그가 지나치게 무감각하다는 사실이다. 비에게 일어난 일 때문이건 아니건, 보통 때라면 지금 그는 노인들을 에어컨이 설치된 기업형 강제 수용소에 고립시켜, 질병과 장애의 모든 징후를 대중의 시선으로부터 차단하고,

죽음뿐만 아니라 그것의 존재까지 부인하려는 음모를 위생 처리하려는 우리 사회의 시급한 계획에 대해 분통을 터뜨리는 게 마땅하다. 그러한 것들과 관련한, 그의 터무니없이 과장된 부정적인 생각은 실제로 테레사가 어떤 환경에서 태어났는지를 떠올리게 한다. 하지만 지금 그는 그렇게 하는 대신, 폭스 뉴스 채널에서 지나치게 말을 많이 하는 병에 걸린 사람들도 무시하고 비참한 모습으로 어깨가 축 처진 채, 발톱은 손질하지 않아 말발굽처럼 된 상태로 그의 방에 혼자 앉아 있다.

실제로 나는 그가 이렇게 조용히 있는 것보다는 차라리 화를 내며 법석을 떨거나 편집광처럼 감정을 터뜨리는 것이 더 나을 거라는 생각을 한다. 그렇게 되면 오히려 괜찮다는 생각을 할 수 있을 것이다. 하지만 그렇지 않아서 나는 그 어느 때보다 그가 걱정된다. 게다가 폐기종에 걸린 것처럼 숨을 잘 못 쉬는 것 같은데, 그건 전혀 그답지 않은 일이다. 자갈과 흑토가 깔려 있는 교외의 공기 좋은 곳에서 삶의 대부분을 보낸 그는, 호흡에는 전혀 문제가 없었다. 그 점을 생각하면 항상 안심이 되었다. 하지만 얼마 후 전화했을 때 그는 사는 일에 지친 사람처럼 말했고, 그래서 내 쪽에서 전화를 끊어 버렸다. 물론 나는 그가 쇠약한 괴짜 노인네처럼 구는 것이, 내게 보란 듯이 그러는 것은 아니라는 걸 알고 있었지만 그가 늘어놓는 얘기만큼은 참을 수가 없었다.

현실을 잘 믿으려 들지 않는 나의 습관 탓에 하마터면 그에게 다시 전화를 할 뻔했다. 실제로 나는 그가 심각한 병에 걸리거나 다친 것을 보지 못했다. 어쩌면 내가 어렸을 때 한두 번 정도, 그가 퇴근한 후 심한 두통을 앓아 어머니가 거실 소파에 누워 있는 그의 눈에 뭔가 차가운 것을 대어 주곤 한 적은 있을 것이다. 그리고 또 한번은 우리 가족이 친척들과 함께 소풍을 가서 소프트볼 게임을 하던 도중에 아버지의 사촌 거스가, 아버지가 자신의 두 번째 아내(젖꼭지가 도드라진, 자기 마음대로 살지 못하고 있던, 쾌활한 성격의 숙모 프래니)와 바람을 피운다며, 방망이를 휘둘러 아버지가 10분간 의식을 잃은 적도 있었다. 그것들을 제외하면 아버지는 그와 그의 형제들이 노스쇼어의 커다란 저택에서 보여 준 석공의 작품만큼이나 육체적으로 단단했다. 장인이 만든 완벽한 벽돌 벽과 슬레이트 안뜰과 대리석 기둥과 계단들은 소행성이 지구에 충돌하거나 극지방의 빙하가 녹거나 문명을 종식하는 다른 사건이 일어나지 않는 한 5백 년은 끄떡없을 것이다. 그래서 어쩌면 현실에 대한 나의 불신 때문에 나는 이 모든 좋지 않은 상황이 지나가 다시 한 번 비가 긴 꿈에서 깨어나 모두들 약을 먹고 편안하게 잠든 후 달빛이 비치는 오락실 구석에서 아버지를 안으리라는 생각과 희망을 갖게 되는지도 모르겠다. 어쨌든 나는 우주가 흔들리며 영원히 팽창하고 있는 동안만큼은 약간 정신이 나간 내 아버지가 여느 때와 다르지 않은 모습으로 있기를 바란다. 그럼에도, 이상할 것은 없지만 현실은 고집스럽다. 그것은 시간이나 다른 우주적인 차원에 신경을 쓰지 않으며, 천체의 문제에 대해 생각지도 않는다. 우리의 가장 고상한 인간적인 소망의 위대함조차 무시하는 시간은 뜨거운 아침 태양에 노출된, 땅 위에 서린 연무와 비슷하다. 그것은 잠시 머물다가 곧 변형되어 흩어지고 사라져 잊힐 뿐이다.

어떤 존재가 얼마나 빨리 아무것도 아닌 것이 될 수 있는지는 해럴드 경에게 물어보면 될 것이다.

바로 그 때문에, 전화를 할 사람도 없었다. 테레사와 폴은 어딘가에 볼일이 있어 갔고, 잭은 고객을 만나러 나갔고, 그래서 어떻게 해야 좋을지 알 수 없었던 나는 머튼타운으로 향했으며, 지금 그곳에 있다. 나는 영국의 조지 왕조 시대풍을 살린 리치 코니글리오의 저택 바깥쪽에 차를 세워놓고 있다. 그 집은 1920년대 무렵에 지어진 것으로 미국 역사상 그런 집을 제대로 짓기는 그때가 마지막이었다. 광택 나는 검은 셔터와 하얀 창문 외장, 푸른색 구리 낙수홈통 위로 자란 담쟁이덩굴, 웅장한 느낌을 안겨 주는 연한 색조의 슬레이트 지붕 등으로 이루어진 집은 성채와 같은 느낌을 준다. 주변의 다른 집들 또한 비슷한 규모와 모습을 하고 있는데 조금씩 손질해 멋을 부리긴 했지만 새로운 느낌은 들지 않는다. 그 집의 구석구석을 보고 있을 때 사설 경비요원이 차를 몰로 지나가다가 속도를 줄이더니 비굴한 모습으로 나에게 경례를 했다. 그가 그렇게 한 데는 내가 번쩍이는 차를 타고 있었다는 이유도 한몫한 게 틀림없다. 그 차는 날씨 좋은 여름의 어느 일요일에 머리가 희끗희끗한 사람들이나 (이 동네를 방문한 친구들이) 몰 것 같은, 향수를 자극하는 차였다.

내 짐작이 옳았다. 리타의 노란색 머스탱은 차를 다섯 대까지 세울 수 있는 집의 뒤쪽에 세워져 있다. 그리고 그 옆에는 먼지가 낀, 그다지 최신 모델은 아닌 차 한 대와(아마도 가정부의 차일 것이다) 리치의 페라리 한 대가 세워져 있다. 아마 여섯 혹은 일곱 대쯤 되는 그의 또 다른 새 페라리는 차고 안에 있을 것이다. 리치는 지역에서 열렬한 자동차 수집가로 유명한데(이 지역에서 발행되는 〈아일랜드 라이프

스타일〉과 〈월간 나소〉에 완전 컬러로 실리기도 했다) 특별히 튜닝한 모델로 캘리포니아와 이탈리아에서 부자들만 벌이는 자동차 경주에 참가한 적도 있다. 앞쪽 반원형의 진입로에 BMW 세단 두 대와 레인지로버 한 대가 세워져 있는 걸 보니 손님들을 초대한 것이 틀림없다. 상황과 시간이 달랐다면 나는 그냥 돌아갔을 테지만 오늘은 전혀 그렇고 싶지 않다.

살이 찌고 나이 든 흑인 여자가 문을 열고 내게 무엇을 도와줄지 묻는다. 그녀는 제복은 아니지만 격식을 갖춘 검은 실내복을 입고 있다.

"나는 리타의 동료요."

의사나 병원 행정직에 있는 사람이라고 그녀가 생각하기를 바라며 나는 말한다.

"그녀가 들르라고 했소."

입술이 딱딱해 보이는 그녀가 무표정한 얼굴로 충실한 하녀처럼 고개를 끄덕인다. 그녀의 발음에는 카리브 해 연안 출신의 억양이 희미하게 남아 있다.

"잠시만요. 성함이 어떻게 되시죠?"

"제롬 배틀이오."

나는 그 말을 하며 문득 발음이 괜찮다는 생각을 한다.

"거실에서 기다리시죠."

"그러지요."

그녀는 잠시 마치 내 신장과 머리칼과 눈의 색상이 내 신원증명서에 기록되어 있는 것처럼 거실의 벽에 걸린 것들과 이런저런 물건들의 목록과 가격이 모두 기록되어 있다는 얘기라도 하듯 나를 쳐다본다. 나는 옛날처럼 눈을 반짝여 보지만 소용없다. 그녀는 로봇 심장을 갖고 있는 게 틀림없다. 그녀는 정형외과 의사가 환자에게 처방한 것 같은 검정색 신발을 신은 채 긴 복도를 지나 작은 문 두 개를 밀어 연 뒤 다시 한 번 나를 흘낏 본 다음 문을 닫으며 사라진다. 나는 목소리가 들리나 싶어 귀를 기울여 보지만 아무 소리도 들을 수 없다. 마치 모든 방들이 연금술에 의해 봉인된 것 같다. 문틈으로 바람이 새어 들어오는 내 집은 사정이 다른데, 그곳에서는(내가 혼자 살지 않았을 때) 삐걱거리며 마룻바닥을 내딛는 소리와 한밤중에 화장실 변기 물 내리는 소리, 그리고 헛기침하는 소리까지 모두 들을 수 있었다. 리치와 같은 사람들에게 사치란 곧 사생활 보장을 의미한다. 그리고 그것은 자신의 집에서도 마찬가지다. 심지어는 리치만큼 부자가 아닌 잭의 집 역시 다르지 않다. 새로운 공사가 진행되고 있는 그 집은 안타깝게도 방음시설이 제대로 되지 않아, 그곳이 그렇게 크고, 복도가 많지 않다면 모든 소리를 다 들을 수 있을 것이다.

이곳 리치의 집에서 거실 한쪽에 있는 응접실과 다른 쪽에 있는 도서관을 흘낏 본 나는 이곳에 놓인 모든 것이 잭이 갖고 싶어 하는 최고급 제품과도 비교가 안 되는, 모두 수제품으로 이루어진 것이라는 것을 깨닫는다. 멋진 골동품 가구와 장식품들은, 그런 것들을 누릴 수 있는 집안에서 태어나지 않은 사람이라면 감히 엄두도 못 낼 것들이다. 리치 역시 집을 이런 식으로 가꾸기를 제안하는 사람에게 기꺼이 돈을 지불하지는 않았을 것이다. 나는 그가 어디서 자랐는지 알고 있다. 코니글리오 집안은 우리처럼 괜찮긴 하지만 그렇게 대단하지는 않은, 퀸스의 이탈리아인 거리에서 살았다. 0.125에이커 부지에 세워진 그의 단조로운 벽돌집에는 거실 밑에 차를 한 대밖에 세울 수 없는 차고의 문이 있었는데 그것은 차체가 큰 뷰익 자동차가 안으로 들어갈 수 있을 정도로 넓었다. 그곳에 살던 많은 아버지들처럼 기계공이나 운전사, 시청 직원, 경찰관, 소방대원 또는 청소부였을 코니글리오 씨는 작업복 셔츠에 이름이 새겨져 있고, 배지에 숫자가 찍혀 있는 그저 그런 사람으로 근무가 끝난 후 길에서 누군가를 만나면 그와 함께 술집에 들러 차가운 맥주를 대접할 사람이었다. 그가 자란 곳과, 그가 살던 동네에서 백단향과 몰약 같은 좋은 냄새가 나지 않았다는 점을 생각해 보면 리치는 당시로서는 새로운 것이었던 포마이카 테이블이나 광택 나는 타일이 닳지 않도록 조심했을 것이 틀림없다. 그리고 그에게 예술품이란 범선의 벽에 걸어 놓은 융단이나, 어머니 또는 숙모들이 손으로 뜬 야생마 그림 혹은 이탈리아와 시칠리아의 언덕 위에 있는 바닷가 마을 그림이 들어간 포스터에 지나지 않았을 것이다. 그런데 그 모든 것들은 집 안 구석에서 쉽게 손상이 갔고, 너무 빨리 색을 잃었다. 하지만 그 모든 사실을 알고 있음에도 그의 지금 위치와, 최근 들어 리타와 가까운 사이가 되었다는 점을(그녀가 피부가 갈색이라는 사실을 개의치 않는 것 역시 그를 좋게 생각하게 만든다) 떠올리자 그에 대해 좀 더 관대한 마음이 든다. 사정이야 어떠하든, 정상에 오르는 동안 아래를 내려다보거나 중단하거나 의구심을 갖거나 너무 쉽게 삶의 안락에 타협하지 않은 사람에 대해서는 일말의 존경심을 가질 수밖에 없는 것이다.

열을 셀 정도의 시간이 지난 다음(마치 그녀는 내 이름을 듣자마자 이곳까지 전력질주를 해 온 것 같다), 리타가 도서관 문 앞에 모습을 드러낸다. 그사이 나는 곰팡이 냄새를 풍기는, 먼지 낀 가죽 장정의 19세기 영국의 해양법 관련 서적들을 기웃거리고 있었는데, 그것들은 잘나가는 변호사들이 방문객들에게, 그리고 남의 생활에 참견하기 좋아하는 사람들에게 깊은 인상을 심어 주기 위해 법률 서적 전문 도서관 별관에서 구입했음직한, 장식적인 요소가 있는 것들이었다. 리타는 통조림 깡통에서 막 꺼낸 뭔가처럼 무척 신선해 보인다. 그녀는 아주 작은 스커트와 소매 없는 상의로 이루어진 하얀색 테니스 운동복 차림에 신발은 새로 산 리복 제품이다. 그녀를 보는 순간, 그 스커트가 펄럭이며 그녀의 부드러운 모카색 허벅지 위로 주름 장식 있는 하얀 팬티가 어떻게 드러날지 그림이 그려졌고, 그래서 약간 기분이 상한다.

"테니스 안 치잖아."

나는 아버지가 딸에게 하는 말처럼 들릴 수도 있게 말한다. 어쩌면 내가 그녀에 대해 모든 것을 알고 있는 동시에 아무것도 모르고 있다는 점 때문에 감정이 상해 약간 공격적인 어조로 말하고 있는지도 모르겠다.

"여기서 뭘 하고 있는 거예요, 제리?"

더 이상 다가오지 않고 그녀가 말한다.

"지금 당신은 잘못하고 있어요. 당장 떠나요. 제발 지금 가요, 제리."

"테니스 안 치잖아."

"그 얘기는 그만 좀 할래요? 사실은 얼마 전부터 시작했어요. 레슨을 받고 있죠."

"리치한테서?"

"아뇨. 그의 클럽에 있는 프로 선수한테서요. 물론 리처드 역시 아주 훌륭한 선생님이긴 하죠. 그런데 왜 그걸 알고 싶어 하는 거죠?"

"나한테는 테니스에 관심 있다고 말한 적이 한 번도 없었어."

"내가 관심 있는 줄 몰랐던 거죠. 나는 내가 좋아했을 수도 있는 많은 것들에 대해 몰랐어요."

"마치 그것이 내 잘못인 것처럼 말하는군."

리타는 고개를 젓는데, 핀으로 고정한 머리는 그녀를 여학생처럼 보이게 한다. 나는 그녀의 나이가 어떻게 되든 그녀와 사랑에 빠졌을 수도 있을 것 같다. 그녀는 어떤 나이에도 멋져 보이는 잔 모로•를 떠올리게 하면서도 얼굴색이 좀 더 검고, 태도 또한 더 상냥하다.

"그 얘긴 이제 그만해요. 그리고 그게 문제의 핵심은 아니잖아요. 문제의 핵심은 당신이 여기서 뭘 하고 있는가예요. 이 근처에는 오지 말아 달라고 했죠, 기억나요?"

"얘기하고 싶었어."

"집에서 전화를 할 수도 있었잖아요. 리치는 오늘 손님을 만나고 있어요."

"샴페인을 곁들인 브런치를 들며 테니스를 치고 있겠군."

"맞아요."

"당신이 '우리'가 그러고 있다고 말하지 않아 내가 무척 기뻤다

• Jeanne Moreau: 1928년 출생. 프랑스의 여배우.

는 사실 알아?"

"이곳은 리처드의 집이지, 내 집이 아니에요."

"그런데 결혼은 언제 하지?"

"그건 당신이 상관할 바 아니에요."

"그가 결혼하기도 전에 두 사람의 관계에 관한 계약에 서명하게 했지, 그렇지?"

"당신과는 더 이상 얘기하지 않겠어요."

"나는 알아. 그가 모두 얘기했을 거야. 당신이 이혼하거나 그가 죽으면 당신은 집도 자동차도 무기명 채권도 애스펀•에 있는 오두막도, 보카••에 있는 방갈로도 못 갖게 될 거야. 그저 그가 사 준 옷과 모피 또는 보석에다가 헤어지는 기념으로 주는 선물과, 여섯 달 동안 살 수 있는 생활비를 수표로 받겠지."

"그 정도면 내가 당신에게 받은 것보다는 아주 많은 거예요."

"이봐. 당신은 내게 뭔가를 요구한 적이 없어. 그리고 나는 당신이 원하는 거라면 뭐든 주었을 거야. 뭐든지. 아마 내 집까지 줬을 거야. 내 비행기도."

"당신 비행기를 갖고 뭘 하라고요, 제리?"

"그냥 말이 그렇다는 거야. 이봐, 리타. 나와 함께 집으로 돌아가. 뒤뜰에 테니스 코트를 만들어 줄게. 수영장이 있던 곳에 공터가 많아. 당신이 좋아하는 스타일로 만들어 줄게, 콘크리트든 클레이든.

• Aspen: 미국 콜로라도 주에 있는 스키 휴양지.
•• Boca: 아르헨티나 부에노스아이레스의 번화가에 있는 한 지구의 속칭. 탱고의 발상지로 유명함.

잔디를 깔아 줄 수도 있어. 그걸 유지하는 데 많은 돈이 들긴 하지만 특별한 잔디깎이 기계를 사들여….”

“제발 그만 좀 할래요, 제리? 리처드가 들어와 당신이 나를 당황스럽게 만들기 전에 갔으면 좋겠어요. 좋은 말로 부탁하는 거예요. 하지만 맹세컨대, 내 말을 듣지 않을 경우 당신과는 두 번 다시 말도 하지 않겠어요. 다시는요. 정말이에요. 내 말 듣고 있어요?”

나는 그녀가 하는 말을 듣고 있다. 내 어머니가 멍청하게도 가끔 내 아버지 앞에서 그러는 것처럼 그녀가 하는 말을 제대로 듣고 있다. 하지만 그것은 문제되지 않는 것처럼 보인다. 나는 그녀가 원하는 방향으로 — 즉 문밖으로 — 움직이는 대신 마호가니 널을 댄 연옥 같은 곳에 서서 내게는 분명하고 순수해 보이는 여자, 어쩌면 내가 지혜롭게 대처했을진 모르지만 제대로(아니면 그 또한 사실이 아닐 수도 있다) 사랑하지는 못했던 이 여자에게는 터무니없는 것으로 여겨질 수도 있는, 아직 내가 이곳에 있는 이유를 생각하고 있다. 리타가 나를 노려보며 팔짱을 낀다. 그것은 내가 오래전부터 봐 왔던 것으로, 무척 화가 날 때면 취하는 태도이다. 이런 순간 내가 그녀의 몸에 손을 대기라도 하면 그녀는 보아뱀처럼 몸을 움츠릴 것인데, 그것은 항문기에 집착하는 사람이 스트레스를 받았을 때 보이는 반응처럼 보인다. 그런 모습을 보면 아름답지만 사나운 라틴계 여자는 결코 괴롭힐 수 없을 거라는 생각이 들기도 한다. 하지만 실제로 리타는 사납지 않을 뿐만 아니라, 전형적인 라틴계 여자도 아니고, 그런 적도 없다. 아마도 내가 그녀와 진정한 관계를 갖지 못한 이유도 어느 정도 거기에 있을 것이다. 우리의 슬픈 역사의 마지막 끝은 이미 오래전에 시작되었다는 것을 나는 마침내 알게 된다. 그런데 그 순간 갑자기 내가 내뱉는 단어들에 나 자신도 내심 놀라며 말한다.

"테레사한테 문제가 생겼어."

"무슨 문제요?"

내 쪽으로 걸음을 옮기며 그녀가 묻는다.

"무슨 얘기를 하는 거예요?"

"그녀가 폴과 함께 의사를 만났어."

"임신한 거예요? 뭐가 잘못됐어요?"

"그래."

"뭐가 잘못된 거예요? 아기한테 문제가 있는 거예요?"

"문제가 복잡해."

"지금 무슨 속셈을 부리고 있는 거라면, 제리…."

그런데 바로 그 순간 눈부시게 하얀 테니스복을 입은 변호사 코니글리오가 들어온다. 깔끔한 모습의 그는 보기 좋게 살이 그을려 있고, 머리도 세지 않았다. 심지어 진짜 운동선수처럼 보이기까지 한다.

"자네일 거라고 생각했어, 제리."

미소를 지으며 내 손을 잡아 흔들고 허세를 부리며 말한다. 마치 자신이 엄격하게 회원을 관리하는 위원회의 회장이라도 된 듯한 모습이다.

"아직 점심 식사 전이지?"

"그래."

"그렇다면 바깥으로 가세. 알바가 특별 뷔페를 차리고 있어. 그녀는 대단한 요리사야. 그 점은 리타가 보증할 수 있을 거야. 특히 그녀가 만든, 커리를 넣은 바닷가재 샐러드는 정말 일품이지."

나는 리타를 바라본다. 그녀는 나를 쫓아내지 못했다는 생각에 당황하고 있다. 그제야 비로소 나는 테레사 얘기를 꺼낸 것에 미안한 마음이 든다. 리타는 테레사와 잭을 사랑했다. 물론 그들을 사랑한 방식에는 차이가 있었다. 잭에게는 어머니처럼 대했고, 테레사에게는 여자 친구처럼 대했는데 그것은 그대로 바람직한 것이었다.

그 순간 그녀가 풀죽은 목소리로 말한다.

"이 사람은 이제 막 가려 하고 있었어요."

"오, 무슨 소리야, 제리. 그건 바보 같은 짓이야."

마치 내가 가겠다고 고집을 피우고 있기라도 한 것처럼 그가 말한다.

"이미 이곳에 있잖아. 게다가 내 복식조 파트너가 근육을 무리하게 사용했는지 잘 못하고 있어. 열심히 뛰어다니긴 하지만 말이야. 다 같이 식사를 하고 나서 자네가 들어오게."

그러고는 리타에게 말한다.

"아는지 모르겠지만 제리는 테니스를 많이 쳤어."

"꼭 그렇지는 않아."

내가 말한다. 이 얘기는 대체로 사실이다. 고등학교 3학년이 시작되기 전 여름 동안에는 테니스를 많이 쳤다. 당시 나는 보이스카우트 캠프에서 하는 것과는 다른 뭔가를 하고자 했고, 그래서 메인주 해안에 있는, 코트 세 개짜리 클럽에서 일했다. 거기서 파트너를 필요로 하는 이라면 누구와도 시합을 했고, 테니스가 나한테 어울리는 운동이라는 사실을 알게 되었다. 그해 여름이 끝나갈 무렵에는 대학의 작은 팀에 소속된 선수와도 시합을 했으며, 새 학기가 시작되었을 때에는 시합에 나가 제법 실력을 발휘하기도 했다.

리타는 더 이상 반대하지 않겠다는 눈빛을 하고 있고, 나 또한 따로 고집을 피우지 않겠다는 표정을 짓는다. 그러자 리타는 우리를 데리고 부엌과 식당을 지나 뒤쪽 안뜰로 간다. 그곳에는 그의 동료들이 마실 것이 놓여 있는 커다란 철제 테이블 주위에 앉아 있다. 그들 위로는 뜨거운 햇빛을 막아 주는 커다란 파라솔이 놓여 있다. 여자들은 코트에서 복식 게임을 하고 있다. 나는 이름만으로 소개되고, 다들 자신의 이름을 얘기한다. 하지만 나는 듣는 순간, 바로 그것들을 잊어버린다. 그건 그들 역시 마찬가지일 것이다. 남자들은 리치의 법률회사에 있는 변호사들인데 그들 중 하나는 리치와 나보다는 최소한 열 살은 더 젊고, 다른 두 사람은 그보다 더 젊다. 이 모임은 선배가 후배를 초대해 이루어진 것으로 보인다. 어쩌면 이렇게 함으로써 리치는 그들에게 올해 그리고 내년에, 그리고 그 후로 매년, 자신들이 1년에 3천 시간을 일하고 있다는 점을 다시 한 번 상기시켜 줄 수도 있을 것이다.

하지만 서로 뜻을 같이하는 사람들의 전형적인 모음으로 보이지는 않는다(그 점에 비춰 보면 나는 이 모임에 전혀 어울리지 않는 사람이다). 젊은 변호사 둘은 흑인과 아시아인으로 소수인종 출신이며(그들의 아내 또는 여자 친구들은 백인이다), 좀 더 나이 든 사람만 이런 모임에 어울릴 것 같은 사람이다. 상원의원 에드워드 케네디와 조금 닮아 보이는 그는 얼굴이 아일랜드인처럼 붉은데 쉰한 살은 되어 보인다. 그가 바로 젊은 친구들과 맞서 리치에게 지지 않으려고 근육을 무리하게 사용한 사람이다. 그의 모습으로 볼 때 그는 대학에서 테니스를 세련되게 치는 법을 배운 것 같다. 물론 그들은 인종은 전혀 다르지만 내 눈에는 아주 비슷한 사람들처럼 보인다. 그들은 직장 상사인 리치를 제외한, 그들이 마주치는 모두에게 깍듯이 대하고, 자신이 하는 일에 만족하는 듯한 모습을 보인다는 점에서 이상할 정도로 비슷해 보인다. 특히 아시아계 변호사가 흑인 변호사보다 더 아첨을 떠는 것 같다. 그는 리치가 농담이나 얘기를 하면 지나칠 정도로 웃음을 터뜨리며, 목소리의 높이와 리듬에 있어서도 리치와 똑같이 말한다. 흑인 친구는 지나칠 정도로 정중하고, 어딘지 모르게 조심스러워하는 것 같은 그의 주저하는 태도 뒤에는 세상을 흔들어 놓고자 하는 야망이 숨어 있는 것 같다. 에드워드 케네디같이 생긴 사내는 자만심을 숨기지 않는데, 어쩌면 정확히 리치가 용납하는 한도에서 그러고 있을 것이다. 물론 그들을 나무랄 수는 없다. 나는 이 일대에 사는 상류층을 상대로 일하면서 그들과 같은 사람들을 아주 많이 상대해 봤다. 리치의 저택 부지는 우리 뒤로 멀리까지 뻗어 있다. 잔디가 깔린 공간은 위급한 상황에서 도니를 착륙시켜도 될 정도이다. 그 한쪽에는 초록색 암석을 빻아 깐 테니스 코트가 우아하게 자리하고 있는데, 파리의 튈르리 공원처럼 보이는, 나무와 관목 그리고 통로로 이루어진 풍경을 망치지 않도록 키 작은 회양목 울타리로 가려져 있다. 석조물들 역시 오랜 시간에 걸쳐 비와 바람에 씻겨 고색창연한 모습을 띠고 있다. 조금 있으니 알바가 준비한 것들이 나온다. 하얀 튤립이 가운데에 장식으로 놓인 뷔페 음식은 유람선에서 나오는 음식을 무색하게 할 정도이다. 커리를 넣은 바닷가재와 비싼 샐러드, 대합조개와 기름에 튀긴 커다란 새우, 조각을 낸 열대 과일과 빵, 그리고 여러 가지 색상의 디저트 등이 있는데 그중에는 내가 좋아하는 신선한 코코넛 크림파이도 있다.

리치는 서빙할 준비가 된 듯 도기 접시를 흔들며 내게 무얼 먹고 싶은지 묻는다. 그의 태도에 손님들은 갑자기 나타난 내게 다정한 모습을 보이는 것 같다. 하지만 리타에게는 반대 효과를 준 것처럼 보인다. 그녀는 갑자기 실례하겠다며 안으로 들어간다. 그사이 리치는 접시에 음식을 담는다. 내가 식사하는 동안(그래서는 안 될 이유가 어디 있는가? 나는 여기에 있고, 아주 조금이긴 하지만 그의 재산을 축내고 있다는 생각을 하자 기분이 좋다) 리치는 놀랍게도 손님들에게 별명이 스탱크(본명은 스탱키위츠였다)였던 친구가 자신을 때리려는데 내가 구해 줬던 이야기를 한다. 아마도 자신의 좀 더 부드러운 면을 보여 주고자 그러는 것 같다. 그런데 그 이야기는 40년도 더 된 것으로, 다른 누구의 이야기일 수도 있다.

스탱크는 이삼 년 뒤처져 같은 학년의 다른 아이들보다 몸집이 큰 아이였는데, 중학교 2학년이 되었을 때에는 팔이 우람하고, 수염도 다 자라 성인처럼 보였다. 그런데 그에게는 변종 박테리아로 의한 문제가 있어 아무리 씻어도 낫지를 않았다. 아이들 사이에서는 그가 수업시간 중간에 라커룸으로 가서 샤워를 하며 하루에 최소한 두세 번은 몸을 씻는다는 소문이 나돌았다. 그는 비열하거나 아이들을 못살게 구는 편이라기보다는 쉽게 폭발하는 성격이었다. 사실인지 아닌지는 알 수 없지만 지구과학 선생이 그에게 질문을 했는데 그것이 자신에게 창피를 주기 위한 것이라는 생각을 하고 그가 선생의 목을 움켜쥐었다는 얘기가 한때 전설처럼 나돌았다. 나는 학교에서 키가 큰 축에 속했지만 그렇다고 그와 문제가 있었던 적은 한 번도 없었다. 대개 그런 경우에는 둘이서 힘을 겨루거나, 아니면 한쪽이 기권하는 식으로 우열을 가리는 것이 관행이었다.

지금 얘기하고 있는 것처럼, 그날도 리치는 점심으로 나온 음식에서 헛간에서 나는 것 같은 냄새가 난다는 얘기를 했는데 앞줄에서 있던, 자신의 몸에서 나는 냄새에 지나치게 민감한 스탱크가 얘기를 듣고는 화를 냈다.

"스탱크의 얼굴을 봤지."

리치가 말한다.

"정말이지 그를 모욕할 의도는 없었어. 난 그 정도로 바보는 아니었으니까."

손님들은 그 얘기에 웃어야 할지 말아야 할지 자신이 없는 듯 불편하게 웃는다.

"하지만 내가 어떤 사람인지 자네들은 알지?"

"상황 파악을 잘하죠."

아시아계 변호사가 리치를 향해 잔을 들며 말한다.

"맞았어, 김씨."

기분이 들떠 리치가 대답한다.

"하지만 자제할 수가 없었어. 그땐 뭔가에 씌었던 것 같아. 그래서 계속해서 더 큰 소리로 얘기했지. 스탱크는 폭발 직전이었어. 하지만 그는 음식을 갖고 딴 데로 갔고, 나는 무사히 끝났다고 생각했지. 그런데 수업이 끝났을 때 그가 나를 기다리다 밖으로 끌고 갔어.

나는 주기도문을 외웠지. 내가 40킬로그램 정도 나가는 데 비해 그는 족히 80킬로그램은 나갔으니까. 그가 내 목을 잡더니 나를 들어 학교 건물 벽에 밀어붙였지. 숨이 막힌 나는 발을 허둥댔어. 그리고 내가 막 의식을 잃으려는 찰나에 여기 있는 제리가 그곳을 지나가게 된 거야."

"당신이 스탱크의 엉덩이를 찼나요, 배틀 씨?"

다른 변호사가 묻는다. 그의 이름은 켄턴인 것 같다.

"아뇨."

훈제 송어로 만든 오믈렛을 입 안 가득 넣고 있던 나는 간신히 대답한다.

"여기 있는 내 오랜 친구 제리가 그에게 뭔가 일리 있는 말을 했는데, 무슨 얘기였는지는 기억나지 않아. 뭐라고 했지, 제리?"

"다시 생각해 보라고 했지. 정말 너를 죽일 수도 있다고, 그렇게 되면 어디로 가겠느냐고? 평생을 싱싱 감옥에서 보낼 거라고 했지. 그리고 그곳에서는 일주일에 한 번밖에 샤워할 수 없다고."

"사실은 그를 또 한 번 모욕한 거지."

리치가 말한다.

"그 말을 듣고 나서 너를 놓아준 것 같아."

"그랬을 거야."

앞쪽으로 펼쳐진 목초지를 바라보며 리치가 말한다.

"그 일이 있은 후 제리는 내 영웅이 되었어. 일주일 동안 음료수를 사 준 것 같은데."

"아마 그랬을 거야."

잠시 얘기가 잠잠해지더니 여자들이 테니스를 치는 소리만 부드럽게 들린다. 리치의 이야기는 그가 생각한 것처럼 즐겁지는 않은 듯싶다. 최소한 그의 동료들에게 깊은 인상을 남기고자 했다면 그것은 실패에 그친 것 같다. 그런데 어떤 계층의 사람들 사이에서는 비통하거나 거의 몰락할 뻔한 사건에 대한 이야기가 은근히 영예로운 것으로, 거기에 실린 페이소스는 만약 그런 일이 없었다면 눈부시게 멋질 뿐인 삶에 어떤 필요한 오점을 제공하는 것 같다. 물론 리치와 나는 그 사건의 결론과 관련해 몇 가지 세부적인 사항까지는 말하지 않았다. 가령, 스탱크(사람들이 생각한 것처럼 멍청하지 않았던)는 리치가 약올린 것에 대해 나름의 대가를 치르게 했다. 그래서 리치는 남은 학기 동안 그의 숙제를 모두 해 주어야 했고, 사소한 것이지만 육체적인 벌을 받아야 했다. 그리고 그 두 경우 모두 그 일들을 중개한 것은 나였던 것 같다. 그리고 리치를 아주 자세히 보면 그의 걸음걸이가 약간 이상하다는 걸 알 수 있다. 80킬로그램에 이르는 스탱크가 뛰어내리며 리치의 왼쪽 발목뼈를 완전히 으깨 놓았기 때문이다.

"네 골통을 박살 낼 거야."

스탱크가 말했다. 그러자 리치는 이빨을 앙다문 채 고개를 끄덕이기만 했다. 나는 그가 양호실로 가는 것을 도왔다. 그곳에서 그는 양호선생에게 커다란 돌이 떨어졌다고 했다. 물론 그녀는 그 얘기를 믿지 않았지만, 알고 싶지도 않은 듯 더 이상 캐묻지는 않았다.

여자들이 테니스 코트에서 돌아와, 경기를 하기에는 너무 덥고 축축한 날씨라고 말한다. 그것은 사실이다. 우리는 서로 인사를 나눈다. 그들은 모두 엘리트로, 전문직 종사자들처럼 보인다. 둘은 변호사들이고, 하나는 포트폴리오 매니저인데 무척 매력적이긴 해도 내가 좋아하는 유형은 아니다. 그들은 너무 말랐고, 날카로운 인상이다. 열정적으로 그들을 안고 키스할 경우 금방 으스러질 것 같다. 데이지 역시 호리호리하지만 얼굴은 보름달처럼 둥글고, 몸이 무척 유연했다. 물론 리타는 팔과 다리뿐만 아니라 다른 모든 곳이 사랑스럽게 여겨질 정도로 통통한데, 그 모습은 나 같은 남자들로 하여금 정복하거나 파괴하거나, 아니면 내 식대로 세상을 통치하기보다는 그저 머물고, 빈둥거리며, 짐을 벗어던지고 잠시 떠 있고 싶은 마음이 들게 한다.

이제 나는 리타가 언제까지 안에 있을지 궁금하다. 그런데 그때 리치가 복식 경기를 하자고 한다. 하지만 젊은 친구들은 음식을 너무 많이 먹었다며 사양한다. 맥주를 좀 더 마시고 싶은 게 분명하다. 나이 든 친구는 테이블에 기대 다리를 뻗고 있다. 리치는 라켓을 집어 내게 건네주고는 내 포크를 뺏다시피 하며 일어나라고 한다.

"안 돼. 20년 넘게 쳐 본 적이 없어."

내가 말한다. 그 말은 거짓이 아니다. 마지막으로 테니스를 친 것은 어느 휴일에 이혼했거나 아내와 사별한 남자들과 어울려 실내 테니스장에서 경기했을 때였는데, 그렇게 한 것은 죽도록 지겨워서였을 뿐이다.

"그냥 치는 거야."

"옷도 안 입었는데. 내 신발을 보라고."

나는 그에게(그리고 다른 모두에게) 대형 할인점에서 산 싸구려 복제품 구두를 보여 준다. 게다가 긴 반바지와, 가슴에 갈퀴 모양의 배틀 브러더스 로고가 있는 낡은 폴로셔츠 차림이다.

"운동화 사이즈가 어떻게 되지?"

"12. 네 운동화는 맞지 않을 거야. 너는 몇 사이즈지? 8, 9?"

"여러 사이즈의 운동화가 있어. 알바, 좀 찾아다 줄래요?"

"네."

"됐어. 그리고 지금 막 식사를 했잖아."

"나도 그래."

"나는 아직 식사를 끝내지도 않았어."

"이봐, 제리."

오랜 회의에 지친 사람처럼 리치가 말한다.

"여기서는 공짜 점심을 주지 않는다는 걸 언제쯤 깨달을 거야?"

심부름을 하러 집 안으로 들어간 알바를 뺀 모두가 갑자기 내게 경기를 하라고 한다.

"좋아."

유일하게 내 편인 리타를 찾으며 집 쪽을 바라보고 말한다. 아마 그녀를 건강 전문가인 척하며 쉰아홉 된 멍청이가 코트에서 죽는 일이 없도록 테니스를 치지 말라고 설득할 기회를 주지 않으려고 리치로부터 집 안에 있으라는 얘기를 들은 것 같다.

우리는 이내 테니스를 치기 시작한다. 아니, 최소한 리치는 그렇다. 나는 그가 날려 보낸 공 세 개를 펜스 너머로 날린다. 공 세 개를 날린 후 리치는 제대로 하라고 한다. 하지만 나는 시합을 하고 있는 것이 아니다. 새 티타늄 라켓으로 테니스를 친 것은 이번이 처음이다. 내가 마지막으로 친 라켓은 공에 스핀을 주는 데는 좋지만 페이스를 유지하는 데는 다소 어려운, 동물 내장으로 만든 줄에 옻칠을 한 나무 모델(제리 크레이머 스페셜)이었다. 그런데 내가 손에 들고 있는, 깃털처럼 가볍고, 반짝이는 이 물건이 탁구 라켓처럼 여겨진다. 헤드가 두 배는 불필요하게 커 보이는 이것은 시합을 향상시킨 또 다른 기술의 결과물이다. 이 라켓을 쥐면 사람들은 금방 자신이 유능한 테니스 선수라고 생각하며, 지금까지 해 보지는 않았지만 앞으로는 하게 될 테니스를 평생 동안 할 수 있는 시간과 금전적인 투자라고 여길 것이다. 내 쪽 코트에 떨어진 두어 번의 강속구와 몇 번의 오버 스핀을 날리다 보니 옛날의 스트로크가 다시 돌아오기 시작하며 팔에 힘이 붙는다. 나는 곧 그라운드 스트로크를 제대로 치기 시작한다. 최소한 내게서 너무 멀리 벗어나지 않는 것들은 되받아친다. 그런데 이제 내 신발은 완전히 못 쓰게 된 것 같다. 그리고 문득 어떤 계시처럼, 내게도 다리가 있고, 무릎이 있다는 생각이 든다. 리치는 나보다 코트를 좀 더 좁게 사용하는 것 같다. 그는 항상 무릎을 구부리고, 어깨를 공 쪽으로 향하고, 무게를 앞쪽에 실으며 정확한 자세로 공을 친다. 그는 강하게 치지는 않지만 집요하게 베이스 라인 바로 안쪽으로 공을 깊이 넣으며 가끔은 백핸드로 쳐서 공이 낮게 떨어지게 해 몸을 쉽게 구부릴 수 없는 내가 제대로 받지 못하게 한다. 그의 솜씨는 훌륭하지만 혼자 배운 솜씨는 아니다. 그의 테니스 솜씨에는 자연스러움이 없다. 그의 솜씨는 수백 시간을 들여 프로 선수에게 교습을 받고, 집에 설치한 볼 머신으로 연습을 하고, 클럽 친구들과 여행을 하고 시합을 하며 익힌 덕분일 것이다.

"실력을 좀 보여 봐, 제리."

리치가 소리친다.

"실력을 보여 보라니까."

나는 공을 받느라 모든 힘을 쏟아 붓는 터라 제대로 대답을 할 수가 없다. 몸의 움직임과 그 리듬을 즐기고 있긴 하지만 미풍조차 없는 공기가 갑자기 참을 수 없게 축축하게 느껴지며 마치 건조기 안에서 시합을 하고 있는 것 같다. 그래서 나는 동작을 멈추고, 가까이서 친 그의 공이 내 곁을 스쳐 날아가게 한다.

"왜 그래?"

네트에 몸을 기대며 리치가 말한다.

"더 이상은 못 치겠어."

"그럴 리가, 제리."

라켓으로 네트를 두드리며 그가 말한다. 그 역시 숨을 헐떡이지만 무척 흥분해 있는 것 같다.

"계속해야 돼. 이제 막 옛날 솜씨가 나오기 시작했잖아. 제대로 된 상대를 만난 것 같아. 나는 항상 단조로운 공만 치는 친구들하고 시합하고 있어. 근데 너는 톱스핀을 많이 날리고 있잖아. 백핸드로도."

"나는 완전히 지쳤어, 리치. 게다가 발이 너무 아파."

나는 양말을 신지 않은 발을 신발에서 빼낸다. 내 발을 보는 게 약간 두렵다. 하지만 하얀 살이 물집이 생기기 직전까지 빨갛게 변한 발은 그렇게 끔찍할 정도는 아니다.

"별 거 아니잖아."

그가 말한다.

"그리고 저길 봐, 알바가 오고 있잖아. 리타도."

나는 고개를 돌린다. 실제로 두 사람이 코트로 다가오고 있다. 알바는 오렌지색 신발 박스를 들고 있고, 리타는 리치 옆에서 내가 라켓을 들고 있는 것이 라틴아메리카 원주민들이 날이 넓은 큰 칼을 휘두르는 것과 맞먹기라도 하는 것처럼 무척 혼란스러우면서도 경계하는 표정을 짓고 있다. 아마 그녀는 도대체 저 정신 나간 제리가 지금 뭘 하고 있는 거지, 하는 생각을 하고 있을 것이다.

알바가 박스를 열어 새 나이키 운동화를 건네준다.

"정확히 12사이즈예요, 제리 씨."

내심 즐거운 듯 그녀가 말한다.

"끈은 이미 묶어 놓았어요. 그리고 안에는 새 양말이 있어요."

나는 리치에게 묻는다.

"이것들은 어디서 난 거야?"

"말했잖아."

내 코트로 다가오며 리치가 말한다.

"손님들을 위해 여러 사이즈의 테니스 운동화를 비치하고 있지. 그건 가져도 좋아."

"그에게 그런 건 필요 없어요."

순간, 리타가 끼어든다.

"제리, 나중에 얘기해요, 알았죠?"

"이봐, 리타."

리치가 말한다.

"제리는 어른이야."

"제리!"

그녀가 단호하고도 날카로운 목소리로 말하는 바람에 나는 머뭇거리다가 알바에게 운동화를 돌려준다.

하지만 리치가 운동화를 내 가슴에 밀치며 리타에게 말한다.

"이봐, 내 사랑, 착한 소녀처럼 굴며 앉아 있어, 알았지?"

"제리는 가려던 중이었어요…."

"우리는 지금 즐기고 있어, 리-타."

그는 말을 하기보다는 그녀의 이름을 발음하듯 말한다.

"우리는 눈앞의 시합에 집중하고 싶어. 앉아서 구경하거나 내 친구들과 어울리며 뭘 먹도록 해. 그런 부탁 정도는 해도 되지? 지나친 부탁인가? 만약 그렇다면 나는 혼란스러울 거야. 어쩌면 나는 바보인지도 몰라. 하지만 정 안 된다고 하면 당신이 원하는 대로 하지."

리타는 대답하지 않는다. 그것은 지나친 부탁이 아니면서도 동시에 지나친 부탁이기도 하다. 특히 그런 식으로 부탁할 때는 더욱 그렇다. 나는 내가 리치 코니글리오를 별로 좋아하지 않았던 이유를, 그리고 스탱크가 그의 발을 으깨 놓았을 때 그냥 옆에 서 있던 것에 한 번도 후회한 적이 없던 이유를, 그리고 사람을 가장 못 살게 구는 사람은 근육의 힘보다 머리의 힘을 쓰는 사람이라는 것을 이해한다(그들은 여자든 어린아이든, 자신이 좋아하는 모두를 학대하고도 아무런 흔적도 남기지 않아, 여전히 고결한 척할 수 있다). 리치와 같은 사내들은 자신이 원하는 거의 모든 것을 얻는데, 이것이야말로 그들의 재능이다. 실제로 그렇게 함으로써 그들은 생계를 유지한다. 그들이 이해하지 못하는 게 한 가지 있다면 그것은 그들의 친구와 조수 혹은 연인 또는 그들의 성공을 축하해야 하지만 실제로는 그렇게 하지 않는 상대들이 느끼는 순수한 선의이다. 어쩌면 나와 가깝거나 내게 소중한 사람들 역시 내가 리치와 크게 다르지 않다고 생각하고 있는지도 모른다. 나 역시 리치처럼 대단한 인물은 아니지만 나 자신의 기쁨을 위해 조용히 하늘을 나는 일을 즐기곤 하는 사람이다. 어쩌면 그 때문에 가끔 비행기로 하늘을 날다가 길바닥에 곤두박질치고 싶어 하는지도 모르겠다. 그러한 욕망은 전혀 일리 없는 것은 아닐 것이다. 그리고 내 생각에는 사티로스(Saturos)처럼 졸린 눈을 하고 비행기에 누운 채 활강해 끝내는 것만큼 신성한 것은 없는 듯싶다.

"시합을 하지, 리치."

쾌감도 즐거움도 느끼지 못한 채 내가 말한다.

"한 세트만."

"좋아. 그런데 뭘 걸지?"

"뭐든."

"맙소사."

집 쪽으로 걸음을 옮기며 리타가 말한다.

"자동차는 어때?"

라켓 헤드의 줄을 고르며 리치가 말한다.

"요즘 뭘 몰지?"

"임팔라 컨버터블, 1967년식."

"그래, 나는 1992년식 내 테스타로사(Testarossa)를 걸지. 차고 옆에 있는 거야. 주행 거리가 650킬로미터밖에 안 되지. 최소한 8만 달러는 나갈걸."

"좋아."

"하지만 더 걸어야 할 거야. 자네 시보레는 얼마나 나가지, 기껏해야 2만 달러 정도? 참, 소형 비행기가 있지 않나?"

"너는 비행 안 하잖아, 리치."

"두고 봐. 배울 테니까."

이 시합이 누가 오줌을 더 멀리 눌 수 있는지를 겨루는 것(그것이 훨씬 빠르고 쉬운 시합이 될 것이다)과 같은 멍청한 시합이 되려 하고 있다는 것을 알고 믿을 수 없다는 표정을 지으며 리타가 걸음을 멈춘다. 그녀는 내 대답을 기다리고 있다.

"좋아."

나는 아무렇지 않다는 듯 대답한다. 하지만 이것이 실제 상황이라는 것을 나 자신조차 믿을 수가 없다. 아마 만성적인 도박꾼들이 완전히 신세를 망치는 것도 이런 식일 것이다. 리타는 곧 몸을 돌려 집 쪽으로 간다. 나는 사람들에게 잠시 기다리라고 한 후 적당한 거리를 두고 그녀를 뒤따라간다. 하지만 집 안에 들어간 그녀는 부엌 옆에 있는 화장실로 들어가 버린다.

"이봐."

호두나무 문틈 사이로 내가 말한다.

"그냥 시합을 하는 것뿐이야."

"둘 다 멍청이예요."

"하지만 그가 나보다 더 심한 멍청이 같은데."

"그냥 나를 혼자 있게 내버려 둬요, 제리. 혼자 있게 해 줘요."

나는 계속해서 얘기하지만 그녀는 대답하지 않는다. 조금 있자 그녀는 내가 하는 말이 들리지 않도록 연달아 물을 내린다.

밖으로 나오던 나는 부엌 탁자에 노트북이 켜져 있는 것을 본다. 노트북은 인터넷에 연결되어 있다(리치는 잭이 가게에 깔아 놓은 것과 같은 초고속 통신망을 집 안에 깔아 놓았다). 나는 재빨리 해럴드 경의 주소를 입력한다. 커다란 모니터에 그의 웹사이트가 뜨고, 물에 떠 있는, 해럴드 경의 바람 빠진 은색 기구를 찍은 입자가 거친 사진이 보인다. 그것은 모든 게 끝났다는 것을 보여 주고 있다. 몸이 마른 갈색 피부의 한 어부가 그것을 갈고리로 끌어당기고 있다. 또 다른 사진은 해치가 사라진, 손상된 조종실을 찍은 것이다. 그것은 한쪽이 반쯤 먹다 만 달팽이처럼 부서져 있다. 그리고 해럴드 경의 친구들과, 그를 지지하는 사람들에게 보내는 간단한 메시지가 있다.

마젤란 3호의 위치가 파악되었다. 해럴드 클라크슨 아이크스 경은 아직 찾아내지 못했다. 그러나 우리의 수색은 계속될 것이다.

여자 하나가 프랑스식 문을 두드리며 밖으로 나오라고 한다. 나는 해럴드 경의 사이트를 끄고 그녀를 따라 리치의 코트로 간다. 그곳에서 다른 사람들은 우리의 내기에 대해 얘기하고 있다.

하지만 나는 새 운동화의 끈을 묶으며 대양의 검은 물속에 사지가 뻣뻣한 상태로 떠 있는 해럴드 경의 모습을 그려 본다. 그의 머리칼은 헝클어져 있고, 약간 센 수염은 비극적인 탐험가에게 어울리는 길이로 영원히 고정된 채, 신발과 양말은 벗겨져 맨발인 상태에서 그의 눈은 심해의 엄청난 거대함을 응시하고 있을 것이다. 물론 그는 혼자 있기를 좋아했지만 악천후를 만나 물속에 잠겨 있기를 바라지는 않았을 것이다. 그때 갑자기 구역질이 일어, 아름답게 손질한 회양목 울타리 뒤로 가 알바가 맛있게 준비한 차가운 바닷가재 커리를 모두 토한다. 회양목은 붉은색과 초록색으로 화려한 무늬를 자랑하고 있다. 토하느라 눈에서는 눈물이 흘러내렸지만 나는 잠시 그대로 둔다. 내가 마지막으로 이렇게 눈물을 흘린 것이 언제인지 기억조차 나지 않는다(데이지가 죽었을 때에도 나는 눈물을 흘리지 않았다). 나는 누군가 내 어깨에 손을 올려놓는 것을 느끼며 눈물을 감춘다.

"그만둬요, 배틀 씨."

켄턴이다. 그는 냅킨을 내게 건네준다.

"정말 아픈 것처럼 보여요."

"오, 그는 괜찮을 거야."

리치가 소리친다.

"시합을 앞두고 신경이 예민해져서 그래. 자, 제리, 이제 쇼를 시작하자고."

변호사인 리치가 모든 규칙을 정한다. 한 세트가 여섯 게임으로 이루어진 시합으로, 각자 여섯 게임씩을 따내 비길 경우, 연장전에서 한 게임을 먼저 따내는 사람이 승자가 된다. (그리고 이것을 나를 위한 조항인데) 한 사람이 부상을 당하거나 다른 이유로 더 이상 경기를 치를 수 없게 되면 상대가 이긴 것으로 한다. 그 결과로 우리는 상대의 차나 비행기를 갖게 될 것이다. 그것들의 열쇠는 리타를 제외한 모두가 앉아 있는, 코트 옆 테이블 위 와인 잔에 들어 있다.

놀라운 일은 아니지만 나는 부진하게 시작한다. 내가 먼저 서브를 넣는데 더블 폴트만으로 세 포인트를 내주며 첫 게임을 잃고 만다.

리치는 자신의 서비스 게임에서는 쉽게 이긴다. 다음 게임에서도 나는 부진해, 위닝 발리를 네트에 꽂고, 쉬운 오버헤드 공을 허공으로 날려 금방 스코어는 3대 0이 된다. 우리가 코트를 바꿀 때에도 사람들은 아무 말 하지 않는다. 리치가 손목 밴드를 살짝 조절하며 미래를 알고 있는 사람처럼 슬쩍 미소를 짓는다. 네 번째 게임도 내게 승산이 없어 보인다. 리치는 동작을 크게 하며 내 몸을 향해 강하게 서브를 넣는데, 나로서는 공을 받아치며 그에게 날려 보내는 것 외엔 달리 할 게 없다. 그가 깊은 발리를 치면 나는 어쭙잖은 로빙을 치고, 그다음 그가 스매시를 날리면 나는 어쩔 도리가 없다. 그럼에도 나는 공 두어 개를 교묘하게 날려 보내고, 30대 30 동점인 상황에서 그가 어쩐 일인지 더블 폴트를 범한다. 이 때문에 그는 짜증이 난 것 같다. 그는 자신이 실수를 범하리라고는 생각지 않았던 듯하다. 그의 뒤이은 서브(약간 단조롭고, 좀 더 퍼지게 들어오는)를 포핸드로 정확히 라인 안에 공을 넣어 한 게임을 따낸다. 네가 이겼어, 배틀 씨. 나는 공중에 주먹을 흔들기까지 하는데, 그것은 나 자신뿐만이 아니라 해럴드 경을 위해서이다. 내가 마음속으로 축하하고 있는 사이(마치 내가 이미 승리한 것 같았기 때문이다) 리치는 다시 내 서브 게임을 가로막으며 러브 게임으로 승리해 스코어는 4대 1이 된다. 다시 코트를 바꾸는 동안, 이제 그가 여덟 포인트만 더 따면 내 도니를 빼앗게 되리라는 쓰라린 생각이 든다. 리치가 하늘 높이 올라가 자기 정원의 윤곽과 선을 둘러본 다음 중력에 의해 두 발을 땅에 딛고 살아갈 수밖에 없는 우리를 내려다볼 거라는 생각을 하자 두려움으로 숨이 막히고, 나는 쓰러지지 않기 위해 네트 기둥을 붙잡는다.

"누가 여기 있는 배틀 씨한테 마실 걸 좀 주지 그래."

벌써 자신의 베이스 라인에서 시합이 재개되기를 기다리며 리치가 말한다.

"오늘 여기서 누군가 죽는 건 용납할 수 없어."

켄턴이 다가와 광천수 한 병을 건네고 나서 내 어깨에 손을 얹은 채 말한다.

"괜찮아요?"

나는 재빨리 병을 비우며 고개를 끄덕인다. 그가 물을 한 병 더 주며 이번에는 천천히 마시라고 충고한다. 그의 눈을 들여다본 나는 그가 나를 어떻게 보고 있는지를 알 수 있다. 그는 나를 더럽고 병든 작자로, 틀림없는 늙은이로 보고 있다. 사실일 수도 있지만 나는 그렇게 생각하지 않는다(하지만 어쩌면 사실인지도 모른다). 물론 도니를 빼앗길 위험에 처해 있지만, 나를 떨게 하고 숨을 쉬지 못하게 하는 것은 바로 늙은이여서인지도 모른다.

리치가 다그친다.

"뭐 하는 거야, 켄턴? 이제 그를 간호하기라도 하는 거야?"

"그냥 착한 워터 보이• 역할을 하고 있는 거예요."

그가 흑인 아이처럼 굵은 목소리로 말하자, 리치를 포함한 사람들 모두가 웃는다.

"그렇다면 빨리 끝내게."

켄턴은 그러겠다고 하고, 나는 그에게 "고맙소."라고 중얼거린다.

• Water boy: 시합 중간에 선수들에게 물을 주는 일을 하는 소년.

그런데 그가 빈 병을 받고 내 라켓을 건네주며 가까스로 들을 수 있는 낮은 목소리로 "포핸드 볼을 낮게 되받아쳐요."라고 말한다.

나는 고맙다는 말도 하지 못했는데 숨 쉬기조차 어려웠기 때문이다. 하지만 게임이 다시 시작되었을 때 나는 그의 말을 떠올리고, 곧 그렇게 하기 시작한다. 리치가 포핸드로 친 후 뒤로 물러날 때마다 나는 짧은 공을 보낸다. 그런데 보통 때라면 그런 공은 리치와 같은 확실한 네트 플레이어에게는 잘 먹혀들지 않을 터이지만 이상하게도 효과가 있다. 그는 짧은 공을 다루는 데 애를 먹고 있는 것처럼 보인다. 결국 밖으로 나가는 긴 공을 힘없이 그라운드 스트로크로 치고 있다. 그리고 나는 라인 안으로 들어오는 공들을 세게 되받아친다. 켄턴은 리치와 오랫동안 시합을 한 까닭에 그의 이러한 습관을 알게 되었는지도 모른다. 하지만 리치를 앞쪽으로 뛰어오게 만든 또 다른 짧은 공을 치고 나서야 나는 그 이유를 알아차린다. 그가 그런 식으로 공을 치는 것은 어린 시절 스탱크에 의해 부서진 왼발 때문이다. 그가 공을 잡기 위해 뛰어올 때면 발에 통증을 느끼는 것처럼 보인다. 아니면 환지통(幻肢痛) 때문인지도 모른다(그렇다 해도 아픈 것은 마찬가지일 것이다). 어쨌거나 중요한 것은 그것이 내게 효과가 있었다는 사실이다. 나는 쉽게 점수를 냈고, 그는 결국 지친 나머지 더 이상 모든 공을 잡으려고 애쓰지 않는다. 덕분에 나는 계속해서 공을 자르며 되받아쳐 점수를 얻는다. 그리고 다리가 약간 마비된 것처럼 느껴지지만 완전히 새것인 라켓으로 리치에게 익숙지 않은, 그를 곤혹스럽게 만드는 사나운 페이스로 공을 친다. 갈수록 내가 점수를 따자 그의 동료들은 그가 점수를 잃을 때마다 기운을 내라고 말한다.

켄턴 역시 리치 편을 들고 있다(우리 모두는 경우에 따라 연기할 수 있다). 하지만 그 모든 것이 소용없다. 결국 게임 스코어는 6대 5가 되는데 리치가 여전히 앞서 있다. 하지만 나는 계속해서 세 포인트를 딴다. 내가 서비스 라인까지 앞쪽으로 나아가자 리치는 감정이 폭발한 듯 서브 두 개를 네트 아래쪽으로 날린다.

"제기랄!"

그가 소리를 지르며 라켓을 던져 발로 찬다. 그런 다음 그는 숨을 죽이고 있는 사람들에게 고개를 돌린다.

"이 친구에게 갈채를 보내도 좋아. 그는 아주 잘하고 있어."

그러자 그들은 내게 갈채를 보낸다. 그들은 직장 상사가 집에서 자신들에게 베푸는 브런치를 내가 들고 여느 때와는 다르게 만들어 주고 있는 것에 감사하고 있는 것 같다. 그리고 리치가 자신의 자아에 상처 입는 것을 보기 위해서라면 많은 돈도 기꺼이 지불할 것 같다. 하지만 그 무엇도 내게는 중요하지 않다. 지금껏 게임에 집중하고 있던 나는 그제야 리타가 코트를 바라보고 있었다는 것을 깨닫는다. 그녀는 내가 갑자기 이곳에 들이닥쳐 즐거운 시간을 갖고 있는 다른 이들 사이에 끼어든 것 때문에 기분이 상한 상태로 한두 게임을 계속해서 보고 있었을 것이다.

"이제 그만하죠."

리타가 말한다.

"동점이네요. 우리도 보면서 즐거웠어요."

"즐거움은 아직 끝나지 않았어."

라켓 줄을 운동화 뒤꿈치에 문지르며 리치가 말한다. 나는 땅바닥에 앉아 다리를 뻗어 본다. 갑자기 다리가 텅 빈 것처럼 느껴지며 석회처럼 굳는다.

"자, 제리, 일어나. 시합해야지."

"왜들 이래요?"

리타가 우리 둘에게 말한다. 그녀는 소리를 지르지도, 어떤 몸짓도 보이지 않는다. 그녀의 표정은 그대로지만 무척 화가 난 듯 얼굴이 납빛이다. 그녀의 턱이 눈에 띄게 떨리고 있다. 그것은 대부분의 사람들이 금방이라도 울음을 터뜨릴 듯한 표정을 지을 때 보이는 모습이다. 하지만 그녀는 전혀 그런 상태가 아니다.

"이게 얼마나 역겨운 일인지 모르겠어요? 정말 상대의 장난감을 빼앗아야겠어요? 그건 구역질 나는 일이에요, 리처드. 그리고 제리, 솔직히 말해 봐요. 당신은 비행기를 잃을 수 없어요."

"이봐…."

"나는 지금 돈에 대해 얘기하고 있는 게 아니에요. 비행기가 없으면 어떻게 할 거예요? 어떻게 할 거냐구요, 제리? 말해 봐요. 어떻게 할 거예요?"

그것은 훌륭한 질문이다. 그리고 연인들로부터 항상 들어온 질문이다. 또한 그것은 은유적이면서도 아주 실제적인 질문이기도 하다. 하지만 나는 지금, 비록 6대 6으로 동점을 만들긴 했지만 다리(그것들은 내 다리인가?)에 전혀 감각이 없는 상태에서 어떻게 이 난처한 상황으로부터 벗어날 수 있을지를 고민할 뿐이다. 실제로 내 다리는 유리 진열장 안에 냉장 보관된 정육점의 고기처럼 느껴질 뿐이다.

"못 일어나겠어."

내가 리타에게 말한다.

"움직일 수가 없어."

"수작 좀 그만 부려, 제리."

리치가 말한다.

"충분히 쉬었잖아. 자, 일어나. 네가 먼저 서브를 넣어. 먼저 일곱 게임을 따내는 사람이 이기는 거야."

"정말 움직일 수가 없어, 리타."

내가 말한다.

"농담이 아냐."

리타가 재빨리 다가와 내 옆에 무릎을 꿇고 앉는다.

"진짜예요?"

"모든 게 얼어붙은 것 같아."

"양쪽 다리 모두가요?"

"그래. 하지만 제각기 다른 곳이."

리타가 리치를 돌아보자 그제야 그는 내 상태가 어떤지 살펴보기 위해 온다. 그녀가 그에게 말한다.

"좋아요. 이걸로 끝이에요, 리처드. 제리는 온몸에 경련이 났어요. 어쩌면 탈수 상태에 이르렀는지도 몰라요. 게임은 끝났어요."

"그가 원한다면 할 수 없지."

"게임은 끝났어요."

리타가 간호사처럼 단호한 목소리로 말한다.

"비행 교습을 받아야 할 것 같군."

리치가 말한다.

"그럴 수는 없어요."

그녀가 말한다.

"이렇게 되었다고 해서 그의 비행기를 차지할 순 없어요."

"그러고 싶진 않지만 그렇게 할 거야. 당신이 집 안에 있을 때 우리는 규칙에 합의했거든."

리타는 내가 멍청이라도 되는 듯 나를 바라본다. 나는 살짝 고개를 끄덕이는 것 외에 달리 할 수 있는 게 없다.

그러자 그녀는 리치에게 말한다.

"리처드, 바보처럼 굴지 말아요. 그냥 무승부로 결론을 내려요. 그러면 제리는 집에 갈 수 있고, 모두가 행복해질 거예요."

"내 말 들어, 리타. 당신은 우리의 장난감에 대해 잘못 알고 있어. 맞아, 이보다 더 순수한 기쁨은 없어. 그러니까 빠져 줄래? 제리와 나는 확실한 규칙을 세우고 내기를 했어. 제리 역시 내 입장이라면 똑같이 했을 거야. 그렇지, 제리?"

물론 나는 그렇게 말하고 싶지 않았지만 고개를 끄덕일 수밖에 없다. 그의 말이 절대적으로 옳다. 그리고 리타 역시 그것을 알고 있다. 우리의 입장이 바뀌었다면, 나는 그의 몸을 일으켜 주기도 전에 덩치 큰 페라리 열쇠를 내 스위스제 군용 나이프가 달려 있는 열쇠고리에 끼웠을 것이다.

"더 이상 참을 수가 없어요."

리타가 내 허벅지를 짚은 채 말한다. 허벅지가 아프지만 그녀의 차가운 손이 닿자 통증이 약간 사라진 듯 느껴져 도움이 된다. 그녀는 아무 말도 하지 않고 밀짚을 엮어 만든 핸드백(내가 아프리카 북서 해안에 있는 스페인령 카나리아 제도에서 사 준 것인데, 뜨개질로 심장을 수놓은 것이다)을 집어 들고 잔디밭을 가로질러 차고로 가더니 바나나색 자동차의 시동을 건다. 그사이 리치와 나는 말없이 그녀를 바라본다. 나는 그가 그녀에게 하고 싶어 하는 말이 내가 하고 싶어 하는 말과 같은 것인지 궁금해한다. 그 말은 별로 신선하지도 충격적이지도 낭만적이지도 않은 말이다. 그것은 나처럼 항상 할 말이 많지만 제대로 말하지 못하는 사람이 번번이 말하고 싶어 하는 아주 기본적인 것으로, 가지 말아 달라는 요청의 말이다. 내가 그 말을 하려는 사이 그녀는 차를 후진시켜 진입로로 나간 다음 거리로 나서서 서투르게 기어를 넣으며 멀어져 간다.

리치는 나를 돌아보며 묻는다.

"좋아, 제리. 그 일은 끝났어. 어떻게 할 거야?"

그의 그 일이라는 말에 화가 난 나는 아무 대답도 하지 못한다.

"이봐, 배틀, 이제 일어나. 아니면 그만하든가."

나는, 제리 배틀이 두 발을 딛고 일어났다는 얘기를 해야 할 것 같다. 가까스로 다리를 움직일 수 있었다. 그리고 나는 리치로 하여금 대가를 치르게 했다.

최소한 그 점에서만큼은, 나는 멋졌다.

8

나는 이곳 퍼레이드 여행사의, 다른 직원과 함께 쓰는 책상 앞에 앉아 있다. 그런데 늘 그렇듯 무기력이야말로 나의 가장 큰 적이다.

나를 포함해 누구도 그 얘기를 대놓고 하지는 않지만 내가 고객을 위해 예약하는 모든 여행은, 움직이고 이동할 필요가 있다고 믿는 모든 사람들에겐 또 다른 작은 승리이다. 가령 오늘 아침 나는 낸시와 닐 플로트킨 부부를 위한 12월 휴가 여행을 짠 뒤 동남아시아로 가는 열흘간의 유람선 여행을 예약해 주고 있다. 그들은 육지에 내려 이스턴 오리엔탈 익스프레스를 이용해 그 유명한 실크로드를 여행한 후 방콕과 치앙마이까지 갔다가 다시 비행기를 타고 홍콩으로 가 멋진 만다린 오리엔탈 호텔에서 이틀 밤을 머문 뒤 기념품들을 사고 빅토리아 산에서 하이킹을 한 후 거룻배를 타고 항구를 건너 주룽[九龍]의

옥외 시장으로 갈 것이다.

그것은 무척 멋진 여행이 될 것이다. 플로트킨 부부는 나처럼 반쯤 은퇴한 사람들인데 낸시는 자신이 30년 동안 가르친 중학교에서 정기적으로 보충 교사로 일하고 있으며, 닐은 존슨 대통령 시절 이후 자신이 운영해 온 뮤추얼 펀드 대신 노후 대비 포트폴리오를 관리하고 있다. 전형적인 뉴요커인 그들은 무척 즐거운 사람들로, 그럴 필요가 있을 때면 매력적으로 변신할 뿐만 아니라, 그럴 필요가 없을 때에도 놀라울 정도로 관대하고 따뜻하다. 하지만 강요당하거나 재촉받을 때면 그들은 곧 회의적인 태도를 보이며 완고해지기도 한다. 아울러 그들은 함께 일하기 편한 고객들이다(내가 그들을 위해 여행 계획을 알선해 준 것은 이번이 네 번째이다). 그들은 충분한 시간과 넉넉한 가처분 소득, 여행에 대해 다양한 관심을 갖고 있을 뿐만 아니라 여행에 있어 가장 중요한 점은 행선지와 그곳 특유의 즐거움이 아니라 그곳에 이르는 실질적인 과정 — 그것은 본래 어렵고 힘든 것이지만, 여행의 진정한 의미를 창조하는 데 있어 절대적으로 필요한 것이다 — 즉, 말 그대로 노동에 있음을 이해하고 있는 것처럼 보인다. 당연하게도 가장 짧고, 직접적이며, 수고가 따르지 않는 길을 요구하는 대부분의 고객들과 달리 플로트킨 부부는 사치스런 대양 정기선이나 고풍스러워 보이는 열차가 아닐 경우에도 시간이 많이 걸리는 이동 방법을 얼마든지 감수하려 한다. 그들은 수용 인원을 모두 채운 비좁은 승합버스 타는 것을 두려워하지 않을뿐더러, 낯선 항구에서 택시 타는 것도 개의치 않고, 아열대지방의 허름한 도시에서 그 지역 사람들만 타는 위태위태한 버스에 오르는 데도 전혀 망설임이 없으며, 항상 우중충한 일본의 나리타공항에서 비행기가 여덟 시간씩 연착되는 것에 대해서 크게 불평하지 않는다. 물론 그들은 위에서 언급한 것들 때문에 고통을 겪을 필요가 없다. 오히려 그들은 — 내가 볼 때 과거에는 그랬던 것 같다 — 패키지여행 상품을 구입해 괜찮은 해안으로 곧장 가 멋진 호텔에 여장을 풀고 달콤한 피나콜라다•를 마시며, 싼값에 산 화끈한 내용의 페이퍼백을 보며 7일간 아무 생각 없이 즐길 수도 있을 것이다. 그들은 또한 저녁 식사로 직접 바닷가재를 고르고, 마지막 날에는 사륜구동 자동차를 빌려 오지에 있는 폭포를 찾아가 자카란다나무••와 사과야자나무 숲 아래에서 알몸으로 다이빙을 할 수도 있을 것이다. 이 모든 것은 창피해할 것이 아니라 아주 훌륭한 것이라 해야 할 것이다.

그럼에도 불구하고 나는 낸시와 닐 부부의 여정을 제대로 짜 주고 싶은데, 그것은 그들에게 '힘든 과제'를 안겨 줌으로써 여행 자체를 노력을 요하는 것으로 만들어 주고 싶어서라기보다는 제트기와 택시를 타고 세상을 돌아다니는 것이 어떤 것인지 상기시켜 주고, 그 특별한 속도와 권태와 시간 지연을 뼈에 사무치도록 느끼게 해 주고 싶기 때문이다. 미래에는 영화 〈스타트렉〉에 나오는 것과 같은 이동장치가 생겨 사람들은 빛의 속도로 자신들이 가고 싶어 하는 행선지에 가게 될 것이다. 그래서 서기 3035년이 되면 여행객들은 거실에 있는 가벼운 상자 속에 들어간 후 몇 초 후면 오사카나 로마의 호텔

• Piña colada: 럼을 베이스로 한 파인애플 맛의 달콤한 칵테일.
•• Jacaranda tree: 열대 아메리카산 능소화과의 수목.

로비나 달의 고요의 바다에 있게 될 것이다. 하지만 내 생각에 그것은 몇몇 사업가와 어린아이가 딸린 가족을 제외하고는 대부분의 사람들에게 애석한 일이 될 것 같다. 사실 여행이라는 과정이 빠져 있는, 이러한 순간 이동은 결국 흔히 경험할 수 없는 저곳을 항상 경험할 수 있는 이곳으로 축소시킬 것이기 때문이다. 그렇게 되면 우리의 행선지는 전혀 특별할 것 없는, 집 안에 있는 또 다른 방처럼 될 것이며, 그 말을 들은 플로트킨은 한동안 아무 데도 가지 않으려 할 수도 있다.

그런데 그사이 낸시와 닐은 여행안내 책자와 지도, 그리고 그들보다 먼저 여행을 다녀온 사람들이 남긴 여행기를 열심히 뒤적이며 계속해서 어떤 경로와 숙박시설과 저녁 식사가 가장 괜찮을지, 그리고 어떻게 하면 가장 먼 곳으로 갈 수 있을지를 두고 서로의 의견 차이를 좁히지 못하고 있다(내 사무실에 올 때면 그들은 늘 그렇게 한다). 원기 넘치고 예리한 그들은 자신의 삶에서 가장 즐거운 이때, 무엇보다도 자신들이 행동을 갈망하고 있다는 사실을 이해하고 있다. 그들은 뭔가를 추구하고자 하는 것이다. 여행비용을 지불하기 위해 신용카드를 건네주면서 닐은 마치 선견지명이 있는 사람처럼 한숨을 내쉬고는 아내에게 다정하지만 신음하듯 “아, 여러 가지 비참한 일들이 우리를 기다리고 있어.”라고 말한다.

그래서 당신은 운이 좋다고, 나는 말하고 싶었다.

왜냐하면 나 자신은 더 이상 이러한 여행을 할 수 있을지 알 수 없기 때문이다. 물론 나는 리타를 대동하여 그러한 여행들을 했었다(물론 대부분은 혼자서 했지만). 당시는 배틀 브러더스가 알아서 잘 굴러가고 있었고, 아이들은 대학을 다니고 있었으며, 내 방랑벽이 최고조에 이르렀을 때였다. 당시(놀라운 일이지만, 그렇게 오래전은 아니다) 나는 집으로 돌아가는 비행기 안에서, 별 상관없는 안내 책자와 지도를 잔뜩 쌓아 놓고 다음 여행을 계획하곤 했다. 나는 방문할 도시와 장소를 떠올리며 이미 그곳에 간 듯 이제 어떻게 할지를 생각하곤 했으며, 볼가 강과 양쯔 강 그리고 나일 강 등을 여행할 계획을 세웠다. 계획들은 그 자체만으로도 내 심장을 뛰게 했고, 그곳에 갈 희망을 갖게 했는데, 그것은 내가 집이나 이전의 생활로 다시 돌아가는 것을 두려워했기 때문은 아니었다. 그것은 두려움이나 후회 혹은 역겨움과는 관련 없는 것이었다. 또한 그것은 탈출이나 감상적인 사람의 정서적 억압과도 관련 없는 것이었다. 나는 계속해서 비행기에 몸을 실을 수 있기를 원했으며, 이 희망은 내 나름대로 중력의 힘에 도전하는 것이었으며, 세상의 경이로움을 구경하는 동안 우리의 짧은 생애의 신비와 장엄함을 느끼고자 하는 욕망이기도 했다.

나는 영국의 도버와 프랑스의 칼레 사이의 거친 바다에서 배를 타고 가며 그와 관련해 많은 질문을 스스로에게 던진 적이 있었다.

그럼에도, 더 이상 여행을 하지 않는 지금에 이르러서도 — 그리고 그렇게 빠르지 않은 내 도니(이제 리치 코니글리오가 그것을 빼앗아 길들일 수도 있는 위험에 처한 적이 없었다고 믿게 되었다. 한편 그의 12기통 페라리는 동물원의 커다란 고양잇과 동물처럼 내 차고에 얌전하지만 위협적인 태도로 앉아 있다)를 타고 이따금 하늘 높이 올라가서 — 마치 나의 몸 일부가 단 한 번도 땅에 닿은 적이 없는 것처럼, 계속해서 내가 사는 섬과 그곳을 둘러싼 반짝이는 물과 점점이 박혀 있는 집과 자동차와, 내가 볼 수 없는 수많은 사람들을 내려다보며 그 모든 것들이 얼마나 친밀하게 느껴지는지에 대해 놀랄 것이다.

그리고 어쩌면 그것은 지나치게 잘 적응하며 살고 있는 사람들에게는, 아니면 최소한 이곳처럼 적응하며 살기에 지나치게 좋은 곳에 사는 사람들에게는 무서운 동시에 비밀스런 문제일 것이다. 우리가 계속해서 이착륙할 필요가 어디 있는가? 지난 몇 년 사이 우리의 일상적인 인간관계(오래전에 헤어진 여자 친구 또는 아이들 또는 직장 동료 사이의)는 사실상 아무것도 아닌 게 되었으며, 이따금 생기를 불어넣어 주기만 하면 된다. 때문에 나는 한 곳에서 다른 곳으로 끊임없이 이동하는, 계속 이어지는 여행에 대한 환상을 갖게 되었는지도 모른다. 그리고 그 기쁨은 어떤 목적지에서 찾을 수 있는 한 가지 경이로움이 아니라 연속적으로 도착과 출발이 지속된다는 점에서 찾을 수 있다. 그리고 그럴 때면 뭔가에 대해 고민할 정도로 모든 것에 대해 친밀하지 않을 수 있다는, 마음에 위안이 되는 지식이 따르는데, 그것은 우리를 모든 인간에 대한 자비로운 수용과 사랑으로 넘치게 만들어 준다. 여기서 문제는 가장 가까이 있는 사람과 3,000미터나 떨어진 상공에서도 — 실제로 얘기를 나눌 수 있는 유일한 사람인 그는 관제탑에서 일하는데, 그의 효율적이면서 통제된 어조를 들으면 말 그대로 꿈에서 깨어날 것이다 — 결국 좋은 느낌을 갖게 된다는 것이다.

이제 테레사가 당장 위험하지는 않다는 얘기를 해야겠다. 최소한 그녀는 자신의 상황을 그렇게 위험한 것으로는 말하지 않는다. 나는 안심이 되고, 기쁘기까지 하지만 그녀가 하는 말을 백 퍼센트 믿지 못하고 있다. 그녀와 폴이 하는 얘기들은 많은 부분이 장식적이고, 그들만이 알아들을 수 있는 얘기들로 이루어져 있는 데다 이번에는 그녀가 자세한 얘기를 하려 들지 않는다. 상대적인 의미를 갖는 그들의 다층적이고 특수화된 언어에 대해 나는 이해할 필요는 느끼지만 잘 이해하지는 못한다. 그래서 그녀가 자신의 뱃속에서 자라고 있는 아이와 나란히 자라고 있을 종양에 대해 "모든 것은 완전히 관리 가능하다."라고만 말할까 봐 걱정된다. 그것은 내가 곤란한 상황에 처할 때마다 본능적으로 의지하는, 언어학적으로 불완전한 동시에 대화를 종식시키는 말투와 다르지 않기 때문이다.

이보다 더 마음을 착잡하게 만드는 것은 그녀가 이미 아기의 이름(프랑스의 유명한 문예비평가 이름을 본떠 바르트로 지었다)을 지었다는 사실이다. 그것은 어떻게 되든 끝까지 가 보겠다는 그녀의 굳은 의도를 드러내는 조처가 틀림없다. 당연히 나는 폴에게서 더 자세한 정보를 캐내려 했지만 그 역시 모호한 얘기를 하며 내 말을 가로막았다. 그럼에도 나는 뭔가가 비뚤어져 있다는 것을 알고 있다. 가령 테레사와 폴이 집에 온 후 지난 한 달 동안 그들과 함께 지내는 것이 즐거웠지만 이상하게도 새로운 자극은 되지 않았다. 함께 있을 때면 그들은 이례적으로 기묘한 모습을 보이며 10대처럼 굴었다. 한번은 퇴근해 집에 도착했을 때 그들이 거실에서 말 그대로 씨름을 하고 있었는데(다행히도 옷을 전부 입은 채로, 성적인 것과는 무관하게 말이다) 내가 그러한 행동이 바람직한 것인지 궁금해하고 있는 사이 그들은 잠시 행동을 멈추더니 오후 내내 대마초라도 피우는 듯 웃음을 터뜨렸다.

하지만 거기에는 심각한 울적함 또한 있었는데, 특히 그들 중 하나가 외출할 때면 분명해졌다. 그럴 때면 남아 있는 사람은 바로 침실로 들어가 그들이 사들인 소설과 문학비평 서적들을 쌓아 놓고 보곤 했다. 나는 문제를 제기하거나 비판하는 식으로 참견하지 않으려 애썼으며, 의식적으로 기대에 찬, 온화한 태도로 곧 할아버지가 될 행복한 사람처럼 굴었다. 그럼에도 내가 우리 모두에게 제대로 하고 있는지 의심이 들기 시작하더니, 우리 모두가 그럭저럭 지내는 사이 모든 문제가 몰라보게 커졌다. 어쨌든 나는 우리 집안의 일과 관련해서는 항상 내가 포함되리라고, 최소한 큰일이 있을 경우에는 그렇게 되리라고 생각해 왔으며, 나의 역할이 생길 때까지 그냥 기다리기만 해야 되는 일은 없을 거라고 생각했다. 나는 사람들에게 작은 힘이 되는 그 역할에 오랫동안 의지해 오며 문제가 생겼을 때 쉽게 개입했다가 빠져나왔는데, 이제는 그것 또한 많이 부족한 것처럼 보인다.

또 다른 이상한 일은, 폴이 미친 듯이 요리를 하고 있다는 것이다. 물론 그 점에 대해 불평하고 있는 것은 아니다. 나는 그가 요리사였던 적은 없다고 알고 있었다. 최소한 내가 알기로, 훌륭한 요리사는 못 되었다. 언젠가 한번 항상 연무가 끼는, 오리건 주의 해안가 마을에 사는 그들을 방문했을 때 폴이 파스타와 구운 송어를 내놓은 적은 있지만 그의 미각과 요리 기술은 테레사와 함께 공부하던 지난 몇 년 동안 인상적일 정도로 발전한 게 틀림없었다(시간과 금전에 여유가 많고, 안목이 있으며, 항상 게걸스런 동료들 덕분이기도 했을 것이다). 테레사는 깨어 있는 동안에는 아무리 먹어도 배가 부르지 않은 듯, 연어가 부화하는 시기의 회색곰처럼 먹어댔다. 하지만 최근 들어서는 허기가 잦아든 것처럼 보인다. 때문에 나는 그녀가 괜찮다는 생각을 하며, 그들이 무엇을 하건 개의치 않는다. 매일 아침 그녀와 폴은 오트밀과 계란과 과일과 과자로 아침을 거나하게 먹은 다음 페라리를 끌고 나가(그들이 그래선 안 될 이유가 어디 있는가? 어쨌든 나는 그 차를 모는 것이 싫다. 다리가 긴 나는 몸을 쪼그리고 앉아 있어야 하며, 엔진 소리가 너무 시끄러워 멀리 갈 수도 없다) 35센티미터에 이르는 광폭 타이어가 달린 그 차를 몰고 유기농 고기와 야채, 그리고 농부가 직접 만든 치즈와 빵 등을 찾아 온 마을을 돌아다닌다. 그것들은 물론 유니스가 매일같이 택배로 주문하는 것들인데, 항상 아홉 가지 종류의 핫도그는 살 수 있어도 양상추는 한 가지밖에 살 수 없는, 쇼핑의 천국인 이곳에서 그것들을 구할 수 있다는 것이 나로서는 이해가 되지 않는다. 그들은 우리가 저녁때 먹을 것만 사는데, 그것은 페라리에 트렁크라는 공간이 없고, 게다가 좌석 뒤에는 작은 공간밖에 없기 때문이다(거기에는 테니스 라켓 두 개를 놓아둘 공간밖에 없다). 내가 내뱉는 유일한 불평은 그것들을 사느라 괜찮은 레스토랑에서 식사할 수도 있는 돈을 지불한다는 것과 11킬로미터마다 1갤런의 가솔린을 페라리가 먹어 치운다는 것뿐이다. 하지만 교외에 있는 자기 집의 끔찍한 부엌 테이블에서 외국산 맥주도 거의 먹어 보지 못하면서 지내다가, 캐러멜을 입힌 골파와 설탕 바른 과자를 곁들인 살짝 구운 거위간 요리나 집에서 만든 고추냉이에 연어 타르타르를 한번 맛보면 매일 아침 군말 없이 빳빳한 20달러 지폐를 지불하며, 자신이 그럴 수 있어 운이 좋다는 생각을 하게 될 것이다. 그리고 이상한 일이지만 나는 우리 셋이 소비할 수 있는 모든 것을 소비하는 가운데 세상이 무척 빠르게 지나가고 있다고 느낀다.

하지만 문제는 우리의 접시에도 있다. 얼마 전 아침에, 테레사는 아직 잠들어 있고, 폴이 팬케이크를 만들기 위해 밀가루 반죽에 야생 딸기를 으깨 넣고 있을 때 내가 부엌 테이블에 앉아 있던 적이 있었다. 그때 나는 커피잔을 세게 내려놓다가, 내가 보던 〈뉴스데이〉 위로 커피를 쏟았다.

"잠시만 기다려요, 제리."

"폴, 음식 때문이 아냐."

내가 말했다.

하지만 폴은 내 말은 못 들은 척하며 프라이팬에 기름을 붓고 버너를 켰다.

그들이 들어오고, 폴이 전문 요리사처럼 열정을 갖고 요리하기 시작한 후로 집 안 전체에 구수한 연기가 가득 차게 되자, 나는 리타가 옆에 있다는 생각까지 들 정도였다. 하지만 그 향기를 맡고 있으면 감미로우면서도 혼란스러웠고 동시에 우울하기도 했다. 그녀는 2주 전 리치의 집에서 브런치를 먹은 이후 내가 전화로 메시지를 남긴 것에 대해 아무런 답장을 주지 않고 있다. 어쩌면 나는 리치가 일생에 두어 번 있을까 말까 한, 모든 점에서 자신이 존경할 뿐만 아니라 육체적으로도 끌리는 여자와의 완전한 사랑에 빠졌다는 사실을 깨달아야 하는지도 모르겠다. 그런 다음 내가 가진 기회를 모두 잃어버린 것이 사실이라면 뒤쪽에 있는 숲으로 가, 어느 정도 노력은 했지만 항상 부족했던 나로부터 더 많은 사랑을 받았어야 했음에도 그러지 못했던 모든 여자들의 이름을 부르며 총으로 자살해야 할는지도 모르겠다.

"이보게, 폴."

내가 어렵게 입을 뗐다.

"이제 내게도 언질을 줄 때가 된 것 같은데."

"맞아요."

팬케이크 세 개를 국자로 조심스럽게 뜨며 그가 대답했다. 그러고는 메이플시럽을 전자레인지에 넣어 따뜻하게 데웠다.

"하지만 제리, 나도 아는 게 없어요."

"그만하게."

"농담이 아네요."

그가 말했다.

"자꾸 이러면 화를 낼 걸세."

"정말이지, 어려운 문제예요."

그가 국자로 사발 가장자리를 치며 말했다. 전자레인지가 멈추자 그는 문 열림 버튼을 세게 눌렀고, 그 때문에 문이 활짝 열리면서 그의 얼굴에 부딪쳤다. 그는 시럽을 끄집어낸 다음 문을 세게 닫았는데, 그것이 또다시 튀어나왔다. 그러자 그는 다시 그것을 세게 닫았다. 한순간, 그가 내게 달려들 수도 있다는 생각을 했다. 그는 주걱을 쥐었다가 펴고 다시 쥐기를 반복하고 있었던 것이다. 물론 그가 그렇게 한다 해도 나는 괜찮았다. 하지만 싸움을 원해서가 아니라, 그냥 뭐든 시작되기를 바랐기 때문이다. 나는 그가 내게 달려들면 동부 사람들 특유의 이 모든 억제력 — 그것은 대개의 경우 홀가분하고 게으른 즐거움이 되지만, 최근 들어서는 내게 일종의 고문이 되고 있었다 — 을 한꺼번에 날려 버릴 수도 있을 것 같았다.

하지만 그는 내게 달려들지 않았고, 그래서 나는 조심스레 다시 물었다.

"최소한 의사와는 얘기해 보았을 거 아닌가?"

"물론 그렇게 해 보았죠. 열 번도 넘게요. 하지만 그녀는 테레사가 허락한 내용만 말해 주고 있어요."

"하지만 자네는 그녀의 약혼자야. 그리고 그녀의 아기는 자네의 아기이기도 해. 이건 윤리적이지도 않고, 히포크라테스 선서에 어울리지도 않는 거야."

"내가 좋든 싫든 그건 테레사의 요청이에요, 제리."

"하지만 자네도 마냥 앉아 있어서만은 안 돼. 자네에게도 권리가 있잖은가?"

"내가 어떻게 하기를 바라나요? 그녀를 법정에라도 데리고 갈까요?"

"그럴 필요가 있다면 그렇게라도 해야지. 그녀의 결정에 대해 고소할 수도 있을 거야. 아니면 내가 그렇게 해야 할는지도 모르지. 그녀를 떠나겠다고 위협할 수도 있잖아."

"그렇게 해 봐야 내가 허풍 떨고 있다는 걸 알 거예요."

그가 말하면서 팬케이크를 하나씩 뒤집었다.

"아니면 그녀가 마음을 돌려 나를 떠날 수도 있겠죠."

나는 대답하지 않았는데, 테레사라면 비록 일시적일지라도 얼마든지 그럴 수 있을 거라는 생각이 들어서였다. 10대 때 그녀는 남자 친구가 한 명밖에 없었다(내가 기억하기로는 그랬다). 호리호리하고, 늘 우수에 젖어 있는, 약간 소름이 돋게 만드는 아이였는데, 날씨가 어떻든 상관없이 검정 스카프를 매고 다녔다. 그가 그녀에게 SF 같은 연애시를 써 보냈는데 그중 몇 개를 내 낡은 재킷 호주머니에서 발견한 적이 있었다(그녀는 그 옷을 소매를 걷은 채 입기 좋아했다). 어떤 알 수 없는 이유로 그녀는 그 아이를 무척 사랑했는데 그에 대한 얘기만 해도 눈물을 흘리곤 했으며, 너무 자주 그런 나머지, 내가 뭐라고 하기도 전에 그가 거는 전화를 받지 않으려 했고, 그 때문에 — 그가 한 어떤 짓 때문은 아니었다 — 한동안 비참해졌다(신경이 예민한 그 불쌍한 아이 역시 마찬가지였다). 하지만 그녀는 곧 더 이상 울먹거리지 않게 되었고, 둘은 꾸준히 만났다. 하지만 끝내 그녀는 그를 버렸는데, 나중에 가서 하는 말이 '그의 작품'에 싫증이 났기 때문이라고 했다.

"내가 금요일에 의사와 얘기했을 때, 그녀가 뭐라고 했는지 아세요?"

한쪽에 시럽이 놓인 팬케이크를 한 접시 건네주며 폴이 말했다.

"테레사와 나는 심하게 다퉜죠. 그래서 그녀가 낮잠을 자러 갔을 때 내가 전화했죠. 처음에는 나를 연결시켜 주지 않으려 하더군요. 하지만 내가 소리를 지르자 의사가 연결되었어요. 그래서 나는 책임과 지식을 서로 나누는 것이 얼마나 큰 도움이 되는지에 대해 장황하게 얘기했죠. 하지만 그녀는 한마디도 들으려 하지 않는 것 같았어요."

"자네도 알다시피 어떤 여의사들은…."

"어찌 되었건요. 그녀에게는 얘기할 시간이 별로 없었어요. 그래서 우리의 '소통 수준'이 정상적인 것이 아니라면 함께 정신과 치료를 받아 보는 것을 고려해 봐야 한다는 얘기만 하더군요."

"망할 년 같으니라고! 딴 의사를 알아보겠다고 했어야지."

"불행히도 그렇게 했어요. 네까짓 건 필요 없다고까지 했죠."

"정말인가?"

"그러지 말았어야 했어요."

"잘했네."

"멍청한 짓이었죠. 그녀는 우리의 의사예요. 이거 알아요, 제리? 어쩌면 그녀가 옳을 수도 있어요, 우리의 소통에 대한 얘기에 있어서는요."

"도대체 무슨 얘기를 하고 있는 건가? 두 사람이 하는 거라곤 얘기밖에 없잖아."

"그래요."

의자에 주저앉으며 그가 조심스레 말했다. 그는 아직 음식에 손도 대지 않고 있었다.

"하지만 제대로 된 얘기를 하고 있지는 않은 것 같아요."

"더 이상 우스운 얘기는 하지 말게. 이건 심각한 상황이 아닐세. 어떤 기준으로도. 게다가 자네는 인내심과, 사람들에 대한 믿음을 갖고 있는 사람일세."

"그 얘기는 과장된 거예요, 제리. 나는 내가 강한 사람이 아니라는 걸 알고 있어요."

"절대 그렇지 않네!"

나는 그의 팔을 꽉 쥐며 말했다. 그러곤 내가 하고자 하는 말을 끝낼 때까지 그 팔을 놓아주지 않았다.

"자네는 그녀를 사랑해. 그것도 무척. 그 점은 분명하고, 아버지로서 나는 더없이 행복하다네. 그녀에 대해 걱정하는 건 그것뿐이야. 내가 무슨 말을 하는지는 알겠지. 테레사는 쉽게 상대하기 어려운 아이야. 그래, 그래, 그래서 어쩌면 자네는 그녀를 좀 더 세게 밀어야 할 거야. 테레사 같은 사람은 슬쩍 찔러서는 아무런 반응도 보이지 않고, 확 밀어야 반응을 보이니까. 하지만 자네가 정말 그럴 수 없다면 그건 자네가 그녀에 대해 너무 염려하기 때문이네. 그리고 어쩌면, 나는 그런 말을 할 자격조차 없는 사람인지 모르지만 그녀를 위해 할 수 있는 것을 하는 것만큼 가치가 있는 것도 없네."

그러자 폴이 말했다.

"나는 지금 죽도록 무서워요, 제리. 누군가가 그녀에게 아무 일도 없을 거라고 약속만 해 준다면 그녀를 포기할 수도 있겠어요."

"아무 일 없을 걸세. 그리고 자네가 그녀를 포기하는 일도 없을 거야. 그러니 지금 하고 있는 것처럼 그냥 바쁘게 지내게."

"내가 바쁘게 지내고 있다고요? 아무 일도 할 수 없는걸요."

"글쓰기는 여전히 중단 상태인가?"

"완전히 멈췄어요. 진단을 받은 후로는 시 한 편은커녕 한 줄조차 쓸 엄두를 내지 못했어요. 벌써 쓰기를 중단한 소설도 공식적으로 그만두었죠. 그런 결심을 하면 남은 힘을 이 일에 집중하고 있다고 생각할지 모르겠지만, 매 순간 시간이 갈수록 힘이 빠지는 것 같아요."

"자네는 요리하는 데 많은 시간을 보내고 있잖아."

"테레사가 먹는 걸 좋아하는 것 같아 보여서요. 그건 쉬운 일이죠."

그는 미소를 지었지만 이내 충격받은 모습으로 돌아갔다. 그가 자리에서 일어났다.

"더 드릴까요?"

"한 가지만 더. 뭔가를 만들고 있었다면 말이야."

"문제없어요."

폴이 버너를 켰다. 그 순간 여름용 남자 잠옷과 소매가 짧은 격자무늬 셔츠를 입은 테레사가 맨발로 들어왔다.

그녀는 중얼거리듯 "안녕, 제리."라고 말했다.

"안녕, 얘야."

그녀는 폴에게 키스하고 나서 그의 엉덩이를 살짝 찔렀다. 그의 눈의 피로가 약간 풀리는 것처럼 보였다.

"저건 내 건가요?"

"그래."

내가 말했다.

폴이 그녀를 바라보며 물었다.

"몇 개 줄까?"

"오늘은 두 개만 줘. 그다지 배고프지 않아."

"혹시 모르니 하나 더 만들게."

"좋아."

우리는 곧 여느 때처럼 부엌 테이블에 앉았는데, 폴과 나는 테레사 양쪽에 앉고, 테레사는 상석에 앉았는데, 그들이 내 집으로 들어온 이후 쭉 그렇게 했다. 새로운 좌석 배열이 조금이라도 어색하거나 잘못된 것으로 여겨지지는 않았다. 어쩌면 그것이 옳은 것처럼 여겨졌다. 폴과 나는 계속해서 테레사를 지켜보며, 그녀가 오늘은 어제보다 식사를 적게 하는지 등을 확인했다. 실제 그녀는 식사량이 준 것 같았는데, 우리의 눈대중이라는, 비록 정확하지는 않지만 어쨌든 확실한 과학에 비춰 볼 때 많이 준 것 같지는 않았다.

나는 마치 싸움에 나가는 사람처럼 닥치는 대로 먹고 있다. 폴은 내가 이곳 퍼레이드 여행사에 나오는 날이면 알아서 점심 도시락을 싸준다. 어제 도시락은 채식주의자를 위한 마키 롤•이었고, 오늘 도시락은 프로슈토••와 모차렐라 디 부팔라•••와 엑스트라 버진 올리브 오일과 신선한 바질을 뿌린 구운 피망이다.

마일즈 킨타나가 불룩한 패스트푸드 봉지 두 개를 들고 들어오며 인사한다.

"안녕하세요?"

나도 그에게 안녕한지 묻는다. 오후 3시에서 9시까지 근무하는 그는 조금 일찍 왔다(나는 5시까지 근무한다). 늘 그렇듯 그는 지금 식사를 한 번 한 후 고객의 비용을 체크하고, 지나가다 들른 손님들을 맞고 예약하는 등의 일상적인 업무를 본 다음 휴식시간이 되면 남은 음식을 사무실에 있는 전자레인지에 데워 간식으로 먹는다. 아직 10대인 마일즈는 맛은 있지만 건강에는 좋지 않은, 4,000칼로리에 달하는, 고기가 세 조각 들어간 치즈버거와 엄청나게 큰 사이즈의 프렌치프라이, 그리고 초콜릿 밀크셰이크를 먹는다. 하지만 그런 음식들이 그의 건강을 해치고 있는 것처럼 보이지는 않는다. 체중이 68킬로그

• Maki roll: 일본식 김밥.
•• Prosciutto: 돼지 넓적다리 고기를 염장, 훈제 처리한 이탈리아 파르마 지방의 햄.
•••Mozzarella di bufala: 버펄로 젖으로 만든 치즈.

램인 그는 금요일 밤 춤을 추러 가기에 어울리는 매끈한 바지와 레드 와인처럼 붉은 실크 셔츠, 그리고 검정색과 하얀색으로 이루어진 볼링화 스타일의 신발 차림이다. 저녁이 되면 항상 조용하고 얼굴이 아기 같은 그의 친구 헥터가, 튜닝을 해 엔진 성능을 높이고 거울까지 왁스칠을 한 차체가 낮은 혼다 자동차를 몰고, 그를 데리러 올 것이다. 그리고 그들은 아우디와 사브에 타고 있는, 지루해하는 사람들의 차에 먼지를 풀풀 날리며 노던 공원 도로를 질주해 스물한 살 미만만이 출입 가능한 클럽에 들러, 로슬린과 맨해셋에서 온 제멋대로 구는 부잣집 딸들을 낚아 맨해튼으로 데리고 가 두세 시간 동안 술을 마시고 춤을 춘 후 각자 뉴저지 쪽의 링컨 터널 근처에 있는, 트럭 운전자들이 주로 이용하는 모텔에서 짧은 밤을 보낼 것이다(물론 이것은 여자아이들이 그렇게 하는 것을 원할 경우인데, 그들은 늘 원한다). 그들은 동이 틀 때까지 머물다가 식당에서 스테이크와 계란을 먹은 후 도시로 돌아와 여자아이들을 그들의 차가 있는 곳에 내려 준 뒤 스패니시 헌팅턴 스테이션에 있는 그들의 어머니가 사는, 같은 모양의 집들이 늘어서 있는 곳으로 갈 것이다. 그에 대해 어떻게 생각하는지 묻는다면, 나는 그다지 나쁘지 않은 인생이라고 말할 것이다. 게다가 마일즈는 언젠가 한번 나도 함께 가자고 제안한 적도 있었다. 그냥 나가서 즐기자는 것이었다. 하지만 나는 그래선 안 된다는 것을 알고 있다. 내가 갈 경우 그의 저녁뿐만 아니라 직장에서의 괜찮은 관계 또한 망칠 것이다. 우리의 우정은 부분적으로는 서로 상대가 다소 이국적이며 그에 따라 약간 멋지게 보인다는 공통된 생각에 기초해 있다.

지금 이곳에는 우리밖에 없고(여름에는 한가한 편인데, 특히 오후에는 더 그렇다. 매니저인 척은 미네올라에서 여행 관련 세미나에 참석 중이다), 그래서 마일즈는 내 책상 가까이 의자를 끌어다 놓고 우리는 함께 식사를 한다. 당연한 일이지만, 나는 수북이 쌓여 있는 그의 프렌치 프라이 몇 개를 집어먹는다.

"켈리하고는 어떻게 된 거예요?"

이미 햄버거를 반쯤 먹어 치운 상태에서 마일즈가 묻는다.

"다시 출근은 하는 거죠?"

"아마 오늘은 나올걸. 오늘 나오기로 되어 있으니까."

"설마요. 그녀와 얘기해 봤어요? 그녀는 어때요?"

"괜찮아."

자신 없지만 그러기를 바라며 내가 말한다. 나는 실제로 그녀와 얘기를 했다. 병원에서, 그리고 그녀를 집에 데려다 준 후 그녀의 집에서도 얘기를 했다. 하지만 우리가 제대로 얘기를 나눴다고는 할 수 없는데, 켈리가 그 무엇에 대해서도 얘기하지 않았기 때문이다. 그리고 내가 간단한 먹을거리를 사다 주었을 때 그녀는 나를 살며시 안아 준 뒤 틀림없이 연락하겠다고 한 뒤 나를 내쫓다시피 했다. 하지만 그 후로 그녀는 연락해 오지 않았다. 그래서 며칠 전에 그녀의 아파트로 찾아갔는데, 문틈 사이로 얘기를 나눌 수밖에 없었다. 그녀는 "자신의 모습이 엉망이라"며 문을 열어 주지 않으려 했다. 내가 몸을 씻지 않은 그녀를 수도 없이 봤다고 하자, 그녀는 소리쳤다.

"그렇다면, 더 이상은 못 보게 될 거예요, 제리 배틀!"

그녀가 날카롭게 대꾸하는 바람에 풀이 죽은 나는 말 그대로 문에서 물러서며 잠시 머리가 헝클어진 채, 손에 조각칼을 들고, 내가 뭔가 영웅적인 짓을 시도하기를 기다리고 있는 켈리의 모습을 상상했다.

마일즈가 말한다.

"왜 그녀가 스스로를 망치려 하는지 모르겠어요."

"그러지 않았어. 단지 혼란스러운 것뿐이야. 지금은 힘든 시기를 보내고 있어서야."

"그렇게 힘들어 보이지는 않는데요. 괜찮은 직장과 멋진 집을 갖고 있고, 나이 든 여자치고는 아직도 무척 예뻐 보이잖아요."

"마흔다섯은 많은 나이가 아냐, 마일즈."

"나한테는 나이 든 것처럼 들리는데요."

"그렇지 않아. 그녀는 아기야."

"그래요, 그럼요."

"그래."

내가 고집스럽게 그 말을 하자 마일즈는 잠시 씹는 행동을 중단한다.

"자네가 이해해야 할 게 있어, 친구. 자네가 그 나이에 이르려면 아직 25년은 더 있어야 하지. 그래서 자네로서는 이해하기 힘들 거야. 하지만 그 시간은 금방 가네. 미처 알아채기도 전에 어느 날 문득, 고개를 들고 보면 갑자기 친구들이 배가 나오고, 머리가 하얗게 세어 있을 거야. 그리고 그들은 섹스에 대한 얘기를 하겠지만 큰 기대를 갖고 하는 게 아니라 두려워하며 그럴 걸세."

"그건 끔찍한 얘긴데요, 제리. 그 이야기를 들으니까 겁이 나요."

"겁주려는 게 아냐. 그건 표면적인 것에 지나지 않아. 하지만 내가 하고 싶은 얘기는, 마일즈, 대체로 자네가 변하지 않을 거라는 거야. 최소한 자네 자신에 대해 생각하는 방식에 있어서만큼은 말이야. 자네는 꿈속에 머물러 있을 걸세. 마일즈의 꿈속에 말이야."

"뭐라고요?"

"마일즈의 꿈속이라고 했네. 어쩌면 한 가지 이상의 꿈속에 머물 수도 있지. 그건 이런 식이네. 자네는 어떤 특정 나이에 있는 자신에 대한 생각을 갖게 될 거야. 오랜 시간에 걸쳐 사람들이 물으면 자네는 계속해서 자신이 스물다섯, 혹은 서른다섯, 혹은 자네가 생각하기에 옳은 어떤 나이라고 생각할 거야. 그건 뭐라고 말할 수 없는 중요한 이유 때문이지. 그것이야말로 자네 내부의 감정의 진실이 될 테니까."

"오, 그래요? 그렇다면 제리의 꿈은 뭐죠?"

"모르겠네. 어쩌면 나는 서른둘 혹은 서른셋 정도인지도 모르겠어."

"당시에 많은 여자들이 있었나요?"

"나라면 꼭 그런 식으로 말하지 않겠네."

"그냥 농담한 거예요! 장난친 거예요. 근데 당시에는 행복했죠, 그렇죠?"

"사실 그렇게 행복하지도 않았어."

마일즈는 다소 혼란스러워하는 듯 보이는데, 나 자신이 잘 설명하지 못했기 때문이다. 제대로 설명하기 위해서는 제리 배틀에 관한 온갖 너저분한 이야기들을 모두 꺼내야 할 것이다. 그가 나에 대해 아는 것이라곤 내가 이곳에서 일주일에 며칠 일을 하며, 이 근방에 살고 있고, 일이 잘못되기 전까지 직장 동료인 켈리와 두세 달 정도 데이트를 했다는 것뿐이다. 따라서 나는 리타와 테레사, 잭에 대한 모든 얘기를 해야 할 것이다. 그런 다음 데이지와의 결혼생활에 대해서도 얘기해야 할 것이다. 나는 적어도 결혼생활 초기에는, 그리고 데이지가 죽은 후 오랫동안 나 자신에 대해 많은 생각을 했었다.

마일즈는 다시 햄버거를 먹고 있다. 그는 어쩌면 이 늙은이가 마침내 실성했으며, 아직 이 세상에 살아 있는 동안 나를 웃겨 줘야 한다고 생각하고 있는지도 모른다. 그리고 그는 가끔 내게서 실없는 소리를 듣곤 하는데 크게 상관하지는 않는 것 같다. 마일즈는 실제로 무척 총명할 뿐 아니라, 잘생긴 외모 말고도 예민한 감수성을 지니고 있으며, 항상 내게 지역 초급 대학의 수업에 대해 얘기한다. 하지만 그는 그 대학에서 파트타임으로 수업을 듣고 있어도 특별히 학위를 따려고 노력하지는 않는다. 그는 내부 연소 엔진과 페미니스트 고고학처럼 자신이 끌리는 주제부터, 지금 그가 가장 좋아하고 있는 주제인 낭만주의 시인의 최고작들 — 그의 얘기에 따르면, 그의 교수는 키츠와 바이런 그리고 워즈워스 시 속의 '모든 자연적인 아름다움'에 대해 금세 눈물을 짠다고 한다 — 에 이르기까지(나는 그를 테레사와 폴에게 소개시켜 줘야 할 것 같다. 그들은 모든 주제와 텍스트에 대한 자신들의 다양한 접근법으로 서로에게 흥미를 불러일으키고, 서로를 기쁘게 해 줄 것이 틀림없다) 별난 수업을 들을 것이다.

최근에 나는 마일즈가 바하마로 가는 대기업 직원들의 단체 여행 계약을 성사시키고 방문한 고객에게 "오, 이 부드러운 미풍 속에는 축복이 있네."라고 말하는 것을 엿듣기도 했다.

"그럼 지금은 어때요? 제리의 꿈은 변했나요?" 마일즈가 묻는다.

"그런 것 같지는 않아. 30대 초반에도 그렇게 느꼈지. 나는 그랬네."

하지만 물론 그것은 사실이 아니다. 나는 20년 후면(만약 내가 그때까지 살아 있다면) 나 자신을 지금의 나이로 생각할 것이다. 그리고 그것은 제리의 마지막 꿈이 될 것이다. 이상한 것은 현재에 대한 이런 통찰력과, 미리 찾아온 불안감이 테레사와 리타에게 일어나고 있는 일과, 그리고 조만간 아버지에게 일어날 모든 것에 어두운 그늘을 드리운다는 데 있다. 어쩌면 그 때문에 갑자기 나는 내 젊은 친구인 마일즈에게 더 이상 얘기하는 것을 꺼리는 것 같다. 그것은 삶의 어느 시점에 이르면 가능성이라는 것이 무모한 변화나 기회보다는 종종 찾아오는 불행과 비참을 약속하기 때문이다. 우리는 행동과 강렬함을 원하고, 혹독한 것이 주는, 기운 나게 만드는 향기를 원하지만 그것은 '전적으로 관리 가능할' 때에만 결실을 맺을 수 있는데, 대부분의 경우 그렇지 못하다.

그런데 현재라는 순간에 대해 얘기하자면 그저 고통과 곤란함이 있을 뿐이다. 왜냐하면 켈리 스턴스와 땅딸막한 사내인 우리의 친구 짐보가 차를 몰고 와 주차한 후 사무실 입구 옆쪽에 서 있기 때문이다. 짐보는 그의 이름 모양으로 된 커다란 금목걸이를 걸고, 반짝이는 에메랄드색 양복을 입었는데, 스테로이드를 복용한 악동처럼 보인다.

그들은 활기에 찬 모습으로 대화를 나누며 모습을 드러낸다. 짐보는 코치처럼 그녀의 어깨를 만지고 있다. 하지만 그는 키가 켈리의 턱까지밖에 오지 않는데, 그렇다고 켈리가 아마존 여인처럼 우람한 모습을 하고 있지는 않다. 그녀는 그의 말에 온순하게 고개를 끄덕이는데, 마치 운동 경기를 보러 가고 있는 사람들처럼 보인다. 놀랍게도 켈리는 태피 과자색 스커트와 정장, 그리고 하얀 면 블라우스 차림으로 잔뜩 멋을 부린 상태다. 나는 여태껏 한 번도 그녀가 그토록 멋진 모습을 한 것을 본 적이 없었다. 또한 그녀는 여느 때보다 화려하게 화장한 상태이며, 보석의 크기로 보아 무대 장식품인 게 분명한 반짝이는 귀고리와 목걸이를 하고 있으며, 그녀의 스타일과는 전혀 어울리지 않는 두꺼운 반지를 여러 개 끼고 있다. 나는 오늘 내 적수와 한판 벌여야 할지도 모른다는 사실을 깨닫는다.

켈리를 본 나는 기뻐해야 하겠지만 나를 화나게 하는 사내에 대해서는 불편한 점이 많다. 그것은 본래 그의 성격 때문이라기보다는 그가 켈리를 켈리답지 않게 만드는 점과 관련이 있다. 비록 우리의 짧은 연애가 이상적인 것이 아닐 수도 있지만 그녀는 사무실 안에서나 밖에서도 나에 대한 입장을 바꿀 필요가 없었다. 나는 그녀에게 다른 사람이 되어 달라고 부탁한 적이 없었다. 나는 그저 그녀가 벌꿀색 눈에, 엉덩이가 크고 단단하며, 골치 아픈 일이 있어도 기운차게 헤쳐 나가는, 남부 출신의 정 많고 상냥한 여자로 남기를 바랐다. 지금도 나는 그녀가 옥시콘틴을 다량으로 복용하고 자동차 사고를 낸 후 응급실에 실려 갈 누군가로는 생각지 않는다. 또한 닫힌 문틈 사이로 소리를 지르며 길길이 날뛸 누군가는 아니라고 생각한다. 여전히 나는 그녀가 나를 포함한 누군가에 대해, 특히 함께할수록 그녀에게 더 심하고 비열하게 굴 게 틀림없는 마피아 같은 땅딸막한 친구(그는 목의 사이즈와 바지 안쪽 솔기의 다리 길이가 21인치다)에 대해 자신의 힘과 의지를 저버릴 여자가 아니기를 바란다. 하지만 실제로 내가 그녀에 대해 알고 있는 것은 아무것도 없는지도 모른다. 그들은 지금 마치 유럽 전승 기념일의 샤를 드골 광장이라도 되는 것처럼 주차장에서 키스를 하고 있는데, 짐보는 그녀를 거의 땅바닥에 눕히다시피 한 채 그녀의 몸에 다리 하나를 올려놓고 오랫동안 애무하고 있다. 그 모습을 지켜보며 마일즈가 말한다.

"저 작은 멍청이가 삽입하는 것 아니에요."

마침내 그들이 숨 쉬기 위해 일어났을 때 짐보는 그녀를 입구 쪽으로 데리고 가 문을 열어 주며 마치 내가 그녀에게 '진통제' 알약을 주기하도 한 것처럼 나를 쏘아본다. 우스꽝스런 짓이지만 나 역시 우리가 프로레슬링 선수들이라도 되는 것처럼 그를 노려볼 수밖에 없다. 그리고 우리는 외나무다리에서 만난 원수들처럼 얼굴의 근육들을 씰룩거린다. 하지만 사태는 거기서 중단된다. 그는 그의 차가 있는 곳으로 가 휴대전화로 통화를 하고, 그사이 켈리는 여느 때처럼 사탕 냄새를 풍기며 사무실 안으로 들어온다. 그녀에게서 그의 애프터셰이브에서 나는 사향 냄새가 나는데, 그것이 내 비위를 거스른다. 그녀는 우리가 함께 쓰는 책상의 자기 자리 쪽에 핸드백을 내려놓는다.

"그래요, 제리, 내가 왔어요. 당신은 이제 집에 가도 돼요. 하지만 짐보가 떠날 때까지 1분만 기다려 줘요."

"아직 두 시간은 더 남았어."

"내가 대신 맡아서 해 줄게요."

마일즈가 눈이 휘둥그레지더니 "나는 다시 일을 해야겠어요."라고 중얼거린 후 남은 점심 식사를 자기 책상으로 가져간다. 전화기가 울리고, 그가 수화기를 들지만 얘기를 하면서도 우리에게서 눈을 떼지 않는다.

"내 말 좀 들어 봐, 켈리."

내가 말한다.

"잠깐만. 자리에 앉아서 얘기 좀 하지 그래."

"그러지 말아요, 제발."

"당신이 병원에서 나온 후 당신 집에 좀 더 자주 갔어야 했다는 거 알아. 어쨌든 그렇게 느꼈어. 하지만 당신이 지난번에 사생활을 원한다는 얘기를 내비쳤다는 생각이 들었지."

"그렇게 생각하다니 우습군요."

"그럴 수도 있지. 어쨌든 미안해. 정말이야."

"오, 제리! 당신은 자신이 무엇에 대해 미안해하고 있는지도 몰라요."

"물론 나는 미안해하고 있어. 그사이 일어난 모든 일에 대해 미안해."

"그런데 무슨 일이 있었다고 생각하는 거예요?"

"그러니까 우선, 약과 자동차 사고로 응급실에 간 일과, 저기 차 옆에 서 있는 저 친구에 대해서…."

"그에 대해서는 한마디도 하지 말아요, 제리. 당신은 누구보다 그에 대해 말할 자격이 없어요."

"좋아, 알았어."

내가 말을 잇는다.

“하지만 당신이 내가 작년에 당신에게 제대로 대하지 못했다고 생각한다 해서 우리가 예전처럼 얘기할 수 없다는 건 아니잖아. 나를 조금 멸시해도 좋지만 영원히 미워할 필요는 없잖아.”

켈리는 신음하듯 말한다.

“당신은 모든 게 당신 잘못이라고 생각하죠, 그렇죠? 그렇다면 당신이야말로 대단한 사람이라고 해야겠군요. 하지만 나는 그게 지겨워요. 역겨워요.”

그녀가 책상 위로 기대며 내 어깨와 가슴을 밀치기 시작한다.

“당신 때문에 나 자신에게 상처를 주려고 한 게 아니에요. 그리고 앞으로도 그렇게 하지 않을 거예요. 절대로요.”

“좋아, 그런데 그 이유가 뭐지?”

“나는 나 자신을 위해 그렇게 한 거예요, 멍청한 사람 같으니라고. 나 자신을 위해서란 말예요.”

“그건 말이 안 돼! 자살 기도는 치료가 아냐, 켈리.”

“어쩌면 그럴 수도 있어요, 제리 배틀이 연루되었을 때는요.”

그 말은 내 마음을 쓰라리게 만든다. 그것은 그녀가 의도한 것 이상으로, 몸에 최대한 큰 손상을 입히도록 체내에서 회전하며 관통하는, 끝에 특수한 중금속이 박혀 있는 탄환처럼 내 마음을 아프게 만든다.

“미안해요, 제리. 그거 알아요? 당신은 더 이상 신경 쓰지 않는 게 좋아요.”

“그렇게는 못해. 당신은 내 친구니까. 아니, 어쩌면 내 유일한 친구일 거야.”

"당신 모습조차 견디지 못하는 옛날 여자 친구가 당신의 유일한 친구라고요?"

"애처로운 일이라는 건 알아."

"오, 제리."

그녀는 무겁게, 그리고 보기에 딱할 정도로 한숨을 내쉰다.

"나는 당신을 어떤 점에서 사랑하고 있고, 앞으로도 항상 그럴 거지만 더 이상 당신을 참을 수가 없어요."

그 말에 이상하게도 마음이 진정된다. 하지만 실제로 그것은 별로 새로운 소식은 아니다. 잠시 후 나는 그녀의 팔을 살며시 잡고 묻는다.

"이봐, 당신에게 정말 큰일이 일어났다면 우리 모두가 어땠을 것 같아?"

"크게 다르지 않았을 거예요. 그리고 나는 나 자신에 대해 유감으로 생각하지 않아요. 모두들 마음이 상했겠죠. 척은 또 다른 직원을 뽑고, 짐보는 또 다른 여자 친구를 만나고, 당신은 며칠 동안 우울해하겠죠. 하지만 당신 인생의 좋지 않았던 모든 일처럼 금방 지나갈 거예요. 설령 그렇지 않다 해도 당신은 당신 비행기를 타고 하늘을 날며 모든 것을 잊을 거예요."

"그렇지 않아."

"그래요."

그녀가 내게서 눈길을 돌린다. 하지만 나는 그녀의 눈이 젖어 있는 것을 본다. 그녀가 울먹이는 순간, 나는 그녀를 가까이 당겨 안는다. 마일즈는 수화기에 대고 스페인어로 얘기하며 잘해 보라는 손짓을 한다. 벌꿀 비스킷 냄새가 나는 켈리의 커다란 몸을 다시 한 번 안고 있는 것은 기분 좋은 일이지만, 나는 문득 너무 오랫동안 또는 너무 꼭 껴안고 있어서는 안 된다는 생각을 한다. 그렇게 되면 우리 중 하나가(또는 둘 다가) 뭔가 제대로 된 일을 하고자 하는 잘못된 생각을 할 게 빤한데, 그것은 정서적으로 우리에게 나쁜 것일 뿐만 아니라 치명적인 독이 될 수도 있다. 하지만 켈리 역시 같은 생각을 갖고 있는 듯 내 뱃살을 세게 꼬집으며 나를 밀쳐 낸다. 아플 뿐만 아니라 기분도 좋지 않다. 바로 그 순간 금속 테를 두른 유리문이 활짝 열리며 짐보가 들어온다. 그는 아직도 휴대전화기를 들고 있는데, 장난꾸러기 같은 그의 얼굴은 일그러져 있고, 마치 줄곧 숨을 참고 있었다는 듯 상기되어 있다. 내가 자신의 숨통을 막고 있기라도 한 것처럼 그는 곧장 내게로 다가온다. 켈리는 염소 우는 것 같은 이상한 소리를 낸다. 아주 짧은 순간, 나는 태국 푸껫의 골목에서 '툭툭이'라고 불리는 이상한 모양의 픽업트럭 택시에 치여 죽을 뻔한 일을 떠올린다. 택시는 커다란 소리를 내며 내 바로 앞에서 멈추더니 아무 일도 없었다는 듯 소음을 내며 사라졌다. 어쩌면 그러한 기시감 때문에 움직일 수 없는지도 모른다. 그래서 짐보가 어깨로 내 배를 칠 때 나는 그 이상한 세계에 놀라움을 느낀 나머지 현기증을 느끼며 쓰러진다.

나는 쓰러진다.

하지만 그 다음으로 내가 아는 것은 마일즈와 켈리가 짐보를 내게서 떼어 놓았다는 것이다. 하지만 제때 그렇게 하지 못해 나는 결국 심하게 얻어맞았다. 마일즈의 말에 따르면 그렇다. 짐보는 내 명치를 가격해 내가 숨을 쉬지 못하게 한 후 내 가슴 위에 올라타고 나를 마구 때렸다. 나는 간신히 손으로 그의 주먹을 막으며, 오해가 있었다고 말했다. 내게는 죽었다가 살아난 15라운드처럼 보이는, 하지만 기껏해야 15초 정도가 지난 후 마침내 마일즈가 그를 저지해(켈리와 함께) 밖으로 나가게 했다. 그 과정에서 마일즈는 우리가 이따금 우수 고객들에게 선물로 주기도 하는(플로트킨 부부도 그것을 하나 갖고 있었다) 자몽 크기의 에칭을 한 단단한 유리 문진을 휘둘렀고, 숨을 헐떡이며 스페인어로 욕을 퍼부었다. 유감스럽게도 바닥에 누운 상태였던 나는, 나를 지켜 주기 위해 애쓰는 마일즈의 목소리를 들으며 아버지로서나 느낄 만한 긍지와 고마움의 마음이 따뜻하게 몰려드는 것을 느꼈다는 점을 말해야겠다. 한편 잭이었다면 짐보를 주먹으로 연달아 쳤을 거였다. 마일즈의 도움이나 응원 없이도 분명 그렇게 했을 것이 틀림없다.

지금 나는 퍼레이드 여행사에서 집으로 천천히 차를 몰고 가며 그 생각을 하고 있다. 얼굴이 까져 얼얼하고, 뱃가죽은 쓰라리며, 신물이 올라온다. 다른 사람들처럼 나 역시 요즘 들어 뭔가 강렬한 체험을 하게 되면 가족을 떠올린다. 하지만 내 경우에는 가족들을 일일이 떠올리며 상상의 대화를 나누기보다는 어떻게 하다가 우리가 지금에 이르게 되었는지를 — 지금의 우리가 괜찮건, 엉망이건, 착각에 빠져 있건, 여느 때처럼 그런대로 살아가고 있건 — 핏줄과 가족사를 통해 생각해 보는 것이다. 이 점에서 나는 어쩌면 짐보가 이런 기회를 준 것에 대해 감사해야 할지도 모르겠다. 하지만 궁극적으로는 보기보다 약한, 중년의 삶의 소용돌이에 빠진 켈리 같은 여자에게 친구 같은 남자 친구가 된 나 자신에게 감사해야 할 것이다. 하지만 그녀에게 나는 아무 도움도 되지 못하고, 아무 역할도 하지 못하고 있다. 나는 차량 행렬이 끝없이 이어지는 고속도로를 빠져나와, 이제 진짜 동네처럼 보이는, 전후에 개발된, 내가 사는 곳에 이른다. 나무들은 완전히 자라 퇴색한 농장 가옥들 위로 무성한 가지를 드리우고 있다. 나는 과거의 어떤 순간들을 또 한 번 누릴 수 있다면 얼마나 좋을까 하는 생각을 한다. 하지만 그것은 뭔가를 하거나 바로잡거나 제대로 하기 위해서라기보다는 자신이 가장 좋아하는 영화를 세 번 혹은 네 번 볼 때처럼 단순히 과거의 어느 순간에 존재하기 위해서이다.

그리고 오늘 나는 그러한 기회를 다시 한 번 갖게 될 것이다. 나는 진입로로 들어서며 잭의 픽업트럭이 한쪽 모퉁이에 서 있는 것을 보는데, 그것은 그 자체로 놀라운 것으로 나의 기운을 북돋워 준다. 그가 주중에 이런 식으로 오는 것은 드문 일이다. 차고 문이 열리면서 나는 안에 페라리가 주차되어 있는 것을 본다. 테레사와 폴이 운전할 때 쓰는 모자는 좌석에 놓여 있다. 나는 차체가 넓은 오래된 시보레 자동차를 세우고 시동을 끈다. 집에는 오래전에 리타 배틀이 되었어야 했지만, 특별한 일이 없는 한 이제 곧 리타 코니글리오가 될 리타 레예스를 제외한 모두가 있다.

낯익은 목소리들이 뒤뜰에서 들려온다. 나는 집 모퉁이를 돌아가기 전 잠깐 그 자리에 서서 귀를 기울이는데, 그 이유는 모르겠다. 잭이 일과 관계된 얘기를 할 때면 그렇듯, 건조한 목소리로 우대 금리와 경제 상황에 대해 뭔가를 설명하고 있는 소리가 들린다. 폴은 주택 담보에 대해, 가을에는 이자가 더 낮아질지를 묻고 있다. 그런 얘기를 듣는 건 좋은 일이다. 그들은 여전히 미래를 계획하고 있는 것이다. 그런데 잭이 대답하는 동안 테레사의 목소리는 들리지 않는다. 때문에 조금 기운이 빠진다. 어쩌면 나는 내 가족들이 서로의 기운을 북돋워 줄, 서로에게 상처가 되지 않을뿐더러 즐겁고 재치 있는, 편한 얘기를 주고받고 있기를 바랐는지도 모른다. 그러면서도 한편으론 그녀가 없기를 바라기도 했다. 하지만 뒤뜰로 가자 그들 셋이 파라솔 밑 테이블에 앉아 살사소스와 칩을 음료수와 들고 있는 모습이 보인다.

"어떻게 된 거예요?"

몸을 살짝 일으키며 테레사가 말한다.

"아무 일도 아냐."

내가 말한다. 하지만 그들은 나를 살펴보고 있다.

"왜?"

"하루 종일 얼굴 마사지를 받은 것처럼 보여요."

자신의 뺨을 두드리며 그녀가 말한다.

"나도 한번 해 봐야겠는걸요."

"당신은 그런 거 할 필요 없어."

폴이 말한다.

"당신은 완벽해."

"나는 한 번도 마사지를 받아 본 적이 없어."

잭은 혼자 맥주를 마시고 있다. 내가 차가운 맥주를 한 병 마시겠다고 하자 그는 자리에서 일어나 부엌으로 간다.

"부은 것 같아요, 제리."

걱정스런 얼굴로 나를 바라보며 폴이 말한다. 폴은 가끔 노련한 의사 같은 태도를 보이곤 하는데, 부모로부터 물려받은 게 틀림없다.

"뭔가에 알레르기가 있는 것 아녜요?"

"아버지는 직장에 대해 알레르기가 있지."

잭이 돌아오며, 어린 시절 그의 여동생처럼 날카롭게 말한다. 그러고는 들고 있던 두 개의 차가운 맥주병 가운데 하나를 내게 건네준다.

"여기요. 곧 부기가 빠질 거예요."

나는 잭의 눈을 들여다본다. 그가 슬쩍 눈웃음을 짓고 있는 것처럼 보인다. 순간적으로 나는 그가 취했다는 것을 깨닫는다. 이것은 흔히 있는 일이 아니다. 테레사를 바라보자, 그녀는 살짝 어깨를 으쓱한다.

"잭의 말이 완전히 틀린 건 아냐. 송풍기 때문에 일어난 먼지 때문일 수도 있어. 오랜 세월 일한 뒤 이제야 예민해졌나 봐. 옛날에는 갈퀴로 긁은 다음 빗자루로 쓸었지."

"나와 다른 사람들에겐 갈퀴로 일하게 했죠."

잭이 말한다.

"그건 사실일 거야. 하지만 나도 내 몫은 했어."

"그 송풍기 소음은 믿을 수 없을 정도예요."

테레사가 말한다.

"교외에서 그 소리가 얼마나 크게 들리는지는 미처 몰랐어요. 폴과 나는 하루 종일 집에 있죠. 그런데 조경업자들은 잠시도 쉬지 않는 것처럼 보여요. 건축과 개축 공사를 하는 사람들은 말할 것도 없고요.

이 일대에서 집수리를 하지 않는 사람은 아마 아버지뿐일 거예요."

"모든 일을 위해 건배."

술이 남아 있던 병을 마저 비우고, 새로 병을 따며 잭이 말한다.

"리모델링을 하는 데는 새로운 조명과 배관, 타일 그리고 선반 등이 필요해. 그리고 그것들은 전부 고급 제품으로 모두 배틀 브러더스 엑스칼리버 물건이지. 내가 어떻게 유니스를 그녀에게 익숙한 스타일로 살 수 있게 해 주는 것 같니?"

"그건 오빠 스타일이기도 한 것 같았는데."

"그런 스타일도 괜찮아."

그가 말한다.

"하지만 꼭 그런 식일 필요는 없어."

"나는 그런 집은 한 번도 본 적이 없어요."

폴이 말한다.

"부엌은 놀라워요. 가스레인지 위에 있는, 단지에 물을 알맞게 채울 수 있고, 접을 수도 있는 수도꼭지는 정말 마음에 들어요."

"유니스가 HGTV에서 방영하는 프로그램을 보고 아이디어를 얻었지. 그 물건은 삼중 니켈 도금을 한 것인데, 영국 북부에 있는 회사에서 만든 거야. 소매가격이 1,800달러야. 우리가 시내에서 독점 판매를 할 수 있는 사업권을 따냈어. 그 회사는 모나코를 비롯해 유럽의 모든 왕실에 납품하고 있어."

"그리고 이제는 이곳 롱아일랜드의 북부 해안 전체에도."

테레사가 덧붙인다.

"완벽해."

"사람들은 돈만 있다면 자신들이 좋아하는 뭐든 가질 권리가 있어."

"글쎄, 그건 잘 모르겠는데."

곧바로 대답한 테레사는 더 이상 따지고 들지 않는 게 좋겠다고 생각한 듯 재빨리 말을 바꾼다.

"하지만 잭, 그건 큰일이 아냐."

"그렇지 않아."

가시 돋친 목소리로 그가 말한다. 목소리를 높이는 게 나는 마음에 들지 않는다. 그는 마치 여동생 따위는 없었던 것처럼 말하는 것 같다.

"너한테는 모든 게 큰일이었던 것 같은데. 네가 벌이를 하는 것도 그거 아냐? 너는 비판을 하지, 아니, 미안해. 비평을 하지. 너한테는 모든 사소한 것들이 너무도 결정적이고 중요하지, 마치 삶과 죽음 또는 연옥처럼. 모든 것이 모든 것을 의미할 수 있어."

테레사가 말을 받는다.

"그렇게 본다니 잘됐네. 비록 콘텍스트가 모든 것이긴 하지만…."

"그게 뭐든. 나는 누군가가 열심히 일해서 번 돈으로 자신이 좋아하는 수도꼭지를 살 수 있다고 믿고 있어. 그렇게 하는 것의 모든 가능한 불공정과 그것의 함축적인 의미에 대해 생각하지만 않는다면 얼마든지 괜찮지. 따라서 모든 것에 대해 생각할 필요는 없어."

"정말 그렇게 믿는 것처럼 보이는군."

"그래, 나는 믿어."

"그럼 됐어."

"뭐가 됐다는 거야?"

"됐다고 말했어."

테레사는 갑자기 조심스럽게 말하는데, 꼭 그 대화에 대해서만 그러는 것은 아니다. 그녀는 선글라스를 쓰고 있어, 나는 그녀의 눈을 볼 수 없지만 젊은이답지 않게 어깨가 처져 있다.

잭이 말한다.

"동의하는 것은 너답지 않아. 그런데 왜 동의하지?"

"그만들 해요."

폴이 말한다.

"이곳에서 이른 저녁의 햇살을 즐기고 있었잖아요."

"맞아."

내가 말한다.

"이제 그만해."

잭이 결론을 맺듯 말한다.

"나는 하루 종일 햇빛 속에 있어. 그러니 은퇴했거나 그와 다르지 않은, 너희들 같은 사람처럼 햇빛을 즐길 필요는 없어. 나는 지금 얘기하러 온 거야. 하지만 갑자기 대화를 좋아하던 사람들이 대화를 원치 않는군."

이웃집의 전기 폭포에서 나는 소리밖에 들리지 않는데, 이전에는 우리 가운데 어느 누구도 그 소리가 난다는 것조차 눈치채지 못했다.

"누워야 할 것 같아."

자리에서 일어나며 테레사가 말한다. 폴 역시 자리에서 일어나,

그들이 집 안으로 들어가는 순간, 잭이 그녀의 팔을 잡는다.

"나중에 봐요, 잭."

폴이 말한다.

"이따 나올게요."

잭은 마치 그것이 스칸디나비아 반도에 있는 어느 나라의 언어라도 되는 것처럼, 그래, 폴, 하고 말하고 나서 남아 있는 맥주를 한번에 오래 모두 비워 버린다.

그 역시 일어서지만 나는 그에게 다시 앉아 잠시 있으라고 한다. 그는 내 말에 따르는데, 이것은 좋은 일이다. 하지만 그가 너무 빨리 고분고분해지는 것 역시 때론 나를 화나게 한다. 상황이 어떻든 적어도 내게는 그렇다. 그는 이곳에 오기 전에 술을 마셨던 듯 뺨과 귀 그리고 목이 약간 불그스름한데, 그것은 나를 닮지 않은 점이다(나는 술을 마실 때마다 더 창백해진다). 나는 오후 4시면 항상 그가 이상한 라운지나 그의 컨트리클럽에 있는 광택이 나는 나무를 댄 식당에서 이런 식으로 술을 먹는지 궁금하다. 물론 그 자체로는 놀라운 것도 우려할 만한 것도 아니다. 조경업자는 일거리가 많고 바빠도 비는 시간이 많은데, 특히 직원들의 손놀림이 더뎌지고, 모든 도구를 챙겨 트럭 뒤에 싣는 하루가 끝날 무렵이면 더 그렇다. 그때쯤 되면 고객들은 더 이상 별로 초조해하지도, 성가시게 굴지도 않는다. 그리고 주문하고, 소리를 지르고, 누군가를 안심시키고, 아첨을 하며 긴 하루를 보내고 나면 곧장 집에 가지 말아야 할 숱한 이유가 생기는 법이다. 그때는 뭔가를 놓고 누군가를 설득하거나, 뭔가를 파는 일 없이 누군가(자신의 아내를 포함해)와 얘기하고 싶어지는 것이다. 때로는 라디오도 켜지 않고 트럭 의자에 몸을 파묻은 채 마냥 앉아 있고 싶어지기도 한다. 내가 배틀 브러더스에서 한창 일할 때에는 사람들에게 뭔가 계산할 게 있다고 하고는 제리코 턴파이크 근처의 아무 데나 내 작업 트럭을 세워놓은 채로 조수석에 미슐랭 타이어 회사에서 파는 지도를 펼쳐 놓고, 니스에서 토리노에 이르는 모든 꼬불꼬불한 길을 마음속으로 그려 보곤 했다.

하지만 잭 배틀은 제리 배틀이 아니며, 나는 그 점에 대해 기뻐해야 마땅하지만 그렇지가 않다. 적어도 지금은 그렇다. 만약 그가 나를 닮았다면 무슨 얘기든 하는 것이 더 쉬울 것이다. 그리고 깨끗하고 효과적으로 얘기할 수도 있을 것이다. 마치 포스트잇에 단순하고 유용한 정보(예를 들어 올가미를 매는 방법과 연탄 쌓는 방법 같은)를 적어 전달하는 것처럼 편견 없이 대화를 나눌 수도 있을 것이다. 아니면 우리 삶의 끝없이 신기한 상황이나 혼란스러움을 드러내는, 약간 이해하기 어려운 것이나, 도교적인 뉘앙스가 풍기는 어떤 매력적인 경구를 말할 수도 있을 것이다.

하지만 이곳에 있는 이들(어쩌면 폴을 제외한)처럼 나는 달리 어쩔 도리가 없고, 그래서 우울한 기분으로 묻는다.

"도대체 왜 그러는 거야? 난 이해가 안 돼. 네 여동생이 지금 무슨 일을 겪고 있는지 모르는 거냐?"

잭이 맥주 한 병을 더 딴다.

"내 말 듣고 있는 거냐, 잭?"

"사실을 말하자면, 아버지, 정말이지 나는 모르는 편이 낫겠어요. 차라리 아무것도 모르는 편이 나았어요. 아무도 내게 말해 주지 않았으니까요."

"테레사가 말하지 않았니?"

"네, 말하지 않았어요."

그 말을 하며 그는 병을 세게 내려놓는다. 그 바람에 술이 튀고, 거품이 일며, 테이블의 철제 그물 사이로 쏟아진다. 그는 자리에서 일어나 작업화를 흔든다.

"내가 어떻게 알았는 줄 알아요? 로사리오한테 들었어요. 그녀는 그 이야기를 폴에게서 들은 것 같아요. 도대체 이게 무슨 경위죠?"

"그들 같지가 않아…."

"폴 같지가 않다는 얘기겠죠. 하지만 당신 딸은 얘기가 달라요. 지금 유니스는 무척 화가 나 있어요. 가장 안 좋은 건 그녀가 스스로를 오물처럼 여기고 있다는 거예요. 나는 그녀 탓은 안 해요. 그녀는 나름대로 준비해서 성대한 파티도 열어 주었고, 결혼식도 치르게 해 주겠다고 제안했어요. 그런데 이제 그녀는 우리가 이 가족 안에서 아무것도 아닌 존재라고 느끼고 있죠."

"나는 애들이 너희들에게 얘기한 줄 알았다. 그렇지 않았더라면 내가 바로 얘기했을 거야."

"그런데 그들은 얘기하지 않았어요. 그렇다면 당연히 아버지는 얘기했어야죠. 자동적으로요. 폴은 별개로 치더라도, 아버지가 그러지 않은 것은 잘못이에요."

"미안하다."

내가 말한다.

"이런 얘기 한다고 네 기분이 더 나아지지는 않겠지만, 사실은 나 역시 우연히 알게 되었다. 그리고 그녀가 자세한 얘기를 하지 않으려고 해서 이제는 어떻게 되어 가고 있는지 나도 몰라. 하지만 내 생각에는, 네 여동생에게 조금 여유를 줘야 할 것 같구나. 그 애는 바보가 아냐. 그러니 우리로서는 그 애가 올바른 판단을 내릴 거라고 믿는 수밖에."

"내가 그 애 입장에 있어도 같은 얘기를 할 건가요?"

그 질문이 나를 놀라게 한다. 그 말에는 예리함과 자기비판이 동시에 함축되어 있다. 그 말에 나는(어쩌면 자동적으로) 말한다.

"물론이지."

잭은 그래요, 하고 중얼거리며 맥주를 조금 더 마신다.

"그렇게 생각하지 않는 거냐?"

"그 얘기는 이제 그만두죠."

그가 말하면서 뒤뜰을 바라본다. 나는 그가 철없이 굴고 있다고 말하고 싶지만 그렇게 하지는 않는다. 전에도 위험하게 그런 말을 할 뻔한 적이 있지만 실제로 한 적은 없다. 그리고 그가 하는 말이 일리가 없는 것은 아니다. 그리고 오랜만에 처음으로 나는 그가 상처 입은 것을 볼 수 있다. 그것은 그의 아랫입술이 뒤틀려 나오고, 이빨이 혀를 깨물고 있는 것을 보면 알 수 있다. 어린 시절 그는 곧잘 그런 모습을 보였다.

"직원들을 보내 이곳을 다시 손질하도록 할게요."

갑자기 잭이 말한다.

"진짜 쓰레기장처럼 되어 가고 있어요."

"그럴 필요 없어."

"그렇게 할 거예요."

그가 말한다. 하지만 목소리가 아까처럼 거칠지는 않다. 그리고 잠시 후 그는 의자에서 일어나 잔디밭으로 간다. 그는 예전에 수영장이 있었던, 이제는 풀과 관목이 아무렇게나 자라고 있는 곳에 서 있다. 예전에 수영장과 맞닿아 있던 화단은 알아볼 수조차 없고, 풀이 자란 탓에 잔디밭 한가운데엔 스키 모굴이 있는 것처럼 보인다. 주변의 나무와 관목들도 가지치기가 필요하고, 벽돌로 쌓은 테라스는 몇 군데가 가라앉아 그 틈으로 잡초가 자라고 있고, 마당은 전직 조경업자의 땅으로는 전혀 보이지 않는다. 부동산업자라면 이것을 보고 '손질이 필요하다'고 말할 것이다. 실제로 제대로 보면 오래된 쓰레기장처럼 보인다.

"내 얘기를 들어 봐요."

목이 긴 맥주병을 들고 손짓하며 잭이 말한다. 그의 음성은 그가 의식하지 못하는 사이에 조경업자의 목소리처럼 바뀐다. 마치 도급자를 보는 것 같다. 그 목소리는 확신에 차 있고, 친근하기까지 하다. 하지만 과민한 사람 특유의 그늘진 구석이 있어 그가 지금처럼 얘기하면 대부분의 고객들은 그와 거리를 두려 할 것이다.

"큰일은 아닐 거예요. 이 흙더미를 평평하게 한 다음 표면 전체를 긁어내고 새 잔디를 심는 거예요. 그런 다음 나무를 손질해요. 관목들을 솎아 내고, 나무 위쪽도 가지치기를 하는 거죠. 테라스 옆의 관목들은 모두 다른 것으로 바꾸고, 진입로 옆에는 그런대로 괜찮게 생긴 과일나무를 몇 그루 심고, 작은 오솔길을 만드는 거예요. 그리고 집의 측면에 어울리게 테라스에는 파란색 돌을 깔고 고풍스런 느낌이 나는 벽돌로 마감하는 거지요."

"아주 괜찮게 들리는구나. 하지만 직원 전체가 그 일에 매달리는 건 원치 않아."

내가 말한다. 배틀 브러더스에서 내게 한 푼도 요구하지 않을 거라는 것을 알고 있기 때문이다.

"특히 할 일이 너무 많은 것처럼 보일 때에는."

"사실은 경기가 약간 둔화됐어요."

맥주를 홀짝이며 그가 말한다.

"하지만 걱정 말아요. 아직은 괜찮은 수준이니까요. 직원 두어 명은 쓸 수 있어요."

"어쩌면 너한테 일을 시킬지도 몰라. 지난 이삼 년 사이 콘도로 옮기는 문제를 생각해 왔는데, 그러기 위해서 뭘 하고 있는 것 같지는 않구나."

"왜 그래야 하죠?"

잭이 말한다.

"이 집에 대한 돈은 냈잖아요? 할아버지는 양로원에서 보살핌을 받고, 아버지는 괜찮은 곳에 있어요. 나 같으면 공기를 즐기고, 이곳을 자신을 위한 곳으로 만들겠어요. 아버지한테는 아무 문제도 없잖아요."

"그건 너도 마찬가지지."

내가 말하자 잭이 받는다.

"많은 액수의 저당과 사립학교에 보내야 할 두 아이와 취향이 독특한 아내를 빼면요."

"유니스는 멋진 걸 좋아해. 그건 너도 마찬가지고."

"하는 수 없이 따라가는 거죠."

이제 나는 그의 옆에 서 있다. 우리는 무성하게 자란 나무로 인해 경계가 만들어진, 이곳 대지의 끝 쪽으로 간다. 잭은 내게 제안하며, 자신의 PDA 스크린에 메모를 한다. 이제 그는 조금도 술에 취한 것처럼 보이지 않는다. 그가 자기 일을 하면서 생기가 돈다고 생각하니 기분이 좋다.

"저곳은 어떻게 할까?"

대지 한가운데 있는 넓은 땅을 가리키며 내가 말한다.

"그냥 잔디밭으로 남겨 둘까?"

"모르겠어요. 다시 수영장을 짓는 건 어때요?"

"수영장이라고? 더 이상 수영할 필요는 없어."

"그래요. 하지만 아이들이 좋아할걸요. 최근 들어 우리 집에도 하나 만들고 싶었지만 그럴 만한 공간이 없어서요. 여기에 다시 수영장을 만들면 늘 아이들을 볼 수 있을 거예요."

나는 고개를 끄덕이며 "그건 좋은 일이지."라고 말한다. 그러면서도 그의 아이들과 많은 시간을 보내게 되면 그들을 좋아하지 않을 수도 있다는(물론 항상 그들을 사랑할 테지만) 걱정이 벌써부터 든다.

"게다가… 어쩌면 언젠가 테레사와 폴이 롱아일랜드로 다시 이사를 올 수도 있잖아요, 그들의 아이 혹은 아이들과 함께요."

"그 생각도 하고 있었다."

"그래요. 원한다면 회사의 수영장을 전문적으로 만드는 사람을 시켜 수영장 옆에 뜨거운 물로 목욕할 수 있는 욕조도 만들어 줄게요.

그리고 다이빙대 대신 슬라이드를 만들게 하죠."

"아이들은 슬라이드를 좋아하지."

"물론이죠."

잭이 말한다.

"나도 항상 하나 갖고 싶었으니까요."

"정말이니?"

내가 말한다.

"그건 전혀 몰랐구나. 그럼 미리 말했어야지. 아무 문제없이 하나 만들어 줬을 텐데."

"알아요. 이유는 모르겠지만, 아버지한테 부탁해야겠다는 생각은 떠오르지 않았어요. 하지만 그런 생각을 했을 때는 너무 늦었을 거예요."

"그랬겠지."

우리가 갑자기 이런 대화를 나누는 것을 제대로 이해하지 못한 채 내가 말한다. 물론 그에 대해 얘기하는 것을 금하거나 금기시한 적은 없었지만 지금에 이르러서도 우리는 대놓고 얘기를 하지는 않는다.

"엄마도 슬라이드를 무척 좋아했을 거예요."

잭이 말한다.

"어쩌면."

내가 대답한다.

"하지만 그녀는 둥근 튜브를 물 위에 띄워놓은 채 슬라이드를 타고 내려가야 했을 거야."

내가 정신 나간 사람이라도 되는 듯, 잭이 나를 쳐다본다.

"그렇게 생각해요?"

그가 말한다.

"그렇지는 않은 것 같구나."

그녀의 튜브에 대해 얘기하는 내가 얼마나 멍청하게 여겨졌을지를 깨달으며 내가 대답한다.

"네 어머니는 뭐든 자신이 원하는 대로 했을 거야."

"그래서 우리는 그녀를 좋아했죠, 그렇죠?"

잭이 말한다. 하지만 비꼬는 기색은 아니다.

엉망이 된 잔디밭의 널따란 땅뙈기 한가운데 그와 함께 서서 나는 고개를 끄덕이는 것밖에는 할 게 없다. 그와 테레사가 바로 이곳에서 대부분의 시간을(최소한 어느 시기까지는) 어떻게 보냈는지는 쉽게 떠올릴 수 있다. 특히 여름이면 그들은 코코넛처럼 갈색으로 변해 깡충깡충 뛰고, 달리고, 눈에 보이는 모든 것들 위에 올라갔다. 부모라면 누구나 그렇게 얘기하겠지만 실제로 눈이 얼굴을 덮고 있는 것 같고, 손가락과 사지가 무척 가늘고 유연한 그들은 동물원에서 보는 작은 원숭이 같았다. 그들은 어른들의 몸에 올라타 어깨와 귀를 잡아당기고(대부분의 일반 영장류와는 달리), 아무렇게나 수영장 속으로 뛰어들곤 했는데, 수영을 배우기도 전에 그렇게 하는 바람에 나는 반쯤 물에 빠져 허우적거리는 그들을 끄집어내고는 해야 했다.

전후에 지어진 확실한 중산층의 집에 있을 법한, 1미터 높이의 다이빙대가 있고 가장자리에 도자기 타일을 댄, 6×12미터 크기의 우리 집 수영장은 아주 괜찮았다는 얘기를 해야 할 것 같다. 하지만 데이지에게 그 일이 일어난 후, 근무시간 동안에는 아이들을 보살펴 줄 사람이 없어 결국 그곳을 메우게 했는데, 우리 중 어느 누구도, 심지어는 타고난 수영 선수이자 동네 클럽 수영팀의 스타였던 잭 역시도 그에 대해 아쉬워하는 것 같지는 않았다. 실제로 그가 그 모든 것을 금세 극복하고, 다른 스포츠에 열을 올리며 놀라울 정도로 성공적인 모습을 보여 주는 것을 보고 나는 놀랐다. 그는 사회적으로 자신감 넘치는 인기인이 되었으며, 하루하루 바쁜 나날을 보내면서 완전히 회복한 것처럼 보였다. 물론 요즘에는 모두가, 심지어는 약간 멍청한 사람들조차 완전한 회복이라는 것이 믿기 어려운 개념 또는 관념이라고 생각할 것이다. 하지만 나는 그가 완전히 회복했는지 확실치가 않다. 어쩌면 정상을 회복하는 가장 확실한 방법은 재빨리 우리의 작은 풍경을 새롭게 가꿈으로써, 그러니까 볼썽사나운 곳을 불도저로 밀어 없애고, 잔디밭을 새로 깔아 최소한 아이들을 돌보는 어른들이 없더라도 안전하게 놀 수 있도록 하는 것일 것이다. 물론 이제는 아이들 또한 예전의 아이들처럼 놀지는 않을 것이다.

"테레사한테 미안하다고 얘기해 줘요."

떠나기 위해 안뜰 테이블 위에 있는 자신의 물건들을 챙기며 잭이 말한다.

"나도 나중에 전화할게요."

"그러는 게 좋을 거야."

그와 함께 진입로로 걸어가며 내가 말한다.

"그래, 그 일은 어떻게 하죠?"

뜰을 향해 고갯짓을 하며 그가 말한다.

"사람들을 보낼게요. 근데 수영장은 어떻게 하죠?"

잠깐 두고 보자, 하고 나는 그에게 말한다. 그리고 그가 놀랄 정도로 출력 좋은 차에 타기 전, 나는 그의 등을 한두 번 두드려 준다. 그러자 그는 만족스럽다는 듯 무슨 말인가를 낮게 중얼거리며 시동을 건다. 나는 상황이 어떻건 그들 둘이 다시 이곳에 있게 된 것이 얼마나 좋은지를 생각한다. 그리고 그것은(자신이 누군지 알기 때문이며) 가까운 사람들이 자신이 원하는 방식으로 자신을 사랑하는지 그렇지 않은지는 거의 문제되지 않고, 다만 그들이 성가시기도 하지만 가까이 있다는 것만으로 인생의 어느 좋은 시점에 이를 수 있기 때문이다.

9

그래서 제리 배틀은 현실에서 물러난다.

정말 나는 그렇게 한다.

아니 어쩌면 역으로, 내가 그러한 상태를 불러들이고 있는지도 모른다. 그 한 예가 지금 내가 이곳, 희미하게 불 켜진, 때 묻은 창문을 한 번도 청소한 적이 없는, 차를 두 대 세울 수 있는 차고에 있다는 사실이다. 나는 페라리의 운전석 가죽 의자에 앉아 있다. 그 차의 열두 개에 이르는 실린더는 감옥에 갇힌 사이렌처럼 소리를 지르고 있으며, 차에서 나는 냄새가 너무 독하게 여겨질 때에만 나는 손을 뻗어 햇빛 가리개 위에 걸려 있는 리모트 컨트롤을 눌러 문을 연다. 그러면 신선한 공기가 밀려들어 온다.

"도대체 뭘 하고 있는 거예요?"

테레사가 임팔라 운전석에서 소리친다. 그녀는 진입로에서 공회전을 하며 데이지가 쓰던, 재클린 오나시스 스타일의 둥근 선글라스를 쓴 채 나를 바라보고 있다. 그녀는 거의 20년 전 내가 지하실의 서랍장에 넣어 두었던 그 선글라스를 찾아냈다.

나는 두 번에 걸쳐 어색하게 페달을 밟아 차를 후진해 밖으로 나간다. 그러고는 그녀 옆에 나란히 선다.

"가끔 먼저 문 여는 걸 잊어버리곤 하지."

"바보 같아요. 꼭 그래야겠어요?"

"그래. 너희들에게는 또 다른 차를 한 대 사 줄게."

"됐어요. 우리는 필요 없어요. 대신 아버지가 일하지 않을 때 이 차를 쓸게요. 그런데 가는 길에 데어리 퀸에 잠시 들르고 싶어요."

"우리 조금 전에 아침을 먹지 않았니?"

"밀크셰이크하고 프렌치프라이가 필요해요, 제리. 지금 당장이요."

"알았어, 알았어, 좋아."

요즘 들어 그녀가 금세 기운을 되찾는 것을 보면 놀랍다. 그리고 그녀가 고집스런 면모를 보이고, 계속해서 허기가 지는 것이 기쁘다. 그럼에도 불구하고 한편으론 그녀가 다리를 저는 영양 새끼처럼 쉽게 상처받을 수 있는 것처럼 보인다. 우리는 조종사나 동료들이 그러듯 서로에게 엄지손가락을 들어 보인다. 그리고 나는 앞장서며 리치의 집 근처에 데어리 퀸이 있다는 생각을 떠올린다.

내가 리치의 차를 돌려주기로 결심한 것은 — 그 과정에서 혼자 흐뭇해하거나 어떤 조건을 제시하거나 하지는 않았다 — 내가 멋진 사내여서거나 그 차가 테레사와 폴이 출력 좋은 SUV 사이에서 몰고 다니기에 위험할 수도 있어서는 아니었다. 또 내가 그 차를 정말 내 것처럼 느낄 수 없기 때문도 아니었다(물론 리치가 내 도니를 가졌더라면 그는 즉시 그것을 팔아 한 달 동안 비싼 비행기 여행을 하는 비용으로 쓰지 않았다면 벌써 새 칠을 하고, 좌석에 새로 가죽을 입히고 했을 거라는 걸 알고 있다). 단지 내가 그렇게 한 이유는 우리 가족에게 점차 걱정스런 것이 되어 가고 있는 문제들을 단순화하고 싶었기 때문이다. 어쩌면 나는 가족 모두를 불러 모아 종이를 나눠 주고 우리가 직면한 세 가지 '과제'에 대해 솔직하게 적게 함으로써(얼마 전에 슈퍼마켓 계산대에서 본 여성지에 소개된 것처럼) 그 문제들을 해결해야 할는지도 모르겠다. 하지만 가장 먼저 우리가 담보물처럼 잡고 있는 리치의 차를 정리하는 것이 쉬워 보였다. 물론 테레사와 폴은 그 차를 좋아했지만 나는 그것이 말 그대로 이물질처럼 느껴졌고, 그 차를 볼 때마다 리타의 경멸하는 듯한 시선이 떠올랐다.

그렇게 해서 테레사와 나는 각자 지붕을 열 수 있는 차에 타게 되었다. 나는 10초마다 백미러로 뒤돌아보며 손을 흔든다. 그녀 또한 반짝이는 멋진 차에 탄 채 손을 흔든다. 그녀가 운전대를 잡고 있는 모습을 보니 기쁘다. 동시에 그녀와 잭이 나와 함께 앞자리에 앉아 서로 번갈아 가며 내 무릎에 올라와 운전하던 때가 생각난다. 물론 요즘에는 그런 짓을 했다가는 체포되어 아동을 위험에 빠뜨리게 했다는 죄로 기소되겠지만 당시에는 잭이 순찰차가 지나갈 때면 경적을 울리기까지 했었다. 그러면 경찰관은 사이렌을 잠시 울려 응답해 주기도 했다.

리치가 사는 곳까지 가려면 꽤 많은 거리가 남았지만 나는 개의치 않는다. 이른 오후인데다, 사람들은 모두 해변에 있다. 고속도로는 잘 뚫려 있고, 페라리의 지붕을 열고 달리다 보니 마음이 들뜨기까지 한다. 옆 차들을 추월하자 운전자들은 나를 한참 동안 쳐다본다. 남자 여자 할 것 없이 그렇게 하는데 남자들이 특히 더 심하다. 젊은 사내와 중년 사내뿐만 아니라 아직 운전해서는 안 될 것 같은 사내들 역시 마찬가지다. 나는 그들이 나를 더럽게도 운 좋은 놈이라고 생각하고 있다는 것을 안다. 그들은 내게 공간을 주기 위해 무의식적으로 자신들이 달리고 있던 차선 가장자리로 비켜나며 나를 부러워하고 시샘할 것이다. 젊은 아가씨들은 내 머리가 가발은 아닌지, 그리고 내 목이 늘어지지는 않았는지 보려는 듯 가까이 다가오기도 한다. 그리고 지프 랭글러를 탄 채 나와 나란히 달리고 있는, 눈이 둥근 금발 아가씨는 선글라스를 머리 위로 올리고 내게 윙크하며 '나를 따라 집으로 와요.'라고 말하는 듯한 입 모양을 만든다. 어쩌면 제리 배틀은 다시 생각해야 할는지도 모르겠다. 그리고 이곳 풍경 또한 괜찮다. 넓은 길은 생각했던 것만큼 끔찍하지 않다. 그래서 나는 여행을 위해서도, 속도를 위해서도 만들어지지 않은, 그 사이로 곧게 나 있는 길을 제외한다면 어떤 장소를 그 장소답게 만들어 주는 것에 다른 무엇이 있는지 궁금해한다.

데어리 퀸이 아직 공식적으로 문을 열지 않았다는 사실에 비춰도 그곳에는 거의 우리밖에 없다. 테레사는 좀 더 나이 든 매니저 보조에게 주문을 받아 주면 페라리의 시승 기회를 주겠다는 제안을 해 10대 직원 두 명으로 하여금 일찍 문을 열게 한다. 10대 둘은 목소리가 거칠고, 얼굴에 기름기가 흐르고, 털구멍이 크다. 세수를 제대로 하지 않은 것처럼 보이는, 시선이 멍한 그들은 세상을 지배하고 있는 미국 문화 속에서 실제로 거의 모든 것을 좌지우지하는 젊은이들이다. 하지만 그들은 요즘의 그 어떤 아이들보다 탄산음료를 많이 섭취해 빠르게 나이를 먹고 있는 것 같다. 그들은 프렌치프라이를 튀기고, 아이스크림을 만들며, 새로 케첩을 병에 채운다. 나는 테레사와 함께 내 고물 차 앞좌석에 앉는다. 10대 직원이 깨끗한 접시에 우리가 먹을 것을 담아 가지고 나오고, 나는 매니저 보조에게 열쇠를 던져 주며 누군가를 불로 만들거나 죽이진 말라는 얘기를 한다. 그러자 테레사가 밀크셰이크에 빨대를 꽂기도 전에, 그가 연기를 내뿜으며 대로를 사납게 질주한다.

"프라이 좀 들어요, 제리."

나는 그것을 조금 먹는다. 하지만 배는 고프지 않다. 최근에는 부쩍 많이 그렇다. 어쩌면 임신한 딸을 보면서 어떤 잠재적인 생물학적 이유로 그렇게 되었는지도 모르겠다. 아니면 아예 음식에 입을 대지 않음으로써 내가 그녀를 얼마나 걱정하고 있는지를 보여 주어야 하는지도 모르겠다. 어쨌든 그런 것이라면 자신 있는 폴은 집에서 저녁 식사로 올릴, 호르몬제를 주사하지 않은 양고기 다리 살에 모로코산 건조 양념을 손으로 문질러 치고 있다. 그는 향신료를 넣은 쿠스쿠스와, 1파운드에 단돈 5.99달러를 주고 산 독일산 하얀 아스파라거스를 버터에 살짝 구워 내놓을 것이다. 그는 어느 때보다 미친 듯이 요리를 하고 있는데 우리 세 사람을 위해 매일 최소한 네다섯 끼 식사를 준비한다. 그래서 우리는 늦여름의 허리케인이나 슈퍼마켓의 음식물이 동나는 위협에 처한 사람들처럼 이삼 주는 버틸 수 있는 식료품을 산다. 지난주 나는 지하실에 있는 낡은 냉동고를 청소해 전원을 다시 연결하고, 그의 멋진 요리들이 완전히 얼지 않도록 진공 포장이 가능한 기계를 들여와 그를 기쁘게 해 주었다. 그 후 그는 뜨거운 음식과 먹다 남은 음식뿐만 아니라 구운 캐슈•와 아시아산의 말린 과일, 바나나 과자, 그리고 땅콩 초콜릿, 그리고 코스트코에서 찾아낸 엄청난 부피의 건조식품 모두를 진공 포장하고 있는 것 같다. 누구도 말하지 않았지만 그것들은 아기가 태어난 후엔 더욱더 요긴하게 쓰일 수도 있을 것이다. 하지만 아기가 나오려면 여러 달이 남았고, 어쩌면 그것들은 적절치 않을 수도 있다. 젖을 먹이거나 기저귀를 갈아주는 사이 메이플시럽을 바른 쇠고기 허리 살이나 아이올리••와 레몬 풀을 넣은 핼리벗•••을 데우는 일은 옳지 않은 일로 보일 수도 있기 때문이다. 그럼에도 그렇게 하는 것 역시 가능할 것이다.

폴이 치유 효과가 있는 것처럼 보이는 활동을 하며 바쁘게 지내고 있는 것은 기쁜 일이다. 하지만 가치 있고 긍정적이면서도 실제로는 손을 강박적으로 씻는 것과 다를 바 없는, 요리라는 것에 지나치게 빠져드는 것이 점차 걱정되기도 한다. 어제 그가 지하실에서 올라왔을 때 — 그는 거의 매 시간 지하실에 내려간다 — 나는 다시 한 번(우연인 것처럼 대수롭지 않게, 그리고 부드럽게) 어떤 식으로든 글을 쓰고 있는지 물었다. 그러자 그는 희미하게 웃음을 지으며 "뭐라고요?"라고 작은 소리로 반문한 다음 내가 정말로 자신이 진지한 작품

• Cashew: 열대 아메리카산 옻나무과 식물로, 열매는 식용으로 함.
•• Aioli: 프랑스 프로방스 지방의 독특한 마늘이 든 일종의 마요네즈.
••• Halibut: 북방 해양에서 잡히는 큰 넙치.

을 쓰고 있을 걸로 생각하는지 물었다. 농담하는 게 아니라는 것을 깨달은 나는 그렇다고 말했다. 그는 성품이 부드럽고 믿을 만하며, 생각이 자유로운 사람이라 학자 타입의 고객들에게 어울리는 작가가 틀림없다(물론 그러기 위해서는 묶은 머리를 자르고 삼으로 만든, 굽 낮은 샌들을 더 이상 신지 말아야 할 것이다). 그가 닭 가슴살을 시금치에 마는 것을 보며 나는 이 모든 엉망인 상황이 그의 마음을 얼마나 착잡하게 만들고 있을지를 생각했다. 물론 그는 처음 내게 마음을 털어놓은 이후로도 꽤 붙임성 있게 행동해 왔다. 사람들은 아시아인들이 백인이나 흑인 또는 스페인계 출신만큼 감정을 쉽게 드러내지 않는다고 말한다. 어쩌면 일반적으로 그 말은 사실일 수도 있다. 하지만 나의 폭넓지는 않지만 오랜 경험에 비춰 보았을 때(물론 나는 전문가는 아니다) 내가 알았고, 키웠으며, 사랑했던 사람들은 놀라울 정도로 정서적이었다. 물론 그렇다고 해서 내가 '우리 모두는 개별적인 인간이다.'라거나 '우리 모두는 똑같다.'라고 주장하거나, 인간이라는 종(種)에 대해 또 다른 좋은 얘기를 하고 있는 것은 아니다.

리치의 차가 빨간 불을 번쩍이며 지나간다. 엔진 소리가 이상하게 들리는 것으로 보아 매니저 보조가 저단 기어로 운전하고 있는 것 같다. 그는 놀라운 솜씨를 보이며, 두 개의 차선을 이용해 느리게 나아가고 있는 차들 사이를 왔다 갔다 하더니 어느새 방향을 틀어 골목길로 들어가며 다시 모습을 감춘다. 그의 동료가 주먹을 흔들며 목청을 다해 찬사를 늘어놓는다.

"깜빡 잊었는데, 아빠 나이가 어떻게 되죠?"

밀크셰이크를 빨다 말고 테레사가 느닷없이 묻는다. 나는 그녀와 관련된 심각한 문제에 대해 얘기하고 싶었지만 테레사는 임신에 대해서도, 비호지킨병('비'라는 말은 마치 그것이 치명적이지도 중요하지도 실제적이지도 않은 것처럼 항상 나를 방심케 한다)에 대해서도, 그 어떤 얘기도 하지 않으려 한다. 그러면서 그녀는 내가 캐물으려 할 때마다 교묘하게 답을 피한다.

"우리가 파티를 했을 무렵, 여든다섯이었지."

"아빠는 여든다섯, 그리고 아버지는 쉰아홉이죠."

"그래."

그 숫자가 그 어느 때보다 좋게 들린다는 생각을 하며 내가 말한다.

"노동절이 지나면 예순이 되지. 너는 '얼마나 역설적인가.'라고 생각할지도 모르겠구나."

"그게 무슨 말이에요, 제리. 아버지는 나를 가장 끔찍한 사람이라고 생각하고 있는 게 분명해요."

"그럴 리가. 하지만 솔직히 얘기해도 돼."

"좋아요. 어쩌면 문득 어떤 생각이 들었는지도 모르겠어요. 하지만 그 누구도 아버지가 평생 동안 열심히 일하지 않았다고 말하지는 않을 거예요. 아빠조차도요."

"그건 단지 그가 말을 별로 하지 않기 때문이지."

물론 그것은 사실이 아니다. 실제로 아버지는 비와의 사이에서 그 일이 있은 후 곧 기분이 나아졌으며, 내가 방문할 때에도 대체로 잘 처신하고 있다. 그는 신중한 태도로 부드럽게 얘기하고, 그로서는 놀라울 정도로 점잖은 모습을 보여 주고 있는데 쾌활하기까지 하다.

다만 말수가 줄어든 것이 걱정스럽지만 내가 그곳을 방문해, 우리 둘이 엷은 자주색과 베이지색을 강조한 방에서 두 시간 정도 별로 하는 일도 없이(그는 전력장치가 달린 침대에 기댄 채, 나는 비스듬히 기댈 수 있는 의자에 앉아) 교육 방송이나 요리 채널을 보는 것이 그냥 즐겁다. 어쩌면 모든 것을 체념한 사람이 하는 말처럼 들릴 수도 있지만 자신의 아버지가 양로원에 있고, 그가 한때 좋아했던 여자가 이제 턱받이와 기저귀에 의존하게 되었을 때에는 문제들을 그다지 가혹하게 파고들고 싶지 않은 것이다. 그리고 설령 문제가 있다 해도 그것을 비실제적인 것으로 생각하고 싶고, 심지어는 생각 또한 대수롭지 않게 하고 싶어진다. 이제 그것은 문제들이 실제로 더 이상 문제가 아니며, 갑자기 모든 것을 포괄하는 조건이 되기 때문이다.

테레사가 말한다.

"아버지 생일날 파티를 열고 싶어요?"

"전혀 그러고 싶지 않아."

"왜죠? 무척 재미있을 텐데요. 생일날 고기를 구워 먹는 거예요. 아버지 친구도 모두 초대하고요."

"나는 친구가 없어."

"그럴 리가요. 배틀 브러더스에서 일하는 사람들은요?"

"아직까지 친하게 지내고 있긴 하지만, 친구는 아냐. 그런 적도 없고."

"그럼 다른 사람들이나 이웃들은 어때요? 아니면 학교 친구들은요? 해안경비대에 있을 때 사귄 친구들도 없어요?"

"말했다시피 나는 친구가 없어. 정말 친구가 있었던 적이 한 번도 없어. 그냥 친하게 지내는 사람들이 있을 뿐이야."

"그럼 친하게 지내는 사람들 모두들 초대하는 거예요. 파티를 거창하게 열 필요는 없어요. 폴도 기쁜 마음으로 음식을 준비할 거예요."

"그는 이미 시작한 것 같던데."

"멋지지 않아요? 실제로 아버지 생일을 위해 뭔가 특별한 것을 하자고 얘기를 꺼낸 것은 폴이에요. 한국에서는 60번째 생일이 아주 의미 있는 날이래요. 숫자상으로도 의미가 있지만, 옛날에는 그렇게까지 사는 것도 드문 일이었으니까요."

"그건 지금도 그렇지."

내가 말한다.

"다만 요즘에는 누구도 우리가 그렇게까지 사는 걸 원하지 않지."

"오, 딱한 얘기는 그만해요. 마음속으로 나는 결심했어요. 아버지의 60번째 생일 파티를 열 거예요. 그건 돈 없는 우리가 해 주는 선물이 될 거예요. 잭과 유니스는 새 비행기 같은 대단한 걸 선물할 게 틀림없어요."

"그게 바로 내가 걱정하는 거야."

나는 라디오의, 옛날 노래들을 들려주는 방송에 채널을 맞추려고 애를 쓴다. 나는 특히 지금 타고 있는 차에 시동도 걸지 않고 그냥 올라탄 채 그런 노래들을 즐겨 듣곤 했다. 1950~1960년대 노래에서 1970~1980년대 노래까지 듣곤 했는데, 물론 이것들은 테레사에게는 옛날 노래지만 내게는 가끔 새롭게 다가오기도 하는 노래들이다. 마침내 나는 음질이 고르지 않은 AM에 주파수를 맞춰 내가 원하는 노래들을 찾아낸다. 플래터스(The Platters)와 스피너스(The

Spinners) 그리고 척 베리(Chuck Berry)와 제임스 브라운(James Brown) 등이 들려주는 노래는 마치 구식 전화기에서 나는 소리처럼 잡음이 섞여 있다. 물론 이것들은 계속해서 이어지는 삶이라는 퍼레이드의 일부이다. 이런 음악을 듣고 있으면 아주 천천히 나아가기 때문에 뭔가 화려하거나 멋진 것들은 결코 놓치는 일이 없을 걸로 생각되지만, 그럼에도 누군가 혹은 뭔가를 위해 걸음을 멈추지는 않게 된다. 그리고 이런 경우 우리는 사람들이 뒤처지거나 배웅을 받으며 인생의 무대에서 물러나기 시작했다고 느끼는 것을 알 수 있으며, 자신이 LP판처럼 되어 가고 있다는 것을 알 수 있다.

하지만 그것들은 영원히 사라진 것들이다.

그래서 나는 절망적으로 들리지 않기를 바라며, 또한 피하지 않는 듯한 투로 말한다.

"아직 시간은 있어."

"그럼요. 하지만 알 수 없는 일이죠, 그렇지 않아요, 제리?"

테레사는 항상 자신이 원하는 얘기를 끄집어낼 줄 안다.

"알 수 없지. 지금 당장 심장 발작으로 쓰러져 이빨조차 못 닦게 될 수도 있지. 그렇게 되면 나를 아이비에이커스에 집어넣어야 할 거야."

"아빠하고 같은 방을 쓸 수도 있겠네요."

그녀는 거의 쾌활한 어투로 말한다.

"그런 일이 얼마나 자주 있는지 궁금해요."

"아주 드물걸."

그것은 내가 생각지 못한 일이지만, 그 문제에 대해서도 생각해 보아야 할 것이다. 물론 그런 일이 실제로 일어날 수도 있다거나 내가 그것을 허용하게 될지도 모르기 때문만은 아니다. 나는 내 딸 나이의 사람들이, 물론 그러고 싶어 그러는 것은 아니지만, 나를 이런 식으로 볼 수도 있다는 점을 깨달아야 할 것이다.

"근데 정말 그걸 원하는 건 아니죠, 그렇죠?"

"양로원에서 아버지와 함께 사는 것 말이니?"

"아뇨."

그녀가 말한다.

"우리 집안 문제 말예요."

"다른 대안이라도 있니?"

"물론 있죠."

"예를 들면?"

"알잖아요."

"내가?"

"그럼요."

아니면 나는 알고 있다고 생각하고 있는지도 모른다. 하지만 그 말을 먼저 꺼내는 것이 겁난다. 그 생각을 하자, 순간 마음이 싸해진다. 그녀는 중년의 나이에 이른 지 얼마 되지 않은 우리 모두가 다 자란 아이들과 함께 있을 때면 듣고 싶어 하는 것에 대해 얘기하고 있는 것 같은데, 나는 비공식적으로 그것을 초대라 부르고 싶어 한다. 잭과 유니스가 그들의 커다란 집으로 이사한 후, 나는 결국 그들이 내가 내 집을 팔고 그들 집으로 들어오라는 얘기를 내비치기를 남몰래 기다리고 있었다. 어쩌면 그들은 내가 미래를 위해 모아둔 내 재산의 반을 그들에게 주어 매력적인 간병인을 구하고, 나머지 반은 아이들 교육이나 수영장 짓는 일에 보태기를 기다리고 있는지도 모른다. 나는 겉으로 보아도 잭과 그렇게 가까운 사이가 아니고, 아이들과도 그저 그렇고 그런 사이가 분명함에도 그것을 바랐었다. 나는 아이들을 축제나 동물원에 기꺼이 데려가지만 수많은 플라스틱 장난감과 별난 것들이 가득한 그들의 커다란 방에서 몇 분 이상을 함께 앉아 있지 못한다. 물론 나는 최근 몇 년 사이 잭의 반(半)아시아계 혈통에 대해 내심 찬사를 보내며 때마다 자식으로서 효성을 다하고 있는 것이 얼마나 큰 미덕인지 칭찬하기도 한다(언젠가 한번 데이지는 그런 것에 대해선 아무것도 모른다며 나를 비난한 적이 있었다. 그때 나는 그녀가 더 이상 한국으로 장거리 전화를 걸지 못하게 한 상태였는데, 그녀는 한 달에 전화비가 200달러나 나올 정도로 전화를 했었다). 그리고 나는 암암리에 언젠가 잭이 우리의 그저 그런 관계를 접고, 공자의 가르침을 따르는 의무를 다해 나를 보살폈으면 하는 마음을 갖고 있다. 이 점에서 우리 같은 나이 든 백인들(그리고 흑인과, 자신의 운명을 스스로 개척하는 문명에 너무 익숙해진 모든 사람들)은 한참 모자라는 것 같다. 그리고 가족들이 서로 버팀목이 되어 주는 관계를 완전히 뒤엎으려 하고 있는 우리 백인들이 역사상 가장 실망스런 세대라는 사실이 밝혀진다 해도 나는 놀라거나 하지 않을 것이다.

테레사로 말하자면, 설령 그녀가 그럴 입장이 된다 하더라도 그녀가 내게 자신의 가족과 함께 살기를 제안할 거라고 생각해 본 적은 없다. 하지만 어쩌면 최근의 상황이 그녀로 하여금 희망과 관용에 대한 감상적인 생각을 갖게 했는지도 모른다. 그 점을 생각하자 나는 솔직하게, 그리고 고마운 마음으로 표현하는 수밖에 없다.

"너 자신과 폴에 대해 많은 생각을 한 것 같구나."

"알아요. 알아요. 얘기하는 게 무엇보다 중요하죠."

"그렇고말고."

내가 말한다.

데어리 퀸의 다른 직원이 차에 타는데 두 번째 친구는 첫 번째 친구보다 좀 더 머뭇거린다. 그는 기어를 넣는 자동차를 몰아 본 경험이 별로 없는 것처럼 보인다. 어쩌면 비디오 게임으로나 그런 것을 해 보았는지도 모른다. 첫 손님이 주차장으로 들어오면서 운전대를 잡은 아이가 도로로 나서다가 하마터면 그를 칠 뻔한다. 우리는 그가 다음 신호등까지 달려가서는 시동을 꺼트렸다가 신호를 받고 유턴하여 다시 시동을 꺼지게 한 뒤 돌아오는 것을 본다.

테레사는 밀크셰이크를 빨대로 마지막 한 방울까지 빨아 다 마신다. 폴이 음식을 잔뜩 준비하는 바람에 그녀는 지난 이삼 주 동안 나와 마찬가지로 체중이 불었다. 크림색 면 탱크톱 차림인 그녀는 뺨과 목, 그리고 어깨에 살이 붙어 건장해 보인다. 그녀가 재클린 스타일의 선글라스를 낀 채 임팔라 자동차의 운전대를 잡고 있는 것을 보면서, 만약 데이지가 살아 있다면 그녀와 얼마나 가깝게 지냈을지, 그리고 그들이 가족의 중대사를 어떻게 계획했을지에 대해 궁금해한다. 만약 내가 운 좋은 남자였다면 그들은 계속해서 나를 놀리고, 내게 골칫거리를 안겨 주며 여러 번 심장 발작도 일으키게 했을 것이다.

"그 얘기를 들어 기뻐요, 제리."

테레사가 말한다.

"어젯밤에 폴과 얘기를 나눴어요. 나에 관해서요."

"너에 관해서?"

"물론 나에 관해서죠. 우리의 상황이 끔찍하게 될 경우 말이에요. 아기가 나왔는데 나에 관해서는 맹목적인 믿음밖에 가질 수 없다면 내가 필요한 조처를 취하는데 그가 도와주기로 했어요."

"필요한 조처라고? 도대체 무슨 얘기를 하고 있는 거냐?"

"우리가 얘기하고 있는 것 말예요."

"지금 우리의 미래에 대해 얘기하고 있었던 것 같은데."

"맞아요."

그녀가 말한다.

"나는 폴과 아버지가, 어쩌면 잭이, 물론 그가 상관하고 있다면 말이지만, 합리적인 선을 넘어서면서까지 나를 어떻게 하려고 하지 않았으면 좋겠어요. 나는 영웅적인 어떤 것도 하고 싶지 않아요. 나는 목숨을 부지하는 것에는 관심이 없어요. 게다가 우리 사회가 삶의 질과는 아무 상관없이 목숨을 유지하는 데 엄청난 비용을 들이고 있다는 생각을 하면 두려워요."

"나는 그런 건 신경 쓰지 않아."

그녀가 알아차리지 못하게 기어를 바꾸려고 애쓰면서 말한다.

"그건 숭고한 일이야."

"숭고하다고요? 그건 비겁하고 이기적인 거예요. 매일같이 수천 명의 아이들이 비참한 상황에서 태어나고, 우리의 공립학교는 파탄나고 있고, 모든 곳에서 환경이 위협받고 있는 요즘 시대엔 더욱더 그래요. 우리 사회가 죽음에 대해 이토록 반대하고 있다는 건 정말 우스운 일이에요."

"내 말 좀 들어 봐라, 얘야. 네가 무슨 말을 하려는지 모르겠지만 나는 분명 죽음을 반대해. 특히 네 죽음에는."

"지금은 그렇게 생각할 수도 있겠죠. 하지만 내 체중이 36킬로그램까지 떨어지고, 듣거나 볼 수도 없고, 고통이 너무 심해 계속 신음을 토하고 지내면서 아버지와 다른 모두에게 하루에 2,000달러씩 들어가게 한다 해도 내가 마지막으로 숨을 거둘 때까지 참을 거예요?"

"그 얘기는 하고 싶지 않구나."

"아버지는 어른이에요, 제리."

"좋아. 그렇다면 좋아. 하지만 너도 네 차례가 되었을 때 그런 걸 누릴 자격이 있어."

"내 차례라고요? 그럼 아빠도 자기 차례를 즐기고 있다고 생각해요?"

"내가 하는 얘기의 요점을 못 알아듣는구나."

내가 말한다.

"지금 아버지가 그곳에 있는 건 더 나은 선택의 여지가 없기 때문이야. 나는 그의 행복을 위해 그를 그곳에 보냈어. 그는 갇혀 있는 게 아냐. 물론 아이비에이커스를 좋아하지는 않지만 나나 잭 또는 다른 누군가와 살고 싶어 하지도 않아. 원한다면 그는 언제든 걸어 나올 수 있어. 그가 정말 바라는 건 옛날의 삶을 되찾는 것이지만, 그건 불가능한 일이야. 그래서 그는 다른 모든 사람들이 하고 있는 것을 하고 있어. 그리고 그것이 가족을 위하는 일이고. 그래서 잭과 그의 아이들은 그곳에 가서 한 시간 동안 그와 함께 앉아 침대의 조종 장치를 갖고 놀거나 〈심슨 가족〉을 볼 수 있는 거야."

"누구도 정말 스스로 즐기고 있지 못하고 있다는 게 문제되지 않나요?"

"그럼. 그건 우리가 해야 하는 일의 한 부분일 뿐이야. 그리고 지금 아버지가 해야 하는 일은 아버지가 되는 것이지. 여기서 영웅적인 어떤 일에 대해 얘기하고 있는 건 아냐. 그리고 그건 네가 고통을 겪는 것을 내가 지켜보고 있을 수 없기 때문이야. 하지만 상황이 별로 좋지 않더라도 네가 갑작스런 일을 벌어지는 않았으면 해. 이런 일에는 자연스런 전개라는 게 있고, 정말 때가 되면 우리 모두 알게 될 거야. 하지만 지금은 때가 아니라고 생각해."

"엄마가 갑작스런 뭔가를 했다고는 생각하지 않는 거예요?"

아주 조금이긴 하지만 빈정대는 투로 테레사가 말한다.

"물론 그렇게 생각하지 않아. 그녀는 자살한 게 아냐."

"하지만 순수하게 사고도 아니었어요, 그렇지 않아요? 그녀가 그토록 비참할 정도로 불행하지만 않았어도, 좀 더 조심하기만 했어도 그런 일은 결코 일어나지 않았을 거예요."

"그럴 수도 있겠지."

비참할 정도로 불행한, 이라는 말에 신경을 쓰며 내가 말한다. 그것의 사실 여부를 떠나 아직 젊은 처녀인 테레사가 그처럼 단호한 표현을 통해 자신의 어머니를 기억하고 있다는 사실이 마음에 걸린다. 어쩌면 그녀는 내가 어머니를 불행하게 하는 데 일조했다고 생각하고 있는지도 모른다. 그녀가 과거의 기억을 떠올리며 등골이 오싹해지고 있을지도 모른다는 생각과 함께 이전에 그녀가 쏟아 냈던 수많은 차가운 말들을 떠올리자 갑자기 무서운 마음이 든다.

"생각을 해 봤는데요, 제리."

그녀가 심각한 표정으로 말한다.

"약속을 해 줬으면 해요."

"뭐든 얘기해 보거라."

"폴과 아기를 돌봐 줄 거라는 약속을 해 줬으면 해요."

"테레사…."

"그리고 폴 얘기를 하는 건, 아기가 없을 때도 그렇게 해 달라는 의미예요."

"맙소사, 네가 이런 식으로 말하는 건 마음에 들지 않아."

"진심이에요. 그를 돌봐 줬으면 좋겠어요. 어쩌면 그는 아버지와 함께 한동안 그 집에서 머물 수도 있겠죠. 내가 대학에서 가입한 생명보험은 별로여서 그에게 기껏해야 여섯 달밖에는 혜택이 주어지지 않을 거예요. 그리고 그는 자기 부모님한테서는 한 푼도 요구하지 않을 거예요."

"내게는 부탁할까?"

"부탁하지는 않을 거예요. 하지만 아버지가 제공하는 도움은 받아들일 거예요. 부모님이 자기가 잘못된 직업을 선택했다고 생각하는 것에 실망한 그는 그들에게서 아무것도 요구하지 않을 거예요."

"그가 내가 생각하는 것에 개의치 않아 다행이야."

"그래요."

테레사가 말한다.

"폴은 훌륭한 사람이고 좋은 작가지만 때론 너무 착한 소년처럼 굴어요. 그는 부모님뿐만 아니라 다른 많은 사람들을 기쁘게 해 주려고 해요. 그건 하루하루는 괜찮지만 장기적으로는 그를 곤란하게 만들 거예요. 아직까지는 그에게 아무 말도 하지 않았는데 그가 나이 들면서 그게 문제가 되고 있는 것 같아요. 특히 그가 하는 일과 관련해서도요. 그는 아직 그런 점을 고치지 못한 것 같아요. 물론 이런 문제를 아버지하고 상의할 필요는 없지만, 때로 그는 일을 처리하는 데 있어 지나치게 공정해요. 너무 올바르죠. 그는 누굴 실망시키거나 해 끼치는 것을 두려워하고 꺼려하는 것 같아요. 예술가들은 다른 사람들이 자신을 싫어하는 걸 참지 못하죠."

"나는 폴이 내게 잘하는 것이 좋아."

"그는 앞으로도 늘 잘할 거예요. 하지만 이런 얘기를 해도 좋을지 모르겠지만, 그에게 아버지이자 스승이자 사부 같은 존재가 되지는 말아요. 폴은 아버지와 어울려 지낼 수도 있을 거예요. 그렇다고 뭔가 특별하거나 예외적인 것의 모범을 보이지는 않고요. 바로 그런 점 때문에 그에게는 아버지가 제격이라고 나는 생각하고 있어요. 그는 아버지와 친하게 지낼 수 있을 거예요. 아버지는 그저 보다 넓은 남자들의 세계를 보여 주면 되는 거예요."

"그런데 그 얘기가 왠지 칭찬으로 들리지 않는 이유는 뭐지?"

"오, 그만해요. 내가 말하고 싶은 건, 그가 아버지와 함께 있을 땐 무척 편안해한다는 거예요. 그가 자기 부모님이나 대학 때 친구들이나 동료들과는 그러지 못했던 방식으로요. 때로 만약 내가 옆에 없었다면 당시 친구들이 그의 기를 꺾어 놓아 결국 그는 책상에 앉아 별

볼일 없는 일을 하게 되지나 않았을까 하는 생각을 하기도 해요."

"제리 배틀이 도움이 된다니 어쨌든 좋구나."

"그 점에 있어서 아버지는 훌륭해요. 항상 그 자리에 있으면서 모든 걸 받아 주죠. 마치 국 속의 두부처럼요."

"멋지군."

"그래요. 나는 항상 아버지가 옳았다고 생각했어요, 특히 아버지로서요. 어쩌면 잭에게는 아닐 수도 있지만, 내게는 그랬어요. 아버지는 강압적이거나 위압적인 모습을 보인 적이 한 번도 없어요. 심지어는 내가 완전히 통제 불능일 때도 그랬죠."

"그때가 언제였지?"

"알잖아요. 어느 여름, 내가 오토바이 타는 남자를 만났을 때요. 내가 집에서 달아나다시피 했을 때 아버지는 잭과 함께 차를 몰고 스터지스로 와서 나를 다시 데려가야 했죠. 아버지는 내게 소리치지도 않았어요. 화를 내긴 했는데, 그건 아버지가 신용카드를 잃어버렸기 때문이었죠. 정말로 화를 낸 건 잭이었죠. 라크로스 경기 몇 개를 놓쳤다면서요."

"그때 우리는 콘 팰리스에 들렀었지, 그렇지? 너와 나는 들르는 주(主)마다 그곳에 들러 초콜릿 밀크셰이크를 맛보았지."

"거봐요. 아버지는 스스로 즐기고 있었어요."

"듣고 보니 그런 것 같구나."

그 기억이 즐겁지는 않지만 나는 그러기라도 한 것처럼 말한다. 무엇에 대해서건 회의적인 딸이 아버지로서 내가 대체로 괜찮은 사람이었다고 말하는 것을 듣자 만족스럽기도 하면서 내가 뭐든 잘 받아 주는 사람이라는 생각을 하니 약간 우울해진다. 그리고 테레사가 하는 말을 곰곰이 새겨들으면 리타는 내가 남자 친구로 그녀와 사는 동안 나를 똑같은 방식으로 보지 않았을 거라는 생각이 든다(그것은 확실하다). 그리고 지금 와서는 내가 그녀의 생각을 바꿔 놓을 방법도 없다(물론 여느 때처럼, 그토록 여러 해를 보낸 후, 더 이상 그녀가 내 여자가 아닌 지금, 나와 결혼해 달라며 멍청하고도 가련하게 부탁하는 것을 제외하면). 그런데 지금은 내가 몇 주 동안 그냥 넘어가지 말았어야 하는 얘기를 해야 한다. 나는 테레사에게 우리가 지금 무슨 얘기를 하고 있는지(혹은 무슨 얘기를 하지 않고 있는지)를 물어야 하는 것이다. 그녀에게 일어나고 있는 일에 내가 어떤 역할을 할 수 있을지, 그리고 우리가 앞으로 어떻게 할지에 대해서.

나는 현실 세계에서 한 발짝 물러나고 싶은 욕망을 느끼지만 그것을 드러내지 않기 위해 노력한다.

그래서 최대한 단호한 어조로 말한다.

"내 말을 들어 보거라. 문제는 나도 폴도 아냐. 내가 그를 지켜보겠다는 약속은 하지. 무슨 수를 써서라도. 그는 그가 참을 수 있는 만큼 나와 함께 살아도 돼. 하지만 나한테 어려운 점은 네 문제에 나를 포함시키지 않으려 하고 있다는 거야."

"그냥 심려를 끼치지 않으려는 거예요. 잊지 말아요, 제리, 아버지는 골칫거리를 좋아하지 않아요."

"무슨 소리를 하는 거냐, 테레사! 이건 골칫거리가 아냐. 지금 내가 골치 아프게 생각하는 건 리타와의 문제야. 그리고 아버지와의 문제도 그렇지. 하지만 그 점에 대해서는 고맙게 생각해야 할 것 같구

나. 하지만 네 문제는 그걸 훨씬 넘어서는 것이야. 내 말을 들어 보거라. 네가 여름에 기간을 연장하면서까지 나와 함께 지내려 하는 것에 대해선 고마워하고 있어. 우리는 식도락가처럼 먹고, 밤이면 영화를 보러 가고, 너를 위해 조촐한 결혼식을 계획하고 있지. 하지만 나는 더 이상 가만히 앉아 있을 수만은 없구나. 그게 네가 바라는 것인지는 모르겠지만."

"나는 아무것도 바라지 않아요."

그녀가 차분한 목소리로 말한다.

"하지만 좋아요. 어떤 일에 포함되고 싶은 거예요?"

"아직은 모르겠어! 네가 말해 줘야지!"

"좋아요."

그녀가 내 눈을 똑바로 들여다보며 말한다.

"지금 바로 내 적혈구 세포의 숫자가 급격히 떨어지고 있다는 사실을 얘기해 주길 바라나요? 아니면 의사가 주말에 내 태반이 심각하게 약해질 수도 있다고 경고한 얘기를요? 그것도 아니면 아침 식사 직전과 직후에 토한다는 얘기를요? 그리고 오늘 아침에는 처음으로 토사물에 피가 섞여 있었다는 얘기를요?"

"피가 섞여 있었다고? 그게 무슨 말이냐?"

"모르겠어요, 제리."

"의사한테 연락해야 하는 것 아니냐?"

"그러고 싶지 않아요. 어쨌든 다음 주엔 볼 거니까요."

"지금 바로 전화해."

휴대전화를 건네주며 내가 말한다.

"내일 태워다 주겠다."

"아뇨."

"아니라니, 그게 무슨 말이야?"

"그렇게 되면 그녀는 아기를 지우라는 말만 할 거예요. 나는 그 얘기는 더 이상 듣고 싶지 않아요."

"그 얘기를 들어야 하는 것 아니냐?"

"제리, 아버지가 내 상황을 알게 되었다고 해서 아버지에게 발언권이 있는 건 아니에요."

"나는 그렇게 생각하지 않아."

"나는 그 이유를 모르겠는데요."

"나는 네 아버지야, 테레사. 그건 아직도 뭔가를 의미해."

"상관없어요. 폴은 계속해서 화가 나 있지만 그래도 나를 조심스럽게 대하죠. 그러니까 아버지도 그렇게 해야 해요."

"하지만 네 문제에 대해 입을 다물고 있어야 할 필요는 없어."

"물론이죠. 그리고 우리는 더 이상 아버지와 함께 지낼 필요도 없어요."

우리는 얼마나 빨리 상황이 불편한 한계에 이를 수 있는지 깨닫고 무척 놀란 상태에서 잠시 입을 다문다. 사랑하는 누군가와 서로 물러서지 않는 싸움을 할 때면 종종 그런 일이 일어난다. 순간적으로 나는 될 대로 되라고 말한 다음, 비행장으로 차를 몰고 가 도니의 시동을 걸어 최대한 하늘 높이 날고 싶은 (예리하지 않은) 충동을 느낀다. 특히 내 딸이 자신의 일에 간섭하지 말라고 완강한 태도를 보이는 것이 놀라운데, 그것은 데이지를 닮아 있다. 그리고 그녀가 꼼짝 않고 있는 것으로 보아 상황이 아주 좋지 않다는 생각이 들면서 한편으론 궁금하기도 하지만 두렵기도 하며, 기운이 빠진다. 그녀는 분명 — 잭 역시 — 내가 내 인생에서 일군 최고의 존재이다. 그리고 내가 그렇게 느끼는 것은 여느 보통 사람이 부모가 되었을 때 느끼는 감정이다. 하지만 여기서 문제되는 것은 테레사가 그 사실을 잘 알고 있다는 점이다. 그녀는 콧대가 높았으며, 나는 평생에 걸쳐 그녀가 원하는 것이면 뭐든 쉽게 받아 줬는데, 그녀 역시 그 점을 놓치지 않았을 것이다. 그녀가 보기에, 나는 진정으로 뭔가를 만들어 내거나 창조해 내는 사람은 못 될 것이다. 그 점에 있어 나는 내 아버지와도, 그리고 내 세대나 우리 세대의 수많은 사내들과도 다르다. 오히려 나는 기본적으로 골치 아픈 일에 휘말리지 않으려 하고, 내게 남겨지거나 주어진 것을 그냥 돌보며 내 몫을 소비하고 살았을 뿐이다. 그에 따라 나는 별다른 일 없이 살아오긴 했지만 그 때문에 이제 와서 딸에게 다시 사랑을 쏟으려 할 때 명분 없는 처지에 놓이고 말았다.

그런데 그때 테레사가 먼저 사과한다.

"미안해요, 제리. 나는 가끔 너무 고집 센 년이 되곤 해요."

"그런 말은 하지 마."

나는 단호하게 말한다.

"너는 테레사 배틀이야, 그러니까 다른 누구처럼 될 필요는 없어. 너는 있는 그대로도 완벽할 정도로 훌륭해."

"그렇게 생각해요?"

"물론이지."

그녀가 몸을 기울여 어릴 적 데이지가 죽기 전에 내게 하던 대로 내 뺨에 도장을 찍듯 살짝 키스한다.

"너는 바보같이 뭐든 자기 힘으로 다 하려고 해."

"상관없어요. 그게 아버지에겐 문제가 되는지 모르겠지만."

"물론 문제는 되지 않지. 그런데 밀크셰이크는 이제 그만 좀 마시면 안 돼?"

"알겠어요."

더 많은 고객들이 차를 몰고 오고, 그래서 매니저 보조는 근처 도로까지 걸어와 손을 흔들어 직원을 돌아오게 한다. 마침내 아이가 돌아와 우리 바로 옆에 멈춰 선다. 그는 열쇠를 돌려주며 고맙다는 말을 하려 하지만 계속해서, 엄청 덥네요, 하는 말밖에 하지 못한다. 문득 이 망할 놈의 차를 아무 생각 없이 살아가는 이 10대들에게 주는 것도 괜찮을 거라는 생각이 든다. 그러면 그들은 지역 뉴스에서 "어떤 늙은 바보가 우리한테 열쇠를 줬어요!"라고 말하겠지만 이 차를 몰다가 사고로 죽거나, 더 나쁘게는 아이스크림콘을 사러 온 임신한, 몸이 좋지 않은 젊은 여자 같은 다른 누군가를 다치게 할 수도 있을 것이다. 하지만 우리가 떠나려 할 때 젊은 친구가 테레사의 차로 달려와 길에서 먹으라며 커다란 셰이크 하나를 건네주는 걸로 보아 괜찮은 친구들 같다.

리치의 집 가까이 이르자 참나무와 단풍나무가 자라는 거리에는 부자 동네 특유의 고요가 감돌고 있다. 소리라곤 저단 기어로 가고 있는 페라리 엔진에서 내뱉는 소리밖에 들리지 않는다. 내가 웅장한 저택들이 늘어선 거리의 모퉁이를 돌 때마다 뒷바퀴 타이어에서 요란한 소리가 들린다. 반 구역 정도 뒤처져 따라오는 테레사는 낡은 차를 부드럽게 운전하고 있다. 나는 리치의 집에 전화를 걸지만 자동 응답기가 대답한다. 그러나 나는 메시지를 남기지는 않는다. 어쨌든 나는 차를 그냥 반원형 진입로에 주차하고, 아무런 메모도 없이, 열쇠를 우편물 구멍에 넣어 두는 것이 가장 좋은 방법이라 생각하고 있다. 어떻게 된 상황인지는 리치가 직접 알아내게 하는 것이다.

그리고 나는 그렇게 한다. 하지만 그전에 마지막으로, 그의 집 앞에 차를 세우기 전에 기어를 중립에 넣고 페달을 몇 번 힘껏 밟는다. 하지만 내가 열쇠를 우편물 구멍에 넣고 몸을 돌려 떠나려 하는 순간, 앞문이 열리고 리치가 모습을 드러낸다. 토요일 오후여서 면도를 하지 않은 그는 본래는 하얀색이지만 색이 바랜, 더러운 목욕 가운을 입고 있고, 책 읽을 때 쓰는 안경을 좁은 코끝에 걸치고 있다. 실제 그의 형색은 좋지 않은데, 성공의 발판을 달리는, 소위 잘 나가는 사람으로는 보이지 않는다. 그는 나이 든 우리 모두처럼 약간 등이 구부러져 있고, 얼굴빛이 검다. 그가 아이였을 때 이후 처음으로 나는 누군가가(제리 배틀은 아니더라도) 그를 돌봐 줘야 할 것 같은 느낌이 든다.

"무슨 생각을 하고 있는 거야?"

내게 열쇠를 내밀며 그가 말한다.

"나는 내기를 물리거나 하는 짓은 하지 않아."

"그만해, 리치."

초록색 돌이 깔린 그의 집 진입로에 서서 내가 말한다.

"그냥, 더 이상 그 차를 원하지 않아서 그러는 것뿐이야."

"그 차를 내기에 건 거야. 딴 차를 가질 수는 없어."

"딴 차를 원하는 게 아냐. 지금 거래하려는 게 아냐. 그 차를 돌려주는 거야."

"그렇다면 팔지 그래? 팔아서 현금을 챙겨. 나는 상관없으니까. 자네 차 안에 있는 건 누구야?"

"내 딸이야."

"자네 딸이라고?"

리치가 손을 흔들자 테레사도 마주 손을 흔든다.

"아름다운 처녀군."

"임신했어. 약혼했지."

"잘됐군. 축하하네, 제리."

"이봐, 나는 차를 돌려 줄 거야. 팔지는 않을 거야."

"그래도 돌려받을 수는 없어."

갑자기 그가 이 동네에 사는 사람이 아닌 것처럼 말한다.

"왜 안 된다는 거야?"

"내 동료들이 그 시합을 모두 지켜보았어. 그들은 우리가 내건 조건도 확인했어. 나는 정기적으로 이곳으로 회사 직원들을 불러들여 그들을 즐겁게 해 주고 있어. 그런데 그 차가 이곳에 있는 걸 보게 되면 어떡하나? 자네가 그것을 돌려준 이유를 그들에게 제대로 설명할 수 없을 거야."

"차고 안에 숨겨 놓으면 되잖아."

"나는 뭘 숨겨 놓거나 하지 않아."

"그 친구들에게 내가 좋은 사람이라고 말해."

"좋은 사람은 아무도 없어."

"차를 리타와 맞바꾸려 했다고 해."

그 말에 열쇠를 무심히 흔들던 리치는 잠시 주춤한다.

"그렇게 말하면 그들도 믿겠지. 어쨌든 상관없어. 리타는 거래할 수 있는, 내 소유의 뭐가 아니니까."

"그건 알아."

"아니, 자네는 몰라."

리치가 말한다.

"우리는 지난주 헤어졌어. 그녀는 오늘 아침 일찍 이곳에 들러 마지막 남은 물건을 가져갔어."

"농담하는 거야?"

"아냐."

"자네 말을 못 믿겠어."

"그렇다면 이건 어떻게 된 거라고 생각하나?"

그는 가운 호주머니에 손을 넣어 다이아몬드 반지를 꺼내 보여준다. 땅콩만큼 큰 보석이 박힌 것이다.

"무슨 일 있었어?"

"모르겠어. 그날 자네가 들르고 난 이후 모든 게 엉망이 되어 버렸어. 그렇다고 자네 탓을 하는 건 아냐. 어쩌면 내게 싫증이 났나 봐. 아니면 내 친구들이 마음에 들지 않았을 수도 있고. 그도 아니면 아직까지 자네를 사랑하고 있을 수도 있지."

그것은 제리 배틀이 항상 듣고 싶어 하는 말이다. 그래서 나는 어쩔 수 없이 묻는다.

"그녀가 그렇게 말했어?"

리치는 상심한 듯한 표정을 짓는다. 나는 한 번도 그에게서 그런 표정을 본 적이 없다. 내가 그 질문을 취소하기도 전에 그가 말한다.

"꼭 그렇지는 않아. 그러나 한 가지만 말하지. 어떤 사내들은 몹시 운이 좋은데, 나로서는 그게 놀라워. 자네는 그녀를 마냥 기다리게 하면서 그녀의 젊음을 낭비하게 했는데도 그녀가 자네와 얘기하는 이유를 모르겠어. 하지만 어쩌면 오랫동안 진실을 말하지 않는 것이 가장 효과적인 방법인지도 모르지."

"그녀는 한 번도 결혼하고 싶다는 얘기를 한 적이 없어."

"그건 별로 의미 없는 것이야."

고개를 저으며 그가 말한다.

"자네는 자네가 얼마나 운이 좋은지 몰라, 그렇지, 제리? 자네는 항상 여자애들의 관심을 끌었지. 솔직히 말하면 자네는 괜찮은 사내야. 그러니 여자들이 많았던 것도 놀랄 일은 아니지. 반면 나는 예쁜 여자와 잠자리를 같이하기 위해서는 엄청난 돈을 써야 했어."

"이보게, 리치…."

"괜찮아. 내 꼴이 어떤지 아니까. 덕분에 나는 일찍부터 정신을 바짝 차렸지. 여자도 돈도 다른 뭐도, 나는 그냥 얻은 게 없어. 지금 내 자랑을 하고 있는 게 아냐. 그런 것들이 나 같은 사내에게는 쉽게 찾아오지 않았다는 말을 하는 것뿐이야. 어쩌면 사람들은 내가 머튼타운에 있는 커다란 집과 페라리 다섯 대를 갖고 있는, 잘나가는 법률회사의 파트너 외에 다른 누군가가 되려고는 하지 않는다고 생각할지도 모르지."

“이제 여섯 대가 됐군.”

“좋아, 여섯 대야. 우리 입장이 바뀌었다면 좋을 거라는 얘기를 하는 게 아냐. 하지만 나는 자네처럼 일찌감치 은퇴하지 않았어. 나는 지금부터 5년간은 일주일에 70시간씩은 더 일을 해야 할 거야. 그러다가 파크 애버뉴가 내려다보이는 사무실에서 죽을지도 몰라. 물론 돈 많은 남자 친구를 원하는, 섹시하고 야망 넘치는 여자들이 늘 있다는 점은 인정하지. 하지만 리타처럼 아름답고 착한 여자와 사랑에 빠질 수 있는 가능성은 그렇게 많지 않아.”

“나는 그 어느 쪽도 내 차지로 못 만들고 있는데.”

내가 말한다.

“게다가 은행에 돈이 많이 있는 것도 아니고.”

“그렇지만 리타는 아직도 멍청한 자네를 생각하고 있잖아. 그것만 해도 어디야? 자네가 모욕당했다는 말은 하지 마. 그런 척하는 건 어울리지 않아. 자네 마음은 지금 그녀에게 달려가고 있어. 벌써 자네 눈에 그게 보여. 그러니 그녀를 보거든, 내가 더 이상 이것을 갖고 있고 싶어 하지 않더라고 말해 줘. 나는 뭔가로 인해 기운이 빠져 우울해하고 싶지는 않으니까.”

리치가 내 손을 잡고 약혼반지를 쥐여 주지만 나는 그것을 돌려주려 한다. 벌써 그 반지를 갖고 있는 나를 바라보는 그녀의 얼굴이 떠올라서다. 그녀는 여기 있는 제리가 또다시 비열한 뭔가를 꾸미려 한다고 생각할 것이다. 어쩌면 그녀는 마음이 내키지 않음에도 그 계획에 말려들고, 제리는 곧 수작을 부려 그녀를 안심시킬 것이다. 한데 그 순간, 리치가 집 안으로 들어가며 내 눈앞에서 문을 닫는다. 내가 문을 열라고 하자, 그는 머리가 아픈 듯 힘없는 목소리로 말한다.

"자네는 이미 차 값으로 그 반지를 산 거야, 제리. 이제 그만 가게. 그녀는 자네 차지야."

자네 차지야, 제롬, 자네 차지야. 테레사가 운전해 폴을 위해 마지막으로 먹을 것을 사러 간 동안, 나는 줄곧 그 생각을 한다. 지금 나는 지붕이 가파른, 좁은 집들이 늘어서 있는 리타의 집 앞 골목에 혼자 남아 있다. 그녀는 여름이면 정원에 야채를 심어 가꿀 수 있도록 그 집의 뒤쪽 반을 임대했다. 물론 집에서 11킬로미터쯤 떨어진, 옛날 여자 친구의 집 문 앞에 있는 것은 위험한 전략이다. 게다가 나 혼자서는 집으로 돌아갈 방법도 없다. 하지만 테레사에게 나와 함께 문 앞에 서 있어 달라고 사정하기 전 나는 이 일을 혼자 알아서 하기로 마음먹었는데, 그 이유는 분명치 않다. 어쩌면 나는 내 삶의 짐들을 내가 사랑하는 사람들과 지나치게 나눠 가지려 했는지도 모르겠다. 나는 혼자서 뭔가를 견딜 배짱이 없었던 것이다. 데이지가 죽고 힘든 상황에 놓였을 때, 나는 아이들을 키우는 데 어머니와 그녀의 여자 형제들에게 많은 도움을 받았다. 그리고 아버지에게도 도움을 받았으며(최소한 내가 밝게 지낼 수 있었던 건 그의 덕분이었다) 그 후에는 리타의 도움을 받았다. 특히 그녀의 도움이 컸다. 그녀는 군말 없이 10대 때 문제가 많았던 잭과 테레사를 키웠다. 그럼에도 그들은 그녀에게 떨떠름한 태도를 보였으며, 때로는 그녀의 사랑이 무색할 정도로 그녀에게 냉담하게 대했고, 그녀의 요리를 늘 과소평가했다(적어도 대학 식당에서 두어 달 밥을 먹은 후 집에 다시 왔을 때까지는 그랬다).

하지만 이것들 중 어떤 것도 내가 하루하루, 매 시간, 그리고 매 순간 내가 하는 모든 일에 그녀를 끌어들이기를 원했던 것에 비하면 그다지 나쁜 것은 아니다. 나는 마치 남편이라도 되는 것처럼 굴 뿐 아니라 전혀 중요하지 않은 일을 할 때에도 그녀를 가만 내버려 두지 않았다. 그러니까 모닝커피에 설탕을 몇 숟가락 넣을지부터 내 토스트엔 버터를 얼마나 두껍게 발라야 하는지에 이르기까지 그녀가 알아서 해 주기를 원했던 것이다. 물론 나는 그녀가 무거운 것을 들어 달라고 할 때면 들어 주었다. 하지만 함께 지낸 지 이삼 년이 지나고부터는 그런 일도 별로 없었다. 잔디를 돌보고, 울타리를 고치고, 하수구를 교체하고, 눈을 치우는 일 따위는 업자에게 맡겼던 것이다. 나로서는 가정부를 둘 수도 있었지만, 리타는 결국 부엌과 욕실에 관계된 일과 빨래와 다림질을 모두 알아서 했다. 내가 그녀를 위해 한 일이라곤 부지런히 먹을 것을 사다 나르고, 토요일 아침 이른 시각에 골목길에서 산책을 즐기고, 그 주에 어떤 맛있는 것을 먹을지 기대에 부풀어 그녀가 적어 놓은 메뉴를 확인하는 것뿐이었다.

우리 관계가 끝나갈 무렵 어느 날 아침(어쩌면 그것이 바로 우리 관계가 끝난 이유가 되었는지도 모르겠다) 슈퍼마켓에서 돌아온 나는 그녀가 차양을 내린 채 아직 침대에 있는 것을 발견했다. 그녀는 그날 뭔가를 끝낼 거라는 다소 모호한 얘기를 했다. 그녀는 살모사처럼 몸을 벌떡 일으키더니 최소한 10년 동안 매일같이 그러고 싶었던 것을 간신히 참아왔던 것처럼 내게 신랄하게 퍼부었다. 그녀는 내가 그녀나 다른 누구를 위해, 아무 불평 없이 뭔가를 한 건 내게 분명 이익이 될 것 같을 때뿐이었으며, 그 점에서 어쩌면 — 아니, 틀림없이 — 나는 그녀가 만난 사람 중에서 가장 자기중심적이고, 딱한 사람이었다고 말했다. 그러면서 말하기를 자신이 죽음을 앞두게 되었는데, 마침 그때가 점심시간이 되었다면 내가 자신에게 조각낸 검정 올리브와 달콤한 피클을 넣은 자신만의 특별한 달걀 샐러드를 어떻게 만드는지 물은 후 침실로 재료가 담긴 사발을 가져와 어떻게 하는지 시범을 보여 달라고 할 것이라고 말했다.

그녀는 그런 식으로 얘기하며 화를 냈다. 내가 자신을 아끼는 것이 얼마나 도움이 되는지에 대해 궁색한 변명을 하자 침대에서 내려와 내 뒤쪽에서 어깨를 친 후, 내가 몸을 돌리는 순간 베개로 내 얼굴을 갈겼다. 물론 아프거나 하지는 않았지만, 무엇보다 나는 충격을 받았다. 그러나 늘 자상한 모습을 보이는 커다란 그녀의 갈색 눈에서 갑자기 피에 굶주린 듯한 표정을 보는 순간, 너무 놀란 나머지 아무 말도 하지 못했다. 그녀는 그날 아침 제일 먼저 손에 잡힌 것이었다면, 그것이 베개든 야구 방망이든, 무엇이든 휘둘렀을지도 모르겠다.

그리고 그녀가 이제 막 리치와 헤어져 집에 혼자 있으면서 우리 관계에 대해 모호하지만 괜찮은 생각을 하고 있을지도 모르는 지금이야말로 그녀에게 다가가기에 가장 좋은 때일 수도 있지만, 이렇게 리타의 집 앞에 서 있는 일은 잠재적으로 위험한 결과를 초래할 수도 있다. 물론 그것은 꼭 그녀가 나를 피하거나 다시 때릴 수도 있기 때문만은 아니었다. 그 이유는 오히려 그녀가 다시 한 번 내가 그녀를 안을 수 있는 기회를 주고 싶은 유혹을 느낄 수도 있기 때문이다. 하지만 그런 상황이 지속될 수 없는 것이라면 나는 분명 절망적인 상황에 빠질 것이다. 테레사는 그녀 나름의 완고한 방식으로 내가 현실을 부인하며 지내는 것을 허용했다(그 점에 대해 나의 쇠퇴하는 자아는 매일같이, 그리고 매 순간 감사하고 있다). 하지만 나의 또 다른 일부는 이 삶의 너저분한 것들을 어쩔 수 없이 보게 된다 하더라도 더 이상 개의치 않으며, 짜증나는 일이나 성가신 일 이상의 좀 더 강렬한 뭔가를 위험을 무릅쓰고라도 경험해 보고 싶어 한다. 그것은 또다시 참여의 문제가 되지만 이번만큼은 그것을 혼자서, 누구의 도움도 받지 않고 해 보려 한다. 어쩌면 그것은 나와 같은 전형적인 미국인이 내보일 수 있는 가장 숭고한 자부심이라고 생각할 수도 있겠지만 그것은 오랫동안 내가 가장 두려워한 것이기도 하다. 그리고 그러한 용기는 결국 저절로 꺼지곤 했다.

나는 간신히 초인종을 누른다.

아무 일도 일어나지 않는다. 나는 다시 초인종을 누르려 한다. 하지만 다음 순간, 나는 무슨 일이 생기기도 전에 도망치려고 계단을 내려가며, 벌써부터 어떻게 밤새 걸어 집에 갈지를 생각한다. 그런데 그 순간 초로의 나이에 이른 리타의 걸걸한 목소리가 들린다.

“여기 있어요, 제리, 여기 있어요.”

그녀는 멕시코 여자들이 입는 것 같은, 목에 예쁜 레이스가 달린 느슨한 하얀 면 드레스를 입고 있다. 그 옷과 검지만 아름다운 그녀의 얼굴을 보자 서부 영화에 나오는 머리 헝클어진 여자들이 떠오른다. 바에서 일하는 관능적인 여자나 얼굴이 시든 창녀보다 별처럼 눈이 맑은 마을의 젊은 아낙에 가까운 그들은 커다란 은십자가를 멘 채 끝없이 양동이로 물을 길어 나르며, 마을을 구하러 온, 전혀 웃지 않는 총잡이에게 매료되지만 결국에는 오랫동안 힘겹게 살아온 소작인 남편 곁에 남는 여자들이다. 하지만 나는 영웅이 아니고, 그녀도 그녀의 민족도 도움을 필요로 한 적이 없다. 하지만 만약 내게 모자가 있었다면 그것을 내밀어 보잘것없는 시주라도 부탁했을 것이다. 아니면 물 한 사발이나 빵 한 조각을 달라고 하거나, 잠시 나무 그늘에서 쉴 수 있게 허락해 달라고 한 다음 조금 후 기운을 차리고 다시 갈 길을 갔을 수도 있을 것이다.

"성가시게 할 마음은 없어."

문득 스스로를 창피하게 여기며 내가 말한다.

"내가 뭘 하고 있는지 모르겠어. 혼자 있게 내버려 둘게."

"여긴 어떻게 왔어요? 차가 안 보이는데."

"테레사가 데려다 줬어."

"그녀는 없는데요."

가시 돋친 목소리로 그녀가 말한다.

"알아. 내 잘못이야. 내가 멍청했어. 이제 가야겠어."

"테레사에게 전화할게요."

"심부름 갔어. 적어도 두어 시간은 지나야 집에 도착할 거야."

"그럼 택시를 불러 줄게요. 그 정도는 해 줄 수 있어요."

"그럴 필요 없어."

"정말로, 고속도로를 따라 집까지 걸어가겠다는 거예요, 제리? 차에 치일 거예요. 그렇다고 내 탓을 하면 안 돼요. 지금 택시를 부를게요. 원한다면 거기서 기다려요."

"그럼 그렇게 해."

그녀는 집 안으로 들어간 후 한참 동안 나오지 않는다. 그사이

나는 주위를 둘러보다가 그녀의 정원이 웃자라 있는 것을 알아차린다. 정기적으로 싹을 잘라주지 않은 토마토는 땅바닥을 향해 처져 있고, 강낭콩과 호박은 너무 커 먹을 수 없을 정도이며, 바질과 파슬리는 오랫동안 손질하지 않아 꽃이 피어 있다. 이 계절이면 다른 사람들의 정원도 대부분 이런 모습을 하고 있을 테지만 리타의 정원이 이런 모습을 한 적은 없었다. 그녀는 늘 식물들을 제대로 손질해 열매가 주렁주렁 매달려 반짝이도록 했으며, 에덴동산을 축소해 놓은 것처럼 땅뙈기를 섬세하게, 그리고 조용한 일본식 정원처럼 가꾸었다. 이번 여름을 제외하고 매년 여름, 나는 매일같이 고랑 사이를 걸어 다니며 즉석에서 야채를 따 먹기도 했다. 그 때문에 리타는 제대로 된 샐러드를 만들지 못했지만 그에 대해서는 조금도 개의치 않았다. 그러나 정원을 가꾸는, 쉽지 않은 일 자체를 즐겼고(그녀가 하는 다른 모든 일처럼) 그 때문에 지금 정원의 이런 모습을 보니 마음이 편치 않다. 마치 나와 리치 같은 사내들을 상대하는 것이 그녀의 억척스런 기질을 고갈시켜 결국에는 기운이 빠지게 한 것처럼 보인다. 실제로 주위를 둘러보니 모든 것이 방치된 것처럼 보인다. 페인트가 벗겨진 작은 현관 계단에는 죽은 벌레와 나뭇잎이 그대로 쌓여 있고, 화분에는 굳어 버린 새똥밖에 없다. 나는 어쩔 수 없이 차양 문을 통해 작은 부엌의 조리대를 들여다본다. 그곳에는 잔과 접시가 어지럽게 널려 있다. 오십이 되었지만 여전히 아름다운 그녀가 지금 인생의 황금기를 맞이하고 있어야 마땅하다는 생각을 하며 잠시 그녀에 대해 가슴 아픈 마음이 든다. 그녀는 자신의 헌신적인 성격에 대한 보답을 받으며, 그녀의 귀중한 시간을 한순간도 더 낭비하지 않을 만큼

지혜롭고 인자한 남자와 서로 사랑하며 지내고 있어야 하는 것이다.

"지금 당장 올 수 있는 택시가 없대요."

차양을 통해 그녀가 말한다.

"한 대가 올 수 있지만 한 시간은 있어야 한대요."

"고마워. 현관에서 기다릴게."

"그럴 필요 없어요, 제리. 내가 당신을 경멸하지 않는다는 거 알잖아요."

"알아."

"게다가 내가 짐 싸는 걸 도와줄 수도 있어요."

"짐을 싼다고?"

"이달이면 임대 계약이 끝나는데, 더 이상 이곳에 살고 싶지 않아요."

벌써 1년이 되었다는 게 믿어지지 않는다. 물론 가끔은 그것이 10년처럼 느껴지기도 했지만 말이다.

"어떻게 할 건데?"

부엌으로 들어가며 내가 묻는다. 부엌은 어둡고 비좁지만 박하와 레몬향과 함께 좋은 냄새가 난다. 그녀는 조금 전 아주 감미로운 아이스티를 만든 상태였고(그것은 그녀가 사계절 내내 마치 중독된 것처럼 마시는 유일한 것이다), 무의식적으로 내게도 한 잔 따라 준다. 그녀가 자신도 모르게 하는 그 사소한 행위에 나는 가슴이 미어질 것만 같다. 하지만 나는 그녀가 이제 어디로 갈지도 알 수 없다.

"두어 군데 알아봤어요. 손질을 많이 해야 할 것 같아요, 특히 남부와 서부에 있는 집은요."

"당신은 롱아일랜드를 좋아하잖아."

"그렇게 생각했었죠. 하지만 그래야 할 이유가 뭐죠? 나는 군중이나 도로는 좋아하지 않아요. 사람들도 별로고요. 배를 타거나 고기 잡는 일도 마찬가지고요. 차츰 이곳이 세상에서 제일 좋지 않은 곳이라는 생각이 들어요. 사람들은 서로에게 강요하고, 할 만한 일이라곤 쇼핑밖에 없죠."

"하지만 이곳이 우리의 세상인걸."

"어쩌면 제리, 당신의 세상일 수는 있겠죠. 켈리는 내게 포틀랜드에 대해 얘기했어요."

"메인에 있는?"

"아니요, 오리건에 있는. 작은 도시지만 사람들도 친절하고, 기후도 온화하며, 약간 시대에 뒤떨어지긴 했어도 숲이 많다고 했어요. 그래서 한번 알아보았죠. 옷을 싸고, 나머지 물건은 집 앞에 내놓아 헐값으로 판 후 다음 주면 비행기에 오를 수도 있을 거예요."

"그곳엔 아는 사람이 하나도 없잖아."

"그 편이 나을 수도 있어요."

"그곳에는 백인뿐일 텐데."

"어디에나 백인뿐이죠."

"하지만 당신 가족은 이곳에 있잖아."

그 말에 그녀는 잠시 말을 멈춘다. 물론 그녀의 혈육이라고 할 수 있는 사람은 어디에도 없으며, 그녀는 그 점에 대해 개의치 않는 것처럼 보였다. 하지만 문득 실제로는 그렇지 않을 수도 있다는 생각이 든다.

"테레사가 그렇게 가지 않고 나를 만났으면 좋았을 텐데요."

그녀가 말한다.

"내 잘못이야. 그녀는 그러고 싶어 했는데, 나 혼자서 당신을 봐야 한다고 했지."

"리치의 집에서 내가 곤란한 상황에 처해 있다고 했겠죠. 하지만 자세한 이야기는 하지 않았어요. 아니면 제리가 자신을 위해 또 어떤 얘기를 꾸며낸 건가요?"

"그럴 수 있어."

어떻게 하면 지금의 그 문제를(그리고 좀 더 큰 계획을) 더 이상 복잡하지 않게 풀 수 있을지를 생각하며 내가 말한다.

"하지만 어쨌든 그녀에게는 얘기를 해야지."

"그럴 거예요. 잭은 어떻게 지내요? 지난주에 커다란 검정색 트럭을 몰고 라이온스 클럽에서 나오는 걸 본 것 같아요."

"헌팅턴에 있는 그 술집 말이야?"

"켈리와 점심 약속이 있었거든요. 주차하면서 손을 흔들었죠. 나를 본 것 같았는데 차를 몰고 그냥 가 버리더군요. 약간 거칠게요. 하마터면 사고를 낼 뻔했죠."

"최근에 상태가 좋지 않아. 배틀 브러더스의 사업이 별로거든. 그에게도 전화해. 물론 원한다면 말이지만."

"물론 그러고 싶죠, 제리!"

그녀가 화를 내는 것도 당연하다.

"그들을 예전만큼 보지 못하면 내가 불행해질 거라고 생각하지 않는 거예요?"

"누구도 당신을 멀리하고 있지 않아. 무슨 일이 있는데 한 번도 당신을 못 오게 한 적은 없어. 앞으로 무슨 일이 있으면 내가 그 자리에 없도록 할게."

"그렇게 하면 도움이 될 거예요."

"좋아, 알았어. 하지만 잭은 정말 당신을 필요로 하고 있어. 그것만큼은 확실해. 그는 갈수록 나한테는 말을 하지 않아. 마지막으로 집에 왔을 때 약간 취한 상태에서 무슨 얘긴가를 했고, 우리는 잡담을 나눴지. 괜찮았어. 조금 긴장해야 했지만 말이야. 그 얘기를 하지 않았다면 그냥 인사 정도만 나눴겠지. 이제 그는 더 이상 내게 투덜대지도 않을 거야. 그냥 고개만 끄덕이겠지."

"그에게 무슨 말을 하고 싶은 거예요?"

그녀가 말한다. 하지만 비난하는 투는 아니다.

"그는 내게 사업이 얼마나 잘 풀리지 않는지 정도는 얘기할 수도 있을 텐데 말이야. 아니면 거짓말로 그럴듯한 얘기를 하든가. 하지만 상관없어. 아니면 그의 개구쟁이들이 얼마나 버릇없는지, 또는 유니스가 무슨 물건을 집에 사들여 놓았는지를 얘기할 수도 있을 텐데. 내 뜰에 대해서도 얘기할 수도 있고. 아, 그 얘기는 지난번에 했지. 그런데 그때는 좋았어."

"당신이 하거나 부탁한 얘기에 대해서는 아무것도 들을 수 없는 게 왜 전혀 놀랍지 않죠?"

"그건 내 일이 아니니까! 설사 그렇다 해도 무슨 얘기를 해야 하지? 당신과 나 사이가 이렇게 된 걸 제외하면 내 인생의 아무것도 달라진 게 없어. 물론 잭은 그 얘기를 하고 싶어 하지 않지. 어쨌든 그는 젊고 한창 나이야. 근데 나 또한 곤란한 상황에 처하게 됐어. 아니면 그렇게 생각하고 있는지도 모르겠지만."

"당신은 항상 그렇게 말해요, 제리. 데이지에게 그런 일이 생기면서 평생에 걸쳐 겪을 곤란한 상황을 이미 겪은 것처럼요."

"그 이유도 크지."

"물론 그렇겠죠."

구석의 작은 테이블에, 내 옆에 앉으며 그녀가 말한다. 그녀는 너무 가까이 앉아 우리의 손목이 거의 닿을 것 같다.

"하지만 왠지 당신은 다른 누구도 비슷한 어려움을 겪지 못했다고 생각하는 것 같아요."

"그건 사실이 아냐. 그리고 나는 그 일과 관련해 한 번도 우는소리를 한 적이 없어, 그렇지 않아?"

"맞아요."

리타는 동의한다.

"내가 당신을 알게 된 후로 열 번 정도 그녀 이름을 언급했고, 그 일에 대해 얘기한 건 한두 번밖에 되지 않을 거예요. 하지만 당신이 하는 — 혹은 어떤 점에서는 하지 않는 것이라고 해야 더 맞는 — 모든 일은 데이지에게 일어난 일에 근원을 두고 있어요. 그리고 지금 와서는 당신 역시 그녀와 비슷하게 되었죠."

"그렇지 않아!"

"하지만 당신은 계속해서 그런 식이었어요, 제리. 당신은 항상 짐을 덜려고 하죠. 다들 모르고 있지만 당신은 모두에게 의존하려고 해요. 그 점에서 당신은 교묘해요. 내가 아기를 갖고 싶어 했을 때 당신이 뭐라고 했죠?"

"그건 아주 오래전 일이야. 누가 그걸 기억하고 있지?"

"그렇다면 다시 한 번 기억을 새롭게 해 주죠. 내 서른일곱 살 생일이었고, 우리는 블루 스쿠너에서 저녁을 먹고 있었어요."

"그곳은 아주 멋진 곳이었어. 커다란 새우가 나왔지."

"그것 봐요. 기억하잖아요."

"그래. 근데 모르겠어. 어쩌면 내가 너무 나이 들어 또 다른 아이를 키우는 일에 지쳤는지도 몰라."

"꼭 그렇지는 않았어요."

그녀가 차갑게 말한다.

"당신은 내가 너무 나이 들고 지쳐 있다고 했어요."

"그럴 리가. 나는 그렇게 멍청하지는 않아."

"사실 당신은 도움이 되려고 했죠. 내가 아기를 낳는 대신 내 젊음을 즐겨야 한다고 말이에요. 그건 당신 특유의 말하는 방식이에요. 여행도 많이 하고, 밤늦게까지 술집에서 춤도 춰야 한다고 했죠. 하지만 나는 이미 잭과 테레사를 키우고 있었고, 그건 행복한 일이었어요. 그 일에 대해서는 후회한 적이 한 번도 없어요. 그들이 나를 별로 사랑하지 않았음에도 나는 그들을 사랑했죠."

"그들은 당신을 사랑했고, 지금도 사랑하고 있어."

"오, 알아요, 알아요. 내가 견딜 수 없었던 건 당시 당신이 나에 대해서도, 내가 잠재적으로 젊음을 잃고 있다는 점에 대해서도 생각하지 않고 있다는 걸 알고 있었다는 거예요. 당신은 어딘가를 갈 때 내가 옆에 있어 주기만을 바랐던 것뿐이에요."

"이봐, 당신이 아기를 갖겠다고 고집을 피웠으면, 나도 동의했을 거야."

"맞아요! 좋다고 했을 수도 있어요. 하지만 내가 임신해 있는 내내 화를 내며 죽는소리를 했을 거예요. 그리고 아기가 울 때마다 불평을 해댔을 거예요. 그때 당신을 떠났어야 했어요. 나는 정말 아기를 원했으니까요. 그런데 무슨 이유에서인지 당신과의 사이에서만 아기를 갖고 싶었어요. 나는 정말 바보인가 봐요."

"그런 말 하지 마."

"사실이에요."

"어쩌면 당신도 나를 조금은 사랑했을 수도 있어."

"어쩌면요."

"내가 지금까지 못한 걸 보충해 줄게."

"제리, 나를 임신이라도 시키겠다는 거예요?"

"그래. 원한다면 지금 바로 그렇게 하지."

리타는 그 모든 얘기를 내게서 천 번쯤은 들어 이제 싫증이 난다는 듯 웃는다.

"내가 얼마나 나이 들었는지는 당신도 알잖아요, 제리. 그리고 당신은 지금 예순이에요."

"거의 예순이 되었지."

"그래요. 나는 난자가 부족하고, 당신은 정자가 부족할 거예요."

"당신보다 더 나이 든 여자도 얼마 전에 아이를 낳았어. 아마 쉰일곱이었을걸. 이제는 호르몬 주사로 기적을 일으키기도 하지."

"그건 기적이 아니라 범죄예요. 어쨌든 우리 사이에 아이가 나온다면 머리가 세 개 달려 있을 게 분명해요."

"그 아이가 행복하기만 하다면 상관없지."

"그런 일이 조금이라도 가능할 것 같아요?"

"가능성은 아주 많은 것 같은데."

나와 마찬가지로 리타는 아이스티를 조용히 홀짝인다. 거실 구석에 있는 창문의 환풍기가 아주 먼 곳에 있는, 바위투성이의 안개 낀 언덕에서 들려오는 수도승의 독경 소리 같다. 그것은 그가 할 수 있는 유일한 독경으로, 마치 내게 입 다물고 조용히, 그리고 육체가 없는 순수한 존재처럼 있으면서 쓸데없는 갈망이나 바람으로 — 나는 평생 동안 그러한 것들로 나를 소모해 왔다 — 이 순간을 망치지 말라고 하는 것 같다. 그리고 그는 내가 무척 사랑하는, 요즘 들어서는 찾아보기 힘든 이 사랑스런 여자 앞에 가만히 앉아서, 그 꽃이 내 앞에서 기울 때까지 그것을 꺾는 것과 같은 일은 하지 말고, 아무런 방해도 하지 않으면서 빛 속에 있게 내버려 두라고 하는 것 같다. 그리고 과연 내가 그런 일을 할 수 있다면(내게도 은총이 내려져) 리타가 하는 말의 의미를(꼭 내게뿐만이 아니라) 그 어느 때보다 잘 의식하고 있는 지금이야말로 적기일 것이다. 하지만 나는 그렇게 하는 대신 여자와의 관계가 거의 없었던 지난 반년 동안 내내 그런 일을 상상한 것처럼 그녀의 어깨와 나긋나긋한 목을 잡고 진하게 키스하며, 그녀의 부드러운 입술과 언제나 레몬향이 나는 숨결을 음미한다. 하지만 다음 단계로 넘어가려는 순간, 그녀가 반감에 가득 찬 얼굴로 나를 모욕적으로 밀어내는 것처럼 보인다. 하지만 정확히 그렇게만 말할 수는 없다. 그녀는 내 쪽으로 몸을 기울이지는 않았지만 그렇다고 나를 밀쳐 내지도 않았던 것이다. 내가 흥분해 반쯤 감은 눈으로 그녀를 보았을 때 그녀는 독감 주사를 맞는 사람처럼 눈을 꽉 감고 있었던 것이다. 어쩌면 그녀의 마음은 이 불쾌한 순간을 견디면 곧 예방접종이 되어 영원히 불구가 되는 병으로부터 자유로울 수 있으리라는 생각을 하고 있었는지도 모르겠다.

"오, 제리, 뭐 하고 있는 거예요?"

"우리는 사랑을 만들고 있는 거야."

"나는 그렇게 생각하지 않아요."

"한번 기회를 가져 봐."

"그러고 싶지 않아요."

하지만 그녀는 내가 다시 키스하는 것을 허용한다. 그리고 정신 나간 사람이라도 알 수 있게 내게 아주 살짝 키스한다. 그런데 그 순간 분위기가 역전되면서, 우리는 거실에 그냥 서 있게 된다. 그녀는 빠르게 흥분이 가라앉으며 팔을 아래로 늘어뜨린 채 있고, 나는 그녀의 엉덩이 위 옆쪽을 잡고 있다. 그곳은 처음 그녀의 몸에 손을 댄 곳으로 내가 가장 좋아하는 곳이다. 모든 남자의 꿈이기도 한, 팬티의 가느다란 고무 밴드를 내리기 위해 속이 비치는 면 드레스 속으로 손을 밀어 넣는 순간 하복부가 얼얼해지는 경험은 남자라면(그리고 때로는 여자 동성애자들 역시) 모두 이해할 것이다.

리타는 창피스럽고, 지금 그러고 있는 자신을 믿을 수 없는 것처럼 내 눈길을 견딜 수 없다는 듯 얼굴을 돌려 내 목에 파묻는다. 마치 그녀가 마음속으로 '이 바보야, 이자는 쓰레기야.'라고 말하는 것을 거의 들을 수 있는 것처럼 여겨진다. 그래서인지 그녀를 최대한 점잖게, 그러면서도 꽉 껴안아야 한다는 생각이 문득 스치고, 실제로 나는 그렇게 한다. 그런데 그 과정에서 그녀의 척추에 갑자기 중력이 실린 듯 날카로운 소리가 난다. 그래서 나는 그녀를 소파로 안고 가 내려놓은 다음 손으로 그녀의 허벅지를 쥔 채 머리를 목에 파묻고 얼굴을 젖가슴 사이의 뼈에 문지른다. 약간 움푹 파인, 향기로운 그곳은 내가 수천 번은 음미한 곳이다. 만약 내가 나를 다시 만들어 그 형태와 크기로 바꿀 수 있다면 영원히 그 자리에 있을 수도 있을 거라는 생각이 든다.

잠시 후 그녀가 숨을 헐떡이며 말한다.

"택시가 올 거예요."

"알았어."

대답을 하고 나서 나는 부엌으로 간다. 그리고는 지갑에서 20달러 지폐 한 장을 꺼내 메모를('미안하게 됐소!') 붙여 문 사이에 끼운 뒤 문을 닫는다.

"이제 그만해요."

내가 돌아오자 리타가 말한다.

"좋아."

말은 그렇게 하지만 나는 벌써 그녀를 뒤로 눕힌 다음 몸 위에 타고 있다. 그녀의 옷이 구겨지고, 잠시 후에는 그녀가 귀신 들린 여자처럼 거칠게, 거의 화가 난 것처럼 내 몸 위로 올라온다. 그녀 역시 어느 정도 나를 보고 싶어 했다는 걸 나는 알 수 있다. 그녀는 자유자재로 입을 사용하는데, 그 다양한 기술을 나는 언제나 사랑하지만 한편으로 그것을 보고 있으면 왠지 슬픈 느낌이 들기도 한다(어쩌면 그것은 어린 시절 수녀들이 가르치는 교육을 받아서인지도 모른다). 나는 그녀를 당겨 키스하고, 우리는 옷을 벗느라 씨름을 한다. 곧 우리는 우리에게 친숙한, 여자가 위에 있지만 삽입은 하지 않는, 앉은 자세를 취한다. 그녀의 몸은 내가 기억하고 있는 것보다 살이 찌긴 했어도 여전히 놀라울 정도로 젊다. 그녀는 허리와 위쪽 팔, 그리고 허벅지가 좀 더 두꺼워졌다. 반면 내 몸을 내려다본 나는 배를 제외하고는 아래쪽 살갗이 햇볕에 그을리긴 했지만 창백하고 축 처져 있으며 앙상한 것을 본다. 그나마 어느 정도 생기가 느껴지는 것은 거무튀튀한 성기뿐이다. 약간 구부러진 그것은 상점에서 세일을 위해 부피를 줄여 비닐 랩에 싼 뭔가처럼 보이기도 한다. 리타 역시 그 점을 감지한 듯 마치 그것이 구형 비행기의 조종간이라도 되는 듯 잡고는 몸을 구부려 천천히 그것을 자신의 몸속에 넣으려 한다. 그런데 그 순간 나는 기어이 묻고 만다.

"그는 어땠어?"

"리처드 말예요?"

"그래."

"뭘 묻고 싶은 거예요?"

나는 고개를 까닥한다.

"알잖아."

"맙소사, 제리."

"물어볼 수도 있잖아."

"아뇨, 그럴 수는 없어요."

"하지만 얘기해 줄 수는 있잖아."

"리처드는 당신보다 두 배는 신사예요."

원망스런 눈길로 나를 바라보며 그녀가 말한다.

"그리고?"

"좋아요."

그녀가 내 몸을 꽉 쥐며 말한다.

"어쩌면 남자로서는 당신의 반밖에 따라오지 못할 거예요."

그녀는 거짓말하고 있는 게 분명해 보인다. 하지만 그것은 전혀 문제되지 않는다. 지금은 그 생각 자체가 중요한 순간이다. 그것은 나 자신을 거인처럼 느끼게 하면서 즉각적으로 그 효과가 나타난다. 나는 흥분한 목소리로 속삭인다.

"그걸 원해?"

"음."

그녀는 간신히 말을 내뱉는다. 그러고는 무릎을 꿇고 몸을 든다. 그녀의 가슴은 내가 기억하는 그 어느 때보다 격렬하게 흔들리며 아래위로 왔다 갔다 하고 있는데, 전혀 끔찍한 모습은 아니다. 그녀가 내 성기를 삽입하려 하는 동안 나는 그녀의 젖가슴을 꼭 쥐고 있다. 마치 그 순간 속에, 그리고 꿈속에 갇혀 있는 것 같다. 그런데 그런 자세에서는 내가 주도하기 힘들다. 실제로 주도하고 있는 것은 리타이다. 그녀는 잠시 동작을 멈추고 흥분이 조금 가라앉기를 기다린다. 그 점은 나로서는 다행이다. 나는 지금의 나이에 이르러 재빨리 삽입하게 되면(마지막으로 그렇게 한 것은 오래되었다) 사정을 하지 않고 얼마나 견딜 수 있을지 알 수 없다. 그리고 나는 우리가 그렇게 다정한 상태로 그냥 서로를 안고 있기만 해도 상관없다. 어쩌면 이런 순간에는 더 이상 발기 상태를 유지할 수 없게 된다 하더라도 마음은 부드러워질 것이다.

리타는 내 눈을 들여다본다. 그녀는 이번에도 또 자신이 실수하고 있는 것은 아닌지에 개의치 않는 듯하다. 실제로 이번에도 그녀가 실수하는 것은 아닐 것이다. 오히려 그보다는 늘 감정 이입과 지혜가 부족한 내가, 그녀가 필요로 하는 기본적인 어떤 것을 그녀에게 줄 수 있을까 하는 어쩔 수 없는 물음을 떠올린다. 나는 지금 서로 정신이 멀쩡한 상태에서 똑같이 뭔가를 인식하는 순간에 처해 있는 것이 두렵다. 최근 들어 알게 된 바에 따르면, 그것은 지속적인 사랑의 가장 확실한 징조일 수도 있다. 리타는 내 목덜미를 잡고 몸을 아래쪽으로 낮추며 우리가 예전에 그랬던 것처럼 애무한다. 몇 초 동안 우리는 자세를 바꾸거나 몸을 움직이거나 다시 삽입을 시도하려 하지 않고, 그냥 가만히 있는다. 그때 초인종이 울린다. 누군가 집 뒤에 있다. 그로 인해 우리의 행위는 중단된다. 다시 초인종이 울리고, 나는 돈을 그곳에 두었으며, 택시는 필요 없다고 소리친다. 그런데 뭐라고 소리치는 목소리는 테레사의 목소리를 많이 닮았다. 그녀가 오리라곤 생각지 못했던 나는 그냥 있는다. 하지만 그녀가 다시 소리치고, 누군지 깨달은 리타가 재빨리 일어선다.

"당신 딸이에요, 제리. 가서 안으로 들어오게 해요."

나는 자리에서 일어나지만, 쑥스러운 상황을 생각하며(그 상황은 데이지가 침대에 누워 있는데, 아이들이 내 위에서 이리 뛰고 저리 뛰고 했을 때 이불 아래로 발기해 있던 내 성기가 더 이상 흥분하지 않은 상태가 될 때까지 기다려야 했던 아침들을 떠올리게 한다) 고개를 젓는다. 그러자 리타는 내 바지를 던져준 후 재빨리 면 드레스를 입는다. 그들이 서로 따뜻하게 인사를 주고받으며 웃는 동안 나는 흥분을 가라앉히고, 그들이 거실로 왔을 때에는 옷을 거의 입은 상태다. 나는 마지막으로 배틀브러더스 로고가 있는 폴로셔츠의 아래쪽을 꺼내린다.

"파티를 망쳐서 미안해요."

테레사가 말한다.

"아니, 그렇지 않아."

리타는 약간 창피한 듯, 거의 어머니처럼 말한다.

"아이스티를 조금 줄까?"

"좋아요. 목이 몹시 말라요."

리타는 부엌으로 간다.

"무슨 일이냐?"

테레사의 얼굴을 살피며 내가 묻는다.

"괜찮아?"

"나는 괜찮아요."

그녀가 대답한다.

"근데 문제가 있어요."

"그래."

"아버지 때문에요."

그녀는 약간 지나치게 부드럽게 말한다.

"집에 가는 길에 전화로 폴과 얘기했어요. 그의 말로는 아이비에이커스에서 아버지한테 연락하려고 했대요. 잠시 얘기 끝에 그가 그곳 사람들에게 무슨 일이 있는지 아버지한테 얘기하겠다고 안심을 시킨 거예요."

"그래."

리타가 돌아와 테레사에게 잔을 건네준다. 우리는 선 채로 테레사가 말하기를 기다린다.

"아빠가 도망친 것 같아요."

"도망치다니, 그게 무슨 말이냐?"

"무단 외출을 한 것 같아요. 그들은 아빠가 어제 저녁 식사 때부터 없어졌다고 생각하는 것 같아요."

"그렇게 생각하다니? 그럼 거의 만 하루 동안 아버지를 보지 못했다는 거야?"

"나도 그 점이 궁금해요."

테레사가 말한다.

"이곳에 오면서 전화를 해 보았는데 내게는 아무도 얘기를 하지 않으려 해요. 아버지만이 공식적인 보호자라면서요. 하지만 폴 얘기로는, 아직 경찰에 연락도 하지 않았대요."

"지금 전화할게."

거실 전화기 옆에 서 있던 리타가 말한다.

"군(郡) 보안관 사무실에 아는 친구가 있어. 그는 어떻게 해야 하는지 알고 있을 거야."

"도대체 어딜 간 거지? 지갑도 돈도 없고, 어딜 갈 수도 없을 텐데. 그는 몇 구역 이상은 걷지도 못해."

"어쩌면 그곳에서 떠나는 쇼핑몰 버스가 있을 거예요. 만약 우리가 운이 좋다면 그는 바나나 리퍼블릭(Banana Republic) 안에 그냥 앉아 있을 수도 있어요."

"맙소사. 제발 그러기를 바라야지. 지금 당장 양로원으로 가 봐야 할 것 같아."

집을 나오면서 나는 잠시 걸음을 멈추고 리타에게 키스한다.

"짐은 싸지 마. 그리고 이사 같은 건 하지 마. 아무것도 하지 마. 최소한 내가 이 일을 처리할 때까지는. 알았지? 알았지?"

리타는 내 눈을 제대로 보지도 않고 고개를 끄덕인 후 테레사를 잠시 꽉 껴안는다. 그런 다음 그녀는 조금 더 길게 나를 껴안는다. 나는 기운이 나고, 마음이 차분해져야 할 텐데도, 이것이 그녀를 보게 될 마지막일 수도 있다는 끔찍한 생각이 머리를 스친다. 어쩌면 우리는 이번에도 나의 계략에 의해 잠시 열정을 불태우고 만 것인지도 모른다. 그래서 나는 다시 한 번 그녀의 갈색 눈과 갈색 뺨, 그리고 두껍고 검은 머리칼을 마음속에 담는 것이야말로 내가 떠올릴 수 있는 전부라는 생각을 한다. 그래, 여기에 한 아름다운 여자가 있어. 그리고 잠시 후 나와 내 딸이 차의 앞자리에 앉아 — 이번에는 내가 운전대를 잡았다 — 배기량이 큰 엔진의 시동을 걸었을 때 — 낡은 엔진에서는 너무도 우렁찬 소리가 들려 마치 하늘을 날 수도 있을 것 같다 — 나는, '왜 이래야만 하지, 그리고 왜 지금?'이라고 물을 수밖에 없다. 하지만 그에 대한 대답은 어디에도 없다. 다만 이것이 현실이며, 그것은 제리, 곧 나의 현실이라는 생각밖에는 할 수가 없다.

10

한때 구겐하이머 부부가 이웃으로 산 적이 있었다. 조지와 재닌 부부로 내 나이 또래였는데 아이들이 많았고, 털이 긴 개들도 있었다. 그들은 데이지가 죽은 직후 그곳으로 이사를 와 8년쯤 살았다. 내 눈에 비친 그들은 행복했다. 그들은 시끄러웠고, 항상 잔디밭에서 다트나 공놀이를 했으며, 개들은 뛰어다니며 아이들을 치기도 했다. 조지와 재닌은 빗자루로 쓸거나 조경을 하는 등 계속해서 집을(내 집과 같은 모델이었다) 돌보았다. 하지만 끊임없이 손질했음에도 안뜰과 뒤뜰(구석에 자투리땅이 있었다)은 늘 엉망이었고, 플라스틱 장난감과 갈퀴, 라임이 든 비닐 백 등이 나뒹굴었다. 하지만 나는 그런 것에 별로 신경 쓰지 않았다. 전문 조경업자로 살다보면 잘 가꿔진 뜰에 싫증이 나기도 할 뿐 아니라, 자신의 땅을 스스로 알아서 가꾸는 사람에게, 설령 그가 그것을 제대로 가꾸지 못한다 하더라도, 신경 쓰지 않게 되기 때문이다. 그리고 조지 구겐하이머는 실제로 그랬다. 하지만 뜰을 가꾸던 모습을 보면 땅에 대한 애착도 있었던 것 같다. 그는 벽돌로 진입로를 새롭게 깔았으며, 지빵나무를 심어 울타리를 만들고, 작은 일본식 다리가 놓인, 금붕어가 사는 연못을 뒤뜰에 만들기도 했다(이것이 그가 시도한 가장 어려운 일이었음에 틀림없다).

벽돌 진입로는 그런대로 괜찮았지만 가까이서 보면 평평하지 않고 뒤틀려 있어 어떤 곳은 너무 높거나 낮아 조금만 걷다 보면 발에 걸리거나 넘어지기도 했다. 약 서른 그루로 이루어진 지빵나무 울타리를 심고 나서 3주 정도밖에 못 갔는데 너무 낮게 심은 데다 물을 너무 많이 주었기 때문이다.

이웃으로서 나는 그 두 가지 일에 대해 몇 가지 충고를 해 주었고, 그는 몇 가지 지적 사항을 적기도 했다. 하지만 조지는 결국 제대로 실행하지 않았을 뿐 아니라, 세부적인 것에도 관심을 쏟지 않았던 것 같다. 그는 망치질이 서툴렀고, 땅에 구멍도 제대로 파지 못했다. 그리고 이것은 연못을 만드는 데도 부분적으로 문제가 되었다. 수련이 꽃을 피우고, 오렌지색과 진주색으로 꾸며진 연못은 누군가가 가까이 다가갈 때마다 하와이 풍의 음악이 연주되고, 인조 바위로 이루어진 폭포가 있어 처음에는 멋져 보였다. 그때가 조지에게는 최고의 시간이었는데, 안타깝게도 그 시간은 일주일밖에 가지 못했다. 그의 아들 하나가 정원에 있는 삽으로 금붕어를 죽이려다 실수로 배관을 자르는 바람에 연못의 물이 빠지기 시작했던 것이다. 나는 조지에게 연못을 완전히 비운 다음 배관이 완전히 말랐을 때 그것을 때우라고 충고했다. 하지만 그는 가게에서 특별한 수중용 '접착제'를 사다 발랐고, 그 때문에 물고기들이 모두 죽었다(물고기들은 통통 부었고 얼굴이 검게 변했다). 그가 이쯤에서 그만두었다면 괜찮았을 것이다. 하지만 어린아이들이 물고기가 불쌍하게 죽었다며 하루 종일 울어댔고, 뚱해진 아이들 때문에 화가 난 재닌이 섹스를 거부하기라도 했는지 조지는 아무것도 모르는 가장의 지혜를 발휘해 접착제 바른 부분을 잘라 냈다. 결국 그는 처음부터 너무 얕게 깐 콘크리트에 구멍을 팠는데, 그 과정에서 연못 구멍 바로 옆에 옛날에 설치한 정화조가 지금도 그대로 있는 커다란 배수구가 있는 것을 발견했다. 그날 밤 천둥과 번개, 그리고 7.6밀리미터의 강수량을 기록한 여름의 심한 폭풍우가 치지 않았다면 그는 뭔가 조처를 취했을 것이다. 아침이 되자 하늘은 구름 한 점 없이 맑았지만 집 앞 진입로 끝에서 신문을 줍던 나는 심한 악취를 맡으면서, 뭔가 잘못되었다는 것을 알 수 있었다. 아침을 먹고 나서 다시 나가 보았을 때에는 한 무리의 이웃들이 이미 조지의 집 뒤쪽에 모여 있었다. 그들은 코를 움켜쥔 채, 한때는 매끈한 뒤뜰 잔디밭이었지만 이제는 들쭉날쭉 커다란 참호처럼 되어버린 곳을 들여다보고 있었다. 연못에서 흘러나온 물은 길까지 흘러가고 있었고, 일본식 다리는 반 토막이 나 참호의 진흙 속에 묻혀 있었다. 그곳 구겐하이머 부부의 집에서는 참호전을 다룬 영화도 찍을 수 있을 것만 같았다.

조지는 그 때문에 속상해하고 무척 우울해했다. 이윽고 모였던 사람들이 흩어지고, 하수구 공사를 맡은 사람이 대략적인 공사비용을 얘기했을 때 조지가 나를 한쪽으로 데리고 가더니 자신은 그것을 감당할 수 없다고 하소연했다. 나는 염려 말라고 말한 뒤 수표를 써 주며('좋은' 이웃이 약간 체념한 상태로, 은근히 자부심을 드러내며 기쁜 듯이 말할 때처럼), 모든 것을 복구하고 더 큰 연못을 지으라고 했다. 하지만 그는 고개를 젓더니 젖은 잔디밭에 앉아 아기처럼 소리를 지르며 울기 시작했다. 나는 그 옆에 쪼그리고 앉아 30초 정도 그의 어깨를 잡아 주었다. 그가 조금 진정되었을 때 나는 겁먹고 있거나 걱정하고 있는 내 고객들에게(고객들 모두 겁을 먹거나 걱정했다) 하는 식으로 얘기했다 다시 말해, 이 싸움에서 우리가 이길 거라며 용기를 내라고 독려하는 부대장처럼 얘기한 것이다. 하지만 그 즉시 나는 '우리'라는 말을 사용한 것을 후회했다. 그가 흙탕물이 묻은 얼굴로 나를 껴안았던 것이다. 그는 내가 배틀 브러더스 직원 몇 명과 포클레인 두어 대를 보내 새로 잔디를 깔아 주리라 생각한 것 같았다. 그러고는 내가 다른 말을 하거나, 내가 한 말을 철회하기도 전에 자신들이 재정적으로 구제 불능 상태라고 말했다. 나는 그것이 무슨 말이냐고 물었다. 구겐하이머 부부는 그 동네의 다른 사람들처럼 마음껏 돈을 쓰고 있는 것처럼 보였는데, 그것은 그들이 돈을 벌고 있다는 것을 의미했기 때문이다. 하지만 그는 다시 한 번 그 말을 했다. 자신들은 완전히 구제 불능 상태라는 것이었다. 그 말을 서슴없이 내뱉는 것을 보고 내심 놀랐다. 모든 것이 엉망이 되었다는 식의 그런 얘기는 이웃으로부터는 듣기 어려운 것이기 때문이다.

이튿날 나는 안쓰러운 마음에 그에게 전화를 걸어 '괜찮은지 확인을 하고' 연민을 표한 후 이삼 주 동안 내가 직접 그를 도와주어야겠다는 생각을 했고, 실제 그렇게 했다. 그런데 금붕어가 자라는 연못이 난장판이 된 바로 그날 밤, 상점에 들렀던 조지가 우유와 함께 산 복권이 당첨된 것이다. 당첨금은 한 번에 수백만 달러를 받는 것은 아니었지만, 이제는 사라진 것처럼 보이는 일종의 적립식 형태로, 살아 있는 동안 매년 일정액의 돈을 받는 것이었다. 그 복권은 '평생을 위한 봉급'과 같은 구호로 선전되었으며 매년 노동절이면 10만 달러가 지급되었다. 당시의 그 액수는 중산층 중에서도 상층이 버는 것 이상이었다. 한마디로 구겐하이머 부부에게는 대박이었다. 조지는 나처럼 부모로부터 생계를 물려받았는데, 그의 경우 퀸스의 키세나 파크에 있는 한국인과 중국인 사업자들이 새로 들어오면서 경쟁이 치열해진 것을 무시하는 바람에 문을 닫아야 할 처지에 놓여 있었다. 그 전날 말한 바에 따르면, 그는 그 가게들을 팔고 다른 사업을 벌일 계획이었다고 한다(어떤 사업인지는 얘기하지 않았다). 하지만 그는 담보도 현금도 없었으며, 집과 드라이클리닝 기계를 사들이며 큰 빚을 지고 있는 데다, 곧 추심 회사와 은행에서 압류가 들어올 상황이었다. 그런데 때맞춰 마지막 남은 몇 달러로 2천만분의 1 확률에 당첨된 것이다.

아이위트니스 뉴스에선 구겐하이머 부부를 짧게 다루기도 했다. 커다란 마분지 수표 끝을 쥐고 조지와 재닌이 놀란 모습으로 땀을 흘리고 있는 모습이 화면에 비쳤는데, 돈의 액수는 나오지 않고, 0이 여러 개 있고 물음표가 나와 있었다. 제한액이 없다는 의미였다. 그들은 곧 드라이클리닝 기계들을 팔아치우고(물론 한국인에게), 가장 급한 빚을 갚고, 뉴저지의 담보 회사를 통해 나머지 것들도 정리한 다음 뒤뜰의 하수구를 고치기 시작했다. 그들은 배틀 브러더스 직원을 고용해 땅을 불도저로 밀어 깨끗이 정리한 다음 나무를 심고, 모든 것을 완전히 새롭게 가꿨다. 조지는 낡은 차를 팔고 자신과 아내를 위해 벤츠 컨버터블 두 대를 구입했다. 가족이 외출할 때면 그들은 차 두 대에 아이들을 잔뜩 태우고 갔다. 그들의 지출은 금세 늘어났다.

재닌은 현대 미술과 디자인에 무척 관심이 많아 근처 화랑에서 많은 작품들을 샀다. 그녀는 너무 말랐거나 살이 너무 찐 인물 조각상들뿐만 아니라 입체파와 추상화 스타일의 그림을 사들였다. 또한 형태는 깔끔하지만 차갑고 불편한 느낌이 드는 모리스 비옌시(Maurice Villency)와 로슈 보부아(Roche Bobois)• 제품의 가구도 구입했는데, 실제로 그것들은 유니스가 사들인 것과 크게 다르지 않았다. 조지는 집도 완전히 무너뜨린 후 다시 지었는데, 구겐하임 미술관을 정확히 오분의 일로 축소한 모습이었다. 그 집에는 커다란 원형 주차장이 있었고, 작은 탑이 창문이라곤 거의 보이지 않는 집을 굽어보고 있었다. 실제로 구겐하임 미술관에 한 번도 가 본 적이 없는 재닌과 조지는 자신의 집이 미술관과 닮았다는 사실을 전혀 몰랐다.

그로부터 1년이 채 지나기도 전에 조지가 끔찍한 자동차 사고를 당하지 않았다면 모든 것이 잘되었을 수도 있었다. 서던스테이트 공원 도로에서 차를 몰고 가던 그를 뒤에서 누군가가 들이받으면서 그의 차는 앞차를 받았고, 그 바람에 그는 튕겨 나갔다. 심하게 부딪친 조지는 얼굴과 손에 마흔 바늘을 꿰맨 후 골절 검사를 받기 위해 병

• 둘 다 현대적인 가구로 유명한 회사임.

원에서 하룻밤을 보냈다. 그 후 며칠 동안은 괜찮았지만, 그는 운전을 거의 하지 않았고, 동네를 산책하지도 않았다. 내 생각에 그는 하마터면 자신이 죽을 뻔한 일과, 그것이 평생을 위한 봉급에 어떤 영향을 미쳤을까를 생각한 것 같다. 어느 날인가 내게 전화해 배틀 브러더스에서 집 둘레에 2.4미터 높이의 울타리를 설치할 수 있는지 물었고, 우리는 그렇게 해 주었다. 그리고 집에 경보장치와 카메라를 설치한 후에는 자신의 뜰에도 나오는 일이 없었다. 당시 막 뉴스에 나오곤 했지만 아직도 그것이 무엇인지 사람들이 궁금해하고 있던 에이즈와 같은 치명적인 바이러스에 감염되지나 않을까 겁냈던 것이다. 조지는 자기만의 침실에 공기조차 통하지 않게 한 채 머물기 시작하더니(그는 부부가 함께 쓰던 침실에서 나왔는데 재닌이 쇼핑을 하고, 아이들을 데리러 오고, 친구들을 만나러 외출했다가 병균을 옮겨올 수도 있었기 때문이다) 점점 더 절망적인 상태가 되면서 바깥세상과 관계있는 모든 것을 두려워했다. 결국 놀랄 일도 아니지만, 그렇게 1년이 지났을 때 재닌은 그와 이혼하고, 아이들과 함께 멋진 골프클럽이 있는 노스캐롤라이나의 콘도로 이사를 갔다. 그곳에서 재닌은 클럽하우스를 운영하고 있다. 조지는 아직도 그 집을 소유하고 있는 것 같지만 오래전 아무도 모르는 곳으로 이사를 갔다.

내가 지금 조지를 떠올리는 이유는 그가 안됐다는 생각이 들면서(가족과 집에 대한 책임을 지고 있는 가장으로서) 어쩌면 그와 마찬가지로 나 또한 위험하고 비참한 상황에 처해 있기 때문이다. 테레사가 아프고, 또 아버지가 거의 마술처럼 사라지면서 내겐 아직 연료가 남아 있다 해도 더 이상 하늘에 머물 수 없게 되었다.

나는 최근에 잭의 재정 상태가 악화된 것에 관해서는 얘기하지 않았다. 그것은 다른 두 재앙에 비하면 별것 아니지만, 솔직히 그의 문제는 나로 하여금 인내력의 한계를 느끼게 한다. 한마디로 잭은 자신의 배를 침몰시켰다. 전문적인 분석가라면 그가 자본을 과다하게 투자하는 전략을 통해 아주 효과적으로 그 일을 해내고 있다고 평가할 것이다. 새 트럭에서부터 소형 굴삭기(우리는 항상 일이 있을 때마다, 혹은 한 주 또는 기껏해야 계절 단위로 장비를 임대했다)에 이르기까지 그가 회사의 이름으로 사들인 모든 것은 배틀 브러더스가 하도급을 줄 수도 있다는 생각에 직접 구입한 것이다. 그 과정에서 그는 늙은 샐과 상의도 하지 않고, 나이지리아와 우즈베키스탄 혹은 그와 비슷한 어떤 '공화국'에 등록되어 있는 수상한 은행과 직접 거래했다. 그리고 그 결과는 사업 부진으로 이어져(경기 침체에다가 최근 들어 경쟁이 치열해졌기 때문이다) 사실상 아무런 이윤도 남길 수 없게 되었다. 그는 더 이상 빚을 갚지 못할 처지에 놓여 있었다. 결국 나는 무슨 일이 있었는지 정확히 이해했다. 그가 제 값을 받고 장비들을 팔 수만 있다면 별 문제도 아니지만 요즘에는 모두 대폭 할인을 요구하고 있으며, 사무실에서 사용하는 컴퓨터와 소프트웨어 등도 구입한 지 얼마 되지 않아 구식이 되어 버려 사려는 사람이 없다. 그리고 그것은 문구점을 따로 차려도 될 만큼 많은 사무용품들도 마찬가지다.

일전에 샐이 조용히 불러 장부를 보여줄 때 발에 뭔가가 걸렸는데, 처음에는 그것이 유니스가 주문한 멋진 커피 테이블인 줄 알았다. 그런데 알고 보니 플로피디스크를 5,000장에서 1만 장까지 넣을 수 있는 케이스였다. 최근 거래 내역을 백업해 놓으려고 새로 구입한 그것은 포장도 뜯지 않은 상태였다. 물론 그것들은 이제 몇 배나 더 많은 데이터를 저장할 수 있는, 곧 가격이 떨어질 콤팩트디스크로 대체되었다. 게다가 최근에 교체된 플로피디스크 드라이브는 먼지를 뒤집어쓴 채 자재 창고에 싸여 있고 전선들은 도살장에 있는 고기의 내장처럼 뒤엉켜 걸려 있다. 물론 그 부품들은 그것들을 원하는 사람들의 손에 넘어갔다. 이 모든 것을 생각해 보면 우리의 멋진 문명이 에너지와 물질의 보존과 관련된 열역학의 특정 법칙을 파기한 것은 아닌가 하는 걱정이 든다. 이제 우리가 누리고 있는 것들은 한 번 사용한 후에는 다시 사용하거나 고쳐 쓰는 것이 불가능한 것처럼 보이기 때문이다.

나는 우리의 초라한 차고를 대기업의 본부처럼 대대적으로 바꾼 것에 대해 이미 자세히 얘기했다. 그런데 놀랍게도 그 비용은 일반적으로 담보를 통해 이루어져야 함에도(유니스가 가격 할인을 목적으로 협상에 나서면서) 현금이 지불되었다. 거기에 더해 우리가 거래하는 서퍽 내셔널 은행의 직원이 우리의 아주 낮은 현금 보유고와 관련해 차가운 내용의 장황한 서류를 보내왔고, 최근에는 내가 사직한 직후 받은 일곱 자리 숫자의 수표에 대해 지급을 해 주지 않았다. 잭은 수표의 부도를 막기 위해 노력했지만(그 금액은 300만 달러로 샐이 생각한 것의 두 배였다) 요즘 들어서는 그것을 받겠다는 사람이 없었다. 잭이 회사 바로 뒤에 있는 4에이커의 땅에 나무를 심느라 돈을 너무 많이 썼을 뿐 아니라(그는 처음부터 회사를 팽창하는 일에 너무 열을 올렸다) 부지 자체가 환경 문제를 야기하고 있다는 의혹에 싸였기 때문이다.

나는 우리가 갖고 있던 본래 땅이 환경 규제와 기준에 부합하지 않을 수도 있다고 항상 염려했는데, 우리가 새로 매입한 땅의 전 주인이 힉스빌에서 사진 현상액 사업을 크게 한 것이 문제된 것처럼 보인다. 그는 지난 25년 동안 회사에서 나온 화학약품과 다른 유해 액체를 그 부지에 있는 오래된 우물에 파묻은 뒤 불도저로 땅을 메우고 새로 잔디를 깔았다. 그 자체만으로도 나쁜 터에 설상가상으로 우리의 새 부지에 인접해 있는 집주인들이 건강에 악영향을 받았다며 법적 소송을 걸어와(그들 중 하나는 어린 시절 내 여자 친구였던 로즈 캐힐인데 그녀는 지금도 같은 집에서 자폐아로 자란 두 명의 아들과 살고 있다) 그들의 소송 대리인과, 군과 주(州)의 — 그리고 조만간은 연방 정부의 — 환경 안전 검사관들이 토양 샘플을 채취하기 위해 땅을 파고, 중금속과 화학약품과 오일을 검출하기 위해 주변의 우물물을 테스트하고 있다. 때문에 나무를 심고 그럴듯한 장비를 갖춘 우리의 괜찮은 작은 가업은 잠재적인 채무에 비춰서도 많이 저평가되고 있다.

물론 난잡한 구석이 있는 샐은 지금 상황이 생각만큼 나쁘지 않다고 주장하고 있다.

겉보기에는 파산 선고를 하기까지 법적 조처를 막을 수 있는 몇 가지 보호책이 있는 것처럼 보인다. 게다가 우리에게는 환경 당국과 이웃들을 상대하는 데 있어 우리를 대표하는 소송 대리인이 있는데 다름 아닌 리처드 앤서니 코니글리오의 법률 회사이다. (비굴하게 굴며 사정할 준비를 갖추고) 내가 전화했을 때 리치는 무척 신사답게 굴었다. 그러고는 즉시 후배들에게 얘기해 다국적 기업을 변호하고 있던(미크로네시아의 어촌 마을을 황폐화시켰다며 탐욕스러운 자들이 터무니없는 요구를 한 것에 대해) 김씨와 켄턴을 빼내 우리의 보잘것없는 소송을 맡게 해 주었다.

물론 지금 가장 중요한 것은 소송을 계속 지연시킴으로써 소송 당사자의 기운을 빼는 일이다. 그리고 그것은 걸핏하면 소송을 벌이는 미국인들이 완벽하게 해내는 것이다. 리치는 아주 관대하게 자신을 제외한 후배 두 사람의 수수료만 지급하면 된다는 제안을 했다. 누가 또는 무엇이 그로 하여금 그토록 관대하게 굴게 했는지는 확실치 않지만 나로서는 우리가 학교 동창이며, 같은 동네 친구이기 때문이라 생각하고 싶다. 그리고 우리는 리타와도 연결되어 있다. 이런 경우 서로를 어떻게든 파멸시키려 드는 두 남자는 어느 순간 상대에게서 자신이 얼마나 상처받기 쉬운 존재인지를 보게 되는 것이다. 그것도 아니면 우리가 삶의 가장 무거운 짐 거의 모두를 덜어 낸 지점에 이르렀으며, 그에 따라 마침내 자신을 성공이라는 척도로 더 이상 평가하지 않고, 스스로를 특별할 것 없는 존재로 생각하게 되었기 때문인지도 모른다.

이 모든 것을 내가 어떻게 알았는지 궁금할 것이다. 실제로 나는 잭이 마지막으로 집에 온 이후 그와 전혀 얘기하지 않았다. 물론 샐이 중재자 역할을 하며 얘기해 주기는 했다. 한 집안의 가족이었던 적이 있는 누구라도 잭과 내가 앞서 말한 커다란 문제들에 대해 논의하지 않고, 그로 인한 어색한 순간을 견디지 않았으며, 서로를 공격해, 그 앙금이 축적되어 있다가 어느 순간 상대에게 신랄한 얘기를 퍼붓거나 하는 일이 한 번도 없었다는 얘기를 들어도 크게 놀라지는 않을 것이다. 내가 알 수 있는 거라곤 그가 매일 아침 6시 정각에 출근해 샐의 도움을 받아 직원들에게 회사가 파산당할 수도 있다는 얘기를 하고 있다는 점이다. 그리고 그는 지금 일어나고 있는 일을 내게 숨기려고 하지 않는다. 그 역시 내가 잘 알고 있다는 것을 알고 있으며, 우리가 생각하고 있는 것과 관련해(최소한 공개적으로는) 힘든 기색을 보이려 하지 않고 있다. 물론 나는 그의 머릿속에서 혹은 그의 집에서 무슨 일이 일어나고 있는지 모른다(유니스는 전혀 눈치채지 못하고 있는 것 같다. 그녀는 그녀의 사령실이기도 한 흰색 레인지로버를 타고 가며 내게 온갖 것을 지시한다). 그가 무슨 생각을 하고 어떻게 느끼고 있건 상관없이, 나는 어느 정도 그가 자랑스럽기도 한데, 물론 모든 점에서 그렇지는 않지만 그가 꿋꿋하게 버티고 나아가고 있다는 점에서만큼은 그렇다. 그는 마치 북극의 쇄빙선처럼 머리를 숙인 채 어떻게든 전진하고 있다.

하지만 문제는 앞쪽 수평선에는 얼음만 떠다니고, 그의 배가 지나가는 곳으로 빙원이 다시 형성되고 있으며, 물자와 연료가 위험할 정도로 부족하고, 사기 또한 떨어지고 있다는 것이다. 더 이상 지켜보고만 있을 순 없는 입장에 이르렀다고 얘기했음에도 내가 아무 일도 하지 않고 있는 것이 궁금할 것이다. 만약 아버지가 내 입장이라면 그는 지금 나처럼 가만히 앉아 한탄하는 대신 책의 공급업자들에게 자신은 무섭고도 비참한 상태에 놓여 있다는 얘기를 늘어놓으며 인부들 절반과 사무실 직원 전부를(전화를 받아야 하는 샐은 제외하고) 해고하고 땅을 파거나 벽돌을 쌓거나 기계를 고치는 데 필요하지 않은 모든 것을 팔아치운 뒤 서펵 내셔널 은행 직원과 그의 아내에게 저녁을 사며 선심을 써 달라고 억지를 부렸을 것이다. 실제로 아버지는 이 상황을 우리의 문제, 우리 공동의 확실한 파멸, 우리 모두의 몫

등으로 일컬으며, 어머니 스스로도 별로 맛있지 않다고 인정한 음식을 먹을 때처럼 열의를 보일 것이다(그는 매일 밤 불평하면서도 항상 두세 그릇을 비웠다). 아버지라면 고령에도 불구하고 잭을 앞에 앉혀 놓고 아무것도 믿을 수 없다며 화를 냈을 것이다. 그러고는 이 모든 재앙을 초래한 이유를 설명하고 나서 이제부터 어떤 짐을 져야 하는지를 얘기할 것이다. 그는 나와 달리 항상 기업이 중요하다고 믿고 있으며, 그의 말대로 벽돌 한 장 한 장을 쌓아 일군 영광스런 필생의 사업 외에 다른 것은 볼 수도 없기 때문이다.

어쩌면 제리 배틀이 회사가 망하게 내버려 두고 있는 것처럼 보일지도 모른다. 그는 하수구가 흘러넘치는 것을 옆에 서서 지켜볼 수도 있다. 그는 얼마든지 뜰의 아스팔트가 갈라지는 것을 보면서도 전화기를 들고 단축 번호를 눌러 점심 식사로 부드러운 타코 세 개를 주문할 수도 있을 것이다. 실제로 이 비유적인 묘사는 사실에 가깝지만, 그리고 언제나 그랬던 것처럼 어떻게 되어도 상관없다는 마음이 있긴 하지만 이제는 그냥 한가로이, 잭이 차가운 물속으로 가라앉게 내버려 둘 수는 없다. 하지만 그것은 내가 배틀 브러더스에 대해 조금이라도 개입하고 있기 때문은 아니다. 전혀 그렇지 않을뿐더러 그런 적도 없었다. 아버지도 그 사실을 알고 있었지만 상관하지 않았는데, 그것은 내가 늘 수동적인 태도를 취했음에도 운이 좋아 사업이 그런대로 굴러갔기 때문이다. 때문에 잭이 내가 회사에 대해 관심을 갖고 있다고 여길 수도 있다는 생각을 하면 우울해진다. 물론 그것은 전적으로 내 잘못이며, 어쩌면 그 때문에 그는 회사를 가능한 가치 있는 것으로 만들려고 많은 노력을 했는지도 모른다. 나는 그가 대학 시절 여름에 우리 회사에서 일하고 싶다고 했을 때 만류했어야 했다. 나는 그것이 바보 같은 일이라고 놀렸어야 했고, 그가 그에 대해 회의적으로 생각할 수 있는 말을 해야 했다. 또한 그가 회사에 들어와 결국에는 십장이 되어, 하루 일이 끝난 후 기계공들과 함께 술집에 가서 술 마시는 일이 일어나지 않도록 해야 했다. 그는 사장의 아들이었지만 보통 사내처럼 굴었고, 그래서 사람들은 너무 쉽게 그를 받아 주고 좋아하게 되었는지도 모른다.

잭이 리치의 아이비리그 출신 직원들처럼 멋진 법률 회사에서 일하는 변호사가 되거나, 그의 여동생처럼 지적인 일을 할 수는 없었을 거라는 걸 알고 있지만 그래도 대형 제약회사의 완벽한 세일즈맨이나 기업의 인사과에서 촉망받는 젊은 중역 정도는 될 수 있었을 것이다. 운동선수 같은 그는 어디서나 자연스런 태도를 보일 줄 알고, 대의를 위해 팀에 충실할 줄도 안다. 물론 나로서는 그 또한 괜찮았고, 배틀 브러더스에 잭을 들어오지 못하게 하려고 한 적도 없었다. 실제로 언젠가는 그가 사업을 인수할 거라는 사실에 대해서도 개의치 않았는데, 그것은 어떤 점에서 아버지가 회사의 미래와 관련해 내게 더 이상 간섭하지 않으리라는 것을 의미했다. 그로 인해 우리는 한 세대의 꿈이 다음 세대의 망상적인 기대로 이어지게 하는 죄를 범한 것이다. 그리고 그것은 너무도 오래된, 불행하고 수치스런 관행임에 틀림없다.

지금 나는 아이비에이커스에 있는 아버지의 방 침대에 앉아 이 모든 생각을 하고 있다. 아니, 어쩌면 그런 생각을 하지 않으려 하고 있는데도, 어쩔 수 없이 하게 되는지도 모르겠다. 나는 이곳 책임자가 콜드스프링 하버에 있는 그의 집에서 달려와, 거동이 자유롭지 못한 여든다섯 살 된 노인이 아무런 흔적도 남기지 않고 20에이커에 이르는 부지를 걸어나가 만 하루 동안 소재가 파악되지 않고 있는 이유를 설명해 주기를 기다리고 있다. 그는 그렇게 할 것이다. 왜냐하면 그의 부하 직원에게 그렇게 하지 않을 경우, 아침에 화이트헤드 베이츠에 있는, 인도인처럼 옷을 입는 그의 파트너와 단둘이 얘기하게 될 거라고 협박했던 것이다. 그러자 부하 직원은 충격을 받고 그 즉시 비상 전화를 이용해 상사에게 연락했다.

그사이 잭은 군(郡)을 돌며 버스 정류장과 식당과 열 곳이 넘는 스타벅스 등을 확인해 보기로 했다. 아버지는 언젠가 한번 스타벅스에서 커피를 마신 후 그것을 계시라고 생각한 듯했다. 그런 이유로 어쩌면 지금 그곳에서 커피를 홀짝이고 있을지도 모른다. 그는 죽기 전에 마치 취직하기라도 할 것처럼 그곳을 찾았는데, 잠시 생각해 보니 그렇게 엉뚱한 생각만으로 여겨지지는 않았다.

폴은 내 기운을 북돋워 주기 위해 나를 따라 아이비에이커스까지 왔지만 아버지의 방에서 한 시간을 기다리며 제도와 체제의 무능에 대해 얘기한 후에는 TV를 켜고 광고를 건너뛰며 디스커버리 채널(〈야생의 약탈자들〉)과 HGTV(〈주택 보수 공사 전과 공사 후〉)를 돌려 보고 있다. 그 두 가지 채널은 놀라울 정도로 위안이 된다. 지금 내가 다른 모든 것을 잊는 데에는 개미와 흰개미가 인간에 대해 전면전을 벌이려 하고 있는, 자연 다큐멘터리 채널만 한 것이 없기 때문이다.

"나는 보수 공사 이전 집이 마음에 들어요."

폴이 말한다.

"최소한 옛날 집에는 고색창연함이 있었어요. 그런데 이제는 모든 것이 완전히 새것처럼 보여요."

"대부분의 사람들이 새것을 좋아하지."

"아마 그럴 거예요. 하지만 내가 참을 수 없는 건 사람들이 모든 것을, 심지어는 좋은 것들을 부수면서도 양심의 가책을 전혀 느끼지 않는다는 거예요. 저 멋진 벽난로만 해도 그래요."

"그건 아름다웠어."

"그럼요. 저렇게 오래된 벽돌은 더 이상 구할 수 없다는 걸 누구보다 잘 알 거예요. 나선 계단의 중심 기둥도 그렇고요. 하지만 저 사내가 그것들을 어떻게 부수는지 보았죠? 마치 그 일에서 쾌감을 느끼는 것 같았어요."

"그 일을 사랑한 거야."

"설마요."

폴이 흥분해서 말한다. 약간 지나치게 흥분한 것 같다.

"더 이상 존중이라는 것이 없어요. 사람들은 자신이 원하는 걸 원하죠. 그것도 지금 당장에요. 그것만큼 중요한 건 없어요. 모두가 최고죠."

"넘버원이지."

내가 말한다.

"다들 회장이에요."

"자신이 최고지."

"그래요. 사람들은 어디든 갈 수 있고, 뭐든 할 수 있다고 생각하죠. 마치 자신들의 어떤 행동도 자기 외에는 그 무엇과도 관계없는 것처럼요. 마치 자신만의 작은 생태 공간 속에 있는 것처럼요. 밖에서 누군가가 유리창을 두드리며 '이봐요, 나는 여기 있어요. 이곳을 내다봐요.'라고 말해도 신경 쓰지 않아요."

그 말에 나는 잠시 멍해진다. 그는 과민 반응을 보이는 것 같다. 그런데 그 순간 평소와는 다르게 행동하는 이유를 깨닫는다. 아버지가 실종되어 우리 모두가 걱정하며 우울해하고 있는 것과 관련 있는 것 같다. 그는 나에 대해서가 아니라 그의 아내 테레사에 대해 얘기하고 있다. 그 점을 생각하면 테레사는 우리가 실질적인 질문을 하고 논의할 수 있는 모든 기회를 차단해 버린 것이다. 그녀는 처음부터 산문시를 쓰는, 그녀의 감성적인 남편에게 도움을 청하지도 않았다.

테레사가 피곤해 보여, 같이 오고 싶어 했음에도 나는 집에 그냥 있으라고 다소 강하게 얘기했다. 아버지가 그곳으로 갈 수도 있기 때문이었다. 실제로 나는 그녀가 내 생각을 대수롭지 않게 생각하는 것에 짜증이 나 야단을 쳤다. 물론 그 점에 대해서는 후회하고 있다. 최근 들어 그녀는 무척 지쳐 보이는데, 그녀의 몸에서 피가 제대로 돌고 있지 않는 것처럼 보인다. 마치 몸의 내부에 낡은 형광등이 켜져 있는 것처럼 그녀의 얼굴색도 좋지 않다. 밝던 눈도 불안하게 깜박거린다. 그리고 그녀가 항상 지쳐 있었다는 얘기를 해야 할 것 같다. 그럼에도 그녀는 한마디도 불평하지 않는다. 나는 그녀가 안락의자에 앉아 있거나 부엌 조리대에 기대 있을 때면 약간 꾸물거리는 것을 알아차렸다. 그리고 폴이 침실로 가서 허브를 넣은 오믈렛이 준비되었다는 얘기를 할 때에도 가끔은 아예 나타나지도 않는다. 실제로 그녀는 보통 때에 비해 절반밖에는 먹지 않아, 폴과 내가 남은 음식을 먹는다. 그 때문에 우리는 배와 뺨에 갑자기 살이 붙었다.

지난주 언젠가 그들이 출산 준비를 하며 옷을 사러 나갔을 때 그들의 침실에 들어가 옷장 안에 있는 세스나기의 설명서를 찾다가 휴지통에서 의사의 진료실에서나 볼 수 있는, 잡지 옆에 있는 플라스틱 홀더에서 흔히 볼 수 있는 있는 세 겹으로 접은 팸플릿이 구겨져 있는 것을 발견했다. 진료실에서 가지고 온 것 같아 보이던 그것은 비호지킨병에 대한 일반적인 소개와 대략적인 증상과 치료에 관한 책자였다. 그것에 따르면, 비호지킨병은 병의 단계와 경과에 따라 수술과 방사능 요법 그리고 화학 치료를 병행하면 치료가 가능한 것으로, 암 중에서도 치료 가능성이 가장 높은 병이었다. 하지만 나를 우울하게 한 건 그 팸플릿 안에 끼워진, 역시 구겨져 있는 '비호지킨병과 임신'이라는 제목의 종이였다. 그것은 기본적으로 임신한 여자가 통상적으로 따르는 방식을 얘기하고 있었다. 거기에는 임신한 지 3개월 이내의 여자들은 유산을 한 뒤 치료를 계속하며, 그 이상 된 여자들은 치료를 미루고 — 병이 천천히 전개될 때에만 — 제왕절개를 통해 조기 분만을(32주에서 36주 사이에) 한 다음 곧바로 병을 물리칠 수 있는 식이요법을 행한다고 되어 있다. 테레사는 이제 막 22주째가 되었는데, 정상 분만 외에는 다른 어떤 계획도 갖고 있지 않은 것 같다. 그녀가(어디로 퍼질지 모르는 암의 진행과는 상관없이) 병원에서 추천하는 어떤 방식도 행하지 않고 있다는 사실은 금방 알 수 있는 것이다. 그리고 그녀는 자신이 정한 방침에서 한 발짝도 물러설 기색이 아니다. 그 점에 대해 생각해 보면 아버지의 일은 내가 아이들의 문제로부터 관심을 돌릴 수 있는 기회를 제공했다.

"어쩌면 가장 좋은 건, 우리가 곧 진정한 과거 대신 반짝이는 가상의 미래만 갖게 될 거라는 거죠."

폴은 이제 거의 화가 난 것처럼 살 오른 뺨이 붉게 물들어 있다.

"이 진행자는 모든 것을 파괴함으로써 괜찮은 것은 하나도 남겨 놓지 않을 거예요. 그렇게 되면 그는 프로그램을 취소할 수밖에 없을 거예요."

"그때가 되면 저 프로그램을 이후의 이후라고 해야겠지."

내가 말한다.

"이후의 이후는 존재하지 않아요."

폴이 우울한 목소리로 말한다.

"최소한 내게는요."

"아니, 그건 존재해."

내가 말한다. 그런데 그렇게 말하고 나니 마치 스스로에게 뭔가를 설득하려는 것처럼 들린다.

"나를 보게. 나는 지금까지 이후의 삶을 살아왔네."

"테레사의 어머니가 죽은 후로요?"

"그래. 그 일이 일어났을 때 나는 다른 모든 것이 엉망이 될 거라고 생각했지. 배틀 브러더스를 경영하면서 어떻게 아이들을 키울지 도무지 알 수 없었네. 두어 달 동안은 아무도 침대에서 나오려 하지 않았어. 아이들이 다니는 학교의 교장실에서 전화를 해 우리를 깨웠지. 그때 리타를 만났고, 그녀가 우리의 인생을 구했지. 리타야말로 이후의 이후야."

"운이 좋았던 거예요, 제리."

폴이 말한다.

"하지만 내 인생은 그럴 만한 가치도 없을 거예요."

"이보게."

나는 최대한 심각한 어조로 말한다.

"그 애는 죽지 않을 거야."

잠시, 자신이 모르는 것을 내가 알고 있기라도 한 듯 그의 눈이 애타게 내 눈을 찾는다. 하지만 곧 그는 내가 그렇지 못하다는 것을 깨닫는다. 그래도 포기하지 않는다는 듯이 말한다.

"그렇게 말해 줘서 좋아요. 계속해서 그렇게 말해 줘요."

"자네도 그래야 하네."

"알아요. 계속해서 그 점을 상기시켜 주세요."

"좋아."

"당신은 테레사가 항상 당신에 대해 얘기한 것과는 달라요."

폴이 말한다.

"그녀는 항상 당신에 대해 불평을 많이 했어요."

"많이라고?"

"하지만 요즘 들어서는 덜하죠. 실제로 최근에는 전혀 하지 않고요."

"하지만 그전에는 그랬다는 거지?"

"그래요. 그녀는 번번이 당신이 자신에게 곤란한 문제가 생기거나, 뭔가 방해되거나, 필요 이상으로 열심히 일해야 할 때마다 모두를 들볶았다고 했어요. 다른 사람의 필요는 너무 쉽게 묵살하는 대단한 능력을 갖고 있다고도 했죠. 그래서 사람들은 당신과 연루되는 것을 피했다고 해요."

"그냥 내가 '게을렀다'고 할 수는 없었던 건가?"

"그건 테레사 나름의 생각이죠. 그리고 최소한 당신에게 이익이 되지 않는 한 다른 누군가를 위해 순수하게 뭔가 하는 것을 참지 못했다고 늘 불평했죠. 하지만 그건 상관없어요. 내가 말하려는 건 테레사 역시, 그녀가 생각하는 당신과 너무도 비슷하다는 거죠. 그녀가 더 직접적이고 공격적이라는 점을 제외하면요. 물론 당신은 그녀가 자기 입장을 고수하기 위해 더 많은 논리를 편다고 생각할 거예요. 하지만 그러다가도 한순간에 모든 것을 차단해 버리죠. 그런데 그것이 지금 나를 화나게 하고 있다는 말을 하고 싶어요, 제리. 미안해요, 하지만 정말이에요. 그녀에게 제대로 표현할 수 없다는 게 무척 화나요. 그리고 더 이상은 못 참겠어요. 어제 맛있는 베샤멜•로 시금치 라자냐를 만들었는데 위쪽을 약간 태웠죠. 보통 때라면 괜찮았을 거예요. 하지만 내가 어떻게 했는지 알아요? 오븐에서 꺼내 집 뒤뜰로 가 모두 던져 버렸죠. 유리 냄비를 포함한 모든 것을요. 유리는 통나무를 쌓아 놓은 곳에 떨어지면서 최소한 50조각은 났을 거예요."

"우리가 왜 주문을 해서 먹는지 나는 궁금했지."

"오늘 아침 그것을 치우러 가 보았더니 어떤 동물이 모두 먹어 치웠더군요. 그래서 유리만 주워 모았어요. 그 일을 생각하자 다시

• Bechamel: 오래전부터 인기 있는 고전적인 소스이자 흰 소스의 대표 격임. 프랑스를 제외한 모든 나라에서는 보통 '크림소스'라고 부름.

화가 났고, 결국 유리 조각을 집다가 베였죠. 그리고 당신도 알다시피 오늘 새 접시를 샀어요."

그가 반창고를 바른 손가락을 보여 주며 말한다.

"이제 나도 통제력을 잃고 있어요, 제리."

"그건 괜찮네."

"어쩌면 실제로 나는 아무것도 알고 싶어 하지 않는 것 같아요."

뭔가 말할 수 있는 부분도 있지만 제리 배틀의 방식으로 가족 문제를 얘기하기에 적당한 순간은 아니다. 나의 가장 나쁜 힘은 현실로부터 쉽게 물러날 수 있는 능력이다. 나는 이렇게 말한다.

"자네는 본래 그런 사람이 아냐, 폴. 최근 들어 자네가 자네의 글에 대해 어떻게 생각하건, 자네가 어둠 속에 있거나 혹은 '주변'에 머무는 것을 받아들일 수 없다는 걸 나는 알아. 나는 자네가 낸 책을 단어 하나도 빠짐없이 모두 읽었네. 그중 절반은 이해를 못했지만, 자네가 지금 일어나고 있는 일의 한 부분이 되지 못하는 것을 참지 못하는 사람이라고 확신하네. 비록 내가 박사 학위 소지자나 지적인 사람은 못 되지만 지금 일어나고 있는 일과 관련해, 테레사가 모든 결정을 하게 내버려 두면서 자네가 수수방관하고 있는 것이 자네를 힘들게 하고 있을 거야. 어쨌든 아픈 것은 그녀 자신의 몸이고, 그녀는 자네에게 온갖 논리를 펼쳤을 거야. 하지만 그건 자네의 삶이기도 하지. 자네 또한 그녀에게 파격적인 논리를 펼칠 수 있을 거야. 게다가 자네가 비참하다는 사실도 얘기할 수 있고. 그걸 알려주고, 보여 줘. 그래야 한다면 이성을 잃어도 괜찮아. 우리 배틀가 사람들은 발작을 일으키고, 눈물을 보이고, 짜증을 내야만 반응하니까. 멜로드라마처럼 될수록 더 좋지."

"테레사는 가끔 자신의 어머니가 얼마나 좋지 않게 끝났는지 얘기해요. 그리고 그것 때문에 정말 겁먹은 것 같아요. 아직도 그녀는 가끔 악몽을 꾸죠."

"정말인가?"

"실제로 어젯밤에도 그랬어요. 그녀의 어머니는 무척 강렬한 사람이었죠, 그렇죠?"

"끝에 가서만 그랬지."

순간적으로 스스로를 방어하려 하고 있다는 사실을 깨달으며 내가 말한다. 그러면서 딸이 다섯 살 때 저녁 식사 테이블에서 치즈가 잔뜩 들어간 마카로니를 입에 물고 앉아 있는 모습을 잊으려고 애쓴다. 그녀는 너무 무서워 그것을 씹지도 못했다. 데이지가 조리대에서 샐러드를 만들기 위해 오이를 썰고 있었는데, 어찌나 사나웠던지 하얀색과 초록색 오이가 사방 바닥에 튀고 있었던 것이다.

"나 자신에게만 너무 집중해서 미안해요, 제리."

폴이 말한다.

"당신 아버지가 실종된 마당에 당신의 건강하지 않은 딸에 대해 얘기하고 있군요."

"나는 괜찮아."

"일이 이상한 방향으로 나아간 것 같아요."

"둘 다 괜찮아질 거야."

"그래요."

폴은 기운을 차리고, 낙관적인 태도로 고개를 끄덕이며 미소 짓는다. 나 또한 그렇게 한다. 어쨌든 그런 시늉을 하고 나자 우리가 무슨 말을 하건 또는 어떤 제안을 하건 믿을 수 있을 것만 같다. 지금으로서는 아버지가 실종된 상황이지만 그가 정말 곤란한 상황에 빠지지는 않았으리란 확신이 든다. 늙은 회색 고양이 같은 그는 심하게 상처 입지도, 혼란스런 상태에 빠져 있지도, 길을 잃고 막다른 골목이나 쇼핑몰에서 젊은 친구와 싸우고 있지도 않을 것이다. 오히려 공개적인 장소에서 즐기고 있을 것이다. 어쩌면 커피숍 라운지에 앉아 차를 홀짝이는 호리호리한 과부와 잡담을 나누고 있는지도 모른다. 그런데 단 한 가지 문제는 그가 입고 있던 옷만 걸친 채 떠난 것처럼 보인다는 사실이다. 그는 물방울무늬가 있는 잠옷 상의를 입고, 정형외과 의사가 처방해 준 벨크로 끈이 있는 워커를 신고 나간 것이다. 공개적인 장소에서 그런 차림에, 세수도 면도도 하지 않은 노인이 있는 것을 봤다면 곧바로 경찰에 신고했을 것이다.

우리가 보고 있던 프로그램이 끝나고, 나는 채널을 돌린다. 폴은 식당에 가서 차를 가져오겠다고 한다. 나는 전에 본 적이 있는 프로그램을 발견하는데, 세렌게티 평원의 사자에 관한 내용이다. 갈기가 붉어 사람들이(프로듀서 혹은 덤불을 헤치고 나가는 원주민 또는 영화 제작자 중 누가 그렇게 이름을 붙였는지는 알 수 없지만) 레드라고 이름 붙인, 거죽이 딱딱하고 두꺼운 늙은 수사자에 관한 '이야기'이다. 실제 그것의 갈기는 켈리 스턴스가 마지막에 헤나로 손수 염색한 머리 색깔과 똑같다. 레드는 암컷들이 발정이 날 때마다 성적 봉사를 함으로써 직접 사냥하는 용감한 암컷들에게 고마움을 표시하며 오랫동안 우두머리 수컷으로 지내왔다. 하지만 이제는 나이 들어 꾸벅꾸벅 졸거나 파리를 쫓거나 가끔 건방진 젊은 수컷들을 쫓거나 어린 새끼를 노리는 하이에나를 죽이며 남은 생을 보내고 있다. 레드는 오랫동안 이곳을 통치해 왔지만 이제는 새로 등장한, 다 자라 몸집이 아주 큰 젊은 수컷의 도전을 받고 있다. 그 수컷의 이름은 네로인데(구체적인 이유는 나오지 않는다) 그것은 레드의 영역을 약탈하고 암컷들의 냄새를 맡으며, 스스로를 왕이 될 만한 자격이 있는 존재로 과시하고 있다.

물론 레드는 아카시아 숲에서 뛰쳐나와 침입자를 쫓아 버리지만 그것도 일시적으로 가능할 뿐이다. 네로가 그날 밤 다시 돌아오고, 싸움하는 장면은 나오지 않지만, 이튿날 아침 레드가 심하게 상처를 입은 것을 볼 수 있다. 오른쪽 뒷다리는 뼈가 보일 정도로 살점이 떨어져 나갔으며 턱에 깊은 상처가 나면서 갈기도 피로 뒤덮여 있다. 레드는 자신이 태어난 곳일 수도 있는 오래된 굴로 절뚝거리며 간다. 그사이 네로는 나무 옆에서 오줌을 누며 대관식을 거행하고 있다. 수컷과 암컷 사자 모두가 그를 정성스럽게 핥아 준다. 그리고 조금 후에는 네로가 갑자기 암컷들 위에 올라탄다. 왕은 죽은 것이다. 새로운 왕이 장수하기를. 마지막으로 레드는 옆으로 누워 천천히 숨을 헐떡이고 있다. 그것은 너무 몸이 약해져 커다란 뒷다리 주변으로 검게 반짝이며 몰려온 파리 떼를 쫓을 기력도 없다. 밤이 되기도 전에 원한에 찬 하이에나 무리가 그의 냄새를 맡고, 아침이 되었을 때 레드는 갈빗대와 가죽만 남는다. 그것은 너무 늦게 모여든 앙상한 어린 자칼의 구미도 당기지 못한다. 그리고 조금 있으면 새들이 몰려와, 그 오만해 보이는 붉은색 갈기의 털을 모아 둥지를 짓는 데 사용할 것이다.

어쩌면 아버지는 정말 곤란한 상황에 처해 있는지도 모른다.

어쩌면 그는 길옆 도랑에 얼굴을 늘어뜨린 채 누워 있는지도 모른다.

하지만 그가 그러고 있다면 그를 찾아 순찰을 돌고 있는 주 보안관에게 들키지 않으려고 그러고 있을 뿐일 것이다. 실제로 보안관들은 그를 수색하고 있다(실종자를 찾는 일반적인 절차는 아니고, 리타의 친구인 고위직 보안관 덕분이다). 아버지는 몇 시간 더 숨바꼭질을 즐기기 위해 헤드라이트 불빛이 비출 때마다 몸을 숨기고 있는지도 모른다. 그리고 내가 생각하는 것처럼 스스로에 대해 안됐다고 느끼는 대신(나는 나 자신에 대해서는 그렇게 느낀다) 완전히 멍청하고 위험한 일임에도 뭔가를 하고 있는지도 모른다. 최소한 그는 자기 자신을 잊고 그 순간에 완전히 빠져 나름대로 뭔가를 하고 있을 것이다.

나는 삼촌들로부터 어린 시절의 그에 대한 얘기를 듣곤 했다. 할렘에 살 때 그들은 아일랜드인과 유대인 그리고 흑인으로 이루어진 깡패들과 심한 싸움을 벌이곤 했다. 모두들 걸레 자루와 쇠사슬 그리고 방패로 사용한 쓰레기통 뚜껑 등 손에 잡히는 모든 것을 사용했다. 조 삼촌 얘기로는, 135번가 근처의 골목은 원형 경기장 같았다고 한다. 야만적인 싸움이 벌어질 때면 누군가 살해당할 것처럼 보이기도 했는데, 앤서니 콜라첼로가 불쌍한 아일랜드계 아이에게 말똥을 던지려다 곤봉에 머리를 맞고서 만 이틀 동안 의식을 잃었을 때 최악의 사태가 발생했다. 의식을 되찾은 그는 후각을 잃은 것 말고는 이전과 달라진 게 아무것도 없었다. 아이들은 학교를 빼먹고 딴 데로 갈 때면 그의 옷 칼라 뒤쪽에 냄새가 많이 나는 벨기에산 림버거 치즈를 바르는 식으로 그에게 장난을 치고는 했다.

다치는 것도 개의치 않고, 누구도 두려워하지 않은 아버지가 그들 무리 중에서 싸움을 제일 잘했던 것이 틀림없다. 그는 그냥 머리를 숙이고(그 때문에 탱크라는 별명이 붙었다) 상대에게 맞으면서도 밀치고 들어가 인정사정 봐주지 않고 반격해 결국 상대를 나가떨어지게 만들었다. 그 모습에 아이들 모두가 매번 놀랐다고 한다. 당시 아버지는 늘 뭔가 부족하고, 가난하고, 가족들로부터 제대로 대접 받지 못해 마음 안팎으로 분노했던 것 같다. 게다가 거리의 사람들과 학교 그리고 당국에 대해서도 불만이 많았다. 요즘 같으면 그런 것들을 인종주의 또는 인종 차별이라 부를 테지만, 당시에 그것들은 비참한 삶으로부터의 탈출구로 알려져 있었다. 요즘이라면 분명 사람들은 그와 그의 형제들과 사촌들 그리고 거리를 돌아다니던 다른 아이들을 '위험한 아이들'로 간주하고 특별 프로그램에 집어넣을 것이다. 그러고는 사회학자와 교육자 그리고 정신과 의사 등으로 하여금 그들의 지능과 가정생활을 평가하게 하고, 온갖 종류의 학습과 정서 장애로 진단한 뒤 약을 처방하고, 지능을 향상시키는 식이요법을 하게 할 것이다. 그리고 결국에는 자신을 존중하는 마음을 고취시켜 남부 유럽 출신의 열악한 상황에서 벗어나 성공적인 인생을 살아가게 할 것이다.

실제로 아버지는 바타글리아 집안의 그의 세대 거의 모두와 마찬가지로 성공했다. 유일한 예외가 있다면 심장 발작으로 열아홉 살에 죽은 그의 사촌 프랭키와, 열한 살 때부터 담배를 피워대 결혼한

지 한 달 후 폐암(간암과 뇌암도)으로 죽은 발레리라는 이름의 또 다른 사촌이다. 발레리는 결국 아이도 가져 보지 못하고 무덤에 묻혔다. 만약 우리보다 앞서 살았던 사람들과, 포레스트 힐스에서 사우전드 오크스와 아멜리아 아일랜드, 그리고 다른 모든 곳에 이르기까지 살아 있거나 거의 죽어 가고 있는 우리의 친척 모두를 헤아려 보면 20세기 황금기의 자수성가한 미국인의 삶에 대한 일종의 포트폴리오를 볼 수도 있을 것이다. 그리고 그 목록에는 스페인풍의 집들, 작은 수영장, 도기와 크리스털을 넣은 골동품 캐비닛, 입 안에 꽉 차는 어린이용 치열 교정기, 로즈메리를 친 닭을 구울 수 있고 타이머가 있는 이중 벽 오븐, 위쪽을 바삭바삭하게 구운, 향긋한 소시지를 넣은 라자냐 냄비 등도 들어가야 할 것이다. 우리의 위대한 사회에 기여한 그것들은 바타글리아 집안과, 배틀 집안의 내 세대와, 일단 그런 것들을 들여놓고 나면 그 존재를 잊어버리는 나머지 우리에게까지 전해져 온 것들이다. 어느 정도 점잖고, 사회에 도움이 되는 다른 사람들처럼 나는 한 사람의 성격이 결핍과 시련, 고통 등에 의해 결정된다는 것을 알고 있다. 그래서 항상 어느 정도 운이 따르고, 경제적으로도 크게 궁핍하지 않으며, 야심 또한 잃지 않고 있을 때 우리의 성격을 결정하는 것에는 또 다른 무엇이 있을까 하고 궁금증을 갖게 된다.

아버지의 아버지는 지금도 이따금 볼 수 있는, 벨트 달린 작업복을 입고 지붕에 올라가 벽난로 굴뚝의 꼭대기를 수리하는 손이 크고 머리가 하얗게 센 땅딸막한 사내 중 하나였다. 그의 아들인 아버지와 같은 사내는, 그리고 그 후에 나와 같은 사내는 그런 기술을 배우고 싫어 하지 않았고, 그래서 그들은 은퇴할 수 없었다. 그 일을 할 줄 아는 사람들이 아무도 없는 데다, 그들은 일을 의뢰받으면 마다할 줄 몰랐던 것이다. 어쩌면 아버지와 나는 내가 아는 것 이상으로 공통점이 많을 수도 있다. 실제로 아버지는 정원을 가꾸거나 맨해튼의 연립주택들을 석회암 자재로 외장하고, 논나가 하던 뭔가를 하는 것에 거의 관심이 없었다. 아버지는 논나를 무척 사랑했지만 그가 시대에 많이 뒤떨어지고 무식하며, 자신과 같은 아들을 둔 것이 행운이었다고 생각했다. 아버지는 사람들이 커다란 뜰과 테라스와 수영장 그리고 포장한 진입로가 있는 교외의 자기 집으로 옮겨 가는 것을 보았고, 집주인들이 자신의 일을 무척 열심히 하고 나서도 주말이면 내려와 집을 돌보곤 한다는 것을 알았다. 그래서 논나의 바람과는 달리 그는 회사를 이곳 교외로 옮겨 온 후 벽돌 쌓는 일을 그만두고, 조경과 정원 관리에 초점을 맞췄는데, 상당히 오랜 세월 동안 그것은 배틀가의 확실한 금광에 다름 아니었다. 그는 초기의 고객들을 그래도 유지했고, 그들이 죽을 때까지 그들과 함께 더 큰 집들로 이사를 갔던 것이다.

당시 아버지는 아주 멋졌다. 그 무렵은 내가 여름이면 그의 뒤를 졸졸 따라다니던 때였는데, 그때가 그의 전성기였다(보비는 어린애였다). 그는 아침이 시작될 무렵 트럭 앞에 서서 차 위에 손을 펼쳐 놓고 일거리를 얘기하며 누가 어떤 일을 할지(그리고 누가 십장인지를) 말한 후 인부들에게 일을 제대로 하라고 타일렀다(일을 제대로 할 경우 솔직해야 된다는 것을 상기할 필요가 없기 때문이다). 그런 다음 그는 일을 잘하고 있는 사람들에게는 몇 달러를 더 주며 계속해서 농담을 하고 모두를 칭찬하며 확실한 대장 행세를 했다. 사람들이 일하러 가기 위해 트럭을 한 줄로 세우면 그는 차 지붕을 치며 "좋아, 여러분, 해치우는 거야."라고 말했다. 시동이 걸리면서 디젤엔진에서 연기를 내뿜으면 그는 로멜 장군이라도 되는 것처럼 사람들을 이끌고 뜰을 나섰다. 일터에서 그는 고객들에게 악수를 청하면서도 그들을 거칠게 대했다. 나는 사업과 사람에 대한 모든 것을 그로부터 배웠다는 얘기를 해야 할 것 같다. 그는 사람들을 설득해 수영장에 값싼 고무 대신 진짜 타일을 붙이게 했는데, 그렇게 해야 남들보다 뒤처져 보이지 않고, 잘사는 집처럼 보인다는 것이었다. 사람들은 처음에는 반대하지만 결국엔 그렇게 하는 것이 좋을 거라고 생각하게 되었다. 그리고 실제로 그것은 미국인의 괜찮은 삶이 어떤 것인지를 말해 주는 것이었고, 우리 모두 그럴 수 있다는 걸 보여 주는 것이었다. 만약 조지 구겐하이머가 이웃이었다면 그는 최고의 고객이었을 것이다. 아버지는 그에게 금붕어가 사는 연못을 하나가 아니라 두 개를 만들어 그 사이에 폭포를 설치하게 한 후 모래 구덩이와 잘 가꿔진 대나무 '울타리', 그리고 너무도 섬세해 가련해 보이기까지 한 작은 단풍나무 두어 그루가 있는 진짜 일본식 정원을 만들게 했을 것이다. 그런 다음 조지가 물고기에게 먹이를 주는 것 외에는(어쩌면 그것 또한 못하게 했을 수도 있다) 아무것도 하지 못하게 했을 것이다. 그리고 조지가 복권에 당첨된 후 사고를 당한 뒤에는 그의 집으로 가서 그가 두려움에 떨며, 신경과민 상태에서 애처롭게 지내는 것에 대해 뭐라고 한마디 일리 있는 말을 했을 것이다.

그가 상대한 여자들에게 아버지는 매력을 타고난 남자였다. 아버지는 여자들이 집에서처럼 아무렇게나 옷을 입고 머리를 한 채로 서 있을 때조차 항상 칭찬했다. 그러면 그들은 종종 커피를 권했고, 늦은 오후에는 차가운 맥주를 권하기도 했다. 그는 그들이 권하는 것이면 무엇이든 항상 받았다. 특히 기분 좋거나 일과 관련해 문제가 있을 경우에는 여자들을 위해 푸치니나 베르디의 노래 몇 소절을 부르기도 했다. 약간 귀에 거슬리는 테너 목소리는 계단에서, 혹은 비가 올 경우에는 트럭 안에서 기다리고 있던 내게까지 들려왔다. 물론 이따금은 아주 오랫동안 기다려야 하는 일도 있었다. 한번은 공사를 하는 집 뒤뜰로 가 그네나 농구 골대가 있는지 둘러보다가 아버지와 그 집 여자가, 조금 전 바닥에 범선 형태의 스페인산 파란색 타일을 깐 수영장 옆의 긴 의자에서 일을 벌이고 있는 것을 발견했다. 아버지의 점이 있는 커다란 엉덩이가 물렁한 그녀의 허벅지 사이에서 오르락내리락하고 있었고, 마찬가지로 힘을 쏟고 있던 그녀의 발뒤꿈치(그녀는 갈색 샌들을 신고 있었다)는 쿠션에 구멍을 파고 있었다. 당시 나는 너무 어려 그것에 대해 많은 생각을 하지 못했으며, 솔직히 별로 신경도 쓰이지 않았다. 또한 어머니에 대한 생각으로 화가 나거나 하지도 않았다. 그녀 역시 그런 것을 알고 있는 것처럼 보였고, 어쩌면 아버지가 그 일을 대수롭지 않은 것으로 여겨 내게 이해시키려고 애를 쓰지도 않았기 때문인지 모른다. 그가 한 것이라곤 내가 사 달라고 졸랐던, 특별히 높이 나는 연을 사 준 것뿐이다. 나는 그 연을 바람이 약간이라도 일거나 여름의 폭풍이 불어올 때면 언제든 날렸다.

나는 그 큰 연을 정말 좋아했다.

그리고 만약 그에게 묻는다면, 아버지는 자신이 땅을 일구고, 원주민과 물러설 수 없는 싸움을 벌여야 했던 식민지 개척자였으며, 길에 처음으로 바퀴 자국을 내고, 변소를 만들고, 어쩌면 이제 막 끝에서 두 번째의 엔트로피 국면과 자원 고갈이 시작된 우리 문명의 꾸준한 하강 상태를 책임지고 있는, 개척자의 후손인 정착자라고 자랑스럽게 말할 것이다. 그리고 만약 거기에 테레사나 잭 혹은 리타 또는 누군가가(혹은 그 점에 있어서는 나 또한) 있다면 이내 논쟁을 확장해 우리 사이의 다른 점에 대해 의견을 피력할 것이다. 그리고 아버지와 아들 사이의 전승을 얘기하며, 아버지와 나를 각각 인종차별주의자와 변증자로, 성차별주의자와 여자의 뒤꽁무니를 쫓는 자, 교회법 학자와 대중의 인기를 노리는 자, 뭔가를 제공하는 자와 물러나는 자로 비교하며 얘기할 것이다. 우리를 자동차에 비유한다면, 아버지가 엔진 출력의 낭비가 심하고, 필요 이상으로 강판이 두껍고, 연비가 낮고 몸체가 비대하며, 길에서 사슴과 개와 토끼와 다람쥐를 치고도 흠집이 거의 나지 않는, 미국의 위대한 마지막 세단인 데 비해 나는 밖에서 보았을 때에는 크지만 안은 무척 비좁으며, 연비가 형편없고, 서스펜션이 튼튼하지 못하지만 차 내부를 온통 가죽으로 대고, 아주 성능 좋은 에어컨 시스템이 있는, 디트로이트가 한물가기 시작한 1980년대 초반에 나온 자동차에 비유할 수 있을 것이다. 그리고 그 점에서 평화 시대를 맞은 우리 바타글리아 집안의 마지막 황금기를 구가하고 있는 잭은 어디든 갈 수 있으며 다양한 일을 할 수 있는, 힘이 세고 튼튼한 기계에 비유할 수 있을 것이다. 하지만 시간이 흐를수록 그는 연료 전지를 작은 것으로 바꾸고, 바퀴도 자전거 바퀴처럼 좁은 것으로 교체하고, 강판 역시 슬프게도 런던과 파리와 로마에서는 일반적인 것이 된 가벼운 소재로 바꿔야 할 것처럼 보인다.

그리고 여기서 잠시 조금 전에 얘기한, 레드에 관한 비유적이면서도 교훈을 주는(또는 기를 꺾어 놓는) 얘기를 다시 하자면 그것은 아버지의 이야기도, 혹은 나의 이야기도 아닌, 오히려 잭과 테레사 그리고 폴, 혹은 당신의 이야기라고 해야 할 것이다. 왜냐하면 우리가 떠나고 나타난 자칼과 새들에 관한 것이기 때문이다. 위대한 사자의 마지막 포효가 끝나고, 우리 하이에나와 독수리가 사자를 먹어 치우고 떠난 뒤, 자칼과 새들에게 남은 것이라곤 극심한 배고픔의 고통을 맛보기에나 충분한, 눈부신 존재의 부스러기뿐이지 않은가?

폴이 차를 갖고 오는데, 아이비에이커스의 담당자도 함께 온다. 나는 아버지를 이곳에 넣을 때 그를 만났고, 그 후로 두어 번 주차장에서 본 적이 있는데 이름이 패터슨이다. 패터슨은 머리가 반쯤 벗겨진 40대 중반의 백인으로 졸린 눈을 하고 있으며, 주름이라곤 하나도 없는 카키색 바지를 입고 있다. 호주산 시라즈 와인과 구운 치킨, 그리고 고급 아이스크림을 너무 많이 먹는 것처럼 보이는 그는 껍질 있는 피스타치오만 사는데 그것을 자신의 커다란 아우디 자동차 안에서(마치 지루함을 떨쳐버리기 위한 듯) 까먹는다. 그는 아내가 비데를 한 직후에나 그 짓을 할 사내로, 삶의 최소한의 편리함이 문제되지 않는 한 쉽게 넘어간다. 하지만 그는 누가 어떻게 한 것도 아닌데 집이나 쇼핑몰 또는 이곳 직장 등 어디에서나 자신의 편안한 삶이 늘 위험에 처해 있다.

"안녕하세요, 배틀 씨."

"도대체 어떻게 된 일인가요, 패터슨?"

패터슨은 그 말을 못 들은 척하며 잠시 그냥 서서 기다린다.

"당신과 당신 사위가 온 걸 보니 좋군요."

"좋다고요? 어떻게 이런 일이 일어나게 내버려 두었는지, 그리고 내 아버지를 찾기 위해 당신들이 뭘 하고 있는지 알고 싶소."

"잠깐 앉죠, 배틀 씨. 괜찮다면요."

폴과 나를 의자에 앉히며 그가 말한다. 그는 침대 끝에 앉는다.

"지금까지 밝혀진 사실을 얘기하죠. 그리고 추가 조처에 대해서도요."

나는 그가 계속해서 수동적인 자세를 취하며, 교활하게 면죄부를 마련하려 하는 것에 화가 난다. 또한 그는 차근차근 설명하고 있는데, 그것은 내가 일을 망쳤을 때 고객에게 하는 것이기도 하다. 하지만 그 사실을 알고 있음에도 나는 패터슨을 추궁하지 않는다. 어쩌면 아버지가 달아난 것은 정확히 패터슨의 잘못이 아니며, 그가 쉬고 있다가 축 처진 엉덩이를 일으켜 세우고 건성으로 보고 있던 TV 프로그램의 나머지를 예약 녹화한 후 이곳으로 왔어야 했다는 것을 이해할 수 있기 때문인지도 모른다. 심지어는 그에게 미안하다는 생각까지 든다. 지금은 그가, 소송을 제기해 어떻게든 속죄양을 만들고자 하는 우리의 문명이 기회를 노려 누군가를 몰아넣으려는 위험한 상황에 처해 있기 때문이다.

그럼에도 누군가가 나머지 사람들을 대표해 소리를 내야 하기 때문에 내가 나서서 말한다.

"이봐요, 패터슨. 그냥 소식을 전해 주는 것 이상의 뭔가를 했어야죠. 그렇지 않을 경우 법적 조처를 취할 수도 있어요. 화이트헤드

베이츠에 있는 선임 변호사 리처드 코니글리오는 이런 일을 많이 담당해 왔지요."

마치 그 회사에 대해 실제로 들어 본 듯, 패터슨은 그 말에 움찔하는 것처럼 보인다. 그러다가 왜 하필이면 그것이 자신이냐는 듯 활짝 미소를 지으며 목청을 돋우고는 불리한 상황에 처한 투수처럼 몸을 똑바로 세운다.

"아직까지 그렇게 걱정할 정도는 아니라고 봐요."

기운을 차리며 패터슨이 말한다.

"우리의 경험으로 미루어 볼 때, 당신 아버지는 괜찮다고 믿어도 될 것 같아요. 그가 그냥 이곳을 나간 것이라면요."

"당신들의 경험이라고요? 이런 일이 얼마나 자주 일어나죠?"

"거의 매달 일어나죠, 배틀 씨. 아이비에이커스는 감옥 같은 곳이 아니니까요. 이따금 사람들은 그 사실을 잊죠. 우리는 이곳 회원들을 어른으로 생각해요. 그리고 어른인 그들은 자유롭게 다닐 수 있죠. 쇼핑몰의 셔틀버스를 타거나, 친구들 혹은 친척들과 외출을 나가기도 하는 등 자신들이 원하는 대로 하죠. 물론 그건 이곳 시설의 중심부에 있는 사람들 얘기이고, 과도기실에 있는 사람들은 해당이 안 되죠. 그들은 혼자서 뭘 하거나 움직일 수 없으니까요."

"출입을 확인하는 시스템이 있는 걸로 생각했는데요."

"맞아요. 하지만 그건 회원들이 어디에 있는지, 그리고 얼마나 오래 외출할지에 대해 알려고 할 때만 해당되죠. 사람들이 돌아오지 않을 때면 우리는 스물 네 시간을 기다립니다. 대개의 경우, 그들은 조카 집에 있으면서 저녁 식사 후에도 그대로 머물죠. 아니면 시간이 어떻게 되었는지도 잊고 있다가 마지막 셔틀버스를 놓치고는 호텔에 투숙하기도 하죠. 내가 이곳에서 일하는 동안 그것이 문제가 되었던 적은 극히 드물어요."

"그것이 문제가 된 경우에 대해서도 얘기해야 할 것 같은데요."

폴이 말한다.

"우리도 알 수 있도록이요."

"그건 권한 있는 사람에게만 얘기해 줄 수 있는 정보인데요."

"다들 내가 그런 권한이 있다고 말하고 있소."

나는 진지하게 말한다.

그 말에도 패터슨은 전혀 기죽지 않는 것처럼 보인다. 하지만 나는 그가 자신을 위한 최선의 방책을 꾸미고 있다는 것을 알아차린다. 그는 어떻게든 심각한 타격을 받지 않고 이 일에서 벗어날 수 없다면, 회사의 방침을 고수하며 아무 말도 하지 말아야 할지, 아니면 정보를 약간 흘릴지에 대해 계산하고 있는 것 같다. 나 또한 지금이야말로 남부 이탈리아 출신의 미국인인 내가 나의 출신 배경을 이용해, 패터슨에게 우리가 원하는 것을 말해 주지 않을 경우 심부름센터에 연락해 밤늦게 그를 부두나 뒷골목 또는 콜드스프링 하버에 있는 그의 집 차고에서 — 그가 쓰레기통을 길에 내놓는 순간 — 납치해 손봐 줄 수도 있다는 얘기를 하기에 좋은 순간인지 궁금해한다. 물론 아버지를 생각하면 그래선 안 될 것이다. 바타글리아 형제들이 그런 식으로 해결사 일을 하는 자들 몇몇을 데리고 브룩빌과 레이크석세스에 있는 두 번째 집들의 진입로를 포장해 주고, 벽도 쌓아 주는 것으로 사업을 시작한 것은 잘 알려진 사실이지만 그는 그런 얘기를 참지 못한다. 그럼에도 나는 패터슨에게 '잔꾀부리지 말고' 솔직하게 '털어놓을 것'이 좋을 거라고 경고한다. 그러자 패터슨은 목청을 돋우며 말한다.

"불행히도 두 명이 계획적으로 이곳을 벗어나려 한 적이 있었어요. 그들은 독특한 방법을 택했죠."

"어떻게요?"

패터슨은 헛기침을 한다.

"한 명은 수면제 세 병을 갈아 밀크셰이크에 넣어 마셨죠. 그는 남자 화장실에서 죽은 채 발견되었어요. 또 다른 한 명은 여자였는데, 그녀는 주로 셔틀버스를 타고 쇼핑몰에 가 쇼핑을 했죠. 근데 버스를 타고 돌아오지 않고 쇼핑몰 지붕에 올라간 뒤 아래로 뛰어내렸죠."

"맙소사…."

"그 경우들을 빼면, 배틀 씨, 문제가 없었어요. 우리가 당신 아버지를 찾기 위해 뭘 하고 있는지 알고 싶다고 했죠. 물론 경찰에도 연락했고, 사립탐정도 둘을 고용했어요. 그들은 지금 배틀 씨를 찾고 있죠. 내가 이곳으로 오는 동안, 탐정 한 명이 연락해 당신 아버지처럼 보이는 노인을 누군가가 보았다는 사실을 확인해 왔어요."

"어디서요?"

"월트 휘트먼 몰에서요. 실제로 오늘 아침에요. 그가 옷을 제대로 입지 않은 것을 보고 경비원이 밖으로 데리고 나간 것 같아요."

"어디로 데리고 나갔다는 거요?"

"그냥 밖으로요. 나도 그걸 물어보았지만 경비원은 그 남자가 어디로 갔는지는 확인하지 않았다고 해요."

"그 남자가 어떤 옷을 입고 있었는지 말했소?"

"바지와 잠옷 차림이었던 것 같아요."

"맙소사. 그렇다면 그건 아버지요."

폴이 말했다.

"적어도 오늘 아침까지는 괜찮았다는 거군요. 그건 어젯밤에 혼자서 어떻게든 버텼다는 의미예요."

"하룻밤을 꼬박 버텼다는 거지."

나는 그 말을 하며 잭이 할아버지를 찾아 나소 군과 서퍽 군 사이의 경계선을 따라 운전하며 공원과 놀이터, 그리고 쇼핑몰 모두를 뒤지고 있는 것이 다행이라 생각된다. 그리고 잭으로 말하면, 그는 지금까지 한 번도 게으른 적이 없었다. 하수구를 치우거나 진입로에 쌓인 눈을 치우거나 저녁 식사 테이블을 차리라고 했을 때, 그가 불평하거나 마지못해 하는 듯 발을 질질 끌거나 하는 것을 나는 보지 못했다. 그는 함께 풋볼을 하자거나 시아 스타디움•에 가자고 제안하기라도 한 것처럼(우리는 딱 한 번, 내 고객이 1973년 플레이오프 티켓 두 장을 주었을 때 그곳에 간 적이 있다) 곧바로 일을 시작했다(잭은 그때 러스티 스톱 선수의 사인을 받고 무척 기뻐했다). 그런데 잭의 문제는 그가 손댈 때마다 공중으로 뛰어오르는 귀뚜라미처럼 의욕은 넘치지만 현명하게 대응하지 못한다는 사실이다. 그는 자신이 위험에 처할

• Shea Stadium: 미국 메이저리그 야구 구단인 뉴욕 메츠가 2008년까지 사용했던 홈 경기장의 이름.

수 있다는 사실에 대해서도 개의치 않는다. 그 점에 있어 우리는 다르다. 나는 잭이 머리가 아주 좋다고는 생각하지 않는다. 그리고 그것이 내게 조금이라도 문제되거나 하지는 않는다. 어쨌든 우리들 대부분은 전쟁 후의 서구 세계에서 괜찮은 수준 이상으로 살고 있으며, 직업이나 출신에 비해 지능은 별로 중요하지 않다. 잭에게 한 가지 흠이 있다면, 그것은 그가 다른 사람들을 행복하게 해 주고, 그들에게 도움을 주는 데 너무 열정적이라는 점이다. 그는 물이 들어와 모든 것이 끝장나기 전에 갑판의 해치를 열고 탈출해야 한다는 생각은 하지 못하는 것 같다.

"어쩌면 잭이 그를 찾아낼 수도 있어요."

여느 때처럼 내 마음을 읽고 폴이 말한다.

"그에게 전화해서 아버지를 쇼핑몰에서 보았다는 얘기를 해 줄게요."

그는 잭의 휴대전화 번호를 몰라(나 또한 마찬가지다), 내 전화기를 갖고 건물 밖으로 나가 단축 다이얼로 전화를 건다. 그사이 나는 패터슨과 다시 마주하고 있다. 그는 안개 낀 차가운 날, 빌린 배로 낚시를 하고 온 사람처럼 갑자기 멍한 모습이다. 만약 집에 돌아가 플란넬 잠옷을 입고 침대 속으로 기어 들어갈 수만 있다면 무엇이라도 할 것처럼 보인다. 물론 나는 누군가를 고소하는 일 따위는 관심이 없으며, 어떻게든 나와 함께 있느라 딴 일을 하지 못하고 있는 그를 배려하고 싶다. 그럼에도 나는 약간 분명치 않은 방식으로 아버지에 대해 짜증이 나서 이렇게 말한다.

"이 일을 제대로 해결해요, 패터슨, 그렇지 않으면 내 변호사한테 의뢰할 거요. 그러면 당신은 아무리 운이 좋다 해도 기껏 쇼핑몰에서 땅콩과 캔디가 든 카트를 밀고 있게 될 테니까요."

그 말에 패터슨은 아무 말도 하지 않고 아랫입술을 약간 나온 윗니로 깨문다. 그러자 그가 수심에 잠긴 커다란 대머리쥐처럼 보인다. 그가 따지고 들 경우 나는 그 어떤 심한 말도 쏟아 낼 준비가 되어 있는데, 그가 아무 말도 하지 않아 다행이다. 그런데 그 순간 폴이 문간에 모습을 드러내더니 조금 후에는 잭이 나타난다. 잭은 팔에 더러운 빨랫감처럼 보이는 것을 들고 있는데, 빨랫감 한쪽에는 운동화를 신은 발이 보인다. 나는 그가 더러운 (그리고 냄새가 심하게 나는) 침대 시트에 싸인 아버지를 들고 있다는 것을 깨닫는다.

"아버지…."

"죽지는 않았어요."

내가 놀라는 것을 보고 잭이 말한다.

아버지는 늘 그러듯 몹시 화가 난 듯 신음을 토한다. 그는 살아 있다.

"하지만 상태가 좋지 않아요."

아버지를 침대에 내려놓으며 잭이 말한다. 시트 위쪽이 내려지며 아버지의 얼굴이 드러난다. 햇빛에 그을려 살갗이 심하게 벗겨져 있다.

"이틀 동안 잠을 못 잤대요."

"어디서 찾아낸 거야? 쇼핑몰에서? 공원에서? 스타벅스는 아니었지…."

"바로 여기 밖에서요."

잭이 말한다.

"트럭을 주차하고 있는데, 오리가 사는 연못 옆의 회양목 덤불 속에서 뭔가가 움직이는 게 보였죠."

"도대체 무슨 말을 하는 거야?"

나는 패터슨을 보기 위해 고개를 돌린다. 하지만 그는 이미 의사를 찾아보겠다는 말을 한 뒤 저만치 가고 있다.

"저쪽, 이곳 양로원의 다른 곳에 와 있더라고요."

"과도기실이지."

아버지가 우울한 표정으로 창문 너머 비를 들여다보고 있는 모습을 떠올리며 내가 말한다.

"심하게 탈수되었을 수도 있어요."

폴이 말한다.

"그리고 충격을 받았을 수도 있고요."

"살을 꼬집어 봤는데, 아주 좋지 않은 것 같아요."

잭이 말한다.

"물어보았더니 물을 마시고 있었다고 했어요. 하지만 물병 같은 건 보이지 않았어요. 어쩌면 스프링클러 물을 마셨는지도 몰라요. 아니면 오리가 사는 연못 물을 마셨거나."

"오, 맙소사."

내가 말한다.

"패터슨이 의사를 데리러 간 거 맞지?"

"그를 찾아볼게요."

폴이 말하고는 우리 셋을 방에 남겨 놓은 채 밖으로 달려 나간다. 방 안에 남은 우리 세 사람은 누군가의 임종을 주제로 한, 두 명의 복사가 위대한 인간(그의 입은 마지막 인간적인 고통으로 인해 뒤틀려 있고, 눈은 하느님을 향해 위쪽으로 향해 있다)의 상체 위로 존경을 표하며 몸을 기울이고 있는, 신고전주의 회화에서와 같은 자세를 취하고 있다.

"그만 좀 법석을 떨 순 없어?"

아버지가 거칠게 쏘아붙이며 끈적거리는 가래침을 내뱉으려 한다. 잭이 그의 턱에 티슈를 대자 아버지는 침을 뱉는다.

"내가 어떤지에 대해 의학적인 얘기를 하는 대신, 물이나 한 잔 다오."

잭이 물을 가지러 욕실에 간 사이 나는 그에게서 더러운 시트를 벗기려 하지만 그는 막무가내로 하지 못하게 한다.

"그만해요, 아버지. 시트가 더러워요. 아버지도요."

"이대로가 좋아."

"아버지 몸에서 고양이 오줌 냄새가 나요. 그뿐만이 아니에요."

"상관없어. 그 때문에 살아 있는 느낌이 들어."

잭이 돌아와 그에게 물 두 잔을 주자, 그는 두 잔을 단숨에 비운다. 그것은 바람직한 것이 아닌데도, 그는 물을 더 달라며 잔을 잭에게 준다.

"지난 이틀 동안 도대체 뭘 한 거예요?"

"하루 종일 걸었지."

그는 읊조리듯 말하는데 마치 예언자가 말하는 것 같다. 실제로 그는 무척 지쳤을 텐데도 너무 고요하며, 안정된 것처럼 보인다.

"다리가 불편해 아주 멀리 가지는 못했을 걸로 생각되는데요."

"정문까지만 갔지."

그가 말한다.

"처음에는 잠깐 산책할 생각이었어. 그런데 그때 어떤 아이가 차를 몰고 지나가다가 태워 줄까 하고 묻더구나. 그래서 그렇게 해 달라고 했지. 그는 나를 이스트햄프턴에 내려 줬어."

"그렇게까지 멀리 갔단 말예요?"

"그곳이 그 아이가 가는 곳이었으니까."

"아버지가 잠옷 상의를 입고 있는 것에 대해 의아해하지 않던가요?"

"이봐, 그 아이는 마치 콤바인에 깔리기라도 한 듯 사방이 찢어진 셔츠를 입고 있었어. 게다가 약간 모자라는 것처럼 보였어."

잭이 물을 가득 담은 잔을 가져와 아버지에게 건네준다.

"그래서 그곳에서 뭘 했어요?"

그는 다시 물 두 잔을 모두 비운다.

"내가 말한 것처럼 걸었지. 해변을 걸어 몬톡포인트까지 갔어."

"최소한 이삼십 킬로미터는 될 텐데요. 거기를 걸어갔단 말예요?"

"거의 그곳에 이르렀지. 그곳을 볼 수 있었던 게 확실하니까."

"돈은 있었어요? 뭘 먹었죠?"

"물론 돈은 없었지. 그냥 산책을 조금 할 생각이었으니까. 여기서 나는 빈민이나 다를 게 없이 지내니까 자유라는 게 없어. 그리고 사실은 구걸했지."

"구걸했다고요?"

그의 어머니가 가끔 그러는 것처럼 이마를 찌푸리며 잭이 말한다.

"나라고 못할 것도 없지."

아버지가 잭을 쳐다보며 대답한다.

"나는 그보다 더한 짓도 할 수 있어."

"그래서, 햄프턴에 있는 해변에서 구걸했다는 거예요?"

내가 말한다.

"그래."

그가 말한다.

"대부분의 사람들은 한 푼도 주지 않으려 하더구나. 하지만 먹을 것만큼은 아낌없이 줬어. 그래서 그걸 먹었지. 하지만 맛은 별로였어. 둥글게 만 '초밥'이라고 불리는 걸 주더군. 사람들은 해변에 갈 때면 그걸 싸 가지고 가는 것 같아. 그런데 왜 초밥 안에는 꼭 훈제 연어를 넣는 거지? 진짜 햄 샌드위치를 즐기는 사람은 이제 더 이상 없는 것 같아."

이번엔 잭이 묻는다.

"해변에서 잤단 말예요?"

"그래. 아주 좋았어, 밖에서 잠을 자는 것 말이야. 그렇게 춥지도 않았고. 아침에 경찰관이 나를 시내로 데려다 주더군. 함께 도넛과 커피를 실컷 먹은 후 재규어를 타고 가는 사내의 차를 얻어 타고 이곳으로 왔지. 그는 내가 하워드 휴즈• 같은 정신 나간 억만장자쯤 된

• Howard Robard Hughes: 1905~1976. 미국의 사업가이자 영화 제작자로, 약관의 나이에 억만장자가 되었음. 비행기 조종을 즐겼으며, 강박증에 시달렸음.

다고 생각한 것 같아. 그래서 이곳으로 돌아왔지만 바로 들어오고 싶지 않아 세탁 서비스 트럭에서 시트를 한 장 훔쳐 야영했지."

"누군가에게 얘기할 수도 있었잖아요."

"뭐라고, 오리들과 함께 바깥에서 잘 거라고? 만약 그렇게 했다면 이곳에 있는 멍청이들이 너희들에게 전화했겠지. 그러면 너희들은 정신과 의사한테 연락했을 테고. 그렇게 되었다면 다들 모여 나를 철제 창살이 있는 곳에 집어넣었을 거야."

"그러지 않았을 거예요."

잭이 말한다. 하지만 그의 말은 별로 도움이 되지 못한다.

"다음번에 또 이곳을 벗어나고 싶을 땐 우리 집에 와서 함께 있어요. 테라스에 소형 천막을 설치해 줄게요."

"나는 탁 트인 하늘을 원해."

"좋아요. 그렇다면 원하는 대로 해 드릴게요. 하지만 지금은 우리 집에 와서 함께 있는 게 좋을 것 같아요, 원한다면요."

"오, 그래? 그게 무슨 말이지?"

"그래선 안 될 이유가 없잖아요. 이곳에서는 한 달씩 계약하잖아요, 그렇죠?"

"그건 변호사에게 물어보도록 해. 잠시만, 머리를 좀 써야겠어."

우리는 아버지가 침대에서 내려오는 것을 돕는다. 하지만 그는 우리의 부축을 뿌리치고 욕실로 들어간다.

"물론 매달 계약하지."

내가 잭에게 말한다.

"하지만 이 문제는 유니스와 얘기해야 되는 것 아니냐?"

"왜 내가 얘기하지 않았다고 생각하는 거예요?"

"너를 아니까."

"그렇게 생각하는 거겠죠."

"그런데, 얘기는 해 본 거냐?"

잭은 단호하게 말한다.

"그녀도 괜찮아할 거예요."

"하지만 확실히 해야지. 아버지가 정말 이상해지면 어떻게 할 거냐? 게다가 나는 그것이 그를 위한 최선인지도 모르겠구나."

그때 아버지가 소리친다.

"대형 TV가 있는 손님방을 쓰겠다, 그래도 되겠지, 잭?"

"그럼요, 아버지."

"내 말 듣고 있는 거야, 잭?"

내가 말한다. 잭이 내 눈을 똑바로 쳐다본다.

"할아버지를 위한 최선이요, 아니면 아버지를 위한 최선이요?"

"나를 위한 최선이라고? 아버지가 네 집에 머무는 것이? 맙소사, 그게 무슨 말인지 모르겠구나. 정말 모르겠어. 그리고 나는 너희들 생각을 하고 있어, 특히 너를. 네게는 아내와 아이들, 그리고 돌봐야 하는 커다란 집과 회사가…."

"…커다란 브라운관 TV가 있는 방 말이야…."

"그럼요, 할아버지. 그럼요."

잭이 대꾸한다. 그런 다음 이어 말한다.

"회사가 어때서요?"

"뭐라고?"

"회사가 어때서요?"

"그건 네가 더 잘 알잖아."

"어디 말해 봐요, 아버지."

"그만두자."

"그러지 말고 얘기해 봐요."

"그만두자고 했다."

잭이 나를 노려본다. 아니, 실제로 그렇게 하지는 않고 그냥 쳐다본다. 잠시 나는 오른쪽으로 곧장 주먹이 날아올 것을 예감하며 목과 턱이 긴장하는 것을 느낀다. 실제로 나는 숨을 쉬기 위해 눈을 감는다. 물론 아무 일도 일어나지 않는다. 다시 내가 눈을 떴을 때 잭이 나를 똑바로 쳐다보고 있는 게 보인다. 그는 특이한 방식으로 약간 입을 벌리고 있는데, 체념했다는 징조이다. 그럴 때의 그는 마치 항상 늦게 도착하는 열차를 기다리고 있는 사람 같다.

"그래요, 회사에 대해서는 걱정하지 말아요."

그가 말한다.

"괜찮아질 거니까요."

"알았어."

내가 말한다. 그러나 사실이 아닌 그 말은 공허하게 들린다. 하지만 대부분의 남자들처럼, 우리는 찜찜한 것은 그대로 남아 있지만 그냥 넘어가려고 애쓴다. 하지만 지금은 그럴 필요도 없다. 폴과 패터슨이 머리에 밝은 자주색 천을 두른, 연한 갈색 피부의 마른 사내(의사처럼 보이는)와 함께 들어왔다가 침대가 비어 있는 것을 보고 순간적으로 깜짝 놀란다. 잭이 욕실을 가리킨다. 우리 또한 욕실을 바라본다. 잭이 아버지를 부르며 문을 두드린 후 문을 연다. 아버지는 팔짱을 낀 채 욕조 가장자리에 몸을 웅크리고 앉아 있다.

"어떻게 된 거예요?"

내가 말한다.

"팔이 아파. 목도. 몸에서 쥐가 난 것 같아."

"제가 들어가 볼게요."

사람들 사이를 지나며 의사가 말한다. 그런데 그 순간, 아버지가 날카로운 신음 소리를 내며 체중을 실은 채 앞으로 고꾸라진다. 순전히 잭의 반사 신경이 예민한 덕분에 아버지는 딱딱한 타일 바닥에 얼굴 찧는 일은 면한다. 잭과 의사는 아버지의 몸을 살며시 돌려 눕히고, 의사는 전문가처럼 자신의 일을 시작한다. 그는 맥박과 호흡, 체온, 그리고 혈압을 체크하며 통증의 원인을 알아내려고 한다. 그동안 아버지는 잔뜩 얼굴을 찌푸리는데 그런 모습은 처음 보는 것이다. 그의 눈언저리에서는 눈물이 흘러내리고 있다.

"어떻게 된 거요?"

내가 묻는다. 갑자기 몹시 겁이 나기 시작한다.

"구급차를 불러야 하는 것 아니오?"

"이미 오고 있어요."

폴이 말한다.

의사는 패터슨에게 병원에 연락해 심장병 전문의에게 준비하고 있으라고 이른다.

"심장 마비인가요?"

잭이 말한다.

"그럴 수도 있어요."

의사가 대답한다.

"하지만 병원에 가기 전까지는 얼마나 안 좋은지 알 수 없어요. 그리고 무엇이 문제인지도요."

그는 아버지에게 아스피린을 삼킬 수 있겠는지 묻는다. 아버지는 고개를 끄덕인다. 패터슨은 아스피린을 가지러 간 상태다. 그가 아스피린을 갖고 오자 아버지는 두 알을, 아이들 약처럼 깨물어 삼킨 후 자리에 눕는다. 그제야 의사는 조금 안심한 기색으로 그를 바라본다.

"왜 저토록 비참한 상태에 있는 거죠?"

"양로원을 떠났던 분이세요."

패터슨이 말한다.

"그렇군요."

"그를 위해 뭔가를 해 줄 순 없소?"

내가 말한다.

"내가 할 수 있는 건 더 이상 없어요. 구급차가 오기만을 기다려야죠."

그때 아버지가 벌레를 삼키기라도 한 듯 소리를 지르며 목을 사납게 긁는다. 잭이 그를 안정시킨 후 편안하게 눕혀 준다. 잠시 그는 조용한 것처럼 보이더니 갑자기 그의 몸 전체가 물에 담가두었다가 너무 빨리 말린 합판처럼 구부러지며 경직된다. 조금 후 그는 눈을 감은 채 다시 휴식을 취한다. 그러다가 조금 후에는 또다시 경련과 경직이 일어난다.

"안정을 시켜 줘요."

의사가 말한다. 의사와 잭은 아버지가 다시 경련을 일으키자 그를 안정시킨다.

"안정을 시켜 줘요. 안정을 시켜 줘요. 버틸 수 있을 거예요."

폴이 그 말에 동의하듯 고개를 끄덕이지만, 내게는 아버지가 정말 떠나갈 것처럼 보인다. 바로 지금. 영원히 갈 것처럼.

II

어렸을 때, 내가 그런 얘기에 별로 신경 쓰지 않을 만큼은 자랐을 때부터, 아버지가 "너도 괜찮지만, 제롬, 네가 아들이 아니라 조카였으면 훨씬 좋았을 것 같구나."라고 놀리던 것을 기억한다.

그럴 때면 나는 "저도 그래요, 행크 삼촌."이라고 대답했다.

그런 얘기를 주고받으며 깔깔거리고 웃었는데, 그것은 우리의 작은 일과가 되었다. 차를 타고 가거나 울타리에 페인트를 칠하거나, 보통 때는 하지 않는 얘기를 하거나(그럴 때면 아주 많은 것들을 얘기했다) 하는 식으로 뭔가를 할 때면 한동안 그런 식으로 장난을 치고는 했다. 물론 이것은 보비가 태어나기 전의 얘기이다. 나중에 보비까지 셋이 함께 외출할 때면 나는 뒷자리에 앉아 그들이 농담을 주고받게 내버려 두고 세계 2차 대전에 참전한 베테랑 조종사들에 관한 책에

몰두했는데, 그것은 즐거운 일이었다. 보비가 베트남으로 떠난 후 우리가 더 이상 그런 놀이를 하지 않게 된 것은 놀라운 일이 아니다. 그때는 이미 나도 나이 들어 있었기 때문이다. 하지만 그런 대화들이 계속되는 동안에는 나름대로 즐거웠다. 또 우리가 작업하는 데 쓸 관목을 사기 위해 동쪽으로 차를 몰고 갔을 때 아버지가 내 여자 친구에 대해, 그리고 내가 마침내 여자와 관계를 가진 적이 있는지 물은 적이 있었다. 그 말에 나는 옷을 추켜올리며 "진짜 그걸 의미하는 거예요?"라고 대답했다. 우리는 종묘장에 가는 동안 계속해서 그런 식으로 멍청한 얘기들을 해댔는데, 마치 사냥꾼들처럼 창녀와 최신 자동차 모델, 그리고 여러 가지 맥주의 좋은 점과 나쁜 점에 대해 수다를 떨었다. 그것들은 모두 멍청한 농담이었지만 쉽고 편안했다. 우리가 무엇을 하고 있었으며, 또 그 이유가 무엇이었는지를 알아내는 데는 심리학 박사 학위를 받은 사람까지 필요하지는 않을 것이다. 실제 그 시절은 대부분의 아버지와 아들처럼 서로를 가장 가깝게 느꼈던 때였다.

나는 향수를 느끼면서 이 얘기를 하는 것이 아니다. 오히려 나는 우리가 그런 놀이를 했다는 것 자체가 놀랍기만 하다. 구급차가 사이렌을 울리며 달리는 동안, 그리고 브루클린 태생의 건장한 여자가 맥박과 호흡 등을 응급실에 보고하는 사이 나는 이것이 아버지의 마지막일 수도 있다는 생각이 들었다. 그럼에도 아버지는 뿌연 산소마스크 사이로 어떤 삼촌의 별명에 대해 말하려는 것처럼 들렸다. 그리고는 내게 구급대원 여자의 풍만한 엉덩이를 살펴보라고 말하는 것 같았다. 물론 이것은 사실이 아니다. 그는 죽음의 고통 속에서 제대로 숨 쉬지 못하는 상태로 두려움에 떨며 내 손을 꽉 잡았고, 나는 그의 손을 풀기 위해 최대한 세게 힘을 주어야 했다. 실제로 그 과정에서 그의 손이 우두둑 하는 소리를 내기까지 했다. 아버지는 소리를 질렀고, 캐러멜색에 가까운, 커다란 갈색 눈을 한 구급대원 여자는 우리가 손을 잡고 있는 것을 보고 부드러운 목소리로, 하지만 마음을 단단히 먹어야 한다는 듯 "여기 있는 게 전부인가요?"라고 물었다. 그 말에 나는 가슴이 사무쳤다.

나는 그녀가 무슨 말을 하는지 별로 생각지도 않고, "네."라고 대답했던 것 같다. 그리고 몇 주가 지난 지금에 이르러, 모든 것이 정리되고 나서, 마침내 내가 테레사와 함께 멋진 도니를 타고 이곳 높은 곳까지 날아올라 내게는 낯익은 땅 위를 날게 되었을 때야 그녀가 말한 것을 완전히 이해하게 되었다.

아버지가 땅에 묻히거나, 화장하고 남은 그의 뼈가 체에 걸러진 후 항아리에 담기거나, 아니면 화강암 벽 캐비닛 속에 안치되거나 하지는 않았다는 얘기를 이제 해야 할 것이다. 또한 그는 아이비에이커스의 땅에서 구출되었던 때보다 저승에 좀 더 가까이 가지도 않았다. 대신 그는 커다란 욕실이 있는, 잭과 유니스의 화려한 집으로 가게 되었다. 이제 그는 위성 TV를 볼 수 있는 리모트 컨트롤과 무전기를 손에 쥔 채 로사리오에게 소리를 지르거나, 배가 고플 때마다 양파 소스나 전자레인지에 데워 먹을 수 있는 다른 음식을 주문하며 지낸다. 그는 심장 마비와 경미한 뇌졸중을 동시에 겪고도 이제 몸이 회복되고 있다(우리는 그것이 무척 드문 경우라는 얘기를 들었다. 그는 정말 다시 살아났는데, 나쁜 징후도 보이지 않고 있다). 나는 유니스가 특별히 잘하고 있다는 얘기를 듣고 있다. 그녀는 새로 고용한 간호사(여자로 문신을 하지 않았다)가 매일같이 그를 목욕시켜 주는 사이 손수 그의 침대를 정리하고, 그를 위해 열두 가지쯤 되는 신문과 잡지를 매주 킹사이즈 침대 끝에 놓아주고 있다. 또 그의 베개를 속이 꽉 찬 것으로 바꿔, 성인 방송을 보려고 기다리는 그가 대형 스크린으로 폭스 뉴스를 볼 때 기댈 수 있게 해 주었다. 잭은 또 다른 도움을 주었는데, 아버지가 밤에 성인 방송을 볼 수 있도록 특별 방송을 신청하기도 했다. 아버지가 가장 좋아하는 프로그램은 '한밤중의 아마추어 시간'이라는 것으로, 아주 평범한 중산층이 좋아할 만한 포르노 스타가 나오는데, 아버지는 그중 한 명이 아이비에이커스의 수석 요리사라고 말하고 있다. 나는 조금이라도 죄책감을 덜기 위해 이틀에 한 번꼴로 잭의 집에 들러 초콜릿 과자나 아니스 열매 향이 나는 삼부카 술이나 소프레사타, 혹은 상황이 더 낫거나 나쁘지는 않았지만 그의 가족과 친구들 대부분이 살아 있던, 그의 인생의 또 다른 시기에 대한 기억을 되살려 줄 만한 것들을 사 가지고 가곤 한다. 물론 아버지가 그렇게 쉽게 죽지 않은 것이 놀라운 일은 아니다. 그리고 아버지는 이번 경험을 통해 가족들을 다시 한 번 모이게 했는데, 의무나 사랑 때문이라기보다는, 우리 모두 더 이상 그를 방치해서는 안 된다는 똑같은 생각을 가졌기 때문이다.

구급대원 여자가 말한 것이 가족을 의미한 것인지는 모르지만, 어쩌면 우리가 갖고 있는 것은 가족뿐인지도 모른다. 하지만 나는 다른 모든 사람들처럼 가족이 있다는 것이 궁극적으로 위안이 되거나, 아니면 여전히 우울할 수밖에 없는 것인지는 모르겠다. 그리고 어쩌면 그것은 중요한 것이 아닌지도 모르겠다. 나는 구급차를 타고 가던 그 순간, 아버지가 가망 없는 상태에서 양동이를 발로 차거나 계속 우는소리를 할 수도 있을 거라는 생각을 하며 그를 사랑하고 있음에도 불구하고 그에게 별로 사랑을 느끼지는 못했다는 것을 고백해야 할 것 같다. 그리고 나는 내가 무슨 말을 하고 있는지 이성적으로 잘 알고 있다. 물론 그것은 변명의 여지가 없는 것이다. 그럼에도 나의 이러한 생각이 평범한 가족 또는 특별히 우리 가족 혹은 불쌍한 늙은이인 나 자신에 대해 말해 주고 있는 것은, 예언자들이 우리가 세상 전체에 (혹은 한 사람에게) 정의와 기쁨을 안겨 줄 만큼 은총을 타고났다고 얘기하고 있음에도 불구하고, 우리들 대부분은 그렇게 하질 못한다는 것이다. 우리의 그러한 능력은 순수하게 잠재적인 것으로, 그저 순수한 가능성에 지나지 않는 것이다. 그리고 우리의 드높은 가능성과 끔찍한 실재의 틈을 가장 자주 목격하고 그것을 견디는 사람들은 우리가 사랑하거나 사랑해야 하는 사람들이다.

그리고 그것이 실제로 아버지가 운이 좋은 이유이기도 하다. 한데 그것은 그가 살아 있다는 사실과는 아무런 관계가 없다. (우리 모두 역시 살아 있다. 그렇지 않은가?) 그리고 여러 가지 이유로 나는 내 차례가 되었을 때 지금 아버지에게 쏟아지고 있는 이러한 관심이 마땅히 내게도 쏟아질 것이라고는 생각지 않는다. 무엇보다도 나는 아버지와 달리 특별한 보살핌을 완강하게 거부할 것이며, 그 결과 아무런 보상도 받지 못할 것이다. 어쩌면 나는 지금부터라도 새로 나온 디즈니 비디오테이프를 흔들며 그들의 커다란 거실 문간에 모습을 드러내는 것뿐만 아니라 잭의(그리고 결국에는 테레사의) 아이들과 좀 더 친하게 지내야 할 것이다. 게다가 나는 그의 유일한 손자이자 배틀 브러더스의 횃불을 들고 있는 잭이 회사 청산을 위해 몇 대에 걸쳐 지금까지 축적된 자본을 포기해야 할지도 모르며, 그렇게 한다 해도 수표가 부도나는 것을 막을 수 없을지도 모른다는 얘기는 할 수가 없다. 나는 또한 최근 들어 회사 부지에 쏟은 유일한 투자가 몇 년 전 인부 하나가 우연히 포클레인으로 넘어뜨린 울타리를 수리한 것뿐이며, 그것도 서픽 내셔널 은행이 부지와 차고를 제대로 유지하라고 지시했기 때문이라는 얘기를 그에게 할 수가 없다. 리치 코니글리오는 배틀 브러더스가 많은 것을 잃겠지만 잭은 안전할 거라고 한다. 물론 안전하다는 말이 커다란 집과 차를 소유하는 것을 의미한다면 그렇다. 하지만 그것들을 아주 오랫동안 소유할 수 있을 만큼의 봉급은 더 이상 받지 못할 것이다.

최근 들어 테레사는 내가 그녀의 오빠 집에 갈 때마다 함께 가는데 다행히도 잭과 아버지, 그리고 배틀 브러더스가 망하게 되었다는 소식을 듣고 충격을 받은 유니스에게 무척 다정하게 대한다. 아버지에게 그 일이 있고 난 후 잭은 그녀에게 장부를 보여 주었고, 그녀는 일주일 정도 특별히 다른 일을 하지 않았다. 로사리오가 힘든 일을 하는 사이, 유니스는 독일인 특유의 효율성을 발휘해 집안일을 하고 점심을 준비하고 아이들을 위해 수영장에서 하는 파티를 열어 주기도 했다. 그리고 집에서 라클레트• 파티를 끝내고 컨트리클럽에 가서 몰트위스키를 마시기도 했다.

• Raclette: 삶은 감자에 녹인 치즈로 맛을 낸 스위스 요리.

하지만 그 이튿날 그녀가 은행에서 돈을 지불하려고 기다리고 있을 때 누군가 잘못해서 그녀를 팔꿈치로 슬쩍 찔렀다. 그러자 그녀는 정신 나간 사람처럼 아주 큰 소리로 노래를 부르기 시작했다(그녀는 그 모든 것을 전혀 기억하지 못했다). 그녀는 잠시 후 신용카드를 모두 반으로 접었고, 결국 쇼핑몰 경비원이 그녀를 레인지로버까지 데려다 주어야 했다. 그 후 그녀는 일주일에 두 번 카운슬러를 만나고 있는데 겉보기에는 차분하고 괜찮은 것처럼 보인다. 하지만 그렇게 보이는 것 자체가 항상 사륜구동 자동차로 최고 속도로 달리는 것에 익숙한 사람에게는 걱정스런 변화일 수도 있을 것이다. 우리로서는 그녀가 약을 먹고 있는지 알 수 없지만, 테레사는 그녀의 불균형이 잠재적으로 심각할 수도 있다는 생각에 여자들끼리만 가는 외출에 그녀를 두어 번 데리고 갔다. 때론 디어파크 대로에 새로 문을 연, 한국인이 하는 멋진 네일 살롱에 데리고 가서 시간을 보내기도 했다. 그리고 원하는 만큼 고기를 먹을 수 있는 브라질 식당에도 데리고 가 더 긴 시간을 보내기도 했는데, 그곳에서 유니스는 구운 갈비와 송아지 등살을 먹느라 매니큐어를 완전히 망가뜨려야 했다. 최근 들어 테레사는 오늘 오후 일찍 바 하버 근처에 있는 해산물 식당에서 그런 것처럼 음식에는 거의 손을 대지 않는 것 같다. 그 식당에서 나는 음식을 많이 주문했지만 그녀는 거의 손을 대지 않았다. 지금 우리는 해안을 따라 날아가고 있는데, 보스턴 교외의 남부 해안을 지나 버저드 만 위로 날아가 입을 넓게 벌리고 있는 해협을 가로질러 롱아일랜드의 북쪽 해안선을 따라 가다가 맥아더 비행장으로 선회할 것이다. 테레사와 함께 비행하는 것은 예외적인 일로, 먼저 제안한 사람은 그녀다. 사실, 나는 보통 때라면 날씨가 아주 좋긴 하지만 갑자기 바뀔 수도 있는 오늘 같은 날은 비행하지 않는다. 지금 우리는 곶(串)이 시작되는 곳에 가까워지고 있는데, 멀리 뉴욕 시 남서쪽으로 하얀 양떼구름이 일어나고 있는 것이 보인다. 그것은 다행히도 소나기구름은 아니지만 날씨가 아주 좋을 때만 날 수 있는 이런 비행기에는 마찬가지로 위험할 수도 있는 것이다. 그리고 이렇게 높은 곳에서는 내가 한 번도 본 적이 없는 것이다.

오늘 아침 식사 때 테레사는 느긋하게 자신이 거의 아무것도 먹지 못하고 있음을 얘기했다. 폴은 그 즉시 하루가 지난 빵으로 토스트를 만들었고, 그것은 훌륭했지만 그녀는 먹지 못했다. 그 후 폴이 풀이 죽어 자리를 피하자 그녀는 바닷가재가 먹고 싶다며 함께 메인으로 비행기를 타고 갈 수 있는지를 물었다. 나는 전화를 걸어 날씨를 알아본 후 어려울 것 같다고 했다. 워싱턴 쪽에서 저기압이 빠르게 다가오고 있는 데다, 돌아오는 길에 날씨가 좋지 않을 수도 있었다. 나는 대신 수산 시장에서 사 먹자고 했지만 그녀는 고집을 피우며 뭔가가 무척 먹고 싶다고 했다. 나는 내가 그녀의 청을 뿌리치지 못한다는 것을 알 수 있었다. 그때 폴이 외출하는 것이 그녀에게(그리고 확실히 그에게도) 좋을 수 있다고 말했고, 그래서 우리는 차를 몰고 아이슬립으로 가 수속을 밟은 후 도니에 몸을 싣고 날아올라 강한 뒷바람을 타고 기록적인 시간으로 메인까지 왔던 것이다.

우리가 더 필링 스키프 식당의 하얀 삼나무 테라스에 앉아 있을 때 태양은 환하게 비쳤고, 우리는 야구 모자와 선글라스를 쓰고 있었다. 테레사의 손엔 리치가 리타를 위해 사 준 반지가 반짝였다. 나는 그것을 그녀에게 돌려주려 했지만, 리타가 다음 세대에 물려주는 것이 더 나을 수도 있다고 하는 바람에 그녀의 의견을 따랐다. 커다란 보석이 박힌 반지를 손가락에 끼고, 양키스 야구 모자를 쓴 테레사는 소녀처럼 보였다. 그때 잠깐 동안 나는 이상한 성취감을 느꼈는데 이제 제법 나이 든 그녀가 지금껏 잘 살아올 수 있게 어느 정도 내가 도움을 주었다고 느껴졌기 때문이었다. 물론 그것은 대단한 게 아니지만, 그럼에도 그런 생각이 들면서 그녀가 더 이상은 시련을 겪지 않을 수도 있을 거라는 믿음이 생겼다. 주문한 식사가 나오자 그녀는 흥분하며 재빨리 하얀 플라스틱 턱받이를 하고 껍질 까는 기구를 들어 살점이 많은 집게발로 가져갔다. 하지만 그녀는 살점을 발라낸 후 이미 바닷가재를 두세 마리째 먹은 것처럼 조금씩 떼어먹은 뒤 작은 다리 두 개를 천천히 씹고는 더 이상 먹지 않았다. 나는 아무 말도 하지 않았다. 그로 인해 화가 나지도 않았을 뿐더러 거짓말이나 우울한 얘기 외에는 할 수 있는 말이 없었기 때문이다. 내 몫을 다 먹고 나자 그녀는 자신의 접시를 내 쪽으로 밀었고, 나는 이미 배가 부른 상태에서 그녀의 바닷가재까지 먹었다. 레몬이 담긴 그릇 속에 방치된 채, 팔이 하나밖에 없는 상태에서 바닷가재가 우리를 올려다보고 있는 것을 견딜 수 없었기 때문이다.

"저건 뭐예요?"

헤드세트를 낀 채 곶 근처의, 띠처럼 보이는 작은 섬들을 가리키며 그녀가 말한다.

"저기가 비니어드예요? 아니면 낸터킷인가요?"

"아니, 그곳은 저 너머에 있어."

더 먼 곳을 가리키며 내가 말한다.

“노숀 섬을 보고 있는 것 같은데. 아니면 파스크일 수도 있고. 옛날에 돈 많은 부자들이 사람들을 피해 모여 산 곳이지. 그들은 전기도 없이 살고, 얼음과 촛불 속에서 배를 타지.”

“얼음과 초라고요?”

“그렇게 들었어.”

“괴팍하게 들리는데요.”

“그렇지 않아.”

“멋질 것 같아요.”

“그래. 멋지겠지.”

우리는 강조하듯 서로를 향해 고개를 끄덕이지만 그에 대해 꼬치꼬치 얘기할 생각은 없다. 이곳까지 오는 동안 우리는 계속 그런 식이었다. 그녀가 지리나 도시의 성격에 대해 물으면 나는 뉴런던에 있는 핵잠수함 기지나 프로비던스에 정착한 포르투갈 사람들의 이민 역사에 대한 시시한 것들을 얘기하거나 버저드 만에 있는, 식초를 직접 만들어 맛좋은 생선과 감자튀김을 먹을 수 있는 곳에 대해 얘기했다. 헤드세트를 한 채 말하는 것은 진짜 대화처럼 여겨지지 않는다. 말이 겹치고 단절되고 중단되며 소리가 답답하게 들려 기껏해야 짧은 정보를 교환할 수 있을 뿐이다. 거기에 더해 계속되는 엔진의 진동 때문에 온몸이 떨린다. 그러나 이곳에 앉아 있느라 바쁜 것처럼 느끼고자 한다면 그리 나쁘지 않다. 우리가 하루 종일 비행기 안에서 시간을 보내며 쉴 새 없이 잡담을 나누어도 사적인 얘기는 거의 하지 않는 것에 대해 때로 리타는 실망하기도 했다. 하지만 나는 그 또한 괜찮았고, 결국에는 그녀 역시 괜찮아했다. 그리고 그러지 말라는 법은 없는 것 같다. 이곳 높은 곳에 있으면서 하늘의 정확한 색을 표현할 단어를 생각해 내거나, 특정 넓이의 바다에서 솟아오른 물마루의 개수를 세거나, 자기 아래쪽의 외롭게 나 있는 아주 곧은 길에서 차를 몰고 가는 사람과의 무한하게 여겨지는 거리가 얼마나 되는지 알아내려 하거나 할 때면 우리에게 친숙한 암시적인 대화를 나누기보다는 중력과 무한히 가벼운 느낌을 번갈아 가며 느끼고, 그냥 지금과 같은 특별한 속도로(속도를 느끼는 것만으로도 여행할 가치가 있다)날아가고 싶은 것이다.

"잭은 어떻게 될 것 같아요?"

테레사가 지상의 일에 대해 얘기한다.

"잭? 어느 시점에서는 그 집을 팔아야 할지도 몰라. 그리고 어쩌면 그들이 갖고 있는 많은 것들을 팔아야 할 수도 있고."

"유니스는 그 집을 정말 사랑해요."

"잭은 그렇지 않은 것 같아. 그런 적도 없는 것 같고."

"그들은 어디로 가야 하죠? 그들에게는 너무 많은 것들이 있어요. 아버지는 말할 것도 없고요."

"모르겠구나."

이사를 대행해 주는 사람들이 거품 비닐로 포장하며 침대에 있는 잭까지 상자 속에 넣는 장면을 머릿속으로 떠올리며 내가 말한다.

"잭과 유니스는 임대 주택에선 살 수 없을 거예요."

"요즘에는 괜찮은 콘도를 얻을 수도 있지. 그들은 괜찮을 거야."

"하지만 배틀 브러더스는 없어지잖아요."

"잭은 다시 뭔가를 하겠지?"

"그를 도와줄 거죠?"

커다란 소음이 그녀의 질문 끝부분을 삼키고, 나는 그 얘기를 못 들은 척한다.

잠시 후 그녀가 다시 말한다.

"그럴 거죠?"

"뭘?"

"잭을 도와줄 거죠?"

"나는 은퇴했어. 기억해? 그리고 나는 부자가 아냐. 새로 사업을 시작할 정도는 안 돼."

"그래도 도와줘야죠."

그녀가 경고하듯 말한다. 실제로 그녀는 도와줘야 한다는 말을 강조하며 그 말을 크게 한다.

"그래야만 해요."

"물론 그럴 거야."

내가 말한다.

"하지만 어떻게 도와야 할지 분명하지 않을 뿐이야."

"내가 방법을 얘기해 줄 수도 있어요, 제리."

"좋아."

"그들에게 우리와 함께 살자고 해요."

"제정신으로 하는 말이냐?"

"집에 방이 많잖아요."

"방이 많다고? 침실은 세 개야. 잭과 유니스에게 하나, 아이들에게 하나, 그리고 아버지가 아이비에이커스로 돌아가고 싶어 하지 않는다면 아버지에게도 하나 있어야 해. 너와 폴, 그리고 집주인인 나는 어떻게 하지?"

"아버지는 서재를 침실로 바꿔 쓰면 되고, 폴과 나는 아래층으로 내려가면 돼요."

"아래층이라고? 거긴 지하실이야!"

"어쩌면 책이 벽을 만들 수도 있을 거예요. 아래층에는 이미 반은 욕실인 곳이 있어요. 게다가 우리는 영원히 머물지 않을 거예요."

"무슨 말을 하는 거냐?"

"아버지는 내가 휴가 중이라는 걸 잊고 있어요. 나는 다시 가르칠 거예요."

"출산 휴가는? 그건 요즘 법으로 보장하고 있는 것 아니냐?"

테레사는 자신 없는 투로 "그럴 거예요."라고 말한다. 하지만 그것은 그녀 자신이 노동자로서의 권리나 혜택을 따지지 않는 사람이기 때문은 아니다. 우리는 최근 들어 비관적인 생각은 별로 하지 않았다. 단 한 가지 염려스러운 것은 폴이 가끔 방에 있다가 자신은 물러가겠다고 하거나 동네를 어슬렁거리며 다닌다는 것이다. 물론 그의 가슴이 갑자기 수많은 조각으로 찢어지거나 한 것처럼 보이지는 않는다. 그럼에도 그는 미래나, 아니 가까운 장래에 대해서도 전혀 말을 하지 않고 있다. 그 점에 비춰 볼 때 지난 두어 달 동안 함께 한 것은 우리에게 은총이었다. 그 생각을 하는 순간, 갑자기 내 가슴이 뚫린 것처럼 느껴지는 것으로 미루어 그 은총을 제대로 깨닫지 못했던 것 같다.

"무급 휴가를 받아서라도 더 머물도록 하거라. 폴은 분명 책을 끝낼 수 있을 거야. 아기를 낳으면 제일 큰 침실을 써도 돼. 지하실에 있는 낡은 아기용 침대를 청소해 옮겨 주마."

"그건 괜찮은 생각 같아요."

"그럼."

"하지만 다른 사람들은요?"

"그들은 뭘?"

"알잖아요, 제리."

그녀의 선글라스 뒤에서 반짝이는 빛을 통해 나는 그녀의 눈이 나를 훑고 있는 것을 알 수 있다. 그녀는 자신이 원하는 대답을 구하기보다는 59년하고도 15, 16주를 산 내가 보다 현명하고 관대하며 자기희생적인 면모를 보여 주리라 기대하는 것 같다. 내가 아는 테레사는 어려운 문제를 극복한 과거의 기억을 떠올리며 서로를 안은 채 친밀한 것들에 대해 모호한 얘기를 할 수 있는 아버지를 원한 적이 없다. 물론 그녀는 사랑을 표현할 순 있지만 우리 삶의 모든 순간에 우리가 항상 같이할 수 없다는 점은 알고 있을 것이다. 물론 우리 사이의 뭔가가 많이 달랐을 수도 있다. 아니, 어쩌면 지금 우리가 갖고 있는, 혹은 우리가 누릴 수 있는 것보다 나은 실제적인 대안은 없는지도 모른다. 우리는 싫든 좋든 서로에게 위임되어 서로의 손에 남게 되었고, 따라서 어쩌면 우리에게 요구되는 유일한 것은 서로를 내버려 두지 않는 것뿐인지도 모른다.

그럼에도 나는 말한다.

"잭은 옛날 집으로 돌아오고 싶어 하지 않을 거야."

"유니스 얘기는 다르던걸요."

테레사가 대답한다.

"그녀도 준비되어 있어요. 아버지는 그냥 부르기만 하면 돼요."

"농담하고 있는 거지?"

"아뇨."

그 말에 나는 혼란스러우면서도 기쁘다. 그럼에도 나는 묻는다.

"로사리오는 어떻게 하고? 그녀를 위한 방은 없어."

"일주일에 세 번 와서 청소하는 걸 도와줄 수 있을 거예요. 하루 종일 근무할 수 있는 다른 일자리를 찾을 때까지요."

"이런 생각을 해낸 건 누구지?"

"한번 맞혀 봐요."

나는 조종 장치를 가볍게 만지고 있는 딸을 쳐다보며 말한다.

"집이 동물원처럼 될 거야."

"다들 노력해야죠. 아버지도, 나도요."

"물론 나도 노력하지."

내가 말한다.

"그렇지 않아요. 폴에게 모든 걸 떠맡기는걸요."

"그도 아주 잘하고 있지."

"꼭 그렇지는 않아요."

"어쨌든 지금은 잘하고 있어. 게다가 그는 열심히 일하지 않으면 미치고 말 거야."

테레사가 무슨 말인가 하지만 입을 마이크에 너무 가까이 댄 듯 소음과 함께 이상하게 들린다. 이제 우리는 150마력 라이코밍 엔진이 꾸준히 출력을 내는 동안 조용히 있다. 그녀는 여전히 하늘이 맑은 하트퍼드 또는 올버니 쪽을 향해 바라보고 있다. 우리가 향하고 있는 남서쪽은 날씨가 약간 흐린데, 무척 걱정스럽다. 내가 몇 분이라도 시간을 단축시킬 수도 있을 거라는 희망에 직선 길로 질러가기로 결정한 것은 잘한 일일 수도 있다. 그 몇 분에 따라 착륙 시 날씨가 흐릴 수도 맑을 수도 있는 것이기 때문이다. 착륙할 때 비행장을 보지 못할 수도 있다는 생각은 내가 가끔 상상하는 것이다. 마지막으로 활주로에 접근하기 전에 시야를 확보할 수 있도록 안개와 비행장 사이에 햇빛이 가득하기를 바라며 장비들만 믿고 하강하는 것은 두려운 일이다. 물론 그에 대한 연습을 조금 하긴 했지만 만족할 만한 정도는 아니다. 이것은 자신이 다음에 어디서 내리게 되는지 무척 보고 싶어 하는 나 같은 사내에게는 기분 좋은 도전이 아니며, 특히 삶이 파리의 거리처럼 새롭게 여겨질 때는 더욱더 그렇다.

"아버지가 힘들어할 거야. 하지만 만약 그렇게 된다면 집 전체의 냉난방을 제대로 해야 할 것 같구나."

현실이 내 안에 구체화되고 있다는 사실을 스스로도 믿지 못하면서 나는 말한다. 그것은 항상 문제가 심각해지고 있다는 것을 드러내 주는 조짐임에 틀림없다.

"사람들이 견딜 수 있는 한 노력해 볼 수는 있겠지."

"그래요, 제리."

축하한다거나 하는 기색 없이 그녀가 말한다.

"우리가 집에 도착하면 아버지가 잭에게 전화를 걸 수도 있을 거예요."

"네가 하면 안 되겠니? 그냥 유니스한테 얘기할 수도 있잖아."

너무 나이 든 아이가 어깨에 태워 달라고 할 때 어머니가 그러는 것처럼 그녀는 손을 내젓는다. 나는 그녀가 이 문제만큼은 제대로 이해하고 있지 못하다는 얘기를 해 주고 싶다. 그녀는 나의 게으름과, 아들 앞에서 부드럽고 사랑 넘치는 모습을 보여 주길 오래도록 꺼려 온 나의 태도가 문제된다고 생각하지만 더 큰 문제는 잭이다. 제안을 듣고 그것을 받아들여야 하는 그가 수치심을 느끼지 않도록 해야 하는 것이다. 물론 나는 최대한 좋게 얘기할 수 있을 것이며 또 그렇게 할 것이다. 그럼에도 불구하고 그는 미묘하면서도 심한 수치심과, 자신이 실패했다는 느낌을 가질 수도 있을 것이다. 아니면 내가 테레사를 충분히 신뢰하지 못하고 있는지도 모른다. 어쩌면 그녀 또한 그것을 알고 있을 것이다. 하지만 무엇보다 잭이 현실을 직면하고, 시답잖지만 끔찍한 신과 같은 아버지가 자신의 그 남성적인 기질을 약화시키는 것을 받아들이고, 그 후에는 일상적인 일을 함으로써 새로 원기를 회복해야 할 것이다.

"어쨌든 아버지와 잭, 두 사람은 할 얘기가 많잖아요."

테레사가 말한다.

"사업이 이렇게 되었음에도 불구하고요."

"이젠 또 뭐지? 그와 유니스 사이에 문제라도 있는 거니?"

"긴장은 있지만 돈 문제 때문이죠. 니켈 접시와 화강암이라는 표면 아래 그들은 서로에게 헌신적이죠."

"그건 좋은 일이야."

내가 말한다.

"여기서 보면 그건 포마이카와 크롬에 지나지 않는 것들이니까."

"지금이야말로 전화할 때예요. 그는 많이 흔들리고 있어요."

"그래, 좋아. 내가 봐도 그래 보여."

이것은 거의 사실이다. 적어도 내가 보기에는 그렇다. 그의 태도와 옷차림은 바뀐 것이 없지만 그의 검정색 트럭은 세차하지 않아 이상하게 보인다. 알로이 휠은 때가 묻고, 항상 거울처럼 반짝이던 차체에는 작업 현장의 마른 진흙이 묻어 있어 설탕과자처럼 지저분하다. 그는 지출을 줄이고 있는데 그것은 필요한 일이다. 그는 항상 일주일에 한 번, 토요일 아침에 22.95달러를 주고 트럭을 세차했으며(이중으로 광택을 내고 타이어도 특수 처리를 했다), 내가 두 달에 한 번씩 그를 만날 때마다 회사 옆에 있는 핏 스톱 식당에서 성대한 아침식사를 샀다. 하지만 그런 것들에 대해서만큼은 씀씀이를 줄이지 않았으면 하는 마음도 있다. 어떤 때는 사랑하는 사람이 체면을 유지하기를 바라기도 하는 것이다. 물론 그것은 진실을 직시하지 않으려는 마음에서 비롯된 것일 수도 있다. 만약 녹음기가 있다면 테레사가 얘기한 것처럼 이번 주말에는 그의 차를 세차해 주고, 블루베리 팬케이크를 선물해야겠다는 말을 녹음해 놓고 싶다.

"그는 어제 엄마에 대해서도 얘기했어요."

"데이지?"

테레사가 선글라스를 벗으며 고개를 끄덕인다. 이제 해는 멀리 있는 높은 구름 뒤로 사라진다.

"그녀가 익사하던 날에 대해서요."

"오, 그래?"

"그래요."

그녀는 나를 똑바로 쳐다보며 말한다. 하지만 우울한 기색은 전혀 없다.

"놀랐어요. 그 일이 일어났을 때 그가 근처에 있었다는 거예요."

"무슨 얘기를 하고 있는 거냐?"

내가 말한다.

"너희들은 그날 캠프에 가 있었어. 내가 집에 갔을 때는 데이지 말고는 아무도 없었어."

"그건 사실일 거예요."

그녀가 말한다.

"하지만 잭은 그전에 그곳에 있었던 것 같아요."

"그는 라크로스• 캠프에 가 있었고, 너는 음악 캠프에 가 있었어."

"드라마 캠프였죠."

그녀가 수정한다.

"나는 캠프에 있었죠. 하지만 잭은 발목이 삐어 일찍 집에 왔다고 했어요. 그가 다리를 절던 일 기억나요?"

"아니."

"이상한 일이지만, 나도 기억나지 않아요."

그녀가 말한다.

"실제로 아무것도 기억나지 않아요. 그건 다행스런 일이에요. 하지만 잭은 그곳에 있었대요. 그가 거짓말할 이유는 없죠."

• Lacrosse: 크로스라는 라켓을 사용해서 하는 하키 비슷한 구기 종목.

"그런데 왜 당시엔 아무 말도 하지 않은 거지?"

"화가 나고 무서웠던 것 같아요. 게다가 어렸으니까요."

"그래서, 그가 또 무슨 말을 했지?"

"차에서 내린 순간 누군가가 집에서 나오고 있었대요. 배달부 같은 사람이요. 그 사내는 맥주를 마시고 있었다는군요. 모르는 사람이었는데, 잭은 화가 났대요."

나는 대답하지 않는다. 테레사가 데이지의 삶의 그 부분을 얼마나 많이 떠올리고 있는지 알 수 없기 때문이다. 그리고 나는 지금 이곳에서 그녀에게 훈계하고 싶은 마음이 전혀 없다.

"그가 엄마를 만나러 그곳에 왔던 것 같아요. 그렇죠?"

"그럴 수도 있지."

문득 그날 오후 집이 무척 공허하게 느껴진 것이 기억난다. 물론 집에 돌아온 내가 과음하고 있는 그녀를 본 것은 그때가 처음은 아니다. 그녀는 주로 달콤한 자두술을 마셨는데, 파티에서 마시는 것 같은 여러 개들이 맥주병은 낯설게 보였다. 나는 그녀가 즐거운 시간을 갖고 있다고 생각했으며, 당시에는 그 사실이 마음을 아프게 하거나 하지는 않았다. 오히려 집이 엉망인 것에 화가 났다. 그리고 그녀가 수영장 바닥 가까이 떠 있는 것을 발견한 뒤 어떤 사내가 그곳에 있었을 수도 있다는 사실은 누군가의 죽음에 뒤이은 다른 수많은 세부적인 일과 의무들 사이에서 희미해져 버렸다. 또 그날 누군가 집에 왔으며, 데이지가 혼자 술을 마시고 있었던 게 아니라는 것을 경찰에 말하는 것이 중요하게 여겨지지도 않았다. 하지만 그날을 생각하자 호흡이 빨라지면서, 갑자기 1만5,000미터 혹은 4만5,000미터 상공을 날고 있는 듯하고, 공기가 너무 빨리 희박해져 외기권으로 떠올라 어둠 속으로 빠질 수도 있는 위험에 처한 것 같다.

“어쨌든.” 테레사가 말을 잇는다.

“잭은 집 안으로 들어갔고, 부엌에 맥주병이 많이 있는 것을 보았지만 엄마는 보지 못했죠. 그녀는 침실에도 없었어요. 그런데 침실로 들어간 그는 침대가 엉망이 되어 있는 것을 보았죠. 그리고 속옷은 바닥에 있었어요. 그리고 빈 맥주병들도 보았죠. 그런 다음 그는 그녀가 뒤뜰에 있는 것을 보았어요. 잭은 침실 미닫이문 밖으로 나가 캠프에서 돌아왔다고 얘기하려 했죠. 한데 그렇게 하지 않았던 것 같아요. 그는 잠시 그녀를 바라보기만 했대요. 그녀는 맥주를 마시며 다이빙대 끝에서 알몸으로 서 있었죠. 잭의 말로는 그녀가 무척 아름답게 보였대요. 폐허가 되기 전의 로마 동상처럼요.”

“잭이 그렇게 말했어?”

“잭이 말한 그대로 얘기하는 거예요.”

그녀가 태연스레 말한다.

“하지만 그의 말로는 자기도 겁이 났다고 해요. 그리고 여전히 화가 나 있었던 것 같아요. 하지만 그로서도 그 이유는 이해하지 못했죠. 그녀의 모습이 그에게 얼마나 이상한 성적 장면인지는 상상할 수 있을 거예요. 그래서 그는 그냥 그곳에 서서 그녀를 바라보기만 했죠. 그리고 문득 수영장에 떠 있던 모든 것들이 물 밖으로 나와 있다는 것을 깨달았대요. 튜브와 백조 모양의 구명 튜브, 그리고 그녀가 항상 사용한 도넛 모양의 커다란 그것도요.”

그것은 사실이었는데, 집에 도착한 나는 그 점에 대해서는 크게 생각하지 않았다. 경찰이나 구급대원이 수영장에 있던 것들을 꺼냈다고 생각했다. 하지만 수영장에 떠 있던 것들 전부가 콘크리트 바닥 위에 깔끔하게 늘어서 있는 모습은 지금 생각해도 이상했다.

"그래서 잭이 어떻게 한 거야?"

내가 묻는다.

"도망쳤대요."

테레사가 말한다.

"그냥 집 밖으로 달아난 거예요, 최대한 빨리. 너무 겁이 난 나머지 놀이터에 가서 한 시간 정도 그네를 탔대요."

"오, 맙소사, 잭."

"그리고 마침내 그가 집에 왔을 때는 모든 게 끝나 있었죠. 그는 다 알았어요. 진입로는 경찰차와 소방차, 그리고 구급차들로 가득했죠. 불빛으로 반짝이는. 내가 기억하는 건 이게 전부예요."

"왜 아무 말도 하지 않은 거지?"

"자신에게 책임이 있다고 생각한 게 틀림없어요."

"그럴 것 같구나."

그때 어린아이가 감옥에 간 일이 있냐고 계속해서 묻던 기억을 떠올리며 내가 말한다.

"물론 그에게는 아무 일도 일어나지 않았죠. 그런데 그 뒤 아버지는 너무도 효율적으로 일을 처리했어요."

"뭐라고? 내가 그녀를 화장해서? 그건 데이지가 원했던 거야. 너도 알고 있었잖아."

"몰랐어요."

마침내 약간 앙금이 담긴 목소리로 그녀가 말한다.

"그리고 난 화장에 대해 얘기하고 있는 게 아녜요. 그 일이 있고 나서 아버지가 너무 빨리 모든 일을 처리한 것에 대해 얘기하고 있는 거예요. 정말이에요, 제리. 그건 작별하는 데 있어 세계 기록으로 남을 수도 있을 거예요. 당시에는 그 생각을 하지 못했지만 마치 변덕스런 눈보라가 친 후 진입로와 앞쪽 벽에 쌓인 눈을 삽으로 치우고 나자 이튿날 해가 뜨고 화창한 날씨가 되어 모든 게 사라진 것만 같았죠. 그리고 우리는 장례식장 안에 들어가지도 못했어요."

"너희들도 그곳에 갔었어. 하지만 논나가 너희 둘을 다른 방에 있게 했지."

"그래요, 제리, 알아요. 우리는 열어 놓은 어떤 관 뒤쪽에 앉아 있었죠."

"맙소사. 나는 그 사실을 몰랐어."

"아버지는 그녀에게 우리를 딴 곳에 있게 하라고 시켰을 거예요."

"나는 다른 누군가의 장례식에 가라고 한 적이 없어! 어쨌든 그것이 최선이었다고 생각하지는 않니? 너희들은 그때 어린아이들이었어. 나는 다른 사람들이 하는 말은 관심 없어. 아이들은 애도할 필요가 없어. 이제 잭이 무엇을 보았고, 뭘 견뎌야 했는지 알게 되었으니 더 낫게 되었군."

테레사는 창문 쪽으로 고개를 돌린다.

"아버지 말이 맞을 수도 있어요."

한참 후 그녀가 말한다. 그녀는 미소를 지으려고 애쓴다. 진심으로 그러는 것 같다. 나 또한 미소를 지으려 하지만 그 무엇도 내게는 위안이 되지 않는다. 나는 아직도 마음이 어지럽고, 그 모든 새로운 정보를 처리하는 것을 시작도 하지 못했다고 말할 수 있겠지만 그것은 순전히 거짓일 수도 있다. 그것이 단지 데이지의 죽음이 순전히 사고였던 것은 아니라는 걸 알고 있어서는 아니다. 나는 그 사실을 몰랐다. 하지만 그녀가 분노를 표현하거나 의기소침한 상태에 빠져 있을 때에도 내가 대체로 방관자적인 입장을 취했던 사실에 비춰 보면 완전히 순진한 사람만이(아니면 아이만이) 그녀가 수영장에서 익사한 것이 예측 가능한 일이 아니었다고 상상할 수 있었을 것이다. 그리고 내가 말하고 있는 얘기 중 뭔가가 고백에 가까운 것이라 해도 그것은 다시 하는 것이 아니다. 또한 나는 오래전에 아이들이 뭔가 끔찍한 일을 목격했다 해도 그것을 털어놓지 않을 거라는 것을 알 수 있었다.

바깥 공기는 약간 고르지 못하고, 우리는 일정한 속도로 물결이 이는 호수를 쾌속선을 타고 가고 있는 것 같다. 나는 앞쪽 50마일 지점에서 구름이 형성되고 있는 것을 본다. 다행히도 뇌우는 치지 않지만 이상한 모습의 양떼구름이 높이 떠 있다. 그것은 보통 해가 뜨기 전 이른 아침에 보게 되는 것으로, 해가 뜨면 곧 사라진다. 지금 같은 늦여름의 오후 중간에는 보기 드문 것이다. 날씨 변화 때문에 나는 장치에 의존해 접근하고자 맥아더 비행장에 연락했다. 그곳에서 새로운 길을 알려 주었고, 우리는 고도 1,500미터까지 내려왔다. 그리고 우리는 방금 웨스터리 위를 날아가 퍼캐턱 강 하구를 지나 이제 미스틱과 노안크에 접근하고 있으며 피셔스아일랜드의 북쪽 해안을 따라 플럼아일랜드와 오리엔트포인트로 간 후 오래된 25번 도로를 따라 사우스홀드와 컷초그와 매티턱에 이른 다음 리버헤드의 대형 쇼핑몰 위를 지나 고속도로를 따라간 후 비행장이 있는 남쪽으로 향할 것이다. 고속도로 위의 그 길은 내 머리와 손에 입력되어 있고, 그래서 기다란 차량 행렬의 불빛들이 안내해 준다면 밤에도 계기판만 보고 날 수 있을 것이다.

하지만 날씨가 불안정해지며 눈에 보이지 않는 수직 하강 기류가 부딪히자 비행기가 심하게 요동치고, 나는 테레사에게 조종간에 몸이 부딪히지 않도록 좌석 벨트를 단단히 묶으라고 한다. 이제 우리 머리 위로 비가 내리고 있는데, 빗속에 있는 건 차라리 잘된 일이다. 나는 우리가 소위 말하는 공기층 속에 끼여 있는 뇌우 속으로 들어가지 않기를 바란다. 그것은 어떤 조종사도 보고 싶어 하지 않은 갑작스런 위험이다. 옆을 보자 테레사는 약간 몸을 웅크리고 있다. 그녀는 눈이 긴장되고, 입이 벌어진 채 약간 창백한 얼굴을 하고 있다. 나는 구토가 날 때를 대비해 좌석 뒤에 보관해둔 커피 봉지를 꺼내 그녀에게 준다. 놀랍게도 그녀는 그 즉시 토한다. 하지만 점심을 먹지 않아 많이 토하지는 않는데 비행기 멀미 때문만은 아닌 것 같아 걱정된다. 그녀는 봉지를 접고 손등으로 입을 닦는다.

"괜찮아?"

"그래요."

머리를 창문에 기대며 그녀가 말한다.

"괜찮을 거예요."

"갈 길이 멀지는 않아."

내가 말한다.

"하지만 길이 더 거칠어질 수도 있어."

그녀가 살짝 미소를 지으며 엄지손가락을 들어 보이는데 그것은 바보 같으면서도 멋져 보인다. 순간 나는 그녀에게서 배틀가의 남자들 모두와 데이지까지 우리를 보고 있다는 생각이 든다. 그리고 갑자기 그녀가 무척 젊은 반면, 내가 무척 나이 든 것처럼 느껴지면서 그녀가 이곳으로 올라오게 허락했다는 사실이 믿어지지 않는다. 잠시 나는 리타를 위해 뒤에 낙하산 하나를 보관해 놓고자 했던 기억을 떠올린다. 하지만 그녀는 그 아이디어를 좋아하지 않았다. 이제 나는 그렇게 하지 않은 것이 무척 후회된다. 낙하산이 있다면 날개 지지대 하나가 망가질 경우, 우리가 함께 땅에 곤두박질치기 전에 그것을 테레사에게 매어 줄 수도 있을 것이다. 내가 그 생각을 끝내기도 전에 도니의 앞쪽이 심하게 요동친다. 그 때문에 우리는 딱딱한 좌석에 세게 부딪히고, 내 선글라스가 흘러내려 페달 근처 어딘가에 떨어진다. 이제 비까지 사납게 내린다. 테레사의 헤드세트는 머리 앞쪽으로 돌아가 밴드가 그녀의 눈앞에 있다. 나는 손을 뻗어 그것을 제 위치에 돌려놓는다. 그녀가 움찔하는데, 갑자기 아랫입술에 피가 많이 고여 있는 것이 보인다.

"테레사!"

그녀는 입을 만지며 피를 살펴본다.

"괜찮아요. 그냥 조금…."

다시 비행기가 요동친다!

도니가 심하게 흔들리며, 그녀가 옆으로 튕겨 나가는 것처럼 보인다. 아주 긴 순간처럼 여겨지는 동안 나는 조종간을 놓치고 잘못해 고무 페달을 밟는다. 우리는 4시 방향 우현으로 곤두박질치고, 풍속을 나타내는 크리스털 속의 계기판 눈금이 마치 뚱뚱한 사람이 저울에 올라갔을 때처럼 갑자기 솟구친다. 도니의 엔진에서 요란한 소리가 들리더니, 날개가 리벳까지 아래쪽으로 떨리고, 기체가 견딜 수 있는 것보다 1기압 혹은 2기압 정도 더 큰 압력을 받는다. 마침내 나는 비행기가 추락하거나 계속해서 날아가게 되는, 운명을 결정짓는 아주 짧은 순간이 있다는 사실을 이해한다. 그런데 그녀를 진정시키느라 그사이 300미터나 하강한 사실을 모르고 있었다.

"괜찮아?"

나는 약간 어색하게 앞쪽으로 몸을 기울이고 있는 테레사에게 묻는다.

"어디, 말 좀 해 봐."

"그래요."

그녀가 힘없이 말한다.

"이제 질렸어요. 더 이상 이런 일은 겪고 싶지 않아요. 알았죠, 제리."

"그래. 그런데…."

다시 비행기가 요동을 친다!

"…이 난기류에서 벗어나야 해!"

쿵쿵!

"제기랄!"

쿵쿵쿵!

이번 요동으로 심하게 충격을 받으며 나는 시합이 끝난 후 권투

선수가 꾸는 꿈을 떠올린다. 그는 현기증을 느끼면서도 안도감을 느끼며 쓰러져 있는 것이 자신이 아니라 다른 누구였으면 하는 상상을 할 것이다. 하지만 그 상상을 하자 벌써부터 목이 뻣뻣한 것을 느낄 수 있다. 목의 작은 뼈들이 얼얼하고, 엉덩이와 그 위쪽의 모든 관절이 어긋난 것처럼 느껴진다.

"테레사."

나는 내가 말하는 소리를 듣는다. 마지막 충격으로 다가올 것을 보고 싶지 않은 마음에 나의 눈은 열려 있어도 작동하고 있지 않는 것 같다.

"힘내라, 얘야, 힘내!"

하지만 마지막 충격은 찾아오지 않는다. 그리고 비행기는 더 이상 요동치지 않는다. 비도 그쳤다. 들리는 것은 도니의 프로펠러 소리밖에 없다. 그것은 한쪽이 오해한 사랑을 노래하는 베르디의 오페라를 부르는 테너의 음성처럼 감미롭게 들린다.

"테레사, 얘야, 이제 괜찮아졌어."

그녀는 내게 고개를 끄덕이며 미소 짓지만 내가 거울 속에서, 그리고 잭과 폴, 그리고 최근에는 아버지에게서도 많이 보았지만 테레사 배틀에게서는 한 번도 본 적이 없는 표정을 하고 있다. 그녀는 알 수 없는 얼굴을 하고 있다.

"도대체 무슨 일이야?"

그녀는 무릎을 내려다본다. 그리고 거기, 검정 반바지를 입은 그녀의 햇볕에 그은 다리 사이, 붉은색 비닐 좌석 위에 반짝이는 물기가 어려 있다. 그녀가 무릎을 들자 투명한 액체가 흘러내린다.

"오줌을 눈 거라고 말해 줘."

하지만 그녀는 고개를 젓는다.

"오, 맙소사."

"너무 일러요."

그녀가 말한다.

"아기가 태어나기에는 너무 일러요. 이제 25주밖에 안 됐어요."

"시간이 얼마나 더 지나면 위험해지는지 알아?"

"아뇨."

그 순간 그녀가 엄연한 사실을 말한다.

"병원에 가야 해요, 지금."

"비행장까지는 20분 정도 더 걸려. 그 이상 걸릴 수도 있고."

"어느 비행장요?"

"우리가 출발한! 그곳밖에는 없어."

"나를 뉴헤이븐으로 데려다 줘요, 제리."

그녀가 말한다.

"그곳에 담당 의사가 있단 말예요. 뉴헤이븐의 예일 대학교에요. 다른 곳에 갈 수 없어요. 지금은요. 제발요!"

"모르겠어. 그곳으로 날아가 본 적이 없거든."

"그게 정말 문제가 돼요?"

"그렇지는 않아. 하지만 지금은 그런 실험을 하기에 적당한 때 같지 않아 보여."

"차트를 이용하면 되잖아요."

그녀가 뒤쪽으로 손을 뻗어 그것을 집어서는 내게 건네준다. 그러나 그것을 보느라 시간을 낭비하고 싶지는 않다. 하지만 다시 제대로 비행하면서 보니 우리는 비행경로에서 이탈해 그녀가 원하는 방향으로 가고 있다. 두터워지고 있는 안개 때문에 제대로 볼 순 없지만 실제로 우리는 아이슬립보다는 뉴헤이븐 쪽에 훨씬 더 가까이 와 있는 것을 알 수 있다. 이곳에서 아이슬립까지는 두 배 정도 더 먼 거리이고, 그곳 역시 날씨는 마찬가지일 것이다. 그래서 나는 동쪽으로 향한 상태에서 재빨리 차트를 뒤적인다. 실제로 그곳에 비행장이 있는 것이 보인다. 트위드라고 불리는 곳으로, 이스트헤이븐에 있는데 병원에서 몇 마일밖에 떨어져 있지 않다.

"좋아."

내가 말한다.

"네가 원하는 곳으로 갈게. 상태는 어때?"

"괜찮은 것 같아요."

"확실해?"

"으으으!"

"도대체 무슨 일이야?"

"아파요."

갑자기 숨을 헐떡이며 그녀가 말한다.

"오, 제기랄… 제기랄… 으으으!"

"제대로만 간다면 10분이면 도착할 거야. 접근할 수 있도록 관제탑에 연락할게. 구급차도 부르고."

고통을 못 이기고 눈을 꽉 감은 채 그녀가 고개를 끄덕인다. 트위드의 관제탑 주파수에 연결되어 관제사에게 상황을 설명하자 그는 남쪽으로 접근해 2-0활주로에 착륙하라고 지시한다. 그는 다른 비행기들은 대기 상태에 있게 하겠다고 한다. 최소한 영공과 비행장은 우리가 독점하여 사용할 수 있게 되었다. 우리는 잠시 서쪽을 향해 해협 위를 날아간 다음 북서쪽으로 방향을 틀고 착륙할 것이다. 문제는 구름이 짙어지면서 가시거리가 빠르게 줄어들고 있다는 점이다. 그리고 관제사는 내가 접근할 때쯤이면 가시거리가 몇 피트밖에 되지 않을 수도 있다고 경고한다. 그것은 바퀴가 땅에 닿기 직전까지는 활주로의 불빛을 보지 못할 수도 있음을 의미한다. 나는 테레사가 이 모든 얘기를 듣고 있다는 걸 알지만, 빠르게 하는 기술적인 지시 사항과 불완전한 통신시설과 비행사들 사이에 주고받는 감정이 실리지 않은 은어 때문에 우리 앞에 어떤 위험이 도사리고 있는지 이해하지 못하고 있을 수도 있다는 생각이 든다. 관제사와 얘기를 끝낸 후 내가 엄지손가락을 추켜올리자 그녀 또한 그렇게 한다. 그녀가 무엇을 알고 있든, 그 모습을 보니 마음이 한결 가라앉는다.

하지만 내륙 쪽으로 기수를 돌리자 안개는 계속해서 두터워지고 연무가 창문 너머로 빠르게 지나가며 우리가 엄청난 속도로 날아가고 있는 것처럼 느껴진다. 아래쪽 땅은 전혀 보이지 않고, 위쪽에는 마지막 남은 푸른 하늘이 사라진다. 나는 왜 오랫동안 내가 비행을 했을 때 아주 날씨가 좋았음에도 불구하고 이번에는 이렇게 날씨가 좋지 않은지 궁금하다. 왜 나는 해럴드 경처럼 검은 폭풍우 속에서 혼자 외롭게 죽어갈 수 없는 것일까? 왜 나의 최후에 어울리게, 레이더에서 사라진 후(그것은 영웅적이면서도 낭만적인 것으로 비칠 수도 있을 것이다) 수장되어 실종자로 처리될 순 없는 것일까?

테레사가 기운 없는 목소리로 말한다.

"고마워요, 제리. 나를 비행기에 태워 줘서."

"농담하고 있는 거냐? 내가 이런 일이 일어나게 했다는 걸 믿을 수가 없어. 다 내 잘못이야."

"바닷가재를 먹고 싶다고 한 건 나예요."

"그건 문제가 안 돼. 나는 네 아버지야."

"그래서요?"

"안 된다고 했어야지."

"어쩌면 그 말이 맞을 수도 있어요."

테레사는 웃는 것 같기도 하고 소리를 지르는 것 같기도 한데, 나로서는 어느 쪽인지 알 수가 없다.

"편안해?"

내가 묻는다.

"내가 뭘 해 줄까? 추워?"

"괜찮아질 거예요."

여전히 약간 부른 배를 만지며 그녀가 말한다.

"그냥 날아가요, 제리, 알았죠? 그냥 날아가요."

그래서 나는 그렇게 한다. 관제탑에서 땅이 보이는 곳으로 나를 안내하며 180도 회전해 활주로를 향하게 한 뒤 기수를 활주로에 맞추게 한다. 나는 풍속과 고도, 로컬라이저•, 활공 경사도 등을 확인한다. 다행히 이곳의 공기는 거칠지 않다. 실제로 전혀 그렇지 않다. 아

• Localizer: 계기 착륙용 유도 전파 발신기.

주 가벼운 바람만 불 뿐이다. 그것은 테레사를 생각하며 내가 원한 것이다. 하지만 문제는 아무것도 보이지 않는다는 점이다. 우리는 완전히 안개 속에 갇혀 있고, 바깥세상은 온통 불투명하다. 나는 날개도, 지지대도, 비행기의 앞쪽도 볼 수 없다. 온통 하얀색 천지다. 나는 비행기를 거꾸로, 혹은 옆으로 날게 해 땅을 향해 곧장 돌진하게 할 수도 있다. 그래서 계기판의 수치에도 불구하고 나는 본능적으로 갑자기 기수를 돌려 추락할 게 빤한 길로 들어서게 할 수도 있다.

물론 제리 배틀은 그렇게 하지 않을 것이다. 나는 계기판의 십자선에, 심지어는 점에 맞춰 하강하면서 조종간에서 한 손을 떼어 내 딸의 차가운 손가락과 손바닥을 쥔다. 그리고 마지막 순간, 나는 눈을 감으며 그녀의 손을 힘껏 잡는다. 실제로 도움이 되는 아무것도 볼 수 없는 순간에는 무엇이 문제가 된단 말인가? 이상하게도 편안하게 느껴지는 어둠 속에서 나는 마지막으로 떠올린 나의 후회스런 삶을 순간적으로 지나가는 슬라이드처럼 보는 대신 테레사가 함께 모여 살자고 제안한 것이 전혀 어렵지 않은 일로 여겨질 뿐이다. 나는 우리 모두 성장하고 있는 모습을 본다. 그리고 나 자신에 대해서는 전혀 염두에 두지 않는다.

나는 더 이상 혼자 살아가지 않을 것이다.

바퀴가 땅에 부딪히는 소리가 들리고 보조익이 뒤쪽으로 당겨지는 것이 느껴진다. 이제 우리는 활주로를 자동차 정도의 속도로 달리고 있다. 터미널 옆, 항구 쪽에는 안개 속에서 불빛을 반짝이며 구급차가 기다리고 있다.

"드디어 착륙했어."

눈물로 눈이 핑핑 돌아가는 상태에서 내가 말한다.

"드디어 착륙했어."

하지만 내가 도니를 터미널 쪽으로 몰고 가며 그녀의 손을 놓자 그것은 힘없이 떨어진다. 옆을 보니 그녀의 머리는 뒤로 젖혀져 있고, 눈은 감겨 있으며, 헤드세트의 밴드가 옆 창문을 긁고 있다. 잠깐 동안 지금이 어느 여름 그녀가 가출했다가 실패한 후 함께 집으로 가고 있을 때처럼 느껴진다. 처음 두어 시간이 지난 후에 나는 전혀 화가 나지 않았고, 마침내 사춘기에 지친 그녀가 아름다운 모습으로 잠들어 있는 것을 바라보며 곧게 나 있는 고속도로를 시속 136킬로미터로 달리며 다코다의 건조한 갈색 땅을 지나갈 때에는 심지어 은근히 기쁘기까지 했다.

"얘야?"

그리고 다시 한 번 그녀를 본 나는 혼란스럽다. 그녀의 얼굴과 목은 창백해 보이지 않는다. 안전벨트를 풀고 그녀를 내 쪽으로 당기자 그녀는 내 쪽으로 기울어지고, 나는 모든 것이 괜찮아질 거라고 거의 확신을 갖는다. 내 딸은 그냥 지쳤을 뿐이다. 그리고 우리가 활주로를 따라 달리고 있는 동안, 우리 두 사람이 이 작은 배를 몰아가고 있는 것처럼 느껴진다. 그 배를 조종하는 건 우리 둘 같다.

12

지상의 삶은 여전히 바쁘다.

결코 쉬는 법이 없는 내 연인 리타는 가스레인지 앞에 서서 오늘 점심으로 구운 햄과 치즈 샌드위치를(그리고 아이들을 위해 햄이 들어가지 않은 샌드위치도) 만들고, 나는 식당 테이블에 플라스틱 식기와 컵, 종이 냅킨 그리고 접시를 놓고 있다. 그녀는 이미 오이와 토마토 샐러드와 디저트로 먹을 초콜릿 케이크 한 접시를 만들어 놓았다. 나는 감자 칩을 사발에 담고 거킨•을 따뜻하게 데우는 것으로 나름대로 도왔다. 나는 리타와 유니스를 위해 주스 상자와 야생 딸기가 들어간 탄산수뿐만 아니라(10월의 토요일치고는 이상할 정도로 따뜻하다) 남자들을 위해 여섯 개들이 맥주 팩도 꺼내 놓을 것이다(그냥 그러고 싶

• Gherkin: 피클용 작은 오이.

다). 나는 그것들을 곧바로 꺼내 먹을 수 있게 냉동실 안에 넣어 둘 것이다. 그렇게 하면 첫 모금이 혀에 작은 얼음 조각이 닿았을 때처럼, 거의 크리스털처럼 느껴질 것이다.

아버지는 처음에는 그렇게 음료를 차갑게 하는 것을 좋아하지 않다가 어느새 좋아하게 되었는데 그것은 놀라운 일이 아니다. 이제 그는 자신을 위해 캔을 넣어 두곤 한다. 물론 절반 가까이는 그렇게 한 사실을 잊는 바람에 가끔 내가 터진 캔을 버려야 하는 일도 생기지만 말이다. 그럴 때면 그는 대신 냉장고의 얼음이 얼지 않는 곳에서 캔을 꺼내 마신다. 물론 나는 개의치 않는다. 지난 몇 주에 걸쳐 함께 살게 된 우리는 서로의 일상적인(특히 밤 동안의) 역할과 태도와 습관과 변덕에 적응해야 했다. 물론 그것들은 그 자체로는 대수로운 것이 아니지만 우리는 우리에게 일어난 변화를 받아들여야 했다. 어쩌면 이 점에서 영예로운 우리 배틀 가족은 꽤 괜찮은 사람들로 여겨질 수도 있을 것이다. 우리는 서로에게 관대했고, 점잖았으며, 아주 괜찮기까지 했다. 물론 괜찮다는 것이 서로 기꺼이 대화하려 한다는 것을 의미한다면 말이다. 물론 그렇다고 해서 가끔 신랄한 얘기가 오가지 않는다는 얘기는 아니다. 오늘 아침만 해도 유니스는 아침 식사 후 욕실을 청소하며 자신이 토요일마다 힘든 일을 하고 있다고 불평했다. 아이들이 TV 앞에 앉아 네 시간 동안 닉 주니어 쇼의 아동 프로그램을 보는 동안 잭은 아버지에게 바깥에서 이루어지고 있는 일을 보여 준 후 나와 함께 지하실로 내려가 발사나무• 틀 위에 만든

• Balsa: 쌍떡잎식물 아욱목 벽오동과의 상록교목. 중앙아메리카 남아메리카 북부가 원산지임.

도니의 모형에 날개 달아 주는 일을 끝냈으며(그것은 내가 어린 시절 이후로 그만둔 취미생활이다), 유니스는 부엌으로 가 노란색 고무장갑을 낀 채 젖은 화장실 솔을 휘두르며 머리카락 때문에 생긴 문제로 회의를 소집했다. 일곱 명이 사는 집에 욕실이 두 개밖에 없어 머리카락이 많이 쌓이는데, 그것은 화장실 변기 위에 말라붙어 있는 오줌 자국만큼 혐오스럽지는 않지만(그 말을 하며 유니스는 아버지를 흘낏 쳐다보았다) 맨발로 다닐 때 털을 밟는 듯한 이상한 느낌을 줄 뿐 아니라 싱크대와 욕조 배수구가 막히는 심각한 문제를 야기했던 것이다. 잭은 물 호스를 감지 않는 사람에 대해 한마디 했고, 나는 빈방에 불을 환하게 켜 놓고 싶어 하는 이상한 욕망에 대해 얘기했다. 리타가 음식물이 든 봉지를 들고 들어와 폴이 어디 있는지 묻고 나서야 우리는 입을 다물고 각자의 자리로 돌아갔다.

폴은 내가 그러지 말라고 했음에도 지하실의, 빨랫줄에 핀으로 고정시킨 시트 뒤에서 자겠다며 고집을 피우고 있다. 때문에 그는 우리의 머리카락 문제로부터 자유로운데, 설사 그렇지 않다 하더라도 우리의 회의에는 참석하지 않을 것이다. 그는 성가신 가사일보다 좀 더 심각한 것들을 염두에 두고 있다. 리타가 토요일마다 와서 요리를 하고 잠시 청소를 한 후 밤에 함께 지내기 위해 나를 데리고 가기 직전 폴은 세인트 주드 병원으로 떠났다. 그는 매일 아침 그곳으로 가 조산아실에 있는 그의 아들이자 내 손자인 바르트 대전(Tae-jon) 배틀을 본다. 2.18킬로그램이 나가는 바르트는 깨끗한 아기용 침대에서 잠을 잔다. 나도 일주일에 두 번 그와 함께 가지만 폴은 매일 가는데, 가끔은 집에 돌아왔다가 밤에 다시 가기도 한다. 내가 간호사들과 얘기를 나누며 보고 들은 바로는, 그는 매일 똑같은 일을 한다. 먼저 카페테리아에 들러 커다란 차를 산 후, 아기가 자고 있거나 '조용하지만 주의를 기울여야 하는' 상태에 있으면 배낭에 넣어 간 책을 큰 소리로 읽는다. 시와 소설 혹은 테레사의 비평이 실린 문예지를 몇 시간씩 읽는데, 나는 그녀의 비평을 거의 이해할 수 없음에도 그것을 듣는 걸 좋아한다. 그 점에 있어서는 아기도 마찬가지인 것 같다. 아기는 아무것도 모르지만 그럼에도 주문처럼 또는 꿈을 얘기하는 소리처럼 들리는 폴의 차분한, 작가 같은 목소리에 귀를 기울인다. 폴은 아기가 깰 때까지 책을 읽어 준다. 그리고 깨어난 아기를 얼러 주며 너무도 작고 부드러운 작은 손가락과 발가락을 갖고 장난을 치다가 작은 병을 빨게 해 준다. 아기는 병을 아주 잘 빠는데, 실제로 게걸스러울 정도로 빤다(아기가 배틀가의 한 사람이 될 준비가 되어 있다는 징표이다).

함께 갈 때마다 폴은 아기를 잠시 내게 건네준다. 아기를 두 손으로 들고 있으면 마치 조산아라기보다는 정교한 뭔가를 들고 있는 것 같은데 그것은 너무도 완벽해 더 이상의 특별한 보살핌 대신 확실한 관심만 필요한 것 같다. 나는 매번 그를 자세히 본다. 요정 같은 얼굴은 백인 같아 보이지 않는데 특히 코가 그렇다. 그리고 눈은 살갗에 난 줄무늬처럼 보인다. 잠시 나를 머뭇거리게 만드는 것은 그가 나를 전혀 닮지 않았기 때문이라기보다는 그에게서 그의 어머니 모습을 찾아볼 수 없기 때문이다. 어쨌든 아직까지는 그렇다. 그는 폴의 부모님이 앨범에서 보여 준 사진 속의 아기를 꼭 빼닮았다. 어쩌면 그것이 폴과 나머지 우리에게 나을 수도 있을 것이다. 그리고 테레사는 그곳 병원은 아니지만 어딘가에 있다. 그녀가 지금 먼 곳으로 떠나려 하지 않고 있다면 그것은 아기 때문일 것이다.

예쁜 아기가 소리 내어 울거나(대체로 약한 울음소리를 낸다) 큰 소리를 내며 기저귀에 똥을 쌀 때면 나는 아기가 뭔가를 원하고 있다는 것을 알게 된다. 벌써 몇 주째 아기는 더 이상 호흡장치의 도움을 받지도, 주사를 통해 영양을 공급받지도 않았다. 하지만 앞으로 이삼 주 동안은 호흡과 혈압, 맥박, 그리고 혈당이 정상인지 24시간 관찰해야 할 것이다. 그런 다음 모든 것이 괜찮고, 특별히 제조된 분유를 잘 먹어 살이 찌면 폴은 그를 집으로 데려올 수 있을 것이다.

당연한 일이지만 우리 모두는 폴과 아기를 제일 큰 침실에서 지내게 하고, 잭과 유니스는 두 번째로 큰 침실의 확장 공사가 끝날 때까지는 오락실로 쓰이는 방에서 지내기로 하는 데 모두 동의했다. 공사는 머지않아 끝날 것이다. 잭이 그 공사를 지휘하고 있는데, 그것은 1938년에 설립된 배틀 브러더스의 장부에 기록되는 마지막 공사가 될 것이고, 회사에 상당한 손실을 가져올 것이 분명하다. 하지만 상관없다. 나는 잭에게 마감을 멋지게 해 그와 유니스가 만족하고 편안할 수 있도록 그가 원하는 대로 지으라고 했으며, 리치 코니글리오가 결손 처리를 할 수 없는 부분에 대해서는 내가 책임지겠다고 했다. 잭은 비용을 줄이기 위해 그 모든 일을 직접 하고 있으며, 유니스는 섬유와 가구를 할인 판매하는 곳에서 주문하고 있다. 그녀가 보여준 바닥 샘플은 모두가 좋아할 만한 정도로 좋은 것이지만 내게는 사치스런 것으로 보이기도 한다.

나는 유니스가 무척 자랑스럽다. 공사가 시작되었을 때 그녀는 대량 생산되어 시장에서 쉽게 살 수 있는 품목들이 실린 카탈로그를 뒤적이며 계속 멈칫거리는 것처럼 보였지만 이제는(어쩌면 그녀는 보통 규모의 욕실을 마음에 두고 있는 것 같다) 쉽게 구하고 관리할 수 있는지 여부를 가장 중요하게 생각하는 것 같다. 그녀는 헤이마켓 에스테이트에 있는 그들의 집에서 이사를 나와야 하는 것에 무척 심란해했다(잭은 덴마크인 회사 중역에게 가구가 모두 비치되어 있는 그 집을 매달 6,000달러를 받고 3년 동안 임대했는데, 그 돈이면 저당금과 세금을 충당할 수 있을 것이다). 하지만 그녀는 바보가 아니며, 테레사가 말한 것처럼 잭에게 무척 헌신적이어서, 군말 없이 실크 베갯잇과 이불이 아닌 보통 소재로 침대를 다시 꾸미고 있다. 그들은 지금 시간을 활용해 재충전한 뒤 3년 안에는 그들의 성으로 돌아갈 계획을 세우고 있는 것 같다. 물론 그것은 잭이 다시 돈을 벌게 될 경우의 얘기다. 하지만 나는 우리의 이 분주한 작은 집에서 모든 것이 잘되고, 그들이 우선적으로 해야 할 것과 목표를 다시 짠 뒤 내 집에 더 오랫동안 머물며 그들의 저택을 다시 임대하기를 바라고 있다. 실제로(잭과 유니스 역시 알고 있는 게 분명하다) 잭이 이전에 받던 액수의 돈을 벌 가능성은 누군가가 배틀 브러더스와 계약하면서 20퍼센트에 이르는 팁을 줄 가능성만큼이나 낮다. 침실을 확장하자고 내가 먼저 제안한 것은 그들이 이곳에서라도 최대한 편안하게 머물도록 하기 위해서였다. 그리고 나는 머지않은 장래에 잭이 이 집을 완전히 넘겨받아, 그들의 아이들과 아버지 그리고 폴과 바르트를 위한 방은 그대로 유지하고, 나는 운이 따른다면 리타가 원하는 것처럼 다른 어딘가에서 거처를 마련할 수 있기를 은근히 바라고 있다.

물론 모든 것이 내 계획대로 될 가능성은 역시 적다.

최소한 이것이, 불이 꺼진 후 아버지가 내게 말한 것이다. 아이들이 세 번째 침실을 쓰면서 우리는 한 방을 쓰고 있는데, 우리의 트윈 베드는 서로 몸을 뻗어 상대를 찌르거나 치지 않을 정도의 공간밖에 없다. 이것은 괜찮은 것 같다. 전날 밤 그는 고문당하는 야수처럼 심하게 코를 골았는데, 마치 그의 몸이 편도선을 코 밖으로 내보내려 하는 것 같았다. 그런데 그는 심하게 코를 골다가도 거의 1분 동안 숨을 쉬지 않아(리타는 그것이 수면 무호흡증이라고 한다) 나는 그에게 슬리퍼를 던져 깨워야 했다.

"지금이 몇 시인지 알아?"

코를 곤 것이 나라는 것처럼 그가 말한다.

"늦은 시각이에요."

"뭘 원해, 제롬?"

"그곳에 묘석을 하나 더 세워야 할까요?"

"뭐라고?"

"알잖아요. 그곳에 말예요."

"공동묘지에는 묘석들이 많아."

"데이지를 위해서 말예요?"

"오."

그가 아랫도리를 긁으며 말한다.

"네 어머니와 테레사 사이에 그 공간이 왜 있는지 궁금했다."

"전부 다 아주 괜찮아 보이는 것 같아요. 하지만 데이지의 무덤은 왠지 외로워 보였어요."

"네겐 그럴 수도 있겠지."

"그래요. 묘석을 하나 더 세워야 할 것 같아요."

나를 마주 보고 있던 아버지가 몸을 돌려 딴 쪽을 바라본다.

"사실 나는 그녀가 죽은 날부터 그 생각을 했었다. 네 어머니도 그렇고."

"정말이에요? 그런데 왜 말하지 않았죠?"

"그녀는 네 아내였어."

"하지만 두 분 다 그녀를 사랑했잖아요. 그러니 무슨 말이든 할 수도 있었죠."

"네가 우리말을 들었을 것 같으냐?"

"그럼요."

내가 말했다.

"아마도 그랬을 거예요."

"어쩌면 그래서 우리가 아무 말도 하지 않았는지 모르겠구나. 이제 눈을 좀 붙이도록 하자."

아버지가 곧 다시 코를 골아 창문을 들썩거리게 한 후 나는 한동안 그가 말한 것에 대해 생각해 보았다. 실제로 데이지가 죽고 난 후 아버지는 이전에 그랬던 것처럼 내가 하는 일에 간섭하지 않았다. 그 전까지만 해도 그는 고객과 사업 그리고 아이들과 관련해 정확히 이렇게 저렇게 하라고 지시했었다. 하지만 그 일이 있고 난 후에는 그답지 않게 뒤로 물러섰는데, 아마도 한동안 손을 뗀 채 그냥 내가 필요로 하는 도움만 주라고 어머니가 얘기해서인 것 같았다. 실제로 그들은 그렇게 했는데, 어머니는 집안일과 관련해 도움을 주었고, 아버지는 차고에서 도움을 줬다. 그는 일주일에 두 번 차고로 와서 줄을 선 기계공들이 들고 있는 움푹 들어간 철제 냉각 용기에 차가운 맥주를 부어 주며 샌드위치를 나눠 줬다. 당시 나는 고집스런 그가 내게 모든 것을 맡기고 더 이상 자신의 생각을 얘기하거나 충고하는 일을(그는 자기중심적이지만 관대했으며 편의를 중요하게 여겼다) 그만두리라고는 생각지 못했었다. 보통 때라면 나는 지금이야말로 그가 여느 때처럼 아버지로서 더 이상 간섭하지 않는 것에 대해 고마움을 표현할 때라고 생각했을 것이다. 하지만 내심으론 여전히 그가 내게 간섭하며 나를 소심하고 냉담한 바보라고 부르며, 한 걸음 더 나아가 데이지를 위한 묘석을 주문해 주기를 바라고 있다. 나로서는 폴과 함께 세인트 주드 병원에 갔다가 공동묘지에 가면 이상하게도 균형 잡혀 있지 않은 잔디를 바라보는 것이 내키지 않기 때문이다.

실제로 테레사의 장례식이 끝나고 사람들이 우리 집에 모였을 때 샘 몬델로(파산 신청이 이루어진 후 그는 공식적으로 은퇴했다)가 내게 다가와 위로를 표하며 "그녀의 어머니가 그녀와 함께 있지 못하는 건 창피한 일이오."라고 말했다(그것은 그날 일어난 많은 비참한 일 중 하나이다). 그 난잡한 늙은이가 턱이 너무 약해 보이지 않았다면 나는 그를 한 방 먹인 후 넥타이로 목을 졸랐을 것이다. 하지만 나는 그렇게 하지 않고, 그냥 고개를 끄덕이며 부의금을 받았다. 그리고 그 후에는 테레사의 친구들과 친척들, 그리고 많은 사람들을 맞이했는데, 그중에는 모르는 사람들도 있었다. 물론 그녀의 고등학교 친구들인 앨리스 우와 제이디 스리니바산도 왔다. 검은색 드레스를 입고 검은색 스타킹을 신어 온통 검은색 차림인 그들은 마치 사나운 바람이 붙고 있기라도 한 듯 서로에게 매달리며 장례식장에서 무덤까지 가는 동안 계속 울어댔다. 그리고 리치와 그의 동료들 그리고 켈리 스턴스와 마일즈 킨타나도 조문하러 왔다. 마지막 두 사람은 내색하지 않았지만 사귀고 있는 게 분명했다(영화 같은 그 일이 어떻게 일어나게 되었는지는 나중에 마일즈를 통해 알게 되었다. 내가 퍼레이드 여행사의 주차장에서 짐보와 싸운 후 이제 성숙해 가고 있는 남부 출신의 백인 여자와 그녀의 젊고 도시적인 기사는 돈을 아껴 휴일에 함께 여행함으로써 삶의 끔찍함으로부터 벗어날 수 있는 상대 이상으로 많은 공통점을 갖고 있다는 것을 깨닫게 되었다). 이러한 친구들과 동료들의 조문은 처음에는 위로가 되었지만, 나중엔 더욱더 우울할 거라는 생각이 들면서 커다란 위안이 되지 못했다. 그리고 그것은 누구나 느끼는 바이다.

다행히 폴은 누군가를 위해 자신을 지키려고 애쓰지 않았다. 그는 그날 아침 집에서, 그리고 교회로 가는 차 안에서 이성을 잃었다. 그리고 설교단에서 몇 마디 한 후 그냥 말을 멈추고 내려와 우리 곁에 앉아 마음껏 소리치기 시작했다. 나로서는 그가 자랑스러웠다. 관을 내려놓는 순간 그가 발을 헛디뎌 구덩이 속으로 떨어지지 않도록 잭이 그를 붙들고 있어야 했고, 그 후 집에 돌아와서도 배와 가슴에 심한 통증을 느끼는 바람에 리타와 의사 친구 하나가 그를 돌보며 아버지의 약을 먹인 후에야 괜찮아졌다. 그날 밤 모두가 잠든 후, 잭이 사들고 와 마개를 땄지만 아무도 마시지 않아 우리 두 사람더러 먹으라고 한, 마지막 남은 150달러짜리 고급 카베르네를 함께 마시고 있을 때 폴은 내가 자리에서 일어나 그의 추도사를 끝내준 데 고마움을 표했다. 나는 그것이 전혀 문제되지 않았으며, 오히려 영광이자 특권이었다고 말했다. 그래서 우리는 영광과 특권, 그리고 술을 마시면서 함께 떠오른 다른 몇 가지 것들에 대해 건배했고, 심지어는 조금 웃기까지 했으며, 이내 잉크색 같은 커다란 그 와인을 모두 비웠다. 본래 술을 잘 마시지 못하는 그가 슬픔으로 완전히 녹초가 되어 침대까지 데려다 주어야 했다. 그날 밤 그는 며칠 만에 처음으로 (어쩌면 그날 이후로) 단잠을 잤을 것이다.

하지만 나는 잠을 제대로 이루지 못한 채, 한참 동안 침대에 누워 천장을 바라보고 얼룩과 갈라진 틈을 연결하며 가상의 선을 그었는데, 결국에는 그 과정이 끔찍할 정도로 반복되었다. 그러곤 상자 속에 누워 있는 것처럼 느껴지기 시작해, 더 이상 선 긋는 일을 하고 싶지 않았다. 그래서 시원한 밤공기를 느끼며 뜰로 걸어가 달빛이 비치는 하늘 아래 의자에 몸을 기댄 채 앉아 있었다. 마른 나뭇잎 사이로 멀리 커다란 강에서 나는 듯한 소리가 들려왔다. 반달이 떴음에도 하늘은 별빛들로 밝았고, 내가 뒤쪽 지붕 위를 보았을 때에는 반짝이는 유성이 긴 꼬리를 만들며 지평선 위로 떨어지고 있는 것 같았다. 유성은 계속 떨어졌는데, 갈수록 하늘의 낮은 곳에서 떨어지는 듯했다. 나는 유성을 좀 더 잘 보기 위해 낙수 홈통을 청소할 때 사용하는 사다리가 있는 집 옆쪽으로 가 조용히 그것을 낙수 홈통에 기대었다. 그런 다음 지붕으로 올라가 부엌 뒤쪽에 있는 집의 가장 높은 곳으로 걸어가 그곳에 앉아 기다렸다.

하지만 아무 일도 일어나지 않았다. 그리고 떠올리지 않으려고 애썼지만 결국 아버지와 잭이 추도사를 끝낸 다음 내가 폴의 추도사를 마저 읽게 된 일이 계속 생각났다. 그의 추도사는 어두웠지만 아름다웠고, 진지하면서도 시적인 우아함을 갖추고 있었다. 하이네와 성경 그리고 《역경》과 블레이크에서 인용한 말들을 적절히 사용한 그것은 그녀와 그들의 삶에 대한 세속적이면서도 자세한 기억을 담고 있었다. 그래서 그것이 폴이 쓴 것인 줄 알면서도 사람들은 감동적일 뿐 아니라, 마음을 비통하게 하는 그 말들을 두고 나를 칭찬하기도 했다.

하고 싶지 않으면 하지 않아도 된다고 했음에도 아버지는 괜찮다며 고집을 피웠다. 그는 몇 마디 하고 싶었던 게 분명하다. 하지만 그는 숨이 차거나 눈물이 나지 않도록 기침을 해 가며 기껏해야 일이 분 정도 즉흥적인 얘기를 했을 뿐이다. 그럼에도 그는 손녀의 대담한 정신과 독립적인 생각에 존경을 표하는 얘기를 했다. 하지만 결국 그는 최근 들어 그녀를 '양로원'에서 별로 보지 못했다는 말을 중얼거리며 다소 무뚝뚝하게, 그리고 적절치 않게 끝을 냈다. 반면 잭은 준비된 얘기를 거의 모두 마쳤다. 그는 무척 천천히 얘기했고, 어떤 이유에서인지 그들의 어린 시절과 10대 시절의 이런저런 기억들을 두서없이 꺼냈는데 번번이 육체적으로는 건장했던 그가 어떻게 그녀의 머리에 굴복하고 말았는지를 얘기했다. 어느 지점에서 그는 한참 동안 어색하게 가만히 서 있어야 했다. 얘기를 모두 끝낸 것처럼 보이는 순간에 그는 몸을 떨고 있었다. 그는 다시 정신을 수습하고 몇 마디 더 했지만 제대로 마무리 짓지 못하고, 갑자기 어느 순간 그냥 멈춰 버렸다.

내가 그 다음 차례였고, 폴은 마지막에 하기로 되어 있었는데 이 모든 것은 인쇄된 프로그램에 나와 있었다. 하지만 아버지와 잭이 얘기하고 났을 때 폴이 고개를 돌려 내게 고개를 까닥하고는 앞으로 나갔다. 아버지와 잭의 얘기가 실패작이었다고 말하는 것은 옳지도 공정하지도 않을 것이다. 그러한 상황에서 표현된(혹은 표현되지 않은) 그 어떤 것도 고통스러울 정도로 실제적이며, 그에 따라 나름대로는 진실하며 가치 있는 것이기 때문이다. 하지만 잭이 다소 어울리지 않는 얘기를 한 후 교회의 침묵 속에 그것을 보완해 줄 뭔가가 필요한 것처럼 보였고, 그것이 자연스레 폴 안에 잠들어 있는 시인을 불러내 자리에서 일어나게 한 것이다.

폴이 나와 차례를 바꿔치기했을 때 나는 조금도 상처 입거나 화가 나거나 하지 않았다. 나는 운 좋게 느꼈으며, 심지어 기쁘기까지 했다. 내가 말했을 수도 있는 점잖으면서도 진실한 이야기가 마음속에 있었던 건 분명하다. 나는 그녀가 온통 검은색 옷을 바람에 날릴 정도로 풍성하게 입는 것을 항상 좋아했다거나, 그녀가 차를 몰 때 종종 중앙선을 침범한 것에 대해 개의치 않았다거나, 그런 얘기를 하는 것이 괜찮을지는 모르지만, 구급차 안에서 그녀의 태반이 떨어져 나오고 엄청나게 많은 피가 흘러나온 후(맹세코 나는 내 인생이 그것에 달려 있다 해도 그것에 대해 묘사하지는 않을 것이다) 의식을 회복하지 못했다는 등의 얘기를 할 수도 있었을 것이다. 당시 나는 내 손을 잡고 있는 그녀의 손에 힘이 들어가면서 그녀가 자신은 죽고 있거나 이미 죽은 게 아니라며 의도적으로 나를 안심시키려 했다고 거의 확신했다. 아니, 나는 슬픔에 잠긴 얼굴을 하고 있는 사람들을 위해 내놓을 만한 그 어떤 말도 갖고 있지 않았다.

내가 할 수 있는 말은 아무것도 없었다.

그런데 왜 그랬는지는 모르겠다. 어쩌면 현실을 부인하고자 하는 오랜 습관이 되살아나서일 수도, 아니면 게으름 때문이거나, 슬픔에 대한 병리학적인 두려움 때문일 수도 있다. 물론 이것들 중 어느 것도 좋은 변명은 되지 못한다. 그런 것은 별로 상관없지만 나를 착잡하게 하는 것은 테레사 배틀이 저곳 위쪽(나는 저곳 위쪽이기를 바라며 그렇게 기도한다) 어딘가에서 자유롭게 날아오르다가 멈춰 서서 나와 같이 지극히 현세적인 사람을 용서해 주어야만 한다는 것이다.

그날 밤 나는 지붕 꼭대기에 앉아 있다가 하늘에서 다른 아무것도 떨어지지 않는 것을 보고 내려가기 위해 자리에서 일어났다. 그런데 지붕널 위에 내가 서 있는 곳을 확인하다가 넓은 X자 형태의 희미한 색조를 보았다. 이상하게 반짝이는 그것은 달빛 속에서 낮보다 더 생생하게 보였다. 집 안으로 돌아와 폴과 잭의 아이들을 살펴본 후 다시 내 빈 침대로 들어간 나는, 가끔 사라지고 싶고 아주 멀리 날아가고 싶지만 그럴 수가 없으며, 결코 그런 일이 가능하지 않을 거라는 생각을 했다. 아니, 어쩌면 이제는 그런 짓을 하지 않을 것이다.

"샌드위치가 거의 준비됐어요, 제리. 사람들을 불러와요."

리타가 말한다.

"아직은 그러고 싶지 않은데."

나는 그 말을 하며 그녀의 엉덩이를 손가락으로 두드리며 그리 알려지지는 않았지만 멋질 게 틀림없는, 사랑에 대한 노래의 처음 몇 소절을 연주하듯 한다.

"그냥 당신과 여기 있고 싶어."

그녀가 내게 몸을 기댄다.

"샌드위치가 아주 많은데요."

"우리가 다 먹을 수도 있어."

그녀는 짧고 가볍게 키스한다.

"가요."

거실에서 나는 아이들에게 점심이 준비되었다고 말한다. 그들은 손가락을 빨다가 잠시 멈추지만 고개도 까딱하지 않는다. 그들이 보고 있는 액션 만화는 이제 클라이맥스에 도달해 있다. 우주에 재앙이 일어나 세상이 폭발하고 연기와 불꽃이 일고 있다. 아이들은 두려움에 떨며 로봇 영웅이 다시 나타나 미친 듯이 웃어댈 때까지 조용히 기다린다. 내가 다시 한 번 얘기하자, 그들은 자유로운 손으로 세탁실로 가 보라고 한다. 그곳에서는 유니스가 건조기에서 옷을 꺼내고 있다.

"리타가 있어 정말 다행이에요!"

내가 점심 얘기를 하자 그녀는 접은 식기 타월을 한 아름 건네주며 말한다.

"이것들을 부엌으로 갖고 가요. 그리고 제발 어디든 넣어 둬요. 알았죠?"

그렇게 하겠다고 한 후 나는 밖으로 나온다. 침실을 확장하고 있는 집 옆쪽에서 아버지가 오는 것이 보인다. 그는 낡은 운동복 상의와 청바지를 입고, 뚱뚱한 허리에는 연장이 꽂힌 가죽 벨트를 느슨하게 차고 있다. 그는 아이비에이커스를 떠난 이후 잘 먹고 있으며, 아주 정력적이다. 그는 매일같이 동네를 산책하며, 잭을 돕기까지 하는데, 물론 길이를 재거나 삼나무 판자 조각을 자르는 것과 같은 아주 가벼운 일만 한다.

"오늘은 어때요?"

"늘 같지 뭐."

줄자를 만지며 그가 말한다.

"열심히 하고 있지."

"잭은 저 뒤에 있어요?"

"식사시간이 되었다고 말하려는 거니?"

"그래요."

"좋아. 배가 무척 고프구나. 근데 너는 어디 가는 거냐?"

"잭을 데려오려고요."

"뒤쪽에 없어."

나는 걸음을 멈춘다.

"그럼 어디 있죠?"

"구멍 안을 봐."

아버지가 구멍이라고 하는 것은 6×8미터의 수영장 구덩이로, 잭이 지난주에 이틀 동안 직접 판 것이다. 그는 과거 우리의 경쟁사로부터 포클레인을 한 대 빌렸는데, 그곳에서는 우리가 사업을 그만두는 것에 대한 선물로 기꺼이 절반 가격에 빌려 주었다(그것은 나중에 아버지에게서 들은 얘기였다. 기름을 가득 넣은 포클레인은 이제 되돌려주기 위해 트럭에 실어 놓은 상태이다). 잭은 자신들이 모든 것을 포기했지만 최소한 아이들만큼은 수영장을 가질 수 있을 걸로 생각했고, 나는 따질 입장이 아니었다. 이번 일을 하기 전에 그러한 장비를 열다섯 시간에서 스무 시간 정도밖에 다뤄보지 않은 점에 비춰 보면 그는 일을 아주 잘했다. 다만 불행한 일은 테라코타로 만들어진 장식용 화분 두 개를 부수고, 포클레인 삽으로 차고 구석에 깊은 자국을 만들었다는 것이다. 그곳은 무척 끔찍해 보이지만 구조적으로 문제가 생긴 것처럼 보이지는 않는다. 잭은 오래전에 매립된 것에서 많은 것을 파냈는데, 그 작업은 예상치 못하게 고고학적인 것이 되어 버렸다. 우리는 흙과 자갈 더미 속에서 잭과 테레사가 뜰에서 갖고 놀던 녹슨 장난감과 썩은 운동화와 인형을 발견했다. 그리고 오래된 수영장 양쪽 옆에 배관 작업을 하는 과정에서 폼페이의 유물 같은 독창적이고 장식적인 타일 몇 개도 찾아낼 수 있었다.

이제 나는 잭이 구덩이 밖으로 올라오는 것을 본다. 그는 마지막으로 구덩이의 깊이와 경사도를 확인했을 것이다. 정신 나간 일일 수도 있지만, 우리는 수영장의 가로세로를 정확하게 맞추는 일을 직접 하려고 한다. 내가 점심이 준비되었다고 말하자, 그는 고개를 끄덕인다.

"준비됐어?"

내가 묻는다.

"그럼요."

"월요일쯤 작업을 시작하죠?"

"좋아."

그는 흙 묻은 손바닥을 보여 주며 싱크대가 있는 세탁실로 가기 위해 옆문으로 향한다. 하지만 나는 집 안으로 들어가는 대신 사다리를 타고 구덩이 바닥으로 내려간다. 콘크리트와 타일을 입히지 않은 구덩이는 거대하고 어두운 신발 상자처럼 여겨진다. 구석과 가장 깊은 곳의 흙은 차갑고 여전히 축축하다. 이렇게 깊이 내려오자 겁이 날 정도로 조용하지만, 나는 봄 냄새가 배어 있는 듯한 기름진 땅 냄새가 좋다. 뭔가가 절멸된 것 같은 냄새는 전혀 나지 않는다. 나는 최대한 깊이 숨을 들이쉰다. 그동안 나는 최소한 하루에 한두 번은 이 곳에 내려와 서서 또는 앉아서 경사가 가파른 흙에 몸을 기댄 채 끝없는 비행을 상상하곤 했다.

누군가가, 그런데 제리는 어디 있지, 하고 말한다. 가까스로 들을 수 있는 그 소리는 내 바로 위를 지나 아주 멀리까지 가고, 나는 곧바로 대답하지 않는다. 괜찮다. 아무것도 문제되지 않는다. 그들은 나 없이도 식사하기 시작할 것이다.

끝 · · ·

\
옮긴이
정
영문
\

1965년 출생. 서울대학교 심리학과 졸업. 소설가이자 번역가로《브라운 부인(Mrs. Brown)》,《바셀린 붓다》,《어떤 작위의 세계》,《목신의 어떤 오후》,《하품》,《달에 홀린 광대》,《꿈》,《더없이 어렴풋한 일요일》,《핏기 없는 독백》,《검은 이야기 사슬》,《겨우 존재하는 인간》 등의 소설을 썼고,《바디 아티스트》,《마법사》,《젊은 사자들》,《에보니 타워》,《호박방》,《북회귀선》,《4의 규칙》 등의 소설책과《무서운 재단사가 사는 동네》 등의 그림책을 번역하였다. 1999년 제12회 동서문학상, 2012년 제17회 한무숙문학상, 제43회 동인문학상, 제20회 대산문학상을 수상했다.

가족 ALOFT

1판 1쇄 인쇄 2014년 5월 12일
1판 1쇄 발행 2014년 5월 19일

지은이 이창래
옮긴이 정영문

발행인 양원석
편집장 김지아
책임편집 신진
전산편집 김미선
해외저작권 황지현, 지소연
제작 문태일, 김수진
영업마케팅 김경만, 정재만, 곽희은, 임충진, 장현기, 김민수, 임우열
송기현, 우지연, 정미진, 윤선미, 이선미, 최경민

펴낸 곳 ㈜알에이치코리아
주소 서울시 금천구 가산디지털2로 53, 20층(가산동, 한라시그마밸리)
편집문의 02-6443-8853 **구입문의** 02-6443-8838 **홈페이지** http://rhk.co.kr
등록 2004년 1월 15일 제2-3726호

ISBN 978-89-255-5247-7 (03840)

● 이 책은《가족》(전 2권)의 개정판입니다.